GOLKONDA

W0172963

THOR KUNKEL

WELT UNTER

ROMAN

GOLKONDA

Deutsche Erstausgabe
© 2022 by Thor Kunkel
© 2022 Golkonda Verlag in der Europa Verlage GmbH, München
Umschlaggestaltung: Sharxpierre
Lektorat: Silwen Randebrock, Berlin
Layout & Satz: Margarita Maiseyeva, Donaueschingen
Druck und Bindung: Pustet, Regensburg
ISBN 978-3-96509-061-3

Alle Rechte vorbehalten
www.golkonda-verlag.com
https://www.instagram.com/golkonda.verlag/
https://www.facebook.com/Golkonda.Verlag

INHALTSVERZEICHNIS

Ich glaube an die friedliche Koexistenz
von Menschen und Fischen.

– GEORGE W. BUSH, 43. Präsident der USA

INTRO
LAND UNTER

Ockholm – Oland – Dagebüll, Hallig-Archipel, 5.12.2013
54°40'54.8"N 8°45'19.1"E

An Schauer und Nieselregen war die Hebamme Janne Segers nach zehn Jahren Bereitschaftsdienst Nordfriesland gewöhnt, doch an jenem 5. Dezember des Jahres 2013 – als das gewaltige Sturmtief über den Halligen tobte – schien es ihr, als habe Petrus vergessen, den Wasserhahn über den Wolken zu schließen. Als Janne aus dem Bus kletterte, war die Landungsbrücke im Fährhafen Schlüttsiel bereits in der schäumenden Nordsee verschwunden. Sintflutartige Regengüsse peitschten darüber hinweg, selbst der Parkplatz stand eine gute Handbreit unter Wasser. Was ging hier vor? Unterwegs hatte Janne immer wieder Löschzüge der Feuerwehr und Ambulanzen gesehen. Schuld waren vielleicht die vielen ausgefallenen Ampeln, die zu einem allgemeinen Verkehrschaos führten. Mit einem mulmigen Gefühl und eingepackt, als ob es auf den Mount Everest ginge, versuchte sie sich zu orientieren. Scheibenkleister, die Gläser ihrer Brille schienen vom Regen wie mit Vaseline verschmiert, der Trick mit dem Finger-Scheibenwischer, den jede

Notfallhebamme kennt, ließ die Dinge noch mehr ineinander verfließen. Was blieb, war ein monochromes Grau, in dem ein paar gelbe und blaue Südwester wie verlorene Farbkleckse wirkten. Schlimmer noch, als sichtbehindert durch knöcheltiefe Pfützen zu waten, war es, sich diesem eiskalten Wind entgegenzustemmen. Irgendwo in der Ferne glaubte sie das Gebimmel einer Glockenboje zu hören und dann zwei Böllerschüsse, was an der Küste als Sturmwarnung gilt. Einmal abgesehen von einem einsamen Licht im Fährgebäude, machte der Hafen einen gottverlassenen Eindruck. Die Wolken hingen so tief, dass sie fast das Flachdach berührten. In der ebenfalls unter Wasser stehenden Auffahrt wirkten zwei Sandsäcke schleppende Arbeiter wie skurrile Tiere, die in den Wellen trieben und Janne besorgte Blicke zuwarfen. Der wild vor sich hin schaukelnde, angedockte Kutter am Ende des Piers war höchstwahrscheinlich ihr Wassertaxi, das letzte, das an diesem Abend Kurs auf die Halligen nahm. Der reguläre Fährbetrieb war bereits um die Mittagszeit eingestellt worden, schließlich hatten die meisten Marschinseln Land unter gemeldet – Tendenz steigend, wie es vonseiten der Pegelmessstelle hieß. Auch auf Jannes Reiseziel Oland musste man sich auf eine ungemütliche Winternacht einstellen. Der riesige Wirbel auf der Wetterkarte – ein Orkan namens Xaver – hatte sich dem Archipel bis auf Tuchfühlung genähert. In einer halben Stunde würde die Schlechtwetterfront mit voller Wucht eintreffen.

»Hier rüber, Sie Blindfisch … Kommen Sie, kommen Sie … wir müssen los!«

Ein hagerer, Pfeife rauchender Mann in einer asymmetrisch zugeknöpften Öljacke und geflickten Watthosen kam ihr mit großen Schritten entgegen. »Dunnerslag noch mal, haben Sie ’nen Umweg über Husum gemacht?« Janne hatte keine Lust, sich groß zu erklären. Im Vorbeigehen warf sie ihm ihre Segeltuchtasche vor die

Brust und marschierte freihändig und mit nassen Füßen über die durchgebogene Planke an Bord.

»Was für eine aparte Rostlaube ... Sind Sie sicher, dass wir nicht absaufen werden?«

Der Mann schob sich die Kapuze aus der grindig fleckigen Stirn. Sein vom Wetter gegerbtes Gesicht hatte einen verschlagenen, vielleicht auch nur abfälligen Ausdruck. Schließich verzog er den ungewöhnlich wulstigen Mund, als hätte er auf etwas Saures gebissen, und warf die Tasche zurück.

»Wieso haben die nicht die Hinkel geschickt?«, knurrte er, während er die Leinen losmachte. »Die Helma Hinkel-Hebamme. Ich meine, Sie sind ja selbst noch ein halbes Kind ...«

»Das habe ich schon öfters gehört«, sagte Janne, die tatsächlich immer jünger eingeschätzt wurde, als sie in Wirklichkeit war. Sie verzog sich ins Steuerhaus, um ihre Schuhe und Füße zu trocknen. »Wahrscheinlich liegt das an meinem netten Gesicht, was meinen Sie?« Seit zwei Jahren zählte die gebürtige Hanseatin zum Inventar einer Hebammenpraxis in Niebüll und war sozusagen mit allen Amnionwassern[1] gewaschen. Bereitschaftsdienst, selbst unter diesen Umständen, war nichts Neues für sie. Als die Gemeindeschwester der Hallig Hooge anrief und von einem Notfall auf der Nachbarinsel sprach, hatte sie keine Sekunde gezögert. »Fahren wir jetzt, Herr ...?«

»Silas.« Der Mann im Friesennerz schien sich zusammenzureißen. »Wolfjen Silas, von allen hier Sielwolf genannt. Hauptberuflich mach ich den Postschiffer, aber bei dem Schietwetter bleibt halt auch der andere Mist an mir hängen.«

Unter der tief ins Gesicht gezogenen Mütze waren nur ein nasser Vollbart, struppige Brauen und zwei Augenschlitze zu sehen.

---

1 Med. Fruchtwasser

Und doch, so kerzengerade, wie er ans Steuer trat und den Motor anwarf, entsprach er trotz seines Alters durchaus dem Klischee vom hohen, harten Friesengewächs.

»Nix för ungoot, Fräulein, aber sind Sie wirklich Hebamme?«

»Jo«, sagte Janne in einem patzigen Ton, »wollen Sie meine Zulassung sehen?« Und als er nichts erwiderte: »Ihre Hinkel-Helma liegt leider mit Grippe im Bett. Alles klaro, mein Bester?« Und als er endlich verlegen nickte: »Man sagte mir, die Schwangere besteht auf 'ner Wassergeburt. Ist das korrekt?«

»Könnte sein«, brummte Silas. »Ja, das passt zu Froschtrud wie Arsch auf Eimer. Entschuldigung, das ist so 'ne Redensart hier im Norden.«

Froschtrud? – Janne zog es vor, nicht weiter zu fragen. Bei Hausgeburten lernt man immer ungewöhnliche Menschen kennen – alternative Bäuerinnen, mit Mondzyklus-Tätowierungen und Hippie-Göttinnen, die darauf bestanden, die Nachgeburt zu verspeisen, dann wieder vollverschleierte Frauen, die ununterbrochen vor sich hin beteten, und vergeistigte Akademikerinnen, die unter der elementaren Naturgewalt des Gebärens förmlich zerbrachen. Eine Professorin der Mathematik hatte ihre Schwangerschaft »thalassale Regression zur Amöbe« genannt und die Geburt mit einer Szene aus einem Horrorstreifen verglichen. Die wenigsten hatten die Niederkunft als glorreiches Ich-stehe-meine-Frau-Erlebnis verbucht.

Der alte Kutter hatte inzwischen das tosende Hafenbecken verlassen. Im Radio gemahnte ein Insel-Bürgermeister zur Ruhe, die Halliglüüd[2] hätten schon Herberes als dieses Lüftchen gesehen. Er glaube nicht, dass die Marschinseln so wie '62 bei der Sturmflut blank gehen würden, was wohl bedeutete, dass die Warften und

---

2 Bewohner der Halligen

Salzwiesen temporär in den Fluten verschwanden und die Bewohner in ihren auf stählernen Stelzen gebauten Hochbunkern tagelang ausharren mussten. Wer die Einheimischen kannte, der wusste, dass hier niemand Angst vor Überschwemmungen hatte. Immerhin bringt das Wasser neues Land mit sich, es polstert Weidegrund auf und schließt Lücken zwischen den Warften. Der Ruf »Land unter« brachte hier niemanden aus der Ruhe.

»Windstärke sieben«, meinte der Skipper, wobei zunächst nicht klar war, ob er ein Selbstgespräch führte. »Noch geht's, aber man muss bei Nordwestwind aufpassen, sonst heißt's plötzlich Kiel oben. Und da die Wassertemperatur mehr als hummerkalt ist, kann's sein, dass man nur noch als Eisblock aus der See gefischt wird.« Er stieß ein röchelndes Lachen schnell hinterher. »Waren Sie schon mal auf den Halligen, Fräulein?«

»Leider nein«, erwiderte Janne und mimte ein bedauerndes Lächeln. »Entschuldigen Sie, wieso meinten Sie vorhin, eine Wassergeburt passt zu meiner Klientin?«

»Na ja, sie ist ja nicht umsonst mit unserem Beckenrand-Sheriff liiert …« Er drehte langsam den Kopf und schenkte Janne einen schalkhaften Blick. »Sie heißt eigentlich Gjertrud, aber die Lüüd hier nennen sie Froschtrud, wahrscheinlich weil sie mal einen Tauchrekord aufgestellt hat.« Neben der höllischen Geräuschkulisse aus Motorgeräusch und Fahrtwind war er schwer zu verstehen. »Ein Trumm von einem Weib, sag ich Ihnen, aber schwimmt wie ein Fisch.«

»Sportlerherz also, demnach beste Voraussetzungen.« Janne machte sich ihre Notizen. Das ersparte ihr die Aussicht auf sich heranwälzende Wellenberge und dunkles, regenschweres Gewölk, das in den letzten Minuten die Farbe einer reifen Aubergine angenommen hatte. Schließlich war ihre Brille inzwischen geputzt, und in dieser Schärfe war das Naturschauspiel ziemlich bedrohlich.

Irgendwann zuckte aus dem Dunkel ein mächtiger, weißer Blitz, der ein Nachbild auf ihrer Netzhaut erzeugte. Ein ohrenbetäubender Donnerschlag ließ die Scheiben des Kutters vibrieren, und zum ersten Mal glaubte Janne durch das von Algen und Tang gesprenkelte Plexiglas in der Ferne eine lang hingestreckte Insel zu sehen. Nach einem *schwimmenden Traum* – wie Theodor Storm die Halligen einst nannte – sah diese Insel nicht aus.

»Gjertrud ist die beste Rettungsschwimmerin, die ich kenne«, fuhr Silas jetzt fort. »Und sie ist eine Einheimische. Ihr Mann ist ein Zugezogener, aber dann – wer ist das nicht? Früher zogen die Leute auf die Halligen, um was Urtümliches zu erleben. Oder um ihre Ruhe zu haben. Die meisten hatten aber nach ein paar Jahren und unschönen Begegnungen mit dem Blanken Hans wieder genug und zogen aufs Festland zurück. Die echten Einheimischen sind ganz anders … die sind hier wegen dem Meer, man könnte sagen, diesen Leuten kann es nicht nass genug sein.«

»Tja, man muss es mögen, immer mit einem Fuß im Wasser zu stehen.«

»Sie sagen es, Fräulein, manche scheinen sich auf den Anstieg des Meeres sogar zu freuen. Ekke Nekkepenn hätte an denen seine Freude gehabt …«

»Ekke wer?«

»Na, der alte friesische Meeresgott.« Wieder stieß er dieses röchelnde Lachen hervor. »Sie können das natürlich nicht wissen, Ihre Generation kennt Shiva und Shakti, aber von den alten Naturgöttern Europas haben sie noch nie was gehört. Hab ich recht?« Er schaltete die Bordscheinwerfer ein, denn es war schlagartig dunkel geworden. »Hier draußen auf den Halligen, vor allem im Watt, ist Ekkes Wasserreich noch nicht verschwunden. Die Touris haben da kein Auge für, aber es finden sich sogar noch kleine Opferstätten am Strand.«

»Naturheidentum«, frotzelte Janne, »ist voll im Trend ...«

»Das würde ich so nicht sagen. Aber die Einheimischen schämen sich nicht, das Ungetüm vor ihrer Haustür günstig zu stimmen. Man tötet Götter, indem man aufhört, an sie zu glauben, verstehen Sie? Aber die echten Arbeiter des Meeres, die Wasserbauern und ihre Familien, haben nie aufgehört, an bestimmte Dinge zu glauben. Der Mann von der Froschtrud ist auch einer von denen, treibt sich immer im Wattenmeer rum, und den alten Friesenspruch hat er holzgeschnitzt über der Tür: Lewwer duad üs Slaav[3]. Ein Bursche ganz nach meinem Geschmack!«

»Jo, kann ich verstehen!«, unkte Janne, die zum ersten Mal einen Anflug von Seekrankheit empfand. Wie gut, dass sie nichts zu Mittag gegessen hatte, denn ihre Wassertaxe bockte dermaßen, dass sie glaubte, auf einem Walrossbullen zu reiten.

Eher zufällig drehte sie dann den Kopf – vielleicht weil sie glaubte, trotz des heulenden Sturms eine Brandung zu hören – und erkannte in einer Zehntelsekunde den scharf geschnittenen Bug einer Jacht, und dieser Bug hielt genau auf sie zu.

»Backbord!«, hörte sie sich wie eine Sirene aufjaulen, aber der Sielwolf hatte längt reagiert. Das Steuerrad schnurrte, als ob es durchdrehen würde, und im selben Moment schrammte ein schattenhaftes Etwas in einer meterhohen Woge aufspritzender Gischt an ihnen vorbei.

»Die Jolle hat sich wohl irgendwo losreißen können«, erklärte Silas, »das fängt ja gut an.« Er griff nach einer Sturmlaterne, leuchtete in den Maschinenraum und hängte schließlich seinen Kopf in den Sturm.

»Scheint nur ein Kratzer zu sein«, nuschelte er. Der Ausdruck des Erschreckens stand noch in seinem Gesicht, als eine weitere

---

3   Friesisch: Lieber tot als Sklave

herrenlose Schaluppe vorbeirauschte. Vielleicht war sie das Beiboot der Jacht.

»Dunnerslag noch mal to[4]! Der Sturm hat scheinbar in den Häfen gewildert. Wir werden aufpassen müssen.«

»Nur eine Frage«, schluckte Janne, »gibt es nicht auch einen Lorendamm rüber zum Festland?«

»Den gibt es«, sagte der Sielwolf. »Nach Dagebül. In Schlüttsiel gibt's nur die Fähre.« Er war dabei, die Glut seiner erkalteten Pfeife neu zu entfachen. »Ich war mir nicht sicher, ob Sie das aushalten. Ich meine, bei schönem Wetter ist die Fahrt durchs Wattenmeer ein Genuss, aber jetzt kriegen die Gleise mit Sicherheit einiges ab.« Er packte das Steuerrad wieder fester und machte Fahrt. »Wenn die Seifenkiste so durch die Wellen rauscht und man die Gleise vor lauter Brandung nicht sieht, das ist wirklich nicht schön.«

»Das muss nicht sein«, sagte Janne. Sie sah sich unauffällig nach einer Schwimmweste um und war froh, als sie in einer Ecke wenigstens ein paar Auftriebskörper und diverse Schwimmelemente entdeckte. Wahrscheinlich ein Überbleibsel vom Kindergeburtstag, dachte sie noch.

Während der Sturm sich hochschaukelte und der Sielwolf vor sich hin schwadronierte, schlingerte der Kutter zwischen meterhohen Wellen hindurch. Kaum tauchte der Bug des Schiffs in ein Wellental, da wurde es bereits wieder vom Wasser erfasst, hochgehoben und gegen die nächsten Wellenkeile geschleudert, wobei der Rumpf jedes Mal knarrte, als würde das Schiff auseinanderbrechen. Janne versuchte, die Überfahrt mit dem klassischen Ablenkungsmanöver ihrer Generation zu überbrücken, doch sie hatte keinen Empfang.

---

4   Plattdeutsch: Zum Donnerwetter noch mal!

Eine halbe Stunde später tauchte endlich ein Leuchtfeuer auf, es gehörte zum einzigen reetgedeckten Leuchtturm der Welt, dem Leuchtturm von Oland, doch von dem Bauwerk war nur ein Schemen zu sehen.

»Da wären wir!«, brüllte der Sielwolf gegen den Wind. Er schlug sich dumpf vor die Brust. »Das ist Oland, mein Kind! – Hätte ehrlich gesagt selbst nicht gedacht, dass wir's schaffen …«

Janne wusste nur, dass Oland eine kleine, oft übersehene Marschinsel war. Sie lag mitten im nordfriesischen Wattenmeer, rund fünf Kilometer von der größeren Insel Langeneß entfernt. Die grasreichen Gefilde befanden sich allerdings in diesem Moment unter Wasser, nur einige aus den Fluten ragenden Dalben und ein vom Wind mit den Wurzeln aufgehobener Baum ließen ahnen, dass sie sich in einem Hafen befanden.

»Muss mal sehen, wo wir am besten an Land gehen können.«

Jannes Kapitän, der mit seinem Marinescheinwerfer Lichtschneisen in die Dunkelheit bohrte, schien sich selbst orientieren zu müssen. Schließlich tuckerte er das Spalier der Dalben entlang und setzte Anker.

»Watthose an«, sagt er nur.

Froschtruds Warft, ein Haufen dicht gedrängter, reetgedeckter Häuser auf einem matschigen Erdhügel, war nur noch wenige Meter von den schäumenden, schmutzig braunen Fluten entfernt. Einen Landungssteg gab es nicht, auch von Behelfsbrücken war nichts zu sehen, Janne und ihr Begleiter wateten minutenlang in stockfinsterer Nacht durch hüfthohes, schäumendes Wasser. Tote Brachvögel trieben bäuchlings vorbei, aus weiter Ferne war das Brüllen und Blöken von Nutzvieh zu hören.

»Gehen Sie, gehen Sie …!«

Eine Gestalt kam ihnen halber Wege mit einer Sturmlaterne entgegen. Es war ein Junge, die Öljacke, die er trug, hing ihm wie ein langer Mantel um die Knöchel. Sein bleiches, scharf geschnittenes Gesicht wirkte auf eine beunruhigende Weise alt, so wie Kinder, die unter fortgeschrittener Progerie leiden.

»Mama wartet schon«, sagte er nur mit ächzender Stimme. »Bitte machen Sie schnell.«

Der matschige Weg zu dem hell erleuchteten Haus war so vollgesogen, dass er bei jedem Schritt schmatzte. Es ging an einem Gewächshaus und ein paar Regentonnen vorbei, unterwegs sorgten aufgeweichte Kuhfladenbriketts für einen penetranten Plumpsklo-Geruch.

Die Haustür unter dem Reetdach stand offen. Als Janne die Diele betrat, bemerkte sie einen Haufen Schüsseln und Eimer, in die es tropfte, die alten Dächer waren wohl nicht für diesen Dauerregen gemacht.

Das Wohnzimmer – die Döns, wie man auf den Halligen sagt – schien dagegen trocken zu sein. Vor dem Bilegger[5] stand ein zierliches, blond bezopftes Mädchen in eine Decke gewickelt und sah sie ausdruckslos an. Die holzverkleidete Decke über dem Ofen war mit bäuerlichen Motiven verziert, alles machte einen folkloristischen Eindruck.

Ein kleiner, untersetzter Mann in einem bis zum Kinn geschlossenen Overall geleitete sie in die Stube. Er hatte etwas von einem Südeuropäer, freilich einem, dem Pasta und Wein die Figur versaut hatten. Unter dem Rand seiner Mütze glänzte ihm der Schweiß auf der Stirn.

»Was für ein Wetterchen«, sagte er zur Begrüßung, »danke, dass Sie gekommen sind … Elmar Peschke. Aber für Sie bin ich einfach der Elmar.«

»Janne Segers. Nett haben Sie's hier …« Mit einem professio-

---

5   Typischer Ofen des Friesenhauses

nellen Lächeln begann Janne, sich aus ihrer Watthose, der Wachstuchjacke, den Fleecepullovern und Thermoleggins zu quälen.

Während der Sielwolf mit den Kindern scherzte und herumalberte, sah sie sich beiläufig um. Was für ein Chaos! An dieser Einschätzung konnten auch die gediegenen Eichenholzstühle, die Muscheluntersetzer auf dem Esstisch und ein Lüster nichts ändern. Wahrscheinlich hatte die Schwangere ab Schwangerschaftswoche 35 alles stehen und liegen gelassen. Die Regale hatten etwas von einem Exotik-Ramschladen. Vogeleier, Kastanienmännchen, Korken, eine Bleikristall-Muschel, uralte Videokassetten und ein Flaschenschiff kontrastierten mit Teedosen, Stanniolkapseln, Konserven, Zündholzschachteln und gestapelte Klopapierrollen. Die Verdrießlichkeit der jüngsten Sturmflut schien in Gestalt von einem halben Dutzend im Raum verstreuter Gummistiefel allgegenwärtig zu sein. Interessant waren die zu Kerzenleuchtern umfunktionierten Flaschen, Janne hatte dergleichen lange nicht mehr gesehen.

»Wo ist sie?«, erkundigte sie sich, nachdem sie ihre sterilen Handschuhe angelegt hatte, und erntete zunächst nur betretene Blicke.

»Hallo?«

»Kein Problem.« Elmar schien nach den passenden Worten zu suchen. »Eigentlich hatten wir eine andere Hebamme erwartet, doch wenn ich Sie richtig einschätze, dann wird es auch mit Ihnen gehen.«

»Aber ja, es ist nicht meine erste Wassergeburt.«

»Das ist gut … Hast du das gehört, Birte?« Er tätschelte dem kleinen Mädchen den Kopf. »Mama ist bei der Dame in guten Händen. – Wir haben hier im Haus eine Sauna«, sagte er dann, »und da gibt es ein größeres Becken. Gjertrud fühlt sich dort weniger eingeengt als in der Sitzbadewanne.«

»Mir soll's recht sein.« Janne griff nach ihrer halb aufgeweichten Tasche. »Also, wo ist sie?« Es wunderte sie doch, mit welcher forschenden Eindringlichkeit sie angestarrt wurde. »Liegt sie schon in den Wehen? Braucht sie Schmerzmittel? Was ist denn los?«

»Nichts.« Elmar holte einmal tief Luft.

»Sie müssen jetzt sehr stark sein«, sagte er. Und mit einem Blick auf seine Kinder: »Papa bringt die Frau jetzt nach unten. Dass ihr dem Opa Silas mal nicht auf der Nase rumtanzt, ihr Rasselbande!«

Opa Silas? Diese Vertraulichkeit ließ Janne kurz aufhorchen, doch, natürlich, auf den Halligen kannte jeder jeden, und der Postschiffer war wahrscheinlich den meisten bekannt.

Schon als Elmar die mit d-c-fix-Birkenholzfolie verkleidete Sperrholztür öffnete, schlug Janne ein Geruch in die Nase, der sie eher an einen Fischmarkt erinnerte. Der Saunaraum war nicht groß, vielleicht vier mal fünf Meter, die tropfnasse Decke so niedrig, dass Janne den Eindruck hatte, sie müsse sich bücken. Auch die in einem dunklen Jadegrün gekachelten Wände waren mit Wassertropfen bedeckt. Ein Heizstrahler über der geschlossenen Saunakabine glühte matt vor sich hin. Der in den Boden eingelassene Pool war auf zwei Seiten von Kerzen und Windlichtern gesäumt. Künstliche Palmwedel, mit bronziertem Schilf gefüllte Flechtkörbe und ein Keramikfries, das offenbar eine meeresmythologische Szene darstellte, kontrastierten mit zerwühlten Wolldecken, Flanelltüchern, Thermoskannen fernöstlicher Machart und Überresten gepulter Krabben, die wahrscheinlich für den penetranten Geruch verantwortlich waren. Von einer Schwangeren war allerdings nicht das Geringste zu sehen.

»Nicht erschrecken«, sagte Elmar in diesem Moment. Er zog Janne mit sich zum Beckenrand und richtete den Strahl seiner Lampe direkt in den Pool. Eine vor sich hin dümpelnde Gummiente leuchtete auf, doch da war noch etwas, etwas, das eine innere Alarmsirene in Janne aufheulen ließ: Die Kräusel auf der Wasseroberfläche zauberten nicht nur wabernde Spinnennetze aus Licht auf die Kacheln, nein, sie bedeckten auch den nackten, bewegungslosen Körper einer Frau, deren meterlanges Haar wie die Fangarme einer Fächerkoralle über ihr schwebte. Als das Licht sie streifte, krümmte sich ihr Rücken ein wenig, durch die milchige Haut zeichneten sich Wirbel und ein Schulterblatt ab.

Janne wartete eine halbe Minute, dann hatte sie Mühe, einen in der Kehle steckenden Schrei wenigstens halbwegs zu unterdrücken.

»Wieso taucht sie nicht auf?«

»Ich sagte doch, nicht erschrecken.« Elmar legte Janne beruhigend eine Hand auf den Arm. »Meine Trude hatte immer schon eine besondere Beziehung zum Wasser«, flüsterte er. »Als die Wehen einsetzten, hielt sie es oben nicht länger aus.«

»Darum geht es nicht«, keuchte Janne. Brennende Hitze schoss ihr ins Gesicht, das Blut begann in ihren Schläfen zu pochen. »Für das Baby gibt es nichts Schlimmeres als Sauerstoffmangel, hat Ihnen das keiner gesagt?«

Elmar zuckte hilflos die Achseln. »Wir gehen … selten … zum Arzt. Zum einen sind wir nicht krankenversichert, und Gjertrud hat sowieso eine Pferdenatur.«

»Wie schön für sie«, sagte Janne, die eigentlich immer unter Erkältungen litt.

»Oh nein, wollen Sie damit sagen, es gab noch nicht mal eine gynäkologische Voruntersuchung?«

»Nein … Jede Frau hat das Recht auf eine positive, selbstbestimmte Geburtserfahrung, nicht wahr?« Es klang, als ob er den Satz irgendwo gelesen und auswendig gelernt hatte.

»Keine Blutuntersuchung, kein Abstrich …?«

»Natürlich nicht. Hören Sie …« Er zog einen Bündel Geldscheine aus der Tasche. »Ich bezahle Sie bar. Wo ist das Problem?«

Elmars Unschuldsmiene löste in Janne den lang unterdrückten Wutreflex aus, sie klatschte mit der flachen Hand auf das Wasser – und schreckte augenblicklich wegen der Kälte zurück. Die Fächerkoralle aus Menschenhaar schien sich sanft zu bewegen, doch das konnte auch Einbildung sein.

»Um Gottes willen …«

»Was?«

»Das Wasser ist viel zu kalt!«

»Tut mir leid, aber sie mag es nicht wärmer. Wenn Sie wollen, drehe ich den Thermostat wieder hoch. Es wird allerdings etwas dauern.«

»Vergessen Sie's«, sagte Janne. Und als ob sie einen zynischen Witz machen wollte: »Sind Sie sicher, dass diese Frau da unten noch lebt?«

»Sicher, ja.« Der Mann leuchtete erst Janne, dann sich selbst ins Gesicht. Ein paar Mal ging das so hin und her. »Glauben Sie mir, es geht ihr gut.«

»Es geht ihr gut!«, äffte Janne ihn nach. »Wenn Sie das sagen, muss es so sein!« Ihr Sarkasmus prallte offenbar an ihm ab. »Nur, wieso bin ich davon nicht überzeugt? – Vielleicht weil sich unter diesen Umständen kein gesundes Kind zur Welt bringen lässt? Verstehen Sie überhaupt, was mangelnde Sauerstoffversorgung in der Austreibungsphase bedeutet? Wollen Sie vielleicht ein schwerbehindertes Kind in die Welt setzen? – Holen Sie Ihre Frau da raus, und zwar auf der Stelle!«

Elmar nickte erst bereitwillig, doch dann schüttelte er entschieden den Kopf.

»Geht nicht, sie will eine Wassergeburt … Das wussten Sie doch, oder nicht?«

Janne nickte mit zusammengekniffenen Augen.

»Gegenfrage: Wie lange unterhalten wir uns jetzt schon?«

»Wir beide? – Ein paar Minuten ...«

»Fünf Minuten würde ich sagen«, sagte Janne, wobei sie sich bemühte, gelassen zu klingen. »Als wir diesen Keller betraten, war Ihre Frau bereits unter Wasser, nicht wahr? Wie ist das möglich, Herr Peschke?«

»Ja, gute Frage!« Der Mann im Overall hob abwehrend die Hände. »Sie ist immer schon eine Wasserratte gewesen! Seit einigen Jahren hält sie den Inselrekord im Apnoe-Tauchen.«

»Oh, das erklärt natürlich alles.« Janne – kniend am Rand des Beckens – rang erstmals in ihrer Zeit als Hebamme ernsthaft um Fassung. Noch immer hoffte sie, dass die Klientin auftauchen würde, doch nichts dergleichen geschah. Wieder tauchte sie ihre Hand in das Wasser – und diesmal zog sich die schimmernde Fächerkoralle infolge einer kaum wahrnehmbaren Bewegung des Körpers zusammen. Der lange Hals der Frau und ihre milchig schimmernden Schultern waren erstmals zu sehen. Ihr Kopf pendelte jetzt hin und her, als gäbe es dort in zwei Meter Tiefe eine Strömung, die es vorher nicht gab. Zeichen einer fortgeschrittenen Wehentätigkeit ließ sie allerdings nicht erkennen.

»Herr Peschke«, entfuhr es Janne, während sie krampfhaft in den staubigsten Winkeln ihres Gedächtnisses nach irgendeiner Referenz suchte, »mal ehrlich, kommt Ihre Frau da jemals raus?«

»Wenn sie muss.« Der Mann ging ebenfalls auf die Knie. Obwohl er bemüht war, die Lampe so ruhig wie möglich zu halten, zitterte er. »Sie ... sie... hatte an Land immer schon gewisse ... Atemprobleme. Vor ein paar Tagen gab sie mir zu verstehen, sie werde hier unten bleiben. Bis zur Geburt. Wir versorgen sie seitdem, so gut es geht ... Heringe, Seezunge, Krabben, was anderes rührt sie nicht an.«

Janne wusste nicht, was sie beunruhigender empfand, Elmars surrealistisch anmutenden Vortrag oder dieses merkwürdige, in Delfter Blau gezeichnete Fries hinter den Kerzen – ein Tableau wild grimassierender Tritonen und Meerfrauen, die – mit Tangblättern im Haar und Harpunen bewaffnet – aus den Wogen auftauchten, um das Land zu erobern. Ekke Nekkepenns wüstes Gefolge schien sich in diesem Moment von den Steingutfliesen zu lösen und nach ihr zu greifen.

»Ich glaube, ich werde verrückt!« Ruckartig hatte Janne ihre Tasche geöffnet und begann nach der Blutdruckmanschette zu suchen. Sie zögerte im letzten Moment, denn sie hatte sich nie gefragt, ob das altvertraute Gerät wohl wasserdicht war. Nervös warf sie einen Blick über den Rand, doch ihr Verdacht zerstreute sich, als sie sah, wie die Frau sich jetzt aufrichtete und ihre ausgestreckten Arme gegen die Wände des Schwimmbeckens drückte. Zwischen ihren Beinen war plötzlich eine Verfärbung des Wassers zu sehen.

»Das könnten die ersten Presswehen sein«, sagte Janne. »Bitte, Herr Peschke, es macht meinen Job einfacher, wenn Sie Ihre Frau überzeugen könnten, eben mal aus dem Becken zu kommen. Ich muss mit ihr über die Phasen der Geburt sprechen. Wir … wir müssen … kommunizieren …«

»Mag sein«, flüsterte Elmar, »nur ich fürchte, sie würde Sie nicht verstehen.«

»Und wieso nicht?«

»Weil sie taubstumm ist.«

»Taubstumm?« Janne ließ sich nichts anmerken, doch ihr Blick irrte in Panik zurück zu dem aus der Dunkelheit leuchtenden Becken, auf dessen Grund sich eine werdende Mutter befand. Unter dem schleierhaften Haar, das wie treibender Seetang die Wasseroberfläche berührte, zeichnete sich aus dieser Perspektive ein stattlicher Babybauch ab. »Schön. Aber dass Ihre Frau mich nicht hören kann, heißt nicht, dass ich davon entbunden bin, sie gründlich zu untersuchen …«

»Richtig. Deshalb sind Sie ja hier.« Froschtruds Gatte nickte ihr aufmunternd zu. »Könnten Sie das nicht ausnahmsweise unter Wasser tun? Hören Sie, ich zahle Ihnen was extra … Wie wär's? Tausend Euro? Ist das ein Wort? Und das Wasser ist nicht so kalt, wie es sich anfühlt. Zwanzig Grad, das ist in vielen Schwimmbädern Standard. Zur Not kann ich Ihnen auch einen Neoprenanzug bringen. He, brauchen Sie vielleicht einen Schnorchel? Ja, ich glaube, das wäre das Beste für Sie …«

Janne war am Ende ihres Lateins: Sie konnte sich an eine Patientin erinnern, die sich – als das Geburtsgeschehen begann – stundenlang unter einer laufenden Dusche verschanzte, doch das war nichts im Vergleich mit dieser Frau, die beschlossen hatte, U-Boot zu spielen.

»Wie Sie wollen«, sagte sie nach reiflicher Überlegung, »aber noch mal – und so werde ich es in meinem Geburtsbericht schreiben: Wenn Ihre Frau aus mir unerfindlichen Gründen die Geburt bei angehaltenem Atem durchstehen will, dann ist es gut möglich, dass das Baby tot auf die Welt kommen wird. Sollte es dann eine Untersuchung geben, könnte ein findiger Staatsanwalt auf die Idee kommen, dass das, was Sie hier abziehen, eine besonders perfide Form von Abtreibung war. Ihre Frau muss bei der Geburt atmen …«

»Aber sie atmet doch«, beharrte Elmar. »Auf ihre Weise, Sie werden sehen.«

Janne hatte sich inzwischen bis auf die Unterwäsche entkleidet, ihre Beine fühlten sich an wie Wackelpudding, fast war sie froh, in die Hocke zu gehen.

»Das wird ein Nachspiel haben«, sagte sie, während sie sich vom Beckenrand in das Wasser gleiten ließ, »denn das hier ist eine Steinzeitgeburt!«

»Danke«, flüsterte Elmar. Während sie abtauchte, leuchtete er ihr vom Beckenrand nach. Tatsächlich war das Wasser gar nicht so kalt, und Janne musste sich eingestehen, dass sie schon unter weitaus ungewöhnlicheren Umständen entbunden hatte – in Aufzugskabinen, Kirchen, Gerichtssälen, Zugtoiletten, Untergrund-Metros, Diskotheken, auf Messen und Rummelplätzen, selbst in einer McDonald's-Filiale.

Das Becken war nicht tief, vielleicht zweieinhalb Meter. Würde Janne Luft holen müssen, konnte sie mühelos die Oberfläche erreichen. Unter Wasser wurde sie liebevoll von der werdenden Mutter begrüßt. Sie schien zu wissen, dass Janne die Hebamme war. Vielleicht hatte sie ein Medusenhaupt oder dergleichen erwartet, aber so aus der Nähe betrachtet, wirkte Froschtrud völlig normal – wären da eben nicht die klaffenden, hyperämisch durchbluteten Kiemenspalten unterhalb ihres Kiefers gewesen. Sie atmete, das war deutlich zu sehen. Ihr schmales Gesicht mit dem etwas zu spitzen Kinn schien jede Farbe verloren zu haben. Fraglich, ob es jemals eine Farbe gehabt hatte. Immerhin, ihre Stirn schien von verblassten Sommersprossen gesprenkelt. Wenn es etwas Besonderes gab, dann vielleicht ihre Augen. Das Weiß schimmerte tatsächlich golden, und die schwarze Iris schien rautenförmig zu sein. Etwas berührte Janne an der Hüfte, ein einzelner, verstört wirkender Hering huschte vorbei. Vielleicht Lebendproviant für die Mutter? Janne riss sich zusammen, doch die Gewissheit, dass ihre Klientin in der Lage war, unter Wasser zu atmen, setzte ihrem Vorstellungsvermögen heftig zu. Immerhin, die Frau mit den tubulären Brüsten schien bei bester Gesundheit zu sein. Und wenn es stimmte, dass der direkte Blick in die Augen eines anderen Menschen die unmittelbarste Form der Beziehungsaufnahme war, dann hatte Gjertrud Janne als Geburtshelferin akzeptiert.

Janne ahnte, die Zeit, die ihr blieb, war mehr als knapp. Sie machte daher eine Handbewegung – *Lass uns hochgehen, okay?* –, doch die Schwangere winkte nur sanftmütig ab. Stattdessen deutete sie auf ihren Bauch und machte mit der anderen Hand eine Fingergeste, die sich nur als Zwei deuten ließ. *Zwillinge? Um Gottes willen ...* Das hätte den Umfang dieser beachtlichen Kugel auf den langen, merkwürdig fleischlosen Beinen erklärt, eine Kugel, die sich plötzlich von Janne wegdrehte und eine Position einnahm, die man gemeinhin den Vierfüßler-Stand nennt. Am Grund des Beckens bemerkte Janne eine rutschfeste Matte, die mehrfache Mutter wusste demnach über die kleinen Finessen Bescheid. Dafür sprach auch die bedächtige Bewegung, mit der sie ihr Gesäß hob und die Beine in einem Winkel von neunzig Grad spreizte.

Janne hatte gerade noch genug Luft in den Lungen, ihr Ohr an die warme, gespannte Haut der Bauchdecke zu pressen. Tatsächlich, der Herzschlag war auffallend kräftig. *Zwei Kinder, deren Herzen im gleichen Takt schlagen, es konnte nicht anders sein ...* Eine große, kräftige Hand packte Janne plötzlich im Nacken. Mühelos zog die werdende Mutter ihre Hebamme zu sich heran. In ihren Augen las Janne tatsächlich Angst, ihre Zähne waren zusammengepresst. Janne tätschelte ihr beruhigend den Arm und formte Daumen und Zeigefinger zu einem Kreis: *Alles bestens* – was eine hypothetische Annahme war, denn sie hatte noch nicht einmal mit der Untersuchung begonnen.

Ärgerlich tauchte sie auf und herrschte Gjertruds Ehemann an, ihr nicht in die Augen zu leuchten.

»Warum haben Sie mir nicht gesagt, dass es Zwillinge sind?«, brüllte sie los.

Elmar wirkte komplett von der Rolle. »Macht das einen Unterschied?«

»Und ob!«, schnaubte Janne. Sie hielt sich an der Überlaufrinne fest. »Zwillingsgeburten bergen das doppelte Risiko einer Geburt! Zwei Nabelschnüre auf engstem Raum … Nicht selten hilft da nur ein Notkaiserschnitt! Mit Ihrer Fahrlässigkeit haben Sie mich in eine juristische Grauzone gebracht, und falls etwas schiefgeht, bin ich geliefert!«

»Aber was soll denn schiefgehen?«

»Geben Sie mir Ihre Lampe und halten Sie einfach den Rand!«

Janne war wirklich sauer, doch pflichtbewusst tauchte sie ab. Es ist falsch, bei einer Geburt von vorhersehbaren Stationen zu sprechen und damit immer die gleichen Umstände zu unterstellen, die schließlich zu einer Loslösung der Leibesfrucht führen. Als Janne Froschtruds Unterleib examinierte, hatte sich der Muttermund bereits auf zehn Zentimeter geöffnet, die Zervix war weich, gedehnt und entfaltet. Die Ausstoßphase stand kurz bevor. Der Herzschlag der Zwillinge war schneller geworden. Janne signalisierte ihrer Klientin zu pressen, dabei drückte sie sanft von beiden Seiten gegen die weiß schimmernde Kugel.

Alles gut? Gjertrud schien sie nicht mehr zu hören. Eingetaucht in die Wehen, die in Wellen kamen, verwandelte sich diese Frau in eine Maschine, die nur noch beschäftigt war, das Kind auszutreiben. Janne hielt tapfer die Stellung, wobei sie zwischendurch natürlich nach Luft schnappen musste, und jedes Mal blickte sie dabei in Elmars besorgtes Gesicht.

Das hättest du dir vorher überlegen sollen, du fahrlässiges Aas …

Ein Blick zwischen die Schenkel ihrer Klientin sagte Janne, das Baby gab richtig Gas, ein Kopf wölbte bereits den Damm, ihr Einsatz kam offenbar keine Sekunde zu spät. Sie schluckte, würgte, weil sie jetzt zwischen dem Wasser des Pools und der aus Gjertrud austretenden Flüssigkeit einen deutlichen Unterschied sah.

Die Fruchtblase war geplatzt. Eine Menge biologischer Prozesse, die bis dahin in der Schwebe gewesen waren, traten jetzt in die kritische Phase, es bestand noch immer ein Restrisiko, dass etwas schieflaufen würde. Jannes Nerven waren zum Zerreißen gespannt. *Bitte, nicht aufhören zu pressen …* Leider musste sie immer wieder auftauchen, Luft holen, und diese Prozedur laugte sie allmählich aus.

Als das Baby endlich in einer rosamilchigen Wolke kam, hätte sie sich vor Freude fast verschluckt. Janne fing das Kind ohne Bodenberührung auf und drückte es an sich. Es geschah alles lautlos – kein Perinatalschrei. Der Junge schien bester Laune zu sein und fasste ihr ins Gesicht. Janne erschauerte, denn sie hatte die halb durchsichtigen Schwimmhäute zwischen den kleinen Fingern bemerkt. *Sie schreien nicht, dachte sie, die Mutter hat ja auch nicht geschrien …*

Gjertruds geistesabwesender Blick wanderte im selben Augenblick nach oben, fast automatisch griff sie nach diesem vor sich hin paddelnden Kind, das noch nicht abgenabelt war, und sah ihr Baby einen Moment lang unendlich liebevoll an. Doch ihre Arbeit war noch nicht fertig, denn der Damm begann erneut, sich heftig zu dehnen.

Die Schädellage ist schon mal perfekt, dachte Janne, aber guter Gott, hättest du die Frauen wirklich so lieb, du hättest sie eierlegend gemacht.

Sie tauchte kurz auf, beschimpfte Elmar, schnappte nach Luft, beschimpfte ihn noch mal und tauchte dann wieder ab. Sie signalisierte Gjertrud, die sich wieder in die Sitzhocke stemmte, zu pressen, und diesmal flutschte ihr das zweite Baby buchstäblich entgegen.

Laichzeit, ging es ihr durch den Kopf. *Aber nein, so etwas kannst du nicht denken …* Auch dieses Baby, ein Mädchen, hatte rosig schimmernde Kiemen am Hals und zarte Schwimmhäute zwischen

Fingern und Zehen, es sah merkwürdig aus, doch nicht unnatürlich. Janne signalisierte der Mutter, es sei an der Zeit, die feuchte Wiege zu verlassen, doch die Frau deutete verschämt auf ihren Hals, und schüttelte bedauernd den Kopf.

Verstehe ... Janne deutete auf die Neugeborenen. *Und die Babys?*

Wieder schüttelte die Mutter den Kopf. Ihre langen Haare umhüllten ihre Schultern jetzt wie ein wallender Umhang. Unvermittelt presste sie ihren Mund auf Jannes Stirn, küsste sie mehrfach und vermittelte ihr dann mit einem Blinzeln, sie könne gehen.

Zehn Minuten später saß Janne in eine Wolldecke gehüllt vor dem gusseisernen Ofen in Elmars Wohnzimmer. Die Wärme strömte allmählich in ihren feuchten, kalten Körper zurück, selbst ihr Haar war halbwegs getrocknet. Während draußen der Sturm heulte und an den Läden rüttelte, stierte sie auf ihre am Boden liegende Hose. Durch einen merkwürdigen Umstand hatten sich in dem steifen, gummierten Stoff ein paar plastische Falten ergeben, die so im Verband große Ähnlichkeit mit einem Froschschädel hatten. Janne war keine Leuchte in Zoologie, aber sie wusste, dass Frösche – ja, die meisten Amphibien – offenbar eine ungewöhnliche, vielleicht evolutionsgeschichtlich bedingte Metamorphose durchliefen. Die Kiemen, die sie als Kaulquappen hatten, entwickelten sich allmählich zu Lungen ...

Würde das vielleicht auch mit Gjertruds Babys geschehen? Aber nein, Gjertrud war doch ein menschliches Wesen ... Janne ahnte es nicht, aber sie war erstmals in ihrem Leben in einem halb wachen Zustand irrationaler Erkenntnis, die normalweise auf der interpretierenden Analyse von Wahngebilden beruhte. Janne wusste aber genau, dass sie nicht halluzinierte, und das machte alles noch schlimmer.

»Wie geht es Ihnen?«, rief Elmar aus der angrenzenden Küche.

»Das sollten Sie Ihre Frau fragen«, murmelte Janne.

»Das hab ich schon. Es geht ihr gut.« Elmar reichte Janne einen echt steifen Grog. Der mit braunen Kluntjes gesüßte Tee wirkte wie flüssiger Bernstein, glücklicherweise schmeckte er nach Zitronenkonzentrat und billigem Rum. »Wollen Sie vielleicht etwas essen? Kommen Sie, ich mache Ihnen schnell noch ein Krabben-Rührei auf Toast.«

»Auf keinen Fall, ich habe die heiklen Einzelheiten meines Unterwasserausflugs noch nicht halbwegs verdaut.« Den heißen Grog schlürfend dachte Janne laut vor sich hin. »Zugegeben, ich hatte schon von solchen Babys gehört, doch noch nie eines gesehen. Ich fühle mich ehrlich gesagt nicht wohl nach dieser Geburt, denn sollten bei den Zwillingen in den nächsten Tagen respiratorische Komplikationen entstehen …«

»Die wird es nicht geben«, fiel Elmar grinsend dazwischen. »Wie wär's mit einem Sanddornschnaps? Wir müssen das doch begießen, was meinen Sie?« Und als sie ihn nur anstarrte: »Verstehe. War nur 'ne Frage.«

Er setzte sich ihr stumm gegenüber und warf einen Blick zu der offen stehenden Tür, die in den Saunaraum führte. Von unten waren aufgeregte Stimmen zu hören, Steff und Birte bestaunten offenbar die neuen Geschwister.

»Werden Sie es melden?«, fragte Elmar ohne erkennbaren Anlass.

»Was für eine Frage!«

»Aber könnten Sie nicht mal eine Ausnahme machen? Also mit Helma Hinkel konnte man reden …«

»Hören Sie auf!« Janne fühlte sich einerseits am Ende ihrer Kräfte, anderseits verpflichtet, diesem Mann reinen Wein einzuschenken. »Vielleicht wissen Sie es nicht, aber in den letzten Jahren wurden an der Küste von Schleswig-Holstein immer wieder

Babys mit Abnormitäten der Atmungsorgane geboren. Die Landesregierung sah sich infolgedessen veranlasst, ein sogenanntes Fehlbildungsregister einzurichten. Natürlich hängt man das nicht an die große Glocke, aber solche Register[6] gibt es inzwischen in allen europäischen Staaten, die über Küstengebiete verfügen.«

»Warten Sie«, sagte Elmar. »Wollen Sie damit andeuten, dass mit meinen Kindern etwas nicht stimmt?«

Janne entrang sich ein sardonisches Lachen. »Das kann man so sagen, Herr Peschke.«

»Aber sie sind kerngesund!«

»Vom Standpunkt einer anderen Spezies aus gesehen … mit Sicherheit ja. Aber wir sind Menschen, haben Sie das vergessen? Von unserem Standpunkt aus gesehen, sind Ihre bezaubernden Sprösslinge – verzeihen Sie – Freaks of nature, wie die Briten das nennen.«

»Missgeburten? Sind Sie verrückt?«

»Tut mir leid, aber sollte man diese Deformitäten nicht in absehbarer Zeit … äh, korrigieren, werden die Zwillinge niemals in der Lage sein, ein normales Leben zu führen. Die Verantwortung können Sie nicht übernehmen, das steht Ihnen nicht zu!«

»Ein normales Leben.« Elmar grinste bitter. Es sah aus, als ob er seine Tränen wegblinzeln müsse. »Ist ein anderes, nicht so normales, denn nicht auch lebenswert?« Seine Schultern begannen hilflos zu zucken. »Sie erinnern mich leider an meine Ex, die hatte auch Schwierigkeiten zu begreifen, dass die Dinge sich ändern.«

---

6   Laut dem *Deutschen Ärzteblatt*, Jg.103, Heft 38, 22.09.2006 werden jährlich in Deutschland etwa 50 000 Kinder mit »großen Fehlbildungen« geboren. Der wissenschaftliche Beirat der Bundesärztekammer hatte daher bereits 1993 erstmals die Einrichtung von sogenannten Monitorstationen (zur Registrierung) gefordert. Auf internationaler Ebene existieren bereits verschiedene Surveillance-Systeme, z. B. ICBDMS und EUROCAT.

»Wir reden von Mutationen, Herr Elmar, keinen temporären Entwicklungsstörungen …«

»Na, wenn schon.« Elmar wirkte sichtlich gereizt. »Warum glauben Sie, leben wir hier draußen im Halligmeer, weit weg von der sogenannten Zivilisation? – Weil wir mit dieser wasserreichen Umgebung klarkommen! Bestens sogar. Meine Frau liebt das Wasser, manchmal schwimmt sie rüber nach Dänemark und wieder zurück. Wären Sie dazu in der Lage?«

»Darum geht es doch nicht …«

»Doch, darum geht es!« Elmar, der bislang eher einen phlegmatischen Eindruck gemacht hatte, faltete urplötzlich seine Hände, presste sie gegen den Mund, als wolle er sich daran hindern zu sprechen, was doch nicht gelang. »Sie sprechen von Missbildungen, ich von einer Gabe! Nennen Sie mich einen Evolutionisten, aber die Natur kennt nichts Unnatürliches, sie entwickelt sich einfach weiter. Und während die Landratten vor dem Anstieg des Meeresspiegels zittern, während sie so tun, als ob sie mit ein paar demonstrierenden Gören den Klimawandel aufhalten könnten, hat die Natur schon eine Antwort parat. Da ist das Blut, das kreist und keine Rechtfertigung braucht – verstehen Sie, Fräulein Segers? Meine Kinder sind die kommende Rasse, ihnen wird der Blaue Planet eines Tages gehören, nicht den Landratten.«

Da war plötzlich ein offener, feindseliger Unterton, und Janne nickte auf eine Art und Weise, die ihre Skepsis nicht durchschimmern ließ.

»Sind Sie auch einer von *denen*?«, fragte sie dann.

Elmar versuchte die Frage erst wegzulächeln, doch dann reckte er seinen Hals. Trotz des Schummerlichts waren die geschwungenen Narben deutlich zu sehen. »Vernäht, kurz nach der Geburt«, stieß er mit erstickter Stimme hervor. »So wie bei meinem Erstgeborenen, dem Fritz-Otho … Er war kaum raus aus dem Kreißsaal, da wurde er schon operiert. Meine Ex wollte es so und ich … ich Dämlack wusste es damals nicht besser.« Seine Augen schienen aus ihren Höhlen zu treten. »Heute weiß ich, es war ein Fehler, und nichts auf der Welt könnte mich dazu bringen, meine gesunden Kinder unters Messer zu legen.« Er hielt kurz inne und sagte dann in einem so gekränkt klingenden Ton, als habe man seine Kinder als Ungeziefer bezeichnet: »Sehen Sie, Gjertrud und ich, wir waren füreinander bestimmt. Wir sind uns im Wasser begegnet, und selbst wenn die Lehrmedizin einen Krüppel aus mir gemacht hat, meine Gene sind noch intakt.«

»Sie wissen ja nicht, was Sie sagen … oder Sie sind in einem Fantasiedelirium, was mich – angesichts der Umstände, unter denen Sie in dieser Einöde hausen – auch nicht verwundert.«

»Ich bin in keinem Delirium«, herrschte Elmar sie an, »und es gibt mehr von uns, als Sie denken. Wir haben es satt, unsere Familien vor euch zu verstecken!« Er schnaubte, schien jedoch seine Fassung wiedergefunden zu haben. »Warum lassen Sie uns nicht einfach in Ruhe?«

»Geht leider nicht.« Ohne Hast, doch mit größter Sorgfalt begann Janne ihre Sachen zu packen. »Wie ich schon sagte, als Hebamme bin ich verpflichtet, solche Vorkommnisse den Behörden zu melden.«

»Sicher im Einklang mit dem Datenschutz, hab ich recht?« Elmar lachte schrill auf. »Unsere Politiker – haben die wirklich nichts Besseres zu tun?«

»Denken Sie doch mal nach«, erwiderte Janne. »Wenn es nun eine überdurchschnittliche Zunahme an Fehlbildungen bei Neugeborenen gibt, dann kann man das nicht ignorieren.«

»Meine Kinder haben keine Fehlbildungen!«, schimpfte Elmar. »Sie haben nur eine besondere … Gabe! Es sind Wunderkinder, verstehen Sie doch!«

»Oh, Verzeihung!« Janne war eigentlich zu erledigt, einen Disput anzugehen, doch in einer Hinsicht wollte sie sich Klarheit verschaffen. »Was ist eigentlich mit Birte und Steff? Sind die ebenfalls mit dieser Gabe gesegnet?«

»Doppelatmer wie ich«, bestätigte Elmar. »Wobei die Gabe unterschiedlich ausgeprägt ist. Bei Steff waren die Kiemenspalten schon bei der Geburt nicht sehr groß und haben sich in den letzten Jahren fast völlig geschlossen. Birte dagegen schlägt glücklicherweise nach ihrer Mutter. Wir lassen einfach der Natur ihren Lauf.«

»Wie beruhigend«, flüsterte Janne, die das Gefühl beschlich, sie stecke bereits bis an die Ohren in einem Morast, aus dem sie nie mehr herauskommen würde.

»Und beide waren auch Hausgeburten?«

Er nickte kurz.

»Und natürlich wurden die Fehlbildungen nicht registriert?«

Diesmal folgte nur unbehagliches Schweigen.

»In diesem Fall«, sagte Janne in einem Anflug von Rechtschaffenheit, »sollten Sie sich jetzt schon einen Strafverteidiger suchen.«

Sie war inzwischen fast wieder so eingepackt wie bei ihrer Ankunft. »Was ich hier sehe, lässt nicht viel Spielraum für Interpretationen. Ihrer Frau ist kein Vorwurf zu machen, sie ist gehandicapt und hat wahrscheinlich noch nie eine Schule von innen gesehen – ich meine, sonst wüsste sie doch, dass man Kinder mit schweren Fehlbildungen nicht sich selbst überlässt! Sie dagegen behandeln Ihre Frau offenbar wie eine Fötusfabrik, um Ihre kostbaren Gene zu retten!«

»Was erlauben Sie sich?«

»Ich tue das Richtige, weiter nichts!« Janne packte ihre Segeltuchtasche. »Was hatten Sie hier eigentlich vor – eine Mutantenfamilie zu gründen? Dachten Sie wirklich, dass Sie damit einfach so durchkommen würden?«

Sie spürte plötzlich, dass sie nicht mehr allein war, und drehte sich um.

»Entschuldigung, aber wir haben ein kleines Problem …«

Es war Silas, Jannes Schiffer. Wie lang er so im Türrahmen gelehnt und den Disput mit angehört hatte, war schwer zu sagen. »Mein Kahn ist abgesoffen. Steht halb unter Wasser, und ich krieg die Pumpen nicht an.« Für einen Friesen wirkte er ziemlich verzweifelt. »Ich brauche verdammt noch mal einen Mechaniker, sonst sitzt mir das Schiff morgen auf Grund!«

»Was … bedeutet das?«, fragte Janne. »Heißt das, wir sitzen hier fest?«

Silas plumpste auf einen der Stühle und riss sich die nasse Mütze vom Kopf. Janne hatte den Eindruck, dass er als Nächstes aus seiner Watthose springen und einen Veitstanz aufführen würde.

»Ihr könnt hierbleiben«, sagte Elmar. »Das Haus ist zwar nicht groß, aber ich könnte hier in der Döns ein paar Gammelmatrazen auslegen. Decken hat's auch genug.«

»Ach, was.« Der Sielwolf war mit seinem Handy beschäftigt, doch offenbar hatte auch er keinen Empfang. »Ich muss rüber aufs Festland … zu Jansen …«

»Im Ernst?« Elmar warf einen Blick aus dem Fenster. »Du willst jetzt noch über den Damm? Ist das nicht zu gefährlich?«

»Was bleibt mir anderes übrig? Ich kann den Kahn doch nicht völlig absaufen lassen!«

»Trotzdem … bei dem Sturm?«

»Ach, was! Der Lorenbahnhof ist gleich um die Ecke, und ich hab zufällig den Zündschlüssel einstecken.«

»Ich bin dabei«, sagte Janne. Sie war abmarschbereit, und alles erschien ihr besser, als die Nacht in diesem Haus zu verbringen. »Ich wäre Ihnen wirklich dankbar, Herr Silas, wenn Sie mich mitnehmen würden … nach Dagebüll, richtig? Ich bin sicher, ich komme dort in einer Pension unter.«

Der Sielwolf fasste erst Janne, dann Elmar ins Auge. »Tja, El-mar«, sagte er knapp, »du hast die kleine Geburtshelferkröte ge-hört.«

»Silas, was soll das?«

»Klappe! Kümmer du dich um deine Frau.«

Er stülpte sich seine Mütze über und schenkte Janne einen mehr als offenherzigen Blick. »Um ehrlich zu sein, bei Windstärke teihn[7] wäre die Rückfahrt übers offene Meer ohnehin der Horror geworden. Die Lore dagegen wirft so schnell nichts aus dem Gleis.«

»Wer zuerst nach der Lore ruft, ist der Hasenfuß!«, rief Steff in diesem Moment. Die beiden Kinder waren aus dem Keller gekom-men, um die nette Dame zu verabschieden. »Mama wünscht Ih-nen eine gute Heimreise«, sagte das kleine bezopfte Mädchen. Erst jetzt bemerkte sie Janne, den Schal unter ihrem Kinn, und sie konnte nicht anders, als die Kleine kurz an sich zu drücken.

»Wir sehen uns wieder«, sagte sie leise. »Kümmere dich gut um deine Mutter, ja, versprichst du mir das?«

»Frau Segers …« Elmar stand plötzlich hinter ihr. »Ich bitte Sie … tun Sie es nicht. Die werden mir meine Familie wegneh-men. Gjertrud würde das nicht überleben … Und die Kinder wür-den als Waisen aufwachsen. Tun Sie das meinen Kindern nicht an.«

Janne drehte sich einfach um. Dick eingepackt, ihre Tasche umklammernd, folgte sie Silas' Sturmlaterne hinaus in die von Ge-wittergeräuschen bebende Nacht. Der Alte legte einen ordentli-chen Zahn zu, es blieb ihr kaum Zeit zu bemerken, dass sie durch knietiefes Wasser wateten.

---

7   Plattdeutsch: zehn

Vielleicht war es doch keine gute Idee, dachte sie so im Stillen. Und ob es wirklich so einfach war, zu so später Stunde in Dagebüll noch eine Bleibe zu finden?

Die Bahnstation war wirklich nur einen Steinwurf von der Warft der Familie entfernt. Vor Janne schwappten immer wieder hohe Gischtfontänen über die Trasse, das tobende Halligmeer war zwar unsichtbar, doch mit Sicherheit nicht weit von den Schienen entfernt. Janne war zunächst erleichtert, als sie auf eine geschlossene Lore zusteuerten. Das Dach und die Seiten schienen aus einer ausrangierten Lkw-Plane zu bestehen.

»Keine Sorge, der Wind wird uns ein bisschen durchpusten, aber das ist schon alles.« Zuvorkommend schob der alte Postschiffer Janne auf eine eiskalte, kunstlederbezogene Sitzbank, dem Muster nach, hatte sie ein Bastler aus einem alten Toyota entwendet. »Gefährlich wird es erst, wenn der Ostwind Eisschollen über den Lorendamm schiebt und ihn so in einen Eisdamm verwandelt. Aber so kalt ist es nicht.«

Er drückte sich neben sie in die Lore, schnallte Janne fürsorglich an und drehte den Zündschlüssel um. Zwei-, drei-, viermal rührte sich nichts, doch irgendwann stotterte sich der Viertakter doch noch in Fahrt. Janne hatte das unbeschreibliche Gefühl, auf einem defekten Rasenmäher zu sitzen. Mal ruckelte es, dann zischte das Wägelchen wieder wie auf Schmierseife dahin. Während Jannes Atem an der Windschutzscheibe kondensierte und sie immer wieder hektisch zu wischen begann, schienen sich auch die Areale ihres Gehirns mit irrationalem Beschlag zu belegen: Hätte sie sich vielleicht zusammenreißen und Elmar Peschkes freundliches Angebot annehmen sollen? Was zur Hölle war in sie gefahren? Oder war es vielleicht an der Zeit, einfach zu beten – nicht zu Jesus Christus, sondern zu diesem Nekkepenn Ekke oder wie der alte friesische Meeresgott hieß?

»Dann wollen wir mal«, sagte der Sielwolf und drückte das Gaspedal durch. Für Janne sah es aus, als steuere er die Lore mitten ins offene Meer.

»Sie erinnern sich an die Sache mit Moses?«, fragte sie so zum Scherz, doch entweder hatte er keine Lust auf ein Gespräch oder er hörte sie nicht. Unter dem Verdeck der Lore schien inzwischen eine grimmige Kälte zu herrschen.

Anfangs hielt Janne die Augen geschlossen, denn der Anblick, der sich ihr bot, hatte etwas Furchterregendes. Die dunklen Wassermassen, die den Damm hinaufschossen, waren nur dann zu sehen, wenn sie auf der Krone im Licht der Loren-Scheinwerfer wie Wasserbomben zerplatzten. Das sturmgepeitschte Halligmeer blieb dabei in einem wabernden Schattendunkel verborgen, und manchmal schien es Janne, als schwebe die Lore mitten im Weltall. Unter diesen Umständen konnte es nicht ausbleiben, dass die Fantasie anfing, ihr gewisse Streiche zu spielen. Einmal glaubte sie, den gebogenen, schwankenden Steven eines Drachenboots zu erkennen, doch es war nur der Greifarm eines Grüppenbaggers, den hier jemand vor der letzten Tide abgestellt hatte.

»Haben Sie eigentlich von den Besonderheiten dieser Familie gewusst?«, fragte sie, weil sie das Heulen des Sturms nicht länger ertrug.

Wie zuvor schien es, als habe der Sielwolf die Frage erst nicht gehört, doch dann räusperte er sich und sagte: »Sicher. Hier ist ja jeder irgendwie über sieben Ecken mit jedem verwandt. Und dann die Sache mit Froschtrud, das sprach sich in den Neunzigerjahren wie ein Lauffeuer herum.«

»Ach ja?«

»Sicher doch. So ein Naturtalent kommt nicht alle Tage zur Welt.«

Naturtalent? Unter anderen Umständen hätte Janne die Ausdrucksweise fast drollig gefunden.

»Na, ich will damit nur sagen, dass so eine Gabe hier draußen viele Vorteile hat. Von der größten Sorge, eines Tages in der Flut zu ersaufen, ist man auf alle Fälle befreit. Und man kann Leuten helfen. Drüben auf Langeneß, da hat Gjertrud mal ein paar Touris das Leben gerettet. Sie hat wirklich ein gutes Herz.«

»Das glaube ich Ihnen aufs Wort«, erwiderte Janne, »aber bleiben wir mal realistisch. Sie vererbt ihr Naturtalent weiter, doch irgendwie scheint mir das nicht im Interesse der Kinder zu sein.«

»Wer kann das sagen?«, murmelte Silas. »Die Natur passt ihr Geschöpf, den Menschen, immer rechtzeitig an. Es sind Halligkinder, hier gehören sie her.«

Das Meer schickte in diesem Moment eine Breitseite an die Lore, der Druck, den Janne durch die Plane empfand, war so, als habe sie die Hand eines lebenden Wesens berührt.

»Kennen Sie Gjertrud schon lange?«

»Seit ihrer Geburt«, sagte der Sielwolf. »Sie haben es vielleicht schon erraten, dass Gjertrud mein kleines Mädchen ist, oder? Sie ist meine Tochter – meine kleine Meerjungfrau –, und ich werde nicht zulassen, dass irgendjemand ihr Leben zerstört.«

Während ein schwarzes Wellengebirge über den Damm rollte, wagte Janne es nicht, zur Seite zu schauen. Nackte Furcht trieb ihr das Blut wie flüssiges Blei in die Schläfen. »Keine Sorge, ich werde Ihnen nichts tun«, fuhr er fort. »Es erstaunt mich nur, wie ignorant die Leute vom Festland doch sind. Sie mischen sich in Dinge ein, die sie nicht wirklich verstehen. Hier auf den Halligen lässt man die Meermenschen einfach in Ruhe.«

»Meermenschen?« Unauffällig begann Janne in ihrer Hebammentasche nach einer Schere zu suchen. »Wissen Sie, wie aberwitzig das klingt?«

»Gewiss«, sagte Silas. »Aber auch die verrückteste Äußerung enthält immer ein Gran Wahrheit. Eine gebildete Frau wie Sie kennt doch sicher den großen Heinrich von Kleist? Selbst der schrieb von einer Frau aus dem Meer.[8] Nach einer Sturmflut im Jahr 1740, einer Flut, die sämtliche Dämme von Westfriesland durchbrach, wurde sie nicht weit von der Küste entdeckt. Ihr Name ist nicht überliefert, vielleicht hatte sie nie einen gehabt, Kleist entschied sich jedenfalls, sie einfach *Sirene* zu nennen. Sie wurde nach Haarlem gebracht, wo sie kurze Zeit später verstarb. Das Meer hat ihr offensichtlich gefehlt.« Silas begann die Scheibe zu wischen, als hätte er draußen etwas gesehen. »Ähnliche Meldungen gibt es aus vielen anderen Ländern, der Hudson – der von der Bay – entdeckte eine Meerfrau vor Grönland. Ja, auch er hat darüber geschrieben, aber bis heute werden solche Meldungen von der Obrigkeit unterdrückt. Wahrscheinlich passt es den Eliten nicht in den Kram.«

Jannes Finger hatten die Schere inzwischen gefunden, doch Gjertruds Vater machte nicht den Eindruck, als ob er über sie herfallen wollte. Stattdessen deutete er auf ein flackerndes Licht in der Ferne.

»Der Leuchtturm von Dagebüll, sehen Sie? Wir haben es geschafft, das heißt, ich werde den alten Jansen einsammeln, und dann geht es wieder dieselbe Strecke zurück. Kann nur hoffen, mein Kahn ist dann immer noch da.« Er verpasste ihr einen freundschaftlichen Rippenstoß. »Was? Sie sehen mich immer noch so sorgenvoll an?«

»Sagen Sie mir nur eines«, erwiderte Janne. »Wieso haben Sie Ihrer Tochter das angetan? Wieso haben Sie sie wie ein Tier aufwachsen lassen? Wieso?«

---

8 Berliner Abendblätter, 6.2.1803

Der Fuß des alten Postschiffers ging einen Moment vom Gas, die Frage hatte er so nicht erwartet. »Zwingende Umstände«, sagte er dann. »Meine Frau starb bei Gjertruds Geburt, und der Oberarzt von der Klinik sprach von einer schwierigen Operation. Gjertrud hätte dabei draufgehen können, und die Vorstellung, mein Kind zu verlieren, trieb mich wohl zu diesem … sagen wir mal, drastischen Schritt. Wir zogen hier raus, auf die Halligen. Anfangs war es nicht leicht, vor allem für Gjertrud. Sie fühlte sich einsam, nur weglaufen konnte sie nicht. Ich glaube sogar, mit sechzehn wollte sie einmal Selbstmord begehen.« Er gab wieder Gas. »Aber dann lief ihr dieser kleine Beckenrand-Sheriff über den Weg, und sie hatten mehr als nur gemeinsame Interessen – sie hatten dieselben Gene. Ich muss auch zugeben, dass er ihr jeden Wunsch von den Augen abliest. Und meine Enkel nennen Elmar den besten Papi der Welt. Was will ich mehr?«

»Ich werde es trotzdem melden«, sagte Janne behutsam, »eines Tages werden Sie mich verstehen und mir vergeben.«

»Aber das habe ich längst getan«, sagte der Sielwolf, »die Frage ist, ob die Evolution Ihnen vergibt.« Ein Leuchten war plötzlich in seine Augen getreten.

»Unsere Wege trennen sich hier, das Meer schafft Gelegenheiten, die sind einfach zu günstig.« Wie durch einen Nebel nahm sie wahr, wie er den Türgriff der Lore mit einem Ruck öffnete. Der Sturm fauchte gischtsprühend unter die Plane, Hagelkörner prasselten ihr wie Krähenschrot ins Gesicht.

»Sie hätten auf meinen Schwiegersohn hören sollen.«

Er grinste, drehte den Kopf und reckte den Hals wie ein angriffslustiger Schwan. Die Lichtverhältnisse reichten gerade aus, dass sie die gut durchbluteten Kiemen an seinem Hals sehen konnte, Janne zog die Schere zum Vorschein, da sprang er schon mitten in die kochenden Fluten hinein.

»Nein, nein, nein …!« Sie versuchte mit ihrer linken Hand das Bremspedal zu erreichen, doch der Gurt, den er ihr umgelegt hatte, hielt sie zurück. Erst jetzt erkannte sie im Licht der Scheinwerfer ein Hindernis auf der Strecke – Holzbalken und zerrissene Taue, vermutlich ein zertrümmerter Landungssteg, den die See hier angespült hatte. Jannes Seifenkiste raste ungebremst darauf zu.

Die Schere in ihrer Hand durchschnitt den Gurt genau in dem Moment, als die Lore aufprallte. Janne wurde durch die Scheibe auf die Gleise geschleudert. Es konnte nicht mehr finsterer werden, als sie in den eisigen Fluten versank.

1. TEIL
FLUCHT NACH GRÖNLAND

Gott der Herr ließ donnern, regnen, hageln,
blitzen und den Wind so kräftig wehen,
daß die Grundfeste der Erde sich bewegten.

– PETER SAX, Chronist der großen Sturmflut
vom 11. September 1634

I.

Die Pressekonferenz hatte gerade begonnen, als dicke Tropfen auf das Podium fielen und zwischen den Mikrofonen der Sendeanstalten zerplatzten. Ein Sprecher des Umweltministeriums hob den Kopf, stutzte. Ein Tropfen landete genau auf seiner Brille. »Na, so was«, murmelte er, »könnte mal jemand die Dusche abstellen?« Dann hatte es auch die hochempfindlichen Membranen seines Mikros erwischt. In den Lautsprechern prasselte es jetzt wie trockenes Holz im Kamin, es wurde lauter und lauter, bis sich schließlich ein wahrer Wasserschwall auf die versammelte Journaille Berlins ergoss. Als käme hinter der abgehängten Decke ein Feuerwehrschlauch zum Einsatz, so heftig spritzte das Wasser aus den Spalten herab. Mit Hochdruck fegte es Aktenkoffer, Kameras und Diktafone zur Seite und bildete einen meterlangen, wabernden Vorhang zwischen der ersten und zweiten Stuhlreihe. Die wasserscheuen, unrasierten Pressevertreter stoben wild auseinander – Stühle und teure Klapprechner purzelten zu Boden, umherfliegende Kaffeebecher und angebissene Croissants verliehen dem Ganzen eine komödiantische Note. Erst als ein Scheinwerfer über dem Podium explodierte und sich der Geruch verschmorter Kabel breitmachte, waren Panikschreie zu hören.

Vom Gang aus konnte Freya sehen, wie die in Zivil gekleideten Sicherheitskräfte versuchten, die Lage unter Kontrolle zu bringen. Sie befand sich abseits des Mediengewoges, das jenseits des Wellenbrechers einer verkeilten Stuhlreihe den Raum wie ein Donnerwetter erfüllte. In dem allgemeinen Tumult hatte sie plötzlich eine Vorahnung, wie das befürchtete »Absaufen der Welt« aussehen würde: Das Wasser war ein unberechenbarer Gegner, der blitzschnell aus allen Richtungen zuschlagen konnte – ein feuchtkalter, vom Himmel gefallener Dämon, dem kleinste Risse genügten, um Mauern zu sprengen und solide Fundamente zu unterspülen. In Hamburg – kaum drei Wochen her – war das Wasser aus Tausenden von Kellern gekommen. In Nordfriesland kletterte es des Nachts ohne jede Warnung über die Deiche, stieg über die Kronen hinweg und ertränkte die Ernte. Die Halligen meldeten jetzt alle vierzehn Tage Land unter, die Rede war von einer neuen Mandränke[9], doch irgendwie schien das niemanden mehr zu interessieren. Es gab andere sogenannte Starkregenereignisse, die noch mehr Menschen betrafen: In Oldenburg schüttete es für vierundzwanzig Stunden sintflutartig vom Himmel, es goss und goss, bis die Stadt in einem einzigen Schlammbad versank. Viele Landstraßen in Schleswig-Holstein standen seitdem unter Wasser, jetzt meldete auch Dresden Land unter, die Elbe war erneut über die Ufer getreten. Doch all das wurde von den staatlich kontrollierten Medien heruntergespielt. Die Chefredakteure der großen Nachrichtenmagazine versuchten so, bei unterschiedlichen politischen Lagern zu punkten. Freya wusste das nur zu gut, denn sie gehörte zu einer berüchtigten Gruppe von Öko-Aktivisten, die die Verflechtung medialer und wirtschaftlicher Interessen öffentlich anprangerte.

Die holistische Dimension einer globalen Erwärmung war ihr seit Jahren bewusst. Ungeachtet aller warnenden Vorzeichen in den vergangenen Jahrzehnten hatte die Industrie weiterhin kräftig Reibach gemacht, um nun die Kosten der Klima-Stabilisierung dem Steuerzahler zu überlassen. Wie bei der Bankenkrise, diesem

---

9 1362 und 1634 verwüsten zwei verheerende Sturmfluten die Nordseeküste, bekannt als Grote Mandränke (»großes Ertrinken«). Der letzten Flut fielen zwischen 8000 und 15 000 Menschen zum Opfer.

Armutszeugnis einer an Unfähigkeit krankenden Finanzelite, hatte der Staat die Verluste zu tragen, nicht die Verantwortlichen. Dasselbe Bubenstück versuchten die Regierenden jetzt mit der Umweltmisere. Die Schmelze des Grönlandeises kam der Regierung nicht ungelegen, um von den wirtschaftlichen Problemen im Zuge der Pandemie im eigenen Land ablenken zu können. Ob die eigenen Bürger inzwischen in Zelten und Notbehelfen hausten, war der Regierung offenbar gleichgültig. Der Störung der Pressekonferenz gehörte zum Glück einer anderen Kategorie an: Ein Ministeriumssprecher sprach von einem »ordinären Wasserrohrbruch im dritten Obergeschoss«, der Haupthahn sei abgedreht worden, die Monteure schon unterwegs. Kein Grund zur Beunruhigung, alles unter Kontrolle.

Der Wasserfall vor dem Pult versiegte tatsächlich allmählich. Zwar tröpfelte es noch hier und da vor sich hin, doch die Journalisten hatten sich von ihrem Schrecken erholt.

»Sie haben Glück gehabt, Gnädigste.«

»Bitte?« Als Freya den Kopf drehte, sah sie ein halbes Gesicht, die andere Hälfte war von einem Kameragehäuse verdeckt. Es war etwas Merkwürdiges an diesem Gesicht, und es lief auf die Frage hinaus, welcher Blick kälter war, der des Kameraobjektivs oder der des starren hellgrünen Glupschauges. Der kahl rasierte, von Pigmentflecken gesprenkelte Schädel kontrastierte scharf mit dem weißen Knopf in der Ohrmuschel und einem gleichfarbigen Spiralkabel, das unter einem Seidenchoker verschwand.

»Sie sind nicht nass geworden. Erstaunlich. Als ob Sie es gewusst hätten.«

»Hören Sie auf, mich zu filmen!«

»He, für wen halten Sie sich – Erin Brockovich?«

»Fast richtig getippt.«

Freya von Velden – kurz Freya genannt – fuhr mit einer raschen Bewegung durch ihr blondes, kurz geschnittenes Haar. Es wirkte stachlig wie Johnny Rottens legendäre Punkrock-Frisur, doch passte zu ihrem Gesicht, das sich dem Kameramann in diesem Moment im Profil darbot: Das Objektiv erfasste eine vorwitzige Stupsnase über einem schön geschwungenen Mund, deren Winkel gelegentlich ein spöttisches Grinsen freigaben. Schwere Kajal-Schwalbenschwänze zierten die runden Augen, deren Farbe der Chip nicht deutlich zu erkennen vermochte. Sie schienen grau, eher anthrazitfarben, doch war es gut möglich, dass sie von jener seltenen Sorte Blau waren, das in der Sonne wie Azur aufleuchtete. Die Piercings in ihrem Gesicht waren ebenso echt wie der Camouflage-Regenmantel von Dolce & Gabbana.

»Sind Sie … wie sagt man – so eine von diesen Grufti-Schnecken?«

»Wieso?«

»Na ja, ich komme aus Leipzig, ich kenne die Gothic-Szene ganz gut. Jedes Jahr gibt es da dieses Treffen. Die Stadt wimmelt dann von Typen, die aussehen, als würden sie für einen neuen Zombie-Film posen.«

»Sagen Sie – wollen Sie etwas von mir?«

»Nun, weil Sie so freundlich fragen: Ich möchte gerne Ihre Einladung sehen.« Der Sicherheitsmann nahm das Auge kurz vom Sucher. »Falls Sie keine haben, tut's auch ein Presseausweis.«

»Dürfen Sie das überhaupt?« Sie griff in ihre Manteltasche, suchte den Brief des Ministeriums.

»Wir dürfen alles, das wissen Sie doch.«

»Oh, ist es schon wieder so weit?« Freya faltete den Brief auseinander und überreichte ihn dem Quälgeist mit einem ironischen Augenaufschlag. »Alfred-Wegener-Institut, Polarforschung.«

»Ist der auch echt?« Sie konnte sehen, wie seine Finger das Prägesiegel befühlten. »In Ordnung.« Etwas umständlich schaltete er die Kamera aus. »Tut mir leid, aber wir müssen jede verdächtige Person überprüfen.«

»Und ich bin Ihnen verdächtig?«

»Um ehrlich zu sein, in Ihrem Army-Mantel sehen Sie aus, als hätten Sie vor, die Versammlung im Alleingang zu sprengen.«

Freya nickte verächtlich, doch es war nur, um ihre Nervosität zu unterdrücken: Unter dem Mantel verbargen sich zwei eingerollte Transparente mit höchst subversiven Parolen.

»Das Wasser war schneller«, meinte sie keck.

»Oh, das ist es doch immer.« Der Mann gab ihr das Schreiben zurück. »Dann entschuldigen Sie vielmals die Störung, aber stellen Sie unter keinen Umständen irgendwelche Dummheiten an.«

Er drehte sich noch einmal um und richtete eine aus Daumen und Zeigefinger geformte Pistole auf sie: Gotcha, Baby. Das sollte wohl heißen, er würde sie im Auge behalten.

Das Ministerium erwies sich als flexibel. In Windeseile wurden sogenannte Diplomatenschirme mit aufgedrucktem Bundesadler verteilt. Nett frisierte Damen reichten heiße Getränke, Snacks und Handtücher. Elektrogeräte wurden mit Zellstofftüchern getrocknet, durchnässte Sitze mit Plastikfolien provisorisch wieder benutzbar gemacht. Die Riege der Umweltpopulisten und Vergolder des Klimawandels, die sich gerne selbst als Experten auswiesen, kehrten aufs Podium zurück, setzten ritterliche Mienen auf oder erfreuten die Journalisten in der ersten Reihe mit Schwänken aus ihrem ach-so-bewegten Leben.

»Alles halb so schlimm, meine Damen und Herren. In Bagdad saß ich mal in einer Konferenz, da rauschte eine Cruise Missile direkt über uns rein …«

Später hieß es dann hinter vorgehaltener Hand, eine Gruppe militanter Öko-Aktivisten habe mit einer gestohlenen Rohrreinigungsmaschine verschiedene Wasserleitungen angefräst, um der anwesenden Journaille einen Denkzettel beziehungsweise Vorgeschmack des Klimawandels zu verpassen. Ein Teil der Saboteure war beim Verteilen von Handzetteln verhaftet worden, andere befanden sich noch immer auf freiem Fuß.

»Was für ein Auftakt!« Als Kathrin auftauchte, sah sie aus, als hätte sie in ihren Klamotten geduscht. Eingekeilt von zwei schwergewichtigen Korrespondenten, hatte sie nicht schnell genug aufspringen können. Ihre blau gefärbten, zu einer Trauerweidenfrisur geflochtenen Zöpfe trieften ihr auf die Bluse, eine ehemals weiße Bluse, die sie sich von Mutti geliehen hatte, um auf der Konferenz einen guten Eindruck zu machen. »Und alles nur, weil ein paar Idioten auf sich aufmerksam machen wollen.« Mit ihren großen Augen und dem viel zu dunklen Lippenstift, der ihrem Mund einen bösen Zug verlieh, hatte sie Ähnlichkeiten mit einer Cartoon-Göre.

»Halt den Rand, Kathrin, hier wimmelt es nur so von Schnüfflern!«

»Oh, du meinst den, der uns gerade filmt?« Kathrin schniefte erst eine obszöne Grimasse, dann klappte sie ihren Stinkefinger aus.

Freya runzelte die Stirn, hielt sich aber zurück. Noch vor Jahren war sie nicht anders als Kathrin gewesen – dynamisch, spontan, immer bereit, den Nackenschlägen des Lebens zu trotzen. Doch inzwischen – nach einem traumatischen Erlebnis im malaysischen Dschungel – hatte sie sich einen Panzer zugelegt. Er war nicht sichtbar, nicht greifbar, aber sie wäre auch nicht in der Lage gewesen, ihn abzulegen. Vielleicht war sie erwachsen geworden. In Kathrins Gegenwart, wenn sie deren Empörung über die Winkelzüge korrupter Politiker spürte, ging ihr auf, dass sie schon lange nicht mehr zu der jungen, intellektuellen Erregungsgemeinschaft gehörte.

»Weiß man, wer es war?«

»Keine Ahnung«, sagte Freya. »Irgendeine beknackte Fraktion! Vermutlich dieselben Typen, die den letzten G8-Gipfel zum Schlachtfeld gemacht haben.«

»Chaoten.« Kathrin warf einen verächtlichen Blick über die Schulter. »Randalierer, gestörte Weltverbesserer und die übliche schwarz vermummte Zeckengemeinde. Hauptsache Stunk – und nach uns die Sintflut!« Sie stampfte einmal auf den durchweichten Teppichboden. »Die Polizei ist jedenfalls draußen mit einer Hundertschaft aufgekreuzt. Es gibt an den Ausgängen Personenkontrollen. Die passen auf wie die Schießhunde.«

»Dann sollten wir die Aktion besser abblasen, solange wir noch können.« Freya presste die eingerollten Transparente fest unter ihrem Mantel zusammen. Auch Kathrin zählte zu der Gruppe von Aktivisten, denen es – nach langer Vorbereitung – gelungen war, die Konferenz zu infiltrieren, um das abgekartete Spiel – so nannten sie es in ihrer WG – aufzumischen. Beide Frauen, hauptberuflich Studentinnen einer naturwissenschaftlichen Fakultät, hatten viel riskiert. Falls sie auffliegen sollten, hätte schon die Fälschung der Presseausweise ein gerichtliches Nachspiel gehabt. Für die Einladungen hatte Kathrin angeblich sogar mit einem netten jungen PR-Berater des Ministers geschlafen. Dass er so ausgesehen hatte wie Justin Timberlake, wäre nur ein schwacher Trost, falls sie jetzt unverrichteter Dinge abziehen würden.

»Was machen die anderen?«

»Tja, Jens und Theo haben schon aufgesteckt. Jens meinte, wir bräuchten ihn nicht, um ein Transparent aufzurollen und es in eine der Kameras zu halten. Und Theo wollte noch seine Mutter besuchen. Fiel ihm anscheinend noch rechtzeitig ein.«

Freya nickte stumm, sie war von Öko-Aktivisten nichts anderes gewohnt. Die meisten hielten es für eine hippe Freizeitbeschäftigung, sich für irgendeine gute Sache zu engagieren.

»Blutige Amateure. Und was ist mit Pia?«

»Pia sitzt am Ausgang. Die Wachleute haben ihr einen Stuhl organisiert, damit sie bequemer demonstrieren kann. Einer hält ihr sogar das Transparent. Sie hat, glaube ich, wieder eine Sehnenscheidenentzündung.«

»Schon gut, schon schlecht«, seufzte Freya, »wir sind mal wieder allein.«

»Das heißt es, Schwester! Aber tröste dich, du weißt ja: *Sisters are doing it for themselves.*«

»Ich bitte um Ihre Aufmerksamkeit. Der Bundesumweltminister!«

Die extra angeschleppten Scheinwerfer leuchteten auf, und in ihrem grellen Licht schienen die letzten Tropfen auf den Regenschirmen zu verdampfen. Hemdsärmelig und lässig pochte der Minister einmal kurz an eines der Mikrofone, und der Stimmenwirrwarr brach in sich zusammen.

»Ich will es kurz machen, meine Damen und Herren. Wir stehen womöglich vor einer globalen Hochwasserkatastrophe, die genau hier ihren Ursprung hat …«

Hinter der fülligen Figur des Ministers tauchten mehrere Satellitenbilder auf.

»In Grönland! Das Land ist wärmer geworden, viel wärmer, doch für den Temperaturanstieg um zwanzig Grad haben wir bislang keine Erklärung. Diese Aufnahmen aus den Jahren 2025 bis 2029 belegen die extrem rückläufige Meereisbedeckung und die wohl rasanteste Inlandeisschmelze dieses Planeten. Sollte sich der Trend fortsetzen, müssen wir hier in Europa mit einem Anstieg des Meeresspiegels um drei Meter rechnen. Sollte die gesamte Eisdecke

Grönlands verschwinden, kommen noch mal vier Meter hinzu. Ich muss Ihnen nicht ausmalen, was das für Deutschlands Küstengebiete bedeutet.«

Augenblicklich erhob sich ein Gemurmel im Raum. Auch Freya und Kathrin waren von dieser Mitteilung überrascht. Grönlands Eisschmelze war ein allgemein bekanntes Faktum. Ein Forschungsteam des Alfred-Wegener-Instituts hatte bereits im Jahr 2007 ermittelt, dass das Meereis um Grönland herum nur noch halb so dick war wie im Jahr 2001. Zu diesem Zeitpunkt verlor das Eis noch jährlich fünfzig Kubikkilometer an Masse. Der Anstieg der Temperatur an den Polkappen reichte nicht aus, diesen Schwund zu erklären, doch die Klimaskeptiker hatten die Entdeckung damals heruntergespielt.

»Was wollen Sie damit sagen?«, rief jemand dazwischen. »Dass ein Walross auf Grönland einen krachen lässt und hier wackelt die Hütte?«

Auf dem pausbäckigen Gesicht des Ministers zeigte sich ein verkniffener Mund.

»Viel Land, sehr viel Land wird verschwinden …« Er gab einem der Experten ein Zeichen. Neue Grafiken tauchten auf, geografische, in denen die Konturen der Kontinente merkwürdig zu schrumpfen begannen.

»Sehen Sie, hier und hier … Diese Daten hat uns die NASA geschickt. Sollte das gesamte grönländische Inlandeis abschmelzen, haben wir global ein massives Problem. Am schlimmsten wird es die Küsten Europas und Nordafrikas treffen.«

»Wie gesichert sind diese Daten?« Ein nervös zuckender Kugelschreiber ging in die Luft. »Und – gibt es dafür eine Erklärung?«

»Nun ja …« Der Minister räusperte sich. »Um ehrlich zu sein, wir haben für diese von Grönland ausgehende Schmelze keine

Erklärung. Das Zentrum scheint im Nordosten zu liegen, in der Nähe des Waltershausen-Gletschers, etwas unter siebzig Grad nördlicher Breite.«

»Könnte es ein Vulkan sein, der dort entsteht?«

»Nein, dort gibt es nichts, rein gar nichts, nur einen über dreitausend Meter dicken Eispanzer.«

»Und das finden Sie unerklärlich, Sie Tropf?« Ein Meteorologe zu seiner Linken wedelte mit einem Haufen Papier. »In der ganzen Arktis herrscht Tauwetter! Ein derartig geringes Eisvolumen hat es seit achttausend Jahren nicht mehr gegeben!«

»Was wollen Sie damit sagen?«

»Dass all Ihre offiziellen Klimamodelle versagt haben! Was sich in den polaren Regionen abspielt, ist eine … klimatische Mutation!«

»Eine Mutation?« Der Minister versuchte ein skeptisches Lächeln.

»So kann man es nennen«, meldete sich ein weiterer Experte zu Wort. »Wir gingen bislang davon aus, dass das Meereis erst gegen Ende des Jahrhunderts so weit zurückgehen wird, dass es in den Sommermonaten komplett verschwindet. Nun müssen wir davon ausgehen, dass es bereits in zwanzig Jahren so weit ist. Wahrscheinlich hängt es mit dem Zyklus der Meeresströmungen zusammen, dem Golfstrom, der mehr warme Luft an die Eiskappe transportiert.«

Falscher Ansatz, dachte Freya, aber so funktionierte das neue System. Seit dem großen Stromausfall in New York hatte man die Öffentlichkeit an Single-Cause-Argumentationen gewöhnt. Es ging nicht mehr um Wahrheit, sondern um Vereinfachung. Als die Mauer fiel, sprachen die deutschen Gazetten sofort vom »Ende des Kommunismus«. Einen einzigen, plausibel klingenden Grund, mehr brauchten die Menschen nicht.

Tatsächlich war der Zusammenbruch der Sowjetunion das Resultat einer Vielzahl von Faktoren innerhalb einer an Komplexität kaum zu überbietenden weltpolitischen Lage gewesen. Für Freya stand fest, um zu begreifen, warum das Wetter verrücktspielte, musste man sich mit einem unangenehmen Gedanken vertraut machen: Zwischen der zweiten, »Globalisierung« genannten, industriellen Revolution und der Überbevölkerung, dem enormen technologischen Fortschritt und dem Klimawandel, dem neu entbrannten Kampf der Kulturen und der Rohstoffknappheit gab es mehr Zusammenhänge, als man sich vorstellen konnte; eine einzige große Ursache gab es nicht.

»An den Golfstrom haben wir auch schon gedacht«, meinte der Umweltminister, »leider reicht er nicht aus, die neue grönländische Eisschmelze zu erklären.«

»Was ist mit vulkanischen Aktivitäten?« Ein offenbar engagierter Experte am rechten Rand des Podiums meldete sich hüstelnd zu Wort.

»Genau das haben wir auch erst vermutet, doch sehen Sie selbst …« Der Minister nickte kurz, und mehrere Thermogramme leuchteten auf. »Das sind der Gletscher und die Foster Bay. Nicht die kleinsten Anzeichen von Wärmeentwicklung. Und doch haben sich hier in den letzten zwei Wochen riesige Ströme gebildet, die in die Fjorde der Foster Bay münden.«

»Aber irgendetwas muss das Eis doch zum Schmelzen bringen!«

»Ganz recht, doch wie der Herr Minister schon sagte, wir wissen nicht, was.«

»He, wie wär's mit FCKW?« Ein junger Reporter spuckte das allseits beliebte Wort in die Runde. »Warum nennen Sie das Kind nicht beim Namen? Die Ursache ist die verflixte CO_2-Emission, aber das dürfen Sie natürlich nicht sagen, weil sich Ihre amerikanischen Freunde sonst auf den Schlips getreten fühlen!«

»Das ist Quatsch«, sagte Freya. Es war ihr so rausgerutscht, aber der Umweltminister hatte es gehört.

»Wie bitte?«

»Ich sagte, das ist Quatsch.«

Als sich die Kameras auf Freya richteten, tauchte Kathrin nach hinten ab.

»Wollen Sie vielleicht behaupten, es gibt keinen Treibhauseffekt?«, höhnte der junge Reporter. »In den Achtzigerjahren gab es durchschnittlich zehn Umweltkatastrophen im Jahr, heute sind es gut und gern dreimal so viel.«

»Was hat das bitte mit Grönland zu tun?«

»Verstehe schon, alles nur 'ne Erfindung der Medien. Hinter dem Klimawandel steckt der größte wissenschaftliche Betrug der Neuzeit ...«

»Halbwegs«, sagte Freya. Pressefritzen, die aus dem Bauch heraus argumentierten, waren ihr besonders verhasst. »Wenn die Treibhaus-These stimmen würde, dann müssten sich die höheren Schichten der Atmosphäre schneller erwärmen als die unteren.«

»Und? Was macht das aus?«

»Sie scheinen nicht zu verstehen: Eiskernbohrungen haben längst bewiesen, dass ein jeweiliger Anstieg des CO_2-Gehalts der Atmosphäre mit einer durchschnittlichen Zeitverzögerung von achthundert Jahren nach Erwärmungsschüben auftrat. Das legt nahe, dass höhere Temperaturen den Anstieg von CO_2 bewirken und eben nicht umgekehrt. Es ist ein Erwärmungsschwindel, und wir sind alle darauf reingefallen.«

»Oh, das heißt dann wohl, dass wir den Klimawandel als etwas Natürliches hinnehmen müssen!« Freyas Widersacher hatte noch nicht genug. »Das nenne ich mal einen Freibrief für die Umweltsünder, immer so weiterzumachen! – Wer sind Sie eigentlich?«

»Die junge Dame hat leider recht.« Der Experte, der anfangs von einer klimatischen Mutation gesprochen hatte, rekelte sich in seinem Sitz. Der Mann, das war deutlich, brauchte dringend einen Nasenhaarschneider.

»Wir müssen endlich aufhören, die CO_2-Emission für alles Übel in der Welt verantwortlich zu machen. Bitte bedenken Sie, CO_2 macht nur einen minimalen Bestandteil der Erdatmosphäre aus, äh … etwa 0,054 Prozent. Davon gehen ungefähr 1,2 Prozent auf das Konto der technischen Emission. Der ganze Rest ist biologischer Herkunft. Er entstammt der Atmung von Lebewesen, das meiste Kohlendioxid wird von Bodenbakterien produziert.«

»Wer hat dich denn geschmiert, Freundchen?« Aus der versammelten Meute drangen verärgerte Stimmen. »Raus mit dem Schwätzer!«

Während des allgemeinen Tumults hörte Freya einen Wortwechsel hinter ihrem Rücken.

»Haben Sie mich eben gefilmt?«

»Und wenn?«

Die Stimme kam Freya bekannt vor, und sie warf einen Blick über die Schulter. Glupschauge war von ein paar schwarz gekleideten Gestalten umringt, sie hatten ihre Balaklavas auf halbmast, doch machten einen durchaus paramilitärischen Eindruck.

»Bist du ein Zivi?« Der Rädelsführer baute sich vor dem Mann auf. »Hm?«

»Sie machen einen großen Fehler.« Der Sicherheitsmensch hielt seine Stimme gedämpft, als wolle er kein Aufsehen erregen. Freya konnte die Angst in seinem Glupschauge sehen.

»Wenn ihr mich anrührt, dann seid ihr dran.«

»Aber erst nach dir.« Einer der Vermummten verschränkte die Arme. »Willst du's drauf ankommen lassen, Bulle?«

Zu ihrer Überraschung machte der Security-Mann einen Rückzieher. Er setzte seine Kamera ab und trat ein paar Schritte nach vorn. »Herrschaften, nun seien Sie doch vernünftig!«

Der Minister hatte inzwischen bemerkt, dass seine Konferenz zu einem uferlosen Disput ausartete; gewohnheitsmäßig versuchte er den Primus inter Pares zu spielen. »Wir brauchen sachliche Argumente! Wie ich schon sagte, die Ursachen der Schmelze kennen wir nicht … aber wir arbeiten dran!«

»Und ob wir die Ursache kennen!« Ein kleiner Meteorologe aus Marburg, der hier nur ersatzweise saß und jederzeit als Einstein-Imitator durchgegangen wäre, glaubte wohl, seine Stunde sei endlich gekommen. »Die Ursache der Schmelze ist verminderte Wolkenbildung infolge veränderter Sonnenaktivität. Punkt.«

Das Echo war ein schallendes Lachen.

»Wieso nicht?« Anscheinend wollte der Mann einen Eklat. »Wir wissen, dass kosmische Strahlung Wolkenbildung verursacht. Das Magnetfeld der Sonne, das uns gegen kosmische Strahlung schützt, ist in den letzten dreißig Jahren stärker geworden. Ergo: weniger kosmische Strahlung, weniger Wolken, weniger Kühlung!«

»Lügner!« Es war schon kein gutes Gefühl gewesen, die schwarz gekleideten Chaoten im Rücken zu haben, jetzt – als sie sich an Freya vorbeidrängten, verspürte sie eine unerklärliche Furcht. Der Security-Mann blieb noch immer äußerlich ruhig. Entweder hatte er seine Anweisungen, oder aber die Bewaffnung der Vermummten – Teleskopstöcke und Pfefferspraydosen – schüchterten ihn ein. Wie Soldaten schwärmten sie aus.

»Ach, du liebes bisschen.« Kathrin ließ ihre eingerollten Transparente zu Boden fallen. »Das wird mir zu brenzlig. Ich bin dann mal weg!«

Der Rädelsführer bahnte sich seinen Weg zum Podium. Die Augen, die aus seiner Hasskappe starrten, wirkten groß und rot. »Das ist doch alles gequirlte Scheiße! Nehmen wir mal an, Sie haben recht – was wird aus der Menschheit? Sollen wir uns vielleicht in Frösche oder Fische verwandeln? Hat sich mal einer von euch Eierköpfen überlegt, dass all dieses Klima-Schwachsinnsgerede auf das Verschwinden der Menschheit hinauslaufen wird?«

»Vielleicht etwas weit hergeholt, aber auf lange Sicht wahrscheinlich richtig«, sagte der Einstein-Imitator. »Sollte sich die Erde zu einem reinen Wasserplaneten entwickeln, dann würden alle landbewohnenden Säugetiere verschwinden, oder aber – was natürlich auch eine Möglichkeit ist – sie würden sich anpassen. Das würde allerdings nicht von heute auf morgen geschehen, sondern in einem größeren Zeitraum … sagen wir mal anderthalb Millionen Jahre.«

Einige Reporter lachten nervös.

»Ihr findet das lustig!«, brüllte die Hasskappe. »Und wenn wieder alles schneller geht als gedacht? Was, wenn sich die Eierköppe mal wieder verrechnet haben? Die verrechnen sich doch andauernd.«

Einer der Experten wollte etwas entgegnen, aber der Minister bedeutete ihm mit einer Handbewegung zu schweigen.

»Jeder hat das Recht auf eine eigene Meinung.« Angesichts der geladenen Presse hatte sich der Umweltminister entschieden, die menschliche Karte zu spielen. Mit einer versöhnlichen Geste wandte er sich an den Randalierer. »Hören Sie, liebe Freunde, ich verstehe Sie ja, und ich weiß es zu schätzen, dass Sie sich für die Umwelt einsetzen, aber Gewalt ist nicht der richtige Weg. Wie gesagt, wir suchen noch nach der Ursache …«

Der Anführer der Vermummten lachte höhnisch dazwischen. »Hört, hört!« Während er das Podium ansteuerte, ließ er seinen

Totschläger über die Stuhlreihen rattern. »Was zum Teufel ist mit euch los? Hat euch einer ins Gehirn geschissen, oder was? Wir hatten dreizehn Jahre, dreizehn lumpige Jahre, um die Klimakatastrophe zu stoppen! Das stand so im letzten UN-Klimabericht, den dieser sogenannte Minister der Öffentlichkeit seit Jahren verheimlicht. Die dreizehn Jahre sind um, und nichts ist passiert!« Die meisten Journalisten starrten betreten zu Boden. »Begreift ihr's nicht? Diese Regierung will euch verarschen, so wie auch all die anderen Regierungen davor, und wie es auch die folgenden tun werden, sollten wir die Sache nicht selbst in die Hand nehmen! Ihr wisst doch, der Reset wird kommen … Und damit er kommt, fahren die das Klima gegen die Wand. Denn das Geschäft der Zukunft heißt …« – er hob seinen Totschläger wie einen Zeigefinger – »… Klimaanlagen, Atemschutzmasken und Gummizeugs. Es geht darum, alles kaputt zu machen, damit man es wieder aufbauen kann! So einfach funktioniert das System!«

Freya merkte in diesem Moment, wie ein unscheinbarer Security-Mann vor ihr in seine Tasche griff. Es geschah ganz geschmeidig, fast beiläufig, und sie hätte nie im Leben erwartet, dass er eine Waffe ziehen und sofort abfeuern würde.

Vielleicht hatte er keine Zeit gehabt, gut zu zielen, doch die Kugel verfehlte den Umweltminister, der trotz seiner Fettleibigkeit mit einem Hechtsprung hinter den gleichfalls aufspringenden Experten verschwand.

Einer der Vermummten wurde plötzlich aktiv. »Polizei!«, schrie er. »Sonderkommando! Sie sind verhaftet!« – sehr zum Entsetzen seiner schwarz gekleideten Kumpane, die zurückwichen.

»Das gibt's doch nicht, ausgerechnet der Andy …«

»Ein Zivi … verdammte Schweinerei!«

»Verräter, dich mach ich so was von alle!«

»Aufhängen sollte man den Lumpen! Aufhängen!«

Im nächsten Moment hatten sie ihren ehemaligen Anführer am Schlafittchen gepackt und droschen wie wild auf ihn ein. Es sah nicht mehr nach der Sorte von Handgreiflichkeiten aus, wie sie im Zuge von Bürgerrechts-Demonstrationen nun normal geworden waren – das hier war blutiger Ernst. Auch um Freya herum liefen die Dinge jetzt aus dem Ruder: Der Mann – derselbe froschgesichtige Mensch –, der sie vor einer halben Stunde gefilmt hatte, versuchte nun, den Attentäter zu entwaffnen. Dabei fiel Freya etwas auf, besser gesagt, sie glaubte – nur für eine Zehntelsekunde – etwas zu sehen, eine Art Missbildung seiner Finger … Sie schienen irgendwie verwachsen zu sein. Vor Freya entstand ein ziemlich unsanftes Gerangel. Beide Männer schienen Nahkampferfahrung zu haben, es war jedenfalls kein Zufall, wie hart und routiniert sich ihre Arme stets wieder ineinander verkeilten. Aus dem Knäuel segelte jedenfalls die Pistole, in hohem Bogen über die Köpfe der Journalisten hinweg – und Freya fing sie auf. Linkshändig, wobei sie eigentlich Rechtshänderin war. Ihr Herzschlag schien einen Moment auszusetzen, als sie nun sah, wie ein Leibwächter des Ministers seine Dienstwaffe zog und auf sie anlegte. In ihrer Panik duckte sie sich, wobei sich zwei Schüsse lösten.

Der Leibwächter stürzte getroffen ins Licht der Overhead-Projektion, ein Startschuss zur allgemeinen Panik.

Nur nicht fallen, dachte Freya, denn die Pressemeute trampelte bereits über Stuhlreihen und Beistelltische hinweg. Die Security-Leute hatten nicht die Spur einer Chance.

»He, Sie da … Stehen bleiben!« Der vermummte Zivi erwischte sie an der Schulter, wollte sie festhalten, aber einer seiner Ex-Kumpels schlug ihm von hinten mit der Faust ins Genick.

»Verschwinde!«, zischte er Freya ins Ohr. »Schade, dass du das Schwein nicht erwischt hast.« Der Ausdruck von Fanatismus auf seinem Gesicht war echt. »Das wäre die Quittung gewesen …«

»Aber ich habe doch gar …« Sie ließ die Waffe endlich fallen und sah sich nach Kameras um. »Ich habe nicht …«

»Klar hast du nicht!« Er zwinkerte ihr verschwörerisch zu. »My lips are sealed … Keine Sorge!«

Irgendjemand stieß sie vorwärts, drängte sie aus dem Raum, eine Treppe hinunter. Freya stolperte, prallte an anderen Körpern ab und purzelte über ihre eigenen Füße.

»He! Passen Sie doch auf!« Das Transparent, das sie immer noch trug, rutschte aus ihrem Mantel, und der Menschenstrom beförderte sie hinunter in die Halle, wo noch niemand ahnte, was sich in der Konferenz abgespielt hatte.

II.

Im Nachhinein wirkte das Attentat auf den Umweltminister wie der Auftakt zu größerem Ärger. Wie gegen Abend bekannt wurde, hatten Piraten zur Zeit des Anschlags ein Kriegsschiff der US-Navy vor Grönland gekapert. Zumindest war das die offizielle, von CNN verbreitete Erklärung des Vorfalls. Seeräuberei sei »in der Arktis normalerweise kein Thema«, doch müsse man davon ausgehen, dass »Unbekannte« das eisbrechende Schiff in ihre Gewalt gebracht hätten. Der letzte Funkspruch der USS Bataan galt als Beweis: »Mayday, Mayday! Sie kommen aus dem Wasser! Die … die Kreaturen sind überall …«

The creatures are everywhere … CNN sendete den Original-Notruf, der in einem Fauchen des Äthers erstarb. Das Schiff galt seitdem als vermisst, wahrscheinlich hatten es die Piraten in einen der zahllosen Fjorde geschleppt. Terror-Experten rätselten inzwischen, ob es sich bei dem Wort Kreaturen um einen rassistischen Ausrutscher oder einfach nur um ein Code-Wort der Navy handelte. Das Weiße Haus hielt sich in dieser Frage aus unerfindlichen Gründen bedeckt.

»Richtig unheimlich«, quakte Frodo, »grotesk!« Es war sein unangefochtenes Lieblingswort, zumindest rutschte es ihm neuerdings öfter mal raus, wenn es zum Beispiel darum ging, Phänomene der anhaltenden Weltwirtschaftskrise mit seiner Freundin zu diskutieren. Selbst seriöse Journalisten bemühten seiner Meinung nach groteske Vergleiche, um die Missstände zu beschreiben, oder vielleicht auch nur, um die Menschen mit schwarzem Humor bei der Stange zu halten.

»Tja, nicht zu fassen, diese somalischen Freibeuter!«, witzelte Frodo, der eigentlich Fritz-Otho Peschke hieß, doch aus nicht ganz unerfindlichen Gründen immer schon Frodo gerufen wurde.

Er verkündete sein Erstaunen so lautstark, dass sich die Köpfe am Nebentisch bereits zu ihm drehten. Die meisten Mitarbeiter von Hydrocheck Worldwide – Lebensmittelchemiker, Monteure, Hydrologen, Analysten und spezialisierte Wasserfacharbeiter – hatten sich in der Cafeteria vor dem überdimensionalen LCD-Schirm, einem Überbleibsel des letzten Fußballfiebers, versammelt. Viele rührten bedächtig in ihren eingedickten Latte macchiatos und präsentierten die üblichen, seit der jüngeren Steinzeit beliebten Mienen und Verlegenheitsgesten, wenn es darum ging, Teil einer Trauer- oder Erregungsgemeinschaft zu sein.

»Was denn?«, legte Frodo ungeniert nach. »Da tritt man ihnen am Horn von Afrika in'n Hintern, und was tun diese genialen Halunken? Sie machen jetzt das Polarmeer unsicher! Was kommt als Nächstes? – Sylt? – Rügen? Die Halligen?«

Es sollte ein Witz sein, doch seine Kollegen reagierten nur mit versteinerten Mienen.

Buh-huh, immer schön Mitgefühl zeigen, dachte Frodo, der sich, trotz eines Schwimmreifens aus Kummerspeck, an einem Nachschlag des Karamell-Sahne-Puddings ergötzte. Das waren so die Momente, in denen ihm die lieben Kollegen mal wieder als schlichte Primaten und würdige Nachkommen von rattenähnlichen Nagern vorkamen. Auf dem »Affenfelsen« (seine Bezeichnung der Firma), einem ausgehöhlten Betonbrocken, der ihm Brot und Butter und gelegentlich auch Süßspeise gab, verkehrte er im mittleren Drittel der legitimierten Fress- und Beißhierarchie. Als Außendienstmitarbeiter hatte er nicht wirklich etwas zu melden, doch seine exorbitanten Spesen konnten mit denen eines Business-Kaspers mithalten, und das war es doch, worum es im Berufsleben ging. Anspruch hatte er ohnehin, denn die Trinkwasserkommission des Bundesumweltamtes hatte Frodo erst kürzlich zum außerordentlichen Inspektor berufen. Was Frodos Selbstwertgefühl anfangs enorm aufwertete, stellte sich leider als Falle heraus: Die gefährdeten und als Gesundheitsrisiko eingestuften Wasseraufbereitungsanlagen befanden sich allesamt in Krisen- oder Katastrophengebieten. Frodo ärgerte sich inzwischen bei dem Gedanken, dass sich jeder »neue Job« als Himmelfahrtskommando entpuppte. Sein Unmut, »Kopf und Kragen für schießwütige Analphabeten und halbe Menschenfresser« riskieren zu müssen, stand im Gegensatz zu jener »Firmenphilosophie« genannten Human-Duselei, und Frodo – Phlegmatiker und überzeugter Kulturpessimist – dachte schon länger daran, die Branche zu wechseln. Nur die schlechte Lage am Arbeitsmarkt hatte ihn bislang daran gehindert, die Konsequenzen zu ziehen.

Er stand gerade an der Espresso-Pumpe, als ihm sein Chef im Vorbeigehen zuzwinkerte. Hans-Jürgen Heller sah wieder mal ziemlich abgespannt aus. Er hatte immer schon gerne den altgedienten Senior gespielt, das heißt, inzwischen musste er die Rolle nicht mehr markieren. Der Kragen seines braunen Glencheck-Sakkos war wie immer mit Schuppen bedeckt, was so aussah, als wären die melierten Webkaros verfärbt oder in unbarmherziger Sonne verblichen.

»Ah, Frodo, mein Gutester, kann ich Sie mal kurz sprechen? Unter vier Augen, in meinem Büro?«

So, so, dein Gutester bin ich also. Wenn der gebürtige Leipziger einen Mitarbeiter so ansprach, gab es immer ein unangenehmes Süppchen auszulöffeln.

»Wo brennt's denn?« Frodo dackelte grinsend hinter Heller her und versuchte, ihm dabei auf die Fersen zu treten. »Sagen Sie nur, das SOS-Kinderdorf in Kinshasa hat wieder ein dickes Wasserproblem? Ich habe der Leiterin zigmal gesagt, dass ihre Schäfchen pro Kopf mehr verbrauchen als eine deutsche Durchschnittsfamilie …! Die wissen zwar, wie man trinkt, aber offenbar nicht, dass man einen Kran auch mal wieder zudrehen muss. Und warum die Blackies ihre Latrinen mit Trinkwasser durchspülen müssen ...«

Sie waren jetzt in Hellers Büro angekommen. Der Chef hantierte wie üblich auf seinem Schreibtisch herum, ließ Unterlagen in Schubladen verschwinden, deckte andere ab. Erst dann schien er bereit, Frodo in die Augen zu sehen.

»Was sagten Sie eben?«

»Ach nichts ...«

»Doch, Sie haben etwas gesagt ...«

»Na ja, ich habe mich nur gefragt, wie es kommt, dass die ihre Latrinen mit Trinkwasser durchspülen müssen ...«

»Wer?«

»Na, die ... die Blackies ...«

»Das heißt in dieser Firma immer noch Afrikaner!« Frodo stockte, denn Heller drückte ihm ohne Vorwarnung ein Flugticket in die Hand. »Sie fliegen aber nicht nach Afrika, sondern nach Grönland.«

»Äh, entschuldigen Sie, aber haben Sie eben Grönland gesagt?«

»Ja. Dank des Schengen-Abkommens werden Sie kein Visum zur Einreise brauchen.«

»Okaaaaaay.« Frodo legte seinen Kopf clownesk in die Schräge. »Grönland, *sounds funky*. Sie meinen tatsächlich, diesen äh ... Eisbuckel in den nördlichsten Breitengraden, wo es Eisbären und Eskimos gibt?«

»Die heißen Inuit, Frodo ... Inuit! Und Eisbären werden Ihnen wohl kaum auf einer Bohrinsel begegnen!«

»Wieder was gelernt«, sagte Frodo im Tonfall des apportierenden Sklaven. »Inuit, meine ich ...«

»Sagen Sie, Frodo, wollen Sie mich auf den Arm nehmen ...?« Und als Frodo nur vor sich hin starrte: »Wann können Sie sich freimachen?«

»Freimachen?« Frodo betrachtete seinen Chef wie eine unwirkliche, aber höchst unangenehme Erscheinung. Wieso sollte er sich freimachen? War er beim Arzt?

»Na schön, dann werde ich Ihnen die Entscheidung abnehmen: Heute ist Montag. Wir haben die Delegation aus den Vereinigten Emiraten bis Donnerstag im Haus, die werden sicherlich noch auf Sie zukommen wollen. Sagen wir also Freitag?«

Frodo schluckte, denn die Aussicht, ad hoc an den Polarkreis verfrachtet zu werden, war doch gewöhnungsbedürftig. Außerdem hatte er ein dickes, besser gesagt vollschlankes Problem an der Backe, und seine Gehirnzellen arbeiteten wie wahnsinnig, um einen rettenden Ausweg zu finden: Ines, seine kleine Wochenendfreundin, kam auf Besuch. Er sah sie geradezu vor sich, wie sie vor dem Schalter der Fluggesellschaft stand und ihren kleinen Koffer mit Reizwäsche und allerlei Spielzeug auf das Förderband legte. Er hatte sich wirklich auf sie gefreut und Kollegen gegenüber bereits von einem schlaflosen, »sehr, sehr sinnlichen« Wochenende gefaselt. Die Reise nach Grönland würde alles über den Haufen werfen, sein Wochenende, seine Libido und seine Zukunft mit dem spanischen Wackelpopo, deren Besitzerin er nicht zu Unrecht für extrem nachtragend hielt.

»Hat es was mit dem verschwundenen Frachter zu tun?«

»Für wen halten Sie sich – James Bond?« Heller schüttelte energisch den Kopf. »Wir sind Wasserversorger, keine Versicherungsagenten. Mit entführten Schiffen haben wir schon gar nichts zu tun.«

»Dann ist es also wieder mal nur 'ne Mission in Kongo, ist es das, Chef?«

Der nickte. »Sie haben's erfasst, Frodo, alles roger in Kambodscher! Nur 'n bisschen kälter. Grönland eben.«

»Da bin ich ja beruhigt«, sagte Frodo, dem längst schwante,

dass es um irgendeine Wasseraufbereitungsanlage ging. Anderthalb Jahre arbeitete er jetzt für Hydrocheck Worldwide Unlimited, und in dieser Zeit war er schon öfter in ziemlich exotischen Gegenden gelandet. Die Wartung moderner Filterbrunnen überstieg oft das Know-how der einheimischen Brunnenmeister, und Frodo machte sie behutsam mit der Idee von »keimfreiem Wasser« vertraut. Selbst in Moldawien hatte er versucht, den europaweit verabschiedeten und den DIN 2001 genannten »Leitsatz für die Einzel-Trinkwasserversorgung« durchzusetzen, und nicht selten gestaunt, was die Einwohner dieses traurigen Landes unter sauberem Wasser verstanden. Die Flockungsmittel, die er zur Säuberung mitgebracht hatte, tranken seine Gastgeber ungeniert mit. Böse Erinnerungen beschlichen ihn auch an ein andalusisches Klärbecken, wo er – nach einem Ausrutscher – mit dem Mund unfreiwillig mehrere Proben entnahm. Erst der aus einer Durchfallerkrankung resultierende Spitalaufenthalt hatte ihn dann doch vollauf entschädigt, denn hier war er seiner Ines – besser gesagt Oberschwester Ines – in die manikürten Griffel gefallen.

»Passt Ihnen irgendwas nicht?« Heller reckte sein Kinn vor, so wie er es immer tat, wenn er ein Problem hatte, das nur autoritär gelöst werden konnte. »Nur raus mit der Sprache!«

»Na ja«, begann Frodo. »Sie wissen doch, dass ich kalte Länder nicht mag …« So wie er es inzwischen vortrefflich verstand, sich in einem Team von Arschgeigen unsichtbar zu machen, so verstand er es auch bei Bedarf, im verhaltenen Ton eines abhängigen Menschen zu seinem Vorgesetzten zu sprechen.

»Oh, das ändert natürlich alles.«

»Finden Sie? So viel Verständnis hätte ich gar nicht von Ihnen erwartet …«

»Wieso nicht? Es geht ja nur um Devon Oil, unseren größten Kunden, den Kunden, der hier die Brötchen bezahlt …« Hellers

Augen verengten sich zu schmalen, abgedunkelten Schlitzen, die an Schießscharten erinnerten. »Wenn der abspringt, dann können wir den Laden dichtmachen – dann hat es sich, auch für Ihren nutzlosen, verfrorenen … Allerwertesten.«

»Das war deutlich genug.« Frodo raufte sich die dünnen, seitlich gescheitelten Haare. »Worum geht es hier eigentlich?«

»Um eine Wasserprobe«, sagte Heller, nun wieder die Freundlichkeit in Person. »Von einer Bohrinsel. Sie liegt draußen vor der Eismeerküste nördlich vom Scoresbysund.«

Aus dem Chaos auf seinem Schreibtisch fischte er einen Hochglanzfotoabzug.

»Die Devon III ist eine verdammt große Plattform, wenn es rundgeht, arbeiten da bis zu fünfhundert Mann. Die von uns installierte Wasseraufbereitungsanlage wird automatisch gewartet. Zur Kontrolle erhalten wir alle drei Monate eine Probe, damit es keine – wie soll ich sagen – bösen Überraschungen gibt. Diesmal war die Probe die böse Überraschung.«

»Verstehe.« Dem war nicht wirklich so, aber Frodo hatte sich für die taktische Variante entschieden – den pflegeleichten Angestellten zu spielen, um das Blatt dann in letzter Sekunde zu wenden.

»Und diese Probe war … war …«

»Nicht wie sie hätte sein sollen. Sie war kontaminiert.« Heller räusperte sich, als hätte er eine Gräte im Hals. »Wie Sie wissen, haben wir einen Wartungsvertrag mit dem Ölkonzern, der die Plattform betreibt. Wir müssen schnell reagieren, bevor Orlando Pesceros, der Vorstandsvorsitzende des Konzerns, Wind von der Sache bekommt.«

»Ist es so schlimm?«

»Keine Ahnung, aber Minski vom Labor war mehr als beunruhigt.«

Frodo kannte Doktor Reimon W. Minski. Er wusste auch, dass der promovierte Biotechnologe ein ausgemachter Dickhäuter war. Er war nicht pingelig und hatte sich nach langen Aufenthalten in Afrika und Indien von der westlichen Idealvorstellung eines ästhetisch einwandfreien Trinkwassers verabschiedet. Zur Abhärtung empfahl er gelegentlich »das Trinken von eigenem und fremdem Urin«. So weit kann die Lebensmittelchemie einen bringen.

»Was hat er denn Schlimmes entdeckt? Legionellen?« Frodo zog ein Gesicht, als würde ihn die Sache echt interessieren. »Schwermetalle vielleicht?«

»Kleine Unreinheiten«, antwortete Heller. »Stoffe, die er nicht kennt … Stoffe, die ein Agens sein könnten … Stoffe, Stoffe und nochmals Stoffe.«

»Aha.« Die Fassungslosigkeit auf Frodos Antlitz war echt. »Und deshalb hat der Heinzel gleich auf den großen, roten Alarmknopf gedrückt? Wegen ein paar Stoffen, die er nicht kennt?«

»Wenn Sie nur wüssten …« Heller machte ein verschnupftes Geräusch. »Ich fürchte – und bitte behalten Sie das für sich –, unser Freund Minski hat sich zu einem Verschwörungstheoretiker der allerschlimmsten Sorte gemausert. Früher habe ich seine andauernden Verdächteleien gegen unsere Kunden und deren angebliche Verbindungen zum Deep State aus Kulanz überhört. Jetzt scheint er es auf unseren größten Kunden – Devon Oil – abgesehen zu haben, ich meine, Sie wissen, wie wichtig die für uns sind. Gestern erhielt ich also einen geradezu hysterischen Anruf von Minski … Er empfahl, die Bohrinsel, von der die Probe stammt, zu evakuieren und die Besatzung unter Quarantäne zu stellen.«

»Quarantäne? Wieso – sind die krank?«

»Ach was! Minski ist krank, in der Birne … Seine sogenannte Risikoanalyse stützt sich auf die Aussage eines Aushilfs-Reservoirgeologen, dem wir besagte Wasserprobe verdanken. Der Mann hat auch Interna des Kunden an Minski durchgestochen, darunter die Dokumentation eines angeblichen Experiments, das mit Sicherheit nicht stattgefunden hat … In Minski scheint er einen Seelenverwandten gefunden zu haben, und deshalb ist die Sache so ernst. Die schaukeln sich in ihrem Wahn gegenseitig hoch.«

»Wollen Sie meine Meinung hören?« Frodos innere Spannung löste sich in einem vertraulich klingenden Rülpsen. »Ich tippe auf Sabotage. Heutzutage scheut die Konkurrenz keinen schäbigen Trick. Man muss nur die Fettfinger in einen Wassertank halten, und schon hat es sich mit dem Reinheitsgebot …«

»Kann schon sein«, murmelte Heller. »Ich möchte jedenfalls, dass Sie die Anlage überprüfen und falls nötig rebooten. Danach sehen wir weiter.«

»He, warten Sie mal!« Für Frodos Wochenendpläne wurde es immer enger. »Sind wir nicht etwas voreilig? Könnte es nicht nur eine – wie soll ich sagen – vorübergehende Verschmutzung sein? Die sind doch sicher selbst in der Lage, mal einen Filter zu wechseln …«

»Ist längst geschehen.« Wenn sich Heller in die Enge getrieben fühlte, faltete er seine Hände wie ein Zelt über der Nase und schloss die Augen. »Wir müssen nicht die Ursache finden, sondern eine weitere Kontaminierung ausschließen.«

»Vielleicht hat der Betreiber eine Erklärung.« Frodo glaubte noch immer, dass es irgendwo eine Hintertür gab. »Sie sollten Devon Oil kontaktieren.«

»Das ist unmöglich.« Wie immer, wenn Frodos Chef eine Unterredung für beendet hielt, begann er die Papierhäufchen auf seinem Schreibtisch neu zu sortieren. »Obwohl der Konzern weltweit mehr als sechzig Bohrinseln betreibt, existiert nicht mehr als eine ziemlich unspektakuläre Internetpräsenz, ein blinkendes Logo, ein paar Fotos von Bohrarbeitern und natürlich eine

Unmenge von Kontaktadressen, die zu einem Auto-Response-System führen, das den Besucher im Gegenzug mit Spam und dubiosen Newslettern über Jahre verfolgt. Ich warte dagegen seit Wochen auf eine persönliche Reaktion.«

»Dann rufen Sie an!«

»Wo bitte?« Heller jagte beiläufig einen Haufen Papier durch den Dokumentenvernichter. »Devon Oil ist ein kolumbianisch-grönländisches Unternehmen, damit fängt der Schlamassel schon an. Der Firmensitz ist eine Bohrinsel außerhalb staatlicher Hoheitsgewässer, wahrscheinlich hat es mit Steuerausweichung oder dergleichen zu tun. Börsennotierte Unternehmen neigen nun mal dazu, ihre dreidimensionale Fassade zu verkleinern. Dank der Globalisierung wimmelt es inzwischen von Firmen, die am A. d. W. sitzen und sich einen feuchten Dreck um EU-Richtlinien scheren – und genau mit so einer Firma haben wir es zu tun.« Er blickte auf. »Tja, ich fürchte, ich werde Sie raus aufs Eis jagen müssen …«

»Mir wird schon vom Zuhören kalt …« Frodo erschauerte wieder einmal unter der kalten Dusche des Lebens. »Das heißt – ich fliege einfach mal wieder ins Blaue …«

»Sie und Bieker.«

»Bieker? Sie meinen den Neuen – diesen komischen kleinen Karrieristen mit der Haargelfrisur, der immer so tut, als sei er Chef-Pathologe bei C. S. I.?«

»Genau den.«

»Um Himmels willen … warum?«

»Weil er es seinen Fall nennt, und das gefällt mir.« Heller beugte sich so weit vor, dass Frodo schon glaubte, der Chef hätte seine homoerotische Ader entdeckt und wolle auf Tuchfühlung gehen. »Der Junge identifiziert sich mit seiner Arbeit – können Sie sich vorstellen, wie das ist? Andererseits ist er noch zu grün hinter den

Ohren, ich möchte ihm nicht die Verantwortung aufbrummen müssen. Sie dagegen, ein altgedienter Haudegen … So ein Auslandseinsatz, das ist ja für Sie wie ein Spaziergang im Park.«

Erst jetzt erkannte Frodo das ganze Ausmaß seiner vertrackt-beschissenen Situation. »Verstehe schon, ich bin das Kindermädchen für diesen Hanswurst, und wenn es etwas schiefgeht, werde ich es ausbaden müssen, so ist es, ja?«

Heller zuckte gespielt beleidigt zurück. »Bieker ist kein Hanswurst. Aber sollte er etwas wirklich Irreguläres entdecken, könnte er vielleicht … in Panik geraten … die falschen Entscheidungen treffen …«

»Was soll das nun wieder heißen?«

»Na, was wohl?« Heller erhob sich aus seinem Sessel. »Was immer Sie finden, bleibt geheim! Kein Wort davon. Zu niemanden! – Äh, und Frodo … enttäuschen Sie mich nicht, es sei denn, Sie wollen kündigen. – In diesem Sinn, guten Flug!«

Unverschämtheit, dachte Frodo.

Es war ein deutlicher Schuss vor den Bug, noch keine Verbannung in eine Strafkolonie, aber Frodo hatte begriffen: Der Kelch würde nicht an ihm vorübergehen, der Trip nach Grönland war beschlossene Sache.

Als er die Betriebstoilette betrat, glaubte Frodo, er müsse ersticken. Die Hitze in seinem Hals hatte auch seine Lungen erfasst.

Er muss mir einfach immer wieder beweisen, dass er am längeren Hebel sitzt! Und genau diese Abhängigkeit vom Wohlwollen eines »höheren Affen« hatte er stets als Demütigung empfunden. Aufgekratzt drehte er den Wasserhahn auf und kühlte seinen fliehenden Puls. Die kalte Flüssigkeit erfrischte ihn bis auf den Grund seiner Seele. Umständlich öffnete er seinen obersten Hemdknopf und begann seine Kehle zu kneten: Auch das tat ungemein gut. Vorsichtig näherte er sich dem von Schlieren bedeckten Spiegel, so nahe, bis sein Dutzendgesicht vom Deckenlicht massive grünliche Schatten unten den Augen bekam. Auch seine Lippen wirkten in diesem Licht erschreckend wulstig, und zuletzt erschien ihm das, was er sah, wie eine amphibische Fratze.

»Quak«, machte er leise. »Quak! Quak! Quak! Frodo, mein armes Fröschel, was hast du aber auch für ein Pech, du kleiner mieser Mutant …!«

Es war mehr als nur ein Anflug von Selbstironie, denn er war einst – und daran bestand kein Zweifel – mit Kiemenfurchen zur Welt gekommen. Aus biologischer Sicht war das allerdings nicht ungewöhnlicher als etwa zwei verwachsene Zehen, eine dritte Brustwarze, »Wundergeschwülste« wie postnatale Schwänze oder Weisheitszähne, die lange in der Rachenhöhle schlummerten, um sich im Laufe der Zeit zu entzünden. Eine Kiemengangsfistel gehörte zu den eher harmloseren Fehlbildungen, und schon in den Nullerjahren wurden an den norddeutschen Küsten erstaunlich viele Babys mit »atavistischen Rückbildungen an Hals und Ohren« geboren. Ein paar Provinz-Mediziner hatten damals ihre Besorgnis erklärt, doch die Presse schenkte dem Phänomen keine Beachtung. Den betroffenen Familien lag ebenso wenig daran, ihre Kinder in den Fokus der Medien zu rücken. Frodos Mutter hatte die Fehlbildung als Kinderkrankheit abgetan. Die »symmetrisch ausgeprägte Kiemengangsfistel« – wie es in Frodos Operationsprotokoll hieß – war bei der Geburt festgestellt und sofort vernäht worden. Ebenso gründlich hatten sie ihm die Schwimmhäutchen zwischen Fingern und Zehen entfernt. Von den Eingriffen war nichts mehr zu sehen. Und doch, äußerlich nicht von anderen zu unterscheiden, wirkte Frodos Erscheinung bei bestimmten Lichtverhältnissen recht befremdend: Es waren nicht nur die eng anliegenden Ohren oder die Tatsache, dass seine Brauen aus wenigen öligen Haaren bestanden. Seine Glupschaugen und aufgeworfenen

Lippen erinnerten zweifellos an eine Amphibie, ein Eindruck, der sich noch verstärkte, sobald er sprach. Vielleicht war es die Folge der Operation, aber seine Stimme klang immer nasal, als wäre er verschnupft oder bis tief in die Bronchien verschleimt.

Kleine Unreinheiten, dachte er, während er den langen, gebohnerten Gang der Analyse-Abteilung betrat. Deswegen müssen die doch keinen Menschen in die Eiswüste schicken – ins Packeis, die weiße Hölle, zwischen Eisbären und – Fuck you, Heller! – ESKIMOS!

Er war so sehr in Gedanken, dass er fast mit einem Kollegen kollidiert wäre. »Vorsicht, Partner!« Bieker hatte es irgendwie geschafft, seinen Kaffee vor dem Überschwappen zu retten. »Schön, dass du dich gleich bei mir meldest.« Augenzwinkernd: »Das ist meine erste Auslandsreise und dann gleich so was. Grönland – wuhuh!« Bieker redete nicht nur wie ein Wasserfall, er war auch stets über alles im Bilde. »Ich glaube, da draußen erwartet uns eine ganz böse Überraschung, aber wenn wir das hinbekommen – und das werden wir –, dann sind wir Legende …«

Grotesk, dachte Frodo. Freundlich lächelnd betrachtete er Biekers grauenhafte Igelfrisur über der pickligen Stirn, die spitze, höckerige Nase, das Kinnbrötchen und das ewig dümmliche Grinsen, das wahrscheinlich von einer Hasenscharte herrührte und insgesamt zu dem Eindruck führte, dass er sich auf das Schlimmste gefasst machen musste.

»Okay, raus mit der Sprache, mein Freund!« Sie saßen in Biekers Ecke des Großraumbüros, zwischen Aktenordnern, leeren Red-Bull-Büchsen und fleckigen Pizza-Kartons. Unglaublich, aber in all dem Müll hing ein überdimensionales Filmplakat von 2001. Ein riesenhafter menschlicher Embryo schwebte über der Erde – Frodo erinnerte sich düster an den langatmigen Streifen. Schon damals glaubte er die Botschaft verstanden zu haben: Anfang des

21. Jahrhunderts würde der Mensch dank einer hoch entwickelten Technologie an einem evolutionären Scheideweg stehen. Entweder würde er in den Sumpf zurückzukehren, aus dem er kam, oder er würde den nächsten evolutionären Schritt wagen. Vielleicht würde es aber auch einen Mittelweg geben, und der Klimawandel wäre der Katalysator.

»Wie ich hörte, arbeitest du bereits an der Sache«, sagte er lächelnd.

»Stimmt.« Bieker schlürfte lautstark an seinem Kaffee.

»Und?«

»Und was?«

»Was ist los mit der Brühe?« Frodo warf einen Blick auf die Uhr. Ines würde in anderthalb Stunden landen, er hätte verdammt viel Erklärungsarbeit zu leisten, das Letzte, wozu er jetzt Lust hatte, war es, Bieker die Fäden einzeln aus der Nase zu ziehen. »Also?«

»Also – was? Hat dir Heller nichts von Minskis Analyse erzählt?«

»Nur, dass er Minski für einen Verschwörungstheoretiker hält …«

»Einer mehr oder weniger …«

Frodo spürte wieder die Hitze in seinem Hals. »Was ist das Problem, Bieker?«

»Na ja, es ist was drin«, lautete die ausweichende Antwort.

»Und was wäre das? – Komm schon, spann mich nicht auf die Folter!«

Bieker räusperte sich mehrmals, er war ein hervorragender Stimmenimitator, und Frodo befürchtete, er würde auf die Idee kommen, eine Vollversammlung von Experten zu simulieren. »Mutagene Substanzen.«

»Könntest du vielleicht deutlich werden?«

»Nicht wirklich.«

»Wie bitte? Wenn du einen Karriereknick planst, dann mach nur so weiter!«

»Okay! Es ist nicht leicht zu erklären … Minski hat sich an einen russischen Molekularbiologen gewandt. Er ist noch immer in Minsk und wartet auf die finalen Befunde.«

Frodo lachte hohl auf. »Minski ist noch immer in Minsk … Wie bescheuert das klingt. Demnach wissen wir nichts!«

»Nur, dass es genetische Bausteine sind, die an das menschliche Genom andocken können. Ich rede von fremden Genen …«

»Und das ist alles?« Frodo kniff die Augen zusammen. »Das ist nichts im Vergleich zu dem, was ich letztes Jahr in einem beliebten tschechischen Bier nachweisen konnte!«

»Das ist nicht dasselbe«, sagte Bieker.

»Und ob es das ist!« Frodo hatte es allmählich satt, ihm brummte der Schädel. »Hör zu, ich weiß eine Menge Dinge, die kannst du nicht googeln, und deshalb sage ich dir, wir leben in einer Welt, die auf Müll gebaut ist! Alles ist doch heutzutage kontaminiert! Nimm nur den letzten Tierfutterskandal: Sägespäne, Bakterien, Pilze, Klärschlamm, stinkende Molke, Kadaver, angereichert mit DDT, Chlorparaffine und PCB-Gifte wie T-61 und Eutha 77 … Daraus bestehen heutzutage die Futterpaletten! Wer Vegetarier ist, aber noch auf Körperhygiene hält, der zieht sich die Schadstoffe in Form von Mikroplastik-Partikelchen rein. Glaubst du, das geht spurlos an einem vorüber? Im Übrigen wimmelt es auf diesem Planeten längst von genetisch veränderten Organismen. Ich verstehe also nicht, was die Aufregung soll.« Er hielt kurz inne. »Heller meinte, du arbeitest bereits an der Sache. Was ist damit gemeint?«

»Na ja …« Bieker schlürfte verlegen an seinem Kaffee. »Minski hat mir einen Report zugeschickt.« Dann langte er unter seinen Sessel und präsentierte Frodo einen verstaubten Leitz-Ordner. »Er scheint mir mehr zu vertrauen als dem Chef.«

»Kluges Kerlchen«, sagte Frodo zum Schein, »Heller würde ich auch nie im Leben trauen.«

»Nun, die Sache ist die, Minski glaubt, die Devon Oil mache Menschenversuche …« Und als Frodo Maulsperre bekam: »Erinnerst du dich noch an den sogenannten Gletscherwasser-Skandal? Grundvand[10], ›die Quelle Grönlands‹, das beliebte Tafelwasser aus dem Eis?« Bieker machte ein Gesicht, als hätte er etwas Saures im Mund. »Ein Kinderarzt aus Bremervörde erstattete damals Anzeige. Er behauptete, es gebe einen Zusammenhang zwischen den Absatzgebieten von Grundvand und der Fehlbildungsrate von neugeborenen Kindern entlang der norddeutschen Küste. Wobei es sich nicht wirklich um Defekte handelte, sondern um Veränderungen der Atmungsorgane. Der Arzt glaubte erst, der Hormonsmog im Grundwasser könne die Ursache sein, aber dann …«

»Hormonsmog?«

»Na, das ganze Östrogenzeugs.« Bieker grinste gequält. »Über fünfzehn Millionen Frauen nehmen in Deutschland die Pille und wenn die Wissi-wissi machen …«

»So genau wollte ich das gar nicht wissen«, seufzte Frodo. Noch immer hoffte er, in einer besonders perfiden Folge der *Versteckten Kamera* gelandet zu sein. »Und wenn schon«, zischte er dann. »Was Forscher neuerdings im Grundwasser finden, erinnert nun mal an eine Hausapotheke – Schmerzmittel, Antibiotika, Analgetika bis hin zu Röntgenkontrastmitteln.«

»Kann schon sein«, pflichtete Bieker ihm bei. »Der Hormonsmog ist jedenfalls die Ursache, dass in Deutschland viel weniger Jungen geboren werden als früher.« Bieker hielt immer noch etwas zurück. »Dieser Arzt – ich glaube sein Name war Mackinger – wurde im Übrigen eines Besseren belehrt. Er hatte etwa hundert

---

10 Dänisch: Grundwasser

frei verkäufliche Wassersorten durch ein neues Verfahren der Flüssigtomografie testen lassen, und ausgerechnet Grundvand erwies sich als biochemischer Cocktail! Der Doktor publizierte seine Ergebnisse, doch die Medien erklärten ihn für verrückt, selbst mit seinem Namen trieben sie ihren Spott, nannten ihn Doktor Macke. Ein Jahr später knüpfte er sich auf, und damit war die Sache für alle erledigt.«

»Das nenne ich mal eine richtig groteske Geschichte«, befand Frodo. »Hm. Von welchen Missbildungen reden wir noch mal?«

»Rückbildungen an den Atmungsorganen. Man nennt sie Kiemenfurchen oder Kiemengangsfisteln …«

»Ich weiß schon Bescheid …« Frodo schluckte. Er hatte Mühe, seine persönliche Betroffenheit zu verbergen. »Und? Ist das so schlimm?«

»Kommt auf die Ausprägung an. Medizinisch gesehen sind es Abnormitäten, dabei lassen sie sich evolutionsbiologisch erklären: Unser Mittelohr begann sein evolutionäres Leben als eine Struktur, um zu atmen …«

»Echt jetzt?«

»So steht es in medizinischen Büchern. Aus den Anlagen entwickelten sich dann funktionstüchtige Kiemen und später, nachdem aus Fischen Amphibien geworden waren, die Nebenschilddrüsen. Alles eine Frage der genetischen Schalter, die sich immer dann umlegen, wenn es die Anpassung an die Umwelt erfordert.«

»Das reicht für heute, okay?« Frodo trat ans Fenster und blickte hinaus in den Regen. Eine riesige bleigraue Wolke stand wie eine flüssige Wand hinter den Hochhäusern am Potsdamer Platz. »Eine Frage noch: Was hat Minski mit dieser Grundwasser-Horrorgeschichte zu tun?«

»Nun, Minski arbeitete damals für das Gesundheitsministerium und hatte den Auftrag, das Gletscherwasser zu analysieren.

Schon die ersten Stichproben, die er untersuchte, wimmelten von unbekanntem genetischem Material. Er gab diesem Kinderarzt recht, doch er wurde von seiner eigenen Behörde mundtot gemacht. Was damals gefunden wurde, kannst du hier lesen.« Bieker schob die Akte über den Tisch. »Minski befürchtet, das, was wir auf der Devon III finden, könnte mit seinen Ergebnissen von damals deckungsgleich sein.«

»Ho, ho, ho!« Frodo hob die Hand. »Dann ist er noch gestörter, als ich dachte …«

»Das ist er nicht«, sagte Bieker drei Tonlagen tiefer. »Die Tunu Ice-Water Company, die auch besagtes Grundvand vertreibt, gehört jedenfalls zu einundfünfzig Prozent Devon Oil, genauer gesagt, einem gewissen Orlando Pesceros, dem Vorstandsvorsitzenden und Sohn des Firmenbegründers.«

»Pesceros? War das nicht dieser dänisch-kolumbianische Centi-Milliardär, den sie Mr. Fischfinger nannten?«

»Du redest von Pesceros' Vater«, sagte Bieker, »obwohl der Name auch zu seinem Sohn passen würde. Schließlich verbringt er viel Zeit unter Wasser. Was Elon Musk für die Weltraumpioniere ist, das ist Pesceros für aspirierende Aquanauten … Google es, wenn du mir nicht glaubst.«

»Ich sagte doch, ich brauch nicht zu googeln.« Frodo entfuhr ein heiseres Lachen. »Okay, Partner – ich sag es ungern, aber wir werden da draußen nichts finden …«

»Mal sehen«, erwiderte Bieker, »immerhin hat die spektrometrische Analyse bereits genetische Bausteine identifiziert.«

»Das beweist nur eines«, zischte Frodo, »nämlich, dass Minskis Hamster aus dem letzten Loch pfeift! Der hat nicht nur ein Rad ab, sondern zwei!«

»Wieso bist du so ruppig? Ist dein Wochenende geplatzt?«

»Hast du kein Privatleben?«, gab Frodo noch knapper zurück.

Es gibt Vertraulichkeit zwischen Kollegen, die bis auf die Knochen ernüchtern.

»Aber Minski …«

»Fuck Minski!«, knurrte Frodo. »Und du, merk dir eines: Wir sitzen ab morgen beide bis zum Hals in der Scheiße – aber ich habe das verdammte Kommando! Kapiske?«

Bieker legte die Hand an eine unsichtbare Mütze. »Ay' Sir, kein Grund, gleich aus der Rolle zu fallen! Ich freue mich schon auf das warme Gefühl!«

»Jessasmaria! Du wirst gesucht – Freya, ist dir das klar?«

Freya stand noch mit einem Fuß auf dem Abtreter vor der Tür, sie hatte gerade aufgesperrt und wunderte sich über das Empfangskomitee. All ihre Mitbewohnerinnen standen im Flur.

»Äh, hallo …« Es war schon nach zwölf, es roch nach angebrannter Milch, und die Fahrt von Berlin nach Bremerhaven steckte ihr wie geronnenes Blei in den Knochen. Außerdem hatte sie im Zug etwas getrunken. Etwas zu viel. Sie wollte sich ablegen, eine Mütze voll Schlaf nehmen, und das Letzte, was sie brauchte, war der Anblick einer Schar heillos verschreckter Hühner.

»Wer sucht mich denn?«, brummelte sie mürrisch zurück.

»Da fragst du noch?« Mascha Trentemöller, Doktorandin der Geophysik, packte Freya am Arm und schubste sie ziemlich grob in ihr Zimmer. Sie war nicht nur Freyas Studienkollegin und Vermieterin, sondern auch beste Freundin, was die Sache nicht unbedingt einfacher machte.

»Die Bullen sind hinter dir her«, sagte Mascha. Durch die runden, rosa getönten Gläser ihrer Brille starrten ihre Augen Freya misstrauisch an.

»Na und? Die sind doch immer hinter mir her …«

»Sie fahnden nach dir!«

Die Art, wie Mascha das sagte, trug augenblicklich zu Freyas Ernüchterung bei.

»Und nur dass du's weißt …«, Maschas Stimme senkte sich zu einem Flüstern herab, »dein Bild war in den Acht-Uhr-Nachrichten. Und in der Sondersendung danach! Die sind der Meinung, dass du zu einem Haufen ökologischer Radikalinskis gehörst.

Noch wissen sie nicht deinen Namen. Aber sie haben eine bundesweite Großfahndung gestartet, und es kann nicht mehr allzu lang dauern, dann stehen sie hier vor der Tür!«

»Aber das ist doch absurd!«

Statt zu antworten, langte Mascha nach der Fernbedienung. Der DVD-Rekorder spuckte ein Standbild auf den Plasmaschirm an der Wand. »Bist du das oder bist du das, ja oder ja?«

Von einem Moment zum nächsten begannen Freyas Schläfen zu glühen: Der in Zeitlupe ablaufende Film zeigte sie mitten im Tumult der Pressekonferenz, ein eingerolltes Transparent unter dem Arm und eine großkalibrige Waffe schwenkend. Zum Glück war ihr Gesicht nicht allzu gut zu erkennen. Dann, noch während sie dabei war, den Schock zu verkraften, sah sie, wie diese Freya im Film auf den Umweltminister zielte, wie sie feuerte, einmal, zweimal. Zumindest sah es so aus, es war eine verdammt unglückliche Perspektive. Von allen Seiten flogen jetzt undefinierbare Schatten ins Bild.

»Ich kann alles erklären«, begann Freya, »ich stand zufällig …«

»Du musst jetzt nichts erklären«, fiel Mascha ihr ins Wort, »sondern untertauchen! Und zwar sofort!«

»Aber wieso?«

»Weil sie denken, du hast auf den Umweltminister geschossen. – Hast du?«

»Jetzt mach mal 'nen Punkt, ja?« Freya merkte, dass sie noch immer ihren Rucksack trug. In der Aufregung war er federleicht geworden, doch jetzt rutschte er ihr wie ein Tonnengewicht von den Schultern.

»Ich war da, okay? Und ich habe alles gesehen.«

»Schätzchen!« Freya hatte Mascha noch nie so aufgekratzt erlebt. »Hattest du die Knarre in der Hand, ja oder nein?«

»Ja.«

»Das ist wenigstens eine ehrliche Antwort.« Mascha ließ sich auf ihren fleckigen Sitzsack fallen und begann sich mit zitternden Fingern eine Zigarette zu drehen. »Warum, Freya, warum …?«

»Würdest du mich mal ausreden lassen?« Freya riss sich den feucht geschwitzten Mantel vom Leib. »Ich stand zufällig neben dem Attentäter … Jemand schlug ihm die Waffe dann aus der Hand …«

»Oh, der berühmte dritte Mann!«, lachte Mascha. »Aber du hast doch geschossen …«

»Versehentlich!«, sagte Freya. »Ich kenn mich mit diesen Dingern nicht aus! Die Pistole segelte genau auf mich zu und …« Sie grapschte in die Luft, als wolle sie eine lästige Mücke zerquetschen. »Ich hab sie gefangen … mit links.«

»Schwörst du das?«

Freya drückte Mascha eine Schwurhand fast ins Gesicht. »Glaubst du wirklich, ich würde in meinem ökologischen Wahn töten, nur weil mir eine Meinung nicht passt?«

Mascha nickte abwägend, ihre Kiefer schienen zu mahlen. »Bist du unter dieser Adresse gemeldet?«

»Nein.« Freya stand auf. »Und hellsehen können sie ja noch nicht.«

»Das brauchen sie auch nicht, denn irgendjemand wird dich auf dem Foto erkennen und verpfeifen.« Mascha schnappte sich die Tastatur des Computers und begann eilig zu tippen. »Wir sollten vorsichtshalber das Namensschild an der Klingel austauschen.«

»Äh, Mascha …« Erst jetzt bemerkte Freya, dass die übrigen Mitbewohner zur Tür hereingeschlüpft waren.

»Was ist los, Pippa?«

»Nun …« Die kleine Blonde, die eigentlich Philippina hieß, trippelte in ihrem etwas altmodischen Nachthemd auf Zehenspitzen herein. Dem Datum in ihrem Pass nach war sie eine zweiundzwanzigjährige Frau, der eine verkürzte Oberlippe und strohblonde Gretchenzöpfe den Anschein einer noch nicht ganz geschlechtsreifen Lolita verliehen. »Ich finde, wir haben ein Recht zu wissen, was los ist.«

»Raus!«, fauchte Mascha, doch dann hatte sie eine Idee: »Kannst du mir einen Gefallen tun, Pippa?« Sie schnappte sich das frisch erschienene Blatt Papier aus dem Drucker. »Geh runter zur Klingel und tausch das Namensschild aus.«

»Ist schon passiert …« Die Angst vibrierte wie dünnes Glas in Pippas Stimme. »Wir sind ja nicht blöd. Als ich Freyas Bild in den Nachrichten sah, da habe ich sofort gedacht, der Name muss von der Klingel.«

»Gut gemacht«, sagte Freya. Vor Verlegenheit faltete sie die Hände wie zum Gebet. »Hört mir bitte genau zu: Ich habe nicht auf den Minister geschossen, okay? Nach dem ersten Schuss gab es ein Handgemenge … Der Attentäter verlor seine Waffe, und ich fing sie zufällig auf.«

»Im Fernsehen haben sie aber was anderes gesagt«, bemerkte die Frau im schwarzen Lederblouson: Irene – so hieß sie – war Geophysikerin und galt als Pessimistin vom Dienst. Ihr Gesicht war an Wangen und Kinn ein wenig gepolstert und erinnerte an die Büste eines römischen Imperators. Nebenbei bemerkt war sie bekennende Lesbe und Freya mehr als nur zugetan.

»Wieso hast du überhaupt nach der Pistole gegriffen?«

»Das war ein Reflex.« Freya stemmte die Arme in ihre Hüften. »Vielleicht wollte ich auch unterbewusst die Waffe aus dem Verkehr ziehen, wer weiß?«

»Wie mutig von dir«, unkte Irene und strich sich ihr Straffhaar noch straffer zurück.

»Nennt sich Zivilcourage«, sagte Freya.

»Vielleicht hättest du vorher mal nachdenken sollen!«

»Ach, leck mich doch sonst wo …«

»Kinder, wir haben ein dickes Problem«, sagte Mascha. Sie versenkte den Rest ihrer Zigarette in einem halb vollen Weinglas, in dem schon weitere Kippen schwammen. »Irgendwelche konstruktiven Vorschläge?«

»Sie soll sich der Polizei stellen«, sagte Irene.

»Vielleicht werde ich das tun«, sagte Freya.

»Und ob du das tun wirst!« Irenes Nerven lagen ganz offensichtlich blank, oder sie hatte einfach nur schlechte Laune. »Denn wenn sie dich hier finden, werden sie denken, dass wir eine Terrorzelle sind, so was wie die Kofferbomber aus Köln …«

Pippa nickte. »Wenn du unschuldig bist, hast du doch nichts zu befürchten.«

»Da bin ich mir nicht so sicher«, sagte Mascha. Sie drückte einen Knopf der Fernbedienung und spulte zurück. »Irgendwie habe ich das Gefühl, dass die dir was anhängen wollen.« Was sie sagte, schien immer von ernsthaft gereiftem Wissen zu zeugen.

Die Stimme des Nachrichtensprechers ratterte die angeblichen Fakten herunter: »… der Bundesnachrichtendienst geht davon aus, dass die Frau zu einer Gruppe von internationalen Öko-Terroristen gehört. Von den Komplizen der Tatverdächtigen fehlt jede Spur. Sondereinheiten des BKA ermitteln mit Hochdruck nach den Tätern.«

»Klingt, als wollten die ein Exempel statuieren«, mischte Birthe sich ein. Ihre gelben Stinkstiefel leuchteten in der Diele. Wie immer war die passionierte Wattforscherin äußerst gammelig gekleidet. »Wenn du verknackt wirst, Freya, wanderst du in den Knast. Vielleicht lassen sie dich ein paar Jahre in Untersuchungshaft brummen. Hinterher stellen sie dann fest, dass alles ein Justizirrtum war, und zahlen dir pro abgesessenes Jahr zweihundertdreißig Euro, ist alles schon vorgekommen.«

»Das ist doch Unsinn«, keuchte Freya. Die Achterbahnfahrt der Gedanken in ihrem Schädel schien Fahrt aufzunehmen. Von draußen trommelte der Regen gegen die hohen Fensterscheiben. Sie hörte es nicht mehr, so sehr hatte sie sich an den ewigen Regen gewöhnt. Seitdem aus Unterführungen Wasserstraßen geworden waren und Parkanlagen wie Seenlandschaften aussahen, schenkte man der täglichen Berieselung nicht mehr Beachtung als dem Flattern einer löchrigen Markise im Wind.

»Wieso sollten die mich einbuchten?«, brach es endlich aus ihr heraus. »Ich habe nicht geschossen!«

»Und was steht noch mal auf Beihilfe zum Mord?« Birthe, ein Trumm von einer Frau, gähnte, und indem sie das tat, begann es im Raum wie nach verdorbenen Austern zu riechen. »Solange die den Schützen nicht haben, werden sie sich an dich halten. Ja, ich denke, das ist eine realistische Einschätzung deiner Lage.« Sie hob den Kopf, lauschte. »Hört ihr das, es hat schon wieder zu regnen begonnen.« Dann drehte sie sich um und schlurfte in Richtung Küche davon.

»Tja, besonders taktvoll war Birthe noch nie …« Mascha saß schon eine Weile im Schneidersitz auf ihrem Stuhl und schien dem Regen zu lauschen. Gelegentlich war fernes Donnergrollen zu hören, das Gewitter tobte sich wohl bereits in Brandenburg aus.

»Du solltest wirklich von hier verschwinden.«

»Das hast du schon mal gesagt.«

»Ich meine es auch. Pack die Koffer und sieh zu, dass du Land gewinnst.« Wenn Mascha ihre Brille abnahm, wusste man nicht so recht, wen sie gerade ansah. »Kauf dir ein Ticket, flieg irgendwo hin und beobachte, wie sich die Sache entwickelt.«

»Vergiss es«, sagte Irene. »Um die Kurve zu kratzen, ist es zu spät. Hast du vergessen, dass inzwischen eine Großfahndung läuft?

Alle Flughäfen werden überwacht, und die Chance, dass dich jemand erkennt …«

»Sie kann sich die Haare färben«, flüsterte Pippa dazwischen. »Eine etwas dezentere Garderobe, etwas Make-up …« Ihre Vorschläge verwandelten die Krisis erstmals in einen Plan. Selbst Irene machte plötzlich einen zuversichtlichen Eindruck.

»He, wartet mal!« Freya glaubte hohes Fieber zu haben. »Wie stellt ihr euch das eigentlich vor? Alle Zelte abbrechen und einfach abhauen … Wovon zum Teufel soll ich leben? Und dann mein Studium … Ich stehe kurz vor dem Examen!«

»Ich werde denen sagen, dass du ein Sabbatical machst«, fiel Mascha dazwischen, »und in einem Jahr …« Sie drehte sich plötzlich um und starrte auf ihren Computer. »Ja, das könnte hinhauen … Nein, das ist es!« Wie reanimiert begann sie in die Tasten zu hacken. »Hast du nicht letztes Jahr ein Praktikum auf Spitzbergen gemacht? Im Blauen Haus?«

Freya nickte. »Koldewey-Station, Ny-Ålesund, geografische Lage: 78°55'24" nördliche Breite, 11°55'15" östliche Länge.« Noch immer hatte sie die Koordinaten im Kopf. »Die Station wurde übrigens bereits 2003 mit einem französischen Polarinstitut fusioniert.«

Maschas Gesicht heiterte sich für kurze Zeit auf. »Dann ist das Essen sicher besser geworden.«

»Nicht wirklich, denn der Koch ist ein Schweizer. Ich hatte jedenfalls das Vergnügen, einem Glaziologen beim Entnehmen von Eisbohrkernen zu assistieren.«

»Eisbohrkerne? Das klingt doch höchst qualifiziert.«

»Nun, ich habe das Gestänge geschleppt … und später das Eis in handliche Stücke zersägt, die Portionen in Plastikschläuche gesteckt und nummeriert. Worauf willst du hinaus?«

»Mir fiel gerade was ein ... Mein Freund ist technischer Offizier auf der Norbjörn. Das Schiff sticht morgen in aller Herrgottsfrühe in See, um Kurs auf Grönland zu nehmen!«

»Und?« Freya schüttelte den Kopf. »Soll ich da etwa anheuern?«

»Als blinder Passagier hast du bessere Chancen.« Mascha steckte sich eine Zigarette an und begann aus Leibeskräften zu paffen. »Gib mir zehn, nein, fünfzehn Minuten und ich besorge dir einen Job ... Und ihr, Hühner, ab durch die Mitte, die Pyjama-Party ist gelaufen!« Es war Maschas großer Moment. Mit einer Energie, die man nur Speedfreaks nachsagt, also Menschen, die selbst morgens um drei noch in der Lage sind, zweihundert Euro für einen Schuss aufzutreiben, ging sie ans Werk. Ihre Internet-Affinität und ihr Näschen für die entscheidenden Links gereichten ihr auch diesmal zum Vorteil. Sie tippte mit ganzer Hingabe, und unter anderen Umständen wäre es für Freya vielleicht eine Freude gewesen, ihr zuzusehen.

»Du musst mir versprechen, dass du mich nicht für verrückt halten wirst.« Während Mascha rechts tippte, kratzte sie links mit der Gabel kalte Spaghetti aus einer Konserve. »Nicht verrückter als sonst jedenfalls ...«

»Versprochen«, sagte Freya. Einer Ahnung folgend hatte sie die letzten zehn Minuten damit verbracht, ihren alten Trekking-Rucksack zu packen. Das Herz schlug ihr bis zum Hals.

Nur für alle Fälle, dachte sie, besser in Freiheit als im Knast ... Wetterfeste Kleidung, warme Pullover, ein Schlafsack, eine Thermosflasche, Kochgeschirr, eine Taschenlampe, allerlei nützlicher Krimskrams ... Kompass, Sonnenbrille, ein paar Lebensmittelkonserven, Pemmikan-Trockenfutter ... Das meiste stammte noch von früheren Touren, die sie mit ihrem Ex-Freund, einem Bergführer und Naturfilmer, gemacht hatte. Ihre Liebe schaffte es bis zum Basiscamp des Mount Everest, doch nicht mehr zurück.

Eigentlich schade. Dennoch erinnerte sie sich gerne an die Jahre, und in Gedanken sah sie sich irgendeine grüne Grenze in den Alpen passieren und an einem ruhigen, azurblauen Bergsee biwakieren. Sie brauchte Ruhe, um nachzudenken, die Komplexität der Situation, in der sie sich befand, schien von innen gegen ihre Schädeldecke zu drücken. Wie eine Schlafwandlerin setzte sie sich neben Mascha. Dicker Zigarettenrauch hing in der Luft und schien unter der Bürolampe eine Art wabernde Pyramide zu bilden.

»Was tust du gerade?« Freya beugte sich über den Schirm.

»Ich sagte doch gerade«, erwiderte Mascha, »ich suche dir einen Job. Ich denke da an eine nette, etwas abgelegene Forschungsstation …« Die Jobbörse, die sie aufrief, entpuppte sich als Einsteigerplattform für Lebensmüde: Eine französische Taucherfirma mit dem passenden Namen »Comix« suchte händeringend Männer, um das defekte Rückumschlagventil einer Nordsee-Bohrinsel zu reparieren. Die Tiefe von dreihundert Metern wurde eher beiläufig erwähnt, mit Warmwasser beheizte Anzüge würden selbstverständlich gestellt. Abgesehen von einer garantierten Tagesgage von fünfhundert Euro, stellte die Firma den Lebensmüden auch noch eine einmalige Gefahrenzulage von zehntausend Euro in Aussicht. »Mit Adresse, Telefonnummer und Ansprechperson. Siehst du das?«

»Ja, nur was soll ich damit?«

»Wart's ab«, sagte Mascha.

Einen Link weiter suchte eine Tiefbohr-AG aus Celle einen erfahrenen Bohringenieur für ein Prestigeobjekt in Papua-Neuguinea. Randhinweis: Die Bohrstelle befand sich auf dem Gebiet eines feindlichen anthrophagen Indiostamms. Zwischen den Zeilen schimmerte durch, man könnte in einem Kochtopf landen.

»Ha, sehr witzig.« Freya warf einen Blick auf die Uhr. Halb eins. Die Spätnachrichten kamen um diese Zeit. »Und weiter?«

»Nun, dieselbe Firma suchte auch Obermonteure für bestehende Anlagen in Saudi-Arabien.«

»Hör zu ...« Freya hatte langsam genug. »Das Entnehmen von Eisbohrkernen hat nichts mit Raffinerien zu tun. Vergiss es einfach.«

Das Gängige – soweit sie das sehen konnte – waren Jobs an Bord von Bergungsschleppern im Indischen Ozean. Offenbar gab es da immer Aufräumarbeiten zu tun.

»Einen Versuch noch ...« Mascha gab sich nicht geschlagen. Während der Regenguss draußen auf den kleinen Balkon prasselte, änderte sie die Suchkriterien. Eiskernbohrungen, Glaziologie, Grönland, Wetterstation ...

»Was haben wir denn da?«, sagte sie schließlich. »Eine russische Forschungsstation.«

»Wo?«

»Auf Grönland!« Mascha lehnte sich triumphierend zurück. »Hier steht's.« Hektisch sprudelte sie die Worte hervor: »Zur Verstärkung des Forschungsteams der Dag-Jeekov-Station suchen wir per sofort Mitarbeiter, erfahren im Entnehmen von Eisbohrkernen. Selbstständiges Arbeiten am Bohrgestänge ... bla, bla, bla ... Einjahresvertrag, Monatsgehalt $ 3500 plus Gefahrenzulage ... Was meinst du, Schwester? Die Norbjörn läuft morgen früh aus ...« Mascha begann schon wieder zu tippen: »Ich schreibe ihnen, du bist bereits auf dem Weg.«

»Aber ich habe nicht einmal eine Zusage!« Freya wusste, sie musste Mascha jetzt ausbremsen, sonst wäre der Zug abgefahren. »Vielleicht ist die Stelle schon besetzt, und bis die geantwortet haben ....«

»Musst du immer alles verkomplizieren?« Mascha schenkte ihrer Freundin einen merkwürdigen Blick. In diesem Moment begann der Drucker zu rattern. »Sie werden dich nicht wegschicken, da bin ich sicher. Außerdem haben wir noch eine Trumpfkarte. Ich werde Mick bitten, mit den Russen Kontakt aufzunehmen. Von der Norbjörn aus. Das macht sicher einen professionellen Eindruck!«

In der Küche wurde inzwischen palavert. Die Tratschsucht ihrer Mitbewohnerinnen war Freya bekannt, doch diesmal schien das Getuschel kein Ende zu nehmen.

»He, Freya, ich glaube, das solltest du dir mal ansehen.«

Ausgerechnet Pippa machte die große Entdeckung: Sie stand barfuß am Fenster und presste ihre kleine Stupsnase gegen das Glas. »Kommt mal her, schnell! Oh mein Gott, das kann doch nicht wahr sein!«

Freya und Mascha waren sofort auf den Beinen. Unten auf der Straße waren zwei Mannschaftsfahrzeuge vorgefahren. Aus den aufgeklappten Türen wieselten schwarze Uniformen nach draußen. Dem Grad der Vermummung nach schien es sich um eine Spezialeinheit zu handeln.

»Das ist nicht möglich«, ächzte Freya. »Das glaub ich einfach nicht!«

»Oh mein Gott«, japste Pippa, »die werden uns deinetwegen erschießen!«

»Lass uns gehen«, sagte Mascha. Sie kritzelte etwas auf ein Papier. »Hier, das ist die Adresse von Mick. Ich rufe ihn an, sobald du weg bist.«

»Und wie kommen wir aus dem Haus?« Freya hatte ihren Rucksack bereits geschultert. Sie sah sich ein letztes Mal um, riss dann den Kühlschrank auf und stopfte sich wahllos Lebensmittel in die Taschen.

»Es gibt nur den Weg übers Dach«, sagte Mascha. »Und von da aufs Parkhaus.«

»Ich wusste, du würdest das sagen«, zischte Freya. Vor einem Jahr hatten die Mädels einmal einen Einbrecher überrascht und zusehen müssen, wie der junge Mann einfach sprang. Das oberste, mit Kies aufgeschüttete Dach des Parkhauses lag etwa drei Meter tiefer, doch waren die Gebäude nicht Mauer an Mauer gebaut. Dazwischen gähnte ein etwa zwei Meter breiter Spalt.

»Das nennst du einen Weg? Willst du mich umbringen?«

Es klingelte plötzlich Sturm, und Mascha sprang auf.

»Oh Gott, die Polizei!«, heulte Pippa. Sie warf sich zu Boden und krabbelte wie ein kleines Kind unter den Tisch. Irene wahrte zumindest die Contenance.

»Ich werde versuchen, sie hinzuhalten«, sagte sie und verpasste Freya einen Kuss auf den Mund. »Adios, Süße, vergiss nicht, ich habe dich immer geliebt!«

Schon als sie das Dach betraten, ahnte Freya, dass es schlimm werden würde. Jetzt stand sie am Rand des Flachdachs und sah hinab in die Tiefe. Der Platzregen hatte nicht nachgelassen, heftige Böen duschten sie gnadenlos ab. Wegen der Dunkelheit war das offene Parkdeck nur als ferne, verschwommene Fläche zu sehen.

»Wenn du denkst, dass ich das tun werde, dann täuschst du dich aber gewaltig!«

»Du wirst es tun.« Mascha riss sich ihr schon leicht ramponiertes Iridium-Handy vom Gürtel. »Hier, nimm! Ich wollte mir eh so ein neues GSM-Gerät kaufen.« Als ihre Freundin nicht reagierte, stopfte sie das Iridium-Handy in Freyas Brusttasche. »Angeblich funktioniert es auch am Nord- und Südpol, mal sehen, ob es hält, was die Werbung verspricht.«

»Aber Mascha …«

»Keine Widerrede! Ich sage Mick Bescheid, dass du kommst. Die Norbjörn liegt an Pier 12, du kannst sie gar nicht verfehlen.«

»Woher willst du das wissen?«, flüsterte Freya. Sie suchte noch immer nach einem Ausweg.

»Weil ich heute Morgen von Mick in extenso Abschied genommen habe!« Maschas Zungenspitze fuhr sich kurz über die Lippen. »Immerhin, werden wir uns lange nicht sehen.«

»Schön für dich«, sagte Freya. »Warte mal – was, wenn er Nein sagt?«

»Das wird er nicht«, sagte Mascha. »Er weiß, dass du meine BFF[11] bist. Wenn er es wagt, Nein zu sagen, ist er für mich gestorben.«

Freya glaubte in diesem Moment Schritte zu hören. Das Treppenhaus hatte einen vorzüglichen Hall, vielleicht hatten die Kommandos auch schon die Feuerleiter entdeckt.

»Also, das war's …« Mascha presste Freya fest an sich. »Genieß die Zeit. Vergiss nicht, so schnell kommst du nicht wieder nach Grönland.«

»Ich kann das nicht«, flüsterte Freya.

Mascha packte Freyas Rucksack, sie nahm Anlauf, drehte sich dann wie eine erfahrene Kugelstoßerin und überließ das Gepäckstück der Zentrifugalkraft.

Es war merkwürdig, aber Freya hatte nicht damit gerechnet, dass ihr altgedienter Gefährte den Flug überleben würde. Als er mit einem knirschenden Geräusch in dem Kiesbett landete und einfach so dalag, dachte sie, der Zeitpunkt wäre endlich gekommen, aus einem bösen Traum zu erwachen.

»Siehst du, das war's schon. Spring oder mach dich auf eine lange Zeit in U-Haft gefasst!«

»Also gut.« Freya rang um Atem. »Versprich mir, dass wir Kontakt halten werden.«

»Ja, ja. Ruf mich an, sobald du in Sicherheit bist.«

Ein lautloses, schnell größer werdendes Licht tauchte plötzlich am Nachthimmel auf. Es konnte sich nur um einen Hubschrauber

11 Best Female Friend

der neuen Generation handeln, einen »flüsternden Riesen« von Eurocopter vielleicht, dessen hydraulische Komponenten nicht mehr »klopften«, da die Rotorblätter die widerspenstige Luft haarfein regulierten.

»Okay, okay … Ich springe!« Ein Blick in die Tiefe, auf das hellgrau schimmernde Dach, hielt Freya in letzter Sekunde zurück.

»Und du bist sicher, da unten ist Kies?«

»Knöcheltief sogar.«

»Bist du schon mal gesprungen?« Freya wirbelte herum, denn sie hatte verstohlene Schritte gehört.

Maschas Augen begannen sich unnatürlich zu weiten, vielleicht dämmerte ihr zum ersten Mal, dass Freya eine Kluft von zwei Metern überspringen musste, und dass es in dieser Höhe keinen zweiten Versuch geben würde.

»Du kannst mein Zimmer vermieten, nur, dass du's weißt …«

Für Freya schien in diesem Moment die Zeit stillzustehen: Sie rannte los, stieß sich von der Dachkante ab und katapultierte sich, so weit sie konnte, nach vorne. Für eine endlos lange Sekunde schwebte sie vor der Bremerhavener Skyline, über einem vierzig Meter tief klaffenden Spalt – dann berührten ihre Füße das weiche Kiesbett. Sie schlug der Länge nach hin, doch spürte, sie hatte gewonnen. Ohne sich noch einmal umzusehen, packte sie ihren Rucksack und rannte los.

IV.

Als sie zum ersten Mal Eis am Bug des Schiffes brechen hörte und dieses Malmen und dumpfe Bollern auch nach Stunden nicht verstummte, dämmerte Freya, dass sie vom Regen in die Traufe gekommen war: Die Gefahrenzone hatte gewechselt, das war alles.

Vor zwei Tagen war sie in Bremerhaven an Bord der Norbjörn gegangen. Nach einem kurzen Zwischenstopp auf den Färöern hatte das Schiff Kurs auf die Ostküste Grönlands genommen. Die Polarnacht stand vor der Tür, und der Kapitän hatte es offenbar eilig. Obwohl der Polarkreis noch vor ihnen lag, waren sie schon am nächsten Tag auf dünne Treibeisfelder und faserige Nebelbänke gestoßen.

Freya wäre weiß Gott lieber mit dem Flugzeug angereist als mit dem Schiff, aber sie hatte schließlich keine andere Wahl. Hier im Unterdeck, eingeklemmt zwischen Frachtkisten und undefinierbaren Geräten, spürte sie jeden Stoß der rauen, aufgewühlten See gegen die Wasserverdrängung von sechstausend Tonnen. Jede Woge übersetzte sich unter ihren Sohlen in eine Rollbewegung, die sie komplett aus der Balance brachte. Eine angenehme Reise sah anders aus, aber sie gehörte nicht zu den Zimperliesen, die sich bei sich selbst über die eigenen Fehler beschwerten.

Besser als Knast, dachte Freya, wenn der Kahn besonders zu rollen und schaukeln begann. Oder Waterboarding. Wie man in einschlägigen Internet-Foren nachlesen konnte, schreckte der Bundesnachrichtendienst nicht länger vor unsanften Verhörmethoden zurück. Bundesbürger wurden zu Verhören ins fröhlich folternde Ausland verschleppt. Vielleicht waren diese neuen Methoden Ausdruck einer wachsenden Hilflosigkeit der Elite, die nicht einsehen wollte, dass ihr die Fäden entglitt. Dennoch hatte Maschas Freund sie erst mal gehörig zusammengestaucht. Am Ende des Piers, an dem die Norbjörn vor Anker lag, war Mick aus heiterem Himmel explodiert.

»Typisch Mascha! Was für eine hirnverbrannte Idee! Hast du eine Vorstellung davon, was dich an der Ostküste Grönlands erwartet? Nichts, rein gar nichts! Du wirst völlig auf dich gestellt sein! Wenn was passieren sollte ...«

»Aber Mascha hat gesagt, es gäbe da diese russische Forschungsstation.«

»Ja, das hat sie mir auch gesagt! Und dass es an mir ist, denen weiszumachen, dass du unsere beste Expertin bist, Freya von Velden, genannt die Eisbohrerin ...«

Während er sich noch auskollerte, hatte Freya ihr Gepäck abgesetzt. Ihr Blick war zum ersten Mal zu dem weißen, hell erleuchteten Schiff hinübergewandert, dessen Aufbauten sich deutlich vor dem Nachthimmel abzeichneten. Ja, das war besser als Knast, es war gigantisch und verströmte die Sternenluft des großen Abenteuers, von dem sie oft heimlich geträumt hatte. Ein Abenteuer dieser Tragweite plant man nicht im Reisebüro, man zahlt dafür keine zwanzigtausend Dollar, um in einer Herde begüterter Spinner irgendwelche Naturwunder, Ruinen oder Wracks zu bestaunen. Es war das Leben selbst, das sie erwartete, und der Gedanke gefiel ihr.

»Glaubst du, die werden mich nehmen?«

»Was bleibt ihnen anderes übrig!« Mick hatte sich erschöpft von seinem Wutausbruch auf einen der Poller gesetzt. Jetzt klang er fast gefühlsduselig. »Wenn ich sie richtig bequatsche, werden sie denken, sie hätten das große Los gezogen und uns eine Spezialistin abspenstig gemacht. Kommt immer mal wieder vor.«

Freya hatte sich neben ihn gesetzt.

»Danke«, sagte sie leise.

»Vergiss es.« Für einen Mann, der gerade für die beste Freundin seiner Braut seinen Job und seine Karriere riskierte, machte Mick einen ziemlich gelassenen Eindruck.

»Nur eines wüsste ich doch gerne …« Er hatte eine knappe Pause gemacht, um seiner Frage den gehörigen Nachdruck zu verleihen. »Was hast du ausgefressen? Mascha sagte mir nur, du wirst polizeilich gesucht. Oh nein, jetzt sag nur, es hat was mit dem Attentat auf den Umweltminister zu tun?«

Natürlich hatte sie ihm ihre Geschichte erzählt, oder besser gesagt ihre Version, und Mick hatte ihr – so wie es aussah – geglaubt.

»Schade, dass du's nicht warst«, meinte er noch, »es wird Zeit, dass die oben endlich aufwachen. So als kleine Abschreckungsmaßnahme und Warnung, das Volk nicht länger mutwillig zu täuschen …«

Wie den meisten aktiv forschenden Wissenschaftlern konnte ihm der Umweltschutz offenbar nicht weit genug gehen. An Bord der Norbjörn hatte er in den letzten Jahren den drastischen Verfall der Arktis hautnah erlebt. In den Klimaprotokollen sah er nicht mehr als Schadensbilanzen oder sogenannte shitlists, wie sie in Versicherungsgesellschaften nach schweren Stürmen kursierten. Niemand wollte für die Schäden verantwortlich sein und schon gar nicht zahlen. Die schwerwiegenden Veränderungen der Atmosphäre und somit der Erde waren bis zuletzt ignoriert worden. Erst nach den jüngsten Flutkatastrophen war die Regierung endlich bereit gewesen zu handeln. Viel zu spät, wie sich zeigte.

Unterdessen machte das Schiff gute Fahrt, und das beständige, dumpfe Dröhnen der Dieselmotoren, das ihr zunächst nur bedrohlich vorgekommen war, suggerierte Freya jetzt einen reibungslosen Verlauf ihrer Reise. Obwohl sie gelegentlich fror, hatte sie bessere Laune als in all den Jahren zuvor. Sie glühte vor Tatendrang und fand nur selten in den Schlaf. Manchmal hörte sie die See-leute und Wissenschaftler mitten in der Nacht lachen und singen, meistens legendäre Hobo-Jim-Nummern wie *Where legends are born* oder *Off to Dutch Harbour*. Sie summte dann leise mit oder versuchte sich vorzustellen, worüber die Männer lachten. Sie empfand das Schiff wie ein schwimmendes Dorf, sich selbst eher als Landstreicherin und weniger als blinden Passagier. Jedenfalls hatte sie sich längst von ihren Lebensbedingungen in den mittleren Breiten verabschiedet, den reichhaltig ausgestatteten und gut sortierten Lebensmittelgeschäften, dem Aufwand, den Mitteleuropäer um ihre Hygiene betrieben: Hier hatte sie nichts weiter als ihren Schlafsack und einen Eimer, den sie mit einem Plastikdeckel verschloss und den Mick einmal am Tag für sie leerte. Er riskierte viel, wenn er kam, ihr Grüße von Mascha bestellte oder eine Tupperware-Dose mit lauwarmem Kantinenessen kredenzte. Während sie aß, versorgte er sie mit News: Das BKA hatte die Bude der »wilden Hühner« tatsächlich durchsucht und erwartungsgemäß Freyas alten Laptop beschlagnahmt. Das ausgewechselte Namensschild hatte Pippa damit erklärt, die Untermieterin Freya von Velden sei überraschend verzogen.

»Sie hat die Bullen richtig eingeseift«, so lautete jedenfalls Micks Fazit. Jeden zweiten Besuch beendete er mit den Worten: »Du bist sehr mutig, meine Gnädigste, aber auch wenn du letztes Jahr dieses Praktikum auf Spitzbergen gemacht hast – Grönland ist eine ganz eigene Welt. Das Land besteht aus lauter Unwägbarkeiten, und die bringen bekanntlich die besten Pläne zum Scheitern. Wir werden einen Plan B machen müssen.«

Den Eimer nahm er danach eher beiläufig mit und stellte ihn ebenso kommentarlos zurück. Es war gut möglich, dass er sich mehr und mehr für sie verantwortlich fühlte.

Einmal kam er nur zu ihr herunter, um ihr einen Witz zu erzählen.

»Kennst du den Witz von dem blinden Passagier, Freya?«

»Da gibt es viele«, hatte sie geantwortet, dabei kannte sie keinen. Sie kannte überhaupt keine Witze.

»Ich meine den, wo der Kapitän zum Matrosen sagt: Wirf den blinden Passagier über Bord? – Der Matrose gehorcht, kommt wieder und fragt: Auch den weißen Stock, Käpt'n?«

»Ah. Und wo war der Witz?«

Er hatte nur mit den Achseln gezuckt und ihr zum Trost eine kleine Flasche Rum zugesteckt. Sie wusste, dass er sie nur aufheitern wollte. Mick schien sich wirklich Sorgen um sie zu machen, und deshalb hatte sie ihm die Gretchenfrage gestellt: »Glaubst du, es könnte gefährlich werden?«

Sie war froh, dass er nicht gleich geantwortet hatte, sondern wirklich nachdachte, bevor er einen kurzen, aber ziemlich beunruhigenden Satz aushustete.

»Nicht, wenn du vorsichtig bist.«

Während die Turbinen die Norbjörn unermüdlich nach Norden trieben, war ein weiterer Tag auf See vergangen. Mick versorgte sie weiterhin heimlich mit Essen und sagte, sie solle froh sein, den »Outdoor-Heinzen und hochnäsigen Kreuzfahrern« werde für eine derartige Reise ein kleines Vermögen abgeknöpft. Sie erfuhr auch das Neueste von den Ermittlungen gegen sie: Die Beamten hatten ihrer WG noch einmal einen kleinen Überraschungsbesuch abgestattet und dabei kistenweise Akten über Schnecken und Wattwürmer mitgehen lassen. Alles aus Wattwurm-Birthes gruftig riechendem Zimmer.

»Jetzt heißt es, die Spezialisten des BKA vermuten eine Geheimsprache hinter den lateinischen Abkürzungen. Mal sehen, wie lange sie brauchen, um herauszufinden, dass ein Sacculina carcini nur ein kleiner, mieser Wurzelkrebs ist!«

Die eher unangenehmen Einzelheiten – Freyas Rolle als Hauptverdächtige in einem undurchsichtigen politischen Drama – spielte er absichtlich herunter. Mick musste Mascha sehr lieben, denn sollten sie erwischt werden, wäre es nicht unwahrscheinlich, dass sie ihn wegen Beihilfe zur Flucht – vielleicht sogar als potenziellen Komplizen – anklagen würden. Und irgendetwas finden sie immer, das hatte man in den letzten Jahren immer wieder gesehen.

Die Zeit schleppte sich träge dahin. An Bord gehen und Ausschau halten war nicht drin, aber in dieser Nacht hatte die Norbjörn zum ersten Mal Schwierigkeiten, sich ihren Weg durch die riesigen, gegen die Schiffsverkleidung rumsenden Schollen zu bahnen. Wie viele Tage mochten inzwischen vergangen sein? Ein paar Mal lagen sie still, eingeklemmt oder zurückgehalten von den Eismassen, doch der Kapitän, den Mick einen fähigen Mann nannte, schaffte es immer wieder, einen neuen Anlauf zu nehmen und mit dem Kiel seinen Weg frei zu brechen. Der Krach – es krachte wirklich – machte es unmöglich zu schlafen, und statt sich hinzulegen, besah sich Freya einmal mehr ihre Ausrüstung. Hatte sie etwas vergessen? Eine Kleinigkeit, die sie das Leben kosten konnte, da draußen in der eisigen Kälte? Ihre Schuhe waren zwar wasserfest, doch selbst die mit Daunen gefüllte Skihose fühlte sich schon hier im Frachtraum viel zu luftig an. Auch die Handschuhe, Wollsocken, Pullover, ein Sportdress, eine Sonnenschutzbrille und ein Kunststoff-Poncho waren nicht gerade von jener Sorte, die gestandene Glaziologen bei ihren Einsätzen trugen. Gute Polarkleidung muss möglichst leicht und so geschnitten sein, dass man sich ungehindert bewegen kann. Es empfiehlt sich, mehrere wärmeisolierende Schichten zu tragen, die gesamte Isolationsschicht braucht nicht dicker als zwei, drei Zentimeter zu sein, aber weniger ist lebensgefährlich. Freya nahm sich vor, Mick einen besseren Anorak abzuluchsen, ein bestens ausgerüstetes Schiff wie die Norbjörn hatte sicherlich ein paar Extraklamotten an Bord. Ein kleiner Propangas-Kocher, getrocknete Bohnen und hochkonzentriertes Astronautenfutter für den Fall aller Fälle. Vielleicht würde sie ein paar Stunden, vielleicht auch einen halben Tag an der Küste ausharren müssen.

Was ihre technische Ausrüstung anbelangte, fühlte sie sich besser versorgt. Sie hatte gelernt, mit dem Handkompass zu navigieren, und die detaillierten Karten, die ihr Mick besorgt hatte, gaben ihr ein Gefühl von Sicherheit. In der Gegend gab es Inuitsiedlungen, ja sogar einen Flughafen. Alte Depothütten waren eingezeichnet und Stellen, an denen im Sommer Jäger und Walfänger biwakierten. Die Forschungsstation Dag Jeekov lag nicht allzu weit von der Küste entfernt, auf der östlichen Flanke der Inlandeis-Kalotte, wo der mächtige Daugaard-Jensen-Gletscher beginnt. Die nächsten Menschen lebten zweihundert Kilometer entfernt – auf einer Bohrinsel namens Devon III im Scoresbysund. In dieser völligen Abgeschiedenheit musste man auf alles gefasst sein. Sie hoffte dennoch, das rote, wasserfeste Abschussgerät würde niemals seine aufgeschraubte Signalpatrone abschießen müssen.

Wie lange noch? Freya rappelte sich auf und trat an das Bullauge, durch das sie einen winzigen Ausschnitt der Treibeisfelder sehen konnte. Etwas Surreales, über alle Maßen Fantastisches ging von diesen Eismassen aus. Manche der Blöcke waren so groß, dass man meinen konnte, das Schiff nähere sich bereits der Küste. Im kalten Licht des arktischen Mondes schienen sich diese bizarr geformten schwimmenden Theaterkulissen bis zum Horizont zu erstrecken. Je länger sie hinausschaute, umso mehr fühlte sie sich auf einen fremden Planeten versetzt. War das überhaupt noch die Erde? Natürlich nicht, keine Erde, sondern Wasser, in einem anderen Aggregatzustand, aber dennoch Wasser, der treueste, zuverlässigste Freund des Menschen.

Die letzten Nachrichten, die Mick ihr überbracht hatte, drehten sich um neue Flutkatastrophen: Dakar, Eritrea, ganze Teile Nordafrikas waren in nur einer Nacht abgesoffen. Es war dieser verdammte Regen, der einfach nicht aufhören wollte. Die Vereinten Nationen hatten eine neue Klimakonferenz einberufen, doch was sollte das nützen? Das Wasser kam zwar vom Himmel, seinen Ursprung hatte es aber immer auf Erden. Es war einfach überschüssiges Wasser, das verdampft war und sich jetzt an anderer Stelle manifestierte. Wären die Polkappen eines Tages gänzlich geschmolzen, würde es noch mehr sogenannte Starkregenereignisse geben, das Grundwasser würde steigen und steigen, es würde in die Städte des Menschen eindringen und die Bewohner vertreiben.

Sie öffnete das Bullauge einen Spalt und glaubte fern am Horizont eine dünne, weiße Linie zu erkennen. War das schon Grönland, ihr neues weißes Refugium am Arsch der Welt? Freyas Herz begann kräftig zu pochen. Ihre Tage als Anhalterin waren gezählt, fast fürchtete sie sich vor dem Moment, wenn Mick sie holen würde, um ihr den Schleichweg vom Schiff anzuweisen.

Um neun Uhr gab es keine Zweifel mehr: Die ferne Eisküste rückte näher – und Kriegsschiffe tauchten auf. Zum ersten Mal begriff Freya die monströse Eleganz dieser Zerstörer. Sie waren zu weit entfernt, als dass sie eine Flagge hätte ausmachen können, doch die Aufbauten der Schiffe wirkten nicht westlich. Vielleicht waren es russische oder chinesische Kreuzer. Auch das Meer hatte sich merkwürdig verändert, es wirkte trotz der driftenden Schollen tranig und dunkel. Kein Wunder, dass das Nordpolarmeer noch im Mittelalter »Lebermeer« hieß.

Zweimal gab es Verzögerungen – zunächst, als eine Gruppe von

Buckelwalen auftauchte, dann, als ein Sturm wie aus dem Nichts aufkam und die Norbjörn mit eiskaltem Regen übergoss. Dumpfe Donnerschläge rollten über das Wasser, hohe gischtig schäumende Wellen ließen das Schiff hin und her schaukeln, als wäre es nur ein hölzernes Floß. Die Geräte und Kisten in Freyas Versteck ächzten und rissen an ihren festgezurrten Sicherheitsleinen, und Freya befürchtete fast, von ihnen erschlagen zu werden. Ha, das wäre doch eine Schlagzeile: Attentäterin wie eine Ratte zerquetscht ... Es war jedenfalls keine gute Nacht, um neue Pläne zu machen, aber sie versuchte immer noch, ihre Flucht als positives Ereignis zu sehen. Sie konnte auf Grönland ein neues Leben beginnen, konnte pro forma einen Inuit ehelichen und dann in den Schwarm der dritt- und viertklassigen Forschungsdienstler eintauchen, die sich im Eis ordentliche, sogar dick belegte Brötchen verdienten. Mit einem neuen, grönländischen Pass und einem neuen Nachnamen stünde ihr die Welt wieder offen, sie wäre nicht bis ans Ende ihrer Tage an einen Eisklotz gefesselt.

Erst um Mitternacht legte sich das Geschaukel, doch dafür wurde es kälter; der Regen an Deck war in Schnee übergegangen, die Lufttemperatur war in freiem Fall. Wenn Freya gerade keine Kniebeugen machte, saß sie – die kalte Stahlwand im Rücken – in ihren Schlafsack gehüllt da. Sie wünschte, Mick würde auftauchen, aber er machte sich rar. Wahrscheinlich hielt er es für zu riskant, denn die ganze Mannschaft war auf den Beinen. Durch das von Frostblumen verzierte Bullauge konnte Freya gelegentlich eine blasse Mondscheibe sehen, bis sie wieder hinter dichten Wolken verschwand. In ihrem Schein glitten weiße Flocken wie Flittertand vom Himmel ins Meer, eine Stimmung von magischer Schönheit, wie sie nur die Natur hervorbringen kann, und Freya fühlte sich endgültig mit ihrer waghalsigen Entscheidung versöhnt. Sie fühlte sich vogelfrei und allein, doch stärker als je zuvor.

Als sie im Morgengrauen erwachte, schien draußen die Sonne, rund und voll. Ihre Lichtfülle ergoss sich über die glatte See und verwandelte sie in dunkelgrün funkelndes Geschmeide. Dem Packeis entronnen, steuerte die Norbjörn zwischen den Spiegelbildern hoch aufragender Eisberge an der sogenannten Liverpoolküste nördlich von Ittoqqortoormiit vorbei. Die Berge, die Freya sah, gehörten bereits zu einer vorgelagerten Halbinsel von Jameson-Land, doch das wusste sie nicht. Sie verglich das, was sie sah, einfach mit dem, was die Karte ihr zeigte, und überprüfte mit ihrem Kompass den Kurs, denn sie ahnte, dass sie nicht früh genug damit anfangen konnte. Als sie später das Bullauge öffnete, hörte sie aus der Luft ein schrilles, spöttisches Lachen. Es war eine Möwe, die sich im Windschatten wiegte und mit Schwung über die dicht gedrängten Schollen segelte. Diese schienen die Vorhut des weißen Eisplateaus zu sein, das sich jetzt vor ihr in der Sonne erstreckte. Noch einmal sollte Freya mehrere Kriegsschiffe sehen. Die dänischen Zerstörer nahmen von der Norbjörn wohl keine Notiz. Mit fünfzig, sechzig Knoten pflügte der Zug in einer Entfernung von einer halben Seemeile vorbei. Die schweren Kanonen auf dem Vorderdeck auf Grönland gerichtet, verschwanden sie erst nach einer Stunde aus Freyas Bullaugenfenster.

Was ging da vor – war ein Krieg ausgebrochen?

In dieser Nacht sollte sie auch die ersten Nordlichter sehen. Es geschah, während sie wieder schlaflos ihr Hab und Gut im Rucksack sortierte. Und dann zuckte es über den Himmel und wollte gar nicht mehr aufhören zu flimmern, es war fast, als leuchte jemand mit einer giftgrünen Laterne in Freyas Kerker und in ihre Seele hinein. Sie sprang auf, eilte zum Fenster: Sie sah so etwas zum ersten Mal. Nach einer Weile erkannte sie einen intensiven Lichtschleier, auf dessen breit gefächerten Strahlen feine Nadeln in Spektralfarben tanzten. Es war wie die Begrüßung einer unheimlichen Welt, der Besuch von Elfen oder anderen Fabelwesen, die sie bis dahin nicht für möglich gehalten hatte.

»Alles klar?« Mick schob sich in diesem Moment durch die Tür. Er machte ein zuversichtliches Gesicht, aber sie konnte riechen, wie unwohl er sich in seiner Haut fühlte. »Wir sind gleich da. In etwa anderthalb Stunden gehen wir vor Cape Brewster vor Anker.«

Er hielt einen Müllsack in Händen, in dem er einen wasserfesten Polaranorak, Schneeschuhe und zwei schon leicht verbogene Skistöcke mitgebracht hatte.

»Ich denke, die Sachen wird niemand vermissen«, sagte er. »Unser Materiallager ist eh viel zu voll.«

Freya zog den Anorak an. Die Ärmel waren etwas zu lang, aber unter diesen Umständen durfte man nicht wählerisch sein. Dann – fast feierlich – überreichte Mick ihr ein gefaltetes Faxpapier.

»Was ist das?«

»Es ist mir tatsächlich gelungen, mit der Dag-Jeekov-Station Kontakt aufzunehmen. Die freuen sich schon auf dich.«

»Was sagst du da?«

»He, ich konnte es auch erst nicht glauben«, sagte er leise. »Du hast wirklich Glück. Der Stationsleiter heißt Denissow. Deine Referenzen haben ihn schwer beeindruckt.«

»Oh mein Gott.« Freya hatte das Fax schon fast überflogen. Mit jedem Wort, das sie las, wuchs die Gewissheit, dass ihr verrückter Plan aufgehen würde.

»Sobald du festen Boden unter den Füßen hast, solltest du ihnen deine GPS-Daten schicken. Er meinte, er würde dir dann sofort ein Schneemobil schicken. Das hier ist seine Nummer.« Freya konnte nicht anders, bei der Last, die ihr vom Herzen gefallen war, drückte sie Mick ganz fest an sich.

»Okay, okay, aber du hast es noch nicht geschafft.« Wenn Mick ihre Augen suchte, wurde es ernst. »Ich werde in zehn Minuten auf die Brücke gehen und dem Kapitän sagen, ich hätte ein merkwürdiges Geräusch an der Maschine gehört, ein richtig unangenehmes Geräusch, wie es nur Motoren machen, die kurz vor dem Abnippeln sind. Er wird das Schiff sofort stoppen. Die meisten Männer sitzen ohnehin gerade im Mannschaftsraum beim Spachteln in der Kantine. Du hast dann fünfzehn Minuten Zeit, dich von Bord zu schleichen. Ich habe eine Strickleiter zwischen den Rettungsbooten befestigt, die rollst du aus und steigst von da auf das Eis …«

»Ist das nicht … gefährlich?«

»Nein, einbrechen wirst du nicht, es sei denn, du hast eine Tonne Blei im Gepäck. Dieses Eis hält Lastwagen aus. Sobald du draußen bist, hältst du dich in südwestlicher Richtung. Alles klar? Nach spätestens zwanzig Minuten müsstest du dann die Küste erreichen. Selbst wenn du die Felsen nicht siehst, sie sind da, das kannst du mir glauben.« Er löste sich langsam aus ihren Armen. »Das war's dann, Mädchen. Komm uns heil zurück.« Fast beiläufig drückte ihr noch eine Kleinigkeit in die Hand.

»Was ist das?«

»Ein Energieriegel und eine Ersatzpatrone für dein Abschussgerät. Sollten dich die Russen aus irgendeinem unerfindlichen Grund nicht finden, kannst du hiermit ein Signal geben. Und noch was. In drei Tagen kommen wir wieder vorbei, es sei denn …«

»Was?«

»Es sei denn, der Käpten nimmt eine andere Route. Das Packeis spielt manchmal verrückt.« Tröstend legte er ihr eine Hand auf die Schulter. »Aber das wird nicht passieren, hörst du? Nie und nimmer.«

Freya schluckte. »Mick … Warum … sollten die Russen nicht kommen?«

Ihr Komplize zuckte die Achseln. »Das hat doch keiner gesagt … Natürlich werden sie kommen, aber unter Umständen sind sie nicht gleich an der richtigen Stelle. Der Küstenstreifen, an dem du ankommen wirst, hat etwa die Breite von Deutschland.«

»Oh, mein Gott!«

»He, so dramatisch ist das nun auch wieder nicht. Ich meine, wofür gibt es diese wunderbaren Iridium-Handys?« Er zwinkerte ihr aufmunternd zu, aber sie durchschaute den halbherzigen Versuch. »Eines solltest du allerdings nie vergessen: Das Wetter entscheidet hier über alles, und falls du Pech hast, wirst du ein paar Tage in deinem Zelt ausharren müssen.«

»Ein paar … Tage? Aber hier steht doch, dass sie mich abholen werden.«

»Keine Panik, das werden sie auch. Nur, falls ein Schneesturm aufkommen sollte, herrscht da draußen Sichtweite von unter null. Du verstehst?« Er wartete, bis sie zögerlich nickte: »Gib mir mal Maschas Handy.«

»Wieso?«

»Wirst du gleich sehen.« Er programmierte ihr die Nummer der dänischen Sirius-Schlittenpatrouille ein. »Die Jungs sind in Daneborg stationiert. Das ist nördlich vom Scorebysund. Aber wenn wirklich alle Stricke reißen, dann rufst du die an. Hast du verstanden?«

»Mal den Teufel nicht an die Wand«, flüsterte Freya. Sie verstaute das Handy in ihrer Anoraktasche und schlüpfte in die Träger ihres Rucksacks mit demselben Gefühl, wie sie vielleicht einen Fallschirm angelegt hätte.

»Ich bin so weit«, sagte sie. »Setz mich aus.«

Mick wäre nicht Mick gewesen, hätte er ihr nicht noch zum Abschied einen altmodischen Sturmkochertopf geschenkt. Er war randvoll mit Gulasch gefüllt und hatte glücklicherweise einen verschraubbaren Deckel.

»Du wirst es schaffen«, sagte er. »Wenn du nicht leichtsinnig bist, wird alles gut.« Vorsichtig öffnete er die Tür und schlüpfte hinaus auf den Gang. »Geh einfach die erste Treppe hinauf. Viel Glück!«

Freya wartete noch zwei Minuten, dann schlüpfte sie hinaus auf den Gang und von dort aus huschte sie die Treppe hinauf. Die konzentrierte Bewegung tat ihrem Körper gut, selbst der Trekking-Rucksack erschien ihr wie ein Fliegengewicht. Vielleicht war es auch nur das Adrenalin … Oder die frische salzhaltige Luft, die oben an Deck ihre Lebensgeister auf Anhieb weckte. Die Tage im Kerker waren vorbei!

Ein paar vorsichtige Schritte und Freya hatte die Rettungsboote erreicht. Die Strickleiter war schon so zusammengerollt, dass sie sie nur über Bord werfen musste. Das ist das Leben, dachte sie noch. Eine fast unerträgliche Euphorie hatte sie in diesen Sekunden ergriffen. Der schwindelerregende Blick am Rumpf der Norbjörn entlang hinunter aufs Eis war natürlich anfangs eine Sache für sich, besonders der hässliche, schwarze, laut schmatzende Wassergraben zwischen Schiffswand und Eis. Wie breit mochte er sein? Ein Geräusch, nein, die Abwesenheit eines Geräuschs lenkte sie ab. Die Motoren und Ölpumpen der Norbjörn waren plötzlich verstummt. Als wollte der Kahn eine Schweigeminute für sie einlegen. Jetzt oder nie! Das Schiff war noch nicht ganz zum Stillstand gekommen, da kletterte sie schon die wild schwankende Leiter hinab. Trotz der Handschuhe waren ihre Finger eiskalt, und sie schloss die Augen, um der Höhenangst keine Chance zu geben.

Mick hatte die Länge der Leiter präzise bemessen. Die letzte Sprosse endete nur fünfzig Zentimeter über dem Eis, das sich knirschend an das langsamer werdende Schiff schmiegte. Zuletzt, als der tonnenschwere Schiffsleib zur Ruhe gekommen war, schien es, als sei die Norbjörn im Packeis gefangen.

V.

Als Freya das Meereis betrat, fror sie bereits wie ein Schneider. Zu lange hatte sie sich an die Leiter geklammert. Alle Wärme ihres Körpers schien sich in die inneren Organe verflüchtigt zu haben. Eine seltsame Mattigkeit kroch an ihr hoch, die Jubelstimmung, die sie an Deck empfunden hatte, verwandelte sich nach den ersten Schritten in blanke Furcht.

Dein Kreislauf spielt dir einen Streich, dachte sie. Die feuchte Luft belebte sie zwar, ja, berauschte sie wie ein junger, eiskalter Wein, doch noch immer bewegte sie sich auf der schimmernden Fläche aus Eis so vorsichtig, als balanciere sie über eine schmale, gläserne Brücke. Zögerlich schob sie einen Fuß vor den anderen, und regelmäßig sah sie sich nach der Norbjörn um. Ob Mick sie mit dem Fernglas beobachtete? Oder der Kapitän? Und wenn ja, würde er die einsame Gestalt weit draußen auf dem Eis mit seinem Schiff in Verbindung bringen?

Und wenn schon … Der Untergrund bereitete ihr ernsthafte Sorgen. Die Schollen schienen schon mehrfach auseinandergebrochen und wieder zusammengefroren zu sein. Eine dünne Schicht Neuschnee camouflierte gefährliche Bruchstellen. Hinzu kam das andauernde Knacken und Ächzen des Eises, das von der Flut hochgedrückt wurde. Es war reiner Wahnsinn weiterzugehen, doch der dunklere, graue Streifen, den sie als die Küste ausgemacht hatte, schien inzwischen schon näher zu sein als das Schiff. Sie hatte eine Welt des Schweigens betreten, eine grauweiße, in Totenstarre liegende Ödnis. Als ihr bewusst wurde, welcher grenzenlosen Einsamkeit sie sich anvertraut hatte, überfiel sie eine heftige Panikattacke. Ihr Herz begann zu rasen, und es dauerte eine Weile, bis sich ihre Atmung wieder beruhigt hatte. Schließlich riss sie sich zusammen und setzte ihren Weg fort.

Allmählich ging es sich leichter. Die Schollen unter ihren Füßen wirkten fest und zeigten, obwohl sie immer noch knirschten, keine besonderen Tücken. Je weiter sie kam, umso mehr wuchs ihr Vertrauen. Sie trat beherzter auf, ja, in ihrem Übermut hüpfte sie ein paar Mal, um die Festigkeit des Eises zu testen. Langsam, aber sicher entfernte sie sich von der Norbjörn. Oder war es umgekehrt? Einmal glaubte sie, das Wummern der Dieselmotoren unter ihren Füßen zu spüren. Die hatten sich übrigens längst in Eisklumpen verwandelt, und Freya beschloss, bei nächster Gelegenheit ein paar Wollsocken überzuziehen.

Ein merkwürdiges Gefühl beschlich sie – als hätte sie die gesamte zivilisierte Welt schlagartig hinter sich gelassen. Ihr Rucksack schien jetzt Tonnen zu wiegen, alle hundert Meter musste sie verschnaufen. Wohl eine halbe Stunde war sie so gegangen, als sie etwas im Eis entdeckte. Freya blieb stehen und beschirmte die Augen mit der hohlen Hand: In etwa zweihundert Metern Entfernung lag etwas Kreisförmiges auf dem Eis. Der Durchmesser des Objekts betrug sicher über zehn Meter, und ein schwacher grünlicher Schimmer ging von ihm aus. Obwohl es nicht direkt in ihrer Marschrichtung lag und Mick sie gebeten hatte, sich so schnell wie möglich außer Sichtweite des Schiffs zu begeben, beschloss sie, sich das Ding aus der Nähe anzusehen.

In die eiskalte Luft mischte sich jetzt ein Geruch, der sie an die Abfallhalde eines Fischereihafens denken ließ. Und je näher sie kam, umso mehr glaubte sie, einen eingefrorenen Fallschirm vor sich zu sehen. Dann hatte sie die zerfaserten Ränder erreicht: Statt Schnüren erkannte sie jetzt handbreite, goldorange gesprenkelte Bänder mit warzenartigen violetten Ampullen. Cyanea arctica, erkannte Freya auf Anhieb. Eine riesige Qualle. Mit ihren bis zu vierunddreißig Meter langen Fangarmen galt das arktische Nesseltier zu Recht als längstes Lebewesen der Welt. Die monströse

Gallertmasse wirkte im Inneren rußig, als wäre das Tier an der Öl-pest gestorben. Noch bizarrer war allerdings, dass sich in der Gas-traltasche des Tieres ein mächtiger, erodierter Anker befand. Selbst die abgerissene Trosse war noch deutlich unter der milchigen Me-sogloea-Schutzschicht zu sehen. Die faserigen Partikel darunter erinnerten Freya an Bernsteininklusen. Zögernd ging sie näher: Auf dem Schäkel entdeckte sie Buchstaben, verlaufen und schat-tenhaft: … SS … ATA … N. Jeder Mensch hätte »Satan« gelesen, doch Freya hatte eine andere Assoziation: Waren das hier die Überreste des kürzlich verschwundenen Kriegsschiffs, der USS Ba-taan?

Ein scharfes, brutzelndes Geräusch ließ Freya zusammenzu-cken, sie sah an sich herab und bemerkte, dass die Spitzen ihrer Skistöcke dampften. Die ausgetretenen Körpersäfte des Gallertwe-sens waren offensichtlich geeignet, Metall zu verätzen. Freya mach-te sicherheitshalber ein paar Schritte zurück, denn sie hatte nur dieses eine Paar Stiefel. Eine Riesenqualle, die Säure absondert – wie war das möglich? Was ging hier vor? Beunruhigt setzte sie ihren Weg fort, wobei sie immer wieder den Kopf drehte, als be-fürchtete sie, der schleimige Räuber könne sich plötzlich wie ein Fesselballon zu seiner ganzen Größe aufblähen und ihr folgen. Na-türlich hatte sie von diesen Giganten des Polarmeers gehört, und ja, auch diese Cyanea bestand, ebenso wie andere Quallen, aus giftigem Glibber. Sie lebten normalerweise unter dem Meereis und wurden wie andere Nesseltiere von der Fachpresse die heimlichen »Gewinner des Klimawandels« genannt. Dass sie in der Lage wa-ren, Metall zu zersetzen, war ihr allerdings neu. Vielleicht war der Glibberriese auch nur ein Vorgeschmack auf ein Grönland, das viel mehr war als nur eine leblose, vergletscherte Einöde.

Wenig später hatte Freya die ersten Felsen einer Landzunge er-reicht.

Terra firma, dachte sie, endlich festen Boden unter den Füßen. Doch so sicher war sie sich nicht. Unter dem ersten Stein, den sie sah, war wieder Eis, sogar eine Menge. Der ganze Fjord war wie mit Eis ausgegossen und oberflächlich mit Felsbrocken garniert. Und nirgends – nicht einmal in der Ferne – sah sie Anzeichen menschlichen Lebens, keine Bretterbude oder Überreste eines verlassenen Walfängerdepots, wie ihr die dänische Landkarte suggeriert hatte. Vielleicht war sie an einer anderen Stelle als geplant an Land gegangen? Der schnelle Einbruch der Dunkelheit überraschte sie. Entweder hatte sie die Norbjörn später verlassen, als sie dachte, oder sie hatte sich zu lange auf dem Eis aufgehalten. Bald konnte sie nur noch die Silhouetten der Berge ausmachen, die hinter dem Eis steil aufragten, glatt und kahl wie die Rücken von Walrossen.

Sie erinnerte sich an das, was Mick ihr gesagt hatte, und schickte eine SMS mit ihren GPS-Daten an die Dag-Jeekov-Station.

****** I'VE ARRIVED *****

***** GREETZ. FREYA V. **

Aus irgendeinem Grund sah ihr das Ganze schwer nach Grabinschrift aus. Sie ließ die Träger ihres Rucksacks von den Schultern gleiten und setzte sich auf einen Felsen, der etwas Einladendes hatte. Der winzige Punkt namens Norbjörn war inzwischen am Horizont verschwunden, und eine furchtbare Stille lag über dem Fjord. Die Würfel waren gefallen.

Was jetzt, Freya?

Während sie angeschwemmtes Holz sammelte, um ein Lagerfeuer zu machen, dachte sie unentwegt an die Russen, die sich sicher schon auf den Weg gemacht hatten. Vor ihrem geistigen Auge konnte sie das Schneemobil sehen, das die Russen losgeschickt hatten, um ihre neue, hochgeschätzte Kollegin noch vor Einbruch der Dunkelheit aufzulesen. Sie erschauerte, weil sie erst in diesem

Moment bemerkte, wie dunkel es bereits war. Unzählige ferne Sterne blinkten Freya ihre eisigen Botschaften zu. Im Windschatten eines von Frostschutt bedeckten Eishügels kochte sie sich eine Mahlzeit aus Gulasch und Linsen. Sie hatte nie in dem unter Outdoor-Köchen kursierenden Irrwahn gelebt, zwei in Pemmikanpulver gerollte Trockenfleischscheiben müssten sich selbst für ein Wiener Schnitzel oder ein Cordon bleu halten, aber der Fraß schmeckte unter diesen Umständen wie ein Fünf-Sterne-Menü. Nur, jedes Mal, wenn sie den Mund öffnete, biss sich die eiskalte Luft ihren Weg hinab zu den Lungen, wo winzige Eiskeime ihre Atemwege verschleimten. Auch dass sie beim Essen im Schneidersitz saß, war keine gute Idee. Als sie aufstehen wollte, hatte sie mit zwei eingeschlafenen Beinen zu kämpfen.

Bekanntlich sterben Menschen an Unterkühlung, wenn die Körpertemperatur unter den kritischen Schwellenwert sinkt, der bei sechsundzwanzig Grad liegt. Rosige Aussichten, was, Freya? Mit kribbelnden Händen sendete sie noch einmal ihre SMS. Keine Antwort. Nichts. Hatte sie überhaupt Empfang? Sie konnte keine Sendebestätigung finden. Faserig wallender Seenebel trieb auf sie zu und hüllte sie ein. Von der riesigen, gefrorenen Fläche des Meeres stieg eine eisige Feuchtigkeit auf und schlug sich als Reif auf ihr nieder. Fasziniert beobachtete Freya das Wachstum der winzigen Eiskristalle auf ihrer Kleidung und ihrem Rucksack. Als streife eine Totenhand darüber hinweg … Zum ersten Mal fühlte sie sich wie auf einem fremden Planeten.

Notgedrungen beschloss sie, ihr Zelt aufzubauen. Es war nicht leicht, sie war kaum fähig, das Zusammenspiel aus Gestängebogen und Abspannleinen zu durchschauen. Vor allem das Einfädeln der dünnen Aluminiumbogen in die Schlaufen erwies sich als Geschicklichkeitsprobe. Als das Zelt endlich stand, kuschelte sie sich in ihren Schlafsack und versuchte zu vergessen, wo sie war und dass es da draußen – hinter der dünnen Polyesterwand – nur eisige Finsternis gab. Sie fror, als wäre sie nackt. Ihre Muskeln gaben keine Ruhe, sie zuckten so heftig, dass sie immer wieder ihr Lager verließ, um sich die Füße zu vertreten.

Schließlich musste sie doch eingeschlafen sein. Als sie am Morgen erwachte, war ihr Herz gespannt wie eine Feder, die gleich losspringen wollte. Ihre Glieder schmerzten, als sie sich aufsetzte und nach dem Handy griff. Es war vier Uhr in der Frühe. Verdammt. Erneut schickte sie eine SMS hinaus in die eisige Welt. Und eine zweite an die Sirius-Schlittenpatrouille, in der sie schrieb, dass sie auf dem Weg zu einer Forschungsstation war. Dann stand sie auf.

Den ganzen Morgen verbrachte sie mit kurzen Spaziergängen, um sich warm zu halten. Als schließlich die Sonne über den wolkenlosen Horizont kroch, brachen sich die Lichtstrahlen in den Schichten des Eises. Die graue Einöde erstrahlte in den wundersamsten Farben – türkis, smaragdgrün, violett. Wie benommen sah Freya sich um: Die Schollen, über die sie am Vortag gewandert war, schienen von Millionen glühender Kohlenstückchen bedeckt. Freya spürte ein wärmendes Kribbeln auf ihrem Gesicht. Lange stand sie in das Naturschauspiel versunken da, bis aus dem Kribbeln auf der Haut ein sanftes Brennen wurde – als habe sie ihre Nase versehentlich in Nesselsalbe getaucht. Immerhin, trotz der Sonne zeigt das Spiritusthermometer zwanzig Grad unter null. Argwöhnisch geworden, warf sie einen Blick in ihren Taschenspiegel und hatte Mühe, nicht zu erschrecken: Auf Nase, Stirn und Wangen zeigten sich erste Frostflecken, hervorgerufen von extremer Kälte in Kombination mit intensiver UV-Strahlung. Freya rieb die erfrorenen Stellen mit Schnee ein, bis eine schmerzende Wärme ihren ganzen Körper belebte.

In einem Anflug von verzweifeltem Aktionismus zwang sie sich, den Kompass und die Karte zu lesen. Wenn die Karte stimmte, war sie knapp achtzig Kilometer von der Station entfernt. Vier, fünf harte Tagesmärsche, etwas Eiskletterei, und sie wäre in Sicherheit. Sie bekam das große Heulen, wie man sich gewöhnlich erbricht, eruptiv und voller Hingabe. Als ihre Tränen endlich versiegten, war die pelzbesetzte Kapuze ihres Polaranoraks wie mit Salzkristallen bestäubt. Sie begann wieder zu frieren, so sehr, dass ihre Zähne klapperten.

Dummes Häschen, dachte sie bei sich. Du hättest dich der Polizei stellen sollen! Mascha Trentemöller, was für eine hirnrissige Idee! Wenn diese Russen am Ende nicht auftauchen, wenn es diese Station gar nicht gibt? Was, wenn sich jemand einen Spaß erlaubt hat, ohne an die Folgen zu denken? Verrückte Lebensuhr, dachte sie noch. Da hängt der Mensch zäh sich dahinschleppende Jahre lang in einer Flaute, und plötzlich treibt ihn ein überraschender Sturmwind so weit hinaus, dass es kein Zurück mehr gibt. In den letzten Stunden hatte Freya mehr gefühlt – ja, sich lebendiger gefühlt – als in all den Jahren zuvor. Trotz ihrer schwierigen Lage kam sie auch nicht umhin, die Schönheit dieser monochromen Landschaft zu bewundern – einer Landschaft, die eigentlich eine Wasserschaft war, denn sie wurde nicht vom Land, sondern von gefrorenen Wassermassen geformt. Kaltes Weiß durchwirkt von Quecksilberadern … Einst hatte es hier tropische Wälder gegeben, Riesenfarne und stechpalmenartige Bäume. An den Ufern der Sümpfe erprobten vierbeinige Fische wie der Ichthyostega den ersten Landgang – das war vor dreihundertfünfzig Millionen Jahren, in jener Devon genannten Periode, die viele Paläontologen für die entscheidende halten, denn in ihr eroberte das aus dem Wasser stammende Leben erstmals die Erde. Du bist einfach zu spät, Freya, dreihundertfünfzig Millionen Jahre zu spät … Von den einstigen Urwäldern war nichts mehr zu sehen, die weißen Majestäten – Gletscher genannt – hatten alles unter ihren kilometerdicken Bäuchen begraben, ja, die einst üppige Vegetation buchstäblich von den Felsen radiert. Nichts als eintöniges Weiß war geblieben. Und sollte das Eis eines Tages wieder verschwinden, wie die Meteorologen es prognostizierten, würde es nichts als eine nackte Steinwüste hinterlassen, abgelagerte Moränen, die sich jetzt schon wie gigantische Schutthalden an den südlichen Ausläufern der Gletscher auftürmten. Nur hier gab es angeblich noch richtige Berge, der mächtige Gunnbjørn Fjeld hatten sogar eine Höhe von dreitausendsechshundert Metern.

Erneut sendete sie eine SMS: Freya von Velden an Dag Jeekov, bitte melden. BITTE MELDEN!

Mit den ohne Antwort verstreichenden Stunden wuchs die Gewissheit, dass ihr Abenteuer vielleicht doch nicht glimpflich ausgehen würde. Dass einer, der wagt, nicht auch automatisch gewinnt, hatte doch schon die Börse auf unnachahmliche Weise bewiesen. Obwohl es ziemlich abwegig war, hoffte sie noch immer, von einem Moment auf den nächsten das Snowcat der Russen zu sehen, man würde sich für das verspätete Erscheinen entschuldigen, und die Sache wäre erledigt. (»Sie dachten nicht wirklich, wir hätten sie einfach vergessen?« – »Um ehrlich zu sein, also für einen klitzekleinen Moment …«) Wieder kamen Freya die Tränen, denn in einem verborgenen Winkel ihres Hirns musste sie der Gewissheit Raum geben, dass die Russen niemals auftauchen würden.

Während sie noch haderte, ob sie gleich den Fußmarsch antreten sollte, wurde es schlagartig kälter. Das Thermometer sank jetzt auf dreißig Grad unter null. In der Ferne krachte das Eis im See wie schwere Artillerie. Es pumpte und donnerte in den Schollen, und Freya suchte Schutz in ihrem Zelt. Der Wind heulte und zerrte an den Seilen, und schlimmer wurde es noch, wenn feuchter, in der Luft verklumpter Schnee gegen die Zeltplane klatschte. Im Halbschlaf klang es nach prasselndem Kaminfeuer und erinnerte sie an Weihnachten in der Koldewey-Station in Ny-Ålesund. Irgendwann versank sie in einem wohligen traumlosen Nichtsein.

Als sie wieder erwachte, klangen die Geräusche gedämpfter, fast weich. Einer Eingebung folgend, pellte sie sich aus ihrem klammen Schlafsack und zog den Reißverschluss der Zeltplane auf. Es war noch Nacht. Der Mond schien, aber das erklärte nicht, was sie sah: Die ganze Küste, so weit sie sehen konnte, war in ein schimmerndes Perlmuttweiß gehüllt. Nur ein paar Felszacken ragten wie riesige, versteinerte Krähen aus dem Neuschnee. Freya taumelte benommen aus ihrem Zelt, an dessen Seite sich eine rasiermesserscharfe Wechte gebildet hatte. Der Wind trieb ihr Flocken ins Gesicht – und plötzlich musste sie lachen: Sie war eingeschneit. Der verharschte Schnee unter ihren bloßen Füßen knirschte, als hörte sie die Spitze der Mondsichel an den fernen Bergspitzen kratzen. Damit hatten die Elemente für Freya entschieden: Sie würde nicht länger warten, weder auf die Russen noch auf die Norbjörn oder diese dänische Schlittenpatrouille. Sie musste sich auf den Weg machen, solange der Frost und die Witterung sie noch nicht mürbe gemacht hatten. Fast wehmütig blickte sie ein letztes Mal hinaus auf den Fjord, wo sich weit draußen die Lichter einer einsamen Bohrinsel zeigten.

2. TEIL
DIE DEVONISCHEN

*Nur ganz Unwissende wissen nicht, dass die schlimmste
aller Gefahren im Ärmelkanal der König von Auxcriniers ist.
Seine Krallen sind mit Schwimmhäuten versehen, seine
Schwimmhäute mit Nägeln.
Man denke sich ein Fischgespenst mit einem Menschenantlitz.*

– VICTOR HUGO,
»Die Arbeiter des Meeres«, 1866

I.

Fünf Uhr dreißig, der verfluchte Weckservice klingelte keine Sekunde zu früh. Grotesk, dachte Frodo, einfach grotesk. Entweder hatte die Sekretärin einen schweren Blackout gehabt, oder Bieker, dieser Karriere-Zombie, hatte im Corperate Spirit der lebenden Toten ein Exempel an ihm statuiert. Gott, was hasste er es, wenn ihn die Firma in aller Herrgottsfrühe irgendwo antanzen ließ. Es war einfach nur ungerecht: Während er antreten musste, um Männchen zu machen, rollten sich überall auf der Welt Investmentgangster, Berufsbankrotteure oder auch nur ganz gewöhnliche Millionäre noch einmal auf die andere Seite. Dass ihm das klar war, schmerzlich klar sogar, änderte nichts an der Tatsache, dass er jetzt aufstehen musste.

Im Frühstücksfernsehen liefen die üblichen Hochwasserberichte: In Indien war mal wieder ein Staudamm gebrochen, eine Fläche dreimal so groß wie Deutschland stand unter Wasser. Die Kriegsgefahr in den Polarregionen wurde dagegen heruntergespielt, was nur bewies, wie ernst die Lage inzwischen war. Der US-Außenminister warnte Russland davor, weitere Zerstörer ins Krisengebiet zu entsenden. Und der russische Kollege warnte postwendend zurück: Es hätte Angriffe auf eine russische Forschungsstation namens Dag Jeekov auf einem ostgrönländischen Gletscher gegeben. Man habe Grund zu der Annahme, die NSA stecke dahinter, doch auch ein zweiter Kalter Krieg werde Russland nicht dazu bringen, auf seine Rohstoffe zu verzichten. Dänemark warnte beide Parteien vor einer Eskalation. Auch Kanada und Norwegen unkten. In Nuuk, der Hauptstadt von Grönland, protestierten gleich mehrere Inuit-Clans gegen die Kriegstreiber vor ihrer Haustür und kündigten bewaffneten Widerstand an. Man werde die

Aggressoren mit »ranzigem Walfischspeck und Paddeln« zurück ins Meer treiben.

Frodo hatte angesichts dieser Drohungen mit kleinen Lachanfällen zu kämpfen und – tschak! – schon hatte er sich beim Rasieren geschnitten, knapp neben der Hauptschlagader, als ob das Schicksal ihm einen Wink geben wollte. Zu allem Überfluss pfiff sein Wasserkessel in schrillsten Tönen. Auf Strümpfen schlitterte Frodo an den Herd und goss sich einen Schwall über die Füße. Er brüllte lange und laut, bis der Schmerz endlich nachließ, und spielte dann mit dem Gedanken, Ines aus den Federn zu klingeln und sich von ihr verarzten zu lassen. Doch angesichts der Verstimmung, in der er sie am Vorabend telefonisch zurücklassen musste, schien ihm das keine gute Idee. Ihre verletzte Weiblichkeit trug bisweilen peinliche, ja fast zerstörerische Züge. Immer wenn er ihr einen etwas problematischen Sachverhalt beibringen musste, bekam er statt Verständnis nur Vorhaltungen zu hören: Er habe sie wieder einmal bitter enttäuscht, sie habe nicht vor, als Zeitvertreib eines rücksichtslosen Egoisten zur Verfügung zu stehen. Dabei wusste sie nur zu gut, dass sie ihm in dieser Hinsicht keine Vorwürfe machen konnte, denn er liebte sie mehr als sein eigenes Leben.

Inzwischen waren die beiden letzten Scheiben Weißbrot im Toaster verkohlt, und Frodo war kurz davor, vor Wut in den Teppich zu beißen, was angeblich nicht nur eine Redensart war.

Ich lebe in einer grotesken Welt, dachte er noch, während er sich aufrappelte und Fasern und Haare ausspuckte, doch siehe da, ich passe mich an!

Wie ein gehetztes Tier rannte er dann aus dem Haus und über die leere, dreispurige Straße, auf der riesige Pfützen standen. Augenblicklich meldeten sich seine Schluckbeschwerden zurück, schlimmer als sonst. Die Lymphdrüsen schaukelten ihm wie Schleimbeutel unter dem Kinn.

Es geht zu Ende, dachte er. Er fühlte sich einfach TATT – tired all the time, wie der Fachterminus hieß. Natürlich steckten irgendwelche Viren dahinter, es konnten nicht nur diese ewig deprimierenden Nachrichten sein.

Den 137er um 5 Uhr 47 hatte er um drei Minuten verpasst, blieb nur die Bahn. Der Weg zur S-Bahn-Station führte ihn über eine leere Parkfläche. Dort, wo der Weg zur Unterführung abzweigte, bemerkte er einen Penner. Die Elendsgestalt stand hinter dem Maschendrahtzaun, der zum Bahndamm gehörte, sie stand einfach im strömenden Regen, mit geschlossenen Augen und leicht angehobenem Kinn. Und sie schluckte, schluckte mit halb offen stehendem Mund. Frodo erstarrte einen Moment, denn der Anblick erinnerte ihn an einen vom Regen wiederbelebten Fisch.

Doch dann sah er ein Taxi, ein leeres Taxi, und stolperte simultan mit drei anderen auf die Fahrbahn. Ein Old-School-Schlips, wahrscheinlich ein Brite, riss als Erster die Wagentür auf – und Frodo katapultierte sich auf den Rücksitz. Mit Schmackes schlug er die Wagentür zu. Der Aufschrei, der folgte, war ohrenbetäubend, und der Fahrer – aufgeschreckt wie ein Huhn – gab sofort Vollgas.

»Wir fahren, bittschön, nach Tegel«, sagte Frodo wie zu sich selbst und so ruhig er nur konnte. Er checkte bereits seinen E-Mail-Account in Erwartung einer bösen Nachricht von Ines, aber seit gestern Abend gab es nichts Neues, nur die üblichen Spam-Mails von Viagra-Pushern, Verschwörungstheoretikern, Penisverlängerungsspezialisten und einem Anwalt aus Nigeria, der behauptete, ein verstorbener Stammesfürst und Philanthrop habe Frodo testamentarisch mit einer Million Dollar bedacht.

Das Gefühl tiefster Depression, das Frodo immer auf Flughäfen befiel, wurde um diese Uhrzeit noch verstärkt. Bis auf wenige einsame, wie einem Dennis-Hopper-Gemälde entsprungene Gestalten war der Airport so gut wie ausgestorben.

»Wuhuh!« Der idiotische Laut passte zu Bieker, der bereits an einem Schalter anstand und mit seinem Ticket wedelte.

»Grotesk!«, keuchte Frodo zur Begrüßung. »Wer zum Henker hat uns auf diesen Billigflieger gebucht?«

Der Kollege zuckte nur kurz mit den Achseln. Er trug einen gummierten Wettermantel mit einem Innenfutter aus blauem Paisley. Vielleicht waren es auch Querschnittszeichnungen von Pantoffeltierchen, die sich vor allem an den Aufschlägen zeigten.

»Keine Panik, mein Alter. Unser Flug hat anderthalb Stunden Verspätung.«

»Soll das ein Witz sein?« Die verbrühten Hautpartien an Frodos Füßen begannen höllisch zu jucken. »Wieso?«

»Es hat offenbar mit dem Wetter zu tun. Orkanböen und sintflutartige Regenfälle. In Reykjavík steht der Flughafen unter Wasser.«

»Ausreden«, unkte Frodo. »Einfach unverschämt, wie die einen verschaukeln.«

»Warum gehst du nicht an den Schalter und beschwerst dich?«

»Leck mich kreuzweis …«

Frodos sporadische Erfahrungen mit dem Berliner Bodenpersonal reichten aus, um eine längst überfällige »Enzyklopädie der seelischen Grausamkeit im Bereich des öffentlichen Flugverkehrs« schreiben zu können.

»Ich will so nicht leben«, murmelte Frodo, der einmal mehr ein psychosoziales Unbehagen empfand.

»Und ich will ein frisches Croissant«, lamentierte Bieker zum Schein, »Rührei und O-Saft!«

Er hatte die Zeitung gekauft, die es später an Bord umsonst geben würde, und nun sah es tatsächlich so aus, als ob er sich satt essen wollte, um später großspurig auf das Gratis-Pappsandwich zu verzichten.

Schweigend und unausgeschlafen starrten sie in die Gegend. Jeder wartete darauf, dass der andere anfangen würde, den Alleinunterhalter zu spielen, doch die Rechnung ging wie üblich in solchen Fällen nicht auf.

Dann halt nicht, dachte Frodo. Er warf einen Blick auf sein Handy-Display, weil er insgeheim hoffte, Ines hätte ihm noch eine SMS nachgeschickt, aber nichts.

Sein Schwur, er werde alles wiedergutmachen und eine Suite in einem Wohlfühl-Nobelhotel am Gendarmenmarkt anmieten, hatte zwar Schlimmstes verhindert, aber er spürte, sie hatte mit ihm ein Hühnchen von der Größe eines Truthahns zu rupfen. Keine Frau mag es, wenn sie hinter dem Job des Mannes zurückstehen muss, und Frodos geradezu heldenhafte Erklärung, er müsse die »Ursachen einer Vergiftung« klären, »bevor viele unschuldige Menschen draufgingen«, mochte ihr rational einleuchten, doch eine Liebeserklärung klang irgendwie anders.

Es wird ein Nachspiel geben, dachte er, und es wird wehtun. Während Bieker über dem Wirtschaftsteil seiner Zeitung brütete, begann Frodo sein Flugticket zu studieren. Wahrscheinlich war es ein Standardtext, von einem Anwalt aufgesetzt und von einem juristischen Computerprogramm redigiert.

»Times shown in timetables or elsewhere are not guaranteed and form no part of this contract.« Korrekt! Das und nichts anderes hatte er in den letzten Jahren immer wieder am eigenen Leib erfahren müssen. Ferner: »Carrier may without notice substitute alternative carriers or aircraft, and may alter or omit stopping places shown in the ticket in case of neccesity.«

Mit anderen Worten, selbst wenn sie ihn nicht in Grönland, sondern in Afghanistan aussetzen würden, er könnte die Bande nicht einmal nach Strich und Faden verklagen.

»Was für ein Elend!«, sagte er so laut, dass sich die Köpfe von zwei Business-Kaspern simultan drehten. »Wussten Sie das? Die können mit einem tun und lassen, was sie wollen.« Und mit einem lauten Quaken: »Warum habe ich nichts Ordentliches gelernt wie mein Vater?«

»Und was war der von Beruf?«, fragte Bieker.

»Bademeister«, erwiderte Frodo. »Eine Hälfte des Jahres hatte er frei und die andere verbrachte er damit, vor jungen Badenixen einen auf dicke Hose zu machen. Ein richtiger Kaulquappenjob!«

»Ein was?«

»Nun ja …« Frodo hielt sich normalerweise mit der Erklärung seiner in Wut und Frust entstandenen Neologismen zurück. »Eine Kaulquappe besteht nur aus Kopf und Schwanz … Stell dir vor, man bräuchte nichts weiter auf Gottes weiter Welt. Ein guter Bademeister ist jedenfalls ziemlich nah dran.«

Bieker brauchte einen Moment, um das zu verstehen. »Warum sattelst du nicht um?«, fragte er und faltete seine Zeitung zusammen. »Den Schwimmreifen hast du doch schon.«

Während des Air-Greenland-Fluges von Reykjavík nach Constable Pynt, dem nächstgelegenen Flughafen von Ittoqqortoormiit, döste Frodo in der Wärme seines Daunenanoraks missmutig vor sich hin. Die trockene Luft der Klimaanlage machte seinen Lungen zu schaffen, jede halbe Stunde fühlte es sich an, als habe er einen schleimgefüllten Kropf unterm Kinn. Er schluckte dann und hoffte, der Tag würde schnell vorübergehen und nicht die Spur einer Erinnerung in seinem Gedächtnis hinterlassen. Die Spirituosen, mit denen er sich inzwischen das Gehirn einweichte, hatten dieser Erwartung gewissermaßen Vorschub geleistet.

Durch die Wolkendecke konnte Frodo das leuchtend weiße Inlandeis sehen. Wie der vernarbte Panzer einer archaischen Kreatur wölbte es sich manchmal zu der kleinen Propellermaschine herauf, um dann wieder im irisierenden Dunst zu versinken.

»Verdammt viel Eis«, murmelte er immer wieder wie genervt vor sich hin. »Sieht nicht so aus, als ob das abschmelzen würde«, meinte Bieker.

In Reykjavík, auf dem ewig von bankrotten Anlegern belagerten Flughafen, hatte er blitzschnell seine Mails heruntergeladen, jetzt war er die ganze Zeit über emsig am Tippen. »Wahrscheinlich ist das alles nur Panikmache.«

»Was sonst!«, unkte Frodo. »Wenn sich Reiche plötzlich um das Gemeinwohl sorgen, wittern sie in der Regel ein gutes Geschäft. Und den Politikern ist eh alles gleich. Die werden von irgendeiner Lobby bezahlt und tanzen heute nach der Pfeife des Großkapitals.«

Er erinnerte sich noch düster an das erste Earth Summit im Juni 1992: Über zwölftausend Gesandte aus hundertachtundsiebzig Nationen waren damals in Rio de Janeiro zusammengekommen, um ein internationales Umweltschutzprogramm zu beschließen. Das Treffen hatte in einer äußerst entspannten Atmosphäre stattgefunden, es wurde ein Festbankett aufgetragen, und die Frage nach einheimischen Escorts war angeblich dermaßen groß, dass ganze »meathole squads« (so Frodos Lieblingsmagazin Hustler) aus São Paulo aushelfen mussten, das willige Fleisch der lokalen Elendsviertel reichte einfach nicht aus.

Schon der gemeinsam gefasste Beschluss, die CO_2-Emission bis zum Jahr 2000 auf den Wert von 1999 zurückzuschrauben, galt unter den Delegierten als Witz. Auch zwölf Jahre nach der ersten inoffiziellen Entdeckung des Ozonlochs – »dem einzigen Loch, an dem die Delegierten kein Interesse hatten«, so der Hustler – und den allgegenwärtigen Veränderungen des Wetters sah sich niemand veranlasst, den Sprühdosenfabrikanten das Handwerk zu legen. Die kleinen Leute wurden dagegen mit allerlei Umweltschwachsinnsabgaben getriezt.

»The show must go on«, seufzte Bieker, »es war nie anders.«

Das Geräusch seiner Fingerspitzen auf den Polycarbonattasten hinderte Frodo daran, ganz einzuschlafen, und dafür war er irgendwie dankbar. »Wäre gar nicht so schlecht, wenn es mal ordentlich kracht«, sagte Frodo. »Die brauchen einen Denkzettel, um zu begreifen.«

»Was zu begreifen?«

»Na, was wohl? Der Planet ist ausgelutscht, Kumpel. Die Ökosysteme sind ruiniert, und die Volksvertreter machen jetzt einen auf woke[12], um sich noch mal so richtig die Taschen zu füllen. Die letzten Claims werden gerade abgesteckt, deshalb sind manche sogar bereit, hier oben einen nuklearen Schlagabtausch zu riskieren …«

»Logisch«, fiel ihm Bieker ins Wort, »zweiundzwanzig Prozent aller ungenutzten und technisch erreichbaren Öl- und Gasvorkommen der Erde liegen nun mal nördlich vom Polarkreis. Ein Glück, dass die Inuit keine Muslime sind, sonst wären die Amis da schon längst einmarschiert.« Entweder hasste er die Nachrichten noch mehr als Frodo oder er strengte sich an, den inoffiziellen Erzzyniker-Preis zu gewinnen.

»Willst du wissen, was mir wirklich Sorgen macht?«, fuhr Bieker fort. »Dass die Anrainerstaaten Grönlands nicht anders können. Sie sind auch Teil desselben technologischen Wahnsystems, sie brauchen das Öl, um zu überleben. Ist es nicht beschämend für die sogenannte zivilisierte Hälfte der Welt, dass ihre angeblich hoch entwickelte Technologie noch immer auf fossilen Energieträgern gründet …?«

»Es gibt Schlimmeres«, sagte Frodo, »wenn dich das wirklich juckt, kannst du dich ja den Entbehrungssozialisten anschließen.

---

12 Engl. erwacht, Synonym für gesteigerte politische Korrektheit

Ich denke gar nicht daran, nur noch einmal im Monat zu duschen!«

Er bemerkte in diesem Moment drei Düsenjäger, die zwischen den Wolken hindurchtauchten und nach Westen verschwanden. Bieker hatte sie nicht gesehen, und Frodo entschied sich, das Thema Krieg in der Arktis vorerst zu meiden.

»He, da kommt Lunch«, frohlockte Bieker. »Bin gespannt, was es gibt.«

Frodo schüttelte nur den Kopf. Er hatte das unwiderstehliche Verlangen nach Kaffee, denn das dänische Frühstück – marinierter Brathering, Schmierkäse und aufgeweichtes Pumpernickelbrot – hatte sich unter seinem Brustbein zu einer explosiven Mischung verklumpt. Auch die zweite, diesmal warme Mahlzeit war nicht ganz nach seinem Geschmack: Kasseler Rolle mit Kartoffeln und Leipziger Allerlei aus den Tagen der DDR, mehr als »durch«, das stand fest.

»Grotesk«, murmelte Frodo. »Ein Leben lang meidet man diesen Schweinefraß, und dann wird man ausgerechnet auf dem Weg nach Island von der deutschen Küche erwischt.«

Bieker hatte Schwierigkeiten mit dem Klapptisch. Eine kühle, blonde Stewardess half mit ihren niedlichen kleinen Händen, an den Scharnieren zu rütteln.

Ein Schwächling und ein Schwedenhäppchen, dachte Frodo bei sich. Was für ein trauriges Bild …

»Darf ich mal?« Er schlug mit der Faust auf das verklemmte Tablett, was zur Folge hatte, dass die Scharniere aus dem Vordersitz rissen. »Wenn das Wertarbeit gewesen wäre, hätte es gehalten«, rechtfertigte er sich vor seinem Kollegen. Seine kleine Wahnsinnstat hatte zur Folge, dass Bieker mit angezogenen Knien essen musste. Doch er trug die Misere mit Fassung und vertiefte sich nach dem Dessert wieder in sein Titanium-Laptop.

»He, eine High-Priority-Mail von Minski!«

»Wie? Hier in der Luft?«

»Hm-hm.«

»Und das geht?«

»Offensichtlich.«

»Darfst du das? Ich meine, stört das nicht die Piloten?«

»Und wenn? Vorhin hast du noch gesagt, es wäre nicht schlecht, wenn es mal ordentlich kracht.«

Frodo lehnte sich zurück, tat so, als würde er ein Nickerchen halten. Und Bieker vertiefe sich in Minskis Rapport. »Interessant. Das Labor hat endlich alle Bestandteile der Brühe entschlüsselt.«

Frodo machte ein Auge auf. »Und?«

»Halt dich fest.« Bieker begann an seiner Unterlippe zu nagen. »Bei der unbekannten molekulargenetischen Substanz handelt es sich um eine Fusion aus viralem und tierischem Genmaterial. Und jetzt wird es interessant: Minski schreibt, die Gene stammten von bestimmten Amphibien, die in mexikanischen Bergseen leben.«

»Klingt wie ein neuer Geschmacksverstärker für Bier«, meinte Frodo. »Früher haben sie Fischnierenextrakte, Katzenpisse und ähnliche Delikatessen genommen, diese Texmex-Molche sind wahrscheinlich spottbillig …«

»Sehr witzig. Minski meint es ernst, Mann!«

»Ich auch«, knurrte Frodo. Schlagartig öffnete er auch das andere Auge. »Ich hab dir schon mal gesagt, Gene sind heutzutage überall drin. Wenn sie schädlich wären, könntest du nicht mal ein Hühnerei essen!« Er starrte eine Zeit lang auf die weiße Pracht, die sich immer wieder in Wolkenlöchern zeigte. »Sag mal, hast du eben was von Amphibien gesagt?«

»Ja, wieso?«

»Nur so.« Frodo hörte es in den Nebenhöhlen seines Schädels leise knacken. »Mein Vater hatte eine kleine Amphibiensammlung. Die üblichen Frösche und Kröten, aber ich glaube, er hatte auch einen Wassermolch.«

»Nicht so einen.« Bieker drehte seinen Laptop so, dass Frodo das Bild sehen konnte. Eine puppenhafte Albino-Amphibie starrte ihn an. Das Tier stand auf seinen Hinterbeinen in einer Art Höhle. Fast menschlich sah es aus. »Hör dir das an: Axolotl …«

»So heißt er?«, quakte Frodo dazwischen. »Klingt wie der Ayatollah. Ob es da vielleicht einen Zusammenhang gibt?«

»Bestimmt«, schnaubte Bieker, »soll ich weiter vorlesen?«

»Klaro.«

»Na schön. Axolotl ist ein nachtaktiver, aquatil lebender Schwanzlurch …«

»Ha, das bin ich!«

»Verwandt mit dem heimischen Grottenolm, liebt der Axolotl kalte, sauerstoffreiche Gewässer, wo er trotz widrigster Temperatur überwintert.«

»Was du nicht sagst.« Frodo versuchte einen amüsierten Eindruck zu machen. »Auch unsere Bergmolche überwintern in zugefrorenen Flüssen. Amphibien sind hart im Nehmen, mein Junge. Und weiter?«

»Der Name Axolotl stammt aus der aztekischen Sprache und bedeutet in etwa ›Wassermonster‹ oder ›Wasserhund‹. Das Tier verfügt über die erstaunliche Fähigkeit, fehlende oder beschädigte Gliedmaßen, Organe und sogar Teile seines Gehirns vollständig zu regenerieren.«

»Na, so was. Da sollte sich unser Chef mal ein Beispiel dran nehmen.« Frodo warf einen Blick auf die Uhr. »Alles, was mich interessiert, sind Minskis Schlussfolgerungen.«

»Okay. Minski hält das Wasser nicht mehr für kontaminiert.«

»Im Ernst? Heißt das, wir fliegen nach Hause? Falscher Alarm?«

»Nein, natürlich nicht! Minski hält das Ganze für die chemische Basis einer Gentherapie.«

»Einer … Gentherapie?« Frodos alkoholisiertes Gehirn versorgte ihn mit Zerrbildern von Minskis entsetztem Gesicht: ACHTUNG, GENTHERAPIE! Was für ein innerer Aufruhr musste in ihm vorgegangen sein! »Wie kommt er denn da drauf?«

»Keine Ahnung. Hör zu, was er schreibt: Aufgrund der hohen Konzentration halte ich eine zufällige Kontaminierung der Flutwasseraufbereitungsanlage auf der Devon III mit diesen molekularbiologischen Bausteinen für ausgeschlossen. Es ist eine Bouillon, wie man sie in der Pharmaindustrie Versuchstieren verabreicht, um chromosomale Veränderungen zu bewirken.«

»Versuchstiere?«, echote Frodo. »Entschuldige, aber wir reden von einer Wasseraufbereitungsanlage für fünfhundert Mann!« Bieker nickte, aber irgendwie wirkte er geistesabwesend. »Ich gebe zu, das Ganze klingt ziemlich … grotesk«, sagte er, wie um Frodo einen Gefallen zu tun. Und dann versöhnlich: »Hör zu, lass uns diesen Auftrag einfach hinter uns bringen. Alles Weitere werden wir sehen.«

»Dein Wort ist Gesetz«, sagte Frodo, der sich insgeheim ärgerte, dass er keine Chance hatte, diesem sinnlosen Trip zu entkommen. »Und jetzt entschuldige mich …«

Mit diesen Worten schwang er sich aus dem Sessel und stürzte den unwegsamen Trampelpfad hinab in Richtung Bord-Lokus – immerhin ein Gefälle von annähernd dreißig Grad. Vor der Toilette lungerten bereits ein paar Pseudo-Globetrotter in nagelneuen North-Face-Klamotten herum. Bis auf eine Blondine sah Frodo nur ältere Semester – durchtrieben aussehende Pensionäre, viele von ihnen britische Whoopies[13], wie man sie im Dutzend auf

---

13 Well-off older people, offizielle Typisierung von Verbrauchern

jedem Kreuzfahrtschiff findet, und einen vierschrötigen US-amerikanischen Freibeuter. Alles in allem eine hartgesottene, widerspenstige Bande. Frodo versuchte deshalb die Überraschungstaktik. Er drängelte sich hüstelnd vor und grapschte nassforsch nach dem Hebel. Langsam drehte er sich um: Dutzende rote Kaninchenaugen starrten ihn unverwandt an. »Ach so«, fragte Frodo. »Sie stehen auch an …«

»Blöde Frage«, raunzte der Kohlensack mit tonloser Stimme, »oder Sie stehen hier nur zum Spaß?«

»Hinten anstellen, sonst setzt's was«, knirschte ein strahlend weißes Gebiss.

»Heißt das, es gibt Krieg?«, fiepte Frodo aus reiner Böswilligkeit. »Wenn es Krieg gibt, mach ich mir gleich in die Hosen.« Natürlich änderte dieser Spruch nichts an der Strafzeit von fünfzehn Minuten, die seine Mitreisenden einhellig gegen den Frechdachs verhängten

Als Frodo endlich an der Reihe war, zwängte er sich in eine übel riechende Nische. Die Maschine sackte in diesem Moment durch die Wolkendecke, ihre Tragflächen schaukelten im Anflug auf Constable Pynt. Grotesk, aber vorne im Cockpit jaulte gerade jemand wie Wolfman Jack. Entweder saß da ein echter Cowboy, oder die Besatzung war wieder mit irgendwelchen abwegigen Manövern beschäftigt. In Gedanken sah Frodo die blonde Stewardess auf dem Schoß des Flugkapitäns sitzen und stellte sich vor, wie das Höhenruder unter ihrem wohlgeformten entblößten Podex hin und her schwang, rauf und runter, rauf und runter … Reibung verursacht nun mal Turbulenzen, immer und überall auf der Welt, aber dies war nicht der Moment, um an Götterfunken zu denken. Er versuchte, den in fünf Sprachen aufgedruckten Instruktionen Folge zu leisten, und schickte breitbeinig und in vollkommener Balance stehend sein Wasser in die schon leicht verwitterte Schüssel, sechstausend Fuß über dem Erdboden, bei geringer Bewölkung und einer Außentemperatur von minus dreiundzwanzig Grad Celsius. Er fröstelte bei dieser Vorstellung und tastete nach dem Toilettenpapier. Kein schlechtes Kunststück für einen kleinen Primaten. Gerade Flugpassagiere mit ihren ritualisierten Versorgungsproblemen repräsentierten ganz offensichtlich die dominierende Spezies dieses Planeten in höchster Vollendung.

Über den Wolken pinkeln, dachte Frodo, auf Gottes Himmelreich pissen … So weit hat es die menschliche Rasse gebracht. Schon toll. Nur, was ist hier oben? Nichts.

Er ahnte den Fäkalientank unter sich, die dünne Außenhülle des Flugzeugs und darunter die dünnen Schleierwolken. Nicht untypisch für dieses Land … Noch weiter darunter ahnte er die Stadt mit dem unaussprechlichen Namen – Ittoqqortoormiit – mit ihren geschätzten fünfhundertfünfzig Einwohnern, den roten, gelben, blauen und grünen Holzhäusern, die aus der Luft wie Legosteine aussahen, die ein Kind in einem Haufen aus Gneis- und Granittrümmern verstreut hatte. Er witterte auch die feuchte Kälte, die vom Packeisgürtel des Fjords aufstieg, und die Stürme der hocharktischen nördlichen Tundra, in der es noch jede Menge Eisbären und Polarwölfe gab. Laut seufzend betätigte er die Spülung. Zum ersten Mal, seitdem sie Berlin verlassen hatten, verspürte er so etwas wie Heimweh, unter anderem auch, weil er glaubte, von nun an seine Notdurft unter nicht mehr ganz so hygienisch erträglichen Umständen verrichten zu müssen.

»Jetzt mach dir nur nicht ins Hemd …« Während der kurzen Fahrt von Constable Pynt zum Helikopterflughafen klärte ihn Bieker über ihr Reiseziel auf. »Bohrinseln sind heutzutage hochmodern eingerichtet, ich meine, mit allem Komfort. Angeblich gibt es sogar vier warme Mahlzeiten am Tag! Die Devon III gehört zu den modernsten Plattformen der Welt. Ich denke mal, es wird dir an nichts mangeln.«

»Und ich hoffe mal, du hast recht.« Frodo rief über sein Tablet die neuesten Nachrichten ab. Ein weiteres Schiff der US-Navy, ein kleiner Aufklärer, war vor der Südspitze Grönlands verloren gegangen. Angeblich hatte das Schiff einen Eisberg gerammt und war gesunken, von der Besatzung wurden die meisten von der grönländischen Küstenwache gerettet und vorerst als Kriegsgefangene interniert. In einer Sondersitzung der Vereinten Nationen wurde jetzt mehrheitlich zur Vernunft aufgerufen, ein klarer Hinweis, dass bestimmte geopolitische Cliquen einer Eskalation nicht mehr abgeneigt waren. Der amerikanische Außenminister tauchte erst gar nicht auf, der russische schickte einen nicht sehr gesprächigen Adlatus, der mit eiskalten Augen den Friedenswillen Russlands betonte und sich Einmischungen in die inneren Angelegenheiten verbat. Obwohl sich die Nachrichten nicht anders lasen als sonst, hatte Frodo kein gutes Gefühl.

»Na, das wäre ein Ding …«

»Was?«, fragte Bieker.

»Wenn es Krieg geben würde.«

»Ausgerechnet, wenn wir die Devon III inspizieren?«

»Man hat schon Pferde kotzen gesehen.«

»Unmöglich.« Bieker trommelte eine Art Zapfenstreich auf das Gehäuse seines tragbaren Gehirns. »Du glaubst doch nicht, dass die USA, Russland oder China wegen der letzten Erdölreserven des Planeten einen dritten Weltkrieg vom Zaun brechen werden? Das würden die doch nie tun, so lieb, wie die sind!«

Frodo schluckte. »Vielleicht hat es dir schon mal jemand gesagt, Bieker, aber gute Witze klingen anders.«

Ittoqqortoormiit Heliport – ein baufällig wirkendes Gebäude, draußen nur nasser Schnee oder eisiger Regen, fernes Donnergrollen wie von einem bevorstehenden Weltuntergang. Die Abflughalle war ein schmaler von Qualm und Gemurmel erfüllter Raum, in dem zwei Dutzend abgewrackt aussehende Männer – die meisten Ölarbeiter in ihren Monturen – auf einen winzigen Fernsehschirm starrten. Die Nachrichten über die verstärkte Präsenz von amerikanischen und russischen Flottenverbänden in grönländischen Hoheitsgewässern, ja, die Möglichkeit eines Kriegs wirkte wie ein anästhetisches Gas, das den Raum allmählich erfüllte und alle erstickte. Nur Bieker schien dagegen immun. Er hatte eine Herde von Moschusochsen auf einem der Landeplätze bemerkt und staunte Bauklötze in die Gegend.

»Junge, das wird ja ein richtiges Abenteuer. Wahrscheinlich müssen die erst mal diese Viecher von der Landebahn treiben. Das ist hier wie aufm Dorf!«

»Bieker, verdammt!« Frodo konnte sein cholerisches Temperament kaum noch zügeln. »Hörst du dir eigentlich zu? Während du hier kapitale Rindviecher bestaunst, steht ein Krieg vor der Tür! Wenn wir Pech haben, geht es uns so wie Kongo-Bertel – der hatte gerade die Filter der Wasserversorgung in Kinshasa gewechselt, da kamen die Blackies mit den Macheten rein und machten Kleinholz aus ihm.«

»Kongo-Bertel? Das war wohl vor meiner Zeit …« Bieker verrenkte sich noch immer den Hals, um nach den Moschusungetümen zu sehen. »Und jetzt komm einfach mal wieder runter. Ich hol uns noch einen Kaffee, wie findest du das?«

Frodo litt schon unter Hitzewallungen, aber er nickte unbestimmt, wie er es immer tat, wenn er eine Verschlimmerung seiner Lebenslage einfach hinnehmen musste.

Auch der Hubschrauber hatte Verspätung. Bieker und Frodo hockten inzwischen an dem einzigen von Inuit belagerten Gate und beobachteten einen westlich gekleideten Einheimischen mit seinem offensichtlich antiautoritär erzogenen Kind. Der Balg, kaum größer als seine pelzumrandete Kapuze, trat anderen Passagieren immer wieder gezielt auf die Füße. Wer sich beschwerte, wurde von Eskimo-Dad mit einem lässigen »Fuck off!« abgekanzelt. Der Mann war offensichtlich betrunken und suchte Stunk. Sein Kind half ihm dabei. Frodo hoffte inständig, irgendjemand würde die Blage endlich zertreten. Kleines Versehen, was soll's …

Der Check-in hatte gerade begonnen, als das Telefon in seiner Tasche vibrierte. Er dachte erst, es sei Ines, aber es war eine männliche Stimme.

»Frodo? Sind Sie schon in der Luft?«

»Minski! Wenn man vom Teufel spricht …«

Der Laborleiter ging gar nicht darauf ein. »Haben Sie meine Mail nicht gelesen?« Trotz des vehementen Knatterns von Interferenzen, spürte er die Anspannung in Minskis Stimme.

»Bieker meinte, Sie hätten Axolotl-Gene gefunden. Gratuliere. Wann nehmen Sie den Nobelpreis entgegen?«

»Verschonen Sie mich mit Ihrer Ironie, Frodo. Es geht hier um das Agens einer Gentherapie …«

»Wer, ich? Ironisch?« Er überlegte einen Moment. »Wussten Sie eigentlich, dass der Chef Sie für einen Verschwörungstheoretiker hält?«

»Heller kann mich mal«, sagte Minski. »Ich habe annähernd zweihunderttausend Genome, die wir in unserer Datenbank haben, überprüft, vom Mutterkorn bis zur Schmeißfliege, bis ich darauf kam. Die Eiweißmoleküle sämtlicher Lebewesen, von der Mikrobe bis zum Menschen, setzen sich aus nicht mehr als zwanzig Aminosäuren zusammen. Können Sie sich vorstellen, was das heißt?«

»Na ja, nicht wirklich …«

»Es heißt, dass es jede Menge genetischer Schnittstellen gibt – zwischen den Arten. Dass Schweine menschliches Insulin produzieren, haben Sie sicher schon mal gehört.«

»Minski, was soll das? Arbeiten Sie an einer neuen Evolutionstheorie? Wollen Sie Darwin absägen?« Frodo versuchte den Inuit-Lausebengel im Auge zu behalten. »Nein, Sie arbeiten für Hydrocheck, Mann, nicht für den Geheimdienst! Sie glauben doch nicht im Ernst, dass jemand diese Suppe zusammengepanscht hat, um die Arbeiter der Devon III zu vergiften!«

»Das hat niemand behauptet«, versetzte Minski gereizt. »Meines Erachtens geht es bei dieser gezielten genetischen Manipulation um eine Reaktivierung abgeschalteter Gene. Wahrscheinlich steckt der Konzern dahinter. Oder Pesceros. Sie wissen es vielleicht nicht, aber Devon Oil ist der Mehrheitseigner der Tunu Ice-Water Company.«

»Und ob ich das weiß«, schnarrte Frodo. »Was ich nicht verstehe, ist der Zusammenhang!«

»Es ist noch viel schlimmer«, sagte Minski. »Lesen Sie meine Mail – Sie können doch Mails empfangen, oder?«

»Sicher«, antwortete Frodo mit einem gequälten Blick auf sein Tablet. »Das Ding unterstützt meine Leidenschaften, so wie es die Werbung verspricht.«

»Ein letztes Wort, Frodo, solange die Leitung noch steht …« Minskis Stimme klang gehetzt, nicht nur wegen der schlechten Verbindung. »Haben Sie jemals von Orlando Pesceros gehört?«

»Wer nicht?« Frodo spürte förmlich, wie Bieker aufhorchte.

»Ein Milliardärssöhnchen, das sich gerade als Meeresforscher versucht.«

»Er hat auch Monografien über Genetik verfasst.«

»Na bitte, ein Tausendsassa«, witzelte Frodo, »welch ein Unterschied zu uns Normalsterblichen!«

»Er dürfte um einiges größer sein, als Sie denken«, erwiderte Minski. »Der Unterschied, meine ich … Pesceros hat eine Reihe ehrgeiziger Projekte subventioniert. Das Humangenomprojekt wäre ohne ihn nicht denkbar gewesen.«

»Und wenn?«, schnappte Frodo. Es war allgemein bekannt, dass hinter den Kulissen von Ethikkommissionen und Stammzellendebatten das Tauziehen um die Gentechnik auf Hochtouren lief: Schering in Berlin, der Schweizer Konzern Hoffmann-La Roche, die Höchst AG, Transgène, Genetica in Frankreich und natürlich die britische Celltech und der US-Konzern Gen-X waren noch immer im Rennen. Seit der Entdeckung der Restriktions-Endonukleasen und Ligasen durch den Basler Nobelpreisträger Werner Arber[14] wurden nicht nur Bakterien, sondern auch »andere biologische Organismen« in den Laboratorien behandelt.

»Ja, wir leben schon in einer verrückten Welt«, fuhr Minski unvermittelt fort, »in der ein reicher Bauunternehmer in der Lage ist, der Supermacht USA jahrzehntelang Paroli zu bieten und ein prominenter Hollywood-Schauspieler der verfassungsfeindlichen Church of Scientology vorstehen darf. Auch Orlando Pesceros scheint in seiner Freizeit den Sektenführer zu spielen. Sein Verein nennt sich übrigens Devonischer Zirkel. Ich habe Ihnen deren Glaubensgrundsätze gemalt. Stören Sie sich nicht an der Sonderorthografie. Entweder hat unser Übersetzungsprogramm eine Macke, oder Pesceros hat den in Eskimoisch verfassten Text noch

---

14 Im Jahre 1978

zusätzlich mit Piktogrammen chiffriert. Ich fürchte, mehr kann ich nicht mehr für Sie tun.«

Eskimoisch, oh Minski … Frodo fragte sich allmählich, ob der Kollege nicht einen Privatkrieg gegen diesen reichen Stenz führte und dass er sich deswegen diese haltlosen Verdächteleien anhören musste. Die Kombination von Unmengen Geld und freistaatlichem Denken hatte in der westlichen Hemisphäre schon öfter die merkwürdigsten Blüten getrieben. Jeder betuchte Sonderling oder Rockstar finanzierte irgendeine abwegige Organisation oder Wissenschaftssekte – und sei es, um Jesus Christus zu klonen. Wen störte es, dass Madonna der fragwürdigen Sekte von Yehuda Berg angehörte? Die Reichen waren schon immer anders gewesen.

»Und was bitte soll daran aufschlussreich sein?«, fragte er endlich.

»Nun, da steht genau, was sie vorhaben.« Minskis Stimme hätte vielleicht verschwörerisch geklungen, wären die heftigen Störgeräusche nicht gewesen. »Die Bibel der Scientologen liest sich dagegen so harmlos wie der Text auf einer Kellogs-Packung.« Der Kontakt riss plötzlich ab, und Frodo starrte wie betäubt auf sein Display.

»Was hat er gewollt?«, fragte Bieker.

»Hm, wenn ich das wüsste.« Frodo entstöpselte seine Ohrmuschel.

»Hast du schon mal was von einem Devonischen Zirkel gehört?«

Bieker schüttelte den Kopf. »Was soll das sein?«

Die restliche Wartezeit bis zum Abflug verbrachte Frodo in einer ausgesprochen melancholischen Stimmung. Die Erfahrungen eines halben Lebens im Umgang mit borniertem Vorgesetzten, heimtückischen Untergebenen und pingeligen Kollegen halfen Frodo normalerweise, kleine Rückschläge mit einer geradezu buddhistischen Geduld hinzunehmen. Jetzt war alles anders, er fühlte sich verloren, entwurzelt, vertrieben. Seine Umgebung nahm er wie ein Strafgefangener wahr, ein Deportierter, der weiß, dass er zu einem fremden Land aufbricht, aus dem er nicht zurückkehren wird. Würde er seine Ines je wiedersehen? Ihm kamen allmählich Bedenken. Erst der Aufruf, sich umgehend an Bord des gecharterten Helikopters zu begeben, machte seinen Grübeleien ein Ende.

Während des holprigen Fluges versuchte Frodo weiterzudösen, doch das Licht der phosphoreszierenden Instrumente übte eine eigenartige Faszination auf ihn aus. Es war ihm, als ob sich dieser weiche, grünliche Schimmer am Horizont fortsetzen würde. Der Hubschrauberpilot war ein junger Schwabe, der sich Mühe gab, eine Konversation in Gang zu bringen.

»Zum ersten Mal hier?«

Frodo nickte.

»Dacht' ich mir. Niemand, der Grönland kennt, reist um diese Jahreszeit an.«

»Wieso?«

»Weil in exakt neun Stunden die Polarnacht beginnt.«

»Okay!«, rief Frodo. »Hast du das gehört, Bieker? Polarnacht!«

»Funky«, meinte Bieker. Er hörte nur mit halbem Ohr hin.

»Sie verstehen wohl nicht.« Der Pilot drehte den Kopf, blickte von einem zum andern. »Es bleibt drei Monate dunkel.«

»Na, dann gute Nacht!«, rief Bieker aus. »Ein Glück, dass wir morgen wieder verschwinden.«

»Wenn das Wetter mitspielt«, entgegnete der Pilot. Sie jagten inzwischen über das offene Meer. »In ein paar Stunden soll es hier heftige Schneefälle geben. Das kann anhalten. Nicht ungewöhnlich für die Jahreszeit, aber dann sollte man besser nicht in der Luft sein. Es sei denn, man ist lebensmüde.«

»Na dann!«, ächzte Frodo.

»Solange Sie auf der Insel sind, sind Sie sicher«, bemerkte der Pilot eher beiläufig. »Die Einheimischen nennen die Gegend hier übrigens Tunu.«

»So wie Tunu Ice-Water Company?«, erkundigte sich Frodo.

»Genau so«, antwortete der Pilot. »He, Sie kennen sich aus.«

»Was heißt das eigentlich?«, erkundigte sich Bieker.

»Was es heißt?« Der Pilot schenkte seinem Fluggast einen merkwürdigen Blick. »Rückseite. Es bedeutet so viel wie ›Rückseite‹.«

»Von was?«, krähte Bieker in den Lärm der Rotoren.

»Manche sagen von Grönland, andere meinen von allem. Ziemlich abgeschieden hier draußen. Weit weg vom Schuss. Da drüben – sehen Sie mal – da liegt Jameson-Land. Noch weiter weg als der Rest. Nicht mal die Sirius-Schlittenpatrouille traut sich da hin. Hier irgendwo soll es noch immer Claw People geben.«

»Claw People?«, echote Bieker. »Hast du das gehört, Frodo«

»Leider«, schallte es trocken zurück. »Nicht, dass ich es unbedingt wissen will, aber was sind das für Leute?«

»Na, wie der Name schon sagt – Männer mit Bärenklauen … Eigentlich heißen sie Kukiit Inui – aber das können nicht mal Einheimische richtig aussprechen. Ein ziemlich durchgedrehter Inuit-Stamm, der irgendwelche heidnischen Götter verehrt.«

»Ah so.« Bieker hob die Augenbrauen und starrte dann wieder in seinen Rechner. »Welcome to the dark side of the moon.«

»So ungefähr.« Der Pilot musste jetzt häufiger Böen parieren, die den Heli dazu veranlassten, kleine Luftsprünge zu machen. »Kangertittivaq ist berüchtigt für seine Stürme.«

»Kann er Titti-Fuck?«, hakte Frodo böswillig nach. »Ich dachte, die Bohrinsel befindet sich im Scoresbysund?«

»Ist dasselbe«, erläuterte der Pilot. »Kangertittivaq ist das alte Inuit-Wort. Es hat angeblich keine allzu gute Bedeutung, aber ich bin nicht abergläubisch, sonst würde ich hier in dieser Gegend nicht fliegen.«

»Na, wer sagt's denn«, murmelte Bieker.

»Sie fliegen wohl oft zu der Insel?«, setzte Frodo nach.

Der Pilot schüttelte den Kopf. »Sehr, sehr selten. Die Leute sind Selbstversorger. Soweit ich weiß, verfügen die über ein eigenes Schiff. Stellen Sie sich Devon III am besten wie eine Trabantenstadt vor.«

Schon als Frodo die Bohrinsel in der Abgeschiedenheit des Eismeers erblickte, ahnte er, dass er drauf und dran war, seinen Fuß auf einen fremden Planeten zu setzen. Schnee und Öl sprenkelten das Stahlungetüm wie Pfeffer und Salz. Der Anblick wirkte so grimmig und kalt, dass selbst sein drei Zentimeter dicker Daunenanorak nicht mehr half. Es ging ihm wie einem erzkonservativen Kunstkritiker beim Anblick gewisser Exponate der Minimal Art – diesem Stacheldrahtwürfel zum Beispiel, der vielen geradezu als das Abbild des Bösen erschienen war. Der massive, skelettartige Aufbau der Insel mit seinen verschachtelten, klotzartigen Blöcken verkörperte für Frodo in diesem Moment alles Elend einer Welt, die von einem brutalen Verwertungssystem ausgesaugt wurde. Die hässliche Fratze des Brutalo-Kapitalismus schien ihm in der Konstruktion Grimassen zu schneiden. Hier draußen, in einem eisigen Meer, konnte er sich noch gänzlich ungeschminkt zeigen.

Dann schien der Drill-Rig der Insel plötzlich zum Greifen nah, als der Pilot den Hubschrauber in der Luft drehte und in das riesige, weiße H setzte, das die Hubschrauberplattform markierte. Trotz des Windes setzte der Pilot so weich und geschmeidig auf, dass die Berührung der Kufen mit der Plattform kaum zu spüren war.

»Einen angenehmen Aufenthalt, meine Herren!«

»Und Ihnen einen guten Rückflug!« Bieker hatte sich schon losgeschnallt und öffnete die Tür der Kabine. Eiskalte feuchte

Meeresluft schlug Frodo wie ein Waschlappen ins Gesicht, dann folgte er Bieker nach draußen.

Vom Rand der Plattform kam ihnen eine leicht hinkende Gestalt in geduckter Haltung entgegen. Auch Frodo und Bieker duckten sich, obwohl sie sich nicht mehr in Reichweite der Rotorblätter befanden.

»Das Begrüßungskomitee«, witzelte Bieker.

Durch den Sprühregen sah Frodo ein kalkiges, leicht aufgeschwemmtes Gesicht, das ihn misstrauisch aus einer Neopren-Balaklava beäugte.

»Wir kaufen nichts«, sagte der Mann.

»Ha, das ist die richtige Einstellung!« Frodo wusste nicht, ob er die Bemerkung als Witz auffassen sollte. »Wir sind von Hydrocheck Worldwide, mein Name ist Frodo …«

»Ah, Hydrocheck. Jetzt weiß ich, wer Sie sind.« Der Vermummte machte eine knappe Verbeugung. »Erkstrøm, Jan Erkstrøm, ich bin der Nautische Offizier. Um ehrlich zu sein, ich dachte, das Fax, das ich von Ihnen erhalten habe, sei ein Versehen.«

»Ein Versehen?«

»Nun, die nächste Generalinspektion der Wasseranlage ist erst Mitte März kommenden Jahres. Sie sind zu früh.«

Frodo wollte etwas erwidern, aber der Heli schraubte sich in diesem Moment in die Höhe, und irgendwie empfand er augenblicklich ein Gefühl tiefer Beklemmung. Vielleicht war es auch nur die schiefergraue See, die die Insel auf allen Seiten umgab, oder die zahllosen driftenden Eisberge … Nur ein Blinder hätte sich hier sicher gefühlt.

»Dies ist eine außerplanmäßige Inspektion«, sagte Bieker.

»Außerplanmäßig?« Der Nautische Offizier machte keine Anstalten, Bieker mit dem Gerätekoffer zu helfen. »Es ist alles in Ordnung!«

»Das wird sich zeigen«, erwiderte Frodo. »Wir haben Grund zu der Annahme, dass etwas mit Ihrer Wasseraufbereitungsanlage nicht stimmt.«

»Unmöglich!« Der Schiffsoffizier öffnete den Mund, eine gräulich belegte Zunge war eine halbe Sekunde zu sehen, er schluckte und drehte dann das Gesicht in den Wind. Noch immer machte er keine Anstalten, ins Innere der Plattform zu gehen. »Soll das heißen, unser Wasser ist schlecht?«

»Kontaminiert«, sagte Bieker, »Doktor Minski, den kennen Sie ja, hat die letzten Proben selbst untersucht.«

»Minski? – Aber wieso?« Der Mann schien sich förmlich zu winden. »Unser Technischer Leiter, dem die Wartung der Anlage untersteht, hat mir kein Wort gesagt.« Ein dumpfer Laut wie von einem Nebelhorn schnitt ihm das Wort ab. Es schien aus dem Wasser zu kommen, und der Schiffsoffizier erstarrte für einen Moment.

»Hören Sie …« Auch Bieker begann inzwischen zu schlottern. »Wir haben den Auftrag, Proben vor Ort zu entnehmen und die Anlage zu säubern. Deshalb sind wir hier.«

»Tja, normalerweise brauchen Sie eine Sondergenehmigung, um die Plattform zu betreten.«

»Die haben wir nicht«, sagte Bieker. »Was jetzt? Wollen Sie, dass wir hier gemeinsam erfrieren? Sollen wir ins Meer springen und zurück zum Heliport schwimmen?«

»Oh, Verzeihung.« Erst jetzt nahm der Schiffsoffizier die Witterungsverhältnisse wahr. »Ziemlich feucht hier draußen für zwei Landratten.«

»Das Schwänzchen friert einem ab«, unkte Frodo, »das ist das Problem.«

Der Nautische Offizier starrte ihn unverwandt an. »Das Schwänzchen?«

»Ja, ja … Haben Sie nicht eben etwas von Ratten gesagt?«
Wieder entstand eine merkwürdige Pause.

»Na schön, kommen Sie, kommen Sie!« Der Offizier griff un-
aufgefordert nach Frodos Gepäck. »Und entschuldigen Sie die ab-
weisende Begrüßung: Hier tauchen gelegentlich fliegende Händler
auf, meistens Kanadier oder Osteuropäer, die Drogen und Porno-
grafie an den Mann bringen wollen.«

»Grotesk!«, rief Frodo. Es klang, als hätte er endlich seine Spur
wiedergefunden. »Hast du das gehört, Bieker? Drogen, Pornogra-
fie! Wo wird das nicht gebraucht auf der Welt …?«

»Der Pilot meinte, ein Sturm sei im Anzug«, sagte Bieker. Sie
saßen inzwischen im Kontrollraum der Plattform, die riesigen Panoramafenster im Rücken. Großrechner und Terminals säumten die
kahlen Wände, auf den Monitoren schienen – gut sichtbar – kom-
plizierte Rechenprozesse zu laufen, Hebel bewegten sich manchmal
wie von Geisterhand, und ab und an begann eine der Kontroll-
leuchten bedächtig zu blinken. Bis auf zwei Männer in Devon-Oil-
Overalls, die vor einer Wand aus flackernden Monitoren virtuos
Tischtennis spielten, war niemand zu sehen. Selbst die Bilder der
Überwachungskameras zeigten nur industrielle Stillleben.

»Wenn Sie uns Ihre Anlage zeigen, sind Sie uns in anderthalb
Stunden wieder los.«

»Keine Angst«, erwiderte Erkstrøm. »Die Devon III ist EO-
klassifiziert.«

»Sollte mir das etwas sagen?«, warf Frodo ein.

»Nun, EO-klassifiziert bedeutet: unbemannte Maschinenräu-
me und ein Zentralcomputer, der mit Videokameras und Sensoren
den Drill-Rig und die Arbeiten überwacht. Ich schätze, er könnte
auch navigieren und den Frachtverkehr regeln, aber so viel Selbst-
ständigkeit heißt die Geschäftsleitung nicht gut. Und ich auch
nicht. Ach ja, da wäre noch etwas …« Er wies auf die Handys

seiner Besucher. »Bitte versetzen Sie Ihre Geräte unbedingt in den Flugmodus. Auf einer Bohrinsel herrschen höchste Sicherheitsvorkehrungen. Wir befolgen nur die international gültigen Standards. Es gab Zeiten, da hätte ich Ihre Handys sogar einsammeln müssen, aber ich denke, Sie werden sich an die Spielregeln halten.«

»Natürlich werden wir das«, sagte Bieker.

»Kein Problem«, sagte Frodo. Er demonstrierte, wie er sein Handy deaktivierte, und tippte sich dann spöttisch mit den gestreckten Fingern seiner rechten Hand an die Schläfe. »Ahoi, Herr Kapitän!«

»Sie sind ein Schatz.« Erkstrøm stellte drei Becher auf den Tisch und öffnete eine grüne Plastikthermoskanne, die das Firmenemblem von Devon Oil trug.

»Ich weiß, unser Wasser hier ist sehr nickelhaltig«, eröffnete er die Partie.

»Das ist es nicht«, sagte Bieker. Er schwenkte den Kaffee in seiner Hand. »Es geht nicht um Spurenelemente, sondern um eine echte Kontaminierung des Wassers.«

»Wie ich schon sagte«, erwiderte der Nautische Offizier, »der Wasserspeicher wurde erst vor zwei Wochen gereinigt, niemand hat auch nur das Geringste von einer Kontaminierung gemerkt, sonst wüsste ich das.«

»Wurde der Eingangswasserfilter gecheckt?«

»Da bin ich leider überfragt.« Der Schiffsoffizier wählte eine Nummer und nuschelte dann ein paar Worte in einer für Frodo unverständlichen Sprache. Besorgt grübelnd legte er auf.

»Unser Technischer Leiter ist noch immer im Einsatz«, sagte er leise. »Ich denke, das Beste ist, ich zeige Ihnen inzwischen die Zimmer. Wie es aussieht, können Sie doch nicht vor morgen früh mit der Arbeit beginnen, wir erwarten in den nächsten Stunden eine Wetterverschlechterung, was bedeutet, dass sich niemand außerhalb des Versorgungsblocks aufhalten darf.«

»Und ich dachte, dass Sie uns so schnell wie möglich wieder loswerden wollen …« Frodo warf einen Blick aus dem Fenster. »Spaß muss sein«, meinte er noch, dabei hatte er mit einer leichten Panikattacke zu kämpfen. Der zuvor hellgraue Himmel hatte eine satte, violette Farbe angenommen, die dunklen, schwankenden Säulen, die man mehr erahnte, als dass man sie sah, schienen Wasserhosen zu sein – ein zutiefst feindseliger Anblick, der Frodos Gedanken, hier irgendwann einmal mit Ines Urlaub zu machen, blitzschnell zerstreute.

Im dumpfen Getöse der Wogen stieg plötzlich ein lang gezogenes Ächzen aus den Eingeweiden der Plattform, ein rauer Klagelaut, der selbst das Heulen des Sturms für kurze Zeit übertönte, bevor er wieder verklang. Entweder hatte sich eine der Ankertrossen vom Meeresboden gelöst, oder irgendwo in der verwitterten Stahlkonstruktion nagte der Zahn der Zeit bereits vor sich hin.

Das kann ja heiter werden, dachte Frodo und tauchte mit dem Gesicht in die muffig riechenden Kissen. Als ob Godzilla da draußen rumtoben würde … Und ausgerechnet hier gibt es eine Wasseraufbereitungsanlage, die spinnt, und dir gebührt die zweifelhafte Ehre, nach dem Rechten zu sehen.

Seit ihrer Ankunft auf der Devon III hatte sich der Wind mit jeder verstrichenen Minute gesteigert, als ob sich die globale politische Spannung der letzten Tage ausgerechnet in den Elementen ein Ventil gesucht hätte. Der Inhalt ganzer Badewannen klatschte unablässig mit Wucht gegen die Scheibe, und jenseits der vereisten Reling schien ein graues Riesengebirge aus Wasser und Gischt bedrohlich zu schwanken. Selbst hier im zentral gelegenen Wohnmodul, dem sogenannten Mannschaftsquartier, war das dumpfe Poltern der Wellenberge zu hören. Die Pontons der Halbtaucherplattform ähnelten gigantischen Ölfässern, auf die unablässig eine tonnenschwere Riesenfaust prallte. Etwas Unerbittliches lag in diesem endlos nachhallenden Dröhnen. Das hartnäckige Klopfen an Frodos Tür wirkte dagegen fast filigran.

»Jemand zu Hause?«

Frodo öffnete schlagartig die Augen. Er lag angezogen auf der Pritsche, selbst die Schuhe hatte er noch an. Seine offene Reisetasche und der Gerätekoffer standen mitten im Raum – stumme Zeugen einer missglückten Auspack-Aktion. Morpheus, das Sandmännchen, hatte ihn offenbar kalt erwischt und ohne viel Federlesen ins Jetlag-Koma befördert.

»Wakey, wakey, hands off Snakey!« Bieker steckte seinen frisch gegelten Kopf durch den Türspalt. »Der Nautische Schiffsoffizier erwartet uns in der Kantine. Darf ich reinkommen?« Frodos Assistent wirkte irgendwie noch mehr daneben als sonst. Statt seines Wettermantels trug er einen blauen Trainingsanzug und ein Firmen-T-Shirt mit dem Credo des Unternehmens:

W A T E R I S O U R P A S S I O N

»Darf ich?«

»Du bist doch schon drin.« Frodo rappelte sich auf und strich sich eine Haarsträhne über die kahle Partie seines Schädels. »Ein Hundewetter.«

»Kein Wetter, sondern ein ausgewachsener Orkan.« Bieker wedelte mit einem Fax vor Frodos Nase. »Von der Küstenwache. Der Heliport wurde vor einer Stunde geschlossen. Damit wird sich unser Rückflug wohl um ein paar Tage verschieben.« Er drückte sich die Brille fest ins Gesicht. »Ja, du hast richtig gehört: Wir sitzen hier fest. Und es ist nicht wegen dem beschissenen Wetter.«

Frodo grapschte nach dem Fax und versuchte, die Hieroglyphen des Nadeldruckers zu entziffern. »Oh nein, hier steht was von militärischem Ausnahmezustand. Wenn die Behörden den Flugverkehr schließen, dann gehen die davon aus, dass es in der Arktis rundgehen wird.«

»Ach was«, sagte Bieker, »die Russen und Amis haben sich doch schon immer am Nordpol belauert.«

»Hast du die Nachrichten vergessen?« Frodo warf einen Blick auf sein Handy-Display: kein Empfang, nicht mal Notrufe.

»Washington hat zwei Flugzeugträger und einen Zerstörer geschickt. Stell dir vor, es gibt morgen …«

»Krieg? Einen dritten Weltkrieg? Noch während wir hier sind?« Bieker stützte sein Kinn in die hohle Hand. »Ich schätze, die Wahrscheinlichkeit liegt bei Nullkommanix.«

»Sei dir da nicht so sicher.« In seiner zehnjährigen Laufbahn als Inspektor von Wasserversorgungsanlagen hatte Frodo schon von Kollegen gehört, die auf ihren Reisen von einem Krieg überrollt worden waren. Vor der somalischen Küste hatte es letztes Jahr sogar Tote gegeben. Viele Bohrinseln standen in unmittelbarer Nähe von Krisenherden, manche sogar in Regionen, wo erbittert gekämpft wurde. Die Kontrolleure von Trinkwasseranlagen waren für die Warlords zwar uninteressant, doch einer verirrten Kugel kam jeder Kopf recht.

»Vielleicht hast du's nicht gemerkt, Bieker, aber die Welt hat sich in den letzten achtundvierzig Stunden verändert. Es geht jetzt offen um die letzten Rohstoffe dieses Planeten. Als die Russen ihre Fahne am geografischen Nordpol aufpflanzten, signalisierten sie, dass sie Ernst machen würden. Und die US-Geofaschisten haben erwartungsgemäß reagiert.«

»Das sind doch nur Spekulationen«, schnappte Bieker. Irgendetwas machte ihm sichtlich zu schaffen.

»Nun, Bieker, wo drückt dich der Schuh?«

»Schwer zu sagen.« Ein mattes Grinsen wand sich aus Biekers Mundwinkel. »Während du geschlafen hast, war ich schon mal an der Aufbereitungsanlage. Sie ist im Versorgungsmodul, zwischen dem E-Werk und dem Hubschrauberdeck. Kann nichts schaden, dachte ich mir, also bin ich los.«

»Und?«

»Abgesperrt. Und zwar mit Vorhängeschloss. Dafür war die Sauna geöffnet.«

»Die Sauna?«

»Nun, es ist eher wie ein Sauna-Park, ein ziemliches Areal.« Bieker war schon dabei, die Rückseite des Fax zu bekritzeln. »Die Devon III ist keine gewöhnliche Plattform. Einmal abgesehen davon, dass sie sechs Stockwerke hat, ist sie auch horizontal in sechs Sektoren geteilt.« Er präsentierte Frodo ein grob skizziertes Hexaeder. »Hier, in Modul drei gibt es diese Saunalandschaft. Zumindest sieht es so aus.« Bieker hielt inne, als habe er etwas gehört. »Ich meine, es sieht aus wie ein tropisches Gewächshaus, mit Palmen und Mangroven und einem riesigen Seerosenteich. Die Wasserfälle habe ich nur von Weitem gesehen.« Er lachte auf. »Ja, ich glaube sogar, ich habe die Schreie von exotischen Vögeln gehört. Womöglich waren es auch nur Brunftlaute, weiß der Teufel.«

»Brunftlaute?« Frodo warf einen Blick nach draußen, wo die schiefergrauen Wasserberge wie in Zeitlupe hin und her schwankten. »Was soll das heißen?«

»Nun, ich weiß, es klingt bizarr, aber in den Sauna-Kabinen brannte Licht. Rotes Licht. Ich musste an Brutkammern denken, absurd, ich weiß.«

Frodo seufzte. »Du hast nicht zufällig was getrunken, oder?«

»Eine Cola light, wenn du's genau wissen willst.« Bieker holte tief Luft. »Auf dem Rückweg habe ich übrigens noch eine Entdeckung gemacht. Und zwar hier.« Er deutete auf ein anderes Oktagon seiner Skizze. »Ein gewisser Doktor Moreno hatte die Freundlichkeit, einen Rundgang mit mir zu machen. Es … es ist schon unglaublich.« Die Verstörtheit, die Frodo gespürt hatte, war jetzt deutlich in Biekers Stimme zu hören.

»Vor Jahren habe ich so etwas mal in Hongkong gesehen. Auf einem Marktplatz. Aber das waren nur Heuschrecken …«

»Heuschrecken?« Frodo stand abrupt auf. »Würdest du endlich aufhören, in Rätseln zu sprechen?«

»Okay, okay …« Bieker rieb sich die Schläfen. »Die züchten hier in ihrer Freizeit Singzikaden und Vogelspinnen.«

»Wie bitte?«

Bieker nickte und schüttelte abwechselnd den Kopf. »Frag mich nicht, entweder denken die, sie hätten so was wie 'ne neue Nahrungskette entdeckt, oder es sind Selbstversorgungsextremisten, so was soll's neuerdings geben. Offiziell ist es übrigens ein norwegisches Forschungsprojekt und wird mit UN-Geldern gefördert. So wie die Saatgutsammlung auf Spitzbergen. Die Nerds von der Svalbard Global Seed Vault stecken angeblich dahinter. Das sagte jedenfalls der alte Knabe, der mir die Käfige zeigte.«

»Sagte er«, echote Frodo. »Und was glaubst du?«

Bieker schwankte mit dem Kopf hin und her.

»Irgendwas ist hier faul«, sagte er endlich. »Oberfaul.«

»Und das wäre?« Frodos Phlegma war nicht leicht zu erschüttern.

»Keine Ahnung.« Bieker sah sich immer noch um. »Und genau das macht mich nervös. Mal ehrlich: Hast du den Eindruck, dass wir auf einer normalen Bohrinsel sind?«

»Ja.«

»Wirklich?«

»Ja!«

»Na, dann.« Bieker seufzte und trat ans Fenster. »Die Fenster sollten mal wieder geputzt werden«, sagte er wie zu sich selbst. Sein Zeigefinger malte ein Ei mit Haifischmaul auf die schmierige Scheibe. »Wie verwahrlost hier alles ist.«

Frodo schüttelte nachsichtig lächelnd den Kopf. »Du siehst da was falsch«, sagte er und suchte in seinem Anorak nach Zigaretten.

»Was sehe ich falsch?«

»Das mit dem verwahrlosten Eindruck.« Es klang nüchtern wie das Klicken des Feuerzeugs. »Heutzutage ist doch alles abgefuckter als früher, ich meine, die gesamte menschliche Zivilisation. Warum sollte die Bohrinsel eines multinationalen Erdölkonzerns eine Ausnahme sein? Okay, du siehst noch immer so aus, als wärst du gerade einer Martini-Werbung entsprungen, aber selbst dir dürfte nicht entgangen sein, dass die meisten deiner Mitmenschen einer gezielten Verwahrlosung frönen, die die Medien als Hyper-Individualismus verklären. Bist du unter deinem Hemd tätowiert? – Ich denke nicht.«

»Hm.« Bieker grinste süß-säuerlich. »Willst du damit andeuten, dass ich rückständig bin? Hab ich den Anschluss verpasst?«

»Könnte sein, Bieker, könnte sein.«

»Das ist mal wieder typisch. Wenn ein Mensch seinem kulturellen Niveau entsprechend reagiert, dann macht er sich den freiwilligen Normgebern der allgemeinen Nivellierung verdächtig.« Bieker warf einen beiläufig prüfenden Blick in den Spiegel. »Ich habe jedenfalls ein verdammt flaues Gefühl im Magen. Und das hat nicht nur damit zu tun, dass die hier offensichtlich Krabbeltiere verzehren … Wie auch immer. Wir sollten los. Man erwartet uns.«

»Jetzt mach mal ’nen Punkt, Bieker.« Sie waren inzwischen auf dem Weg zur Kantine. Eine mit automatischen Türen gesicherte Röhre führte in einem Gefälle von mindestens dreißig Grad in die zweite Etage.

»Bieker, jetzt warte doch mal!« Frodo hatte Mühe, seinem agilen Assistenten zu folgen. »Es wird nicht alles so heiß gegessen, wie es gekocht wird.«

Sie eilten durch eine mit automatischen Türen gesicherte Röhre, die sanft ansteigend in die zweite Etage führte.

»Kommt drauf an, was es ist«, sagte Bieker mit einem gespielt dämonischen Blick. »Ich fürchte, wir werden noch früh genug erfahren, weshalb sie den Forschungsleiter auch den Schmetterlingsesser nennen.«

»Das ist nicht dein Ernst«, sagte Frodo. Sein Blick verirrte sich wieder zu einem Bullauge und hinaus in die nachtschwarze See.

»Vergiss es«, sagte Bieker. »Ich habe auch schon daran gedacht, aber bis zur Küste sind es mehr als achtzehn Seemeilen. Und bei dem Wetter …«

Die Kantine der Devon III erinnerte Frodo an eine verunglückte Mischung aus Legebatterie, Nachtklub und Elefantenfriedhof, vielleicht lag es an den mit roter Latexfarbe gestrichenen Wänden und den dünnen, weißen Stützpfeilern, die unter der mit Kabeln gespickten Decke in sanft geschwungenen Bogen ausliefen. Eine Plexiglasform, die entfernt an eine Tanne erinnerte, leuchtete – in eine elektrische Lichterkette gewickelt – vom Tresen. Sie sah aus, als würde sie immer dort stehen, ganz gleich, ob es weihnachtete oder nicht. Abgesehen von der grell beleuchteten Küche, gab es nur ein paar diffus strahlende Neonröhren im Raum. Frodo konstatierte auch die von Kondenswasser triefenden Fenster – dann schlug ihm die Bullenhitze wie ein feuchtwarmer Waschlappen über der Nase zusammen.

»Riechst du das? Luft wie im Treibhaus …« Der Kohlenmonoxid-Gehalt der Luft war das Erste, was ihm buchstäblich bewusst wurde. Jeder Atemzug schien zu belegen, dass der Methangehalt der Atmosphäre sich seit Beginn des 18. Jahrhunderts verdoppelt hatte. »Ist das die Sauna, von der du erzählt hast?«

»Nein, das hier geht weiter«, flüsterte Bieker mit einem ironischen Grinsen. »Hier wurden offensichtlich andere Lebensbedingungen geschaffen.«

»Vielleicht züchten sie ja Amphibien«, sagte Frodo.

Wie in ländlichen Kneipen noch üblich, drehten sich bei ihrem Eintreten ein Dutzend Köpfe. Die Besatzung der Bohrinsel – kaum mehr als zwanzig Personen – saß an vier langen Kunststofftischen verteilt. Die meisten der Männer und Frauen trugen Unisex-Trainingsanzüge oder waldmeistergrüne Bademäntel mit der Aufschrift DEVON OIL LTD. Vielleicht lag es an den Kapuzen dieser extralangen, aus Frottee geschnittenen Kutten, dass Frodo sich von unsichtbaren Gesichtern beobachtet fühlte.

»Das glaubt uns kein Mensch«, murmelte Frodo.

Erkstrøm, der Nautische Schiffsoffizier, winkte ihnen just in diesem Moment von einem Ecktisch aus zu. Zwei Kapuzenmänner saßen mit ihm am Tisch, es sah irgendwie nach einer kleinen Denkrunde aus.

»Ich hoffe, Ihre Unterkünfte sind einigermaßen erträglich.« Erkstrøm war aufgestanden und rückte den Neuankömmlingen zwei Stühle zurecht.

»Wie in einem Fünfsternehotel«, sagte Bieker.

»Das wird die Insel in der Tat bald sein«, seufzte der Offizier. »Die Geschäftsleitung plant, die Devon III zu einem schwimmenden Luxushotel umzubauen. In der Nordsee ist es seit Jahren möglich, auf Bohrinseln zu logieren. Tja, Ideen muss man haben.«

Während sich Bieker aus seiner Jacke pellte, sank Frodo entkräftet auf seinen Stuhl. »Das überrascht mich eigentlich nicht«, sagte er zur Eröffnung. »Ich hörte mal, die Kantinenqualität einer Bohrinsel kann es locker mit der Küche eines Fünfsternehotels aufnehmen. Das heißt, ich bin in einem schwimmenden Fresstempel gelandet.« Er versuchte möglichst dreckig zu lachen.

»Irgendwas Neues vom Nordpol?«, legte er dann nach. Und als Erkstrøm nicht gleich schaltete: »Ich meine, wenn es krachen sollte, sitzen wir hier wie auf dem Präsentierteller.«

»Das haben sich wohl auch die meisten der Mitarbeiter gedacht.« Der Mann neben Frodo schlug seine Kapuze zurück. Über einem hochgeschlossenen Rollkragenpulli starrten zwei bernsteinfarbene Augen aus einem kalkweißen, dick gepuderten Gesicht.

»Keine Angst, es ist nicht ansteckend«, sagte er mit einer heiser klingenden Stimme. »Nur ein Hautausschlag, weiter nichts.« Er warf einen Blick über die Schulter. »Tja, so leer war es hier lange nicht mehr. Es gab Zeiten, da hatten wir zwei Dutzend Nationalitäten an Bord – Brasilianer, Venezolaner, Argentinier, Chilenen. Die meisten haben vor ein paar Tagen Urlaub genommen, sind zurück in die Heimat geflogen. So ein Zufall … Mein Name ist übrigens Eskild Paviassen, ich bin der Technische Leiter.«

»Das heißt, er ist der Chef«, meinte die zweite sich lüftende Kapuze am Tisch. Die runzelige, von Altersflecken gesprenkelte Glatze und die eng anliegenden Ohren verliehen seinem dunkelbraunen Gesicht eine starke Ähnlichkeit mit einem japanischen Lurch. »Was Ihre Frage anbelangt: Laut CNN führen amerikanische und russische Unterhändler gerade Verhandlungen.«

Keine Wimpern, dachte Frodo, und keine Brauen. Wie nach einer Chemo. Und der andere hat einen Ausschlag? Ob es was mit dem Wasser zu tun hat?

Dass der Alte gummierte Handschuhe trug, besser gesagt Fäustlinge, erschien Frodo zwar befremdend, doch er hatte in Asien und Afrika schon ganz andere Dinge gesehen.

»Hector Moreno«, stellte sich der Mann vor. »Ich hatte schon das Vergnügen, Herrn Bieker meine Tierchen zu zeigen.«

»Doktor Moreno ist Projektleiter«, sagte Erkstrøm. »Wie Sie vielleicht wissen, wurde er gerade für den Max-Planck-Forschungspreis nominiert.«

Der Alte winkte gleichgültig ab. »Ich züchte Krabbelvieh, das ist alles.« Er drehte sich um und wischte ein Guckloch auf die beschlagene Scheibe. Trotz der eingeschalteten Positionslichter war das Deck ebenso schwarz wie die Nacht und die unter ihnen dahinrollende See. Frodo hatte den Eindruck, der Alte halte nach etwas Ausschau.

»Ich hörte, wir haben ein Problem mit dem Wasser«, sagte er nach einiger Zeit. »Ist es ernst? Ich frage nur, weil meine Station an der Anlage hängt.«

»Na ja.« Ein Brutzeln aus der Küche lenkte Frodo einen Moment ab. »Uns wurde eine Wasserprobe geschickt, und wie es aussieht, hat man Schadstoffe gefunden. Sogar beträchtliche Mengen.«

»Sind Sie sich sicher?«

»Ich persönlich habe die Probe nicht analysiert, sondern unser Labor. Ich bin nur derjenige, der die Chose ausbaden muss.«

»Ha, verstehe.« Erkstrøm lächelte verhalten. »Deshalb haben Sie also diese Strapazen auf sich genommen.«

»Eine Kleinigkeit«, sagte Frodo. »Wir können nicht riskieren, dass die komplette Mannschaft der Plattform erkrankt. Und sollte etwas mit Ihrer Anlage nicht stimmen, dann werden wir auch die anderen Bohrinseln überprüfen.«

Es sollte ein Witz sein, aber selbst Bieker verzog keine Miene, vielleicht lag es daran, dass an den Tischen jetzt aufgetragen wurde. Aus den meisten Kapuzen drang bereits ein genüssliches Schmatzen.

»Was sollte nicht stimmen?«, fragte der Technische Leiter mit leiser, aber fester Stimme.

»Tja …« Frodo überlegte, warum ihn der Anblick dieser Männer in ihren Bademänteln so unangenehm berührte.

»Genau das werden wir herausfinden«, sagte Bieker schnell. »Die Probe enthielt eine Menge – wie soll ich sagen – merkwürdiger Stoffe: radioaktive Isotope, Aminosäuren und unbekannte molekulargenetische Teilchen.«

»Mutagene Substanzen«, setzte Frodo nach. »Der Laborchef sprach von einem biochemischen Cocktail. Irgendwo hört der Spaß auf.«

»Das ist alles gut und schön«, sagte der Technische Leiter noch leiser. »Ich habe allerdings ein Problem mit dem, was Sie sagen: Wir haben Ihnen keine Wasserprobe geschickt.«

»Nicht?« Für einen Moment hatte Frodo den Eindruck, dass alle Anwesenden wie ein einziges Riesenohr lauschten. »Wie merkwürdig.«

»Ganz Ihrer Meinung«, sagte Moreno. »Sind Sie wirklich von der Wartungsgesellschaft?«

»Sie belieben zu scherzen«, schnaubte Frodo. »Glauben Sie vielleicht …?«

»Die Sendung kam von einem gewissen Jan Rippsten«, fiel ihm Bieker ins Wort. Sein Namensgedächtnis hatte Frodo schon immer beeindruckt. »Rippsten, Jan, Plattform Devon III, das war der Absender.«

»Rippsten, natürlich.« Erkstrøm holte einmal tief Luft. »Unser Reservoirgeologe«, sagte er dann. »Das Entnehmen von Trinkwasserproben fällt nicht gerade in seine Zuständigkeit, aber hier hilft nun mal jeder jedem, so ist das im Team.«

»Ich würde ihn gerne mal sprechen«, sagte Frodo.

»Rippsten?«

»Na ja, Sie sagten doch eben …«

Die Gastgeber sahen einander an. Fast war es so, als ob sie sich mit Blicken absprechen würden. Dann tauchte der Technische Leiter aus seinem Rollkragen auf und zeigte Frodo einen grünlichweißen, faltigen Hals.

»Zu spät«, flüsterte er. »Kollege Rippsten hatte letzte Woche einen tragischen Unfall.«

»Bohrinselkoller«, fügte Moreno hinzu. »Ist einfach von der Plattform gesprungen. Natürlich hat ihm die Firma ein Seebegräbnis erster Klasse spendiert.«

»Friede sei mit ihm«, sagte der Schiffsoffizier.

Einer der Küchenhelfer trat in diesem Moment an den Tisch. Abgesehen von einem schmuddeligen Halstuch, trug er Bermudashorts und eine grüne Gummischürze, auf der sich schmierige Flecken von beträchtlicher Größe zeigten.

»Olá, muchachos, como está?«

Der junge Mann neigte vor dem alten Moreno respektvoll den Kopf. Auch in seinem Gesicht fehlten Wimpern und Brauen. Ob sein Schädel kahl war oder rasiert, war ebenso schwer zu bestimmen wie seine ethnische Herkunft. Frodo tippte insgeheim auf Indio-Gene.

»Wird auch Zeit, dass wir endlich was zwischen die Kiemen bekommen«, feixte Moreno. Seine in Fäustlinge verpackten Hände grapschten nach dem Besteck.

»Nun, mach schon, Atahualpa!«

Der junge Mann nickte sanfte. Nachdem er mehrere noch dampfende Servierschüsseln auf den Tisch gestellt hatte, tauchte er eine große Schöpfkelle in den Topf.

»Sie möchten … auch … von der Maikäfersuppe?«

»Maikä…?«, fragte Frodo. »Hat er eben Maikäfersuppe gesagt?«

Der Technische Leiter erstarrte für einen Moment, nur Moreno begann offen zu schmunzeln.

»Ach, herrje, ist heute Freitag? Da haben wir unseren entomologischen Tag.«

»Das heißt?« Frodo riskierte einen Blick in den Topf: Es sah nach Erbsensuppe aus, in der kleine Backpflaumen schwammen. Zumindest wollte er das für den Augenblick glauben.

»Nun …« Der Technische Leiter starrte wieder aus den Maschen seines Rollkragenpullis. »Wie Sie vielleicht wissen, sind wir Teil eines von der EU finanzierten ernährungswissenschaftlichen Experiments: ›Feed the world, feed the children‹.« Er kicherte, als würde er es selbst nicht recht glauben. »Aufgrund der zu erwartenden klimatischen Umwälzungen müssen wir auch in Europa mit Missernten rechnen. Um die drohende Hungersnot zu vermeiden, scheint es Brüssel als notwendig zu erachten, neue Nahrungsquellen zu testen.«

Frodo spürte, dass Bieker ihn ansah, doch er vermied es, Blickkontakt aufzunehmen. Den Kopf gesenkt und die Hände gefaltet, fragte er sich, ob er das alles nur träumte.

»Oh, wenn Sie wollen, kann Ihnen der Koch auch Fischstäbchen machen.«

»Machen Sie sich keine Umstände.« Die Worte kamen Frodo wie Blei über die Lippen. »Wir werden das essen, was alle essen – so ist es doch, Bieker?«

Der schluckte nur, als hätte er soeben sein Todesurteil unterzeichnet.

»Haben Sie schon einmal eine Made gegessen?«, fragte der Technische Leiter.

»Nicht dass ich wüsste«, antwortete Frodo.

»Dann haben Sie noch was vor sich«, sagte Moreno. »Die Made ist eines der proteinreichsten Lebewesen und ebenso köstlich wie Langusten und Schnecken.«

»Sie bleibt dennoch eine Made«, meinte Bieker.

Morenos Lachen erinnerte an einen Keuchhustenanfall. »Das nenne ich, mit Verlaub gesagt, westliche Dekadenz. Was in Asien, Afrika und Australien längst als Hausmannskost gilt, verursacht bei borniertem Mitteleuropäern noch immer Entsetzen: Insekten! Pfui Teufel! Dabei bereicherten Eichenbocklarven schon die Speisekarte der Römer. Uns geht es vornehmlich um die kulinarische Erschließung einer grundlos ignorierten Gattung nährstoffreicher Organismen und ihre Verwandlung in Delikatessen. Aber probieren Sie selbst!«

Auf den ersten Blick wirkten die Gerichte vegetarisch, erst

längeres Hinsehen löste verlaufene und geschmorte Gliedmaßen aus der Soße.

»Sago-Maden in Erdnussbutter«, kommentierte der Küchenhelfer mit samtiger Stimme. »Bicho-Käfertortillas mit Asselsoße, gebratene Heuschrecken, Guzanos de Maguey, garniert mit den Raupen großer Gespenstermotten. Dazu Omelett aus den Eiern der Vogelspinne.« Der Mann hielt inne und lächelte stolz. »Ist das ein Kulinarplan vom Feinsten, ja oder nein?«

Frodo schloss die Augen. »Das klingt … wirklich verlockend.«

»Greifen Sie zu«, sagte der Technische Leiter.

»Solange es mich nicht beißt«, sagte Frodo.

Das einsetzende Gelächter der Runde schien aus einem schleimigen Tümpel zu kommen. Sie feixten wie Schuljungen, die einen Streich ausgeheckt hatten.

»Im Gegenteil! So gesund haben Sie lange nicht mehr gegessen. Das Fett von Insekten enthält nämlich kein Cholesterin.«

»Hosianna«, ächzte Frodo. Er fühlte ein Sodbrennen in der Kehle aufsteigen, als habe sich sein Magen in Panik mit Säure gefüllt.

»Was sind das da?«, fragte Bieker sehr, sehr vorsichtig. »Rouladen?«

»Flambierte Vogelspinnen«, antwortete Moreno. »Man isst nur den Hinterleib und die Beine.«

»Gut, dass Sie das sagen.« Bieker hievte den braunen, verschnürten Fladen auf seinen Teller. »Schwere Entscheidung, was?«, fragte er Frodo. »Bei so vielen verschiedenen Köstlichkeiten.«

»Ja. Du sagst es.« Frodo deutete auf ein zusammengerolltes Blatt, das nach Chinakohl aussah. »Ich vermute mal, das ist vegetarisch?«

»Halb und halb«, befand der Technische Leiter. »Man serviert das Gericht am besten auf einem Stück Rinde.«

Er gab der Küchenhilfe ein Zeichen, Frodos Teller wurde entfernt und durch ein rechteckig geschnittenes Stück Borke ersetzt. »Wohl bekomm's.«

Frodo überlegte einen Moment, dann – mit spitzen Fingern – entfaltete er das Blatt: Ja, es war schlimmer, als er gedacht hatte, viel schlimmer sogar. Wie gebannt starrte er auf ein safrangelbes, sich bewegendes Häufchen. Kleine Augen, schimmernd wie silberne Stecknadelköpfe, sahen ihn an. Auch die feucht schimmernden Oberkiefer waren deutlich zu sehen.

»Guzanos de Maguey«, schmatzte Moreno. Schon die Worte lösten in Frodo den Wunsch aus, sich herzhaft zu übergeben. »Die südamerikanischen Indianer betrachten die Raupen der Agave als ihr tägliches Brot.«

»Die Glücklichen!«, stieß Bieker in einem Seufzer hervor. Die Schweißperlen auf seiner Stirn hatten nicht nur mit der schwülen Hitze zu tun. »Haben Sie auch noch andere Nationen an Bord?«

»Jede Menge«, sagte der Technische Leiter. »Aber sie alle lieben Magueys, oh ja.«

Das Essen verlief in wortkarger Eintracht. Auch an den anderen Tischen wurde nur wenig gesprochen.

Frodo hielt sich an die frittierten Grashüpfer und vermied es, auf die Maden zu blicken, von denen manche bereits auf Wanderschaft gingen.

»Die Sago-Maden sind wohl doch nicht Ihr Fall«, bedauerte Moreno.

»Tja, was der Bauer nicht kennt«, murmelte Frodo.

Er wirkte geistesabwesend, obwohl sein Gesichtsausdruck auch zu einem kulinarisch verklärten Genießer gepasst hätte. Insgeheim fragte er sich, wie es sein konnte, dass er hier in der Kantine einer Bohrinsel saß und Ungeziefer verzehrte. Der Umbruch, in dem die alte Welt steckte, manifestierte sich plötzlich vor seinen Augen.

Mein Gott, es scheint diesen Menschen sogar zu schmecken, dachte er. Er fühlte den Sog einer Entwicklung, die er nie für möglich gehalten hatte, eine Entwicklung, die vielleicht mit dem Treibhauseffekt zu tun hatte und dem Anstieg des Meeresspiegels. Alles, was kommen würde, war hier in dieser Kantine bereits eingetreten. Er aß die Zukunft, schmeckte, was kommenden Generationen vorbehalten war zu verspeisen. Und so wie sich Anfang der Neunzigerjahre Sträflingslook und Schirmmützen im Straßenbild durchgesetzt hatten, so waren die Bademäntel, die er sah, vielleicht Vorboten einer Zukunft, in der das Saunen zur Hauptbeschäftigung in der Freizeit gehörte.

»Ich denke, ich werde mal die Käfertortilla probieren.«

»Tun Sie das«, sagte Moreno, »trotzdem schade, dass Sie die Magueys nicht mögen. Eigentlich muss man sie mit Limonensaft und frisch gekauten Maniok-Knollen – wie in Papua-Neuguinea – servieren, aber eine Bohrinsel ist nun mal kein Feinschmecker-Tempel, und die meisten Kollegen bevorzugen ohnehin Erdnussbutter und süßen Senf.« Er beobachtete amüsiert seine Gäste. »Schmeckt es, Herr Bieker?«

»Anders«, lautete die unter Pressatmung hervorgestoßene Antwort. »Das nächste Mal nehme ich gleich das Spinneneier-Omelett.«

Keine schlechte Idee, dachte Frodo. Er hatte inzwischen an seiner fröhlich knackenden Tortilla zu kauen.

»Nehmen sie etwas Manna!« Der Technische Leiter schob eine kleine Schüssel mit roter Tunke in Frodos Richtung. »Nicht der biblische Fraß, sondern pürierte Blattläuse. Diese auf den Tamarisken heimische Art wurde letzten Sommer von Doktor Moreno nach Grönland gebracht.«

Als wäre sein Stichwort gefallen, schmatzte der Alte dazwischen. »Um ehrlich zu sein, ich lebe nur noch von Manna und

Maden, es ist einfach die gesündeste Kombination. Zumindest für einen alten Knochen wie mich.«

»Darf ich Sie etwas fragen?« Frodo betrachtete die angelaufenen Scheiben hinter Morenos Kapuze. »Wie sind Sie draufgekommen – auf den Geschmack, meine ich?«

»Wollen Sie eine ehrliche Antwort?« Moreno fuhr sich mit einem Fäustling über den wulstigen Mund. »Es gibt da dieses Gemälde von Pieter Bruegel – Satans Abendmahl. Man sieht den Teufel, wie er lauter Ungeziefer verzehrt, wirklich scheußliche Viecher. Da dachte ich mir, was dem recht ist, ist mir billig. Der Satan ist ja nicht dumm.«

Er zwinkerte kurz in die Runde. »Ich glaube nicht, dass der Teufel nur aus Not Fliegen verzehrt. Da er kein Kostverächter ist und bekanntlich Geld im Überfluss hat, könnte er sich ebenso gut Kaviar leisten, stattdessen wählt er die cholesterinärmste und eiweißreichste Mahlzeit auf Erden.«

»Wie vernünftig von ihm«, würgte Bieker. Tatsächlich war er zartgrün im Gesicht. »So, jetzt fehlt mir zu meinem Glück nur noch der passende Nachtisch. Die Frage ist jetzt: Was hätte Satan genommen?«

»Wie wär's mit gutem, altem Honigkuchen?«, erwiderte der Technische Leiter.

»Ist das kein Stilbruch?«, spottete Bieker.

»Sind Bienen etwa keine Insekten?« Moreno zwinkerte Bieker fast freundschaftlich zu. »Ich darf Sie allerdings beruhigen: Der Honig in diesem Kuchen stammt von Baumameisen aus Queensland. Melophorus bagoti, auch als Grundlage für ein Risotto durchaus zu empfehlen.«

»Ich nehme den Nachtisch, den Sie nehmen«, sagte Bieker.

Moreno runzelte für ein paar Sekunden die Stirn.

»Niemand hier will Sie vergiften«, sagte er leise.

»Irgendwie unheimlich, oder?«

»Du meinst grotesk.« Auf dem Rückweg zum Mannschaftsquartier brach es aus Frodo heraus. »Hast du so was schon mal gesehen? Ne, eine normale Bohrinsel ist das nicht. Also, wenn ich Ines von dieser Treibhaus-Kantine erzähle …«

»Wirst du nicht«, sagte Bieker, die Worte dehnend, »du hast keinen Empfang.«

»Was soll das wieder heißen?«, schnaubte Frodo. »He, nun hab dich nicht so. Ist man nicht jedem Milieu etwas ausgeliefert? Wird man unter Neger verschlagen, dann benimmt man sich halt wie ein Neger. Unter Reichen ist es nicht anders, mit dem Unterschied, dass man hinterher das Bedürfnis hat, lange und gründlich zu duschen …«

»Es ist trotzdem unheimlich …«

Frodo seufzte. »Sag mir eins, Bieker … Und sei ehrlich zu mir: Haben wir vielleicht die Zukunft gesehen? Werden wir eines Tages auf künstlichen Inseln wohnen, Frotteekutten tragen und uns von Krabbeltieren ernähren?«

»Nun, wenn der Meeresspiegel weiterhin steigt.« Bieker stockte einen Moment, denn die schwere See klatschte wütend gegen die Bullaugenfenster.

»Ich meine, hast du diese Freaks in ihren Kutten gesehen?«

»Ja, ich bin ja nicht blind.«

»Na ja, was soll's. Es ist hier auch nicht schlimmer als in einer MTV-Reality-Show.« Frodo kicherte boshaft. »Neulich haben sie einen Haufen Ungeziefer durch den Mixer gedreht, und so ein Big-Brother-Dumbo fing den Brei mit dem Mund auf und fütterte damit die Mutter seiner Kinder. Und die würgte dann alles in eine Waagschale, denn es ging um ein paar Hundert Dollar. How low can you go, frage ich dich?« Frodo suchte nach seinem Zimmerschlüssel, als Bieker ihn an der Schulter berührte.

»Was?« Frodo sah eine flackernde Angst in Biekers Blick.

»Irgendwas stimmt hier nicht … ich weiß es.« Er zuckte zusammen, denn die Notleuchten in dem mit Aluminiumblech ausgeschlagenen Gang erloschen für ein paar Sekunden. »Entweder sind hier alle auf Droge – oder es hat was mit dem Wasser zu tun.«

»Kann schon sein.« Frodo bemerkte, dass Bieker zitterte. »He, mach dir nicht in die Hosen, mein Junge. Wir werden uns morgen die Anlage ansehen und dann so schnell wie möglich verschwinden.«

Sie hoben beide die Köpfe und lauschten dem dumpfen Getöse der See.

»Hoffen wir, dass wenigstens das Schneetreiben nachlässt.«

»Der Schnee ist nicht das Problem …«

»Was ist es dann?«

Bieker grinste gequält. »Wir kommen hier nicht mehr weg, das ist das Problem. Ich kann es nicht wirklich begründen, aber ich habe ein verdammt ungutes Gefühl.«

IV.

Vielleicht lag es an der Käfertortilla oder den Magueys, dass Frodo keinen Schlaf finden konnte. Während der Sturm nur noch säuselte und selbst das Donnern der rollenden Wogen etwas versöhnlicher klang, wälzte er sich fiebrig schwitzend auf seinem Laken. Es waren nicht etwa Verdauungsbeschwerden, nicht mal ein müder Furz probte den Aufstand. Nicht der Insektenfraß war es, der in ihm gärte, sondern ein Tumult der Seele. Erinnerungsschübe suchten ihn heim, stiegen in seinem Innern auf wie schillernde Sumpfblasen, die etwas Toxisches transportierten. Immer neue, zutiefst befremdende Erinnerungen traten aus dem Dunkel seines Unterbewusstseins ans Licht, merkwürdige Dinge, von denen er dachte, er hätte sie längst vergessen. Er glaubte ein Froschkonzert zu hören, irgendwo in freier Natur … Sein geistiges Auge tauchte durch Schilfvorhänge hindurch und raste dicht über der von Froschaugen wimmelnden Wasseroberfläche dahin. Er sah auch andere Frösche vor sich – lange, vertrocknete Leiber in einem Sarg, fleckige Schenkel und glasige Augen. Jetzt zeigten sie sich ihm in einem grelleren Licht, als wären sie aus einem finsteren Verschlag unter die Jupiterlampen eines Seziertischs gerückt …

Die Sache mit den Fröschen war lange her, sehr lange, sie trug sich zu, als Fritz-Otho Peschke noch ein knapp dreißig Kilogramm wiegender Dreikäsehoch war. Es geschah in diesem kalten Winter, Februar oder März 2004, kurz nach der Scheidung seiner ewig zerstrittenen Eltern. Sein Vater war ausgezogen, und Frodo lebte mit seiner Mutter im zehnten Stock eines Plattenbaus unter einem lecken Dach und zwischen ewig verschimmelten Wänden.

»So geht das nicht weiter! Wenn dein Vater dich sehen will, soll er dich abholen«, sagte sie mit einer Stimme, in der Hysterie mitschwang. »Du fährst mir heute zum letzten Mal mit diesem grässlichen Zug.«

Das laute, unerbittliche Ticken der Küchenuhr erinnerte ihn, dass sie in aller Herrgottsfrühe aufgestanden war, um ihrem Sohn eine Stulle zu schmieren.

»Aber Papa hat kein Auto mehr.« Frodo, damals ein etwas zu mager geratener Viertklässler, zog den Reißverschluss seines Anoraks zu. Dann bückte er sich und hob die Zigarrenkiste auf, die er mitnehmen wollte. Während seine Mutter ihm den Schal ins Revers stopfte, murmelte sie unverständliches Zeug vor sich hin. Sie arbeitete jetzt halbtags in einem Supermarkt, weil die Alimente nicht reichten. Abends büffelte sie für ihren Abschluss als Bankkauffrau und rieb sich in angesäuseltem Zustand gerne mit masochistischem Genuss an der Vergangenheit auf: Alles sei schiefgegangen, und nie hätte sie ein Kind in die Welt setzen sollen von einem Mann mit diesen »deutlich ausgeprägten Anomalien«, ja, es gebe Frösche, die könne man küssen, solange man wolle, es käme doch nie ein Prinz dabei raus. Frodo war schon fast aus der Tür, als sie die Zigarrenkiste bemerkte.

»Ist das ein Geschenk?«

»Nur ein Andenken«, erwiderte Frodo.

»An was?«

»An unseren letzten gemeinsamen Urlaub auf dieser komischen Insel … Papa lebt immer noch da.«

»Du meinst die Halligen.« Seine Mutter drehte den Kopf zum Fenster, Frodo glaubte Tränen in ihren Augen zu sehen.

»Mach hin«, sagte sie leise, »sonst fährt dein Zug noch ohne dich ab.«

Auf dem Bahnsteig in Hamburg lief er dann fast an seinem Vater vorbei. Irgendwie hatte der sich in den letzten Wochen verändert: Er wirkte kahler und gedrungener, als wäre er plötzlich in die Jahre gekommen. Vielleicht war es auch sein merkwürdiger Aufzug – ein fast bodenlanger Regenmantel, dessen hochgeschlossener Kragen sein Doppelkinn unschön betonte. Auch die gelb verglaste Brille war etwas gewöhnungsbedürftig.

»Du siehst aus wie ein Clown«, sagte Frodo.

»Was für eine nette Begrüßung!« Elmar Peschke hob ihn mit Leichtigkeit hoch. Seine wulstigen, mit Labello eingefetteten Lippen stempelten Wangen und Stirn seines Sohns.

»Und? Hat Mutti schon einen Neuen?«

Frodo schüttelte entschieden den Kopf.

»Wirklich nicht?«

»Nein.«

»Wozu auch?« Die schwabbelige, ewig feuchte Hand seines Vaters streichelte ihm über den Kopf. »Sie hat ja dich.« Die Finger berührten die kaum mehr sichtbaren Narben an Frodos Hals, sie schienen die unsichtbaren Nähte der Operation zu ertasten.

»Und? Keine Schluckbeschwerden mehr?«

Frodo schüttelte tapfer den Kopf.

»Da bin ich froh«, sagte sein Vater. »Wenn es so feucht ist, habe ich immer so merkwürdiges Halsweh.«

»Bist du wieder krankgeschrieben?«

»Kluges Kerlchen.«

Wie beim letzten Mal gingen sie gemeinsam an der Elbe spazieren. Die Wintersonne klebte wie ein pochiertes Ei über dem Fluss, in dessen Fahrrinne sich schwer beladene Bootskähne, Fähren und Schlepper aneinander vorbeidrängten. Noch immer führte der Fluss Hochwasser. Am Fischmarkt war die Flut mit einem erhöhten Pegel von anderthalb Metern übers Ufer getreten, angeblich stand es immer noch da, doch hier wirkte alles normal.

»Hör mal, Frodo …« Sein Vater legte ihm eine Hand in den Nacken. »Du bist doch ein großer Junge und verstehst, was ich dir sage: Deine Mutter und ich, wir hatten einfach zu unterschiedliche Interessen. Sie hasste meinen Beruf, ich meine, sie ist nicht mal mit mir ins Freibad gegangen.«

»Und deshalb bist du auf dieser komischen Insel geblieben?«

»Oland ist alles, nur keine komische Insel. Das viele Wasser tut mir gut. Wenn das keiner versteht, tja, sorry, ich kann es nicht ändern.«

Frodo nickte traurig. Dass sein Vater Bademeister war, hatte er nie als irgendwie anstößig empfunden. Was waren die Väter anderer Kinder? Ein Bademeister war eine Art Institution, zumindest in einem großen, öffentlichen Schwimmbad. Eine weiße Rettungsstange im Arm, saß er da und suchte im Wasser nach einem schwächelnden oder schon absaufenden Schwimmer. Er griff ein, um ein Menschenleben zu retten, und da war es gleich, ob er mit einer gestreiften Badehose zur Arbeit ging oder nicht. »Weißt du, manchmal lieben sich zwei Menschen und passen doch nicht zusammen. Von Natur aus, meine ich. Deine Mutter war wasserscheu, und ich habe jeden Morgen eine halbe Stunde geduscht. Wie hätte das gut gehen können?« Er räusperte sich. »Ich werde mich immer um dich kümmern, ganz gleich, was deine Mutter dir sagt.«

Frodos Augen folgten einem Schlepper, der auf den Wellen stromaufwärts schaukelte.

»Ich hab dir was mitgebracht.« Ohne aufzuschauen, hielt er seinem Vater die Kiste hin.

»Für mich?« Verdutzt schmunzelnd zog er das schon leicht poröse Gummiband ab. »Du wirst dich doch nicht meinetwegen in Unkosten gestürzt haben?«

Er öffnete die Dose, erstarrte und hielt sich eine Hand vor den Mund.

»Guter Gott«, stieß er wie unter Schmerzen hervor.

Frodo warf einen kurzen Blick in das Gewirr der vertrockneten

Gliedmaßen. Auch die Moospolster, auf denen sie lagen, hatten eine goldbraune Farbe.

»Es sind doch nur Frösche«, sagte er.

»Das kann ich sehen!« Die Stimme seines Vaters klang ernst, ja, unnatürlich gereizt. »Hast du diese Tiere getötet?«

Frodo schenkte seinem Vater einen strafenden Blick.

»Sie sind vom Campingplatz, weißt du nicht mehr?«

»Vom Camping…?« Ein gequältes Lächeln huschte über das Gesicht seines Vaters. »Ja, ich erinnere mich«, sagte er leise. »Du wolltest sie einmal aus der Nähe betrachten.«

Frodo grinste, weil er ahnte, wie weh seinem Vater die Erinnerung tat. »Wir sind runter zu diesem Teich, weißt du noch? Und da saßen sie auf einem sonnenbeschienenen Stein: Papa Frosch, Mama Frosch und ihr Kind. Ich glaube jedenfalls, es war eine Familie wie wir. Als wir den ersten hatten, ließen sich die anderen ganz leicht fangen. Weißt du das noch?«

»Na, so leicht auch wieder nicht«, stöhnte sein Vater. »Ich bin dabei baden gegangen. Meine Kleider waren klitschnass, ich hätte mir den Tod holen können.«

Es sollte witzig klingen, aber Frodo blickte seinen Vater verlegen an.

»Bist du nicht jede Nacht heimlich … baden gegangen? Wenn Mutter schlief, bist du runter zum Strand …«

Frodos Vater blieb stehen.

»Du hast mir also nachspioniert?« Er schien in sich zu gehen. »Gehört sich das für einen Sohn? Was hast du noch so alles gesehen?«

Frodo zuckte mit den Achseln. »Na ja, dass du lange unter Wasser geblieben bist. Sehr lange. Und mit den Fröschen hast du gespielt. Du hast sie sogar in den Mund genommen, das sah komisch aus. Echt komisch …«

»Und was hast du dir dabei gedacht?«

»Nichts. Die Frösche sind deine Freunde. Du magst sie, und sie mögen dich.«

Die Glupschaugen seines Vaters schienen noch größer zu werden. »Hast du das deiner Mutter gesagt? Kein Wunder, dass sie zuletzt einen körperlichen Ekel vor mir empfand.«

»Nein«, sagte Frodo. »Sie hätte sich nur unnötig Sorgen gemacht.«

»Verstehe«, sagte sein Vater mit einem sonderbaren Tremolo in der Stimme. »Und von den Froschspielen hast du ihr auch nichts erzählt?«

»Nein, sie hätte es eh nicht verstanden.«

»Aber du, ja, du hast es verstanden!« Sein Vater beugte sich zu ihm herab. Er schien auf eine merkwürdige Weise enttäuscht oder wütend zu sein. »Wenn du verstanden hättest, wirklich verstanden – warum sind diese Frösche dann tot?«

»Warum wohl?« Frodo klopfte mit der Hand auf den Deckel. »Keine Luftlöcher. Sie sind erstickt.«

»Und ich hätte das wissen müssen, ja?« Sein Vater hatte schon immer ein gutes Gespür für versteckte Vorwürfe gehabt. »Du hast mir gesagt, du würdest die Frösche wieder aussetzen!« Er schloss die Kiste so pietätvoll wie einen Kindersarg. »Ich bin sehr enttäuscht von dir, Frodo. Ich hätte nicht gedacht, du würdest dich jemals gegen mich stellen.« Die Stimme seines Vaters klang jetzt sonderbar breiig. »Die Frösche sind unsere Verwandten, nicht die Landratten. Das, was du getan hast, wird sich eines Tages an dir rächen.« Er drehte sich um und ließ seinen Sohn einfach stehen.

Den langen Weg zum Bahnhof legte Frodo im Dauerlauf zurück. Sein Herz schlug ihm bis zum Hals, die Welt um ihn herum schien zu verschwimmen. Er kam erst wieder zu sich, als ihm eine tiefe, spiegelglatte Pfütze den Weg zum Bahnhofsvorplatz versperrte. Völlig außer Atem hielt er inne und erblickte sein eigenes Spiegelbild, und die Ähnlichkeit mit seinem Vater ekelte ihn an. Unvermittelt schleuderte er die Kiste mit den Fröschen zu Boden. Der Holzdeckel zerbrach, und die runzeligen, an graue Propeller erinnernden Leiber landeten lautlos im Wasser. Wie welke Blätter trieben sie eine Zeit lang im Kreis, bevor sie sich dunkel verfärbten. Frodo glaubte zu sehen, wie sie sich Schwämmen gleich mit Wasser vollsogen, immer plastischer wurden und zu zucken begannen.

Frodo erwachte mit einem stummen Schrei auf den Lippen. Es war kurz nach halb drei, sein Magen rumorte, und er musste dringend das stille Örtchen aufsuchen. Fröstelnd rappelte er sich auf und riss sich die nasse Pyjamajacke vom Leib.

»Ekelhaft«, murmelte er. »Nein, grotesk …«

Ein frisches Unterhemd auf den Rippen, so trat er vor den Spiegel. Mit dem Alter hatte die Ähnlichkeit mit seinem Vater beängstigende Ausmaße erreicht, selbst die Haare waren ihm ebenso frühzeitig ausgefallen. Er legte den Kopf in die Schräge und betrachtete argwöhnisch seinen Hals. Die feinen Narben waren deutlich zu sehen, und sie juckten wieder einmal wie Feuer. Sechzehn Stiche hatten die Ärzte damals gebraucht um die Kiemengänge an seinem Hals zu vernähen, eine als ungefährlich eingestufte Operation für einen Säugling. Aus irgendeinem Grund hatte er das immer bezweifelt.

Schon als er die Tür öffnete und auf den Gang trat, bemerkte er, dass er nirgends Lichtquellen, nicht einmal Notleuchten sah. Stromausfall, dachte er. Er fragte sich, ob er die Sache nicht lieber vergessen sollte. Zur Not konnte er den Papierkorb benutzen. Aber das, was in ihm rumorte, schrie nach einem anständigen Klo, und da sich die Fenster auch nicht öffnen ließen, beschloss er, in den sauren Apfel zu beißen. Immerhin fand er in einem Zimmer eine ordentliche Stabtaschenlampe, wahrscheinlich gab es hier öfter Probleme mit der Elektrizität. Da es kühl war, entschied er sich für die »polnische Ausgehuniform«: Er zog einfach seinen Anorak über den Schlafanzug und schlüpfte barfuß in die leicht klebrigen Schuhe.

Wieder trat er hinaus auf den abschüssigen Gang. Vorsichtig machte er ein paar Schritte, tastete sich die Wand zu seiner Rechten entlang.

Wo seine Füße waren, erkannte er nur an dem dumpf-metallischen Klang. Biekers Zimmertür – es konnte keine andere sein – kam ihm gerade recht. Trotz der weit vorgerückten Stunde und ohne einen rationalen Grund zu haben, klopfte er an.

»Bieker?« Nachdem er mehrmals geklopft hatte, drückte er zaghaft die Klinke. Die Tür war nicht verschlossen, und der in den Raum fallende Lichtstrahl traf nur zerwühlte Laken und eine Mulde, wie sie Schläfer in jedem Bett der Welt hinterlassen. »Verdammt, Bieker, wo hast du dich verkrochen?« Verwundert sah er sich um. Sein Assistent war nirgends zu sehen. Frodo riskierte selbst einen Blick unter die Pritsche und in den Schrank. Irgendwie traute er Bieker so einiges zu. Er wird den Stromausfall bemerkt haben und kümmert sich drum, dachte er dann. Bieker-Boy ist auf Draht. Ein guter Junge und ganz feiner Kerl …

Es ist nicht schwer, sich in einem fremden Gebäudekomplex zu verirren, selbst wenn man eine grobe Vorstellung hat, wo man sich in etwa befindet. Frodo hätte geschworen, er habe auf dem Rückweg von der Kantine am Ende des mit Blech ausgewalzten Gangs eine Toilette gesehen. Nun stand er vor einer verschlossenen Tür. Aus dem Männchen-Piktogramm war ein Hochspannungszeichen geworden. Verdammte Kurzsichtigkeit!

Dann halt um die Ecke, dachte er. Ein Mannschaftsquartier braucht ein Pissoir, oder nicht? Ihm fiel ein, dass es bei der Armee die Regel war, Latrinen nicht neben Schlafräumen zu errichten, um Belästigungen der Schläfer durch üblen Geruch zu vermeiden. Er warf einen Blick durch ein Bullauge und hörte in diesem Moment watschelnde Schritte aus einer der Röhren.

»Ist da jemand?«

Die Batterien der Taschenlampe waren nicht mehr die stärksten, und weiter als fünf Meter reichte der Lichtspeer nicht ins Dunkel. Wieder hörte er das Geräusch, doch es schien sich zu entfernen.

»Hallo?« Beherzt machte Frodo einen Schritt in die abfallende Röhre. »Excuse me? – Ich sagte, ist da jemand?«

Er hörte ein Geräusch, als würde sich jemand räuspern, der es mit den Bronchien oder Schleimhäuten hatte. Frodo wollte gerade noch einmal rufen, als er wieder dieses Watscheln vernahm, es schien von außerhalb der Röhre zu kommen, in der er stand. Im nächsten Moment schoss ein Schemen am Bullauge vorbei, und Frodo sprang vor Entsetzen einen halben Meter zurück.

»Ach, du liebes bisschen!« Es lief ihm eiskalt über den Rücken. Wer zur Hölle trieb sich da draußen in der Finsternis rum?

Vorsichtig näherte er sich dem Bullauge. Nichts … Nachdem er sich halbwegs vom ersten Schrecken erholt hatte, legte er sich eine plausible Erklärung zurecht: Irgendwelche Monteure waren da draußen am Werkeln, es gab ja offensichtlich ein Problem mit der Elektrizität. Wegen des Schneefalls waren die Männer in Ölzeug oder Südwester gekleidet, und das gummierte Material erzeugte wie Krepp oder Leder einen ganz eigenen Klang. Na dann, alles paletti.

Kopfschüttelnd hatte er inzwischen das Ende der Röhre erreicht. Noch immer war keine Toilette in Sicht, und er war schon drauf und dran, sein Geschäft nonchalant in einen Bottich mit Hydrokultur zu verrichten, als er am Ende eines Seitengangs ein rotes Licht aufleuchten sah. Es war kein allzu deutliches Licht – eher so, als hätte jemand eine unsichtbare Tür einen Spaltbreit geöffnet und wieder geschlossen.

»Hallo! Entschuldigen Sie …«

Frodo beschleunigte seinen Schritt. Die Taschenlampe in seiner Hand war kurz davor, den Geist aufzugeben. Die Treppe nahm er gerade noch rechtzeitig wahr, sonst wäre er womöglich in die nächste Etage gestürzt. Er prägte sich seine Lage genau ein und schaltete die Lampe aus. Die Finsternis sprang ihn jetzt an wie ein lauerndes Tier.

»So ein Mist!« Er hielt einen Moment inne, denn er glaubte einen kalten Luftzug zu spüren. Sosehr er auch lauschte, er hörte doch nur das Rumoren in seinem Bauch. Behutsam tastete er sich an der Wand vorwärts und erstarrte, als er einen feuchtkalten Türrahmen fühlte. Die Tür ließ sich öffnen, Frodos Finger ertasteten einen Spalt … Warmes Rotlicht drang auf den Gang, und vorsichtig betrat Frodo den Raum.

Zunächst hatte er Mühe, in der Schummerbeleuchtung Einzelheiten auszumachen. Neben dem Plätschern künstlicher Wasserfälle glaubte er die Rufe exotischer Vögel zu hören. Die Sauna, dachte er noch, da streifte ein gummiartiges Blatt sein Gesicht. Obwohl er sich furchtbar erschreckte, schaffte er es, den Aufschrei zu unterdrücken.

Wo immer er hier gelandet war, ein WC war das eindeutig nicht. Wie ihr wollt, dachte er mit dem Ingrimm eines von Zivilisation und Kultur verratenen Menschen, ich werde jetzt einfach mein Ei in einen Blumentopf legen. Wer muss, der muss!

Irgendwo, ganz in seiner Nähe, plätscherte es jetzt lauter, und im Reflex drückte Frodo auf den Knopf der Stabtaschenlampe. Die Lampe hatte sich halbwegs erholt, und ihr Licht traf eine im

Wasser stehende Gestalt, die sich fast vis-à-vis vor Frodo befand. Er erkannte nicht gleich, was sie war – sein Gehirn weigerte sich ein paar Sekunden lang, das Bild, das die Augen sendeten, zu verarbeiten. Als sich sein Verstand endlich zurückmeldete, äußerte sich die Erkenntnis in einem gellenden Schrei: Es waren nicht ihre schuppigen Bäuche und Schultern oder die zellophanartigen Schwimmhäute zwischen ihren Fingern, es waren auch nicht die Kiemenspalten und rudimentär entwickelten Flossen, die Frodo an den Rand des Wahnsinns zu treiben drohten – es waren die menschlichen Gesichter, die zu diesen amphibischen Körpern gehörten, Gesichter, die er vor Stunden noch am Tisch der Kantine gesehen hatte!

Das Wesen, das aussah wie der Technische Leiter, schien von Frodos Anblick ebenso wenig begeistert. Die Kreatur, die sich Moreno nannte, tauchte einfach kopfüber in den Seerosenteich. Erkstrøm duckte sich hinter einer wild wuchernden Fettpflanze. Die anderen kannte Frodo nicht, doch er vermutete, es war die Mannschaft der Devon III. Niemand sagte ein Wort.

»Igittigitt! Brut, verdammte! Fasst mich nicht an!« Von wilden Adrenalinwellen getragen, stolperte Frodo aus dieser Sauna des Grauens. Er rannte, obwohl es keinen Grund gab zu rennen, schließlich war er auf einer recht überschaubaren Insel gefangen. Trotzdem warf er einen Blick nach draußen, und diesmal glaubte er einen Hirnschlag erleiden zu müssen: Auf der Plattform, über die sich die schäumende Gischt der Wellen ergoss, wimmelte es jetzt von jenen Menschenwesen, die er gerade in der Sauna beim gemeinsamen Bad überrascht hatte. Manche von ihnen schienen in ihrer Entwicklung noch weiter fortgeschritten zu sein. Vielleicht lag es auch nur an ihrer leicht gebeugten Haltung, den merkwürdig gespreizten Fingern oder dem schlurfenden Gang. Es schienen

Hunderte zu sein. Sie schienen aus dem Meer zu kommen, hüpften über die Reling, schoben Gerätschaften zwischen dem Bohrturm und dem Landeplatz hin und her …

Frodo taumelte zurück, Schritt für Schritt, und trat plötzlich ins Leere. Seine Arme suchten vergeblich nach Halt, dann stürzte er rückwärts ins Nichts. Er schlug schmerzhaft auf dem Rücken auf und erinnerte sich an die Treppe, die er passiert hatte.

Während er noch hörte, wie sich jemand über ihn beugte und seinen Namen rief, verlor er schlagartig die Besinnung.

Noch vor Tagesanbruch hatte Freya das Zelt abgebaut und in ihrem Rucksack verstaut. Sie hoffte, sie würde es nicht mehr brauchen, doch das hing davon ab, wie schnell sie vorankommen würde. Das zugefrorene Meer glitzerte am Horizont in Millionen Funken, und Freya warf einen vier Meter langen Schatten über den fast unberührten Neuschnee. Sie hatte beschlossen, der Küstenlinie zu folgen, bis sie den Daugaard-Jensen-Gletscher erreichte. Über den Aufstieg machte sie sich vorerst keine Gedanken, sie hatte zwar kein Seil, dafür aber leichte Aluminiumsteigeisen dabei, sogar mit Antistoll, und einen Wanderpickel mit Teleskopschaft. Damit sollte es möglich sein, das Eis sicher zu traversieren. Andererseits musste es irgendwo eine Piste geben, denn Mick hatte schließlich von einem Snowcat gesprochen …

Nicht nachdenken, Freya, einfach gehen, das ist alles, was zählt. Jeder Meter bringt dich deinem Ziel näher.

Der Weg über die zusammengeschobenen Schollen krachte bei jedem Schritt, besonders seitdem sie eine Gangart zwischen Wandern und Laufen einlegte. Ihr Blut kreiste lebhaft von der Bewegung, und die Wärme machte ihr Hoffnung. Fast schlenderte sie so dahin, das Federn des Körpers in jedem Schritt auskostend. Ich bin nicht den weiten Weg gekommen, um hier zu krepieren, dachte sie.

Überfrorener Schnee und Eis wechselten sich ab. Vorsichtig setzte sie die Füße voreinander. Sie sanken bei jedem Schritt fast bis auf die Höhe der Gamaschen ein, bevor sie den Boden berührten. Es ging nur langsam voran, denn sie hielt ein Auge stur auf die Kompassnadel gerichtet.

Das Land der Eiskönigin: Jede Schneewehe, jeder Eishöcker warf einen hellblauen Schatten auf das selbst jetzt noch tückisch glitzernde Eis.

Das Eisfeld stieg langsam an. Freya schloss daraus, dass sie den Fjord hinter sich gelassen und schon festen Gletscherboden unter den Füßen hatte.

Wenig später sah sie die erste grimmig aussehende Spalte und wusste, dass es ernst werden würde. Laut ihrer Karte hatte sie nur dem zerfurchten Rand des Gletschers zu folgen. Trotzdem musste sie vorsichtig sein. Sie ahnte, wie fatal sich ein unvorsichtiger Schritt auswirken könnte, die Furcht vor einem Unfall verlangsamte ihren Tritt. Nur einmal fuhr ihr der Schrecken fürchterlich in die Glieder, als sie glaubte, einen Eisbären zu sehen. Doch der Umriss gehörte nur einer bizarr geformten Figur aus Eis und Schnee, die mit ihrer geheimsten Furcht korrespondierte.

Seit sie losgewandert war, hatte sie das Gefühl der Unwirklichkeit nicht mehr verlassen. Dieses Gefühl verstärkte sich jetzt, da sie im Begriff war, einen Gletscher zu überqueren. Freya hatte schon früher Ehrfurcht vor diesen Eismassen empfunden, die sich dem Gefälle folgend langsam, aber stetig talabwärts bewegten. In den Alpen jährlich um die vierzig bis zweihundert Meter, hier in Grönland vielleicht noch schneller. Die aus der ständig fließenden Bewegung des Gletschers entstehenden Spalten können bis zu einhundert Meter tief sein und bedeuten für Bergsteiger eine allgegenwärtige, tödliche Gefahr. Am gefährlichsten gelten schneebedeckte und deshalb nur schwer erkennbare Spalten. Wie gut getarnte Eisfallen warteten sie auf ihr Opfer.

Freya verlangsamte jetzt oft ihren Schritt, jede Unebenheit, jede Verfärbung des Schnees veranlasste sie, mit ihren Skistöcken die Festigkeit des Bodens zu prüfen.

Inzwischen fiel es ihr schwer, sich die lärmende und geschäftige

Stadt, aus der sie kam, vorzustellen. Wenn sie so auf dem Eis wanderte, wo die Welt so einsam wie am ersten Schöpfungstag schien, dann kamen ihr Ampeln und Verkehrszeichen geradezu lächerlich vor. Sie dachte an die Worte einer Polarreisenden, die von der »Gewalt der weltweiten Ruhe« geschrieben hatte, von dem unendlichen Raum und dem Rauschen des Meeres, das durch sie zog: »Und an den starren Felsen zerweht wie Wölkchen das, was einmal eigener Wille war.« Die urweltliche Gletscherlandschaft drang tief in Freyas Seele und erweckte in ihr das Gefühl, aus einem von technologischen Drogen verursachten Traum zu erwachen: Sie erschrak für eine Sekunde, denn weit draußen auf dem Meereis glaubte sie erneut einen Eisbären zu sehen. Doch war die Entfernung viel zu groß. Freya musste lächeln. Wäre die sich unmerklich bewegende Form wirklich ein Eisbär, dann wäre er so groß wie die Norbjörn gewesen. So war es wahrscheinlich nur ein anderer Eisberg am Horizont.

Die Feststellung, dass ihr Iridium-Handy nicht mehr funktionierte, versetzte ihr dagegen einen handfesten Schock. Sie erinnerte sich – im Halbschlaf –, ein eigenartiges Piepen gehört zu haben, das sie unterbewusst mit schwachen Akkus in Verbindung gebracht, aber mangels eines Ladegeräts ignoriert hatte. Jetzt war das Display leer, ihre Verbindung zur zivilisierten Außenwelt restlos gekappt. Auch zur Sirius-Schlittenpatrouille. Sollten die sie inzwischen suchen, gab es keine Möglichkeit, Freya zu lokalisieren.

Trotz der niederschmetternden Erkenntnis, sich in einer Gegend zu befinden, die kaum jemand betreten hatte und die aller Wahrscheinlichkeit auch niemals abgesucht werden würde, ging sie weiter. Allein der Gedanke, dass es nicht ihr Schicksal sein konnte, sich auf den Weg gemacht zu haben, um hier zu sterben, trieb sie vorwärts.

Wolken schoben sich wenig später vor die kaum aufgegangene

Sonne, und ein eisiger Wind kam auf. Die Temperatur fiel von Minute zu Minute. Freya empfand die beißende Kälte, die sie wie mit Messern schnitt, als zusätzlichen Beugedruck unheimlicher, gegen sie paktierender Mächte.

»Ich bin unschuldig!«, schrie sie mehrfach laut vor sich hin. Schon der Gedanke, an ihren von gefrorenem Schweiß starrenden Schlafsack, den sie jeden Abend mit ihrer Körperwärme angetaut hatte, erschien ihr als Folter. Auch der angebliche Polaranorak, der sich inzwischen wie ein steinhart gefrorenes Brett anfühlte, schien sich gegen sie verschworen zu haben. Mit Vernunft zwang sie sich dazu, weiterzugehen: »Du bist auf dem Weg zu deinem Arbeitsplatz, Mädchen!« In Gedanken sah sie sich bereits in der Forschungsstation, wie sie vor den Augen der neuen Kollegen einen Eisbohrer auseinander- und wieder zusammensetzen würde. Dieses stumpfsinnige Gedankenspiel hinderte sie daran, sich einfach treiben zu lassen, so stark war das Schöne und Wilde dieser Landschaft.

Soweit die Füße tragen ... Wie lange war sie schon unterwegs? Nur ungern gönnte sie sich kleine Ruhepausen. Die Kälte biss ohnehin sofort durch ihre Kleidung hindurch. Es war besser, einfach weiterzugehen, Fett zu verbrennen, das Blut in Bewegung zu halten. Wenig später begannen ihre Beinen zu schmerzen, als wäre ein verschleppter Muskelkater erwacht. Sie wünschte sich immer sehnlicher, nicht mehr diese klobigen Schneeschuhe heben zu müssen. Irgendwie stolperte sie gegen den nächstbesten Schneehügel, stützte ihr Bein auf einen Felsblock und begann, die Sicherung ihres Schneeschuhs aufzudröseln. Mit eiskalten Fingern schien dieses Unterfangen von Anfang an zum Scheitern verurteilt, doch so leicht gab sie nicht auf. Im Zustand der Erschöpfung wäre es eigentlich ein Leichtes gewesen, die Bewegung am Rande ihres Gesichtsfelds zu übersehen. Halt, Freya, da war etwas ... Ihre

Finger erstarrten, denn sie spürte in diesem Moment, dass sie beobachtet wurde. Vorsichtig riskierte sie einen Blick: Von der Küste, an der sie gelandet war, war nichts mehr zu sehen. Die Flanke des Gletschers und vereister Schutt versperrten ihr weithin auf Kilometer die Sicht. Es ärgerte sie, dass sie kein Fernglas hatte, denn ihre überanstrengten Augen waren von einer merkwürdigen Blindheit befallen. Langsam ging sie weiter. Sollte sie rufen? Auf sich aufmerksam machen? Vielleicht waren es die Wagehälse von der Schlittenpatrouille?

Ihre Intuition riet ihr zuletzt davon ab. Deutlich fühlte sie die Gegenwart eines lebenden Wesens. Immer wieder sah sie sich um, ihre Augen begannen, in den abstrusen Formen der Landschaft zu forschen. Die vielen Nuancen der Farbe Weiß machten sie schwindelig – und dann sah sie ihn. Eine Täuschung war ausgeschlossen, was sie sah, war real: Der Eisbär stand in etwa fünfzig Metern Entfernung vor ihr, reglos, den Körper seitlich gedreht, groß und breit wie der Triumphbogen in Paris. Nichts ahnend war Freya dem riesigen Tier entgegengekommen. An eine Umkehr war nicht mehr zu denken. Stimmte es, dass Raubtiere Angst riechen können? Freya verlangsamte ihren Schritt, änderte leicht ihre Richtung. Sie versuchte die Gefahr auszublenden, doch sie war real, so schrecklich real wie die Tatsache, dass sie nirgends eine Möglichkeit sah, sich zu verstecken. Der Schnee unter ihren Schuhen knirschte jetzt so laut wie ein kalbender Gletscher, dabei wäre sie am liebsten wie eine Elfe geschwebt. Noch immer rührte sich der Bär nicht von der Stelle. Seine schwarzen Knopfaugen sahen sie an – scheinheilig träge, als ob ihn die Mahlzeit, die sich ihm da freiwillig servierte, nicht sonderlich interessierte. Nur seine tropfenden und dampfenden Lefzen zuckten jetzt häufiger, als hätte er den Braten gerochen.

Nicht in die Augen sehen, dachte Freya, nur das nicht … Irgendwo hatte sie mal gelesen, dass Bären nicht anders reagieren als

»gewaltbereite Jugendliche in öffentlichen Verkehrsmitteln«. Auch die fromme Mär von Naturschützern, man solle einfach seines Weges gehen und den Bär ignorieren, machte ihr Hoffnung. Der Bär drehte den Hals; er schien bemerkt zu haben, dass sie langsamer ging und dass die Richtung, die sie eingeschlagen hatte, anders war als zuvor. Noch immer blinzelte er, als könne er kein Wässerchen trüben. Freya hatte inzwischen die Höhe des Bären passiert, erleichtert warf sie einen Blick über die Schulter: Aus dieser Perspektive sah er trotz seines gebräunten Hinterns ganz friedfertig aus, nicht gerade wie dieser Knuddelbär namens Knut, aber recht harmlos. Es war ein altes Tier, denn seine Schultern waren eckig, und er hatte regelrecht eingefallene Flanken.

Während sie noch am Nachdenken war, wirbelte der Bär plötzlich herum und lief auf sie zu. Ein Reiter hätte von leichtem Galopp gesprochen, er hatte es offensichtlich nicht sonderlich eilig. Wie gelähmt stand Freya da und sah das Tier auf sich zukommen.

Es dauerte eine Weile, bis die aus dem limbischen System aufsteigenden Alarmsignale ihr Gehirn erreicht hatten, dann zog sie im letzten Moment das Abschussgerät aus ihrer Anoraktasche und schoss. Die Leuchtkugel traf den Koloss genau in die Lefzen und verwandelte sich unter seiner Nase in eine rot sprühende Magnesiumbombe. Der Schrei des Bären war grässlich, das Tier hielt inne, richtete sich auf und stürzte dann krachend aufs Eis, das vor Rauch schmauchende Maul stand noch immer weit offen. Freya wusste nur eins – dass sie jetzt laufen musste, laufen, um ihr Leben zu retten.

Der verwundete Bär brüllte noch immer. Ein bösartig anschwellendes Grollen, das mit jeder Sekunde lauter und schrecklicher wurde. Aus dem Augenwinkel konnte Freya sehen, dass er sich erneut aufmachte, sie zu verfolgen. Er hielt allerdings gebührenden Abstand. Erst jetzt fiel ihr auf, dass er mit dem linken

Hinterbein hinkte, doch trotz dieses Handicaps wirkte er nicht so, als ob er sich die Mahlzeit aus dem Kopf schlagen wollte. Er hatte sich Freya als Beute gewählt, und Eisbären waren ebenso beharrliche wie listige Jäger. Sie erinnerte sich an Berichte von Arktisforschern, die belegten, dass manche Bären sogar Jagd auf Inuit machten. Sie suchten die Nähe der Iglus, ließen sich dort einschneien und warteten, bis ihre Beute auftauchen würde. Was immer geschah, denn Menschen mussten irgendwann einmal ihre Notdurft verrichten. Dann wurde der Schnee blitzartig lebendig, und der Bär überwältigte sein unbewaffnetes Opfer mit einem einzigen Hieb seiner Pranken, die stark genug waren, das Dach eines Kleinwagens wie eine Konservendose zu öffnen.

Obwohl Freya eine geradezu rekordverdächtige Geschwindigkeit vorlegte, hielt der Bär mit Leichtigkeit Schritt, ja, er holte sogar auf. Die nackte Todesangst saß Freya im Nacken, sie geriet ins Stolpern, verlor einen Schneeschuh, konnte sich aber noch im letzten Moment fangen. Wie eine Rasende stampfte sie den zerfurchten Rücken des Gletschers hinauf. Schweres Seitenstechen bahnte sich an, doch sie wagte nicht innezuhalten, nicht in diesem Moment jedenfalls, denn eine große Spalte tauchte plötzlich wie aus dem Nichts vor ihr auf. Die breite Kluft schien den Gletscher regelrecht in zwei Hälften zu teilen, und Freya ahnte, warum der Bär sich Zeit ließ, ihr zu folgen. Höchstwahrscheinlich war dies sein angestammtes Revier – sein Instinkt sagte ihm, dass sie Flügel brauchen würde, den Abgrund zu überwinden.

Endstation, dachte Freya. Sie schätzte, es waren mindestens fünf Meter hinüber. Selbst ein Weltmeister im Weitsprung hätte unter den gegebenen Umständen, mit Sturmgepäck auf dem Rücken, kläglich versagt. In der Gletscherspalte entdeckte Freya zwei Rentiergeweihe und ein blankes, halb eingeschneites Gerippe. Sie vermutete daher, dass ihre Überlegung nicht so abwegig war. Alle

Räuber der Wildnis verstanden es ganz vortrefflich, landschaftliche Besonderheiten für sich zu nutzen. Das Pochen in ihren Schläfen war wieder zurück. Ohne zu überlegen, rannte Freya nach rechts. Immerhin gab es dort zahlreiche Eisklötze, die ihr vielleicht Schutz bieten konnten. Sie tastete sich an den glatten Oberflächen entlang, versuchte sich in schmale Klüfte zu zwängen, alles vergeblich. Obwohl der Bär außer Sichtweite war, rechnete sie sich aus, nicht mehr länger als zwei Minuten zu leben: Sie hatte natürlich immer noch die Wahl, sich in die Gletscherspalte zu stürzen oder dem Angreifer mutig mit dem Eispickel entgegenzutreten. Doch da war noch etwas – Freya blieb stehen. War sie bereits am Halluzinieren? In knapp dreißig Metern Entfernung erkannte sie eine Schneebrücke, über die bäuchlings – ein kleiner Pinguin rutschte! Er schien eine etwas nostalgisch wirkende Pilotenmütze zu tragen. Auf der anderen Seite angekommen, richtete er sich auf und sah sie kopfschüttelnd an.

Ein Pinguin? – Klar, ein Pinguin … In dieser arschkalten Gegend war es wahrscheinlich normal, dass sie Lammfellmützen oder Ähnliches trugen … Freya glaubte, bereits im Koma zu liegen. Es gibt keine Pinguine in der Arktis! Jeder Trottel wusste das, und doch stand dieser kleine bemützte Vogel jetzt vor ihr.

»Ork! Ork!«, quarrte er. Nebenbei schüttelte er seine Stummelflügel, als ob er jeden Augenblick losschwirren wollte.

»He, wo … wo … kommst du denn her?«

Freya hatte keine Zeit, auf eine Antwort zu warten, denn just in diesem Moment tauchte der Bär ein paar Meter neben ihr auf. Er musste in aller Ruhe eine Abkürzung genommen haben, das Katzund-Maus-Spiel war vorbei. Triumphal brüllend richtete er sich auf und schüttelte den Kopf wie ein bockiges Pferd, ein sicheres Zeichen, dass er angreifen wollte …

»He, Sie! Los, los! Worauf warten Sie?«

Auf der anderen Seite der Schneebrücke erkannte Freya eine Gestalt. Der Mann war groß und wie ein Trapper gekleidet. Da er eine Balaklava und eine Schneebrille trug, war sein Gesicht nicht zu erkennen.

Der Bär war kurz irritiert, dann sprintete er los.

Zwischen Freya und der Schneebrücke lagen noch mindestens zwanzig Meter, der anstürmende Bär hatte gute Chancen, ihr den Weg abzuschneiden. Der Mann schleuderte in diesem Moment einen schwarzen Brocken in Richtung des Bären. Die Bestie stoppte so plötzlich, dass sie sich fast überschlug. Es war anscheinend ein Stück Robbenfleisch, das Einzige, wofür ein hungriger Eisbär bereit war, alles liegen und stehen zu lassen. Der riesige Schädel schwang wie ein Pendel hin und her, um sich schließlich für die Fast-Food-Mahlzeit zu entscheiden. Genüsslich examinierte er den schwarzen Fetzen, in dem er wahrscheinlich nur eine Vorspeise sah. Freya hatte inzwischen die Brücke erreicht. Sie versuchte, nicht in die blau schimmernde Tiefe zu sehen, doch das war leichter gesagt als getan.

»He, Lady, jetzt legen Sie bitte mal einen Zahn zu!« Der Fremde warf ihr ein Seil zu. »Befestigen Sie das an Ihrem Klettergurt, und dann machen Sie, dass sie so schnell wie möglich hier herüberkommen. Ich habe Ihrem Verehrer nur einen alten, mit Robbenfett getränkten Lumpen geschenkt. Ich denke, er wird es schnell merken.«

Während Freyas klamme Finger die Schlinge in ihren Karabinerhaken drehten, vermaßen ihre Augen den schmalen weißen Steg über den gähnenden Abgrund. Wenn die oft nur Zentimeter dicken Schneebrücken unter dem Gewicht eines Menschen nachgaben, war ein Sturz nicht zu vermeiden. Manche Spalten konnten bis zu einhundert Meter in die Tiefe reichen; wer Pech hatte, verschwand für immer in einem Loch. Für sechs von zehn

Spaltenopfern – so hieß es in einschlägigen Büchern – kam jede Hilfe zu spät.

»Herrgott, worauf warten Sie noch?«

»Ich bin nicht schwindelfrei!«

Statt etwas zu entgegnen, warf sich der Mann das Seil um die Schulter und stemmte seine Füße ins Eis.

»Da kommt er«, sagte er nur.

Sie musste sich nicht umdrehen, denn sie spürte die Erschütterung wie ein Erdbeben unter den Füßen. Einen lauten Schrei ausstoßend, betrat sie die Brücke, die Augen starr auf ihren Retter gerichtet, der das Seil straff und doch nicht allzu straff hielt. Alles an ihm vermittelte ihr das Gefühl, dass er zu der Sorte Männer gehörte, die in der Lage waren, auch die ausweglosesten Situationen zu meistern. Obwohl sie höchstens zwei, drei Sekunden brauchte, die Spalte zu überqueren, erschien es ihr wie eine Ewigkeit: Ihr Leben zog wie in einer vorweggenommenen Todessekunde an ihr vorbei, und das Letzte was sie sah, war dieser Winzling von einem Pinguin, dessen Stummelflügel ihr applaudierten.

Sie kam erst zur Besinnung, als sie bereits in den Armen des Fremden lag. »Sie sind ja wirklich ein Fliegengewicht«, sagte er lässig, »hätte nicht gedacht, dass die Brücke hält.« Er stapfte an den Rand der Gletscherspalte und gestikulierte dem wutschnaubenden Koloss, zu verschwinden.

»Die Fütterung fällt leider aus, Dicker! Geh nach Hause!« Meister Petz brüllte irgendetwas in seiner Sprache zurück, doch sein natürlicher Instinkt warnte ihn, eine Tatze auf die Schneebrücke zu setzen. Mit einem sichtlich verdrossenen Ausdruck auf seinem Bärengesicht trollte er sich davon.

VI.

»Hat er sie erwischt?«, war das Erste, was der Mann fragte. »Sind Sie verletzt?«

»Nur mein Stolz«, krächzte Freya. Ihre Kehle war ausgedörrt, ihre Lippen fühlten sich an wie versengte, rissige Erde. Vor Anstrengung war sie puterrot im Gesicht. Zum ersten Mal betrachtete sie den Mann, der seine Sturmhaube und die Brille abgelegt hatte. Er war nicht unansehnlich, zumindest nicht unansehnlicher als Jean Reno oder George Clooney. Seine Haut wirkte wettergegerbt. Ein grau melierter Stoppelbart spross auf seinen Wangen, er war gut und gern zehn, fünfzehn Jahre älter als sie. »Was um Himmels willen haben Sie sich dabei gedacht, hier rumzuspazieren?« Der Mann schulterte seinen Rucksack und rückte sich die Riemen mit einer energischen Geste zurecht. »Gehören Sie zu irgendeiner bescheuerten NGO, die auf eigene Faust die Welt retten will, oder sind sie nur eine Instagram-Poserin, die mit einem Expeditionsschiff angereist ist? Haben Sie sich verlaufen oder was treiben Sie hier?«

Obwohl er ihr das Leben gerettet hatte, empfand Freya seinen Ton als das, was er war – anmaßend.

»Was geht Sie das an«, erwiderte sie.

»Verzeihen Sie, ich will nicht aufdringlich sein, aber aus irgendeinem Grund empfinde ich gerade ein gewisses Verantwortungsgefühl für eine Frau, die fast von einem Bären gefressen wurde!«

»Das brauchen Sie nicht.«

Er stemmte die Hände in die Seiten und schüttelte amüsiert den Kopf.

»Darf ich fragen, wie Sie heißen?«

»Freya. Freya von Velden …«

»Oh, auch noch ein adliges Froilein …« Es klang so, als wolle er sie verhöhnen, doch lag wohl an seinem für Amerikaner nicht ungewöhnlichen Akzent. »Also, Miss Velden, haben Sie ein Telefon bei sich?«

»Nein.« Es war nur halb gelogen, denn de facto war Freyas Telefon tot. Einen Ersatzakku hatte sie nicht.

»Na, Sie haben Nerven.« Der Mann kam aus dem Staunen nicht mehr heraus.

»Was ist mit Ihnen?«, fragte Freya schnippisch zurück. »Wieso haben Sie kein Telefon bei sich? Ich müsste nämlich mal ganz dringend telefonieren …«

»So?« Die Ansage schien ihn zu überraschen. »Wen wollen Sie denn anrufen, Miss?«

Freya löste das Seil von ihrem Gurt. Sie musste feststellen, dass ihre Finger zitterten.

»Ich werde erwartet«, sagte sie. »In der Dag-Jeekov-Forschungsstation.«

»Sie machen Witze, oder?« Beim Namen Dag Jeekov schien er hellhörig geworden zu sein. »Was will eine Frau wie Sie bei den Russkis?«

»Bohren.«

»Wie bitte?«

»Ich bin Bohrexpertin«, flunkerte sie. »Also, haben Sie jetzt ein Telefon, ja oder nein?«

Der Mann schien einen Moment zu überlegen. »Sicher«, sagte er endlich. »Aber es ist so ein Prepaid-Mistding aus dem Supermarkt, und ich fürchte, ich werde es hier nirgends aufladen können. Im Übrigen fürchte ich, die Stelle ist schon besetzt.«

»Welche Stelle?«

»Die Stelle des Bohrexperten natürlich.«

»Woher wollen Sie das wissen?«

»Weil ich sie annehmen werde.« Er strich sich eine Haarsträhne aus der Stirn. Mit seinen hellblauen Augen erinnerte er sie für einen Moment an einen Husky. »Miles Glennock«, stellte er sich vor und zog einen Flachmann aus seinem Pelz. »Meine Freunde nennen mich allerdings Glenner. Ich bin zwar gebürtiger Amerikaner, habe allerdings lange in Europa und im Nahen Osten gelebt. Hier, auf den Schrecken sollten Sie einen trinken.«

Freya lehnte ab. Bis sie nicht sicher in der Forschungsstation angekommen war, musste sie einen klaren Kopf behalten. Sie genehmigte sich lieber einen Energieriegel.

»Na dann, trinke ich auf all die anderen Schrecken, die noch vor uns liegen. Cheers!«

Eines konnte Miles Glennock, Spross eines wohlhabenden kanadischen Spediteurs, mit Sicherheit von sich sagen: Ein Kind von Traurigkeit war er nie gewesen. Während er trank und trank, entsann er sich des strengen Winters 2012, als er an der grönländischen Eismeerküste zusammen mit zwei Samojeden die Petroleumlampen der alten Walfängerstation ausgeschlürft hatte. Im Vergleich dazu war der achtzigprozentige Stroh-Rum, den er der jungen Frau angeboten hatte, ein edler Tropfen.

»Ich komme aus Tasiilaq«, verkündete er nach einem letzten herzhaften Schluck. Seine Hand wies nach Süden. »Andere nennen die Stadt Ammassalik. Schon mal gehört?» Und als sie den Kopf schüttelte: »Zweitausend Einwohner, größte Stadt von Ostgrönland. Mir war es langweilig geworden, und als mir ein Freund von diesem Job auf der Dag Jeekov erzählte, da bin ich gleich losgepilgert. Immer schön die Küste entlang. Ist keine Woche her.«

»Da habe ich gerade Bremerhaven verlassen«, sagte Freya. »Sind Sie Bohringenieur?«

»Sagen wir mal, ich weiß, wie es geht …«

»Ach ja?«

»So schwer kann es nicht sein.« Er grinste verschmitzt. »He, Lady, auf Grönland ist Pioniergeist gefragt: Sie melden sich für einen Job, und die Leute sind heilfroh, dass Sie kommen. Arbeitskräfte sind rar. Die Hotels suchen händeringend nach Mitarbeitern, das Gleiche gilt für die Speditionen oder die Fluggesellschaft, Air Greenland. Ich habe mich die letzten Jahre mit allem Möglichen über Wasser gehalten. Sogar als Wanderprediger habe ich es mal versucht, aber die Inuit wollen vom christlichen Gott nichts wissen.« Der Pinguin hatte sich ihnen watschelnd genähert. Glenner ging in die Knie und untersuchte einen Fuß seines Maskottchens.

»Haben Sie ihm diese Mütze verpasst?«, fragte Freya. »Sie wissen, das ist Tierquälerei …«

»Vielleicht in Ihrer Welt«, antwortete Glenner. Er tippte dem Pinguin kurz auf den Schnabel. »Im Übrigen hat sich Shackleton noch nicht darüber beschwert …«

»Sie haben ihn Shackleton genannt? – Wie originell«, ätzte Freya.

»Besser zu originell als zu leichtsinnig«, konterte er. »Wenn ich Ihnen einen Rat geben darf, vergessen Sie diesen Job. Einige der Bohrstellen sind halb unter Wasser. Die wenigsten wissen es, aber es gibt unter dem Eis reißende Ströme … Warum glauben Sie, wird überhaupt ein neuer Bohrexperte gesucht? – Weil der alte auf Nimmerwiedersehen in der Tiefe verschwand.«

»Oh, was Sie nicht alles wissen!«

»Na ja, stand so in der Zeitung.«

»In der Zeitung? – Welcher Zeitung?«

»Was soll das nun wieder? Sie dürften den Namen der Zeitung kaum aussprechen können. Es stand jedenfalls drin.«

»Na schön, ich glaube Ihnen aufs Wort …« Das Gegenteil war natürlich der Fall, was ihr Tonfall durchschimmern ließ. »Oh, wenn Sie gar kein Ingenieur sind, was haben Sie dann früher gemacht? Oder stand das auch in der Zeitung?«

Der Mann packte den Pinguin unterhalb der Flügel und hob ihn hoch. »Was meinst du, Sportsfreund, können wir dieser Lady vertrauen?« Das Tier fiepte einmal energisch und begann dann scheinbar zu nicken.

»Na schön, wenn du meinst.« Behutsam streichelte er die Nackenlinie des Vogels. »Shack und ich – wir sind einfach Herumtreiber, heute hier, morgen da. Wir beide kennen uns aus dem Weddellmeer.«

»Sie waren im Weddellmeer?«

»Ganz recht, es gibt nur eines, soweit ich weiß. Ich hatte letztes Jahr in der Antarktis zu tun, und der gute Shackleton ging offenbar unbemerkt während des Verlademanövers an Bord. Ich meine, die Jungs kommen ja so gut wie nie raus aus ihrem ewigen Eis, und vielleicht wollte er mal 'ne kleine Weltreise machen – in ein warmes Land oder so. Als ich ihn fand, war er nur halb so groß, dafür aber krank und verschnupft. Wir hatten ein paar Biologen an Bord, die dachten, er sei schon hinüber. Da habe ich den Kleinen gepflegt, und wie Sie sehen, steht er heute prächtig im Futter.« Er hielt inne und betrachtete Freya argwöhnisch.

»Wie sind Sie eigentlich nach Grönland gekommen?« Freya wollte ihm erst eine Geschichte auftischen, doch dann entschied sie sich, einfach die Wahrheit zu sagen. »Auf der Norbjörn.«

»Dann sind Sie an der Liverpoolküste übergesetzt.« Er machte wieder ein nachdenkliches Gesicht. »Warum sind Sie nicht einfach geflogen? Der Flughafen von Kulusuk ist doch gar nicht so weit.«

»Was geht Sie das an?« Freya hatte nicht die geringste Lust, diesem Naturburschen von ihrer abenteuerlichen Flucht zu erzählen. »Im Unterschied zu Ihnen bin ich kein Mädchen für alles, sondern beschäftige mich hauptsächlich mit Gletschern. Vor ein paar Tagen war ich schon mal hier oben. Ein Kollege wollte, dass ich ihm bei der Entnahme kleinerer Eisbohrkerne helfe. Und nun bin ich auf dem Weg zur Dag Jeekov.«

»Hm, wenn das wirklich so ist …« Glenner schulterte seinen zigfach mit Duct Tape geflickten Seesack. »Wissen Sie, es kommen neuerdings eine Menge Leute hier an, die haben vom alten Europa genug. Diese Leute reisen illegal ein und lassen sich hier irgendwo häuslich nieder. In der Nähe von Narsaq soll es jetzt eine eritreische Community geben. Die meisten arbeiten beim Greenland Brewhouse, wo sie wirklich gutes Kaffernbier brauen. Zumindest hat ›Pale Ale Greenland‹ denselben Geschmack wie westafrikanisches ›Star‹. No kiddin', Lady! Und komischerweise scheint denen das Klima hier zu bekommen. Andere sehen in Grönland wahrscheinlich eine lebbare Alternative zum Knast …«

»Wie … bitte?« Freya schoss das Blut in die Wangen.

»Oh, ja. Hier gibt es eine Menge Leute, die vorübergehend abgetaucht sind … Mafiosi, Steuerflüchtlinge, gesuchte Verbrecher. Wer es hierher geschafft hat, der ist erst mal vom Radar der Behörden verschwunden …« Er drehte sich kurz um, sah ihr direkt in die Augen. »Oder haben Sie schon mal von einem BKA-Einsatz auf Grönland gehört?«

Eine neue Blutwelle ließ Freyas strapazierte Wangen noch mehr erröten. »Jetzt haben Sie mich erwischt«, erwiderte sie, »ich bin eine polizeilich gesuchte Auftragskillerin. Sie haben doch sicher von dem Attentat auf den deutschen Umweltminister gehört?«

»Ach ja?« Er betrachtete sie von Kopf bis Fuß und begann dann zu grinsen. »Na, was soll's. Offenbar haben wir denselben Weg vor uns … Wenn Sie die Stelle kriegen, dann versuche ich es halt wieder als Koch oder als Fahrer. Bei den Russen gibt es bekanntlich jede Menge zu tun, und wählerisch war ich noch nie.«

Ohne dass sie mit Glenner eine Absprache getroffen hatte, hängte sie sich an seine Fersen. Vielleicht waren so in grauer Vorzeit

Familien entstanden, ein Mann ging voraus, eine Frau folgte … oder umgekehrt. Die Vorstellung, dass dieser Fremde ihr etwas antun könnte, schloss sie aus. Zum einen hatte er ihr das Leben gerettet, zum anderen hatte er diesen putzigen, schwarz-weiß gefiederten Freund. Dessen Energie war mehr als erstaunlich. Mal trippelte er zehn Minuten in Glenners Windschatten dahin, dann rutschte er an ihm vorbei und sauste bäuchlings voraus, als ob er etwas auskundschaften wollte. Nur selten hielt er inne oder wankte ungeschickt auf seinen festen, rosig schimmernden Pfoten an Freya heran. Offenbar verlangte er von ihr – der Neuen – eine gewisse Beachtung, denn er schnatterte herzzerreißend aus vollem Halse oder versetzte ihrem Stiefel einen Hieb mit dem Schnabel.

»Ist Ihr Haustier immer so dreist?«

»Das ist noch gar nichts!« Glenner blieb stehen und warf einen Blick auf den Kompass. »Adéliepinguine sind gesellige Tierchen. Und sie lieben es, wenn man im Gänsemarsch geht.« Er reichte ihr eine Thermosflasche. »Wenn er nach Ihnen pickt, heißt das nur, Sie sind aus der Reihe getanzt.«

»Das tue ich immer«, sagte Freya.

»Adélies mögen das nicht«, meinte Glenner, »sie werden nicht umsonst die ›kleinen Leute des Südpols‹ genannt. Wenn er Sie noch mal anmachen sollte, geben Sie dem kleinen Spießer einfach einen Tritt in den Pürzel.«

Als ob er seinen Herrn verstanden hätte, stieß der Vogel einen schrillen Schrei aus. Eine Sekunde später warf er sich auf den Bauch und schoss zwischen Glenners Beinen hindurch.

»Haben Sie das gesehen? Adélies sind furchtlose Draufgänger. Und schlau sind sie auch. Damals – in der Antarktis – da habe ich mal vier von denen bei einem Einbruch erwischt. Sie standen unter einem offenen Küchenfenster und bildeten eine lebende Leiter, damit einer von ihnen einsteigen konnte.«

»Nicht nur Raufbold, sondern auch Langfinger«, sagte Freya, »na prima! Wie füttern Sie eigentlich Ihren komischen Vogel?«

Glenner blieb stehen und pochte von außen an den fleckigen Seesack. »Mit Fischmehl, Haferflocken und Lebertranpräparaten. An der Küste versorgt er sich selbst, aber hier geht es nicht anders.«

»Hoffen wir mal, dass die Tiefkühltruhen in Dag Jeekov nicht leer sind.« Sie war etwas außer Atem und froh, dass sie einen Vorwand hatte, um kurz zu pausieren. »Sagen Sie, Glenner, kennen Sie wirklich den Weg?«

»Nicht so genau, aber ich kenne das Ziel.« Er zog eine heillos zerknüllte Karte aus seinem Parka. »Zufrieden?«

»Ehrlich gesagt, nein.«

»Wieso?«

»Nun, die meisten amtlichen Karten Ostgrönlands – zumindest die Saga-Maps dänischer Herkunft – beruhen auf Landvermessungen von 1927.«

»Soll heißen?«

»Das eingedruckte geografische Gitter ist eher Dekoration, das soll es heißen. Die Höhenlinien stimmen in den seltensten Fällen mit der Wirklichkeit überein. Dasselbe gilt für die Schlittenpisten, Anlegestellen und Landschaftsnamen …«

»Sagt wer?«, schnaubte Glenner.

»Jeder, der sich schon einmal mit Grönland beschäftigt hat. Sagten Sie nicht, Sie leben hier?«

Einen Moment wirkte er perplex.

»Sehr beeindruckend«, sagte er schließlich. »Aber hier sind die Koordinaten von der Forschungsstation und mein Kompass …«

»Schon gut! Sagen Sie, gibt es keine Möglichkeit, dass wir den steilen Gletscher umgehen?« Der Anblick der zerfurchten Eistrümmer und Schründe machte Freya noch müder. Nicht zu Unrecht fürchtete sie, sie würde den Anstieg nicht schaffen.

»Keine Chance«, sagte Glenner. »Es sei denn, Sie wollen ganz Grönland umgehen.«

Vielleicht ist es typisch für eine Seilschaft, dass derjenige der am Seil eines anderen geht, früher oder später seinen Gedanken nachhängt. Mit Freya war es nicht anders. Einmal angeseilt, geriet sie in einen angenehmen Trott und ließ die Gedanken schweifen. Wie trostlos war dieses Land trotz seiner imponierenden Weite … Nirgends ein Laut, nur selten die Spur eines lebenden Wesens. Haushoch lag der gefrorene, von Stürmen fast blank gefegte Schnee vor ihr. Ab und zu schimmerte rostbrauner oder silbriger Granit durch das Eis. Freya hatte den Eindruck, ihre Wanderung führe sie über einen gigantischen, verformten Schneewittchensarg – wobei das Land die ruhende Schöne abgab, der die grimme Kälte den Garaus gemacht hatte. Würde Schneewittchen jemals wieder erwachen und Palmen und Magnolien hervorbringen, wie in jener fernen Erdperiode, als hier tropisches Klima herrschte? Wie schon so häufig durchkreuzte dieser Gedanke ihr Hirn, vielleicht war es ihr heimlicher Wunsch, das Land würde noch einmal die Kraft finden, seine erst seit dem 13. Jahrhundert andauernde Totenstarre zu überwinden. Lag im Klimawandel womöglich die Chance einer Wiedergeburt für dieses einst so üppig grüne Land?

Um die Mittagszeit befanden sie sich schon weit von der Küste entfernt. Trotz des von sulzigem Schnee bedeckten Eises gewannen sie schneller als erwartet an Höhe. Glenner erwies sich als wortkarger Bergführer. Nur selten drehte er sich einmal um und vergewisserte sich, dass seine Begleitung noch immer an der künstlichen Nabelschnur hing. Der bäuchlings rudernde Adélie schien ihm mehr Sorgen zu machen, denn oft genug sauste der Schwarzbefrackte haarscharf an einer Spalte vorbei.

»Sind alle Adélies suizidal veranlagt?«, rief Freya.

»Das sieht nur so aus«, sagte Glenner. »Er genießt es, glauben Sie mir. Außerdem sind wir hier nicht auf der Hoygaard-Mehren-Traverse.«

»Der was, bitte?«

Was immer er hatte sagen wollen, das Geräusch ferner Schüsse hinderte ihn daran, zu antworten.

»Haben Sie das auch eben gehört?«, fragte Freya.

»Ich bin ja nicht taub … Die Schüsse kamen aus dieser Richtung!« Er wies auf eine Rampe aus Eistrümmern, die sich steil vor ihnen erhob.

»Dann sollten wir in die andere Richtung gehen«, folgerte Freya.

Wieder erklangen vereinzelte dumpf klingenden Schüsse von Repetierbüchsen, und jetzt ertönte auch noch das Rattern von Schnellfeuergewehren.

»Sie meinen, zurück zu Ihrem Freund, dem Eisbären?« Glenner hatte bereits ein winziges Fernglas gezückt. Er löste sich aus der Seilschaft und stapfte die von Frostschutt bedeckte natürliche Rampe hinauf.

»Wo wollen Sie hin?«, rief Freya, doch er winkte nur ab.

»Was für ein Flegel!« Sie fühlte sich wie das nutzlose Gepäckstück eines steinzeitlichen Jägers, etwas, das er nach Belieben zurücklassen konnte. Das ärgerte sie, doch die Situation war zu heikel, um eine feministische Grundsatzdiskussion vom Zaun zu brechen.

Glenner hatte bald die obere Kante der stumpfen Eispyramide erreicht. Die letzten Meter legte er robbend zurück, man konnte sagen, nach Adélie-Manier. Lange hielt er von dort oben Ausschau. Die Schüsse waren inzwischen nicht mehr zu hören.

»Was braucht er so lange?« Freya hielt es nicht länger aus. Sie streichelte mit der Hand über Shackletons Mütze, befreite sich dann aus dem Wirrwarr der Gurte und stieg Glenner vorsichtig nach.

»Habe ich Ihnen nicht gesagt, Sie sollen warten?«, raunzte er, ohne das Fernglas abzusetzen.

»Sie haben gar nichts gesagt«, erwiderte sie, »nur Handzeichen gemacht.«

»Und die waren für Sie missverständlich gewesen?«

Sie erwiderte nichts, schielte an seiner Schulter vorbei: Unten, in der zur Küste abfallenden Ebene, erkannte sie einen roten Hundeschlitten und rot gekleidete Menschen. Wie Ameisen wirkten sie, Ameisen, die Rast machten. »Oh mein Gott!« Freya hatte fast mit Freudentränen zu kämpfen. »Das muss die Schlittenpatrouille sein! Sie suchen nach mir …« Er setzte das Fernglas ab und schenkte ihr einen mehr als argwöhnischen Blick. »Wieso sollte die Sirius-Schlittenpatrouille nach Ihnen suchen?«

»Hören Sie …« Von der Eiskraxelei war Freya noch ganz außer Atem. »Ich muss Ihnen etwas beichten: Vor zwei Tagen habe ich einen Notruf abgesetzt.«

»Sie haben was?« Seine Augen verengten sich zu zwei schmalen Schlitzen. »Sagten Sie nicht, Sie hätten kein Telefon?«

»Ich habe eins«, sagte sie, »aber der Akku ist leer. Hören Sie, ich glaube, es wäre nur fair, wenn wir den Leuten signalisieren, dass sie die Suche einstellen können.«

»Ich fürchte, dazu ist es zu spät«, sagte Glenner. Ohne ein weiteres Wort zu verlieren, reichte er ihr das Glas. Ihr Reisegefährte war wohl etwas kurzsichtig, denn zunächst sah sie nur Schlieren und einen rötlichen Schimmer. Doch dann fanden die mechanischen mit ihren biologischen Linsen eine gemeinsame Sprache und enthüllten ein schreckliches Bild: Zwei Männer lagen dort auf dem Eis. Sie schliefen nicht, sondern verbluteten. Die roten Rinnsale erinnerten aus dieser Höhe an eine Feuerkoralle, deren äußerste Verästelung eine zweite berührte, denn die Schützen hatten auch die Hunde – etwa ein Dutzend Huskys – niedergemacht. Sie lagen wie ein Haufen zerzauster Felle vor dem bepackten und völlig unversehrten Karriolschlitten. Von den Angreifern war nichts zu sehen. Wahrscheinlich hatten sie auf der anderen Seite des Gletschers – im Schatten einer Eiswand – gelauert und waren auf demselben Weg, auf dem sie gekommen waren, auch wieder verschwunden.

»Wer zum Teufel …?« Als Freya das Fernglas absetzte, begegnete sie Glenners ausweichendem Blick. »Haben Sie gesehen, wie es passiert ist?«

Er schüttelte nur wie angewidert den Kopf. »Sie stürzten einfach getroffen zu Boden. Die Schüsse kamen wie aus dem Nichts.«

»Und? Haben Sie dafür eine Erklärung?«

»Snipers … Vielleicht Plünderer oder Rebellen. So etwas kommt neuerdings öfters vor.«

»Rebellen?« Sie richtete sich so ruckartig auf, dass sie fast den Halt an der Rampe verlor.

»Dann wissen Sie es also noch nicht …«

»Was weiß ich nicht?«

»Ich hätte es Ihnen gleich sagen sollen«, sagte Glenner. »In den Siedlungen entlang der Ostküste – besonders in Kulusuk und Sermiligaaq – ist es vor ein paar Tagen zu Ausschreitungen gekommen, seitdem herrschen dort bürgerkriegsähnliche Zustände. Als ich von Tasiilaq aufbrach, hieß es, die Regierung habe den Ausnahmezustand verhängt.«

»Ausnahmezustand?«

»Ja, und ich sage es ungern, aber es liegt Krieg in der Luft.« Er nutzte ihre Irritation, um sich wieder das Fernglas zu angeln. »Die Russen rasseln wie wild mit dem Säbel, und Dänemark hat seine Streitkräfte mobilisiert. Hat Ihnen das niemand gesagt?«

Freya musste an die Kriegsschiffe denken, die sie von der Norbjörn aus gesehen hatte. »Krieg? So plötzlich?«

Glenner sah sie in diesem Moment ziemlich mitleidig an. »Was heißt hier plötzlich? Das Endspiel um die Eiskappe läuft doch schon einige Zeit. Haben Sie dieses russische U-Boot vergessen, das im August 2007 eine rostfreie Fahne auf dem Meeresgrund des Nordpols aufpflanzte? Natürlich war das eine Provokation für alle Anrainerstaaten, denn wie wir heute wissen, kam es danach zu einem diplomatischen Stillstand. Moskau rechtfertigte die Aktion damit, das unterseeische Gebirge, der sogenannte Lomonossow-Rücken, sei die natürliche Fortsetzung der eurasischen Landmasse – eine These, die, gelinde gesagt, umstritten ist! Zumindest von der UN-Festlandsockelgrenzkommission …«

Er hielt inne, als befürchtete er, sie könne ihm nicht mehr folgen. »Wie auch immer, jetzt haben wir die Bescherung. Die Thule Air Base wurde schon letztes Jahr in höchste Alarmbereitschaft versetzt. Immerhin befindet sich dort das Frühwarnsystem der USA gegen böse nukleare Überraschungen aus dem Osten.«

»Was Sie alles wissen«, witzelte Freya. »Haben Sie mir sonst noch etwas verschwiegen?«

»Verschwiegen? Ich Ihnen?« Glenner verschränkte die Hände hinter dem Kopf, Ellenbogen nach außen, als ob er sich auf dem Eis ausruhen wollen. »Ich wollte Sie nicht beunruhigen, das ist alles.«

»Wie rücksichtsvoll von Ihnen …«

»Ja, das finde ich auch.« Er sah sich nach Shackleton um. Der saß inzwischen auf Freyas Rucksack und machte den Eindruck, als habe er vor, dort zu brüten. »Hören Sie, Freya, wir sollten davon ausgehen, dass es hier nicht sicher ist, dass wir womöglich in einem Kriegsgebiet sind. Wer immer die Patrouille ausradiert hat, wird uns wahrscheinlich ebenso wenig verschonen.« Und als sie ihn nur anstarrte: »Lassen Sie uns einfach in Zukunft vorsichtiger sein.«

Ein Geräusch, wie es nur ein Schneidbrenner macht, drang von weit her an Frodos Ohren und vergegenwärtigte ihm, dass er noch lebte und an etwas hing, das man ein unförmig aufgeschwollenes, dumpf pochendes Bein nennen konnte. Seine Finger tasteten sich die Naht seiner Hose entlang und landeten auf einer behelfsmäßigen Schiene.

»Lass das schön bleiben!«

Eine Stimme, dachte Frodo, eine menschliche Stimme. Das war schon mal nicht schlecht … Frodo versuchte sich zu orientieren. Verschwommen erkannte er einen verwinkelten, unwirtlichen Raum, der ihn an einen Hangar erinnerte. Im Halbdunkel sah er einen Haufen undefinierbarer Maschinen, Ölfässer und aufgewickelter Schläuche.

Als sich Frodos Blick halbwegs geklärt hatte, bemerkte er Bieker an der Tür. Er trug einen Arbeitsoverall von Devon Oil und schob sich den viereckigen Kopfblendschirm aus der Stirn.

»Gut geschlafen?«

Frodo versuchte aus dem Gestänge und den Seefrachtcontainern, die er sah, eine vorsichtige, aber durchaus positive Prognose seiner Lage.

»Okay, Großer, wie hast du uns beide von der Insel runtergeschafft?«

»Hab ich nicht.« Bieker schloss das Sauerstoffventil des Brenners und entledigte sich der vor Dreck starrenden Handschuhe. »Wir sind in einem Geräteraum in unmittelbarer Nähe des Drill-Rigs. Hörst du das? Sie pumpen wieder, die Nachtschicht hat gerade begonnen. Von da oben aus« – Bieker wies auf eine hoch gelegene, sichtverblendete Luke – »kannst du sie sehen.«

»Sie?« Frodo wollte sich aufrichten, aber ein stechender Schmerz zwischen den Schulterblättern zwang ihn wieder in die Horizontale. Jetzt erst sah er sein improvisiertes Lager, ein paar Thermodecken aus einem Beiboot, die aufgeblasene Schwimmweste ersetzte das Kissen. Er konstatierte auch ein M-16, ein vollautomatisches Sturmgewehr, das sich Bieker offensichtlich in Griffweite hielt.

»Du hast sie also auch gesehen?«

Es dauerte einen Moment, bis Bieker nickte. Er wirkte um Jahre gealtert, selbst seine Haargel-Frisur war in sich zusammengesunken.

»Und – wissen die, dass wir hier sind?«

»Sicher.« Bieker setzte sich auf ein Ölfass. »Als ich dich aus dem Zwischendeck geschleppt habe, haben sie Großalarm ausgelöst. Da die Gänge alle dicht waren, hab ich den nächsten Lastenaufzug genommen – und hier sind wir!« Er nickte in Richtung einer großen, offen stehenden Aufzugskabine. Bieker hatte eine Kiste in die Lichtschranke geschoben und so den Schließmechanismus blockiert.

»Scheint 'ne Art Ersatzteillager gewesen zu sein – zumindest, bevor sie es umfunktionierten.«

»Wie meinst du das?«, fragte Frodo.

Bieker richtete eine Taschenlampe auf eine von Salzwasserschlieren gemusterte Kiste.

»Kannst du das lesen? ›USS Bataan‹. Alles, was du hier siehst, stammt von dem angeblich verschwundenen Schiff. Sieh mal, da steht noch was Feines …« Der Lichtstrahl glitt über einen schwarzen, stromlinienförmigen Körper. »Scheinbar hatten die good boys auf Grönland was Größeres vor.«

»Ein Torpedo?«

»Knapp daneben.« Bieker beleuchtete das gelbschwarze Zeichen. »Dieser Torpedo kann fliegen. Und wenn sich die Navy keinen schlechten Scherz erlaubt hat, dann können wir davon ausgehen, dass der Gefechtskopf dieses Marschflugkörpers nukleares Material enthält. Oder Plasmasprengstoff.«

»Mal halblang!« Frodo hielt die Zeit für gekommen, erneut die Augen zu schließen. »Du willst mir schonend beibringen, dass ich mit einem gebrochenen Bein und einer Wirbelsäulenverletzung neben einer Missile mit Atomsprengkopf liege? – Okay, geschenkt. – Gibt's sonst noch etwas, das ich wissen sollte?«

»Keine Ahnung.« Bieker zuckte die Achseln. »Der Inhalt dieser Kisten spricht jedenfalls eine deutliche Sprache. Der Überfall auf die USS Bataan geht auf das Konto unserer Freunde: Sie haben das Schiff gekidnappt, sich die Spielsachen angeeignet und den Kahn aller Wahrscheinlichkeit irgendwo da draußen versenkt. Im Übrigen glaube ich, du hattest recht.« Er wies auf eine aufgebrochene Seekiste. »Die Amis hatten Kanonen an Bord, in rauen Mengen. Schnellfeuergewehre, Granaten, handliche zusammenklappbare Bazookas und Granatwerfer. Alles Kriegsgerät, oder? Entweder planen die einen Krieg oder sie sind schon mittendrin.«

»Mal langsam …« Vielleicht hoffte Frodo noch immer, eine energische, aber wohlmeinende Hand würde jeden Moment an seinem Arm rütteln, und wenn er die Augen diesmal aufmachen würde, wäre er an Bord eines Flugzeugs, und diese kühle blonde, ewig hilfsbereite Stewardess würde ihn bitten, sich anzuschnallen, denn man befände sich im Anflug auf Kulusuk Airport oder vielleicht sogar auf dem Rückflug zurück nach Berlin. »Wer – und bitte überleg dir genau, was du sagst –, wer sollte einen Krieg planen?«

»Diese Viecher natürlich!«

»Okaaaaaaay …« Frodo schloss für einen Moment die Augen, sein Körper wurde noch schwerer und kälter. »Jetzt hör mir einmal gut zu: Dass wir beide diese Kreaturen gesehen haben, ich meine, bedeutet noch lange nicht, dass sie auch existieren …«

»Was?«

»Unterbrich mich nicht, Junge! Das Wasser der Devon III ist kontaminiert, deshalb sind wir hier. Die ungewöhnliche Umgebung, der Kantinenfraß ... vielleicht ist unsere Wahrnehmung etwas getrübt.«

»Du meinst, wir sind auf Droge? Wir bilden uns das alles nur ein?«

Bieker griff nach dem M-16 und entsicherte es. »Wie wär's, wenn ich dir ins Bein schieße?«

»Was sagst du da?«

»Du hast mich richtig verstanden. Ich sehe keinen anderen Weg, um herauszufinden, ob wir beide halluzinieren. Wenn du blutest ...«

»Herrgott, Bieker!« Frodo stemmte sich mit den Ellenbogen auf. »Ich suche doch nur eine Erklärung!«

Die Art, wie Bieker nickte, ließ ahnen, dass er kurz davor war, den Verstand zu verlieren. »He, ich will dir nicht vorschreiben, wie du dich davor bewahrst, den Verstand zu verlieren, aber ich bevorzuge die gute, alte, analytische Methode. Was besagt, dass ich alles, was ich über unseren Kunden, den Eigentümer der Devon III, weiß, mit den Ereignissen der vergangenen Nacht verrechnet habe, und ich bin – ehrlich gesagt – zu keinem Ergebnis gekommen, das uns ... Mut machen könnte ...« Seine Stimme senkte sich zu einem Flüstern. »Minski hat offenbar recht: Diese ... Kiemenmenschen sind das Ergebnis genetischer Manipulation. Es gibt keine andere Erklärung.«

»So, meinst du?« Nur der bohrende Schmerz in seinem Rücken hinderte Frodo daran, lauthals zu lachen. »Und was ist daran logisch?«

»Nun, bekanntlich beschäftigt sich Herr Pesceros, seines Zeichens Großaktionär von Devon Oil, nicht seit Jahrzehnten mit der

Besiedlung des Meeresbodens? Er hat persönlich eine modulare Taucherglocke mitkonstruiert, die eine japanische Firma namens Goyo vertreibt. In der Bucht von Tokio ist angeblich eine anschauliche Polis der Taucher entstanden. Und sie wächst.«

»Na und?«, zischte Frodo. »Alle Multimilliardäre pflegen heute öffentlich ihre Spleens, das habe ich dir schon mal gesagt! Dieser Elon Musk verplempert seine Millionen für Weltraumflüge, und Bill Gates will alle Welt impfen lassen und hat deshalb den Impfpass erzwungen. Was ist dagegen Pesceros mit seinen unterseeischen Dörfern? Ein Witz!«

»Du hast es noch nicht kapiert«, schnappte Bieker. Sein Blick driftete ins Leere, als lägen Schleier zwischen dem, was er sah, und der Wirklichkeit. »Für Pesceros ist der Klimawandel ein Zeichen der Vorsehung. Er sieht im Ozean die spirituelle Erfüllung der von ihrer technologischen Vermüllung gegeißelten Menschheit. Es heißt, er wuchs bei den Inuit auf und wurde von einem Schamanen indoktriniert.«

»Und Tom Cruise ist Mitglied der *Church of Scientology* – na und?«

»Stimmt«, sagte Bieker. »Aber Tom Cruise propagiert nicht den Homo aquaticus und die Rückkehr des Menschen ins Meer!« Er raffte sich zu kraftloser Munterkeit auf. »He, wir reden von einem äußerst einflussreichen Mann, der unsere Zivilisation verachtet und die Kohle hat, sie komplett zu verändern.«

»Was für ein aberwitziger Paganismus!« Frodos Zeigefinger dolchte schräg vor – ein Finger seitlich verbogen, ein Pfropfenzieher, der immer die gute alte Buddel der Argumente entkorkt. »Niemand kann das Rad der Zeit zurückdrehen. Nicht mal ein Multi-Zillionär oder wie man die Sorte nennt!«

»Vielleicht dreht er es gar nicht zurück«, sinnierte Bieker laut vor sich hin, »vielleicht dreht er es vor. Sollte die Erde absaufen, dann ... dann ist die Entwicklung der Menschheit zum Amphibischen der einzig logische Schritt.«

»Schluss!«, zischte Frodo und schlug mit der Faust auf den Boden. »Bitte verschone mich mit Science-Fiction!«

»Krieg dich wieder ein, Mann ...« Bieker hatte sein M-16 inzwischen gegen eine schwere »Dillon Aero«-Gatling Gun vertauscht. Es war die größte Bleispritze im Arsenal. »Seit der Pandemie ist doch alles Science-Fiction, lies mal die Nachrichten! Pesceros ist nicht der erste Geldsack, der glaubt, Gott spielen zu müssen. Da gab es mal diesen irren hundertjährigen Texaner, der beschlossen hatte, noch mal so lange zu leben. Ein anderer investierte ein Vermögen in Klonierungstechniken, weil er seinen toten Sohn zurückhaben will ...«

»Dolly hast du vergessen«, ätzte Frodo. »Dolly, das Schaf.«

»Kein schlechtes Beispiel«, sagte Bieker. »Wenn Schafe geklont werden, schreit die ganze Welt auf, doch die Nachricht vom ersten geklonten Menschen kam kaum über die Internetforen hinaus. Alle Ehre gebührt hier einem gewissen Doktor Cibelli von einer kleinen Bio-Tech-Firma aus Massachusetts[15]. Und nicht anders ist es mit Pressemeldungen über Pesceros und seine Pläne von der Besiedlung des Meeres.«

Frodo musste zugeben, dass er einen Auftritt von Pesceros dunkel in Erinnerung hatte. Damals, nach der bislang schlimmsten Überflutung von Florida, hatte Pesceros in einer Talkshow das Ziel seiner Stiftung, die er eine gemeinnützige Einrichtung nannte, folgendermaßen umschrieben: »Es ist unser Ziel, dem Menschen jene

---

15 Meldung vom 28. Oktober 2001: US-Firma klont nach eigenen Angaben menschliche Embryonen. Als die Forscher den Klon im 32-Zellenstadium »eliminierten«, schien das niemanden mehr zu interessieren.

Voraussetzungen zu erschaffen, die es ihm ermöglichen, für lange Zeit, ja, lebenslang unter Wasser zu bleiben.«

Auch in einer Neujahrsansprache hatte er scherzhaft daran erinnert, dass alles Land nur eine Leihgabe der sieben Weltmeere sei. Er für seinen Teil sehe dem Klimawandel eher gelassen entgegen und glaube – wie schon der ehemalige Präsident George W. Bush – an »die friedliche Koexistenz von Menschen und Fischen«.

»Na schön, das ist also deine Erklärung.« Frodo lehnte sich zurück. »Meine ist wesentlich einfacher …«

Er hielt inne – seine Augen begannen sich unnatürlich zu weiten –, denn er hatte ein leises Klicken gehört und dann gesehen, wie sich der Türgriff hinter Bieker wie in Zeitlupe senkte und in dieser Neigung gute zwei bis drei Sekunden verharrte. Während Frodo wie ein Kaninchen vor der Schlange verharrte, rüttelte jemand von draußen an der Tür, und zwar so heftig, dass sie in ihren verschweißten Angeln knirschte und die am Boden liegenden Werkzeuge leise klirrten. Bieker trat zurück und entsicherte seine Waffe. Frodo wusste nicht mehr, was er erschreckender fand – die Erschütterungen der stählernen Tür oder der manische Ausdruck auf Biekers Gesicht. Das Rütteln brach so abrupt ab, wie es begonnen hatte, eine Weile herrschte danach Totenstille. Frodo richtete sich auf und legte den Kopf in den Nacken. Durch die Oberlichter leuchtete der grünstichige Himmel der Polarnacht herein. Er wollte gerade etwas flüstern, als von außen ganz zivil angeklopft wurde.

»Wir müssen reden«, sagte eine Stimme, die nach Moreno klang. »Ich weiß, Sie können mich hören. Versteckspielen hat doch keinen Sinn.«

Bieker drehte den Kopf. Der Angstschweiß stand ihm auf der Stirn. Die Gatling Gun um seinen Hals wog so schwer, dass er Mühe hatte, aufrecht zu stehen.

»Was wollen Sie?«, rief Frodo mit betont fester Stimme.

»Können wir das nicht von Angesicht zu Angesicht tun?« Der Mann hinter der Tür legte eine Kunstpause ein. »Was Sie gesehen haben, muss Ihnen befremdlich erscheinen, aber ich versichere Ihnen, wir sind Menschen wie Sie.«

Bieker räusperte sich. »Hören Sie, Moreno«, sagte er so zynisch wie ein Amokschütze, der kurz davorsteht, zur Tat zu schreiten. »Bevor wir reden, sollten Sie wissen, dass ich eine sechsläufige Gatling-Mega-Wumme auf genau die Tür gerichtet habe, hinter der Sie und Ihre Frosch-Kumpels stehen.«

»Wollen Sie mir drohen?«

»Wie könnte ich? Aber vielleicht erinnern Sie sich an die Szene aus *Predator*, wo der halbe Dschungel von Schwarzeneggers Männern plattgemacht wird. Wenn Sie es darauf anlegen, hämmert dieses Baby viertausend Schuss die Minute raus, aber so viel brauche ich gar nicht, um eine alte Kröte wie Sie zu pulverisieren. Ich denke, die Durchschlagskraft des Kalibers 7,62 dürfte auch für diese verschissene Tür reichen, die ich übrigens mit dem Rahmen verschweißt habe. Und jetzt können wir reden.«

»So nehmen Sie doch Vernunft an!«

»Vernunft?« Bieker lachte schrill auf. »Als Sie mir Ihren Frankenfood-Zirkus zeigten, da dachte ich noch, dieser Alte ist nicht ganz richtig im Kopf. Inzwischen weiß ich es besser: Sie und Ihre aquatilen Freunde haben das Kriegsschiff der Amerikaner gekapert. Wenn Sie mit jemandem reden sollten, dann ist es die Regierung der Vereinigten Staaten!«

»Mit Kriegstreibern redet man nicht«, schallte es augenblicklich zurück, »sondern man hindert sie daran, anderen Menschen zu schaden. Wie Sie vielleicht bemerkt haben, hatte die USS Bataan eine sehr handliche, für einen beschränkten Schlagabtausch konstruierte Atomrakete an Bord. Wenn wir das Schiff nicht gekapert hätten, wären diese Waffen zum Einsatz gekommen und große Teile der Arktis radioaktiv verseucht.«

»Dann sind Sie ja ein Held!«, höhnte Bieker. »Aber ich gebe zu, was Sie sagen, klingt logisch. Immerhin wollen die Amis hier nach Öl bohren, obwohl sie dazu noch weniger Berechtigung haben als die Russen. Ach ja, und es gibt noch ein Problem: Man kann nicht einfach in einer ökologischen Schutzzone bohren …«

»Kluger Junge«, sagte Moreno nach einiger Zeit. »Und jetzt hören Sie mir einmal gut zu: Der Plan der Amerikaner war es, diese Zone durch einen beschränkten Schlagabtausch taktischer Atomwaffen zu zerstören. Danach stünde der Bohrung nichts mehr im Weg, denn alles wäre ja ohnehin restlos verseucht. Mein Arbeitgeber hat das verhindert, Herr Bieker, ein Glück, denn Grönland wird die letzte Rettungsinsel der Menschheit sein, wenn die Erde ertrinkt …«

Bieker stieß Frodo an, er solle das Oberlicht im Auge behalten, und näherte sich der Tür.

»Wissen Sie was, Moreno? Wenn Sie nur ein Pazifist wären, der in seiner Freizeit von Maden und Manna lebt, um den Hunger in der Welt zu bekämpfen, würde ich Ihnen glauben. Aber ich habe Sie vor ein paar Stunden in einem Tümpel gesehen, da hatten Sie Kiemen am Hals und Schwimmhäute zwischen den Fingern!«

»Tz, tz, tz«, machte Moreno, »ich hätte Sie nicht für so fremdenfeindlich gehalten.«

»Fremdenfeindlich?«, echote Bieker. Und an Frodos Adresse gerichtet: »Hast du das gehört? Das Monster gibt sich politisch korrekt!«

Für eine Weile herrschte Funkstille. Dann meldete sich Moreno wieder zu Wort. »Ist Herr Peschke wohlauf?«

»Mir geht es gut!«, krächzte Frodo.

»Das freut mich zu hören, mein Bester. Tja, wie soll ich Ihnen erklären, was sie offenbar völlig verwirrt? – Erinnern Sie sich noch an die Pubertät? Das Erschrecken vor dem Spiegel, als Sie die ersten Haare auf Ihrer Oberlippe bemerkten? Für Frauen ist das Ganze noch dramatischer. Stellen Sie sich vor, Ihnen wüchsen plötzlich Brüste – dekorative Auswüchse, manchmal sogar Gebilde von erschreckender Größe. Was sind dagegen ein paar Kiemen und etwas Haut zwischen den Fingern?«

»Verstehe …« Bieker machte den Eindruck eines Menschen, dessen geistige Sicherungen bereits Funken sprühten. Der kribbelige Zeigefinger am Abzug wurde mit jedem verstreichenden Moment mehr zum Herrn der verfahrenen Lage.

»Wir sind Menschen, mein Junge – ICH BIN EIN MENSCHLICHES WESEN.«

»Das hat der Schrecken vom Amazonas sicher auch von sich gedacht!«, brüllte Bieker. »Trotzdem war er ein Monster und weiß Gott, Moreno, ich gönne Ihnen Ihre zweite Pubertät, aber Sie erinnern mich wirklich an diesen Typen. Selbst wenn Sie sich die Fingernägel geschnitten haben und tagsüber in einer Frotteerobe rumrennen!«

»Herr Peschke?« Morenos Stimme klang ruhig und gelassen. »Ihr junger Kollege scheint Schwierigkeiten zu haben, die veränderte Realität zu akzeptieren. Vielleicht sollten wir diese Angelegenheit besser unter vier Augen besprechen. Herr Peschke, hören Sie mich?«

»Ja, ja …« Die Prellung in Frodos Rücken begann wieder zu pochen. »Ich fürchte allerdings, Sie werden mich kaum überzeugen können, Sie hier reinzulassen.«

»Und ich fürchte, es bleibt Ihnen nichts anderes übrig. Sie haben weder Wasser noch Lebensmittel. Wie wollen Sie überleben?«

Frodo wusste das, das war der springende Punkt. Nur Bieker zog eine Packung Fisherman's Friend aus seiner Tasche und hielt sie hoch, als sei damit alles geritzt.

»Ich habe eine bessere Idee«, rief er in die Stille. »Was, denken Sie, passiert, wenn ich mit meiner Bleispritze auf den Kopf dieser kleinen, netten Rakete halte? Oder auf eine der Kisten, auf denen ›hochexplosiv‹ steht? Moreno?«

»Ja, ich höre Sie, Herr Bieker.« Der Alte holte hörbar tief Luft. »Wenn ich Sie richtig verstehe, dann drohen Sie, unsere Plattform zu sprengen.«

»Das haben Sie richtig verstanden!«, schnaubte Bieker. »Und genau das werde ich tun, wenn Sie uns nicht annehmbare, das heißt für Menschen annehmbare Lebensmittel beschaffen!«

Sie lauschten auf die Stimme hinter der Tür, doch die ließ diesmal lange auf sich warten.

»Wie Sie wollen«, kam es nach einer halben Ewigkeit zurück. »Doch dazu müssten Sie die Tür, die Sie verschweißt haben, wieder öffnen.«

»Ich habe einen besseren Vorschlag«, sagte Bieker. »Ich werde den blockierten Lastenaufzug wieder in Gang setzen, und Sie spendieren uns zum Einstand ein paar Kästen Wasser und einen Haufen Konserven. Außerdem möchte ich einen Spirituskocher, Essgeschirr und eine Camping-Toilette in Tarnfarbe! Haben Sie das verstanden? Ich wette, Sie haben so was an Bord.«

»Ja, sicher.« Die Stimme klang dennoch enttäuscht. »Ich hätte es vorgezogen, wenn wir uns einig geworden wären. Wir führen nichts Böses im Schilde, glauben Sie mir. Wenn es Sie schon nicht überzeugt hat, dass wir die Arktis vor einem Atomkrieg bewahrt haben, dann sollten Sie zumindest anerkennen, dass wir uns Ihnen gegenüber sehr anständig benommen haben. Wir würden kein Menschenleben opfern, um unsere Ziele zu erreichen.« Er hielt kurz inne. »Schon komisch, aber in hundert Jahren werden Menschen wie ich als normal gelten. Es ist wirklich ein Jammer, dass Sie so kurzsichtig sind.«

»Sie haben gut reden, Sie Monstrum!«, tobte Bieker. »Ich wette, das haben Sie der Besatzung der USS Bataan genauso verklickert. Ich schicke Ihnen jetzt den Aufzug, und wenn Sie klug sind, dann zwingen Sie mich nicht, das Leben Ihrer amphibischen Freunde zu opfern. Sollten Sie uns nicht nur Wasser und Lebensmittel schicken, dann haben Sie ein Problem, oder anders ausgedrückt: Sollte ich in der Kabine einen Kiemenkomiker vorfinden, dann werde ich ihm die Schuppen wegputzen, haben Sie mich verstanden?«

Statt einer Antwort hörten sie das Geräusch sich entfernender watschelnder Schritte.

»Glaubst du, er hat verstanden?«, flüsterte Bieker.

»Er mag Kiemen haben, aber dumm ist er nicht«, antwortete Frodo. Er versuchte dabei das Ziehen in seiner Kehle zu ignorieren.

Wasser, dachte er. Ich brauche Wasser …

Und während Bieker Seekisten aufbrach und mit gemein aussehenden Schusswaffen spielte, schloss Frodo die Augen und lauschte. Jeder bettlägerige, in seinem Sichtfeld eingeengte Mensch erliegt früher oder später der Versuchung zu lauschen, bis die Trommelfelle knacken. Selbst das dumpfe, monoton an- und abschwellende Getöse der See konnte ihm die ungeheure Geräuschkulisse nicht nehmen. Er glaubte, das Pochen seines schlagenden Herzens zu hören.

VIII.

Letztes Abendmahl, dachte Frodo. Wobei die meisten Apostel ja als Schwatztanten galten und die Unterredung zwischen Judas und Jesus einen Höhepunkt der Heiligen Schrift darstellt. Er und Bieker hatten hingegen seit Stunden nicht mehr miteinander gesprochen. Vielleicht lag es daran, dass Bieker einen Plan hatte, der sich nur mit der Hilfe eines anderen gesunden Mannes verwirklichen ließe, doch Frodos Zustand hatte sich trotz eines üppigen Konservenmahls nicht gebessert. Kalte Ravioli, Ölsardinen und Bohnen – eine Gourmetmahlzeit war das nicht, aber besser als das, was die Männer auf der Devon III unter Delikatessen verstanden.

Frodo musste an Ines denken und das letzte großartige Fünf-Gänge-Menü vor ihrem letzten Beischlaf im Luxushotel. Hätte sie nicht dieses eine letzte Mal mit ihm in seiner unaufgeräumten Junggesellenbude nächtigen, nur einmal über seine chaotischen Lebensgewohnheiten hinwegsehen können? Ja, sie hätte mit ihm zu einer gottlosen Uhrzeit aufstehen müssen, doch dieses kleine Opfer hätte er ihr nie im Leben vergessen. Stattdessen war ihr Bild jetzt schon verblasst, ja, seine Gefühle für sie geradezu erkaltet. Was hatte er in dieser selbstsüchtigen Zicke gesehen? Und während die Pontons unter seinen Füßen im Rhythmus der anrollenden Wellen dröhnten, wusste er plötzlich, dass es kein Zurück geben würde. Schon als Bieker den Lastenaufzug losschickte und er wenig später voll beladen mit Lebensmitteln und Getränken wieder aufgetaucht war, hatte er es geahnt: An einer schnellen Lösung waren die Amphibienmenschen offenbar nicht interessiert, sonst hätten sie nicht noch Schlafsäcke und Thermounterlagen geschickt.

Bieker war es, der schließlich das Schweigen brach.

»Na schön«, sagte er und seufzte tief, »sehen wir den Tatsachen ins Gesicht. Wir sitzen in der Falle. Aber Kapitulation kommt für mich nicht infrage. Ist dir das klar?«

»Mir ist gar nichts klar.« Frodo hatte leichtes Fieber, und immer wenn er im Halbschlaf versank, glaubte er, das Klingeln seines Weckers müsse ihn gleich von diesem Albtraum erlösen. »Ich will nicht sterben«, stellte er fest.

»Keiner will sterben«, sagte Bieker. »Trotzdem sehe ich keinen anderen Ausweg.«

»Wie wär's mit Diplomatie?«, schlug Frodo vor. »Dieser Moreno-Froschmensch scheint an einer friedlichen Lösung interessiert.«

»Ich aber nicht«, sagte Bieker. »Diese Freaks haben ein Schiff der US-Navy gekapert. Das macht sie zu Piraten, und die wurden bekanntlich schon zu Störtebekers Zeiten gehängt!«

»Kann schon sein«, sagte Frodo, »aber ich fürchte, wir haben kaum die Mittel, uns mit einem Antiterrorkommando zu messen.«

»Weißt du, wie du klingst?« Bieker blickte sich um, als säße er in Ali Babas Höhle. »Wie einer, der im Regen steht und sich beklagt, er habe nichts zu trinken. Wahrscheinlich sind wir besser ausgerüstet als die. Von mir aus können sie kommen.«

Frodo gab keine Antwort. Er sinnierte, ob es besser war, die Ölsardinen auf die Bohnen oder die Bohnen auf die Sardinen zu schichten.

Unterdessen stellte Bieker seine leer gelöffelte Maisdose auf den Boden und rappelte sich auf. Frodo, der zunächst glaubte, sein Kompagnon hätte vor, Zielübungen zu machen, atmete auf, als Bieker unter dem Oberlicht stehen blieb und nach den grünen Lichtspielen sah, die sich durch das Glas zeigten. »Was ist nur passiert?«, murmelte er vor sich hin. »Wo kommen die plötzlich her? Sind das Außerirdische oder hat es die schon immer gegeben?«

Frodo spürte plötzlich ein Vibrieren auf seiner Herzseite und zuckte so heftig zusammen, dass Bieker sein Sturmgewehr hob. »Mein Handy!«

»Dein was?«

»Na, mein Handy …« Frodo wühlte ein altes iPhone aus seinem Anorak. »Weißt du, im Ausland hab ich immer ein zweites Handy dabei. Mist, der Akku ist beinahe hinüber!«

»Große Scheiße!«, brüllte Bieker. »Du sitzt die ganze Zeit über auf einem funktionierenden Handy und sagst kein Wort?«

»Mach halblang, ich hatte es einfach vergessen.«

»Vergessen?« Bieker sah so aus, als ob er abdrücken wolle, aber Frodo hob beschwichtigend die Hand.

»Kein Wort mehr. – Es ist Heller …«

»Der motherfuckin' Chef?«, fiepte Bieker.

Da hatte Frodo das Gespräch bereits angenommen. »Sir …«

»Frodo, Sie Teufelskerl …« Die Stimme war kaum zu hören. »Was zum Henker ist bei Ihnen los?«

»Was hier los ist?« Frodo rammte sich den Zeigefinger in die rechte Ohrmuschel, um besser hören zu können. »Verdammt, Heller, Sie haben ja keine Ahnung, was Sie uns eingebrockt haben. Bitte hören Sie zu!«

»Nein, Sie werden mir zuhören! Ich hatte gerade eine sehr ernste Unterredung mit einem Anwalt von Devon Oil. Er sagte mir, Sie und Bieker hätten sich volltrunken in einem Geräteraum der Devon III verbarrikadiert.«

»Das nenne ich mal eine grobe Vereinfachung …«, begann Frodo, aber Heller fiel ihm augenblicklich ins Wort.

»Halten Sie Ihren vorlauten Mund! Der Technische Leiter der Bohrinsel hat mir die Geschichte bestätigt. Man habe versucht, Ihnen und Bieker ins Gewissen zu reden – leider ohne Erfolg. Der Mann sagte mir auch, Bieker habe damit gedroht, die Plattform mitsamt der Besatzung in die Luft zu sprengen … Sind Sie eigentlich von allen guten Geistern verlassen?«

»Das sind wir!«, brüllte Frodo zurück. »Wir befinden uns hier – gelinde gesagt – in einer mehr als grotesken Situation …« Er stockte, weil er ahnte, dass ihm Heller die Wahrheit niemals abnehmen würde. »Die Offshorearbeiter müssten Sie sehen …«

»Ich höre?«

»Na ja, ich mache es kurz. Sie scheinen nicht ganz normal … menschlich … zu sein …«

»WIE BITTE?«

»Lesen Sie Minskis Report.« Frodo begann leise zu schluchzen. »Er äußerte den Verdacht, bei dem kontaminierten Wasser handele es sich um das Agens einer Gentherapie.«

»Das ist doch Unsinn, Mann …« Hellers Stimme klang seltsam gelassen. »Manche Menschen sehen eben anders aus als der durchschnittliche Mitteleuropäer.«

»Heller … Meinen Sie ernsthaft, ich rede von den Einheimischen?« Frodo bemühte sich, höflich und formell zu klingen. »Ich habe Kiemenmenschen gesehen, Heller, eine ganze Sauna voller Freaks mit Schwimmhäuten zwischen den Fingern. Wir haben mit diesen … diesen amphibischen Kreaturen zu Abend gegessen … Ungeziefer, Maden, geröstete Insekten. Sie scheinen davon zu leben. Ich bin weiß Gott bereit, für unsere Firma eine Menge Opfer zu bringen, aber das hier, Heller, geht ganz entschieden – und ich meine wirklich entschieden – zu weit. Um keinen Verdacht zu erwecken, hat Bieker sogar eine flambierte Vogelspinne verdrückt!«

»Frodo, bitte, ich appelliere an Ihre Vernunft!« Hellers Stimme klang jetzt fast besorgt. »Wollen Sie ernsthaft behaupten, dieser Technische Leiter, Herr Paviassen, mit dem ich sprach, wäre ein … Kiemenmensch?«

»Nun, so leid es mir tut, er hat Merkmale.«

»Merkmale?«

»Schwimmhäute zwischen den Fingern und Kiemen am Hals! Herrgott noch mal, wovon reden wir denn?« Frodo beobachtet Bieker, der zur Tür huschte und lauschte. »Zum letzten Mal, ich habe diese … Tierwesen mit eigenen Augen gesehen. Außerdem – und das ist der springende Punkt – scheinen sie für das Verschwinden der USS Bataan verantwortlich zu sein.«

»Jetzt machen Sie mal einen Punkt, Frodo!« Heller senkte die Stimme, wie immer, wenn er Mitarbeitern einen väterlichen Rat erteilen wollte. »Natürlich habe ich Minskis Report gelesen. Seine Schlussfolgerung halte ich allerdings für spekulativ. In der Wasserprobe gab es Spuren eines Halluzinogens, das man in Mexiko Peyotl nennt und das sehr intensive Wachträume auslösen kann.«

»Wachträume?« Frodo lachte so laut und gellend, dass sich Bieker erschreckte. »Verstehe! Sie deuten zartfühlend an, Bieker und ich stehen unter Drogeneinfluss, wir haben den Bohrinselkoller, so wie Doktor Rippsten, der hier vor ein paar Wochen den Flattermann machte! Fly, fly away, vom Rand der Plattform ins Eiswasserbecken! Angesichts der Umstände sicher keine schlechte Idee …«

»Bitte, Frodo, regen Sie sich nicht unnötig auf! Sie und Bieker leiden wahrscheinlich unter schweren Vergiftungserscheinungen. Sie beide halluzinieren und brauchen schnellstens ärztliche Hilfe.«

»Oh, das ist einmalig!« Frodo setzte sich ächzend auf. »He, Bieker, der Chef meint, wir halluzinieren! Er glaubt, da ist etwas im Wasser …«

»Könnte sein«, fauchte Bieker. »Ich habe dir auch gesagt, es gibt nur einen Weg, um diese Annahme zu überprüfen, indem ich auf meine Halluzination ziele und schieße.«

»Was meint er damit?« Heller hatte Biekers Worte offensichtlich gehört. »Frodo?«

»Nun …« Frodos kognitive Reserven waren durch das pausenlose Abwägen verschiedener Horrorszenarien erschöpft. »Wenn nichts hier real ist, dann müssten die Kreaturen auch nur Einbildungen sein, und Biekers Kanone …«

»Gatling Gun!«, rief Bieker von der Tür.

»… Biekers Gatling Gun wäre auch nicht real, und er könnte diese nicht realen Kreaturen einfach pulverisieren …«

»Sie sind je völlig durchgedreht, Mann«, fiel ihm Heller ins Wort. »Ich rate Ihnen, sich zu ergeben.«

»Das raten Sie uns?«, zischte Frodo. »Wie ergibt man sich einer Halluzination?«

»Vergiss es«, maulte Bieker genervt vor sich hin. »Entweder ist der Chef noch bescheuerter, als ich dachte, oder er ist einer von denen …«

»Daran hatte ich noch gar nicht gedacht«, sagte Frodo. Und dann mit fester Stimme: »Tut mir leid, Heller, aber wir sitzen hier in einer Art Waffenkammer und haben nicht die geringste Veranlassung, uns zu ergeben. Und jetzt werde ich meine Zeit nicht länger mit Ihnen vertun, sondern die Polizei in Nuuk alarmieren.«

»Nicht mehr nötig.« Heller klang wieder frostig. »Der Leiter der Bohrinsel hat bereits die Polizei in Tasiilaq informiert. Da man davon ausgeht, dass Bieker seine Drohung wahr machen wird, hat man ein Squad-Team zusammengestellt, mit Hubschraubern und allem Drum und Dran. So wie ich die Sache sehe, warten die nur darauf, sie beide auszuradieren …«

»Make my day«, stöhnte Bieker. Die Ansage war offensichtlich nach seinem Geschmack.

»Die denken, Sie und Bieker sind Terroristen«, erläuterte Heller, »Öko-Terroristen oder wie man diese Verrückten neuerdings nennt. Ich sage es ungern, aber die werden kurzen Prozess mit Ihnen machen.«

Frodos Herz begann augenblicklich in den Schläfen zu wummern.

»Aber … aber die müssen doch wissen …«

»Nein, die wissen nur, dass Sie und Kollege Bieker eine Bohrinsel in Ihre Gewalt gebracht haben und Sie alles in die Luft jagen können. Sollte das geschehen, fließen aus den drei Rigs täglich über zwei Millionen Barrel ins Meer. Der Scoresbysund wäre für Jahrzehnte verseucht. Denen bleibt gar nichts anderes übrig, als Sie zu … eliminieren!«

»Du, Biekerchen, hör mal …!« Frodo hielt das Telefon hoch. »Der Chef meint, Paviassen hätte die Polizei alarmiert.«

Selbst Bieker wirkte einen Moment fassungslos.

»Die denken, wir sind Terroristen.« Statt gleich zu antworten, nickte Bieker nur stumm vor sich. »Okay, dann sind wir halt Terroristen! Nur, was wird mit den Kreaturen da draußen? Und was ist mit der gekaperten Fracht der USS Bataan?«

»Das ist nicht Ihr Problem«, soufflierte Heller. »Gottverdammt, Frodo, der Junge braucht jetzt Ihren kühlen Kopf! Wahrscheinlich hat er von dem Halluzinogen noch mehr abbekommen als Sie …«

Könnte sein, dachte Frodo, könnte sein … Immerhin hatte Bieker einen Alleingang zur Wasseraufbereitungsanlage gemacht. Unter Umständen hatte er dabei ein entweichendes Gas eingeatmet – oder er war mit einem Kontaktgift in Berührung gekommen. Manchmal genügten schon winzige Mengen, um das Gehirn in ein Tollhaus zu verwandeln.

»Und jetzt tun Sie sich selbst einen Gefallen …« Heller klang, als hätte er Frodos Schweigen als Einlenken gedeutet. »Öffnen Sie endlich die Tür! Der Arzt der Bohrinsel wird Sie beide ins nächste Krankenhaus fliegen.«

»Der Chef will, dass wir die Tür öffnen«, vermittelte Frodo Bieker die brenzlige Lage. »Grotesk, oder?«

»Der Chef kann mich mal!«, brüllte Bieker. Er patrouillierte unter dem Oberlicht hin und her. »Wie stellt der sich das überhaupt vor? Sollen wir mit denen Shakehands machen und danach Maikäfersuppe löffeln? Das sind keine Menschen!«

»Haben Sie das gehört?«, fragte Frodo. Eine Weile hörte er nur das Knistern der Interferenzen, dann meldete sich Heller mit ermatteter Stimme zurück.

»Ich fürchte, ich kann nichts mehr für Sie tun, Frodo. Gott beschütze Sie.«

Das Klicken klang endgültig, das Empfangssignal verblasste, und Frodo schob sein Handy zurück in die Brusttasche.

Er sah Bieker zu, der mit manischem Gesichtsausdruck seine Gefechtspositionen ausbaute.

»Ich könnte noch versuchen die Interpol anzurufen … Falls der Akku noch mitspielen wird.«

»Vergiss es. Niemand wird uns glauben.«

»Was tust du da eigentlich?«

»Ich kümmere mich um unsere Sicherheit. Der Aufzugsschacht ist das Problem. Meinst du, du kannst das Fenster übernehmen?«

»Das Oberlicht?« Frodo lehnte sich gegen die Wand und bewegte die Arme. Wenn er den Rücken gerade hielt, hatte er keine Schmerzen. Das Kribbeln in den Beinen schien zwar zuzunehmen, doch das waren wohl nur Durchblutungsstörungen.

»Was gibt es da groß zu übernehmen«, sagte er leise. »Wir gehen doch sowieso drauf.«

IX.
Daugaard-Jensen-Gletscher
71°46'N 29°15'W

An diesem Tag sank die Temperatur um empfindliche zehn Grad Celsius. Vom Westen her pfiff ein scharfer Wind, und die Sonne verschwand oft hinter diffusen Wolkenschleiern. Freya war zum Kilometerfresser geworden. Sie legte einen Zahn vor, sodass Glenner – geschweige denn der Pinguin – kaum Schritt halten konnten. Zuletzt quarrte er so laut, dass sein Herrchen ihn huckepack nahm.

Ein ganzes Geschwader von Düsenjägern donnerte wie Vorboten eines Unheils über sie hinweg. Später entdeckten sie an einem Schmelzwasserstrom die Trittsiegel eines großen Vogels, vielleicht auch eines anderen Tieres mit Schwimmhäuten zwischen den Zehen. Die Spur führte über das Eis zu einem kreisrunden Loch mit spiegelglatten Wänden und einem Durchmesser von etwa zwei Metern. Die kerzengerade ins Innere des Gletschers führende Öffnung erinnerte Freya an ein Land-Art-Exponat von Michael Heizer.

»Was glauben Sie, was das war?«

»Keine Ahnung.« Glenner warf einen vorsichtigen Blick in die Tiefe. Irgendwo da unten polterten raue Wassermassen eisige Schründe hinab.

»Ich habe solche Löcher allerdings schon öfter gesehen.« Glenner ging in die Hocke, um mit der Hand den Rand dieses Eislochs zu prüfen.

»Glatt wie ein Kinderpopo«, sagte er schließlich. »Als hätte jemand mit einem Riesenschneidbrenner dem Gletscher ein Loch in seinen froststarrenden Buckel gebrannt. Hat das jemand gebohrt?«

»Nein.« Sichtlich irritiert besah sich Freya die Ränder. »Wenn ich nicht wüsste, dass es unmöglich ist, würde ich sagen, das Eis wurde sehr schnell mit großer Hitze geschmolzen.«

»Ein Laser vielleicht? Ein Spezialbohrer oder so?«

Freya nickte abwiegend mit dem Kopf. »Vielleicht. Aber ein derartiges Gerät bräuchte ein tonnenschweres Gestänge. Ich kann nirgends Spuren entdecken.«

Sie beschlossen, die Sache auf sich beruhen zu lassen, und marschierten weiter. Es ging jetzt gut voran, sie hatten eine gewisse Routine bekommen. Alle sechzig Minuten machten sie Rast, tranken mit Traubenzucker versetzten Löskaffee oder versuchten, still nebeneinander liegend, wieder zu Kräften zu kommen.

»Darf ich fragen, wo Sie wohnen?« Glenner schien jede Ruhepause zu nutzen, ihr weitere, scheinbar unverfängliche Fragen zu stellen.

»Bremerhaven.«

»Warten Sie mal … Wird das nicht neuerdings Venedig des Nordens genannt?«

»Ja, das stimmt.«

»Öfter mal nasse Füße bekommen, was?«

»Daran gewöhnt man sich im Elbe-Weser-Dreieck. Glücklicherweise wohnte ich aber im fünften Stock. Die Gummistiefel, die ich vor drei Jahren kaufte, hab ich nicht einmal gebraucht.«

»Dann war es wohl doch nicht so schlimm.«

Freya fragte sich, was ein US-Amerikaner unter schlimm verstand.

»Nun, Bremerhaven ist nicht New Orleans, und unser letzter Deichbruch lässt sich nicht mit den Folgen von Hurrikan ›Katrina‹ vergleichen, aber uns hat es trotzdem gereicht.«

»Sicher.« Glenner warf einen Blick auf die Uhr. Dann setzte er sich auf und begann seine Pfeife – eine schwarze Canadian – zu stopfen. »Den Kredit, den die Natur der Menschheit eingeräumt hatte, haben wir überzogen. Die große Mutter treibt die Schulden jetzt auf ihre Art ein.« Er riss ein Zündholz an. Das Kraut, das er rauchte, stank nach getrocknetem Tee, der Beweis dafür, dass er wahrscheinlich wirklich nur ein Herumtreiber war. »Manchmal denke ich auch, es steht uns eine zweite Sintflut bevor …« Er bemerkte ihren Blick und flüchtete sich in eine ironisch klingende Finte. »Wäre es nicht wieder mal an der Zeit, die verderbten Erdenkinder allesamt zu ersäufen?«

»Sintflut? Haben Sie eben Sintflut gesagt?« Freya stieß das Wort aus wie Beelzebub einen Schluck Weihwasser. »Sie sind doch nicht etwa einer dieser amerikanischen Pro-Kreationisten?«

Glenner hüstelte ein paar Mal, als hätte er sich verschluckt. »Was soll das sein? Ich gebe allerdings zu, die Genesis erscheint mir nicht unwahrscheinlicher als die Evolutionstheorie.«

»Oh, ich wusste es, Sie sind ein Pro-Kreationist!«

»Ach was.« Er zog genüsslich an seiner Pfeife. »Ich sage nur, dass es im Laufe der Erdgeschichte wohl immer unerklärliche Flutkatastrophen gab. Und wenn die Wissenschaft dafür keine Erklärungen hat, dann ist es auch möglich, dass Gott reinen Tisch gemacht hat.« Er schien nach den passenden Worten zu suchen. »Gott reinigt von Zeit zu Zeit seine Erde. Oder wie kommt es, dass nahezu alle religiösen Schriften der Menschheit Kataklysmen – und das heißt auch Sintfluten – beschreiben?«

»Na bitte, Sie sind ein religiöser Fanatiker!« Sie hatte es eigentlich nur gesagt, um seine Selbstgefälligkeit zu erschüttern, und staunte dann über den Vortrag, den er ihr hielt.

»Was ich sagte, hat nichts mit Religion und dergleichen zu tun … Denken Sie nur an die elfte Tafel des Gilgamesch-Epos, wo von hoch aufgetürmten Wasserbergen die Rede ist, einer Flut, die um die Erde raste, um alles Leben an Land zu vernichten. Ähnliche Weltuntergangsmythen finden sich auf der anderen Seite der Welt, bei den Maori. Sie erinnern an alles vernichtende Fluten, die sich einst über ganze Kontinente ergossen. Bei den Polynesiern von Paumotu heißt es sogar: Die ganze Erde soll ins Meer getaucht werden …«

Freya hatte seinen letzten Ausführungen nicht ohne Hintergedanken gelauscht.

»Für einen Globetrotter schleppen Sie eine Menge Wissen über den Mumbo-Jumbo der Indigenen mit sich rum. Oder haben Sie doch heimlich etwas studiert?«

»Ach was, gute Allgemeinbildung, das ist alles!« Glenner genehmigte sich den Rest des lauwarmen Kaffees, den er sich am Morgen zubereitet hatte. »Aber im Ernst: Warum ignorieren wir die Überlieferungen so vieler Völker, warum schlagen wir ihre Warnungen in den Wind?« Die Frage schien Glenner wirklich nahezugehen. »Sie sind Wissenschaftlerin, Freya, haben weiß Gott was studiert. Vielleicht können Sie mir erklären, warum es in Europa und Nordamerika nicht mehr aufhört zu regnen.«

»Meinen Sie das im Ernst?«

»Das mit dem Regen? – Na ja, es sieht doch ganz danach aus.« Er sah sie unschuldig an. »Schon Hesiod – so hieß er doch? – schildert das Schicksal von vier Menschengeschlechtern, die in den Fluten ertranken. Und die Geschichte der Arche Noah findet ihre Entsprechung in jener chinesischen Flutsage, wo ebenfalls ein Einzelner aus den Fluten gerettet wird. Auch die Fluten des Deukalion und des Ogyges spielten sich offenbar zu den Zeiten Moses' und Joshuas ab …«

»Halt, es reicht«, warf Freya ein, »Sie scheinen ja wirklich Experte zu sein …« Ihr schwante zum ersten Mal, dass er nicht der war, der er vorgab zu sein.

»Die Katastrophe, die Sie gerade erwähnten, wird übrigens auch in persischen und arabischen Schriften erwähnt, wo die Sintflut mit einem heftigen Wind einhergeht und Tufan genannt wird. Sie wird auch in der Bhagavatapurana, dem heiligen Buch der Inder, beschrieben. Und wenn man es genau nimmt, dann handelt es sich auch bei den in Yucatan gefundenen Maya-Inschriften um die Überlieferung von Wasserkatastrophen …«

»Beeindruckend.« Glenner wirkte erleichtert. »Und ich dachte, Sie halten mich für einen Spinner.«

»Irgendwie ist das auch so«, sagte sie spöttisch, »weil Sie wie ein Naturheide klingen. Aber das ändert nichts an den Fakten: Globale Flutkatastrophen hat es, solange die Menschheit besteht, immer gegeben.« Sie stand auf, nicht nur weil ihr kalt wurde, sondern weil Glenners Pfeife sie buchstäblich einnebelte. »Ich habe mich im Rahmen meines Studiums mit Hörbigers Welteislehre beschäftigen müssen. Der gute Hörb hatte für seine Glazial-Kosmogonie ja ebenfalls die Mythen der Menschheit gefleddert. Ausschlaggebend für seine Theorie war aber nur der Weltschöpfungsmythos der Inuit, in dem es heißt, das ganze Land werde zuletzt vom entfesselten Meer überwältigt und in die Tiefe …«

»Sednas Rückkehr, ich weiß«, warf Glenner ein.

Freya hatte den Namen der Meeresgöttin noch nie gehört, doch sie zweifelte nicht daran, dass er wusste, wovon er sprach.

»Jeder, der hier auf Grönland einen Inuit kennt, hat auch schon mal von Sedna gehört. In Nuuk gibt es eine öffentliche Bibliothek, wo man die Prophezeiung nachlesen kann.« Glenner nahm die Pfeife aus dem Mund und räusperte sich: »Von Norden her kommend wird sich eine Wasserwand auf den Kontinent stürzen und ihn in großen Wogen überrollen. In einer anderen Übersetzung heißt es sogar: Schäumend einherstürzend, himmelhoch ansteigend kommt die Wasserwand, alle Dinge zermalmend. Der Mythos erwähnt übrigens das Aufkommen einer neuen, für das Leben im Wasser gewappneten Menschheit.«

»Ammenmärchen«, sagte Freya, »oder Folgen eines kollektiven Delirium tremens: Hatten die Indigenen nicht schon immer ein Problem mit der Flasche?«

»Tz, tz, tz.« Glenner schüttelte nachsichtig den Kopf. »Ich glaube, Sie machen es sich zu leicht: Sehen Sie diesen rötlichen Felsblock da drüben? Sehen Sie, dass er sich von der Umgebung unterscheidet? Seine Farbe lässt auf eine andere mineralische Zusammensetzung schließen …«

»Weshalb man solche Findlinge auch erratische Felsblöcke nennt«, seufzte Freya. »Manche wiegen bis zu zehntausend Tonnen. Man nimmt an, dass sie von schwimmenden Eisbergen hierhergebracht wurden.« Während er vor sich hin qualmte, war sie schon abmarschbereit. »Das wäre dann Wasser auf Ihre theoretischen Mühlen, nicht wahr?«

»Wenn Sie es so ausdrücken wollen … Ich habe solche Teile überall am Polarkreis gesehen. Wenn Sie mich fragen, können das nur die Überreste einer gewaltigen Gezeitenflut sein … Vielleicht steht der Welt wirklich eine neue Sintflut bevor.«

»Sicher.« Freya hatte Fatalismus immer schon mit Sarkasmus vergolten. »Ich würde sagen, wir sind mittendrin. Denken Sie nur an den großen Georges Cuvier, Vater der Paläontologie. Er war davon überzeugt, dass sich schon früher planetare Katastrophen auf der Erde abgespielt haben und dass aus Festland jederzeit wieder Meeresgrund wird. Seine Theorie gilt zwar als widerlegt, aber der Glaube ist nun mal des Menschen Himmelreich …«

»Das ist nicht nett, wie Sie das sagen.« Glenner klopfte seine Pfeife endlich aus. »Sie können das nicht wissen, weil Sie keine Amerikanerin sind, aber vor nicht allzu langer Zeit war die Ebene von New Jersey bis Florida vom Meer überspült. In jenen Tagen rollte die Brandung gegen den Fuß des Appalachengebirges! Die amerikanischen Gelehrten des 19. Jahrhunderts waren sich noch sicher, die Felsbrocken, die sie dort fanden, seien Hinweise auf einen Wellentransport[16]. Man vermutete, dass irgendwo im hohen Norden eine Reihe riesenhafter Wellen auf mysteriöse Weise ausgelöst worden war und dass diese wahrscheinlich kilometerhohen Wellen eine wahre Riesenlast von Schutt mit sich führten.«

»Das besagt gar nichts.« Sie wandte sich schon zum Gehen. »In noch früherer Zeit stand die Gegend der Great Plains von Alaska bis Mexiko unter Wasser. Allein die Annahme, dass die Erdkruste arbeitet, dass sie sich hebt und senkt, reicht aus, um Sie zu widerlegen.«

»Und haben Sie schon einmal an Eiszeiten gedacht?« Freya hoffte, aus dem Disput würde nicht plötzlich ein ernstes Streitgespräch und ihr Lebensretter würde seine Sachen packen und gehen.

»Um solche Eismassen entstehen zu lassen, sind ein paar – ich würde sagen – mittelprächtige Schauer nötig. Diese setzen wiederum eine erhöhte Menge Wasserdampf in der Atmosphäre voraus, deren Aufkommen wiederum nur mit dem Anstieg der Temperatur zu erklären ist.«

Ein Blick auf sein Gesicht überzeugte Freya, dass es ratsam war, den Exkurs auf eine günstigere Gelegenheit zu verschieben. »Na, schön, lassen wir das. Entweder wollen Sie es verstehen oder nicht.«

»Jetzt klingen Sie aber wie die Fundamentalistin«, murrte Glenner.

»Und Sie klingen nicht wie jemand, der in einer russischen Forschungsstation als Koch oder Fahrer anheuern will«, konterte Freya. »Sie sind Wissenschaftler, Ethnologe oder Geologe, habe ich recht?«

---

16 engl.: tranlation-waves, aus J. Geikie: The Great Ice Age and its Relation to the Antiquity of Man.

»Hören Sie, Freya ...« Er trat etwas näher an sie heran, begann auf seiner Unterlippe zu kauen. »Ich glaube, es wird Zeit, Ihnen etwas zu beichten. Bevor ich Sie traf, hatte ich keine Ahnung von diesem Job in Dag Jeekov. Ich wollte nur mitkommen ... mir dir.«

»Mit mir?« Sie lächelte in sich hinein.

Er macht mir ganz offensichtlich den Hof, dachte sie. Zu diesem Zeitpunkt war sie schon so weit, dass ihr einfach alles an Glenner gefiel. Auch diese verkappte Liebeserklärung war ihr durchaus nicht unangenehm. Vielleicht lag es an dem, was US-amerikanische Forscher einst festgestellt hatten: Die wirkliche, alles verzehrende Liebe beruht auf einer existenziellen Erfahrung. Die Wissenschaftler hatten untersucht, in welcher Situation sich Frauen und Männer am ehesten verlieben. Die ideale Situation schien eine Urwaldhängebrücke zu sein – unten hungrige Krokodile, oben kreisende Geier. Discos und Bildungsveranstaltungen waren dagegen ein völliger Flop.

»Schön«, sagte sie dann. »Wer bist du also?«

»Ich? Nur ein Schiffbrüchiger – und das ist nicht etwa allegorisch gemeint.«

Er deutete auf die Salzwasserspuren an seiner Hose. »Ich bin Vermesser und arbeite für die Festlandsockelgrenzkommission in New York. Aufgrund der weltpolitischen Lage war unsere Mission ziemlich heikel. Unser Schiff wurde letzte Woche von einem unbekannten U-Boot versenkt. Nur ich und mein Begleiter hier haben die Havarie überlebt ...«

Ein Schiffbrüchiger, dachte Freya. Das erklärt vieles ... War sie nicht ebenfalls eine Art Schiffbrüchige?

Gegen Mitternacht begann Bieker noch einmal Kisten zu rücken. Er meinte, es sei nicht verkehrt, sich einen Überblick über das Arsenal zu verschaffen. Immer wieder lud er Waffen durch und nuschelte dabei vor sich hin: »Schon dumm, wenn du was Größeres hochhältst und nicht weißt, wie du abdrücken sollst.« Frodo dachte sich seinen Teil, aber er hielt den Rand und ließ seinen Kollegen gewähren. Bieker strotzte förmlich vor Energie. Aus den leeren Seekisten stapelte er eine improvisierte Rampe, die zu dem schmalen Oberlicht führte. Ein Fluchtweg war das nicht, eher ein Beobachtungsposten. »Cold Rockin' it …« Abgesehen von einer Kiste mit großkalibrigen Maschinenpistolen und zwei durch Booster Packs zu Granatwerfern aufgerüsteten SA80s, entdeckte Bieker bei dieser Gelegenheit ein Bodengitter und darunter einen Lüftungsschacht. Die Röhre führte senkrecht ins Dunkel, eine Linie aus dünnen Metallsprossen war ihr Rückgrat.

»Was haben wir denn da?«, flüsterte Bieker. Er stellte seine Stirnlampe auf höchste Intensität und leuchtete in die Tiefe.

»Und?«, murrte Frodo. »Hast du schon einen Ausweg entdeckt?«

»Das kommt noch, Großer. Aber das hier könnte durchaus einer sein …«

»Ja! Und jeder Ausgang ist auch ein Eingang, hast du das schon mal überlegt?« Irgendwie plagte Frodo schon wieder der Hunger, der Insektenfraß hielt offenbar nicht lange vor.

»Ganz recht«, bestätigte Bieker, »auch diese Möglichkeit ist leider gegeben.« In einer Seekiste hatte er ein Schminkset für den Nachtkampf entdeckt und tunkte seinen Zeigefinger in schwarze, ölige Farbe.

»Ich werde mal nachsehen, wohin der Schacht führt«, flüsterte er. »Schaden kann es nichts, oder?«

Was kann einem Totalschaden schaden, dachte Frodo. Er nickte wohlwollend und ordnete seine Decken.

»Willst du auch was?« Mit einer Geste, aus der viel Verlegenheit sprach, reichte er Frodo das Set. »Lies nur mal die Namen, mein Großer: Codex Grey, Space Wolf Grey, Shaw Grey, Chaos Black, Skull White …«

Die Namen schienen ihm förmlich auf der Zunge zu zergehen. »Ich denke, Codex Grey würde nicht schlecht zu dir passen.«

»Nein, danke«, sagte Frodo, »ich hasse diesen Militärfetischismus. Außerdem passt die Farbe nicht zu dem hübschen Hämatom, das meinen Unterrücken bedeckt.« Er ließ sich von Bieker ein geladenes M-16 an sein Nachtlager reichen und machte eine Art Best-Buddy-Gesicht. »Ach, bevor du gehst – hast du Minskis Report auf deinem Tablet?« Dann mal los … Ich halte hier inzwischen die Stellung. Okay?«

Innerlich war Frodo längst auf einem anderen Kurs. Ihm war klar, dass es an ihm war, eine Katastrophe abzuwenden, nicht zuletzt, um sein eigenes erbärmliches Leben zu retten, und er hoffte, den Schlüssel in Minskis letzter Frau zu finden.

»Wie du willst«, sagte Bieker. »Ich werde mich dann mal Space Wolf Grey nennen.«

»Guter Deckname!«, lobte Frodo, wobei er inständig hoffte, Bieker würde einfach in die offene Schachtöffnung stürzen und sich den Hals brechen.

Er wartete noch, bis sich Bieker in den Lüftungsschacht abgeseilt hatte, dann begann Frodo die Epistel des Devonischen Zirkels zu lesen.

Am späten Nachmittag – die kleine, ferne Mitternachtssonne rollte bereits über den Horizont – stießen Freya und Glenner auf eine Inuit-Siedlung, das typische Dutzend kuppelförmiger, aus Eisblöcken errichteter Iglus. Auf Freyas Karte war die Siedlung nirgends verzeichnet, vielleicht war sie einfach zu klein. In der Mitte des Lagers erkannte Freya mehrere Karriolschlitten und eine Meute wild jaulender Hunde. Sie waren glücklicherweise in einem Verschlag, doch das Wolfsgeheul, das sie jetzt anschlugen, hätte Tote zum Leben erweckt.

»Komisch, kein Begrüßungskomitee«, sagte Glenner, »dafür aber eine Köterei, die sich für ein Wolfsrudel hält.«

Vorsichtig näherten sie sich dem ersten Iglu, wobei sie einen Bogen um den improvisierten Hundepferch machten. Die Tiere schlugen noch immer an. Keine Frage, die Meute war hungrig.

»Hallo? Jemand zu Hause?«

Hinter einem Cache, einem vergitterten Vorratsraum, lagen mehrere mit Robbenhaut bezogene Kajaks kieloben auf Gestellen vertäut. Die Schneehäuser machten einen gepflegten, fast noblen Eindruck, die Eingänge waren verziert oder hatten vorgebaute Veranden aus glattem Eis. Die aufgespannten Planen trugen das unverkennbare Zeichen der Claw People. Darunter lagerten Ölfässer, Benzinkanister und Leergut in rauen Mengen. Offenbar tranken die Bewohner gerne mal einen über den Durst.

In diesem Moment hörten sie Motorengeräusche. Mehrere Motorschlitten tauchten auf, wo sie herkamen, war schwer zu sagen, denn die Iglus versperrten die Sicht.

»Die waren wohl auf der Jagd …«

»Nicht alle«, sagte Glenner.

Erst jetzt bemerkte Freya die Frauen und Kinder, die aus den Eingängen der Schneehäuser spähten. Sie hob die Hand, lächelte, doch erntete nur misstrauische Blicke.

»Warte, bis wir offiziell vorgestellt worden sind«, sagte Glenner. Das Misstrauen der Inuit gegenüber westlichen Menschen war mehr als begründet. In der Vergangenheit war es immer wieder zu geradezu haarsträubenden Übergriffen auf die Indigenen gekommen. So hatte der Tierfänger und spätere Zoodirektor Hagenbeck 1878 eine Gruppe Inuit in seinem Berliner Zoo ausgestellt. Vor einem krude gepinselten Grönlandpanorama und einem künstlich angelegten Eissee ließ man sie posieren oder in Kajaks zur Volksbelustigung paddeln. Ob man die Darbietung nun wie behauptet ein »lebendiges Ethnografie-Exponat« oder nur ein geschmackloses Tableau vivant gewesen war, etwas Anrüchiges haftete schon damals dieser Schaustellung an und hatte aufgeweckte Zeitgenossen an die »Menschenmenagerien« des 16. Jahrhunderts erinnert. Diese Dinge sprachen sich bis nach Grönland herum, wo die Absicht der Aussteller, einen »sinnlich wahrnehmbaren Kontrast« zwischen der primitiven Kultur der Kolonisierten und dem fortschrittlichen und zivilisierten Europa, als Demütigung aufgefasst worden war, die in der Kälte und Einsamkeit nur langsam verblasste.

Die Jäger hatten inzwischen die Siedlung erreicht. Ihre Motoren übertönten selbst die kläffende Meute. Ausnahmslos alle Motorschlitten waren mit den Schädelknochen und Kiefern erlegter Tiere verziert. Lässig stiegen die Männer ab. In ihren weißen Fellanzügen und die Gesichter unter Masken aus Tierhaut verborgen, wirkten die Claw wie eine unbekannte Spezies arktischer Bären. Dazu trugen auch die eingearbeiteten Krallen auf ihren Handschuhen bei.

»Tikitut kalaniut!« Die Kinder liefen ihnen als Erste entgegen. Dann kamen die Frauen, die meisten jung und von einer berückenden, natürlichen Schönheit. Sie trugen weiße oder bestickte Kapuzenmäntel, darunter lange, geschichtete Röcke. Eine junge Frau griff rasch mit den Händen über den Kopf, zog einen kleinen Jungen aus ihrer Kapuze und hielt ihn auf Armeslänge von sich ab, während ein dünner Urinstrahl, dampfend vor Freya und Glenner in den Schnee spritzte.

»Ich hoffe, das war kein Versuch, uns zu markieren.« Glenner hob bereits die Arme, als ob er sagen wollte: Seht her, wir kommen in Frieden.

Der Mann, der jetzt auf sie zutrat, entledigte sich seiner Kopfbedeckung und musterte sie prüfend aus schmalen Augenschlitzen. Besonders der bemützte Pinguin schien ihm nicht ganz geheuer. Schließlich hob er, wie es die Sitte bei einer Begegnung mit Fremden gebot, beide Hände über den Kopf, freilich mit zurückgestreiften Ärmeln, um den Fremden zu zeigen, er trage kein verborgenes Messer.

»Tjørk«, sagte er und schlug sich mit der Faust vor die Brust. Dann deutete er auf die Ankömmlinge.

»Glenner«, erwiderte Glenner, »und sie heißt Freya.«

Der Jäger drehte ein paarmal den Kopf, als müsse er sich den kleinen Menschenauflauf vergegenwärtigen.

»You hear – about – the big war?«

»Excuse me?« Glenner glaubte, er habe sich verhört. »Big war? Wovon redet der Knabe?«

»Yes, big, big war, your world no longer – exist.« Es klang so, als habe er sein Englisch vom Lesen der Konserven-Etiketten und Gebrauchsanweisungen erlernt.

»Where you go? Station – gone. No go.«

»Was meint er zum Teufel?« Die lächerliche Wichtigkeit, die sie dem Wortwechsel in Pidginenglisch beimaß, bewies ihr, dass sie sich nach menschlicher Gesellschaft verzehrte.

»Bleib ganz ruhig«, sagte Glenner.

Es dauerte nicht mehr lang, bis Tjørk ihnen zu verstehen gab, ihm zu folgen. Umringt von Kindern und Frauen, betraten sie die Schneeveranda des größten Iglus des Ortes.

Das Schneehaus wirkte von innen fast wie ein Saal mit gotischem Gewölbe, wahrscheinlich diente es allen möglichen Festivitäten. Obwohl die Ritzen zwischen den Blöcken mit Schnee abgedichtet waren, entdeckte Freya an den Wänden dünne, von der Sonne geschmolzene Stellen, die milchigen, bläulich schimmernden Bullaugen glichen. Es roch angenehm frisch, nach Heidekraut, Pilzen und würzigen Beeren. Von einer breiten, mit Rentierfellen belegten Schlafbank erhob sich ein älterer, fast unbekleideter Mann. Warum er eine orangefarbene Skibrille trug, war schwer zu sagen, vielleicht war es seine Schlafbrille. Mit einer ebenso lässigen wie gebieterischen Geste winkte er die ungebetenen Gäste heran. Sein Bauch, dessen Nabel sich unter einer Fettschicht verbarg, glänzte wie gelbbraunes, abgenutztes Leder. Die verblassten Tätowierungen auf den Schultern glichen dagegen einem Ausschlag, der im Nacken des Alten unter einer hüftlangen, grauschwarzen Mähne verschwand. Er hatte eine scharf geschnittene Nase, die umso mehr hervorstach, da sie von breiten, wie Säbelklingen geschwungenen Backenknochen eingerahmt war. Fleischwülste füllten die Wölbung unter den Brauen bis zum Rand der Schneebrille aus. Die Elfenbeinringe an seinen Händen hätten nicht nur zu einem Rapper gepasst, sie harmonierten farblich auch mit seinen Unterhosen aus geschabtem Seehundsfell.

»Kiena? Kiena una?«, fragte er Tjørk.

»Er will wissen, wer wir sind«, flüsterte Glenner. »Mal sehen, ob mein Inupiaq noch nicht ganz eingerostet ist.«

Er verneigte sich und begann dann in einer monoton klingenden Sprache zu sprechen. Der Alte drehte erst ungläubig den Kopf, dann kam er auf Glenner zu und verpasste ihm einen herzhaften Nasenkuss. »Eskimoisch« – wie es früher mal hieß – ist für den Europäer nicht leicht zu erlernen, es gibt Hunderte Dialekte, doch was immer Glenner von sich gegeben hatte, schien dem Alten zu imponieren. Er setzte sogar seine Schneebrille ab. Freya wusste nicht viel über Inupiaq, das von Linguisten als polysynthetische Natursprache eingestuft wurde. Dass diese Sprache in der Lage war, eine x-beliebig große Anzahl von Begriffen zu einem einzigen Wort zu verdichten, schien dem europäischen Sprachempfinden zu widersprechen. Da Suffixe gleichsam ohne Beschränkung angehängt werden konnten, entstanden Zungenbrecher, die für den Rest der Menschheit unüberwindliche Hindernisse darstellten. Interessanterweise fehlten der Sprache anfangs jegliche abstrakten Begriffe und höhere Zahlen, die erst im 19. Jahrhundert durch Fremdsprachen eingeführt wurden. Die Fischer- und Jägergesellschaft der Inuit war wie die der Indianer und Indios nur qualitativ, nicht quantitativ orientiert. Ausgedrückt wurde immer nur das Besondere, das Persönliche. Damit stand die Kultur der Inuit im krassen Kontrast zur modernen, westlichen Massenzivilisation, in der es nur darum ging, medial gesteuerte Menschenmassen auf den kleinsten gemeinsamen Nenner zu bringen.

»Unser Freund hier heißt Hanak Amaalik Innunguaq«, sagte Glenner schließlich. »Er ist der Anführer dieses Clans. Scheinbar bekommen sie nicht allzu oft von Fremden Besuch. Wir sollen ihn Han nennen, so wie Han Solo, was sagst du jetzt?«

»Wie nett von ihm.« Auch Freya hatte einen Kuss auf die Nase bekommen.

»In der Tat«, bestätigte Glenner. Zwei junge Frauen forderten ihn unmissverständlich auf, sich zu setzen. »Kaum zu glauben, aber er scheint mal Rettungstaucher gewesen zu sein. Auf Island und dann in der Baffin Bay!«

»Wenn das so ist, spricht er auch Englisch«, flüsterte Freya.

Entweder schien der Alte Gedanken lesen zu können, oder er hatte das Gehör eines Luchses.

»So ist es«, sagte er, »aber seitdem ich in Rente bin, höre ich lieber zu.« Er deutete auf ein altes Sprechfunkgerät. »Gestern Abend sagten sie in den Nachrichten etwas von einem Krieg.«

Gespenstische Stille machte sich augenblicklich breit. Selbst die Kinder schienen ihn verstanden zu haben.

»Was für ein Krieg?«

Hanak zuckte die Achseln. »KNR 50 ist hier draußen nicht einwandfrei zu empfangen. Um ehrlich zu sein, ich konnte nur die Hälfte verstehen.«

Glenners Blick wanderte hin und her. »He, das ist doch nichts Neues. Die Großmächte rasseln ein bisschen mit dem Säbel, und drei Wochen später treffen sich alle wieder zum G-8-Gipfel und überlegen, welches aufstrebende junge Land sie als Nächstes auspressen können.«

»Kalaallit Nunaat«, sagte Hanak. »Unser Land wollen sie diesmal auspressen!« Seine Miene war düster geworden. Er setzte zu einem längeren Vortrag an, wobei er, wie es auch anderswo üblich ist, persönliche Erfahrungen verallgemeinerte und zum Maßstab aller Dinge erklärte. Aber was er erzählte, war in der Tat bestürzend. Die Ausländer – ganz gleich ob Dänen, Russen oder Amerikaner – hätten bisher nur Elend gebracht. Seinen Neffen hätten die Behörden gezwungen, eine »Hundemarke« mit einer Nummer zu tragen, was einer extrem kruden erkennungsdienstlichen Behandlung gleichkam. Auch die Inuit-Namen habe man, ohne die Betroffenen zu fragen, kurzerhand christianisiert. Bis in die Neunzigerjahre hinein habe es immer wieder Zwangsumsiedlungen gegeben. Militärische und wirtschaftliche Interessen der Fremden hätten dabei eine größere Rolle gespielt als die Kultur der Menschen, die dieses herrliche Land dem Eis abgetrotzt hatten. Die Iunghuits, die Hingitaq[17] und die Claw People hätten zuerst zum Aufstand geblasen. Jahrzehnte habe es gedauert, bis die Inuit als eigenständiges Volk anerkannt wurden. Und alles nur, »um ihnen die Naturschätze ihres Landes vorzuenthalten«. Von den neuen Geschäftsideen der Dänen – durch Jagdtourismus Devisen ins Land zu bringen – hielt er wenig. »Unsere Gesetze stehen auf keinem Papier«, erhob er die Stimme. »Sie stehen in unserem Blut – maligait und tirigusuusiit, Gebote und Verbote –, und kein Inuit würde auf die Idee kommen, von diesem gerechten Pfad abzuweichen.«

»Wir auch nicht«, pflichtete Glenner ihm bei. Doch wenn er geglaubt hatte, Hanak auf diese Weise zum Schweigen zu bringen, so hatte er sich getäuscht.

Seit Ausbruch der Unruhen in Nuuk, der Hauptstadt an der westlichen Küste, hätten sich Angehörige der unterschiedlichsten Stämme auf den Weg nach Grönland gemacht – Kitlinermiut aus der kanadischen Inuvik-Region, ebenso Yukaghir und Eveny von den ostsibirischen Inseln und Koyukon aus Alaska. Selbst blonde Inuit von der Victoria-Insel hätte man auf den Barrikaden gesichtet, um für namminersorneq – für Selbstbestimmung – zu kämpfen.

»Und ihr«, fragte er mit einem Anflug von Spott, »seid ihr auch gekommen, den Freiheitskampf meines Volkes zu unterstützen?«

»Das haben wir schon immer«, beteuerte Glenner. Er begegnete Tjørks misstrauischem Blick. »Eigentlich sind wir auf der Suche nach einer russischen Forschungsstation. Die soll hier irgendwo sein.«

---

17 aus dem Kalaallisut: Deportierte

»Du meinst die Dag Jeekov, ja, ich kenne die Station«, sagte Hanak. »Doktor Denissow ist mein Freund. Und seine Freunde sind auch meine Freunde.«

Es sah so aus, als hätte er es wieder auf Freyas Nase abgesehen, aber er hielt sich in letzter Sekunde zurück: »Ihr seid doch seine Freunde?«

»Wie man's nimmt«, sagte Freya, »wir sollen das Bohrteam verstärken.«

»Das ist gut«, sagte Hanak. »Denissow kann tüchtige Leute gebrauchen. Ich werde euch morgen zur Station führen, heute ist es zu spät. Außerdem hat einer unserer Jäger einen tupalik gesehen – einen bösen Geist … Unten am Eisfluss.«

Freya seufzte. »Hoffen wir mal, es war nur eine vollgefressene Robbe.«

Hanak schüttelte lächelnd den Kopf. »Meinst du, meine Jäger könnten keine Robbe von einem Dämon unterscheiden? Dieser tupalik schwamm an das Kajak heran. Er hatte Hände und Füße wie Sedna.«

»Wie Sedna?«

Hanak griff nach einer leeren Wasserflasche neben der Schlafbank.

»Das ist Sedna.« Er deutete auf das türkisfarbene Etikett, das eine stilisierte, hohläugige Meerjungfrau zeigte. Der Schriftzug »Grundvand« war kaum noch zu erkennen.

»Sie ist nicht nur in dieser Flasche …« Ein merkwürdiges Lächeln huschte über sein Gesicht. »Da Menschen aus Wasser bestehen, ist sie auch in jedem von uns. Sie ist unsere Amba[18], und wir sind ihre Kinder. Kommt mit, ihr sollt sehen!«

---

18 Inuktitut: Mutter

Hanak stand auf, hüllte sich in einen Pelz, der nur von einem Bären stammen konnte, und gestikulierte seinen Gästen, ihm zu folgen. Begleitet von allen Anwesenden, stiegen sie in einen Tunnel und gelangten von dort in ein anderes Schneehaus. Es war kleiner als das große Gemeinschaftsiglu. Nur schwach von brennenden Tranlampen erhellt, schien es nur einem Zweck zu dienen, die überlebensgroße, aus Eis gehackte Figur einer Frau zu illuminieren. Ihre breitbeinige Haltung hätte einem Sumo-Ringer alle Ehre gemacht, und tatsächlich schien sie mit einer monströsen Schlange zu ringen. Bei genauerem Hinsehen wirkte es eher wie ein Verknoten des Schlangenkörpers. Vielleicht spielten sie auch nur, das Tier starrte jedenfalls wie gebannt auf den grässlichen Kopf dieses Fetischs, dem das Gebiss eines Grönlandhais eine beunruhigende Lebendigkeit einhauchte.

»Taktualuk«, murmelte Hanak, »verdammt dunkel hier drin … taktuvingaluk … Adlivum![19]« Offenbar hatte er wirklich ein Augenleiden.

Er verbeugte sich tief, und die anwesende Gemeinde begann andächtig zu murmeln.

»Da hast du sie«, flüsterte Glenner. Er schien belustigt zu sein. »Sedna, die alte Meeresgöttin der Rohfleischfresser. Im hohen Alaska wird sie auch unter dem Namen Takanakapsaluk verehrt. Hanak möchte wohl, dass wir uns bei ihr für unsere Rettung bedanken.«

»Wer bitte hat uns gerettet?«, flüsterte Freya. »Außerdem nehme ich an keinem Götzendienst teil.«

»Come on!« Glenner hatte sich bereits auf den mit Robbenfell ausgelegten Boden gekniet. »Tu ihm den Gefallen.« Er zog Freya

---

19 Inuktitut: Land der Toten

mit zu sich. »Hock dich einfach hin und tu so, als würdest du beten.«

Freya wollte bereits den Kopf senken, als sie eine Bewegung im Schatten der Eisskulptur sah, als sei etwas Dunkles aus dem eisigen Leib der Göttin geschlüpft.

»He, hast du das eben gesehen?« Ein halb nackter maskierter Mann rutschte plötzlich zwischen den Beinen der Göttin hindurch. Bizarre Ketten aus Knochenresten und Zivilisationsmüll zierten seinen mageren Leib, der mit einer grünlichen Tinte tätowiert war. Seine untere Körperhälfte und die Beine schienen einem Eisbären zu gehören. Dazu gehörten auch die Zierstiefel aus Vogelhaut mit eingenähten Klauen und Muscheln.

»Anatok Okalik«, kommentierte Hanak die Erscheinung, »unser Schamane. Er ist blind, doch er sieht mit dem Herzen.«

Trotz einer aberwitzigen Tellerminenfrisur wirkte der Schamane alles andere als harmlos: Er rollte unentwegt mit den Augäpfeln und entblößte gelegentlich ein furchterregendes Gebiss – lange, spitze Hauer wie von einem Bären.

»Hat er einen epileptischen Anfall oder tut er nur so?«, fragte Freya.

»Du solltest das schauspielerische Talent dieser Leute nie unterschätzen«, flüsterte Glenner. »Sie schnitzen sich diese Zähne aus Knochen, um den Leuten damit Angst einzujagen. Wahrscheinlich kann er auch auf Kommando Blut spucken, weil er immer ein blutgefülltes Stück Robbendarm in der Backentasche hat. Ja, das sind so die Tricks, mit denen sich die hiesigen Priester als Vertraute der Götter empfehlen.«

Freya hasste alles übersinnliche Getue, doch die Art, wie Hanak sich vor dem Schamanen verbeugte, bewies, wer hier die Macht über die Gemeinschaft besaß. Der Schamane war offenbar eine allseits gefürchtete und respektierte Instanz.

»He, sieh dir Boogeyman an …« Der Schamane geriet langsam in Ekstase. Seine linke Hand umfasste den verzierten Griff eines Tamburins, mit der Rechten schwang er einen elfenbeinernen Stock. Indem er sowohl die Trommel als auch den Stock bewegte, schlug er gegen den Holzrand und entlockte dem straff gespannten Rentierfell dumpf dröhnende Laute. Während der Schamane um die Eisfigur tanzte, raunte er beschwörende Sätze vor sich hin.

»Kannst du verstehen, was er sagt?«

»So ungefähr.« Glenner hielt den Kopf weiterhin sittsam gebeugt. »Er sagt, fremde Donnervögel seien aus dem Westen gekommen, um das Land der Inuit zu vernichten … doch Nootaikok, der Gott des Eises, habe ihre schwimmenden Nester daran gehindert, das Land zu erreichen. Nun sei es an Sednas Kindern, die Fremden aus dem Land zu vertreiben.«

»Sednas Kinder?«

»Oh, es gibt sie«, flüsterte Hanak. »Ich habe einmal eines von ihnen gefunden … in einer verunglückten Maschine. Seine Eltern haben den Absturz nicht überlebt, aber das Baby – es lebte … Es atmete unter Wasser.«

Der Priester Sednas machte in diesem Moment einen Luftsprung, die Schatten seiner wirbelnden Arme schienen flügelschlagend an der Decke des Eistempels zu kreisen.

»Er nennt sie … die Wassergeborenen … Kinder der … der Flut. Er sagt, in einigen Monden sei dieses Land endlich von allen Fremden gereinigt.«

»Ionamut«, sagte Hanak, was so viel hieß wie, man müsse sich mit dem Ende abfinden können. Er sagte es voller Inbrunst, und was immer ihn mit der westlichen Zivilisation einst verbunden haben mochte, er schien es in diesem Moment überwunden zu haben.

»Ionamut«, bekräftigte auch der Schamane. Er verdrehte die Augen, bis nur noch das Weiße zu sehen war. Die in einem spöttischen Ton geäußerte Aufforderung, die beiden Fremden Kalanuit, der großen Meeresgöttin, oder zumindest einem Aipaloovik genannten Monstrum zu opfern, behielt Glenner lieber für sich. Immerhin hatte Hanak Okalik erklärt, die beiden Fremden seien keine Erdölräuber und stünden unter seinem persönlichen Schutz.

INTERLOG I
REGENHAUT

*Auf grünem Gestein rotflossige Hand Goldüberrollt
ins verschwimmende Land …*

– PETER HILLE

Der Wasserdrache kommt. Lange Zeit ist er vom Himmel gefallen, Tropfen für Tropfen, drei Wochen lang, und hat sich im Verborgenen wie ein furchtbares, aus verflüssigten Gliedmaßen bestehendes Tier tief in der Erde gesammelt. Jetzt schwemmt er sie auf und wühlt sich an vielen Stellen als Rinnsal oder Sturzbach hervor. Erwachter Drache. Erst reißt er Felsen mit sich, knickt Baumstämme um, dann schiebt er Autos vor sich her, als ob es Spielzeugboote oder merkwürdige Amphibienfahrzeuge wären. Er nagt an Asphaltdecken, sprengt Abflussrohre, erweicht Dämme und quillt aus den Ritzen von feuchten Mauern und Böden. Ja, der Wasserdrache ist stark: Er drückt von unten, bricht den gekachelten Boden der Küche entzwei, und von hier aus steigt er lautlos die Treppen empor, Stiege um Stiege, bis er die erste Schwelle erreicht und Fußabtreter, Müllsäcke und leere Korbflaschen leicht anhebt. Langsam und vorsichtig – wie eine Amöbe unbekanntes Terrain erkundet, so dringt er jetzt durch den Spalt unter der Tür. Der staubige, verschlissene Teppich vor dem Bett hält ihn nicht lange auf, die aus Bast geflochtenen Badesandalen beginnen zu schaukeln, eine halb leere Bierflasche kippt um. Ein Stuhl, ein Tisch, mehrere Koffer, selbst ein Regal mit chinesischen Vasen bewegt sich im Halbdunkel von der Stelle, beginnt zu treiben, als ob es mitten im Zimmer einen Sog gäbe. Zu diesem Zeitpunkt ist die Schaummatratze des Bettes schon halb durchweicht, und der Schläfer spürt die Kühle in seinem Nacken. Die Decke wird schwer, das Kissen feucht, eisiges Wasser dringt in das Ohr des Schläfers, der erst nur zuckt, als erwehre er sich eines schlimmen Traums. Dann öffnen sich seine Augen, und Ding-Chun, wachhabender Chefingenieur des Drei-Schluchten-Staudamms, setzt sich ruckartig auf. In Panik macht er Licht: Der Boden in seiner Unterkunft ist trocken, alles – jedes Möbelstück – steht auf seinem Platz …

Schweißgebadet ist Ding-Chun erwacht. Ying Lung Wang, alter Wasserdrache, bleib, wo du bist, ist sein erster Gedanke gewesen. Zumindest noch diese Nacht, denn morgen früh werde ich meine Sachen packen und für eine Woche verschwinden. Ding-Chuns Familie lebt in Shanghai, und er freut sich, die Kinder wiederzusehen, selbst wenn sie in letzter Zeit recht aufmüpfig sind. »Jackie-Chun« hänseln sie ihn, wegen seines neuen, rund geschnittenen Pagenkopfs, den ihm ein Dorffriseur mit stumpfer Schere verpasst hat, dabei ist dieser Schnitt ideal für einen Mann, der von jeher unter dünnem Haar leidet. Als Ding-Chun jetzt die Kantine 10 C der Sektion Ost des Staudamms betritt, zeigt die Digitaluhr an der Wand 20 Uhr 47. Der karge Raum, der von seinen Dimensionen her eher einem Flugzeughangar als einem Speisesaal gleicht, ist von unzähligen Neonröhren erhellt, deren Licht verzerrte Schatten auf die holzgetäfelten Wände zeichnet. Auf den verchromten Anrichten und dem Teegeschirr liegt ein kalter, schneeiger Glanz, der eitle Triumph strahlender Edelgase über die Müdigkeit eines in den letzten Zügen daliegenden Restaurants. Er hat Angst und Hunger, eine verheerende Kombination, und bedient sich ausgiebig an kalten Frühlingsrollen und lauwarmen, schon leicht verdorben riechenden Dumplings. Alles ist feucht. Feine Wasserperlen stehen auf seinem Teller, als hätte das Porzellan Poren. Ding-Chun holt sich noch einen Tee und steuert seinen Lieblingsplatz an – einen schmucklosen, glatten Holztisch, direkt unter dem alten Mao-Abreißkalender. Wie immer wischt er kurz mit der Hand über den Schalensitz, erst dann nimmt er Platz. Der Mao-Kalender ist leicht gewellt, Ding-Chun erkennt einen dicken Tropfen am unteren Rand, gleich neben der schlecht wegretuschierten Warze an Maos Kinn. Selbst der große Steuermann schwitzt heute Nacht, denkt Ding-Chun.

Der Drei-Schluchten-Damm ist schuld an der hohen Luftfeuchtigkeit, das steht fest. Und nicht nur das: In globalem Maßstab hat der sechshundert Kilometer lange Stausee nachweislich zum Treibhauseffekt beigetragen. Die Partei gibt das nicht zu, warum auch, hat sie doch genügend andere Probleme am Hals – die zunehmende Versandung des Sees und die Beseitigung des giftigen Schlamms, der sich bei Niedrigwasser an den Ufern ablagert. Auch Ding-Chun hat die Probleme verdrängt. Er erledigt nur seinen Job.

21 Uhr und 5 Minuten: Im Kontrollraum des Drei-Schluchten-Staudamms ist Schichtwechsel. Der seit Stunden anhaltende Platzregen ist hier drinnen nicht zu hören. Ding-Chun liest die Kontrollwerte ab, alles in Ordnung, wie immer. Die Technik der kommunistischen Volkspartei hat die Natur bestens im Griff. Sie gehorcht dem Regime, liefert bedingungslos, was die sechsundzwanzig Turbinen verlangen. Aus den haushohen Generatoren fließt sauberer Strom für Millionen, nur die Kraft des gezähmten Jangtsekiang hat das ermöglicht. Er ist ein mächtiger Fluss, dieser Jangtse, eine lebenswichtige Ader des Landes. Schon sein Einzugsgebiet umfasst den Lebensraum eines Drittels aller Chinesen. In den letzten Wochen ist der Fluss immer wieder über die Ufer getreten. Wie ein schmutzig brauner Drache hat er sich aus seinem Flussbett gewälzt und die Ortschaften der Provinz Hubei terrorisiert. Jetzt wälzen sich seine Wassermassen auf jenes Nadelöhr zu, das die Welt unter dem Namen »Drei-Schluchten-Damm« kennt, ein gigantisches Bollwerk, das im Grunde genommen eine aus dem Ruder gelaufene Talsperre ist. Das in den Schluchten Qutang, Wuxia und Xiling entstandene Becken staut eine Wassermasse von der Größe des Bodensees auf, nüchtern betrachtet ein Risiko für die nationale Sicherheit Chinas, doch davon will die Partei nichts

mehr hören, und auch Ding-Chun ist das ewige Gekrittel der Naturaktivisten zuwider.

»Keine besonderen Vorkommnisse«, tippt er ins Logbuch. Wie immer nach dieser Feststellung tritt er für einen Moment an das riesige, nach außen gewölbte Fenster, um zu sehen – mit eigenen Augen zu sehen –, dass alles seine Richtigkeit hat, dass die Instrumente ihn nicht zum Narren gehalten haben. Die nach innen gewölbten und grell beleuchteten Mauern verlieren sich im Nachthimmel, zumindest sieht es so aus. Darunter sieht Ding-Chung den nebelverhangenen Stausee, das ockerbraune Meer, das vor Jahren Hunderte von Städten und Dörfern verschlang.

In den letzten achtundvierzig Stunden ist der Wasserspiegel des Stausees sprunghaft gestiegen. Immerhin, noch sind es mindestens fünf Meter bis zur Krone des Damms. Fünf Meter, dann läuft das Fass über … Dass die Fluten schäumen, dass sie seit Tagen kochen, ist kein Grund zur Besorgnis. Ganz China hat in letzter Zeit mit solchen »Wasserdrachen« zu kämpfen, selbst in den nördlichen, von Trockenheit geplagten Provinzen heißt es jetzt öfter »Land unter«. Hier, in den nächstgelegenen Städten Baidicheng, Guandukou und Yichang an der Gezhouba-Talsperre haben die Menschen mehrfach nasse Füße bekommen, doch das Fernsehen hält sich mit Berichten zurück. Die Partei hat alles unter Kontrolle, und die Einwohner der Region nehmen es wie immer buddhistisch gelassen: Von irgendwoher ist es gekommen, das Wasser, und nach dort wird es auch wieder abfließen. So ist es oft in den Jahren vor dem Bau des Staudamms gewesen. Nur diesmal – und Ding-Chun weiß das aus neuesten Berichten – macht ihnen der hohe Grundwasserspiegel einen Strich durch die Rechnung: Das Wasser bleibt oder schwankt, als gäbe es plötzlich auf dem Festland einen Tidenhub wie am Meer. Nun heißt es, der Hochwasserscheitel werde in den kommenden Stunden erwartet. Zwar ist das Risiko eines Dammbruchs so unwahrscheinlich wie das eines Atomreaktor-GAUs, doch in der Praxis fehlt es den Hydroingenieuren an Vergleichswerten.

»Worauf warten Sie, Ding? Geben Sie her …« Cheng, der Zweite Ingenieur, zeichnet Ding-Chuns Rapport gegen. Er wirkt leicht aufgekratzt an diesem Abend, doch wenn Ding-Chun ihn scharf ansieht, dann macht er schnell sein übliches Smiley-Gesicht. Auch er ist Pagenkopfträger, doch sein voller, dreistufig geschnittener Pony fällt noch über die Nasenwurzel. Zwei kupferfarbene, asymmetrische Strähnen über dem Deckhaar stehen für Mut zur Individualität und Selbstbewusstsein.

»Gibt es Neuigkeiten aus Henan?«, fragt Ding-Chun. Die Vorkommnisse in der Provinz interessieren den Chinesen mehr als Meldungen aus der westlichen Welt. Sie liegt halbwegs in Trümmern, er weiß das und findet, die Leute haben es nicht anders verdient. Am Wettlauf um das schwarze Gold der Arktis war die Volksrepublik nicht beteiligt. Der begrenzte nukleare Schlagabtausch zwischen den USA und Russland hat im Reich der Mitte keinen Eindruck gemacht. Man hatte das seit Jahrzehnten erwartet. Hier One-world-Fantasten, dort Oligarchen … Es war gut gewesen, keine Seite zu wählen. Und China war groß. Nur in den westlichen Provinzen wurde radioaktiver Fallout gemeldet, eine ernste Gefahr ist es nicht. Was momentan schwerer wiegt, sind die Probleme vor der eigenen Tür, Probleme, die China dem wochenlangen Regen verdankt: Die Xiaolangdi-Talsperre und der Sanmenxia-Damm lecken noch immer, der Krisenstab in Peking arbeitet rund um die Uhr, um die Sickerstellen in den maroden Dämmen – wie sagt man – »prophylaktisch zu flicken«. Es gilt die – so das staatliche chinesische Fernsehen – »größte Überschwemmung seit Menschengedenken« zu verhindern und im schlimmsten Fall Evakuierungspläne für Millionen aus dem Ärmel zu schütteln.

»Es gibt wenig Neues«, sagt Cheng. »Aber es gibt so etwas wie Hoffnung: Die Armee hat zehn Millionen Sandsäcke an den alten Staudamm geschafft, aber ich glaube kaum, dass sich der gelbe Fluss davon aufhalten lässt.«

»Um ehrlich zu sein«, sagt Ding-Chun, »ich teile die Ansicht der Kritiker, die sagen, der Bau des Sanmenxia-Damms sei ein Fehler gewesen …«

»Das sagen sie auch von unserem Damm«, wirft Cheng ein, »vielleicht kann man mit Meeren und Erdteilen wirklich nicht so umgehen, als wären es Teiche und Sandhaufen.« Doch bevor er noch ein linientreues Bekenntnis nachlegen kann, poltert ein bärtiger Werkschutzmann in den Raum. Sein Name ist Hop Sing Zhang – auch »Tante Blumenfaust« oder so ähnlich genannt –, und die Streifen an seiner Jacke weisen ihn als Chef des Sicherheitsdienstes aus. Unter der ewig schief sitzenden Mütze ist er kahl, Ding-Chun weiß das, denn er hat den Mann schon oft beim Mittagessen in der Kantine gesehen, ein unangenehmer Bursche, der sich am Buffet immer vorzudrängeln versteht. Als ehemaliger Beamter des Büros 610, das die Verfolgung von Falun-Gong-Anhängern systematisch betrieb, war er Ding-Chun erst 2003 durch das nationale Sicherheitsbüro unterstellt worden. »Ein verschlagenes Werkzeug fürs Grobe und mit Vorsicht zu genießen«, so lautete damals der Aktenvermerk.

»Wir haben Besuch«, raunzt er in die Stille des Raums. »Und das an so einem ungemütlichen Abend …«

»Besuch?« Ding-Chun starrt hinaus über den See. »Von wem?«

Statt zu antworten, tritt Zhang an die Konsole der Videoüberwachung.. »Yüyis.[20] Hab die Bande gerade eben entdeckt … Da, Monitor dreizehn …« Seine dunkelbraune Hand am Joystick lenkt

---

20 Chinesisch: Regenhäute

den Fokus der Kamera in eine bestimmte Richtung, er ändert die Blende, vergrößert den Ausschnitt und legt noch einen Restlicht verstärkenden Filter darüber.

»Na, wie findet ihr das? Verdammte Yüyis …«

Es ist ein unheimliches Bild, ein Zufallsprodukt aus Unterbelichtung, Unschärfe und Fischaugen-Perspektive: Am linken Ufer der kochenden Fluten – fast an der Krone des Staudamms – hat sich eine Menschenmenge versammelt. In ihren langen, halb durchsichtigen Regenponchos wirken sie wie Sektierer, die eine Zeremonie abhalten. Es müssen Hunderte sein. Manche schwenken Leuchtstäbe, andere Schiffslaternen, die bekanntlich wasserdicht sind.

Ding-Chun versucht die Ruhe zu bewahren. »Keine Panik, Freund Zhang. Das sind nur Bauern, die hier früher gewohnt haben. Ab und zu kommen sie halt her, um für ihre Ahnen zu beten.«

»Ich weiß«, knurrt Tante Blumenfaust mit heiserer Stimme. »Hab denen schon zigmal in den Hintern getreten, aber sie kommen immer wieder! Ich glaube, es hat mit dem alten Steinmal zu tun, das eine Hochwasserstelle aus der Han-Dynastie markiert. Die ungebildeten, abergläubischen Fellachen …«

Dabei sind es nicht nur Bauern, sondern auch junge Leute aus Sandouping, der nächstgelegenen Ortschaft. Je mehr von der buchstäblich schmutzigen Wahrheit über den Damm ans Tageslicht kommt, umso öfter beteiligen sie sich an Protestaktionen der vertriebenen Bauern. Mal demonstrieren sie für den vom Aussterben bedrohten Schwertstör, dann wieder für den vermaledeiten Flussalligator. Zhang, der Ur-Kommunist, vermutet keine Tierliebe dahinter, sondern handfeste Wirtschaftsinteressen, denn das Leder der Alligatoren ist bei Taschenherstellern begehrt. Die Bauern protestieren dagegen aus gutem Grund, sie sind von dem Regime reingelegt worden, ihre Familien durch die Umsiedlung ins Elend gestürzt oder gezwungen, ein Leben als Wanderarbeiter zu fristen. Mehr als zwei Millionen Menschen sind von der Zwangsumsiedlung betroffen gewesen, Milizen und paramilitärische Abbruchtrupps haben ihre Häuser geschliffen und jeden Widerstand niedergeschlagen. Dennoch zieht es die Vertriebenen regelmäßig an den monströsen, menschengemachten See, auf dessen Grund sich nun ihre Häuser, Tempel und Friedhöfe befinden.

»Lass sie doch demonstrieren.« Der Chefingenieur versucht sein gütiges Lächeln zu wahren. »Wenn sie unbedingt nass werden wollen – mich stört es nicht …«

»Es ist schon nach neun Uhr, und die Präfektur hat vor einer halben Stunde den Notstand verhängt!« Zhang richtet eine zweite Kamera auf den Menschenauflauf. Er schäumt vor Wut, die Flut der Verwünschungen macht der Flut draußen Konkurrenz, die dumpf bollernd gegen die hundert Meter dicke Staumauer drückt. »Die gehören hinter Gitter, am besten noch in die Strafkolonie in Xinjiang!«

Cheng räuspert sich. »Man kann erwachsenen Menschen nicht verbieten, sich ein Naturereignis anzusehen.«

»Nein, kann man nicht«, kontert Zhang, »aber man kann sie hindern, den Stolz Chinas zu schänden!«

Die Kamera hat ein großes Graffiti an der Mauer erfasst.

»Kommt Ihnen bekannt vor, was, verehrter Chefingenieur?«

»Chai. Na und?« Ding-Chun sieht das Todeszeichen nicht zum ersten Mal. Schon mehrfach hat der Werkschutz Schmierereien dieser Art vom Beton des Staudamms entfernt. Selbst im streng bewachten Wasserkraftwerk haben unbekannte Sprayer nachts »Chai« an die Wände geschmiert. Es bedeutet abreißen, abbrechen, ausmerzen, ein symbolisches Todesurteil für jedes von Menschenhand errichtete Bauwerk. Ironischerweise wurden die Häuser der letzten unbeugsamen Sumpfbauern so von den kommunistischen

Schlägerbrigaden markiert. Das war im Juni 2003. Tagtäglich wurde damals geprügelt und schikaniert, besonders hartnäckige Kritiker wurden ins Gefängnis geworfen. Ein paar störrische Greise, die trotzdem blieben, ließ man einfach in den Fluten ersaufen. »Wenn das Alte nicht geht, kann das Neue nicht kommen«, so lapidar wurde das Unglück in den staatstreuen Medien kommentiert. Als man die Wehrfelder der Staumauer schloss, waren die Würfel endgültig gefallen. Alle Spuren der Verbrechen wurden von den schlammigen Fluten verschluckt.

»Das ist nur Sachbeschädigung«, sagt Ding-Chun.

»Nein, eine Drohung«, erwidert Zhang. »Ich habe meine Männer schon ausgeschickt! Das Zeichen ist überall, die Farbe noch frisch.« Der Blick einer anderen Kamera fängt ein weiteres Chai-Zeichen ein. Es prangt wie ein krumm und schief zusammengenageltes Gatter über der neunten Turbine. Fast wirkt es dreidimensional, plastisch.

»Aber das ist doch unmöglich«, entfährt es Cheng. »Ich kenne die Stelle! Sie ist nur mit einem Boot zu erreichen.«

»Nicht bei diesem Wetter«, erwidert Zhang, »und nicht bei laufenden Turbinen. Außerdem hätten wir das gesehen.«

»Dann haben sie sich abgeseilt«, folgert Cheng. Von allen Kontrolltechnikern hat er immer noch den schärfsten Verstand.

»Große Wasserbüffelscheiße!«, schnaubt die Tante. »Glaubst du, meine Männer sind blind? Es gibt hier mehr Kameras als auf dem Platz des Himmlischen Friedens!«

»Moment, was geht hier eigentlich vor?« Ding-Chun fühlt, dass etwas nicht stimmt. Die Überwachungskameras zeigen höchst beunruhigende Bilder. Über die endlosen Gittertreppen am Staudamm bewegen sich Silhouetten in schwindelnde Höhe. Triefende Regenhäute gleiten vorbei. Etwas Fremdartiges geht von dieser Prozession aus, Ding-Chun spürt zum ersten Mal die Gefahr.

»Sind die Leute etwa auf dem Damm?«

Zhang schnaubt. »Sagten Sie nicht gerade eben, das sind nur Bauern?«

»Kein Unbefugter darf den Staudamm betreten.«

»Das müssen Sie mir nicht sagen, verehrter Chefingenieur, ich weiß, was ich tue …«

»Herr Leitender Ingenieur, wir haben einen geschnappt!« Durch die automatische Tür des Kontrollraums taumeln zwei junge, völlig aufgelöste Wachmänner in den Raum. Ihre taubenblauen Uniformen sind nass, klitschnass, Ding-Chun fällt auf, dass der eine am Kinn blutet. »Auf frischer Tat!« Der Ältere von beiden reicht Zhang eine Spraydose. »Die hatte er noch in der Hand!«

»Ihr meint den Sprayer? Ihr habt den Sprayer endlich erwischt?« Zhangs Gesichtsmuskeln imitieren ein wohlwollendes Lächeln. »Und? Ist es ein Einheimischer? Oder ein Baizuo[21] aus der Großstadt? Oh, was hasse ich doch diese verwestlichten Hipster, die sich als Aktivisten aufspielen …«

Der jüngere Wachmann antwortet nicht gleich. Er zittert, seine Zunge hat er zwischen die Zähne geschoben, so hört man nicht, dass sie klappern.

»Was ist los, Mann?«

»Um ehrlich zu sein, wir wissen nicht, was er ist …« Der mit dem blutenden Kinn kneift immer wieder die Augen zusammen. »Dieses Ding … unter der Regenhaut … ist kein Mensch …«

»Wiederhole das bitte.« Zhangs Blicke sind unerbittlich. »Wiederhole, was du gesagt hast! Sofort!«

»Ich weiß nicht … Bitte, Herr Zhang! Sie müssen das sehen! Es ist unglaublich.« Der junge Wachmann eilt ihnen voraus. Aus Sicherheitsgründen meidet er die Aufzüge, es geht über federnde,

---

21 Chinesisch: »weiße Linke«, synonym für Gutmensch

feuerverzinkte Gitterrosttreppen hinab in das zweite Kellergeschoss, den »Bauch des Flussnilpferds«, wie Zhang diesen dunklen, ewig feuchten Trakt nennt. Die Zelle am Ende des unteren Kontrollgangs ist unverputzt und nur spärlich erhellt, der verhaftete Sprayer kauert in einer Ecke. Er ist in nasse Lumpen und einen geflickten Regenponcho gekleidet. Seine schwarzen, dünnen Haare sind lang und wie mit Spucke an einen fleckigen, verschorften Schädel gekleistert. Ding-Chun fällt auf, dass der Mann seine Hände verbirgt.

Alter Wasserdrache! Das Rauschen der Turbinen ist in der Zelle deutlich zu hören, nicht, dass es ein Fenster gäbe, aber die rasenden, vorbeistürzenden Wassermassen hinter den Stahlbetonmauern verursachen auf unerklärliche Weise dieses Geräusch. Ding-Chuns gütiges Lächeln ist verschwunden. Er ist froh, dass Cheng ihn in diesen Minuten nicht sieht.

»Wo bist du her?«, fragt er. »Los, rede!«

Der Inhaftierte dreht sein grün und blau geschlagenes Gesicht ins Licht der Glühbirne. Beide Augen sind zugeschwollen, aus einem Mundwinkel sickert sehr helles Blut.

»Aus einer Siedlung von Gaoyang.« Entweder haben die Werkschutzleute seine Kehle zerquetscht, oder er hat nicht einen, sondern zwei Frösche im Hals, so gepresst klingt seine Stimme.

»Und wo wohnst du? Hast du eine Aufenthaltserlaubnis für diese Provinz?«

»Ich wohne in Gaoyang. Schon seit meiner Geburt.«

»Soso, schon seit deiner Geburt …« Ding-Chun sieht sich um. Die entsetzten Gesichter der jungen Kollegen reizen ihn zu einem explosionsartigen Lachen.

»Du lügst«, stellt er fest. »Gaoyang wurde vor langer Zeit überflutet. Weißt du das nicht? – Du bist nicht nur ein Lügner, sondern ein strohdummer Lügner, und dafür gehörst du bestraft!«

Vielleicht hat Zhang nur darauf gewartet, er zieht seinen Schlagstock. Es ist noch ein alter Bambusstock aus den glorreichen Zeiten von Mao Zedong. Lächelnd und ohne jegliche Vorwarnung versetzt er dem Inhaftierten einen Schlag auf den Kopf.

»Wo wohnst du? Na, los, der Chefingenieur hat dich was gefragt.«

»Gaoyang … Ich wohne in Gaoyang!« Der Inhaftierte duckt sich jetzt wie ein verängstigtes Tier, es ist merkwürdig, dass er die Hände nicht hebt, um seinen aufgeplatzten Schädel vor den niederprasselnden Schlägen zu schützen. Er krümmt sich nicht einmal zusammen, gibt keinen Laut von sich. Dafür winseln die jungen Wachmänner wie aufgescheuchte Berghexen im Halbdunkel vor sich hin.

»Halt! Zhang, hören Sie auf!« Ding-Chun will keinen zweiten Märtyrer vom Schlage eines Fu-Xiancais, der seinen Protest gegen den Damm mit einer gebrochenen Wirbelsäule bezahlte. »Aufhören, hab ich gesagt!«

Zhang springt schwer atmend zurück. »Lassen Sie mich nur fünf Minuten mit diesem Abschaum allein! Ich wette mit Ihnen, er will uns ausspionieren … So wie die ganze Bande da draußen.«

»Unsinn!« Ding-Chun ist Zhangs Panikmache allmählich leid. »Spione würden sich wohl kaum mit Leuchtstäben am Ufer versammeln.«

»Warum nicht?«, wettert Zhang. »Das da draußen ist doch nur ein Ablenkungsmanöver, damit dieser Strolch hier tun und lassen kann, was er will!«

Der Inhaftierte gluckst vor sich hin, als müsse er klammheimlich lachen.

»Wer bist du?« Ding-Chun geht neben dem Mann in die Knie. Er passt auf, dass sein makelloser, weißer Kittel nicht den schmutzigen, nach Sagrotan stinkenden Boden berührt. »Warum machst du dir das Leben so schwer? Sehe ich etwa aus wie ein unbesonnener Mensch? Mache ich einen verrohten und uneinsichtigen Eindruck auf dich? Weißt du überhaupt, wer ich bin? – Ich bin der Chefingenieur! Ich bin für diesen Staudamm verantwortlich, also ist es mein gutes Recht, dich zu befragen. Statt mich zu belügen, solltest du kooperieren.«

»Ich … habe Sie nicht belogen …« Vielleicht hätte Ding-Chun nicht so nahe an den Mann herangehen sollen. Sein Körpergeruch ist schon allein unerträglich, aber schlimmer noch ist die quittengelbe, knorpelige Hand mit den Schwimmhäuten zwischen den Fingern, die Ding-Chun jetzt erst sieht. Sie lässt ihm das Blut in den Adern gefrieren.

»Ja, es stimmt, Gaoyang ist jetzt unter Wasser«, beginnt der Mann, »es wurde im selben Jahr wie die alte Tempelstadt überflutet, aber das heißt nicht, dass dort niemand mehr lebt! Einige von uns gingen damals zurück …«

»Sie gingen zurück? Aber wie?« Ding-Chun spürt, wie ihm flau wird im Magen. Zwischen dem Kragen der Regenhaut und dem lumpigen T-Shirt, das der Mann trägt, hat er die dunkle Spalte gesehen, die Kiemenspalte, aus der ein feines Blutgemisch sprüht.

»Ja, Herr Chefingenieur, ich komme vom Grund des Sees! Und ich bin nicht der Einzige, der dort lebt!« Die blassgelben, geäderten Glupschaugen des Inhaftierten rollen hin und her, als suchten sie einen Ausweg. »Das Wasser war für manche Familien ein Segen. Sie müssen sich nun nicht mehr schämen, dass sie … anders sind … dass sie so sind wie ich.« Er erhebt sich plötzlich, und Ding-Chun verliert vor Schreck die Balance. Selbst die Tante ist wie gelähmt, als der Inhaftierte Ding-Chuns Kopf mit seinen grässlichen Händen umklammert.

»Sie und Ihre kommunistischen Hetzhunde haben uns einen Gefallen getan! Ihr habt geglaubt, die Göttin der drei Schluchten mit den Waffen der Moderne schlagen zu können, nun tragt auch die Konsequenz!« Er lässt von Ding-Chun ab und spreizt seine verknöcherten Hände zu bizarr anmutenden Fächern. »Seht nur her … Wir sind Yao Lis liebliche Kinder, und heute Nacht werden wir dieses verfluchte Land im Wasser ertränken!«

Der, den sie die »Tante« nennen, stürzt vor, holt mit aller Kraft aus, so wie damals auf dem Platz des Himmlischen Friedens, als er Dutzende aufsässiger Studenten mit einem Knüppel erschlug, aber Ding-Chun stellt sich dem Wüterich in den Weg.

»Mensch, lassen Sie das!«

»Aber er ist ein Spion!«

»Ach was, dieser arme Kerl ist nur eine Missgeburt! Sehen Sie sich seine Verwachsungen an!«

»Nicht schlimmer als die Lotusfüße meiner Großmutter …«

»Aber er ist nicht nur körperbehindert, er scheint auch oben – in seinem dämlichen Kopf – nicht ganz richtig zu sein.«

»Das berechtigt ihn nicht, das Chai-Zeichen an unseren Staudamm zu schmieren! Ich werde die Missgeburt totschlagen!«

Schwer zu sagen, ob allein Ding-Chuns beherztes Eingreifen dem Inhaftierten das Leben rettet oder der merkwürdige, dumpfe Ton, der in diesem Moment das Bauwerk durchdringt – ein subsonischer, kaum hörbarer Klang wie von einer gigantischen Stimmgabel.

»Was in aller Welt …?« Die Entgeisterung auf den Gesichtern der Wachmänner ist echt. »Was ist das, Herr Chefingenieur?«

Ding-Chun lauscht dem An- und Abschwellen der Schwingung. »Es ist … als schlage jemand … eine Trommel …«

»Keine Trommel, Herr Chefingenieur!« Der Froschmensch hat den Kopf in den Nacken gelegt und spricht wie in Trance. »Es ist der alte, ehrwürdige Tempel-Gong von Gaoyang. Doch für euch ist es die Totenglocke! Denn der Drachenfluss kommt …«

Als wäre es ein Stichwort gewesen, erschüttert eine ferne Explosion die Zelle, Beton rieselt von der Decke herab, der Inhaftierte dreht sich im Kreis, beginnt zu tanzen. Auf bloßen, gelben Entenfüßen – zumindest sehen sie so aus – watschelt er durch die Gruppe von Männern und singt: »Ihr alle sollt vom köstlichen Wasser des Jangtse kosten, ihr alle, wie ihr da seid!«

Eine Sirene heult auf, dann eine zweite, eine dritte. Das Licht in der Zelle beginnt zu flackern, erlischt – als hätte ein Generatoraggregat im Kraftwerk für eine Sekunde den Geist aufgegeben – und scheint danach umso heller zu strahlen.

»Was war das eben?«

Ding-Chuns Sprechfunkgerät knattert. Es ist Cheng, seine Stimme fiept zwischen den Interferenzen hindurch.

»Herr Chefingenieur! Diese unbefugten Personen auf dem Damm … Bitte kommen Sie schnell, Sie müssen ernste Entscheidungen treffen!«

Der Kontrollraum gleicht einer Notaufnahme, zehn, zwanzig Weißkittel schnattern in verschiedenen chinesischen Dialekten laut herum und bearbeiten die Armaturen. Als Ding-Chun durch die automatische Tür tritt, drehen sich alle Köpfe in seine Richtung. »Was geht hier vor?«

»Es hat eine Explosion gegeben!«, ruft Cheng. »Eine Explosion!«

»Das war nicht zu überhören.« Ding-Chun eilt zu den Monitoren. »Ursache?«

»Leider noch nicht geklärt!«

»Dacht ich mir's«, entfährt es Ding-Chun wie ein Wind. »Ich meine, sonst hätten Sie mich ja auch positiv überrascht, und das wollen Sie nicht, hab ich recht?« Hastig schaltet er durch die einzelnen Sicherheitskameras.

»Herrje, Zhang, wieso sind diese unbefugten Leute immer noch da?«

Die Krone des Staudamms wimmelt jetzt von unheimlich watschelnden Gestalten. Während der Regen auf sie niederprasselt, antworten sie mit offenen Mündern dem vibrierenden Gong aus der Tiefe. Er ist noch nicht verstummt. Aus den knisternden Lautsprechern des Kontrollraums klingt ein fernes, einsilbiges Raunen.

»Zhang …?« Die Tante hat sich verdünnisiert, vielleicht ist sie auch zurück in die Zelle, um dem Froschmenschen alle Gräten zu brechen.

»Alle verfügbaren Männer raus auf den Damm!«, brüllt Ding-Chun. »Ich will wissen, was passiert ist!«

Der Staudamm ist lang, über zwei Kilometer, die äußeren Befestigungen nicht mitgerechnet. Oben auf der Krone geht es schon rund, zwischen den mutierten, aber friedlichen Sumpfbauern eilen Zhangs Männer mit Stabtaschenlampen hin und her. Sie ignorieren die unerwünschten Besucher und werden von ihnen ignoriert. Es ist, als wollten sie einander nicht sehen, zumindest für Zhangs Männer keine schlechte Strategie, um nicht den Verstand zu verlieren. Ihre Lichtdolche schneiden beängstigende Bilder aus der Nacht: Hier bewegungslos verharrende Gestalten, dort die tobenden Wassermassen, hier eine froschhafte Fratze im Dunkel, dort ein Trupp von verhuschten, teils hektisch agierenden Wachmännern, die sich über die Brüstung der Staumauer lehnen und die Mauer ableuchten.

»Verdammt, wenn ich nur wüsste …«

»Es ist nichts zu sehen.«

»Wenn es eine Explosion war, dann müsste hier Rauch sein, oder nicht?«

Ding-Chun hört das hilflose Gestammel der Männer, zum ersten Mal in seiner Laufbahn steht ihm der Schweiß auf der Stirn: Er denkt an die Risse, Haarrisse, die schon vor fünf Jahren festgestellt wurden und die noch immer nicht repariert worden sind.

»Wenn der Staudamm beschädigt wurde und diese Trottel das Leck nicht rechtzeitig finden, dann …«

»Was dann, Herr Chefingenieur?«

»Können Sie sich das nicht selbst denken, Mann?« Gefolgt von Cheng nimmt er den Aufzug zur Krone. Die Temperatur, der strömende Regen, der ohrenbetäubende Lärm der Wassermassen – das alles ist ihm egal, als er sich seinen Weg durch die unheimlichen Bauern und Wachleute rempelt.

»Melde gehorsamst, Herr Chefingenieur, wir haben nichts gefunden!«

»Weil ihr blind und unfähig seid, ihr Tölpel!« Ding-Chun reißt einem Wachmann die Stabtaschenlampe aus der Hand. »Ihr alle habt die Explosion deutlich gehört!«

»Vielleicht war es ja gar keine Explosion, sondern ein Beben.«

»Wer hat das eben gesagt?«

»Ähem …« Einer der Mutanten deutet auf Cheng. »Er hat das … gesagt.«

»Oh, wie nett von dir.« Ding-Chun ist nicht zu beschäftigt, um sich mit Höflichkeitsformeln aufzuhalten, er ist gezwungen, den Wahnsinn der Situation zu übersehen. »Was wollt ihr Froschleute eigentlich hier?«, fragt er jetzt an die Mutanten gewandt. »Steht hier vielleicht irgendwas vom Tag der offenen Tür? Für die Wintersonnenwendfeier seid ihr zu früh, für das Chongyang-Fest entschieden zu früh!«

»Wir warten, warten auf das Wasser! Das lebensspendende Nass unserer Göttin … Wasser – spritz, Wasser – spritz!«

»Da könnt ihr lange warten!« Ding-Chun versetzt der freundlichen Regenhaut einen Stoß. »Wisst ihr nicht, dass es verboten ist, den Damm zu betreten! Ihr habt hier nichts, aber auch gar nichts zu suchen! Verschwindet!«

Einen Tross heillos überforderter Wachleute im Schlepptau, wetzt Ding-Chun den Staudamm entlang. Er leuchtet in die Tiefe, hetzt weiter, stößt seine eigenen Leute zu Boden, hilft ihnen wieder auf, rennt weiter, leuchtet erneut ...

»Ach, hier sind Sie, Herr Chefingenieur ...!« Ein pummelig wirkender Kontrolltechniker aus dem Wasserkraftwerk eilt auf ihn zu, er schwenkt ein Sprechfunkgerät. Ding-Chun kennt den Zimmerelefanten vom Sehen, eine unendlich träge Person, der Sprint über die Krone des Damms passt nicht zu ihm. Dass auch er einen Pagenkopf hat, fällt in diesem Moment nicht ins Gewicht, denn seine nassen Haare kleben ihm wie Tintenfischarme um die sich lichtende Stirn.

»Schlechte Nachrichten!«, brüllt er ohne die üblichen Höflichkeitsformeln. »Ich hatte eben den Chef vom Gezhouba-Damm an der Strippe: In Guling, ganz in der Nähe von Baidicheng, ist eine Bergflanke in den Jangtse gerutscht! Die schätzen, das waren so dreißig Millionen Kubikmeter Erde auf einen Schlag.«

»Hab ich's doch gesagt!«, heult Cheng.

»Hast du nicht!«, brüllt Ding-Chun. »Ein Erdrutsch hat nichts mit einem Beben zu tun! Es ist das Wasser ...«

Mit einem Mal ist Ding-Chun völlig im Bilde: Die geologische Überwachungsstation in Yunyang hat seit Langem eine Wanderung der sechshundert Meter breiten Masse von einem Zentimeter pro Tag registriert. Der Druck des eingeschlossenen Wassers am Drei-Schluchten-Staudamm hatte zu der Bodenverschiebung ebenso beigetragen wie die ungewöhnlich starken Regenfälle des Winters. Jetzt haben sie ein richtig fettes Problem. »Wie lange, sagtest du, ist das her?«

»Reden Sie mit mir, Herr Chefingenieur?«

»Ja, ich rede mit dir ...«

»Drei Minuten.« Der Zimmerelefant streicht sich das Haar aus dem Gesicht und wirft einen Blick auf die Uhr. »Ja, drei Minuten. Ich lief, so schnell ich nur konnte.«

»Und? Hat er auch etwas über die Pegelstände gesagt?«

»Ja, hat er, aber bitte regen Sie sich nicht unnötig auf …« Der Hiobsbote wirkt einen Moment irritiert. Vielleicht hat er zum ersten Mal die umherwatschelnden schwimmfüßigen Bauern mit ihren amphibischen Gesichtern bemerkt. »Ich sage jetzt nur, was er gesagt hat, Herr Chefingenieur: Die Stadt Baidicheng wurde von einer Flutwelle getroffen. Es heißt, sie ist überflutet. Und Guanduku, die nächste Stadt, hat dasselbe Schicksal ereilt.«

»Jetzt warte mal!« Ding-Chun beugt sich über Brüstung des Damms. Der Lichtstrahl huscht über die kochende, gelbbraune Flut. Das sind noch immer gute fünf Meter zur Krone, und doch, der Gezhouba-Staudamm liegt nur vierzig Kilometer von den drei Schluchten entfernt, und wenn es dort eine Flutwelle gab, dann kommt sie in diesem Moment den Jangtse herauf, genau hierher.

»Soll das heißen, wir erwarten einen … Tsunami?«

»Wenn Sie es so nennen wollen, ja.« Der stets leiser trompetende Zimmerelefant ringt um Atem und Worte. »Ich meine, wir sind doch hier sicher, Herr Chefingenieur?«

Einer der Sumpfbauern lacht, vielleicht hat er sich auch nur an dem Regen verschluckt. Im diffusen Licht der blauen Leuchtstäbe wirkt das Gesicht unter dem tropfenden Regenhut wie die Ausgeburt eines Albtraums.

»Oh ja, wir sind sicher«, murmelt Ding-Chun. Die Wahrheit behält er – wie es im modernen China so üblich ist – wohlweislich für sich: Um eine maximale Energieausbeute zu erzielen, wurde der Betriebswasserstand des Stausees ständig am Limit gehalten. Das Staubecken ist bis zum Rand seiner fast zweihundert Meter hohen Mauern gefüllt. Um Schutz vor Hochwasser zu gewähren, hätte man es halbwegs leer halten müssen, doch dafür ist es zu spät.

Durch die Wasserverdrängung der Millionen Kubikmeter Erde würde der Pegel jetzt sprunghaft ansteigen. Das bedeutet nicht nur die Gefahr einer Überflutung des Damms, sondern auch, dass sich der Druck auf jeden Quadratmeter des Damms noch einmal erhöht – von dreißig auf fünfunddreißig Tonnen, vielleicht sogar mehr. Sollten gleich mehrere Flutwellen eintreffen, wäre selbst der größte Staudamm der Welt nicht mehr sicher.

»Erste Schadstellen gefunden!« Cheng taucht plötzlich auf, eine Plastiktüte mit dem Logo von Snow-Beer auf dem Kopf.

»Was soll das, Cheng? Müssen Sie hier vor allen Leuten den Komiker geben?«

Cheng verzieht hilflos das Gesicht.

»Kommen Sie, wie viele Schadstellen sind es?«

»Nach der hundertfünfzigsten haben wir aufgehört zu zählen!«, brüllt Cheng jetzt gegen das Fauchen der wütenden Elemente an. »Wenn es wirklich eine Flutwelle gibt …«

Ding-Chun lässt ihn einfach stehen, er hat keine Zeit mehr, höchstens noch ein paar Minuten, um die richtige Entscheidung zu treffen. Diesmal rennt er an die andere Brüstung des Damms: Das Licht seiner Taschenlampe findet auf Anhieb ein Ziel – armdicke Wasserstrahlen, die wie glitzernde Bogen aus dem Staudamm austreten.

»Was ist mit dem Rückhaltebecken?«, fragt Ding-Chun.

»Was soll damit sein?«

»Uuuuaaarghh …!« Jetzt fährt Ding-Chun aus der Haut. »Weil wir fluten müssen, du Trottel mit deinem toupierten Jackie-Chen-Pony!«

»Wie bitte?« Chengs dünne Lippen beben vor Zorn. »Das sagen ausgerechnet Sie!« Er reißt sich die Plastiktüte vom Kopf. »Erst kopieren Sie meine Frisur und dann so was! Hätte dieser Dorffriseur Ihr Haar nicht verhunzt, könnte man meinen, wir wären Brüder!«

»Das nehmen Sie auf der Stelle zurück!« Ding-Chuns Gesicht ist heiß und rot vor Wut und Empörung, die noch höhere Wellen schlägt als die Flut unter der Krone des Damms. Der Regen scheint auf seiner Stirn zu verdampfen.

»Sie mögen sich ja für etwas Besonderes halten, weil Sie in Peking studiert haben, aber das berechtigt Sie noch lange nicht, Ihren Pony mit dem des Vorgesetzten zu messen!«

»Ich habe nichts gemessen«, zischt Cheng. »Wie meinten Sie das eigentlich, als Sie nach der Ursache der Explosion fragten und meine Antwort mit der fatalistisch klingenden Floskel quittierten, ich hätte Sie ja auch einmal positiv überraschen können, aber das wolle ich nicht?«

»Meine Herren«, mischt der Dicke mit dem Fransenpony sich ein, »können Sie diese Aussprache vielleicht verschieben? Wenn der Wasserdruck weiterhin steigt …«

»Ich weiß, ich weiß!«, brüllt Ding-Chun. Er knallt Cheng im Affekt eine runter und schüttelt sich dann die Hand, als hätte er sie gerade an einer heißen Herdplatte verbrannt. »Also, was ist jetzt mit dem Rückhaltebecken?«

Cheng – geschockt von dem Ausbruch physischer Gewalt – wiederholt die Frage in sein Sprechfunkgerät.

»Was ist mit dem …?« Er hält inne, lauscht, sieht Ding-Chun fassungslos an, lauscht … Schließlich macht er den Eindruck, als ob er einen Schüttelkrampf hätte.

»Cheng, reißen Sie sich zusammen! – Was hat er gesagt?«

»Die Ventile«, verkündet Cheng mit ausdrucksloser Stimme. »Sie sind verklemmt. Diesmal scheint die Ursache klar: extrem hoher Wasserdruck. Aber unsere Techniker tun, was sie können.«

»Bei Maos Stinkeatem und den ungewaschenen Füßen der Viererbande!«

»Wer hat das eben gesagt?«

»Er!« Zheng zeigt auf den Dicken. Der steht unbeweglich inmitten des Tumults und deutet in die Dunkelheit auf der linken Seite des Sees. »Warum sind dort drüben nicht die fernen Lichter von Chongqing zu sehen? Hat jemand eine Erklärung?«

Ding-Chun hat für einen Moment die Orientierung verloren, er weiß nicht mehr, wo er ist, einer der Regenhäute tätschelt ihm mitfühlend den Rücken. »Vielleicht ein Stromausfall«, spekuliert Cheng.

»Nein, nein … Das sagen Sie nur meinen Nerven zuliebe.« Ding-Chun weiß es besser: Etwas Riesiges – größer als eine Steinlawine – hat sich zwischen die Stadt und den Staudamm geschoben, es verdeckt ihnen die Sicht – der nasse Rücken des entfesselten Wasserdrachen der Schluchten.

»Da, jetzt sind die Lichter wieder da!«, meint der Dicke

»Natürlich sind sie wieder da«, murmelt Ding-Chun, »die große Welle ist durch. Jetzt nimmt sie Kurs auf den Damm …«

»Auf welchen Damm, Herr Chefingenieur?«

Ding-Chun erspart sich die Antwort. Er schätzt, die aufgescheucht herumrennenden Ingenieure haben noch ein paar Minuten, um sich etwas Geniales einfallen zu lassen.

»Eine neue Meldung von den Kontrolltechnikern!«, ruft Cheng. »Der Wasserdruck hat jetzt den kritischen Wert von fast fünfzig Tonnen pro Quadratmeter überschritten! Was sollen wir tun, Herr Chefingenieur?«

Ding-Chun weiß es nicht, er will nur noch weg, weit weg von diesem Bau, der ihm in diesem Moment wie eine einzige entsetzliche Anmaßung des Menschen erscheint. In diesen inneren Aufruhr platzen Zhang und sein Prügelkommando. Alle Wachmänner tragen in der Linken einen aufgespannten weißen Schirm, rechts einen Schlagstock. Nur Zhang trägt zwei. Mit den Sumpfbauern macht er kurzen Prozess – Ellenbogen, Knie, Schulter, Knöchel, die alte Escrima-Schlägermühle tut ihre Wirkung, vor allem, da die Mutanten keine Gegenwehr zeigen. Einige springen kreischend auf die Brüstung und hüpfen dort im strömenden Regen herum, wobei sie ihre Regenhäute wie Flügel spreizen. Manche springen sogar in die kochende Flut – »Wasser, spritz!« Als der Erste springt, bleibt Ding-Chun fast das Herz stehen: Es ist ja nicht nur die Höhe, sondern auch die Gewissheit, dass der Drachenfluss den Alligatoren gehört. Doch ein Blick in die Tiefe sagt ihm, dass dort unten bereits viele andere Froschleute planschen.

»Der Wasserdruck steigt«, meldet jetzt Cheng. »Fünfundfünfzig Tonnen pro Quadratmeter, Tendenz steigend!«

»Na, großartig«, japst Ding-Chun. Er erinnert sich, dass seine liebe Frau ihn erst kürzlich ermahnte, mit seinen Untergebenen diplomatischer umzugehen, vor allem in Stresssituationen. »Tja, wie soll ich sagen … Bin gespannt, wie der Staudamm den Wasserdruck wegstecken wird.«

»Ich auch«, sagt Cheng. »Sechzig Tonnen pro Quadratmeter, sechzig Tonnen! Das ist allerhand. So im Nachhinein denke ich fast, dieser Sprayer wollte uns mit seinem Chai-Symbol warnen.« Er wartet auf eine Reaktion seines Chefs, doch der starrt nur hinaus in die sich violett verfärbende Nacht und die fernen, hellgrünen Blitz.

»Na ja«, sagt Cheng, »im Nachhinein ist man immer klüger – falls es ein Nachhinein gibt …« Und während er sich die Haare rauft und weitere Fragen in sein Funkgerät stottert, während Zhang, die Blumenfaust, auf die herumhüpfenden Froschleute einschlägt und der rotgesichtige Zimmerelefant wie wahnsinnig vor sich hin trompetet, weiß Ding-Chun, dass er seine Familie in Shanghai nie wiedersehen wird.

3. TEIL
DAS ENDE DER
ALTEN WELT

Die menschliche Entwicklung vollzieht sich in unserer heutigen Zeit mindestens hunderttausend Mal schneller als in der prähistorischen Ära.

– JULIAN HUXLEY, Biologe

Wir erleben eine Art Endspiel um die Eiskappe.

– DR. WALT MEIER,
National Snow and Ice Data Center, 2009

I.

Wie immer, dachte Frodo, beginnt es mit einem verletzten Mann, der auf dem Boden einer Stahlkammer kauert und im Lichte einer Stirnlampe auf das Display seines Handys starrt, das allmählich vor seinen müden Augen verschwimmt … Er schätzt, sein Akku ist in zehn Minuten hinüber, und danach wäre es vorbei …

Es war stickig schwül geworden, und Frodo, der offenbar Fieber hatte, glaubte, ihm würden sogar die Augäpfel schwitzen. Minskis Report war nicht passwortgesichert, das meiste war das übliche wissenschaftliche Gerede, Empfehlungen … Interessant wurde es auf den letzten zehn Seiten, die Rippsten, der verunglückte Reservoir-Geologe, heimlich extrahiert hatte und »Epistel des Devonischen Zirkels« nannte.

> **01.0.** ~~~~~~~~~~~~~~~~~~~~~~~~~~~~~~~~~~~~~~~

Die Erbsünde von Ichthys[22]:

Vor 300 Millionen Jahren machte die gütige, aber blind waltende Evolution einen gravierenden Fehler: Sie schickte ihre Kinder, die Fische, an Land.

Die Kiemen wanderten nach Innen und bildeten die Nebenschilddrüsen.

---

22 Griechisch: Fisch

Aus Flossen wurden bekanntlich Greifwerkzeuge, Klauen und Hände, hässliche Fortsätze, die Insekten besser stünden als empfindsamen Wesen. Die Hand wurde zur Faust, sie wurde zum Symbol des landbewohnenden, dominanten Hominiden. Mit der Zeit vergaßen sie ihre Herkunft, doch in ihrem Genom blieben die Aquagene zurück.

Wer von den ältesten Arten der Gattung Homo Sapiens spricht – *Homo rudolfensis* und *Homo habilitis* – sollte daher auch an den *Homo aquaticus* nicht vergessen. Die ältesten Mythen künden bereits von einer meeresbewohnenden Form des Menschen. Die Antike verortete sie in die Nähe von Göttern, erst unter dem Einfluss des Christentums wurde Proteus, der »Alte aus dem Meer« zum Satan, dem »höllischen Proteus«, erklärt. Es folgten die bekannten Dämonisierungen unserer Art. Vor allem Frauen waren betroffen – Melusinen[23], Nymphen, Meerhexen – sie wurden von der Obrigkeit verfolgt und bekämpft. So kam es, dass sich Menschen unserer Art versteckten und sich in Randgebiete der Zivilisation flüchteten.

»Lupenmalerei«, spottete Frodo, »aber ansonsten sehr informativ – zumindest, wenn man wahnsinnig ist! Minski, Minski, was ist nur aus dir geworden …«

Während er krampfhaft versuchte, die Sonderzeichen zu eliminieren, warf er immer wieder einen hastigen Blick nach dem Tau, das sich noch immer spannte.

23 Mittelalterl. Meerfrau mit Schlangenschwanz

»Alles in die Ordnung?«, rief er in die Röhre hinein. »He, Space Wolf Grey, ich fragte, ist bei dir alles – wie sagt man unter euch Militärs – roger?«

Bieker antwortete ihm mit einem Blinkzeichen seines stiftgroßen Scheinwerfers.

»Na, bestens«, murmelte Frodo. Er hielt den Ausflug seines Kollegen ohnehin für sinn- und zwecklos, aber auf diese Weise war Bieker wenigstens beschäftigt. Mit wachsendem Unbehagen las Frodo weiter.

➤ 02.0.

Mit der Aufklärung trauten sich Zoologen, Biologen und Genetiker erstmals wieder an eine Untersuchung der Meermenschen heran. Im Zusammenhang mit dem Human Genom Projekt wurden 1995 die ersten Aquagene lokalisiert. Sie sind wie Seiten, die zusammengehören, über das gesamte Erbgut des Menschen verteilt. Bei den Lungenatmern sind sie in abgeschaltetem Zustand. Getriggert wurden die Gene bislang durch Umweltreize, das ließ sich an den epigenetischen Markierungen sehen. Die Aktivität der spezifischen Gene wird von uns gentherapeutisch reguliert, ist es uns sogar möglich, eine Feinabstimmung der organischen Veränderung zu veranlassen. Unter natürlichen Bedingungen gibt es zwei Ausformungen unserer Art: die Hybriden oder Doppelatmer und die reinen Kiemenmenschen, die nicht mehr in der Lage sind, an Land zu überleben.

»Entweder habe ich Fieber«, murmelte Frodo, »oder diese Bande hat nicht mehr alle Schweine im Rennen …«

Er bemerkte, dass sich das Tau, an dem Bieker hing, nicht mehr bewegte. »Biekeeeehrhhhrr?« Wer schon einmal versucht hat, so laut zu flüstern, dass man ihn auf der gegenüberliegenden Straßenseite versteht, weiß, wie dergleichen klingt, und noch einmal – diesmal etwas kehliger – presste er sich diesen fast subsonischen Ton aus der Lunge. Es war klar, Kollege Bieker hatte auch das nicht gehört.

▸ **03.0.** ～～～～～～～～～～～～～～～～～～～～～～～～～～～～

In dem bevorstehenden Zusammenbruch der Ökosysteme erkennen wir heute eine planetare Fehlbildung. Die Farbe der Erde war immer schon blau …

Mit uns korrigiert die Natur ihren Fehler.

Mit jedem Tropfen Wasser, der fällt, werden wir stärker. Diese Erde ist reif für die Rückkehr der Göttin der Meere.

»Tolle Alternative«, murmelte Frodo. »Die einen träumen von einem globalen Salatgarten, und ihr wollt aus der Welt einfach ein Goldfischglas machen, aber so einfach ist das nicht, das werdet ihr sehen!«

Mit uns kehrt die in zwei Arten gespaltene Menschheit auf den rechten Pfad des Wassers zurück und integriert den Homo aquatua, ihr klügstes Geschöpf, wieder in sein natürliches Element.

Unsere erklärte Absicht ist es, die Entstehung einer neuen Menschenrasse zu fördern, die sich den Folgen des Klimawandels angepasst hat.

Die Reaktivierung amphibischer Gene im menschlichen Genom ist unsere Antwort auf überflutete Küsten und ertrinkende Städte. So lasst uns den Umbau beginnen.

Ein evolutionär richtiger Schritt ist es, die Besiedlung der Weltmeere ins Auge zu fassen. Anfang des 22. Jahrhunderts wird ein Teil der Menschheit bereit sein, den Meeresgrund zu besiedeln.

»Und deshalb schlägst du also eine Art Abtreibung vor«, murmelte Frodo. »Das ist nicht nur subversiv, das ist terroristisch!«

Wir stellen abschließend fest: Der Aufenthalt auf dem Festland hat nichts Nennenswertes gebracht.

Ergo: Kehren wir freudig wieder in unsere Heimat, das Wasser, zurück!   .

»Grotesk! Und so einer leitet ein börsennotiertes Unternehmen! Na ja, was soll's, ein Typ wie Elon Musk war auch nicht viel besser ...«

Das Tau ruckte wieder, Frodo spähte über den Rand.

»Bieker? Äh, ich meine, Space Wolf Grey? Kannst du mich hören?«

Das Blinkzeichen kam nicht gleich, aber es konnte nur Bieker sein, der da wie ein Wahnsinniger knipste.

»Was denn? Hast du Hirni etwa einen Ausweg gefunden? Von einer Bohrinsel, mitten im arktischen Meer?«

Statt einfach leise vor sich hin zu winseln, widmete sich Frodo einem weiteren Passus.

> ▸ **04.0.** ～～～～～～～～～～～～～～～～～～～～

Die schmerzhafte Entwicklung der Lungen hätte man sich ebenso sparen können wie die Gewöhnung an die Pferche der urbanen Zivilisation, den horrenden Aufwand der Versorgung mit Wasser und Strom. Das Leben der landbewohnenden Menschheit war in der Tat ein Geschäft, das seine Kosten bei Weitem nicht deckte.

Überlassen wir das Festland also getrost den Insekten. Oh, dass wir unsere Krahnen wären. Ein Klümpchen Schleim in einem warmen Moor … Da das unmöglich ist, bleiben uns nur die Tümpel und feuchtwarmen Sümpfe …

Aus der Bodenluke drang in diesem Moment ein heftiges Schnaufen. Bieker war zurück und erstattete keuchend einen Lagebericht.

»Der Schacht ist nicht tief … etwa drei Meter«, begann er, noch immer ganz außer Atem. »Aus Kabeln könnten wir eine Art Strickleiter knüpfen …«

»Ich weiß was Besseres«, witzelte Frodo. »Wir nehmen die Kabel und knüpfen uns auf. Das geht auf jeden Fall schneller …«

»Mach du nur deine abartigen Witze …« Nichts schien Bieker davon abbringen zu können, Frodo seine Exkursion detailliert zu beschreiben. Unten angekommen, habe er sich an einer waagrecht verlaufenden Kabelführung in der Betonwand entlanggehangelt bis zu einem horizontal verlaufenden Tunnel, der wiederum zu einem Belüftungsschacht führte. Diesen »Kamin« – so Freeclimber Bieker – hatte er an den Sprossen erklettert und war dabei auf ein Bodengitter gestoßen, das sich durch »ein paar kräftige Schulterstöße« rauswuchten ließ. Soweit unter »wirklich haarsträubenden Lichtverhältnissen« erkennbar, handelte es sich um einen Raum, der ihrem Zufluchtsort in allem glich.

»Nur gibt es dort keine Waffen«, beendete Bieker seinen Bericht. »Dennoch, sollte es hart auf hart kommen, könnten wir uns nach dort verdünnisieren.«

»Vergiss es«, sagte Frodo, »in meinem Zustand gehe ich nirgendwo hin.«

Bieker machte ein verschnupftes Geräusch. »Gibt es vielleicht einen Grund für deinen plötzlichen Fatalismus?«

»Den gibt es durchaus. Hast du Minskis Report bis zum Ende gelesen?«

»Na ja, eher die Zusammenfassung …«

»Welche Zusammenfassung?«

»Ich meine, die ersten fünf Seiten …«

»Das dachte ich mir«, seufzte Frodo, »es würde erklären, warum du dich immer noch wie eine coole Socke aufführst …«

»Coole Socke? Oh, ich weiß, dass die da was reingepanscht haben … Wer hat dir denn von den Axolotl-Genen erzählt?«

»Klar, doch«, sagte Frodo. »Und doch hast du nicht kapiert, worum es hier geht. Das hier war mit Reset gemeint …« Ohne Vorwarnung begann Frodo einen Absatz aus den Devonischen Episteln laut vorzulesen:

❯ **05.0.** ～～～～～～～～～～～～～～～～～

Die Vernichtung von Individuen ist der Natur, die erkenntnislos ist, einerlei, es geht ihr allein um die Arhaltung eines spezifischen genetischen Musters, um die Sublimierung einer Lebensform in die nächste. Jede Stufe der Evolution erstrebt ihre eigene Überwindung in der Epigenese.

Nun ist es am Lungenmenschen, überwunden zu werden.

Seit den Tagen des Kalten Krieges mit seiner alles überschattenden Möglichkeit eines nuklearen ALL-OUT-WARs, befindet sich die Menschheit in einer realen eschatologischen[24] Situation.

Alle globalen Megasysteme (Kapitalismus, Islam, Kommunismus) haben sich als unfähig erwiesen, die längst eingetretene ökologische Katastrophe abzuwenden. Wir dagegen heißen diese Katastrophe willkommen. Das Abschmelzen der Gefrierzonen des Planeten, der Anstieg des Meeresspiegels, der sich nicht mehr abwenden lässt, er ist nicht unser Werk, er begünstigt nur unsere Art und Weise zu leben.

Es bedarf eines Mutationssprungs, um die Menschheit diesmal aus der Krise zu führen …

»Eines was?«, fragte Bieker dazwischen. Er hatte gerade vergeblich versucht, eine Handgranate an seinem Gürtel zu befestigen.

»Bist du taub?«, knurrte Frodo. »Eines Mutationssprungs!«

»Klingt nach Übermenschenscheiße, wenn du mich fragst …«

»Ja, oder Frankensteins Frösche, wer weiß, wer weiß … Tja, ich habe es immer geahnt«, meinte er dann mit geradezu grimmigem

---

24 Philosophischer Begriff im Sinne von *endzeitlich*

Ernst. »Die Illuminaten und der Deep State … Das war wohl immer schon ein und dasselbe.«

»Nie gehört«, sagte Bieker. »Steht da sonst noch was drin?«

»Um wahnsinnig zu werden? – Jede Menge …« Frodo las einfach weiter, er empfand es als Grabrede, die der Tote noch mithören könnte.

Durch den Klimawandel besteht heute die Möglichkeit eines neuen evolutionären Anfangs. Diese Totalität kann nur aus der Totalität der Zerstörung der alten, verkrusteten Strukturen entstehen.

So wie sich jede konsequent verfolgte Linie unweigerlich in ihr Gegenteil verkehrt, so treibt die Evolution ihre Entwicklung voran: Sie gab dem Fisch Lungen, schenkte dem Reptil Federn und erschuf so neue Lebensräume für ihre Geschöpfe.

Im Devon kam es zu einer epigenetischen Fehlleistung: Durch die Entwicklung der Lungen, trat ein unheilvoller Prozess ein, aus dem die Tyrannen des Landes hervorgingen. Sie versuchten, aus einer wassergesteuerten Erde einen erdgesteuerten Wasserplaneten zu machen. Durch Anpassung der Umwelt an ihre Gene richteten sie den Planeten schließlich zugrunde …

»Psssst!« Bieker sprang plötzlich auf.

»Was?« Frodos Frage war noch nicht verhallt, da hörte er ein leises Scharren, ein Geräusch wie von einer Ratte, die – an einer Bretterwand hochgeklommen – plötzlich ins Rutschen gerät. Dann klang es eher, als kratze jemand mit den Nägeln auf blankem Metall. Das Geräusch kam von der Tür.

»Wer da? – Sind Sie das, Moreno?«

»Wie geht es Ihnen, meine Herren?« Die Stimme von der anderen Seite der Tür klang fast leutselig. »Ich habe gute Neuigkeiten für Sie. Wegen des scheußlichen Wetters wird sich die Ankunft des Einsatzkommandos verzögern. Sie haben also noch eine letzte Chance, die Waffen zu strecken.«

»Dazu sehe ich nicht die geringste Veranlassung«, kam Bieker seinem Kollegen zuvor. »Nicht, solange ich ein nukleares Ass auf der Hand habe!«

»Und damit wollen Sie pokern?«

»Nein, ich werde Sie und Ihre verdammte Brut ausradieren, das werde ich tun!«

»Und sich selbst. Typisch für alte Menschen wie Sie ...« Der Insektenfarmer klang leicht melancholisch. »Der Gefechtskopf besteht aus einem neuartigen Plasmasprengstoff mit einer Reichweite von zwanzig Seemeilen ... Alle Siedlungen entlang des Scorebysunds würden vernichtet, ist Ihnen das wirklich gleichgültig?«

Bieker ballte die Faust – und biss sich dann vor Wut in die Knöchel.

»Spar dir den Psychoterror!«, rief er endlich. »Wenn die Mörderbrigade kommt, werden wir sie gebührend empfangen!« Er zwinkerte Frodo einmal verschwörerisch zu. »Nicht wahr, mein Großer?«

»Natürlich nicht, du verdammter Kretin!«, lautete die geschriene Antwort, und sie war offenbar auch außerhalb des Raums zu verstehen.

»Wie sehen Sie das, Herr Peschke? Sind Sie derselben Ansicht wie Ihr junger Kollege? Sehen Sie in uns auch nur eine ... Brut?«

Frodo starrte auf das schwach leuchtende Display seines Handys und die beunruhigend blinkende Akku-Anzeige, während er mit fester Stimme antwortete: »Um ehrlich zu sein, Doktor Moreno, mir stellt sich eine ganz andere Frage: Vor achtundvierzig Stunden war meine Welt noch in Ordnung. Ich habe mich auf das Wochenende gefreut, auf gutes Essen, Kino, jede Menge Spaß. Zugegeben, es hat in letzter Zeit ein bisschen viel geregnet, der Keller in dem Haus, wo ich wohne, steht unter Wasser, und es gab einen Hagelschaden am Dach. Aber alles in allem, nicht weiter schlimm.

Ich meine, es waren keine Hagelkörner, wie diese Dinger, die in Bangladesch mal zweiundneunzig Menschen innerhalb von einer halben Minute erschlugen. Und das Wasser in meinem Keller würde sich abpumpen lassen, verstehen Sie, was ich meine?«

»Nicht ganz …«

»Das dachte ich mir«, seufzte Frodo. »Was ich eigentlich sagen wollte, es ist mir ein Rätsel, wie das normale Leben eines Durchschnittstypen wie mir so hundsgemein schiefgehen konnte. Ich meine, ich sitze hier in einem feuchtkalten Raum auf einer Bohrinsel im Scorebysund, der dritte Weltkrieg ist Realität, und Sie und Ihre Freunde vom Devonischen Zirkel reiben sich offensichtlich die Flossen!«

»Ich habe keine Flossen, Herr Peschke.«

»Bitte, das sollte keine Beleidigung sein!« Das Licht von Frodos Handy-Display hatte sich inzwischen in ein geisterhaftes Leuchten verflüchtigt, eine Art Nachglühen, wie es früher Fernsehröhren nachgesagt wurde. »Sie reiben sich Ihre – sagen wir mal – modifizierten Extremitäten … Schon dieser Satz ist Wahnsinn, finden Sie nicht? Und nochmals die Frage, die sich mir stellt: Wie kommt ein Kerlchen wie ich in so eine aberwitzige Situation? Haben Sie eine Erklärung für mich, Doktor Moreno?« Er pausierte einen Moment, das Sprechen hatte ihn restlos erschöpft. »Ich warte auf Ihre Antwort, Doktor Moreno, und ich sage Ihnen ganz ehrlich, wenn sie mir nicht gefällt, könnte es sein, dass ich persönlich … diese verdammte Bombe per Hand zünde! Und zwar bevor die Hubschrauber kommen!«

Es war jetzt totenstill, selbst Bieker wirkte ernüchtert.

»Na schön, Herr Peschke …« Die Stimme hatte den Ernst der Lage ohne Zweifel erfasst. »Würden Sie mir beipflichten, dass nur der Wandel in dieser Welt, deren Schöpfer uns rätselhaft ist, Beständigkeit hat? Für uns Menschen heißt es daher mutabor –

lateinisch: Ich werde verwandelt sein. Im Grunde bedeutet es, dass die Epigenese der Natur jedes Geschöpf, also auch den Homo sapiens, betrifft. Ohne Umwälzungen wie den Klimawandel wäre die Evolution wohl zu Ende. Wir wachsen mit den Herausforderungen, das wissen Sie ja.«

»Grotesk«, sagte Frodo. »Demnach werde ich gerade geprüft – ich weiß nicht, ob mir das gefällt.«

»Nun, ändert sich die Umwelt, ziehen die Organismen nach, sonst bleiben sie auf der Strecke. Sie passen sich an oder gehen zugrunde. Und je nachdem wie die Umstände sind, finden diese Veränderungen mitten unter uns statt, und zunächst erkennt man nicht, was sie bedeuten … Nehmen Sie mich: In Rocinha, meinem alten Viertel in Rio, wo ich aufgewachsen bin, da gab es schon mehrere meiner Art … Später hörte ich dann, die ersten Water Babies kamen schon Ende der 1990er-Jahre zur Welt. Was die Familie von Herrn Pesceros anbelangte, wusste natürlich ganz Brasilien Bescheid.«

»Beeindruckend … Reden wir vom Gründer des Devonischen Zirkels?«

»Seinem Vater. Gott hab ihn selig …« Moreno machte eine kurze Pause. »Ich höre aus Ihren Worten, Sie sind mit den Dokumenten vertraut, die Rippsten, dieser überforderte Tropf, in alle Welt verschickt hat.«

»Wenn Sie die sogenannten Epistel meinen – ja, ich habe die schönsten Passagen gerade mal wieder zu meiner Erbauung gelesen.«

»Das freut mich«, klang es schmeichelnd zurück. »Rippsten wollte es nicht begreifen, aber wir sind nur eine neue, nolanische Sekte …«

»Na dann«, giftete Frodo, »ein weiterer Grund zu frohlocken …«

»Nicht gleich übertreiben. Giordano Bruno wurde einst Nolanus genannt, daher der Begriff. Ein Nolaner ist demnach ein Sprachkünstler und Seelenführer, der dem Moralin, das die menschliche Nutzgemeinschaft verkittet, mit Klarheit und Poesie begegnet. Er lässt sich nicht täuschen. Uns ging es immer nur um die Klärung einer einzigen Frage: Was können wir Menschen tun, um den Vorgaben der Natur zu genügen? Werden wir uns an den Klimawandel anpassen können und in einer Wasserwelt überleben? Oder werden wir wie die Ratten ersaufen? Herr Pesceros hat das Seine getan, um das Überleben der Menschheit zu sichern.«

»Wie schön für Sie«, ätzte Frodo. »Darf man Sie schon beglückwünschen?«

»Dafür ist es noch etwas zu früh«, sagte Moreno, »doch die ersten unterseeischen Städte sind bereits im Entstehen ... hier in der abgelegenen arktischen See.«

»Da wird mir schon vom Zuhören kalt«, zischte Bieker. »Menschen werden Fische – wie irre muss einer sein?«

»Aber, mein lieber Herr Bieker ...« Der Mann hinter der Tür schien von Biekers Aufschrei eher belustigt. »Das wird sich noch zeigen. Bewiesen ist dagegen, dass Fische zu Menschen wurden – oder wollen Sie bestreiten, dass die Erde schon einmal eine reine Wasserwelt war? Das voluminöse Buch der Erdgeschichte wurde vom Wasser und nur vom Wasser geschrieben. Auf Festland folgt Meeresboden, dann wieder Festland ... das haben uns die Sedimente deutlich vor Augen geführt. Selbst in den Höhen des Himalajas wurden Muscheln und die Skelette von Meerestieren entdeckt.«

»Jetzt bleiben Sie mal auf dem Teppich!«, brüllte Bieker. »Diese Gebirge haben nichts mit Ihren verkorksten Episteln – oder wie diese Dinger heißen – zu tun ...«

»Und doch wird es ein neues Weltalter geben.« Moreno klang nicht, als sei er von Biekers Ausfällen beeindruckt. »Aber glauben

Sie nicht mir oder den Klimaforschern ... Werfen Sie einfach mal bei Gelegenheit einen Blick in die ältesten Überlieferungen der Menschheit. Da heißt es zum Beispiel im Kapitel Welt-Zyklen des Visuddhimagga, es gibt drei Arten von Zerstörung, die am Anfang einer planetaren Veränderung stehen: die des Feuers, des Winds und des Wassers, und jedes Weltalter ist vom vorhergehenden durch eine Katastrophe getrennt. Mal sind es Orkane, mal eine Feuersglut, dann wieder Fluten, die alles zerstören. Auch das Bhagavatapurana, das heilige Buch der Inder, berichtet von vier Prayalas oder Flutwellen. Und in der uralten chinesischen Enzyklopädie Sing-li-ta-tsiuen-chou heißt es sogar: ›In einer allgemeinen Erschütterung der Natur wird das Meer aus seinen Ufern getragen, Berge brechen aus dem Boden hervor, Flüsse ändern ihren Lauf, Menschenwesen und die Spuren der Vergangenheit werden ausgelöscht werden.‹ Die rabbinische Vorstellung der Weltalter umschreibt das, was geschah, mit einem Einsturz des Himmels, der sich zyklisch genau alle 1656 Jahre wiederholt ...«

»Sie sind wirklich irre!« Bieker nahm einen der Vorratsbehälter und schleuderte ihn mit voller Wucht gegen die Tür. Der Schlag war so ohrenbetäubend, dass Frodo erst glaubte, sein Kompagnon hätte eine Handgranate geworfen.

»Halten Sie endlich die Klappe, oder ich mache Sie platt wie einen räudigen Molch!«

»Ihre Angst ist durchaus verständlich«, meinte Moreno. »Sie sehen nur die Kiemenspalten an meinem Hals – Kiemen, die es mir ermöglichen werden, unter Wasser zu leben. Sie dagegen werden wahrscheinlich ertrinken. Ja, nichts ist wohl härter zu ertragen als die organische Wahrheit.«

»Das sagen Sie nur, weil Sie ein Freak sind!«, tobte Bieker. »Wenn das hier vorbei ist, wird man Sie und Ihre Kaulquappen-Gang in einem Kuriositätenkabinett ausstellen!«

»Nicht besonders originell.« Moreno klang erschöpft und dennoch gereizt. »Aber ich mache Ihnen keinen Vorwurf, Herr Bieker: Als die Neandertaler den ersten Cro-Magnons begegneten, dürften die Unterlegenen ähnlich empfunden haben wie Sie. Dabei waren die physiologischen Unterschiede noch um einiges größer. Wenn Sie klug wären, dann würden Sie Ihre xenophobischen Vorurteile über Bord werfen und diesen kindischen Feldzug beenden. Wir sind Menschen genau wie Sie, und wir verfügen über eine Gentherapie, die auch bei Ihnen anschlagen dürfte.«

Biekers Zeigefinger zuckte in diesem Moment, und es prasselte Kugeln gegen die metallverkleidete Decke. Frodo duckte sich in panischem Schrecken. Er hörte die Querschläger durch den Raum pfeifen und dachte nur an den Sprengkopf ein paar Meter von ihm entfernt.

Bitte nicht hochgehen, dachte er. Die Hitze in seinem Hals wurde wieder schlimmer. Er hatte das Gefühl, keine Luft mehr zu bekommen.

Schließlich hörte er, wie Moreno davonwatschelte, und Bieker sackte in sich zusammen. Die Zeit der Diplomatie war vorbei.

II.

Entgegen ihrem Ruf waren die Claw People des Iglu-Dorfs auch weiterhin freundlich, zu freundlich vielleicht, denn ein Dilemma bahnte sich an: Nach dem Gebet lud Hanak seine Gäste zum Essen ein, was Freya in arge Bedrängnis brachte. Es begann damit, dass ihr Tjørk, der junge, glutäugige Anführer der Schneeschlitten-Gang, einen Klumpen rohes Fleisch in die Hand drückte. Erwartungsvoll blickte er sie an, bis sie nicht mehr wusste, wie ihr geschah.

»Das ist nur Robbenfleisch«, meinte Glenner und grinste scheinheilig vor sich hin. Dass es sich um eine alte Kulturtechnik handelte, behielt er für sich: Während der Inuit-Jäger einem anderen auf diese Weise seine friedliche Absicht versicherte, bekundete ein Mann, der einer Frau frisches Robbenfleisch schenkte, etwas anderes … Doch davon ahnte Freya nichts. Sie nahm das fast schwarze Fleisch dankend entgegen, hielt es aber – wegen seines strengen Geruchs – zunächst weit von sich weg.

»Siehst du hier irgendwo einen Fondue-Topf?« Sie stieß Glenner in die Seite. »Oder einen Grill?«

»Das wäre dann ein Eklat«, nuschelte Glenner. »Unsere Gastgeber lieben es roh.« Und fröhlich schmatzend: »Wenn du dich weigern solltest, würde das unseren Freund hier sehr kränken.«

»Und wenn ich mich erbreche? Hier, mitten ins Zelt?«

»Dann könnte es sein, dass wir die Nacht doch im Freien verbringen müssen. Das heißt – du, denn wie du siehst, weiß ich die Küche anderer Länder zu schätzen.«

Das Lachen verging ihm schnell, denn im nächsten Moment wurde er selbst mit einem besonders großen, schmierig glänzenden Fleischbatzen von einem der Inuit-Mädchen, die sich als Kipi vorgestellt hatte, beglückt.

»Dann guten Appetit«, sagte Freya. Das Fleischstück, auf dem sie kaute, schmeckte nicht nur wie Leder, es war ebenso zäh. Sie musste ihre Kiefermuskeln dermaßen strapazieren, dass sie fast Halsschmerzen bekam.

Hanak setzte sich zu ihnen. Fast beiläufig kam er noch einmal auf die Forschungsstation der Russen zu sprechen.

»Wir nennen sie Oase ohne Palmen. Wegen der vielen Antennen. Und weil die Wissenschaftler im Sommer ihre Liegestühle rausstellen und nackt sonnenbaden …«

»He, warum bin ich da nicht gleich draufgekommen?« Freya hatte endlich einen Grund, sich von ihrer Mahlzeit zu trennen. »Sie haben doch ein Funkgerät, Hanak. Warum funken wir die Russen nicht an? Dann wissen Sie wenigstens, dass wir kommen.«

»Morgen früh«, schmatzte Hanak. »Jetzt wird gefeiert!«

Es dauerte nicht lange und die jungen Jäger schleppten einen Gettoblaster ins Iglu. Manche versuchten sich als Karaoke-Sänger, andere führten – halb nackt, wie sie waren – Ringkämpfe auf. Und immer wieder wurden aus einem geheimen Lager neue Spirituosen angeschleppt. Aus dem Iglu war inzwischen eine Sauna geworden. Glenner und Hanak, die beide um die Wette becherten, gaben dabei jede Menge Schwänke zum Besten, wobei scheinbar eine Art Wettbewerb lief, einander im Schildern der abenteuerlichen Details zu übertreffen. Der wummernde Bass des Radiorekorders brachte die Decke des Iglus zum Tropfen, doch augenscheinlich dachte niemand an Einsturzgefahr, und auch Freya fühlte sich unter der schwülwarmen Kuppel sonderbar sicher. Das warme Licht der Öllampen verwandelte das, was sie sah, in ein Chiaroscuro-Gemälde, so ein goldbraunes Schmachtstück von Rembrandt oder Caravaggio, es war einfach nur schön, und Freya spürte, sie hatte vor lauter Glücksgefühl plötzlich nah am Wasser gebaut.

Das echte Leben, dachte sie. Ja, das hier ist echt … Selten hatte sie sich so rundum glücklich gefühlt. Trotz der Entbehrungen der letzten Tage und dem Gefühl, einer ungewissen Zukunft entgegenzugehen, hatte sie endlich aufgehört, sich Selbstvorwürfe zu machen. Sie war nicht leichtsinnig, sie war mutig, und diese Gewissheit erfüllte sie mit Stolz.

Ein paar weiße, mit Ledergeflechten verzierte Stiefel schoben sich ihr unter die Augen.

»Jetzt nimm schon«, murmelte Glenner, »ich wurde auch reichlich beschenkt.« Glenner sah tatsächlich wie ein etwas zu großer Inuit aus. »Das sind Stiefel aus Seehundfell – eine kleine Opfergabe unseres Gastgebers. Er scheint ganz hingerissen von dir zu sein.«

Freya nickte schüchtern in Hans Richtung. Es war zweifellos ein kostbares Geschenk, denn Seehundfell galt als das einzige schneewasserdichte Leder der Welt.

»Ein bisschen hart«, stellte sie fest.

»Oh, die echten Inuit kauen auf neuen Kamikken herum, dann werden sie butterweich«, witzelte Glenner. »Ersetzt angeblich den Kaugummi in den höheren Breiten …«

»Ich werde es trotzdem erst mal mit Wasser versuchen«, seufzte Freya.

»Nicht im Ernst?« Unter seiner Pelzmütze sah Glenner sie gespielt vorwurfsvoll an. »Meine Stulpen werden heute Nacht von Kipi, Swilla oder Nukka gekaut. Noch hab ich mich nicht entschieden …«

»Was soll das nun wieder heißen?«

»Nun, du wirst es nicht glauben, Hanak stellte mich vor die Wahl.« Angesichts der Saunatemperatur stand Glenner der Schweiß auf der Stirn. »He, in irgendeinem Zelt muss ich ja pennen.«

»Wie – und da kannst du dir ein Mädchen aussuchen?«

Glenner nickte mit leuchtenden Augen. »Trotz Christianisierung haben sich die Inuit ihre hohen sittlichen Errungenschaften bewahrt. Der Sexus gilt hier als Allgemeingut, ein monogamer Mann zu Recht als – verhaltensgestört. Die Polygamie bestimmt hier noch immer alle Bereiche des gesellschaftlichen Zusammenlebens.« Er beobachtete Nukka und ihre jüngere Schwester. Der Anblick machte ihm offensichtlich Appetit, denn er langte noch einmal beherzt in den Fleischtopf. »Wirklich nett, diese beiden … wirklich nett. Umgekehrt ist es nur normal, die Gastfreundschaft zu erwidern. Wenn ich mich nicht täusche, hat der alte Hanak ein Auge auf dich geworfen.« Er schmatzte laut vor sich hin. »Ja, ich denke, ihm schwillt schon der Kamm. In seinem Alter freut er sich sicher besonders auf die Lampenlöschspiele.«

»Was war das noch mal?«, fragte Freya.

»Partnertausch«, antwortete Glenner. »Läuft heute auch in den Swingerklubs der zivilisierten Hälfte der Welt.«

Freya, die gerade versucht hatte, auf ihrer Robbe zu kauen, blieb der Bissen fast im Hals stecken. Ihre Empörung war nicht ganz so groß wie die des protestantischen Missionars Hans Egede, der 1721 – kaum zugereist – die Spiele als »Hurentreiben und Zügellosigkeit« abgetan hatte. Umgekehrt war den Inuit die in Europa normale käufliche Liebe ein völlig fremder Gedanke. Sie hatten in der Promiskuität ein probates Mittel gefunden, der hohen Säuglingssterblichkeit zu begegnen, und so überlebt. Mehr gab es dazu nicht zu sagen.

»Wenn er mich anfasst, bring ich ihn um«, flüsterte sie.

»Das dachte ich mir«, sagte Glenner. »Deshalb habe ich ihm auch schon verklickert, dass du da unten an einer ansteckenden Krankheit leidest.«

»Du hast was?« Freya wusste einen Moment nicht, ob sie ihm eine knallen sollte – oder vor Dankbarkeit am Boden zerfließen.

»Nur, dass wir uns richtig verstehen, ich kann sehr gut auf mich selbst aufpassen.«

»Bestimmt«, sagte er, »ich löse dich nur gelegentlich beim Aufpassen ab. Okay?« Er nahm ein Vogelbein aus der Tunke und schob es ihr zwischen die Zähne. »Und jetzt iss dich satt, denn wir haben morgen noch einen weiten Weg vor uns.«

Die befürchteten Lampenlöschspiele blieben tatsächlich aus, stattdessen führte Hanak seine Gäste wie ein guter Herbergsvater zu einem separat gelegenen Iglu. Dort hatte man ihnen unter einer Öllampe ein Lager aus Rentier- und Eisbärfellen bereitet. Sogar eine Art Nachtgeschirr gab es, zumindest konnte sich Freya den blauen, mit einem Leinentuch bedeckten Eimer am Eingang nicht anders erklären.

Während Glenner den Adélie-Pinguin in den Schlaf striegelte und dabei die Gletscherkarte studierte, tauchte Freya kopfüber ins Bett. Schnell wurde ihr warm, ihre verkrampften Kiefer schienen sich im Nu zu entspannen.

»Wenn alles gut geht, werden wir diese verdammte Station morgen erreichen«, sagte Glenner. »Ich hoffe, Hanak steht zu seinem Versprechen und zeigt uns den Weg. Besser hätten wir es nicht treffen können.«

»Dann bis morgen. Gute Nacht«, seufzte Freya und wühlte sich noch tiefer in den Stapel weicher Felle. Sie schloss die Augen und ließ sich in die samtige Dunkelheit sinken.

Sie erwachte mit einem kleinen Naseneiszapfen und hörte das enervierende Heulen der Hunde. Es war spät in der Nacht, vielleicht schon am frühen Morgen. Von ihrem tiefen, traumlosen Schlaf war nur ein Unbehagen geblieben, eine Ahnung, dass etwas vor sich ging – außerhalb ihrer Behausung aus Schnee. Die Tranlampe war erloschen, es herrschte eine stygische, kalte Finsternis jenseits des Lagers. Vorsichtig tastete sie nach Glenner, doch die Kuhle, die sie ertastete, war leer, jede Spur von Körperwärme verflogen. Ob er doch noch bei Swilla oder Nukka genächtigt hatte?

Sie unterdrückte ein Niesen, um Shackleton nicht zu wecken, putzte sich dann die Nase und lauschte für einen Moment. Die Hunde hatten sich wieder beruhigt, nur der Wind säuselte um das Iglu, irgendwo in der Ferne schrie eine arktische Eule. Dann – urplötzlich – hörte sie verstohlen klingende Schritte … Ein merkwürdig watschelnder Gang, wie von einem Riesenalbatros oder einem anderen stattlichen Vogel. Ihr Erschrecken ging in dumpfe Verzweiflung über. Wo war Glenner? Was sollte sie tun? Vielleicht hatten diese freundlichen Menschen Glenner einfach ermordet. Sie würden einfach behaupten, er sei ohne sie aufgebrochen, sie solle warten und in der folgenden Nacht dann – Lampenlöschspiele bis zum bitteren Ende. Sie würden sie töten, zerlegen und an die Seeleoparden oder Orcas verfüttern. Niemand würde je nach ihr suchen. Vielleicht würde es auch ganz anders kommen, und dieser Alte würde sie an einen Jäger verkaufen. Sollte sie sich weigern, würde man sie einfach ins Eiswasser werfen. Der Gefriertod war ja allgegenwärtig. In dem unwiderstehlichen Drang, so schnell wie möglich zu wissen, woran sie war, entzündete sie ein Streichholz. Abgesehen von Shackleton, der sie nervös anblinzelte, war sie tatsächlich allein. Eine Zeit lang betrachtete sie ihr Gepäck, ihren und Glenners Rucksack, die verstreuten Kleidungsstücke und Schuhe, den Notdurft-Eimer neben dem Eingang. Daneben bemerkte Freya einen flachen Gegenstand an der Wand, der sich auf den zweiten Blick als einzelnes, frisch geleimtes Paddel entpuppte. Ein Baseballschläger wäre ihr lieber gewesen, aber in der Not frisst der Teufel bekanntlich Fliegen. Hastig schlüpfte sie in ihre Kleider, wobei sie es so eilig hatte, dass sie die Schnürsenkel nur unter die Laschen ihrer Bergschuhe steckte. Das Paddel mit beiden Händen umklammert, tauchte sie mit dem Kopf aus dem niedrigen Eingang.

Es war bitterkalt, ein paar Sekunden stockte Freya der Atem. Der Mond stand scharfrandig über dem Eis, eine Handbreit neben der Sichel funkelten versprengt ein paar Sterne über dem Lager. Es ärgerte sie in diesem Moment, dass sie sich nie für Astronomie interessiert hatte, denn unter Umständen hätte es sie erheitert, zu wissen, wie ihr Unglücksstern hieß.

Wieder dieses eigenartige Watscheln ... Sie drehte den Kopf und sah eine Gestalt in einem der Iglus verschwinden. Sedna! Tatsächlich musste sie an diese aberwitzige Götzenfigur denken, das grässliche, aus blankem Eis geschnitzte Gesicht mit dem Haifischgebiss ... Freyas Beine gaben nach wie Pudding, sie kauerte sich zusammen, doch das Paddel in ihrer Hand brachte sie wieder zu Verstand. Sie konnte zuschlagen, hart auf jeden Schädel, der zu einem Angreifer gehörte. Ihr Leben würde sie so teuer wie möglich verkaufen.

Geduckt lief sie zwischen den Motorschlitten hindurch, bis sie das Iglu erreichte. Durch die Mauer aus Schneequadern hörte sie ein eigenartiges Raunen. Sie presste ihr Ohr an den gefrorenen Schnee ...

»Kigatilik ... Amba Sedna ... Sassuma arnaa ...«

Sie bemerkte ein Plastikrohr, das ein paar Zentimeter aus der Wand des Schneehauses ragte. Sein Durchmesser betrug höchstens zehn Zentimeter, vielleicht diente es der Belüftung des Iglus oder als Rinne. Kurz entschlossen presste sie ein Auge an das von Eiskristallen starrende Rund. Undeutlich erkannte sie eine glimmende Lampe und einen halb nackten, über und über tätowierten Mann, der sich mit einem verschlissenen Leinentuch abtrocknete. Es sah aus, als sei er schwimmen gewesen. Der Anblick war ungewöhnlich, aber nicht unerklärlich. Achtlos warf der Mann einen Fettbrocken in eine der Steinlampen, ließ einen Feuerbohrer auf einer hölzernen Unterlage herumwirbeln, bis eine Handvoll Zunder zu rauchen und dann zu brennen begann. Längst hatte Freya die dunklen Male am Hals des Schamanen erkannt, doch erst als der ölgetränkte Docht hell aufloderte, dämmerte ihr, dass diese Male keine Tätowierungen waren, sondern Schlitze in seiner Haut.

Sein Kopf drehte sich plötzlich, und er sah ihr genau ins Gesicht. Seine Züge verzerrten sich vor Wut. Plötzlich hatte er ein Hackmesser in der Hand und verschwand aus Freyas Blickfeld. Freya wankte unwillkürlich ein paar Schritte zurück, duckte sich hinter einem Ölfass und schlüpfte dann – im kriechenden Passgang – zwischen den Motorschlitten hindurch. Sie hatte nur noch Angst … Zusammengekauert hörte sie, wie der Schamane sein Schneehaus verließ. Irgendwann, als ihre Zähnen zu klappern begannen, raffte sie sich auf – und stieß im selben Moment mit einem anderen Menschen zusammen. Zum Glück gehörte sie nicht zu den Frauen, die vor Schreck wie Feuermelder losschrillten, aber in dieser Situation wäre alles entschuldbar gewesen. In dem Handgemenge, das entstand, schaffte sie es, dem Unbekannten mit dem Paddel eins überziehen.

»Nicht, Freya! Ich bin's doch!« Irgendwie gelang es Glenner, ihre Handgelenke zu packen. »Was machst du hier draußen?«

Sie starrte einen Moment nach dem Iglu des Schamanen, aber das schwache Licht, das noch kurz zuvor aus den Schneeritzen fiel, war erloschen.

»Was du hier machst, hab ich gefragt?«, wiederholte Glenner.

»Das könnte ich genauso gut dich fragen«, flüsterte sie.

»Ich war mal für kleine Jungen. Was ist daran so ungewöhnlich?« Er rieb sich die Stelle am Kopf, wo Freya ihn getroffen hatte, und ließ ihre Hand endlich los. Für ein paar endlos erscheinende

Sekunden standen sie sich gegenüber, dann beugte er sich zu ihr vor und küsste sie zärtlich. Ein warmer Schauder durchrieselte Freya bis in die Zehenspitzen.

»Das hätte ich vielleicht nicht tun sollen«, flüsterte er. »Entschuldige bitte.« Sie erwiderte nichts, zog ihn mit sich … Wie in Trance krochen sie zurück in ihr Iglu, entzündeten eine Öllampe und entkleideten sich. Die aufgestauten Gefühle brachen sich endlich Bahn. Freya umklammerte seine Schultern wie eine Ertrinkende und ließ sich ihrerseits von seinen starken Armen umfangen.

Er roch nach Salz, Holzfeuer und Schweiß, und sie wusste, dass sie in ebendiesem Augenblick nirgendwo anders sein wollte.

Später hing der dunstige Niederschlag ihrer keuchenden Atemzüge unter der feucht glitzernden milchigen Deckenwölbung. Sie lagen noch wach, als plötzlich die Tranlampe blakte und im Luftzug Tjørk in ihr Iglu gekrochen kam. Er wirkte verstört, seine Lippen zitterten. Sein Blick irrte umher, als wage er nicht, sie anzusehen.

»Was ist passiert?«, fragte Glenner.

»Guutiga illiwi!« Tjørk verbarg sein Gesicht in den Händen. »My father … he's dead …« Er sprach eine Zeit lang auf Iniktitut weiter.

»Was sagt er?«

»Hanak ist tot. Der Schamane hat ihn gefunden.«

Die Worte standen eine Zeit lang wie in Eis gemeißelt im Raum, dann fasste sich Glenner als Erster.

»Ich war mal Sanitäter. Vielleicht kann ich ihn reanimieren.« Er sprang in seine Stiefel, aber Tjørk klappte seinen muskulösen Arm wie einen Schlagbaum aus und versperrte Glenner den Ausgang.

»Nein, ihr müsst sofort gehen«, sagte Tjørk.

»Aber wieso?«, fragte Freya.

Der Jäger hatte sich wieder halbwegs unter Kontrolle. Vielleicht lag es daran, dass die halbe Siedlung inzwischen auf den Beinen war und teils hysterische, teils klagende Frauenstimmen in das Iglu drangen.

»Hätte ich nur nie auf meinen Vater gehört. Ihr habt großes Unglück gebracht. Nehmt eure Sachen und verschwindet! Peerit![25] Los, haut endlich ab!«

»Ist ja gut!« Glenner wechselte einen Blick mit Freya. »Nur eines, mein Freund: Wir haben nichts, aber auch gar nichts mit dem Tod deines Vaters zu tun.«

»Das wird sich zeigen«, erwiderte Tjørk. Er nickte, als ob er es nicht abwarten könnte. »Unser Schamane wird heute noch die Toten befragen. Solltet ihr schuldig sein, werden wir euch finden und töten.«

---

25 Inuktitut: Haut ab!

III.
Devon III, Scoresbysund, 4 Uhr 30
70°30′5″N 25°0′30″W

Im Morgengrauen kamen die Helikopter wie schwarze Hornissen aus südwestlicher Richtung. Trotz des Sturms flogen sie so tief über dem Meer, als wollten ihre Kufen die höchsten Wellenkämme ritzen.

»Sie kommen«, sagte Bieker. Seit Stunden lag er flach auf dem Bauch hinter einer der sichtverblendeten Luken und spähte durch einen Spalt nach draußen. »Zwei Helis. Hey, ist das alles?«

Auch Frodo hörte jetzt die Rotoren. »Das ist doch grotesk«, brach es aus ihm heraus. »Wir müssen uns denen stellen …«

»Ach ja? Damit die uns auch ins Meer werfen – wie Minskis Freund?« Bieker kletterte bereits auf allen vieren die Rampe hinauf, die zum Oberlicht führte. »Das Ganze ist eine einzige Falle!«

Mit einem Hammer schlug er ein Loch in das Sicherheitsglas, gerade so groß, dass er den Lauf der Gatling Gun hindurchstecken konnte.

»Die werden ihr blaues Wunder erleben.«

»Warte!« Frodo schaffte es, sich aufzusetzen, doch der Schmerz in seinem Knie war plötzlich wieder erwacht. »Wenn du auf die schießt, ist es vorbei. Dann sind wir geliefert.«

»Bleib cool, Mann! Angriff ist noch immer die beste Verteidigung.«

»Kann sein, aber das sind trainierte Killer und du ein Hydrotechniker!«

»Und wenn?«

»Und wenn? – Die werden nicht lange fackeln! Du hast nicht die Spur einer Chance!«

»Finden wir's raus.« Biekers Augen blitzten aus der dicken

Tarnschminke, drei Chaos-Black-Flecken auf einer Grundierung von Codex Grey.

»Das wird ein Heimspiel, mein Alter.«

»Bitte, denk doch mal nach! Gewalt ist nicht die Lösung.«

»Und ob sie das ist. He, ich glaube, es geht los!«

Von seinem Beobachtungsposten aus hatte Bieker den Landeplatz der Plattform genau im Visier. Wie aufgestörte Ameisen huschten die ganz in Schwarz gekleideten Männer der Antiterroreinheit aus dem Bauch des Helis heraus.

»Tu's nicht!«, rief Frodo, aber da hatte Bieker das Feuer schon eröffnet. Vielleicht hatte er nur den Hubschrauber im Visier, doch die Salven der P-90-Gewehre ließen nicht lange auf sich warten. Der Fensterstreifen zerplatzte und zwang Bieker, in Deckung zu gehen. Während es Glassplitter regnete, konnte Frodo die Querschläger hören, die durch den Raum sausten und in die leeren Seekisten schlugen.

»Bieker, du Vollidiot! Die wissen doch nicht, dass wir jeden Moment in die Luft fliegen können! Stell das Feuer ein, auf der Stelle!«

Selbst Bieker schien zum ersten Mal der Ernst der Lage zu dämmern. Die Drei-Mann-Teams des Antiterrorkommandos waren jetzt überall, sie bewegten sich zielstrebig und mit hohem Tempo, ihre Maschinengewehre dicht an die Schultern gepresst. Soweit Bieker sehen konnte, trugen sie Thermomasken und kugelsichere Westen. Ihre kurzläufigen P-90-Gewehre der belgischen Fabrique Nationale schafften neunhundert Schuss die Minute, ein nicht ganz unwichtiger Trumpf in einem Feuergefecht. Mit dem abgerundeten Griff und zurückfederndem Lauf erschienen diese Waffen eher wie böse Insekten, die sich als Werkzeuge eines Chirurgen ausgaben.

»Schön, was schlägst du also vor?«, druckste Bieker. »Man kann Kugeln nicht einfach zurücknehmen, oder?«

Aus allen Richtungen näherten sich jetzt polternde Stiefel, die Bohrinsel funktionierte wie eine Hallspirale. Frodo musste sich die Ohren zuhalten. Es klang wie der Anmarsch einer ganzen Armee, und die machte im nächsten Moment genau vor der verschweißten Tür halt.

»Goddag«, rief eine sonore Stimme, »mein Name ist Rasmus Buerohengen, ich bin der Einsatzleiter der Dänischen Antiterror-einheit. Ich fordere Sie auf: Öffnen Sie die Tür und ergeben Sie sich! Sie haben sechzig Sekunden Bedenkzeit. Ab jetzt ...« Frodo hatte solche Szenen bisher nur im Fernsehen gesehen, er konnte nicht glauben, dass es auch in der wirklichen Welt so lapidar zuging. Während Bieker noch überlegte, ob er an seinem Beobach-tungsposten ausharren sollte, wankte Frodo bereits zur Tür. Seine unteren Rückenwirbel fühlten sich an wie schmelzendes Blei, aber er wollte diese taktischen Verhandlungen, von denen sein Leben abhängen würde, keinem Spatzenhirn überlassen.

»Negativ, Herr Kommandant!«, rief er. »Die Tür wurde von in-nen verschweißt! Eine Sicherheitsmaßnahme, versteh'n Sie?«

»Ich verstehe«, schallte es frostig zurück, »so wie die Schüsse, die Sie auf uns abgegeben haben.«

»Das war nur friendly fire«, rief Frodo. »So was kann passieren, Sir, ich meine, wir halten hier seit über vierundzwanzig Stunden die Stellung, unsere Nerven liegen allmählich blank. Bitte haben Sie dafür Verständnis.«

»Sie haben zwei meiner Jungens verwundet!«

»Weiß Gott, das tut mir leid!«

»Und mir erst ... Wenn Sie die Tür nicht freiwillig öffnen, wer-den wir Semtex[26] einsetzen! Ich gebe Ihnen zwei Minuten Bedenk-zeit.«

---

26 Plastiksprengstoff

»Der will es auf die harte Tour«, meldete sich Bieker von der Rampe zu Wort. »Ich lass mir von keinem Smörrebröd drohen ...«

»Hältst du wohl deine vorlaute Klappe!« Obwohl er eigentlich auf die Krankenbahre gehörte, war Frodo fest entschlossen, Bieker in seine Schranken zu weisen. »Der Mann ist kein Schwede, sondern ein Däne. Die essen kalten Matjes zum Frühstück, lieben Lakritz und rauchen überdurchschnittlich viel Pfeife!«

»Weil es allesamt Pfeifen sind«, knirschte Bieker.

»Schluss!« Frodo stützte sich an die kalte Stahlwand. »Denk nach, bevor du deine große Schnauze aufreißt! Für diesen Dänen sind wir Terroristen! Wer weiß, was Moreno und Paviassen ihm für Lügenmärchen aufgetischt haben.«

Er räusperte sich. »Mein lieber Herr Buerohengen, jetzt machen Sie mal die Pferde nicht scheu: Vielleicht wissen Sie es nicht, aber mein Kollege und ich sind von hochexplosiven Kriegsmaterialien umgeben. Wenn mich nicht alles täuscht, haben wir hier auch einen thermonuklearen Sprengkopf gefunden ...«

»Wiederholen Sie das!«

»Sie haben mich richtig verstanden – Sir.« In seinem Wahn glaubte Frodo, die Anrede Sir gehöre zum klassischen Ritual der Verhandlung. »Wir sitzen auf einem Pulverfass. Es scheint mir keine allzu gute Idee, wenn Sie Semtex einsetzen. Das Ganze dürfte drastische Folgen haben, sehr drastische Folgen sogar. Dabei denke ich auch an Ihre Männer da draußen. Viele von denen haben sicher Familie. Ich würde also vorschlagen, wir beide suchen nach einer Lösung. Nennt sich Deeskalationsstrategie und hat schon manchem das Leben gerettet.«

Bieker schüttelte missbilligend den Kopf.

Der Einsatzleiter ließ eine halbe Minute verstreichen, wahrscheinlich beratschlagte er sich mit dieser Kröte von Technischem Leiter.

»Schön«, meldete er sich zurück, »nennen Sie Ihre Forderungen.«

»Bitte?«

»Was wollen Sie, Mann?«

»Hab ich das nicht schon getan, Sir?« Frodo begann laut zu schluchzen. »Einen Double-Cheeseburger, Pommes und eine Cola … Kleiner Witz, Sir, verzeihen Sie, aber ich bin mit den Nerven am Ende.«

»Und ich erst!« Eine Faust schlug mehrmals gegen die Tür. »Wenn Sie so weitermachen, lasse ich die gesamte Bohrinsel evakuieren … Meine Taucher warten nur darauf, die Plattform zu sprengen, und zwar so zu sprengen, dass sie kentert, sich dreht und versinkt! Sie beide werden wie die Ratten ersaufen!«

»Wäre das nicht Mord, Sir?« Frodo hatte eine staubtrockene Kehle. »Sir?«

»Nein, Terroristen werden nicht ermordet, sondern eliminiert.«

»Das haben Sie schön gesagt«, erwiderte Frodo, »wir sind nämlich keine Terroristen, eher Hydrotechniker, die sich in einem Froschzirkus zur Wehr setzen mussten. Um ehrlich zu sein, wir hoffen noch immer darauf, Sie werden uns menschlichen Geleitschutz geben, um diesen Ort heil zu verlassen.«

Obwohl Bieker vielleicht auf den ganz großen Showdown gehofft hatte, nickte er langsam, wobei er seine Kinnlade weit vorschob und die Lippen zuletzt wie ein beleidigtes Kind schürzte. Dann sprang er auf und schlurfte in Richtung Tür.

»Tut mir leid, aber ich traue dem Frieden nicht«, flüsterte er.

»Welchem Frieden?«, keuchte Frodo. »Das Problem mit Elitetruppen ist, dass sie es immer darauf anlegen, dass die Situation eskaliert. Nur so können sie zeigen, was sie draufhaben.«

»Das kann er haben.« Bieker verzog den Mund, als hätte er auf was Saures gebissen. »Jetzt hören Sie mal zu, Sie Bürohengst oder wie Sie heißen …«

»Rasmus Buerohengen!«

»Häng dich selber, du Muschi!« Bieker brüllte so laut, dass die Adern an seinem Hals sich wie Kabelstränge abzeichneten. »Deine Hygge[27] ist erst mal vorbei ... Sieh dir die Typen doch mal an, die da draußen rumlungern! Hast du schon Doktor Moreno getroffen? Schon lecker, so eine Blattlauspastete! Und dann erst die Magueys ...«

»Mit wem spreche ich?«, fragte der Einsatzleiter.

»Space Wolf Grey«, schnarrte Bieker, »der Name ist Programm.«

»Sind Sie Militär?«

»Einzelkämpfer, drei Purple Hearts und die Goldene Nahkampfspange ... Ich hätte gute Lust, aus dir und deinen Jungs fein gekutterte Würstchen zu machen. Aber vielleicht können wir ja noch zu einer Einigung kommen.«

Die Ansage hatte zur Folge, dass der bärbeißige Einsatzleiter plötzlich ganz zuvorkommend klang. »In Ordnung, Space Wolf Grey ... Wenn ich Sie recht verstehe, dann wollen Sie den Heldentod sterben. Das ist Ihr gutes Recht als Soldat.«

»Bitte, Sir!« Frodo war ebenso zur Tür gerobbt. »Was mein Kollege meint, ist, dass Doktor Moreno, der Technische Leiter Paviassen und der Nautische Offizier gewisse körperliche Eigenarten aufweisen, tja, ich weiß nicht, ob wir vielleicht überreagiert haben, aber ich habe so was noch niemals gesehen ...«

»Was haben Sie denn gesehen?«

»Das ist nicht leicht zu beschreiben, Sir. Ich habe Leute gesehen, die hatten Schwimmhäute zwischen den Fingern ...«

»Svømmehud?«

»Hat der Smörrebröd gesagt?«, zischte Bieker. »Der macht sich doch über uns lustig!«

---

27 Dänisch: Gemütlichkeit

Diesmal ließ der Einsatzleiter fast fünf Minuten verstreichen.

»Die Besatzung wurde bereits vor unserer Ankunft evakuiert«, sagte er endlich. »Ein Doktor Moreno ist ebenfalls nicht mehr hier. Das Gleiche gilt für den Technischen Leiter und die Offiziere.«

»Warte mal!«, brüllte Bieker dazwischen. »Willst du mir vielleicht schonend verklickern, die sind alle auf und davon?«

»Sie sagen es«, antwortete der Einsatzleiter. »Was bedeutet, dass es keine Zeugen gibt, wenn wir Sie liquidieren. Aus Solidarität mit dem Mann, der sich Space Wolf Grey nennt, gebe ich Ihnen eine letzte Chance, die Waffen zu strecken.«

»Ich wusste doch, du hast nichts kapiert!« Bieker schulterte die massive Gatling Gun. »Du bist nicht in der Lage, mir zu drohen, du hast nämlich nichts auf der Hand, du Kuscheltiergreifer!«

»Und du auch nicht!«, zischte Frodo. »Menschenskind, bin ich denn nur von Rappelköppen umgeben?« Frodo versuchte, Bieker am Kragen zu packen, doch der stieß ihm einfach den Lauf in den Bauch.

»Tu das nie wieder«, sagte er, »sonst …«

In diesem Moment ruckte der Lastenaufzug, und Bieker wirbelte auf dem Absatz herum. Sein nervöser Zeigefinger erledigte den Rest, die Dillon Aero Gatling Gun spuckte einen Feuerstrahl in die offen stehende Kabine. Erneut hörte Frodo Querschläger pfeifen, doch was viel schlimmer war, der Kugelhagel machte die Seekiste, mit der Bieker die Lichtschranke blockiert hatte, zu Kleinholz.

Die Fahrkorbtüren begannen sich quietschend zu schließen.

»Oh nein! Shit!«

Voller Panik stolperte Bieker über seine tapsigen Füße und feuerte noch eine Salve auf den Boden. Frodo sah, wie Bieker – selbst schockiert – einen regelrechten Veitstanz aufführte. Als er sich endlich von der monströsen Kanone befreit hatte, schob sich der Aufzug bereits über die Gleitschiene an der Mittelsäule nach oben.

Bieker wirbelte herum, ein Wutgeheul ausstoßend, aber es war schon zu spät: Die Kabine verschwand mit einem ächzenden Geräusch, die schweren, nach Schmieröl riechenden Kabel peitschten gegen die Rückwand des Schachts.

»Verdammt!« Bieker trat gegen die Gittertür des Aufzugs und rüttelte wie wild an den Griffen. Er hämmerte mit der Faust auf den Rufknopf, doch das Getriebe summte ungerührt vor sich hin.

»Was jetzt?« Bieker drehte sich um. »Was jetzt?«

Eine Sekunde herrschte eine nichts Gutes verheißende Stille, dann wölbte sich das Metall der verschweißten Tür durch den Stoß eines Rammbocks nach innen.

»Das war's«, flüsterte Frodo mehr zu sich selbst.

Bieker stieß einen lang anhaltenden, unartikulierten Laut aus. »Boogie down allright, you motherf***ers!«, brüllte er. Er schnappte sich ein M-16 und ging hinter der Missile in Stellung. »Sollten die auf die Idee kommen, mit dem Aufzug zu fahren, werde ich sie gebührend empfangen.« Das Adrenalin in seinen Adern hielt ihn offensichtlich auf Kurs. Er wandte sich zu Frodo um. »Ich kann mich doch auf dich verlassen?«

»Redest du mit mir, du Hornochse?« Frodo hinkte auf den Schießwütigen zu. Es sah nach einer Generalabrechnung aus, doch nach drei, vier Schritten verließen ihn seine Kräfte. »Das ist nicht mein Krieg«, stammelte er.

»Jetzt ist er es.« Bieker drückte Frodo einfach so eine Maschinenpistole in die Hand. »Glaubst du, du schaffst es nach oben?«

Erst jetzt verstand Frodo, warum Bieker diese Rampe aus Kisten aufgebaut hatte.

»Das ist grotesk«, heulte Frodo, »worum geht's hier eigentlich, du Trottel?«

Bieker schnaubte abfällig. »Bist du mit der Menschheit oder gegen sie?«

Eine Explosion im Belüftungsschacht erschütterte den Boden und ließ die leeren Patronenhülsen tanzen.

»Wer nicht hören will, muss fühlen.« Bieker warf sich auf den Bauch und lauschte. »Ha, das wird der Bande eine Lehre sein. Nicht mit mir, nicht mit mir! Hör zu«, sagte er dann in einem erschreckend normalen Tonfall, »wenn wir verlieren, wenn wir nicht Widerstand leisten, dann wird niemand erfahren, was dieser Pesceros und seine feinen Freunde vorhaben.«

»Das werden sie sowieso nicht«, seufzte Frodo, »denn wir und diese Insel – wahrscheinlich der ganze Scoresbysund –, all das wird in ein paar Minuten atomisiert!«

»Dann haben wir wenigstens ein Zeichen gesetzt«, meinte Bieker.

»Da ist nichts dagegen zu sagen.« Frodo haderte noch immer mit seinem Schicksal. »Nur, wenn ich ohnehin draufgehe, weshalb sollte ich dann noch auf Menschen feuern, die ich nicht kenne?«

»Weil diese Menschen auf dich feuern werden«, sagte Bieker, als ob es nichts wäre. »Die wollen Spaß haben, und was mich betrifft, so sollen sie ihren Spaß haben. Und zwar richtig!«

Hätte Bieker in diesem Moment nicht wie der leibhaftige Joker grimassiert, hätte er nicht alle bekannten transverbalen Anzeichen von Wahnsinn von sich gegeben, Frodo wäre vielleicht einfach auf seinen Posten marschiert und verreckt. So lächelte er ebenso irre zurück.

»Bin dabei«, sagte er nur und stieg bereits auf die erste Stufe der Rampe. Beiläufig wechselte er das Magazin seiner Maschinenpistole. Sie lag gut in der Hand, besser gesagt im Schwitzehändchen eines Mannes, der nicht vorhatte, für die Menschheit zu sterben.

»Er kommt!« Bieker deutete auf die Stockwerkanzeige des Aufzugs. »Es war mir eine Ehre, an deiner Seite bei Hydrocheck gearbeitet zu haben.«

»Ganz meinerseits!«, zischte Frodo. Nur kein Misstrauen erregen. »Du warst schon immer ein guter Kollege, aber hier hab ich dich erst richtig kennengelernt. Mach's gut, Space Wolf Grey!« Du psychotische Nebelkrähe, fügte er in Gedanken hinzu.

Es war ein beschwerlicher Weg hinauf zu dem zerschossenen Oberlicht. Obwohl Frodo in den vergangenen zwei Tagen eine Menge Pfunde gelassen hatte, fühlte er eine bleierne Schwere in seinen Gliedern.

In diesem Moment öffneten sich die Türen des Lastenaufzugs. Frodo fuhr herum: Die Kabine war randvoll mit weiß waberndem Nebel gefüllt, in den Biekers M-16 wahllos Schneisen mähte. Offenbar hatte der Däne keine Soldaten, sondern eine Nebelgranate geschickt. Und da war noch etwas in dem Nebel, etwas wie pfefferiger Feinstaub, das sofort Frodos Atemwege attackierte.

»So ein Feigling!«, brüllte Bieker. »Das ist Reizgas! Halt dir ein Tuch vors Gesicht!« Unter Tränen rannte er an den Aufzug, drückte wahllos Knöpfe und schickte den Aufzug wieder hinauf. Frodo hörte ihn keuchen und würgen.

Und dann brach die Tür. Sie kippte nach einer dumpfen Explosion nach innen und landete krachend auf dem Stahlboden.

Während Bieker die anstürmenden Kommandos mit einer Salve empfing, schlug Frodo mit einem Feuerlöscher das restliche Glas aus dem Oberlicht. Grimmige Kälte wischte über sein Gesicht, als er sich seitlich durch den Rahmen zwängte und auf einem vereisten Laufgitter landete. Obwohl er sich an einem Bein verletzt hatte, schaffte er es, sich aufzurichten und auf seinem heilen Bein zu einer Wendeltreppe zu hüpfen. Stufe und Stufe ging es hinab, bis er die Plattform betrat. Der Wind orgelte noch immer in dem Gestänge, das gegen die Stelzen der Insel anrollende Meer schien schmatzend Beifall zu klatschen. Trotz seiner Rückenschmerzen schaffte es Frodo in geduckter Haltung vorwärtszuhinken. Der

Hubschrauber-Landeplatz war in der Nähe, die Maschinen wurden allerdings von zwei Männern bewacht. Einen Moment überlegte Frodo, ob er es unbemerkt an Bord schaffen würde, doch dann entschied er sich, in die entgegengesetzte Richtung zu kriechen. Vielleicht konnte er sich unterhalb der Plattform verstecken. Mit leicht vereistem Bauch schaffte er es so bis zur Reling der Plattform. Ein abgewetzter Aufkleber mit der Warnung »Extreme Caution in High Wind« vergegenwärtigte ihm, dass er noch nicht in Sicherheit war. Er glaubte gelesen zu haben, dass es auf Bohrinseln jede Menge Notleitern gab. Der Blick hinab machte ihn schwindelig. Die schwarzen Wogen mit ihren langen Kämmen hoben und senkten sich, als läge irgendein keuchendes Wesen im Wasser verborgen, ein riesiges Wesen wie Sedna, die durch Ausdehnen und Zusammenziehen ihres gewaltigen Brustkorbs das Meer gegen die dicken Stützpfeiler der Station fluten und wieder zurückfluten ließ.

»Wollen Sie wirklich springen?«

Frodo rollte sich zur Seite, ein kleines Bravourstück, das seine verletzte Wirbelsäule mit fürchterlichen Schmerzen bestrafte. Er erkannte Moreno, der normal gekleidet auf ihn zuhinkte und in gebührendem Abstand stehen blieb.

»Das sind sechzig Meter, Herr Peschke, und das Wasser hat eine Temperatur, die Sie schon beim Eintauchen zu einem Eisblock erstarren lässt. Ich habe es bei unserem Kollegen, dem verehrten Doktor Rippsten gesehen, und ich sage Ihnen, es war kein schöner Anblick. Sein Unterleib platzte auf, doch seine Gedärme erstarrten sofort zu Eis. Wie ein roter Seestern sank er vor uns in die Tiefe.«

Frodo hatte es geschafft, sich an dem vereisten Geländer hochzuziehen.

»Habe ich eine Wahl?«

»Sicher.« Moreno kam behutsam näher. »Sie sind ein freier Mann, und das werden Sie bleiben.«

»Nach allem, was ich weiß?« Frodo warf erneut einen Blick in die Tiefe. »Sie können mich nicht laufen lassen, Sie wissen das so gut wie ich.«

»Falsch«, erwiderte Moreno. »Niemand wird Ihnen ein Haar krümmen. Schließlich, Herr Peschke, sind Sie ja einer von uns.« Er machte eine Geste mit dem Zeigefinger zum Hals. »Sie schützt die Gnade der Wassergeburt. Für Herrn Pesceros sind Menschen wie wir unabkömmlich. Sie stehen unter seinem persönlichen Schutz.«

»Nein … Ich bin kein Monstrum wie Sie! Ich wurde als Kind operiert, das ist alles!« Frodo begann zu schluchzen. »Verdammt, Moreno, ich will mein altes Leben zurück!«

Ein Getrappel wie von unzähligen Füßen ließ ihn aufsehen, etwas Hartes traf ihn seitlich am Kopf. Im Augenwinkel konnte Frodo noch einen erhobenen Gewehrkolben sehen, dann löste sich der Albtraum in einem weißen Blitz auf.

Sie waren die ganze Nacht durchmarschiert und hatten nur am Mittag eine längere Rast eingelegt. Am späten Nachmittag entdeckten sie den meteorologischen Mast der russischen Forschungsstation. Zwei tonnenförmige Ausgucke erweckten aus der Nähe den Eindruck, es handele sich um Teile eines vom Eis verschlungenen Schiffs.

»Wir sind da!«, keuchte Glenner. »Endlich! Jesus, ich kann es nicht glauben, aber wir haben es geschafft. Die Oase ohne Palmen.« Er hatte sich die letzten Stunden über nichts anmerken lassen, doch jetzt wirkte er ausgelaugt und am Ende seiner Kräfte. »Wir müssen den Eingangsstollen oder etwas Ähnliches finden. Und dann lassen wir uns von den Russkis so richtig pampern. Ich meine, das Essen von denen ist nicht so schlecht, wie man sagt. Ich habe mal ganz vorzüglich in Kiew gegessen …«

Freya stützte sich einen Moment mit dem Rücken gegen einen mannshohen Eisblock. »Soll das heißen, die Station liegt unter dem Eis?«

»Genau das heißt es.«

Glenner legte einen Zahn zu. Je näher sie dem Mast und den gespannten Kabeln kamen, umso improvisierter wirkte die Konstruktion. Sie arbeiteten sich einen Abhang hinauf, von hier aus war der Fjord wieder deutlich zu sehen. Der Anblick des Meeres wirkte wie eine Befreiung in dem alles verschlingenden Weiß.

»Irgendwo das draußen liegt die Devon III«, murmelte Glenner.

»Devon …?«

»Eine Bohrinsel.«

Ein Pistenbully-Raupenfahrzeug stand ihnen plötzlich im Weg, im Spalt der halb offenen Tür sah Freya den Meter Schnee auf dem Sitz.

»Einmal nicht aufgepasst«, sagte Glenner, als ob er Freyas Argwohn gespürt hätte. »Im Übrigen wurden hier schon Windgeschwindigkeiten von über einhundert Stundenkilometern gemessen. So ein Lüftchen reißt sogar eine Tür aus den Angeln.« Er hielt inne, denn Shackleton stieß plötzlich einen lauten Schrei aus, und irgendwo in der Ferne gab es einen dumpfen Knall wie nach einer seismischen Sprengung im Eis.

»Deine neuen Kollegen sind anscheinend fleißig«, meinte Glenner. »Ich kann nur hoffen, die schicken dich nicht wieder nach Hause.«

»Sehr witzig.«

Sie hatten inzwischen einen von Antennen und Messfühlern gekrönten Ausstiegsschacht erreicht. Der Umriss einer im Durchmesser wenigstens fünf Meter messenden Röhre war vage vor ihnen zu sehen. Sie verschwand völlig unter dem Eis. Im Unterschied zu einer modernen Stelzenkonstruktion wie die australische Forschungsstation Casey bestand die Dag-Jeekov-Station aus nichts weiter als zwei parallel verlaufenden Röhren, die man mit Normcontainern vollgestopft hatte. Diese Module bildeten den eigentlichen Lebensraum der Station.

»Nun sieh dir das an!« Glenner zeigte auf einen gewöhnlichen Klingelknopf neben der Tür, auf dem ein kyrillischer Name prangte. »Der Weihnachtsmann wohnt hier schon mal nicht, oder was meinst du, Shack?« Glenner drückte wieder und wieder den Knopf.

»Damned!« Dann hämmerte er wie ein Wilder gegen die Tür. »Sind die taub?« Schließlich hagelte es Tritte.

»Sachte«, sagte Freya. »Vielleicht sind die Forscher auf einer Exkursion.«

»Nein, das würde allen Sicherheitsvorschriften widersprechen.«
Glenner setzte seinen Rucksack missmutig ab. »Ich werde mich
mal umsehen, okay? Vielleicht ist der Haupteingang woanders.
Oder die Russkis sitzen in ihrer Sauna und hören uns nicht. Soll ja
schon alles vorgekommen sein.« Und an Shackletons Adresse:
»Halt die Stellung, Kleiner, und lass die Lady in Ruhe, haben wir
uns verstanden?«

Während er brummelnd davonstapfte, setzte sich Freya erschöpft in den Schnee. Ein ungutes Gefühl beschlich sie. Irgendetwas schien hier nicht zu stimmen. Gleichzeitig wollte sie nicht
wahrhaben, dass sie den weiten, gefahrvollen Weg zurückgelegt
hatte, nur um vor der verschlossenen Tür einer arktischen Forschungsstation zu erfrieren.

»Ork! Ork, ork!« Shackleton tapste aufgeregt hin und her, ent-
weder gefiel ihm Glenners Abwesenheit nicht, oder er teilte Freyas
Gefühl, dass die Stille, die sie umgab, mehr als trügerisch war. Als
Glenner endlich wieder auftauchte, wirkte er niedergeschmettert.

»Ich glaube, du siehst dir das am besten selbst an«, sagte er nur.

Sie gingen um den Mast der Station herum, bis Freya unterhalb
eines überhängenden Eiskamms eine Art Hütte erkannte. Das war
die zerstörte Überlebensstation, zerfetzte Schlafsäcke und von wilden Tieren geplünderte Essensvorräte schimmerten auf dem Eis.
Freya und Glenner stiegen hinunter und betraten den Raum. Eine
Wand zeigte Brandspuren. Offensichtlich hatte man versucht,
Feuer zu legen, doch hatte die feuchte Kälte Schlimmeres verhindert.

»Was zum Teufel ist hier geschehen?«, sagte Glenner. »Mal vorausgesetzt, dass es keine grönländischen Vandalen gibt – wer würde eine solche Einrichtung mutwillig zerstören?«

Freya sah ihn an. »Vielleicht dieselben Leute, die eine harmlose
Schlittenpatrouille aus dem Hinterhalt abknallen.«

»Gut möglich. Nur, warum sollten sie so etwas tun?«

Erschöpft und niedergeschlagen trotteten sie zur Basisstation zurück. Glenner sackte neben dem Eingang zusammen. Sein Kinn ruhte auf seiner Brust, er hatte Mühe, die Augen offen zu halten. Auch Freya ließ sich rückwärts in den Schnee fallen.

»Ich begreife das einfach nicht …« Mit grimmiger Miene starrte Glenner auf die verschlossene Tür. »Wieso ist diese verdammte Station verrammelt wie Fort Knox? Normalerweise stehen solche Stationen den ganzen Tag offen. Trotzdem muss es einen Weg geben, diese Büchse zu knacken.«

Freya schlang die Arme um ihre Knie. Die Sonne war längst untergegangen, und trotz der Seehundfell-Kammiken an den Füßen wurde ihr langsam kalt.

»Wir haben zwei Möglichkeiten«, begann sie, »entweder warten wir, bis uns jemand aufmacht – und ich fürchte, da können wir lange warten –, oder aber wir finden einen anderen Eingang.«

»Und wo sollten wir nach dem suchen?« Glenner sah sich nach seinem Pinguin um. »Hätte Shack ein klein bisschen mehr Grips, könnte er einen Tunnel graben und dann die Tür von innen öffnen.«

»Hat er aber nicht«, sagte Freya, »aber du klingst, als hättest du Fieber.«

Sie hatte auf Spitzbergen eine Menge Forschungsstationen gesehen und wusste daher, dass es stets mehrere Verbindungen zur Außenwelt gab. Auch Dag Jeekov war keine hermetisch abgeriegelte Festung, sondern eine Art begehbares und mit Sensoren ausgestattetes »Raumschiff«. Allein zu den meteorologischen Messinstrumenten verliefen armdicke Kabelbäume unter dem Eis. Doch keine der nach außen führenden Röhren besaß den Durchmesser eines menschlichen Körpers. Anders verhielt es sich mit sogenannten Schneeschmelzen und vollbiologischen Kläranlagen, wie sie sich fast überall fanden. Manche der »Schmelzen« ragten wie überdimensionale Abzugshauben aus den Wohnmodulen heraus. Sie sammelten Schmelzwasser und bildeten so das Reservoir für die Trinkwasserversorgung.

Freya sprang auf. Sie wusste jetzt, wonach sie suchen musste. Sie erklärte Glenner das Prinzip der Schneeschmelzen und war schon unterwegs. Glenner hatte Mühe, ihr zu folgen.

»Und da willst du reinspringen? Bist du verrückt?«, rief Glenner, als er sah, wie Freya auf einen der Tanks zusteuerte.

Sie antwortete nicht sofort. Wenn der Tank unter dem Auffangtrichter randvoll mit Wasser gefüllt war, dann wäre auch der Weg nach innen versperrt.

Glenner sah sich missmutig um. »Schön, aber wo ist diese verflixte Schmelze? Ich sehe zwei Röhren …«

»Und die sind mittig durch einen Quergang verbunden. Das da könnte sie sein.«

»Das heißt, du musst aufs Dach – oder wie immer man den Scheitelpunkt einer Röhre nennen mag.«

Freya hatte sich schon die Steigeisen angelegt. Der Wind hatte wieder aufgefrischt, und ein Biwak unter freiem Himmel mit Aussicht auf eine komfortable Forschungsstation war so ungefähr das Letzte, worauf sie scharf war.

»Warte!« Glenner kam hinter ihr her. »Ich kann dich nicht sichern, ist dir das klar?«

»Ist mir klar.«

Ohne Seil begann sie den Aufstieg. Auf Spitzbergen hatte sie eines gelernt: Die Frontalzacken müssen genau im rechten Winkel treffen, sonst bieten sie im Eis wenig Halt. Der Pickel in ihrer Rechten diente als eine Art »Handanker«, an dem sie ihr Körpergewicht hochschieben konnte. Wie immer waren die ersten Meter am schwersten, dann ähnelte die Wölbung mehr und mehr einem Dach, schließlich konnte sie sich aufrichten.

»He, Shack, Freya hat es geschafft!«, rief Glenner.

Der Pinguin starrte zu ihr hinauf und zog den Kopf dann ein, dass er fast zwischen den Stummelflügeln verschwand. Er schien nur mäßig beeindruckt.

»Kannst du was sehen?«

Freya kniff die Augen zusammen. Das Eis, das die Station bedeckte, war wellig, die Längsachse der Wohnröhre nur vage zu sehen. Obwohl sie logischerweise ebenso breit wie hoch war, hatte Freya das Gefühl, sie balanciere auf einem Drahtseil im weißen Nichts, der Rand der Röhre schien mit dem Hintergrund zu verschmelzen. Glenner unter ihr erschien im weißen Einerlei so winzig, als blicke sie von einem Aussichtsturm auf ihn hinab. Es machte sie nervös, dass er sich andauernd umsah.

»Alles in Ordnung?«, rief sie.

»Ja, ja. Ich dachte nur, ich hätte etwas gehört.«

Vorsichtig setzte Freya ihren Weg fort. Lange Zeit konnte sie nichts erkennen, was einer Öffnung glich. Als sie eben vor Erschöpfung aufgeben wollte, sah sie die Ränder des Trichters. Wie dicke Wülste aus Zuckerguss überwucherte das Eis das blanke Metall.

»Das muss sie sein! Es kann nur die Öffnung der Schneeschmelze sein!«

»Das ist es!«, jubelte Glenner. »Aber sei vorsichtig, Baby! Mach jetzt keinen Fehler!«

Es war wirklich ein verdammt großer Fallschacht, der wahrscheinlich zu einem großen Wassertank führte. Selbst wenn er randvoll sein sollte, konnte sie noch immer Klopfzeichen geben, die man von einem Ende der Station zum anderen hören würde. Freya beugte sich über den Eiswulst, schaltete ihre Stirnlampe an und leuchtete die langen Eiszapfen hinab in den Schacht. Entsetzt zuckte sie zurück. Sie keuchte, bekam kaum noch Luft. Wie um sich zu vergewissern, dass sie sich getäuscht haben musste, sah sie noch einmal in den Schacht. Dort, wo die Spitzen der Zapfen endeten, berührten sie fast die Schultern und Köpfe einer Handvoll halb nackter Männer. Sie standen bis zu den Hüften in einem sulzigen Eisbrei, das vor Frostbeulen starrende Fleisch leuchtete bläulich weiß aus der Tiefe.

»Oh mein Gott ...« Was für eine entsetzliche Skulptur aus Eis, Kabeln und Gliedmaßen – und wenn sie auch die Gesichter nicht kannte, Freya wusste intuitiv, das war die Besatzung der Dag Jeekov.

»Was ist los?«, rief Glenner, der spürte, dass etwas nicht stimmte. »Kannst du was sehen?«

»Ja.« Sie drehte den Kopf zur Seite und holte einmal tief Luft. »Und mir ist endlich klar, warum die Russen mich nicht abgeholt haben.«

»Ja – warum? Nun mach's nicht so spannend.«

Sie antwortete nicht gleich, sondern kämpfte ein paar Sekunden mit Brechreiz.

»Sie sind tot«, sagte sie dann.

»Tot? Aber wie ...?«

Glenner kam nicht weiter. Da war wieder dieses Geräusch. Der Schnee hinter ihm wurde plötzlich lebendig, aus ihm heraus erschienen drei weiß vermummte Gestalten. Selbst ihre Kälteschutzmasken und Schnellfeuerpistolen waren kalkweiß bepinselt. Nur die schwarzen Löcher der Mündungen waren deutlich zu sehen. Mit ihren pelzbesetzten Mützen und silbernen UV-Brillen wirkten sie wie Schneemotten in Menschengestalt.

Glenner hob langsam die Hände.

»Hallo, Leute«, sagte er, »ich weiß, wie das aussieht, aber wir sind keine Einbrecher.«

Freya verlor in diesem Moment den Halt und geriet ins Rutschen. Wäre sie auf trockener Erde gelandet, hätte sie sich vielleicht die Beine gebrochen, doch sie landete in einer Masse aus körnigem Firn, der ihren Sturz wie Schaumstoff abfederte. Im selben Moment war sie von Schneegestalten umstellt. Freya erkannte im Fetzenlook der Männer Abzeichen und Namensschilder. Offenbar gehörten sie zu einer militärischen Elite-Einheit.

»What do you want?«, wagte Glenner zu fragen.

Statt zu antworten, riss ihm einer der Männer die Schutzmaske vom Gesicht. Er packte Glenner am Kinn, drehte seinen Kopf hin und her, als wollte er die Elastizität seiner Halswirbelsäule testen.

»Finger weg!« Glenner griff nach der Hand, doch das weiße Fetzenbündel sprang einen Meter zurück und entsicherte seine Waffe. Es klang, als habe jemand überlaut mit den Zähnen geknirscht.

»He, immer mit der Ruhe!« Glenner hob verschüchtert die Hände. Er versuchte möglichst flach und langsam zu atmen, damit die eiskalte Luft, die jetzt in seine Lungen strömte, keine Blutgefäße zum Platzen brachte. »Can we talk about it? Sprechen Sie Deutsch? Englisch? Reden Sie, Mann!«

»Gloves! Take off your gloves!«

»Wissen Sie, wie kalt es ist?«

»Take them off, screwhead! Right now!« Der aggressive Tonfall schien Shackleton zu missfallen, denn er stieß einen jener schrillen Töne aus, die sich eigneten, die Trommelfelle von Raubmöwen zu zerstören.

»Okay, okay, ich soll meine Handschuhe ausziehen, ja?«

»Move it!« Die Stimme, gedämpft durch die Sturmhaube, war kaum zu verstehen.

Glenner entledigte sich missmutig seiner Handschuhe und spreizte die Finger. »Okay?«

»Okay – jetzt die Frau!«, raunzte die Stimme. »Tell her to take off her gloves! I want to see her hands!«

Freya entledigte sich ihres rechten Handschuhs. »Zufrieden?«

»Sie sind beide normal«, sagte eine Stimme auf Deutsch.

»Was haben Sie denn erwartet?«, schimpfte Glenner, »ist das vielleicht ein Empfang?« Er verstummte, denn die Schneemotten strahlten eine grimmige Entschlossenheit aus. »Würden Sie mir bitte erklären, was hier vor sich geht?«

Einer der Männer lüftete seine Brille. Vielleicht sollte es Offenheit ausdrücken, aber Freya glaubte eher die Augen eines Speedfreaks zu sehen, der die Nacht durchgemacht hatte. Die Hautfarbe des Afroamerikaners war zu Ocker verblasst.

»Warum stecken Sie beide in dieser Eskimokluft?«, fragte der Mann. »Soll das Tarnung sein, oder was?«

Glenner wechselte einen Blick mit Freya. »Man hat uns die Sachen geschenkt.«

»Soso, geschenkt. Und was zum Teufel wollen Sie von den Russkis?«

»Wir sind Wissenschaftler«, erwiderte Glenner. »Äh, Glaziologen. Um ehrlich zu sein, wir … wurden erwartet.« Während er Freya in ihre Handschuhe half, sah er sich unsicher um. »Und wer zur Hölle sind Sie?«

»Lou Forstner, Lieutenant der siebten US-Arctic Division, und das sind Stewart Calais, T. Bronco Wells und Sean Trallberg-Spinster, auch als Trilli-Tralli bekannt.«

Der stumpfsinnig vor sich hin nickende Mann zupfte sich einen iPod-Stöpsel aus dem Gehörgang, Freya glaubte ein paar komprimierte Klänge von Benny Benassis Remix »Bring the noise« zu erkennen. Absurderweise wiegt das Nebensächliche immer stärker als das, was der gesunde Menschenverstand für das Wichtige hält.

Auch die anderen Schneemotten nickten oder zuckten einen kaum wahrnehmbaren militärischen Salut aus der Schulter. Sie wirkten wie auf Droge, schienen aber ebenso erleichtert wie Glenner und Freya. »Tja, wir haben einen Notruf von der Station Dag Jeekov empfangen. Offensichtlich kamen wir aber zu spät.«

»Sieht so aus«, sagte Glenner. »Irgendjemand hat hier ganze Arbeit geleistet. Freya, bist du okay?«

Sie nickte, aber innerlich hatte sie immer noch das schreckliche Bild der erfrorenen Russen vor Augen.

»Haben Sie eine Ahnung, was hier los ist?«, wandte sie sich an Forstner.

»Was meinen Sie?«

»Da hinten in der Schneeschmelze stehen fünf tote Männer.«

»Da stehen sie gut«, sagte Calais.

»Wie bitte?«, fragte Freya. »Was hat er eben gesagt?«

»Er kann sagen, was er will! Und er kann noch viel mehr ...« Der junge Afroamerikaner schenkte ihr ein anzügliches Grinsen. »Sind Sie Russin?«

»Ich bin Deutsche.«

»Das stimmt«, sagte Glenner.

»Wer hat Sie gefragt?« Forstner schien nicht überzeugt. »Zeigen Sie mir mal Ihre Papiere, Frollein ...« Es war merkwürdig, dass er nicht auch Glenner nach seinem Pass fragte. »Was haben Sie hier draußen verloren, wenn ich fragen darf?«

»Was soll das werden?«, erwiderte Freya. »Ein Verhör?«

Die Männer kamen ihr noch immer wie Gorillas vor, nicht leicht zu zähmen, tief misstrauisch, abwechselnd gelangweilt und mies gelaunt.

»Reine Sicherheitsmaßnahme«, sagte Forstner. Er präsentierte ihr seine P-90. »Wenn Sie keine besseren Argumente haben, dann rate ich Ihnen, die Schnauze zu halten! Auf dem Weg hierher sind wir mehrfach in Scharmützel mit aufständischen Inuit geraten, meine letzte Sicherung ist kurz davor zu verdampfen ...« Er schnaubte kurz, sicherte dann seine Waffe und signalisierte, ihnen zu folgen. »Aber wie wär's, wenn wir alles Weitere in der Station bei einem Teller Suppe besprechen?«

V.

Sie folgten den Soldaten in den regulären Eingangsschacht der Station. Forstner kannte offenbar den Geheimcode der Tür, oder seine Leute hatten sie neu programmiert. Es dauerte jedenfalls keine Minute, bis sie alle in die Ausstiegsluke kletterten. Das Innere der Station erinnerte an einen provisorischen Laufgang zwischen zwei Terminals eines Flughafens. Hier und da lagen Kabeltrommeln herum. Von der mit Profilgummi ausgelegten Röhre zweigten sich die Quartiere, Vorratsräume und Mehrzwecklaboratorien ab. In manchen der tonnenschweren Raumeinheiten konnte Freya Treibstofffässer, Benzinaggregate und Vorratslager erkennen, in anderen Komponenten der typischen Zivilisationsmaschinerie wie Dieselgeneratoren und Pumpanlagen. Das schwere Stationsgut lagerte in einer zwischen den Röhren liegenden »Halle«, die wie ein überdachter Innenhof wirkte. Der Gemeinschaftsraum befand sich zwischen Wasch- und Küchencontainer. Für den Kontakt mit der Außenwelt standen offenbar ein 1000-Kilowatt-Kurzwellenempfänger und ein kleinerer UA1FA-Transceiver zur Verfügung. Die gesamte Station wirkte intakt, selbst die Küche machte einen geradezu piekfeinen Eindruck. Die russischen Forscher hatten neue Keramikherdplatten, Spülbecken, selbst eine Spülmaschine installiert. Der Geruch von frischem Backwerk hing noch in der Luft.

Glenner fand ein paar aufgetaute Forellen für Shackleton, und Freya schlug vor, auf die versprochene Tütensuppe zu verzichten und stattdessen für die ganze Mannschaft zu kochen, was nach kurzer Beratschlagung von Forstner genehmigt wurde. Verwundert konstatierte Freya, wie selbstverständlich sie unter diesen fast archaisch zu nennenden Umständen ein typisch weibliches Rollenverhalten zeigte. Immerhin schien das Eis endgültig gebrochen, als sie eine Riesenschüssel dampfender Nudeln und Hackfleischsoße auf den Tisch stellte.

»Freya – Sie sind nicht zufällig verheiratet?« Leutnant Forstner ließ sich neben ihr nieder. Sein Gesicht wirkte gerötet. »Wenn nicht, dann verstehen Sie das bitte als Heiratsantrag.« Er hob sein Glas mit einer feierlichen Geste.

»Vergessen Sie's«, sagte Glenner, »sie ist mit ihrer Arbeit verheiratet.«

»Was für Arbeit mag das sein?«, fragte T. Bronco. Ohne seine martialische Vermummung war er nur ein junger Kerl mit gelichtetem Scheitel, einem blassen, unreinen Gesicht, aus dem – krank wuchernd – ein hellblonder Schnauzer à la Hulk Hogan entsprang. »Blowjobs? Handjobs?«

Forstner verpasste ihm eine harte, aber gerechte Kopfnuss. Er war ein breitschultriger Mann, kraftvoll und verfettet zugleich, stiernackig und mit kahl geschorenem Kopf. Trotz allem sah er in einem schon übertrieben wirkenden Maße gutmütig aus. Dass seine Umgänglichkeit allerdings leicht in Jähzorn umschlagen konnte, das hatte Freya schon zu spüren bekommen. Jetzt hatte er seinen Mann auf dem Kieker.

»He Bronco … Noch so ein dummer Spruch und du machst hundert Liegestütze im Schnee!« Und an Glenners Adresse: »Wir waren gerade bei Ihrer Arbeit. Vorausgesetzt, das ist kein Geheimnis.«

»Nun …« Glenner wechselte einen schnellen Blick mit Freya. »Meine Kollegin und ich sollten dem russischen Team beim Entnehmen von Eisbohrkernen helfen. Wegen der rasanten Eisschmelze versuchen die Wissenschaftler zu retten, was zu retten ist.«

»Zu retten?« Da war etwas in Forstners Ton, das Freya ungemein irritierte. »Ist es dafür nicht ein kleines bisschen zu spät?« Er sah Calais an, der reagierte erst mit einer guten Sekunde

Verzögerung. Mit einer nachlässigen Geste schob er einen Mini-Disc-Rekorder über den Tisch. Der Bildschirm war nicht größer als eine Postkarte, doch was Freya jetzt sah, als Forstner den Startknopf drückte, hätte auch auf einer Kinoleinwand keine schlimmere Wirkung auf sie gehabt. Es war ein Ausschnitt – CNN, ein Reporter auf dem Roten Platz in Moskau –, dann im Hintergrund ein unerklärlicher Blitz. In dem Regen der auseinanderwirbelnden Pixel hielt sich der Mann die Hand vor die Augen. Schnitt. Mit dem Hinweis auf eine Sondersendung begann eine zweite Sequenz. Diesmal waren es Luftaufnahmen einer brennenden Stadt. Mehrere glühende Gitter stellten sich laut Untertitel als die Ruinen von Manhattan heraus. Eine Mischung aus Schockstarre und Entsetzen stand den Nachrichtensprechern ins Gesicht geschrieben, und auch Freya griff unwillkürlich nach Glenners Hand.

»Und an der Westküste ist es dasselbe …« Forstner sprach mit einer sonderbar breiigen Stimme, und Freya sah, dass er mit den Tränen kämpfte. »Sie sagen, dass es nur ein beschränkter thermonuklearer Schlagabtausch war. Etwa hundert sogenannte strategische Waffen kamen zum Einsatz, jede etwa von der Größe der Hiroshimabombe … das heißt, ein TNT-Äquivalent von hundert Kilotonnen.« Er begann sich linkisch die Augen zu wischen. »Der verdammte dritte Weltkrieg dauerte angeblich nicht länger als zwanzig Minuten, dann war game over. Die USA streckten die Waffen …«

Neue nebulöse Bilder flimmerten über den Plasmaschirm, Bilder einer endgültigen und unwiderruflichen Zerstörung.

»Und alles nur wegen diesen Öl-Freaks in Texas, weil die dachten, es geht immer so weiter!« Forstner schlug mit der Faust auf den Tisch. »Erst Krieg spielen, alles plattmachen, und dann die eigenen Konzerne in die geschlagenen Länder schicken, um den Besiegten wieder auf die Beine zu helfen. Was ja nur heißt, ganz legal an die Bodenschätze anderer Länder zu kommen. Diesmal haben sie sich verkalkuliert. Die anderen hatten nicht vorgehabt, klein beizugeben, und niemand hätte erwartet, dass die Chinesen mitmischen würden. Kleine Kettenreaktion – kann ja mal vorkommen, oder?« Er begann leise zu schluchzen: »It's all over now, Baby Blue …. Meine Frau, meine Kinder …«

Freya hörte ihm nicht mehr zu. Sie hatte sich immer gefragt, wie es wäre, einen nuklearen Krieg mitzuerleben, doch die Vorstellung, nur als Zuschauerin betroffen zu sein – das Ganze nur medial zu erleben –, war schlimmer als alles andere. Sie musste an ihre Freundinnen denken, an Mascha, an Wattwurm-Birthe, an Irene … Wie mochte es ihnen gehen? Hatte es auch Bremerhaven erwischt? Freya starrte auf die digitalen Bilder, die das Ende ihrer alten Welt bedeuteten. Und es fühlte sich an, wie selbst gestorben zu sein. Diese Kantine, diese verwegen aussehenden Männer, Glenner, der Pinguin, der in der halb vollen Spüle planschte, all das erschien ihr wie ein Jenseits, in das sie lebendig und bei vollem Bewusstsein eingegangen war. Der viel beklagte Realitätsverlust durch die mediale Dauerbestrahlung war nicht zuletzt einer vergeblichen Omnipotenz-Marotte des Menschen zu verdanken. Die sogenannte Realität konnte ja in ihrer ganzen Fülle überhaupt nicht mehr in erster Person »erlebt« werden. Was dem Einzelnen blieb, waren nur die öffentlich verbreiteten Bilder, die schon früher ein echtes Erleben ersetzt hatten. Trotzdem sperrte sich Freyas gesunder Menschenverstand noch immer, die gesehenen Ausschnitte als real zu begreifen.

»Das ist … nur … ein Trick«, stammelte sie, »Fake News … oder ein Spielfilm …«

»Ja, sicher!« Der Sarkasmus in Forstners Stimme ließ sich nicht überhören. »Es ist nur ein Spielfilm, aber ganz sicher keiner, in dem George Clooney mitspielt, denn der überlebt für gewöhnlich die vollen neunzig Minuten. Das hier ist ein etwas anderer Film, ein Film, in dem es keine beschissenen Superstars gibt und nichts vorhersehbar ist, was bedeutet, dass es jeden Darsteller von einer Sekunde zur anderen erwischen kann. Es heißt, ein nicht unbeträchtlicher Teil Amerikas und Eurasiens wurde durch den Austausch von Interkontinentalraketen zerstört. Alle Schaltzentralen der westlichen Welt, New York, London, Paris, Rom – pulverisiert! Moskau, St. Petersburg, Kiew – Asche zu Asche. Millionen Menschen. Die gesamte amerikanische Ostküste existiert nicht mehr, zwischen Warschau und Tomsk gähnt eine atomare Wüste.«

»Aber das ist doch unmöglich!«, schrie jetzt auch Glenner. »All die Abrüstungsverhandlungen …«

»Niemand hat jemals abgerüstet«, widersprach Forstner. »Wir haben es geahnt, oder? Insgeheim wurden die Waffensysteme unaufhörlich verbessert, ältere gegen neue ersetzt. Nein, die hatten noch mehr Raketen in ihren Silos, als wir uns vorstellen können. Angeblich dauerte die erste entscheidende Angriffswelle nicht einmal zwanzig Minuten. Ha … Es heißt, die Chinesen haben die Gunst der Stunde genutzt und paktieren mit den angeschlagenen Russen, um die amerikanischen Freunde auszuradieren. Australien erklärte vorsichtshalber schon mal seine Neutralität, dasselbe gilt auch für die südamerikanische Allianz.«

Er hielt inne, denn einer seiner Männer klapperte so laut mit dem Löffel, dass es fast wie ein Alarmsignal klang.

»Keiner von uns weiß, wie es jetzt weitergeht. Doch die Wahrscheinlichkeit, dass uns der eigentliche Krieg hier in der Arktis einholen wird, ist ziemlich gering. Selbst die Airbase in Thule wurde geräumt. Wir sind sozusagen uns selbst überlassen.« Er hob sein Glas. »Es sieht zwar nicht so aus, aber wir haben das große Los gezogen. Wir leben! Auf unsere Zukunft – die leider mehr als ungewiss ist. Oder haben Sie eine Ahnung, was jetzt passiert?«

»Sie meinen, ob uns die Strahlung erwischt?« Freya wünschte in diesem Moment, sie hätte einen Geigerzähler von Bord der Norbjörn mitgehen lassen. »Schwer zu sagen. Eines ist aber sicher: Momentan pumpen die brennenden Städte Rauch und Ruß in die Luft. Die Sonnenstrahlen dürften diese Partikel bis in die Stratosphäre aufsteigen lassen.«

»Und?«

»Nun, wenn die Luft da oben immer dicker wird, dann wird immer weniger Sonnenlicht die Erde erreichen. Je nachdem, wie lange dieser Schleier sich hält, dürfte der Klimawandel einen anderen Verlauf nehmen.«

»Sie meinen die Erde kühlt ab?«

»Sie meint eine neue Eiszeit«, sagte Glenner. »Tja, sieht so aus, als wäre es an der Zeit, dass sich die Menschheit um einen neuen Lebensraum kümmert. Vielleicht war der Mars doch keine allzu schlechte Idee … Cheers!«

Alle prosteten ihm ohne jede Begeisterung zu.

»He, wie fühlst du dich?« Glenner legte Freya einen Arm um die Schulter.

»Fantastisch.« Freya musste wieder an Bremerhaven denken – den Korb der verrückten Hühner. Wenn sie Glück hatten, saßen sie jetzt in einem Bunker, doch der radioaktive Fallout würde sie auch dort treffen und mit der Zeit alles verstrahlen. Das Verlöschen menschlichen Lebens wäre die unausweichliche Konsequenz.

»Wenn ihr mich fragt«, spekulierte Forstner, »dann haben die Frogs irgendetwas damit zu tun.« Sein Gesicht bekam einen hasserfüllten Ausdruck. »Ich weiß nicht, wo diese Viecher plötzlich herkommen, aber sie sind überall. Sehen aus wie wir, aber haben Kiemenspalten am Hals. Manche haben sogar Schwimmhäute zwischen den Fingern.«

»Wie bitte?« Forstners Vortrag brachte Freya zurück in die Realität. »Von wem reden Sie?«

»Wir nennen sie Frogs – Frösche, verstehn Sie?« Er ließ eine verächtliche Lache ertönen. »Dabei sehen sie eher wie Molche aus … Kaulquappen … Als ob sie in unterschiedlichen Entwicklungsstadien wären … Stimmt's nicht, T. Bronco?«

»Wir haben sie alle abgeknallt.« T. Broncos Stirn legte sich in Falten. »Ein paar von ihnen …« Er schnaubte verächtlich. »Als wir ankamen, waren noch einige da. Sie haben die Russen hier massakriert und waren gerade dabei, die Datenbestände zu kopieren. Verdammt creepy, diese Typen!« Er bemerkte Glenners fassungsloses Gesicht. »Soll das heißen, Sie haben noch keinen von denen gesehen? Das lässt sich ändern, bitte folgen Sie mir!«

Forstner und seine Männer gingen voraus. Die Amerikaner hatten die sterblichen Überreste der getöteten Frogs in der unbeheizten, überdachten Halle zwischen einem riesigen Charkowtschanka[28] und einem ausrangierten Chemie-Klo gelagert. Aus gutem Grund, denn zum einen herrschten hier Temperaturen wie im Gefrierhaus, zum anderen gab es von der Halle keinen Zugang zu den Wohnmodulen. Während Calais und T. Bronco eine knackende Thermoplane von den tiefgefrorenen Körpern entfernten, legte Forstner seine Hand unauffällig an die Pistole.

»Falls Sie sich als Wissenschaftlerin in der Lage sehen, uns das zu erklären, wäre ich Ihnen sehr dankbar«, sagte der Soldat.

Die Neonröhren unter der Decke waren noch nicht allesamt zum Leben erwacht, aber das Licht reichte, dass sich die gefrorenen und verrenkten Glieder der Toten aus dem Dunkel schälten. Eine von Kugeln zerfetzte Hand war das Erste, was Freya sah.

---

28 Speziell für arktische Verhältnisse ausgerüstetes Kettenfahrzeug

»Das sind doch Schwimmhäute zwischen den Fingern, nicht wahr, Ma'am?«

Die Ähnlichkeit mit den Extremitäten einer Amphibie wären zumindest erfahrenen Kriechtierhaltern sofort ins Auge gefallen. Zwischen Fingern, deren Nägel verschwunden waren, spannten sich milchig schimmernde Häute.

»Als wir hier eintrafen, hatten die Frogs schon ganze Arbeit geleistet«, erläuterte Forstner. »Ich weiß nicht, was diese Kreaturen aus den Russen rauskriegen wollten, aber sie haben die Besatzung gefoltert.«

Freya ging in die Knie, um besser sehen zu können.

»Wo glauben Sie, kommen die her?«, fragte Forstner. »Aus dem Meer?«

Freya wusste darauf keine Antwort.

»Was ich sehe, könnten ektrodaktyle Missbildungen sein. Sie wissen schon, so was Ähnliches wie das Karsch-Neugebauer-Syndrom.« Sie betrachtete die offenen Augen der Leichen, die bläulichen Lippen und die faustgroßen Einschusslöcher in ihren Körpern. Manche der Anzüge waren wie mit rotem Klatschmohn geblümt. Es fiel ihr schwer, in diesen Toten Monstren oder nichtmenschliche Kreaturen zu sehen. Abgesehen von den Fehlbildungen, konnte sie keine Unterschiede zu normalen Menschen entdecken. Ob diese Schädel von Natur aus kahl waren oder rasiert, war schwer zu sagen, ebenso schwierig, ob die graugrün schimmernde Haut eine nachträgliche, durch das Erfrieren eingetretene Verfärbung war.

Sie richtete sich wieder auf und sah Forstner an. »War es wirklich nötig, diese Männer zu töten?«

»Sie machen wohl Witze?« Forstner lachte auf, als hätte man ihm einen kurzen Stromstoß verpasst. Ein künstlich aufgesetztes Lächeln huschte über sein Breitwand-Gesicht. »Als wir kamen, haben sie sofort das Feuer eröffnet. Ihre Maschinenpistolen liegen hier noch irgendwo rum, es sind wasserdichte Modelle, passend zu den Trockenanzügen. Ich schätze mal, diese Biester sind aus dem Wasser gekommen. Hinter dem Hügel da drüben verläuft ein Eiskanal. Sieht von oben aus wie 'ne Spalte, doch aus der Nähe hört man rauschendes Wasser. Schon witzig, aber wir hatten mal einen Inuit in der Truppe, der behauptete, es sei möglich, von der Ost- zur Westküste Grönlands zu paddeln. Auf geheimen Wasserstraßen im Gletscher.«

Die ganze Halle strahlte inzwischen in erbarmungslos gleißendem Licht. Jetzt waren an manchen der seitlich liegenden Körpern die klaffenden Kiemenspalten zu sehen. Sie schienen dem Ohr zu entspringen und verliefen wie leicht geschwungene Bogen zum Kehlkopf. Trotz wissenschaftlicher Neugier hatte Freya mit einem aufsteigenden Brechreiz zu kämpfen – wobei es nicht die Kiemen waren, sondern das gallertartig geronnene Blut, das wie schwarze Barten aus diesen Öffnungen hing.

»Haben Sie jemals solche Kreaturen gesehen?«, fuhr Forstner fort. Und als Freya nichts erwiderte. »Hat es Ihnen die Sprache verschlagen?«

»Nein«, sagte Freya. »Aber wo sehen Sie hier Kreaturen?«

»Wie … bitte?« In Forstners Haltung rastete etwas kurz aus – und dann wieder ein. »Hören Sie, Lady, ich bin zwar kein Eierkopf, aber ich habe Augen im Kopf! Die haben Kiemen – wir nicht! Also nenne ich sie Kreaturen!«

»Es sind Menschen«, sagte Freya »Andere Menschen sind Bluter, Albinos oder sie sind mit Rotgrünblindheit geschlagen. Obwohl es sich hier um Mutationen handelt, sind die Betroffenen zweifellos menschlich.«

»Ich bin leider anderer Meinung«, sagte Forstner.

»Ich auch«, zischte Calais. »Frikkin' gills ain't no human!«

»Stimmt schon.« Glenner mischte sich ein. »Enten und Robben haben Schwimmhäute zwischen den Zehen … Aber im Vergleich zu den Zangen von Grady Stiles, dem weltberühmten Lobster-Boy, sind diese Hände hier geradezu … stinknormal. So gesehen hat Freya zweifellos recht.«

Aus unerfindlichen Gründen reizte der Vergleich die Commandos zum Lachen.

»Entschuldigen Sie, Miss …« Trilli-Tralli hatte sich schon mehrfach geräuspert, jetzt meldete er sich zu Wort. »Auf welcher Seite stehen Sie eigentlich?«

Freya zuckte die Achseln. »Ich wurde von Ihrem Lieutenant gebeten, diese Toten zu examinieren. Ich musste feststellen, dass die Bezeichnung Kreaturen nicht zutreffend ist.«

»Nicht zutreffend?« Forstner sah sich Hilfe suchend um, aber seine Männer blickten betreten zu Boden. »Ist es Political Correctness oder Ihre wirkliche Meinung?« Sein Blick huschte zu Glenner, doch der zuckte nur lässig die Achseln. »Ist es nicht gleich, was diese Neobionten[29] sind? Tatsache ist, sie gehören zu einer feindlichen Truppe. Es sind feindliche Elemente, die offensichtlich den Auftrag hatten, diese Station zu zerstören. Was gibt es da noch zu sagen?«

Später beratschlagten sie unter sechs Augen im Gemeinschaftsraum der Station. »Wir können Sie leider nicht nach Ittoquomitto bringen«, begann Forstner, während er eine Menge Würfelzucker in seinem Kaffee versenkte.

»Ittoqqortoormiit«, verbesserte Freya. Ihr war schlecht, vielleicht hing es mit all diesen Toten zusammen, die sie in den letzten Stunden zu Gesicht bekommen hatte.«

---

29 Griech. Neues Leben, gebietsfremde Arten

»Scheißegal, wie das Eskimokaff heißt! Dass wir einen Hubschrauber anfordern, ist ebenfalls ausgeschlossen. Zum einen ist die Airbase in Thule geschlossen …«

»Dann rufen Sie den Rettungsdienst! Erzählen Sie denen was von zwei verirrten Touristen.«

»Sie meinen Air Greenland?« Forstner lachte hohl auf. »Selbst wenn Calais das Funkgerät wieder hinbekommten sollte, darf niemand erfahren, wo wir sind.«

Freya sah Glenner ungläubig an, doch der zuckte nur die Achseln.

»So ist das wohl, wenn man einen Geheimauftrag hat.«

»Was du nicht sagst!« Freya ging an den Kühlschrank und genehmigte sich eine Limonade. »Wie geheim ist denn dieser Auftrag?«

»Sehr geheim. Wenn Sie es wüssten, müsste ich Sie auf der Stelle erschießen«, sagte Forstner und grinste.

»Machen Sie es nicht so spannend, Lieutenant – Sie suchen nach der USS Bataan«, platzte Glenner heraus. »Genauer gesagt nach einer bestimmten kostbaren Fracht? So ist es doch, oder?«

Forstner antwortete zunächst nur mit einem grimmigen Blick, doch Freya hatte das sonderbare Gefühl, Glenner fühlte sich nicht im Geringsten bedroht.

»Bingo!« Glenner musste lachen. »Also, worauf warten Sie – erschießen Sie mich!«

Forstner fuhr sich mit der Hand über seine Billardkugelfrisur. »Herrje, Sie machen es einem nicht leicht …« Dann seufzte er resigniert. »Wir wissen nicht, ob die USS Bataan versenkt wurde, aber wir haben Hinweise, dass sich ein Teil der Ladung auf einer Bohrinsel namens Devon III im Scoresbysund befindet.«

»Und die will die Regierung zurück?« Glenner machte ein nachdenkliches Gesicht. »Klar, man kann … Kriegsgerät ja nicht so rumliegen lassen.«

»Je weniger Sie wissen, umso besser«, lautete Forstners ausweichende Antwort.

»Um was für eine Ladung handelt es sich?«, hakte Freya nach. Und als Forstner nur schwieg: »Lassen Sie mich raten – atomare Sprengköpfe? In diesem Fall würde ich sagen, ich bleibe hier in der Station, bis mir die Vorräte ausgehen. Ich habe nicht mein Leben lang gegen Atomkraft protestiert, um mich …«

Sie hielt inne, denn die Neonröhren unter der Decke begannen bedenklich zu flackern.

Auch Forstner sah auf. »Hoffen wir, dass der Akku noch über Nacht hält.«

»Was soll das wieder heißen?«, fragte Freya.

Forstner verschränkte die Arme hinter dem Kopf. »Diese Kreaturen haben ganze Arbeit geleistet und sämtliche Versorgungssysteme der Station irreparabel beschädigt. Noch gibt der Nachtspeicher der Heizung genug Wärme ab, doch morgen um diese Zeit ist es vorbei. Dasselbe gilt für die Akkus.«

»Dann würde ich schon jetzt mit dem Reparieren beginnen«, sagte Freya.

»Und dann?«, fragte Forstner. »Wir haben die Lebensmittelvorräte gecheckt. Sie reichen nicht mal mehr für drei Wochen. Hier …« – er deutete auf einen bekritzelten Kalender über der Brottrommel – » … offenbar hatten die Russkis schon vor einiger Zeit mit neuen Lebensmitteln gerechnet, doch die Hubschrauber blieben aus.«

»Okay!« Freya hatte verstanden. »Dann sind wir also diesen verdammten Gletscher für nichts hochmarschiert!« Sie brach ab, denn Calais steckte den Kopf zur Tür herein. »He, Lieutenant Trilli-Tralli hat in einem Zimmer eine DVD mit Cagefights entdeckt. Ziemlich hardcore. Wir dachten, das könnte Sie interessieren.«

»Später«, sagte Forstner.

Der Kopf verschwand, und die Stille danach war umso bedrückender.

»Die Station ist tot«, sagte Glenner endlich. »Es gibt kein Team mehr, Freya. Willst du wirklich in diesem Grab bleiben, mit fünf Leichen in einem Wassertank, ohne Heizung und Strom?«

»Was wäre die Alternative?«, fragte Freya. Dabei wusste sie bereits, die Antwort würde ihr nicht gefallen.

»Sie beide begleiten uns runter zur Küste«, sagte Forstner. Er stand auf und ging zu einer Landkarte von Grönland, die an der Wand hing. »In genau zwölf Stunden« – Forstner warf einen Blick auf seine Uhr – »erwartet uns dort ein Schiff der Navy, das letzte, wenn Sie verstehen … Die könnten Sie beide mit nach Narsarsuaq nehmen, die alte Airbase ist noch nicht evakuiert, und fast täglich gehen Flüge nach Dänemark oder Island. Die Insel zählt zu den dreizehn sichersten Orten der Welt, dort sollten Sie auf jeden Fall vorerst in Sicherheit sein.«

VI.

Während die Männer weiter Pläne schmiedeten, stürmte Freya in das verlassene Mannschaftsquartier. Es fiel ihr schwer zu akzeptieren, dass alle Strapazen umsonst gewesen waren, vielleicht stand sie auch unter Schock. Sie wählte die Kabine eines gewissen Naimuschkin, weil ihr der Namen aus unerfindlichen Gründen gefiel. Die Regale zwischen den Wandteppichen waren vollgestopft mit glaziologischer Fachliteratur, das meiste in kyrillischer Schrift. Blaue Filzpantoffeln, in die man mit den Schuhen reinschlüpfen konnte, und eine Kleiderbürste zur Entfernung von Schnee zeigten, dass der ehemaligen Bewohner auf Sauberkeit hielt. Die Familienfotos über seinem Bett erinnerten sie einen Moment lang daran, dass die gefrorenen Überreste des Mannes nicht weit von ihr in der Dunkelheit standen. Ein grauenvoller Gedanke, doch was sollte sie tun? Von den Soldaten dachte offensichtlich keiner daran, die Leichen zu bergen und zu bestatten.

Freya fand einen Kerzenstummel und machte es sich beim Flackerlicht halbwegs gemütlich. Neben dem Bett entdeckte sie einen handlichen Weltempfänger. Der Russe hatte offenbar regelmäßig vor dem Schlafengehen den Stimmen seiner Heimat gelauscht. Sie wischte die Ohrstöpsel ab und drehte so lange an der Sendereinstellung, bis sich aus dem Rauschen klar verständliche Worte kristallisierten. Ihr Herz begann stärker zu schlagen, und schließlich hämmerte es: Sondermeldungen über radioaktiven Fallout in Frankfurt am Main ... Sondermeldungen über ein Auffanglager für Strahlopfer bei Köln ... Die Adresse einer Lazarettstadt bei Krefeld ... Die Stimmen erinnerten sie daran, dass ihr Forstner zumindest in dieser Hinsicht nichts vorgemacht hatte. Er mochte eine geheime Agenda verfolgen, doch die Bilder, die er gezeigt hatte, waren echt.

Noch beunruhigender empfand sie die Nachrichten aus den deutschen Küstengebieten. Mitteleuropa war zwar nicht unmittelbar von der nuklearen Katastrophe betroffen, doch besonders Friesland hatte wieder mit Starkregen und bedrohlichen Hochwasserständen zu kämpfen. In der Nacht waren auch in der Nähe von Bremerhaven die Deiche gebrochen, die halbe Stadt stand seitdem unter Wasser. Von allen Nachrichten trafen sie diese am meisten ins Herz. Sie überlegte, ob es zwischen dem Ausbruch des Kriegs und dem chaotischen Wetter nicht doch einen Zusammenhang gab. Die Auguren Roms hätten ganz zweifellos noch Zusammenhänge gesehen: Manifestierte sich nicht in dem Ausbruch des Vesuvs, dessen Lavamassen Pompeji verschlangen, die Quittung für römische Gewaltherrschaft und den Raubbau, den sie an den natürlichen Ressourcen der von ihnen unterworfenen Völker betrieben? Gingen Erdbeben nicht immer schwere Wirtschaftskrisen voraus? Und waren nicht auch Epidemien systemisch bedingt, hingen sie nicht mit der Verelendung von Millionen zusammen? Manches war geradezu unheimlich: Vor dem Ausbruch des Zweiten Weltkriegs hatte es nachweislich extreme Schwankungen des Magnetfelds der Erde gegeben, man hatte diese Ereignisse aufgezeichnet, doch niemals interpretiert. Alles nur Zufall? Oder Zeichen eines kollektiven Genius, der sich innerhalb der Biosphäre der Erde rührte, wenn ihm seine Geschöpfe zu anmaßend wurden? Waren die Überschwemmungen nicht gleichsam behutsame Warnungen, weil es der internationalen Staatengemeinschaft noch immer an Willen fehlte, dem Zerfall der Ökosysteme entschlossen entgegenzutreten? Schon im Jahr 1999 hatte es Hinweise von deutschen Meteorologen gegeben, dass die jährlichen Niederschläge im Nordwesten des Landes um gut dreißig Prozent zunahmen. Ein Ministerpräsident hatte kurz darauf im Südwesten vor einem abgesoffenen Landstrich räsoniert, der Klimawandel habe nun definitiv auch Schleswig-Holstein erreicht. Getan wurde jedoch nichts. Interessant war in diesem Zusammenhang die Feststellung, dass die Zunahme nicht allein auf das veränderte Wetterlagenmuster zurückgeführt werden konnte. Freya erinnerte sich an ihre eigene Reise in die Schweiz, zum Grindelwaldgletscher. Am 20. Februar 1999 war die Schneefallgrenze auf 1500 Meter angestiegen. Starke Regenfälle brachten die eingeschneiten Höhen zum Schmelzen und sorgten in vielen Kantonen der Schweiz für verheerende Überschwemmungen. Auch der Rhein war an vielen Stellen übers Ufer getreten. Innerhalb weniger Stunden fielen in Bayern dreißig bis siebzig Liter pro Quadratmeter, in Niedersachsen waren es sogar bis zu hundert Litern gewesen. Geowissenschaftler warnten damals zum ersten Mal davor, den Klimawandel nur als ein auf einzelne Territorien beschränktes Phänomen zu betrachten. Denn so wie man inzwischen weiß, dass der bei Fontane beschriebene Große Stechlinsee mit der Eruption eines javanischen Vulkans in Verbindung steht, so könne man an jedem x-beliebigen See in den Alpen inzwischen ablesen, was sich in der Arktis oder Antarktis abspiele. Die Veränderungen der Alpen waren die eindeutigsten Zeichen. Zwischen 1850 und 1970 hatten sich die Gletscherflächen um mehr als fünfzig Prozent vermindert, weitere fünfundzwanzig Prozent hatten die Eisriesen bis dato an Substanz eingebüßt, was einem Schwund von etwa zwei Dritteln des Eisvolumens in hundertfünfzig Jahren entsprach. Nun wurden die Alpentäler von langen Trockenzeiten heimgesucht. Exotische Insekten wie Gottesanbeterinnen erschienen wie die Vorboten einer Zeit, in der die Null-Grad-Grenze bei viertausend Metern liegen würde und die Senner Ananas oder Zitrusfrüchte anbauten. Wissenschaftlichen Prognosen zufolge war ein allgemeines überdurchschnittliches Ansteigen der Seen und ein ebensolches Ausufern der Flüsse zu erwarten. Was das bedeuten würde, hatte schon die sogenannte

Jahrhundertflut von 1997 gezeigt, als Flüsse wie Oder und Neiße enorme Pegelstände aufwiesen und ganze Landstriche für Wochen unter Wasser standen.

Freya schaltete den Empfänger aus und rieb sich die Schläfen. Die Soldaten lärmten ein paar Kabinen weiter, das meiste, was sie hörte, kam wahrscheinlich von einer DVD, die Männer zeigte, die sich wie wilde Tiere prügelten. Selbst jetzt, unter diesen Umständen, war ihnen der Appetit auf Gewalt nicht vergangen. Sie griff nach einer schweren Stabtaschenlampe und umklammerte sie mit beiden Händen. Was sollte, was konnte sie tun?

Mitten in der Nacht – Freya war bereits eingeschlafen – öffnete sich die Tür zu ihrer Kabine.

»Forstner, wenn Sie das sind … machen Sie, dass Sie wegkommen!«

»Keine Sorge, ich bin es nur … Glenner.« Abgesehen davon, dass er seinen Dreitagebart los war, wirkte er auch, als hätte er gerade geduscht. In der Rechten hielt er zwei Gläser, in der Linken die dazugehörige Flasche Whiskey. Freya setzte sich auf.

»Was willst du?«, fragte sie.

»Sag mal, würdest du mir bitte erklären, was das vorhin sollte?«, begann Glenner. »Man könnte denken, du hast Mitleid mit diesen Viechern.«

Freya betrachtete die Gläser in seiner Hand. »Wäre das so verkehrt?«

»Ich bitte dich, du hast doch Forstner gehört.«

»Er hat sie abknallen lassen. Und zwar von hinten!« Freya ließ ihrer Wut endlich freien Lauf. »Forstner hat ein halbes Dutzend Menschen getötet, und ich bin mir nicht sicher, dass er uns gesagt hat, warum.«

»Menschen haben keine Schwimmhäute zwischen den Fingern. Darum.« Er füllte die Gläser bis zum Rand. »Was mich aber nicht daran hindert, mir einen hinter die Kiemen zu schütten. Auf den dritten Weltkrieg, my Darling!«

»Lass die Scherze.«

»Willst du ernsthaft behaupten, Forstner lügt?« Glenner bot ihr das Glas an. Als sie nicht reagierte, trank er es selbst. »Welchen Grund sollte er haben, uns zu belügen?«

»Keine Ahnung.« Freya raffte ihren Schlafsack zusammen. »Vielleicht hat er erst die Russen getötet und dann die anderen. Mir gefällt nicht, dass wir ihn zur Küste begleiten sollen.«

»Bitte, Freya.« Glenner legte seinen Arm um ihre Schulter. »Du hast diese Kreaturen mit eigenen Augen gesehen.«

»Ich habe Menschen gesehen, Menschen!« Sie stand abrupt auf. »Dass sie Kiemen haben, tut nichts zur Sache!«

Glenner holte tief Luft. »Und die Schlittenpatrouille?«

»Wer sagt dir, dass sie es waren?«

»Hör auf, Freya, ich kann nicht glauben, dass du diese Monstren bedauerst.«

Freya schüttelte den Kopf. »Es sind Menschen einer uns unbekannten Art, und nichts legitimiert uns dazu, ihnen ihr Lebensrecht abzusprechen!«

Das hatte gesessen, doch Glenner gab sich noch nicht geschlagen.

»Friedlich bleiben, mein Schatz. Ich weiß, wie dir zumute ist, Freya. Aber selbst für eine Wissenschaftlerin ist es manchmal unumgänglich, den Elfenbeinturm der angeblichen Objektivität zu verlassen und Stellung zu beziehen. Es herrscht Krieg, da muss man sich für eine Seite entscheiden.«

»Du meinst für deine Seite«, konterte sie. »Interessiert dich gar nicht, wo sie herkommen?«

»Die Viecher?« Glenner goss sich noch einmal nach. »Wo sie herkommen? Na, aus dem Wasser natürlich. Vom Meeresgrund, weiß der Henker.«

Freyas Gesicht bekam einen milden Ausdruck. »Sagt dir der Name Paul Kammerer was? Ein exzentrischer Biologe, den Krötenküsser nannten sie ihn.«

»Krötenküsser? Das hat ihn sicher gefreut.«

»Er glaubte, veränderte Umweltbedingungen könnten sehr schnell zu Änderungen körperlicher Merkmale führen, Merkmale, die sich schon nach wenigen Generationen im Erbgut manifestierten.«

»Und wie soll das gehen?«, fragte Glenner.

»Keine Ahnung. Kammerer experimentierte damals mit Alytes obstetricans – der Geburtshelferkröte. Seine Befunde erregten großes Aufsehen – und Misstrauen.«

»He, jetzt fällt's mir ein.« Der müde Blick in seinen Augen war plötzlich verschwunden. »Der Typ war ein Schwindler.«

»Kann schon sein«, sagte Freya. »Tatsache ist, dass er landbewohnende Kröten zwang, sich im Wasser zu paaren. Mit dem Ergebnis, dass den männlichen Kröten in kurzer Zeit Begattungsschwielen wuchsen. So konnten sie sich an den glitschigen Weibchen festhalten. So schnell geht das in der Natur.«

»Hast du eben was von glitschigen Weibchen gesagt?« Glenner sah Freya mit einem treuherzigen Hundeblick an. »Entschuldige, aber du solltest mir solche erotischen Geschichten nicht vor dem Schlafengehen erzählen.«

»Es waren Brunft- oder Haftschwielen«, fuhr Freya fort. »Er fand auch heraus, dass sich die rudimentären Sehnerven des blinden Grottenolms unter Rotlicht zu normalen Augen entwickeln. Und das in kürzester Zeit.«

»Schön, und was willst du damit sagen?«

»Dass die Natur in der Lage ist, ihre Geschöpfe in kurzer Zeit zu modifizieren. Ein genetischer Schalter legt sich um, und das war's. Womöglich ist genau das hier auf Grönland passiert.«

»Nicht bei diesen Temperaturen.« Glenner schüttelte den Kopf. »Ich möchte wirklich wissen, was für ein Film bei dir läuft. Menschen sind keine Fische! Selbst wenn wir es mit Mutationen zu tun haben sollten, so etwas braucht seine Zeit.«

»Aber nehmen wir nur mal …« – Freya spürte, wie die Idee sie förmlich fortriss – »… nehmen wir einmal an, es hätte sich aufgrund des Klimawandels in nur zwei, drei Generationen eine neue Art Menschen entwickelt, eine amphibische Menschheit …«

»Redest du wieder von deinen glitschigen Weibchen?« Seine Hand lag plötzlich auf ihrem Oberschenkel und glitt immer höher.

»Was tust du?«

»Nun, das Übliche«, antwortete er. Er drückte ihr einen Kuss in den Nacken. »Wo man mit Worten nicht weiterkommt, hilft bei Frauen oft nur noch eine geschickte und einfühlsame Hand, um die letzten Bedenken beiseitezufegen.« Und fast traurig: »Tut mir leid, es sollte keine Überrumpelungstaktik sein, aber meine Gefühle für dich sind echt. Leider habe ich nie gelernt, mich so auszudrücken, dass mich Frauen verstehen.« Er stand auf. »Dann gute Nacht.«

»Warte …« Sie hielt ihn zurück. »Vielleicht hast du recht. Eine geschickte und einfühlsame Hand ist nicht zu verachten. Das gilt sicher auch für Männer.« Sie schlug die Decke zurück. »Wenn die Welt schon untergeht und wir in diesem Gefrierschrank namens Grönland krepieren, dann nicht, ohne vorher noch einen Grund für unser Dasein gefunden zu haben.«

VII.

Daugaard-Jensen-Gletscher
71°46′N 29°15′W

Seltsame Namen verzeichnen die wenigen brauchbaren Karten Ostgrönlands, die noch aus den Tagen Alwin Pedersens stammen. Namen der ersten Eskimokolonien mischen sich mit den »Kennworten« der ersten dänischen Missionare und Prospektoren, die in das unbekannte Jameson-Land vordrangen. Die Inuit liebten sinnvolle oder magische Benennungen, die ihre Verehrung für die Schönheit der Natur zum Ausdruck brachten. In den »Pass der Sonne« konnte der raue Nordwind nicht gelangen, da eine gezackte Eiskrone des Gletschers den Pass bedeckte. Fast senkrecht erhoben sich die Eiswände hier und hatten schon manchen Expeditionsreisenden zur Umkehr gezwungen. Bei den Ausländern hieß dieser Weg daher auch »Pass des Todes«, was aber vielleicht nur falsch vom englischen »dead end« abgeleitet worden war und Sackgasse bedeutete. Schon während des Kartenstudiums waren Freya die Unterschiede in der Namensgebung aufgefallen, und sie hatte Glenner darauf hingewiesen. Nannten die Inuit einen Gletscherabbruch »Lächeln des Eises«, dann hieß es bei den frommen Dänen »Weißer Gehängter«, aus der »Muschel Sednas« – einem mächtigen Gletscher in Kronprinz-Christian-Land – war bei ihnen der nach Deformation klingende »Elefantenfuß« geworden, die »Flanken der Schneefüchsin« genannten Klippen vor dem Scoresbysund wurden in »Teufelskrallen« umgetauft.

»Und ich bin in der Deadman's Bay an Land gegangen«, hatte Glenner bei dieser Gelegenheit bemerkt. »Ein trostloses Fleckchen Erde, aber ich bin sicher, die Inuit haben auch dafür einen klangvollen Namen.«

Mit den unheilvollen Bezeichnungen und Erinnerungen an Leid und Schrecken hatten die ersten europäischen Geodäten nicht nur ihre Wegpläne markiert, sondern auch ihre Furcht vor der Eiswüste zum Ausdruck gebracht, ein Funke, der auch auf Forstners Männer überzuspringen schien.

»Wir werden da draußen verrecken«, murmelte Calais vor sich hin. Obwohl er das leichteste Gepäck hatte, dauerte es Ewigkeiten, bis er sich endlich – dick eingepackt und mit Sunblocker eingeschmiert – vor die Tür der Station traute. Er bildete das Schlusslicht der Seilschaft.

Der Zeitpunkt des Aufbruchs war in der Tat nicht gerade günstig gewählt: Entweder hatte Forstner die Daten des Meteo-Satelliten falsch interpretiert, oder er bestand – wie viele Elitesoldaten – in seinem Macho-Wahn auf einem Einsatz unter möglichst harten Bedingungen. Eisige Böen schlugen gegen den glatten Buckel des Gletschers, der Freya am Tag zuvor längst nicht so steil vorgekommen war. Schon nach ein paar Hundert Metern fegte ihnen schwerer Graupel ins Gesicht. Heulender Wind sprang in jeden Spalt und erstarb dort in einem sirenenhaften Singsang.

»Wenn Klippen heulen!«, meinte Forstner. Er und T. Bronco mühten sich mit dem Schlauchboot der Russen ab. Reine Vorsichtsmaßnahme, wie Forstner meinte, falls die Navy nicht rechtzeitig auftauchen würde. »Wenn das so weitergeht, blase ich dieses Drecksding auf und nehme es als Schlitten«, fügte er hinzu.

Wie schnell hatte sich die Landschaft verändert! Der Buckel des Gletschers war nicht mehr wiederzuerkennen. Selbst Glenners stoische Ruhe war schnell verflogen. Er starrte mürrisch auf den Kompass in seiner Hand, als sei der eine Kristallkugel, die in der Lage war, ihm die Zukunft zu zeigen.

»Damned! Die Nadel dreht sich andauernd im Kreis.«

Später, als Hagel schräg auf das Eis prasselte, schien es Freya, als galoppierten da draußen irgendwo wilde Pferde vorbei. Der Sturm wurde immer heftiger.

»Wir sollten umkehren!«, keuchte sie. »Jetzt gleich.«

»Ich fürchte, dazu ist es zu spät.« Glenner hielt sie an der kurzen Leine, so konnten sie sich leise austauschen. »Nur Mut, die Küste ist nicht mehr weit. Und mit dem Schiff der Navy sind wir im Nullkommanichts in Narsarsuaq.«

»Und Forstner?«

»Du hast doch gehört, dass er zu dieser Bohrinsel will.«

»Wenn es weiter nichts ist«, zischte Freya. »Die Eisschollen werden ihn und seine Helden zerquetschen.«

»Das sind Marines, Baby … Was diese Bootsflüchtlinge können, können die auch!«

Die Sonne war inzwischen aufgegangen und tauchte die Landschaft in ein diffuses Weißlicht, das alle Konturen gnadenlos verwischte. Freya fragte sich, ob dies bereits ein Whiteout war – oder ein noch schlimmeres Phänomen, das die Inuit »weiße Finsternis« nennen, ein absolutes Weiß, in dem sich Tupilaks anschleichen, um verirrten Wanderern aufzuhocken und sie mit Wahnsinn zu schlagen: Dann war die Landschaft weiß, der Himmel weiß, die Luft war eine aus Millionen Tonnen Schnee geformte weiße Wand, die den Verirrten von allen Seiten umgab. Wie bei Piloten im Blindflug ging das Gleichgewichtsgefühl unmerklich flöten, man fiel, taumelte wie auf einem schwankenden Schiff, der Orientierungssinn spielte einem die übelsten Streiche. Menschen versuchten auf dem Rücken liegend zu laufen oder klammerten sich am Boden fest, um nicht in den leeren Himmel zu stürzen. Für das Entstehen solcher Whiteouts haben Glaziologen noch immer nur eine Erklärung: eine Blendung, resultierend aus einer andauernden Reflexion zwischen der Eisoberfläche und einer extrem niedrigen Wolkendecke.

Und das Schneetreiben wurde immer schlimmer: Calais – kaum drei Schritte von Freya entfernt – war kaum mehr zu sehen.

»Ich weiß nicht, wie die Inuit diese Art Schnee nennen, aber wir nennen so was ›a pain in the ass‹«, bellte Forstner über die Schulter. »Ich würde vorschlagen, wir igeln uns hier irgendwo ein.«

An einer windgeschützten Stelle schlugen sie ihr Lager auf. Forstner observierte mit seinem Feldstecher den Landstrich vor ihnen, wo Freya das Meer vermutete. »Die Küste«, kommentierte der Lieutenant und reichte ihr das Fernglas.

Freya sah nur das Grau in Grau der Schneeschleier im Dämmer der untergehenden Sonne, und doch glaubte sie bereits, das Meer zu riechen. Von hier wehte der Schnee sanft von der Küste zum Packeis, das die Gezeiten angeschwemmt hatten. Wie blaue, gezackte Zähne standen diese Ausformungen gefrorenen Salzwassers zwischen dem Land und dem Eismeer, dessen blendendes Weiß sich bis zu den Nebelbänken erstreckte, in denen besagte Bohrinsel lag.

»Schwimmendes Eis«, murrte selbst Forstner, »das sieht nicht gut aus. Ob unsere Navy-Boys da durchkommen werden?« Er schien nur das zu kommentieren, was er durch seinen Feldstecher sah. »Vielleicht solltet ihr euch auf ein längeres Biwakieren an der Küste einrichten.«

»Ich mag Ihre positiven Prognosen«, sagte Glenner, »aber habe keine Lust, hier Wurzeln zu schlagen. Und da wir schon annährend fünfzig Kilometer hinter uns haben, denke ich, wir sollten uns jetzt nicht geschlagen geben, sondern morgen früh weitermarschieren. Vielleicht spielt das Wetter ja mit.«

Stunden später war klar, dass das Wetter nicht mitspielen würde. Im Gegenteil, trotz der gefütterten Schlafsäcke verbrachten sie eine höllische Nacht, der Wind heulte, und unter ihnen arbeitete knirschend das Eis.

»Als hätten sich die Elemente gegen uns verschworen«, munkelte Calais. Gegen halb sechs versorgte er alle mit Tee und Zwieback, mehr gab es nicht.

»Deine Elemente können mich mal«, knurrte Forstner. Er wirkte, als hätte er die ganze Nacht über kein Auge zugetan. Als auch Shackleton unheilvoll orkte, hatte er von der Notgemeinschaft genug.

»Let's go!« Sie waren kaum warm geworden, da stellten sich ihnen die schwierig zu überwindenden Abhänge in den Weg, es ging jetzt steil bergab, das vom Schneesturm geschliffene Eis war noch glatter als am Tag davor. Trotz größter Anstrengungen gelang es ihnen nicht, mehr als zwei Kilometer pro Stunde voranzukommen. Immerhin wiesen die großen Eisfelder keine gefährlichen Risse auf, dafür sah man ausgewaschene Rinnen, Wannen und Kessel, die im Laufe von Jahrtausenden durch das abfließende Schmelzwasser entstanden waren.

Während sie so dahinmarschierten, hatte Freya zuweilen den Eindruck, dass Glenner und Forstner sich nicht erst seit gestern kannten. Sie tauschten sich immer wieder vertraulich aus und versuchten, sich durch nichtssagende Mienen zu übertrumpfen, wobei sie auffällig Augenkontakt vermieden. Was sollte die Schauspielerei? Etwas anderes, viel Wichtigeres fiel Freya in diesem Augenblick auf, und nur jemand mit glaziologischen Kenntnissen wäre wohl in der Lage gewesen, das Unheil zu sehen: Die Oberfläche des Gletschers war faul. Meterdicker, grobkörniger Firnschnee bedeckte den Boden, es gab nirgends blankes Eis, in dem die Steigeisen hielten oder Verankerungen angebracht werden konnten.

»Vorsicht!«, gemahnte Forstner die Seilschaft. Alle paar Meter schlug er eine stählerne Stange in den Schnee, um zu überprüfen, ob sich unter der Decke nicht ein gähnender Abgrund verbarg.

Calais observierte unterdessen immer wieder den östlichen Horizont. Schwarz gesäumt leuchtete er jetzt über den mit Firnschnee bedeckten Buckel des Gletschers.

»Wenn das ein neuer Eissturm ist, dann gute Nacht«, zischte Forstner. Eine gute Stunde stampfte er so voran.

Schließlich blieb er auf einer Anhöhe stehen. »The coast!«, brüllte er, »die verdammte Küste!« Während die anderen einen Zahn zulegten, deutete er immer wieder aufgeregt in die Ferne. Neben Forstner angekommen, rieb sich Freya die entzündeten Augen. Vor ihnen dehnte sich die graue Fläche des Scorebyfjords. Sie hatten den Rand der weißen Wüste erreicht.

»He, seht mal!« T. Bronco sah in die Richtung, aus der sie gekommen waren. Alle blickten sich um. Es waren keine aufziehenden Wolken, auch kein Schneegestöber, eher Wellen aus aufgewirbeltem Pulverschnee, die sich je nach Verlauf der Spalten mal gerade, mal im Zickzackkurs annäherten.

»Eisteufel«, keckerte Trilli-Tralli. »Haben wir schon oft gesehen, stimmt's, Lieutenant?«

»In Deckung«, sagte Forstner.

»Aber wieso?«

»Ich sagte in Deckung, Soldat, das ist ein Befehl!« Ein paar vereiste Felsblöcke boten ihnen nur mäßigen Schutz. Der Schneemotten-Aufzug funktionierte auch diesmal als perfekte Tarnkappe; zumindest die Kommandos waren so gut wie unsichtbar vor dem Eis.

»Ich tippe auf Frogs«, sagte Calais.

»Halt die Schnauze!« Aus den Schneewirbeln drang jetzt ein vielstimmiges Getöse wie von tausend Hornissen, ein Brummen, das jede Sekunde lauter und nervtötender wirkte.

»Hört sich nach Qamutiks an«, rief Glenner, »hochgetunte Schneemobile, wie sie die Einheimischen fahren.«

»Wie beruhigend«, sagte Forstner. Er entsicherte seine Maschinenpistole.

»Was soll das?« Freya ging in die Knie. »Sie wissen doch gar nicht, was die von uns wollen.«

»Offensichtlich sind sie unseren Spuren gefolgt«, erwiderte Forstner mit einer sonderbar breiigen Stimme. »Ich für meinen Teil würde sagen, diese Meute will uns an die Kehle.«

Die ersten Motorschlitten waren jetzt deutlich zu sehen. Wie exotische mechanische Tiere hüpften und hoppelten sie über kleine Eisbuckel, um nach jedem Sprung noch mehr Schnee aufzuwirbeln.

»Bleibt hinter uns«, sagte Forstner an Glenners Adresse gerichtet, »wir haben nur eine Chance, und wenn es schiefgehen sollte, dann wartet nicht, bis der Letzte von uns tot ist, sondern zieht Leine, solange ihr könnt. Ich schätze mal, die werden nicht lange fackeln und kurzen Prozess mit uns machen.« Er sprach ohne erkennbare Erregung. »Okay, Männer, da kommen sie. Sieht aus, als wollten die ihren Spaß haben, und bei Gott, den werden sie bekommen.«

Calais legte an, doch die Ziele verwischten sich oder lösten sich ganz in dem weißen Dunst auf.

»Auf mein Kommando«, sagte Forstner.

Der alte Kriegsruf der Kalaallit, der Ureinwohner Grönlands, rollte den Soldaten wie der Donner eines nahenden Ungewitters entgegen.

»Was könnten die von uns wollen?«, fragte Freya, die Mühe hatte, die aufkommende Panik zu unterdrücken. »Was haben wir denen getan?«

Sie sah Glenner an. Seine Kiefer arbeiteten grimmig, doch er verkniff es sich, ihren Blick zu erwidern.

»Da kommen die Hunde.«

Vor ihre Augen stob eine arktische Variante des klassischen Wild Bunch heran, selbst die motorisierten Horden aus Mad Max wirkten gegen diese Meute zivilisiert. Wobei diese Schneebarbaren keine Staubmäntel, sondern Umhänge aus Eisbärfell trugen. Sie waren vermummt und ganz offensichtlich bis an die Zähne bewaffnet. Die Handhabung der traditionellen langstieligen Schmetteraxt schien ihnen ebenso zu behagen wie der Umgang mit der Kalaschnikow. Harpunen, Speerschleudern und Hackmesser, wie sie Robbenjäger verwendeten, vervollständigten das Arsenal der erfahrenen Schlächter.

»Das gibt's doch nicht!« Freya glaubte den Schamanen in vorderster Linie zu erkennen. Mit ungestümer Wucht jagte er seinen Schlitten den Steilhang des Gletschers hinab. Seine rechte Hand zeichnete wirre Flugbahnen oder heidnische Sigillen an den leeren, wie mit Rauchschwaden verhangenen Himmel.

»Es sind die Claw People aus dem Eskimodorf!«

»Was macht das für einen Unterschied?«, sagte Glenner. Er stopfte den verängstigt fiependen Shackleton in seinen Rucksack. »Schön ruhig bleiben, alter Junge. Wenn wir mit denen fertig sind, gibt es einen Bratrollmops extra, das verspreche ich dir.«

In diesem Moment eröffneten die Soldaten das Feuer, und die Motorschlitten bremsten ab und wichen in den Schutz von Eiskuhlen aus. Nur ein Qamutik fuhr weiter mitten in Forstners Truppe hinein. Der Fahrer flog wie ein Gibbonaffe hoch durch die Luft. Er landete genau vor T. Bronco und hieb ihm die aus Walrosshauern bestehende Axt auf den Kopf. Es knirschte furchtbar, wie nur Knochen knirschen, doch bevor der Angreifer noch einmal ausholen konnte, hatte Calais ihn mit einem wohlgezielten Herzschuss getötet. Ein dunkelroter Strahl spritzte aufs Eis.

»Keep on rockin' in the free world!«, brüllte Forstner, während seine Männer aus allen Rohren feuerten.

Wo die Kugeln einschlugen, verwandelten sie die zotteligen Rümpfe der Angreifer in blutiges Frikassee. Die konzentrierte Feuerkraft der P-90s brachte einen der Motorschlitten zur Explosion. Für eine lange Schrecksekunde sah Freya einen menschlichen Feuerball auf einer schwarzen, pilzförmigen Rauchwolke schweben. Der Mann ruderte noch mit den Armen, dann krachte er wie eine Granate aufs Eis.

»Aufhören!«, schrie sie entsetzt, aber Glenners Hand versiegelte ihren Mund.

»Ganz ruhig!«, flüsterte er, und an Forstner gewandt: »Ich glaube, es wird Zeit zu verschwinden …«

Forstner nickte beiläufig, als hätte er Glenners Wink längst verstanden. Dann riss er wortlos dem Toten die aus Tierfell geschneiderte Thermomaske vom Gesicht, drehte den Kopf so weit zur Seite, dass Freya die Spalten am Hals sehen konnte. »Kiemenmenschen«, stieß er zwischen zusammengebissenen Zähnen hervor. »Verstehen Sie jetzt?«

Statt sich um T. Bronco zu kümmern, sprang er aus der Deckung und feuerte eine Runde aus seiner M. P.

Freya nutzte den Moment, sich loszureißen und zu dem am Boden Liegenden zu kriechen. Sein Gesicht war blutüberströmt, doch er schien noch zu leben. Mit offenem Mund starrte er sie an und nickte wie eine defekte Marionette.

»Sie haben uns umzingelt!«, brüllte Calais. »Da kommen sie! Schenkt ihnen nichts, aber nehmt ihnen alles!« Das war sein Lieblingssatz aus seinem Lieblingsfilm 300, der aus der Schlacht bei den Thermopylen ein kitschiges Pop-Spektakel gemacht hatte. Calais hatte den Film in der Radarstation DYE2 fast jeden Abend gesehen. Wahrscheinlich war er zu jung, um zu begreifen, dass echte Menschen nur einmal im Leben starben.

In ihren Anzügen aus gebleichten, langhaarigen Fellen schienen die eher kleinwüchsigen Jäger Verwandte des Schneemenschen zu sein. Forstner und Calais ließen sie bis auf wenige Meter rankommen, erst dann eröffneten sie auf ein Zeichen das Feuer. Ihre automatischen Waffen pflügten eine Schneise in die Meute hinein. Fünf, vielleicht auch zehn Männer hatten den Angriff bisher mit dem Leben bezahlt, darunter auch der Schamane.

»Ich muss mit ihnen reden.« Freya sprang auf, gestikulierte mit beiden Händen, doch Glenner riss sie zu Boden. Eine Kugel schlug ein faustgroßes Stück Eis über Freyas Kopf aus dem Gletscher.

»Bist du verrückt?«, zischte er. »Glaubst du wirklich, du könntest mit denen reden?«

Wilde, unmenschliche Schreie und ein aufheulender Motor … Freya war einen Moment völlig desorientiert. Als sie aufblickte, schwebten Schlittenkufen über sie hinweg, eine niederfahrende Speerspitze erwischte ihre Kapuze, dann hatte Glenner den Angreifer gepackt und aus dem Sattel gehoben. Mit einem dumpfen Aufprall landete er auf dem Mann. Der fuhr hoch wie ein Schneehaufen, in den eine Kanonenkugel einschlug. Das Messer in seiner Hand war kaum zu sehen, doch bevor er es einsetzen konnte, brach ihm Glenner mit einem sicheren Griff das Genick. Freya glaubte in diesem Moment zum ersten Mal, ein eiskaltes Funkeln in seinen Augen zu sehen. Blutiger Speichel troff von seinen Lippen, offenbar hatte er sich bei dem Sturz auf die Lippen gebissen. Sein Blick suchte ihre Augen.

»Alles in Ordnung?«

»Ja, ich glaube schon …«

Aus dem Augenwinkel konnte sie sehen, wie Forstner erneut feuerte. Auch Calais ballerte, was das Magazin seiner Schnellfeuerpistole hergab. Sie waren gerade am Nachladen, als ein Jäger der Claw wie ein Schneeteufel zwischen sie sprang. Mit den aufgenähten Bärenklauen auf seinem Handschuh zerfetzte er Forstners

Sturmhaube, offenbar hatte er auf die Augen gezielt. Auch Calais bekam diese künstlichen Krallen zu spüren, bis Forstner dem Spuk mit seiner Pistole ein Ende machte.

»Es ist aussichtslos!«, brüllte Glenner. »Dürfte ich vielleicht etwas vorschlagen, das keine Gewalt beinhaltet?«

»Naw, we stand our ground!«, brüllte Calais. Fröstelnd jagte er einen Feuerstoß hinaus in den aufgewirbelten Schnee. »Come on, you motherfuckers!«

Zum zweiten Mal griffen die Krieger der Claw People mit Speerschleudern an. Die Schlitten hatten sich zu einem Keil formiert. Der lockere Firnschnee schäumte vor den fauchenden Maschinen meterhoch her und machte die Angreifer unsichtbar. Etwas Stumpfes traf Freya vor die Brust, und sie landete ein paar Meter weiter im Schnee. Was es gewesen war, konnte sie auch später nicht sagen. Durch die trudelnden Eiskristalle hindurch sah sie, wie Calais auf sie zutaumelte. Die Spitze eines Speers ragte aus seiner Brust, und er sah sie flehend an, als sei es an ihr, das Geschehene rückgängig zu machen. Ohne einen Laut stürzte er in den Schnee.

Es war, als habe sich der Himmel in diesem Moment verdüstert, dann schlug ihr der Blizzard ohne Vorwarnung mit eisiger Hand ins Gesicht. Freya hatte nicht gedacht, dass es so schnell gehen konnte. Heulende Sturmwirbel und stechende Eisnadeln fegten über das Eis und peitschten den Schnee zu einem teuflischen Tanz. Auch die Inuit-Jäger waren von der Wucht des Sturms überrascht. Die starre Gletscherlandschaft schien sich innerhalb von Sekunden aufzulösen: Hier fegte der Blizzard blankes Bodeneis frei, dort häufte er in Sekunden eine meterhohe Schanze, in der die Schneemobile der Jäger versanken. »Freya!«

»Ich bin hier!« Als sie Glenner auf sich zukommen sah, rappelte sie sich auf.

»Verschwindet!«, schrie Forstner. Er hielt noch immer die Stellung. »Glenner!«, sagte er dann in einem völlig veränderten Tonfall. »Jetzt ist Plan B dran! Versau es nicht, Buddy, jetzt liegt alles an dir! God bless America! Shit! Keep on rockin' for the free …« Ein Schuss traf ihn in die Schläfe, worauf er kurz in die Höhe fuhr und dann mit erstauntem Gesichtsausdruck auf die Knie sank – als wunderte er sich, dass es jetzt ihn erwischt hatte. Die abgerissene Thermomaske schaukelte ihm wie eine tote Fledermaus an der Wange.

»Plan B …«, murmelte er noch. Dann versank er wie ein Schatten im tobenden Weiß.

VIII.
Deluvia, Kangerlussuaq-Gletscher
68°39′N 33°2′W

Wenn Frodo nicht tot war – wenn er auf der Plattform nur das Bewusstsein verloren hatte –, dann für eine verdammt lange Zeit. Als er die Augen aufschlug, lag er in einem fensterlosen Raum, von dessen Milchglaswänden ein sanftes Licht strahlte. Das war auch schon eine kleine Ewigkeit her, und Frodo hatte irgendwann aufgehört, die Tage zu zählen. Längst hatte sich ein träges Urlaubsgefühl eingestellt, das er, wenn er ehrlich war, nicht mehr missen wollte. Dabei war das Erwachen zunächst durchaus ein böses gewesen. Der harte Schlag, der seinen Hinterkopf getroffen hatte, schien auch jetzt noch nachzuhallen. Und sie hatten seine Hände fixiert und ihm offenbar einen Katheder gelegt.

Bieker, Space Wolf Grey, der arme Irre … Das war sein erster Gedanke gewesen. Sie haben Bieker bestimmt getötet – und du bist schuld, du feiges, selbstsüchtiges Fröschel … Die Vorstellung quälte ihn so sehr, dass er fieberhaft nach einer neuen Aufgabe für seine wahrscheinlich sedierten Gehirnzellen suchte. Als er sie nicht gleich und auch nicht nach einer weiteren Ewigkeit fand, spähte er erstmals vorsichtig zwischen den Augenlidern hindurch. Hinter einem milchigen Wandschirm bewegten sich ein paar Gestalten. Er glaubte ihr Flüstern zu hören: »Sein Kreislauf ist wieder stabil … Ja, ich glaube, er ist über den Berg … Berg … Berg …« Die Schallwellen hatten einen weiten Weg von den Ohrmuscheln zu seinem Gehirn. Von Sekunde zu Sekunde blähte sich sein Kopf zu einem riesigen Heißluftballon auf.

»Der Ärmste«, flüsterte jetzt eine weibliche Stimme. Sie schallte ebenfalls von weit her zu ihm herüber, wie von der anderen Seite eines Flusses, dessen nebelverhangenes Ufer sich nur ganz allmählich zu lichten begann. »Ich will nicht, dass ihm etwas geschieht.«

»Keine Angst. Niemand wird ihm ein Haar krümmen. Er ist ja einer von uns.«

Einer von euch?

Frodo begriff, dass seine Augenlider auf halbmast hingen und dass er die Augen öffnen musste, ganz weit, so weit er nur konnte, was ihm schließlich gelang. Er blinzelte ins Helle und spürte im selben Moment, wie es in seinem Kreuz heftig zu pochen begann. Zwei Umrisse manifestierten sich, wurden zu aufrecht stehenden Gestalten, dann zu deutlich erkennbaren Personen – Moreno und eine junge, nicht unansehnliche Frau.

»Mein bester Herr Peschke, wie fühlen Sie sich?«

»Ist meine Wirbelsäule gebrochen?« Es war typisch für einen Hypochonder wie Frodo, dass er sich zuerst seiner körperlichen Unversehrtheit versicherte. Wo er sich befand, interessierte ihn zwar ebenso brennend, war aber bereits durch die Handschellen, die er spürte, geklärt: Er war gefangen.

»Spüren Sie Ihre Zehen?«, fragte Moreno.

Frodo versuchte mit den Zehen zu greifen. Es gelang ihm auf Anhieb.

»Und spüren Sie das auch?« Ohne Vorwarnung begann die Frau seine Fußsohlen zu kitzeln.

»Liebes bisschen, hören Sie auf!«

»Sehr gut«, sagte die Frau. »Offenbar sind all Ihre Nervenbahnen intakt. Unser Chirurg hat Ihnen die gestauchten Wirbel geschient und eine Drainage gelegt, damit die Wundsekrete abfließen können.« Moreno und seine Begleiterin traten dichter an Frodos Krankenlager heran.

»Sie genießen eine bessere medizinische Versorgung als der Präsident der Vereinigten Staaten«, sagte der Alte. In dem sanften, indirekten Licht waren seine Runzeln und Altersflecken kaum noch zu sehen. Überhaupt strahlte er große Herzlichkeit aus. Er wirkte leger, aus seinem wild gemusterten Batikhemd lugte ein goldbrauner Spitzbauch.

»Apama wird sich ab jetzt um Sie kümmern.« Moreno ließ sich auf einem Schemel aus Plexiglas nieder. »Sie ist Krankenpflegerin und eine äußerst begabte Masseurin.«

Die Frau bewegte ihre Hände. Bleiche Finger, wie Molche, blind, mit künstlichen kleinen Hauben. Die Schwimmhäute dazwischen waren fast durchsichtig, und er hätte sie fast übersehen.

Frodo musterte sie genauer. Er hatte keine Ahnung von Physiognomien, aber das Fischähnliche in ihrem Gesicht erschien ihm sehr ausgeprägt, und er ahnte, warum sie einen Seidenschal trug. Ihre schwach ausgeprägten Jochbeine betonten die stark ausgeprägte Maxillarpartie ihres Kiefers, der einen niedlichen Überbiss zeigte.

»Ich habe Hunger«, stellte er fest.

Apama nickte, verschwand und schob dann einen kleinen Rollwagen herein. Ein Knopfdruck und Frodos Nackenrolle richtete sich um dreißig Grad auf.

»Keine Angst, Frodo, eine Käfertortilla wird es nicht geben, für derartige Kost sind Sie noch zu schwach.«

Mit einem professionell wirkenden Augenaufschlag hatte die junge Frau die silberne Speiseglocke gelüftet. »Tintenfischspieße und Reis! Na, wie finden Sie das?«

Ganz vorzüglich, dachte Frodo. Während Apama ihn fütterte, vermied er jeglichen Augenkontakt. Sie roch herrlich, und durch den dünnen synthetischen Stoff ihrer Bluse konnte er ihre erigierten Brustwarzen sehen.

»Tja, in dieser Hinsicht unterscheiden wir uns nicht«, schmunzelte Moreno, als habe er Frodos verstohlene Blicke bemerkt.

»Doch wer weiß, was die Zukunft bringt. Haben Sie vielleicht Fragen, die ich Ihnen beantworten kann?«

»Ja, hab ich …« Schon nach dem ersten Tintenfischspieß fühlte sich Frodo gestärkt, seine sarkastische Ader war wieder erwacht.

»Wo ist mein Kollege … Sie wissen schon – Space Wolf Grey?«

»Heute Morgen hab ich ihn in der Sauna gesehen«, sagte Apama. »Mund auf, noch ein Häppchen …«

»Soll das heißen, er lebt?« Frodo musste sich noch aufs Kauen und Schlucken konzentrieren. »Dachte, die Dänen machen kurzen Prozess … Dieser Hydro-Wicht glaubte, er könne sich mit Elitesoldaten anlegen.«

»Keine Sorge!« Moreno beugte sich vor und griff nach der Serviette auf dem Tablett. »Er hat ein paar Kratzer abbekommen. Würde es Sie trösten, wenn ich Ihnen sage, dass es kein echtes Antiterrorkommando gab? Alles war nur eine – wie sagt man heute so schön – Drohkulisse.«

»Oh … Und die Kratzer?«

»Hat er sich selbst zugezogen. Dass er sich selbst ins Bein schießen würde, damit hatte keiner gerechnet.«

Frodo kaute und kaute … Schließlich musste er feststellen, dass ihm der Mund offen stand.

»Ja, ich weiß, was ich sagte …« Moreno säuberte behutsam Frodos Mundwinkel von Speiseresten und Sabber. »Reines Ablenkungsmanöver, damit unsere Techniker Ihre kleine Festung in Ruhe luftdicht versiegeln und im Anschluss ein paar Gasleitungen legen konnten. Am meisten Sorge bereitete mir natürlich Herrn Biekers Psychose.« Er lächelte verschmitzt und gab Apama ein Zeichen, den Kranken weiter zu füttern. »Wir mussten das Gas fein dosieren, sehr fein sogar, damit Ihr Kollege nichts merkte.«

»Wollen Sie damit sagen, Sie haben uns wie Filzläuse vergast?«

Frodo rüttelte an seinen Ketten. »Haben Sie eine Vorstellung davon, was ich durchgemacht habe, Sie – Sie – Sie Molch?«

Moreno winkte nur ab. »Also bitte! Bei dem Gas handelte es sich um ein in Kliniken zugelassenes Narkosemittel. Es enthält weder Halogenverbindungen noch Chlor.«

»Und doch hatte ich schwere Halluzinationen!«, tobte Frodo. »Erzählen Sie mir also nicht, es wäre eine Art Baldrian-Schafgarbe-Aufguss aus dem Bio-Laden gewesen!« Er riss den Mund wieder auf, und Apama fütterte ihn wie einen aufsässigen Nestling.

»Wenn Sie sich noch einmal so danebenbenehmen, werde ich gehen.« Sie hielt den nächsten Löffel zurück. »Haben Sie mich verstanden?«

Frodo nickte stumm. Zweifellos saß dieses gut aussehende Biest am längeren Hebel.

»Was ist mit Ihrem Hals?«, begann Moreno nach einer langen, ungestörten Fütterungsperiode. »Entschuldigen Sie, ich möchte nicht indiskret sein, aber kamen Sie nicht mit einer Kiemengangsfistel zur Welt? Sie wurde noch im Kindbett vernäht, aber Sie litten zeitlebens unter dem Eingriff, hab ich recht?«

»Vergessen Sie's«, schmatzte Frodo, »Anbiederungsversuche können Sie sich schenken. Vor allem das Herauskehren von Gemeinsamkeiten, die es nicht gibt.«

»Ich wollte nur sagen, das Klima hier auf Grönland wird Ihren Bronchien vortrefflich bekommen. Apama, das süße Kind hier, hatte ähnliche Probleme, inzwischen ist sie geheilt. Richtig?«

Sie zeigte erst große Lachzähne und schob dann ihre Lippen zu einem Schmollmund zusammen.

»Ich vermisse schon manchmal die Copacabana«, sagte sie leise.

»So siehst du auch aus«, gurrte Frodo aus seinen Kissen.

»Ich kann Apama verstehen«, sagte Moreno. »Wir stammen beide aus Rocinha, der größten Favela Brasiliens.«

»Das klingt jetzt so, als müsste ich jeden Müllhaufen kennen«, meinte Frodo.

»Müssen Sie nicht«, erwiderte der Alte. »Aber Rio de Janeiro kennen Sie doch? Der ganze Süden von Rio, das ist Rocinha. Hier leben die sozial Aussätzigen, die Junkies – und auch Außenseiter wie wir. So war es zumindest noch Ende der Siebzigerjahre des vorigen Jahrhunderts. Es hat auch bei mir gedauert, bis ich mein Anderssein akzeptierte. Die ersten Jahre ging ich nur mit einem Schal vor die Tür, so lange, bis ich einen Hitzschlag bekam, zumindest meinte das meine Mutter. Sie kam aus Kolumbien und hatte auch das Kiemensyndrom. Am Fluss Caquetá, da, wo sie herkam, war es normal.«

»Sicher, da, wo sie herkam«, meinte Frodo.

»Oh, nicht nur da«, fügte Moreno hinzu. »Auch in Rocinha gab es bestimmte Viertel …«

»Na bitte! Warum singen Sie mir nicht gleich die Internationale der Frösche?«

»Komisch, dass Sie das sagen«, meinte Moreno. »Im Dezember 1981, als die Todesschwadron Muerte a Sequestradores in der kolumbianischen Stadt Antioquia ausschwärmte und nach Sympathisanten der linksradikalen Stadtguerilla fahndete, wurde der Devonische Zirkel von Studenten gegründet. Ich war einer von ihnen. Am Anfang waren wir wirklich nur ein Haufen junger Kerle, die aufgrund ihrer angeborenen Handicaps glaubten, die Welt müsse sich ändern. Erst im Laufe der Zeit begriffen wir, dass wir eine natürliche Berechtigung hatten, die Macht zu ergreifen.«

»Eine Frage«, warf Frodo ein. »Ist Orlando Pesceros ein Mensch?«

Seine Vogelmutter kicherte hell. »Natürlich ist er das.«

»Wer hat dich gefragt, Guppy?« Frodo blinzelte ihr treuherzig zu, wobei er sich fragte, ob sie wusste, dass ein Guppy ein kleiner Zahnkarpfen war.

»Wenn du in der Lage wärst, Unterschiede zu sehen, dann würdest du nicht für einen Molch arbeiten, der sich von Manna und Maden ernährt.«

»Wer ist hier ein Molch?«

»Siehst du, Guppy, da fängt es schon an.«

»Ja, Orlando Pesceros ist ein Mensch«, kam ihr Moreno zu Hilfe. »Da sich der Stammbaum seiner Familie bis ins 13. Jahrhundert zurückverfolgen lässt, können wir mit Sicherheit sagen, dass Orlando einen Vorfahren hatte, der noch weiterentwickelt war als er und dessen Existenz durch zahlreiche historische Quellen belegt ist. Haben Sie Lust auf einen kleinen historischen Exkurs?«

Er klatschte einmal in die Hände, und die Mediastation unter der Decke spuckte ein paar gespenstisch zitternde Holografien in den Raum. »Haben Sie jemals von einem Taucher namens Nicola oder Niccolò Pesce gehört?«

Frodo verdrehte die Augen so lange, bis er, ohne den Kopf zu bewegen, auf die flimmernde holografische Wiedergabe einer Radierung schielen konnte. Die Software hatte offensichtlich Schwierigkeiten, die schwarz-weiße Vorlage in 3-D umzusetzen.

»Nie von dem Knaben gehört. War wohl vor meiner Zeit.«

Die Projektion eines wurmstichigen Folianten hing wie ein lederbezogener Sarg mitten im Raum und drehte sich so, dass Frodo den Text lesen konnte. »›In jenen Zeiten‹« – so schrieb Ricobald von Ferrara[30] – »›lebte in Sizilien ein Mann namens Niccolò Pesce, der sich wie ein Fisch im Meere aufhielt und nicht lange außerhalb des Wassers bleiben konnte.‹ Diese Angaben wurden auch von Franciscus Pipinus bestätigt, der seinerzeit schrieb: ›Außerhalb des Wassers konnte er nicht lange verweilen. Er traf Seeleute, verweilte auf ihren Schiffen, sagte ihnen die Veränderungen des Meeres

---

30 Geschichtsschreiber (1230–1312)

voraus und erzählte ihnen von den Geheimnissen, die er in der Tiefe gesehen hatte.‹«

»Ammenmärchen«, sagte Frodo in forschem Ton. »Solche Gerüchte setzt einer in die Welt, dem es zu gut geht und der sich wichtigmachen will.«

»In diesem Fall tun Sie ihm unrecht«, widersprach Moreno. »Niccolò Pesce war einer der berühmtesten Taucher Siziliens. Er wird dort noch heute verehrt. Seine Lebensgeschichte inspirierte Schiller zu seiner berühmten Ballade.«

»Erinnern Sie mich nicht daran«, knurrte Frodo, »ich musste den Mist mal auswendig lernen.«

Die Frau kicherte wieder und wischte ihm mit ihren feuchtkalten Fingern über den Mund. »Essen, nicht plappern!«

Moreno nickte nachsichtig.

»Der echte Pesce lebte jedenfalls in Messina unter der Regierung Friedrichs II. Er galt als der vortrefflichste Schwimmer seiner Zeit, spielte den Boten zu den benachbarten Inseln, bei Wind und Wetter. Schon damals wurde behauptet, seine Finger seien durch Häute verbunden gewesen[31]. Selbst der brottrockene Physiker Christian Ernst Wünsch[32] beschäftigte sich zeitweilig mit dem Phänomen. Bei ihm heißt es: ›Denn er‹ – Pesce – ›war wirklich einem Amphibion ähnlicher als einem Menschen, indem sich zwischen seinen Fingern und Zehen ordentliche Schwimmhäute wie bei den Fischen gebildet hatten. Viele Schiffer, denen er begegnete, hielten ihn für ein Monstrum.‹«

»Ein Monstrum – genau das ist der springende Punkt!«, fiel Frodo dazwischen. »Glauben Sie, ich wüsste nicht, was Sie vorhaben?

---

31 »... wie wir sie an den Gänsen sehen, und dass er einen sehr geräumigen Brustkorb hatte.« Felice Bisazza (1809–1867)

32 1744–1828, Professor der Mathematik und Physik an der Frankfurter Universität Viadrina

Sie und Guppy tun so, als ob es normal wäre, dass plötzlich alle mit Kiemen rumrennen. Aber das ist es nicht! Da draußen – in der wirklichen Welt – seid ihr alle ein klarer Fall für die Krypto-zoologie! Oder für die Humangenetik, Abteilung Missbildun-gen!«

Diesmal begann Apama herzzerreißend zu schluchzen.

»Nicht weinen, bitte!« Moreno nahm die Kiemenfrau zärtlich in den Arm. »Er weiß ja nicht, was er sagt. Und krank ist er auch, vor allem im Kopf.« Und an Frodos Adresse: »Ja, es ist nicht leicht, ein Außenseiter zu sein, aber auch keine Schande! Der Wasser-mensch ist ein globales Phänomen. Selbst die Eingeborenen der fernen Fidschi-Inseln haben ihre ›Luveniwai‹ genannten Kinder des Wassers. Die frühesten Siedlungen amphibischer Menschen sind uns aus südirakischen Überlieferungen bekannt. Wo sich Eu-phrat und Tigris zum Schatt al-Arab vereinen, gab es schon seit der babylonischen Zeit einen riesigen Sumpf. Bis vor Kurzem wurde dieses sich über zwanzigtausend Quadratkilometer ausdehnende Gebiet von den Marschbewohnern verächtlich Ga'a, das heißt ›Staubland‹, genannt.«

»Ich kenne die Gegend«, gluckste Frodo, »unsere Firma war an der Konstruktion der Kläranlage beteiligt. Jeden Tag auf der Fahrt vom Hotel zum Werk schluckte ich zwei Zentner Staub. Eine mie-se, eine ganz miese Ecke!«

»So, so … Dann wissen Sie wahrscheinlich nicht, dass dieses Gebiet früher große Ähnlichkeit mit den Everglades hatte. Es ist das Klima, das uns bekommt und das auch in den afrikanischen Sumpfwäldern herrscht, wo die mit grünem Lehm bemalten Va-domas wohnen. Auch hier wurden schon immer überdurchschnitt-lich viele Wasserbabys geboren. Doch nur in der Mada'in Marsch-arabu gab es schon zu Zarathustras Zeiten ganze, reinrassige Dörfer. Sie waren es, die die ersten Fischgötter der Menschheit erschufen, und galten schon den Baalpriestern als ausgezeichnete Taucher. Die 2003 errichteten Dämme wurden übrigens kürzlich gesprengt. Offiziell heißt es, Terroristen steckten dahinter, doch wir vermuten, unsere Brüder holten sich einfach zurück, was ihnen gehörte. Ähnliches ist jetzt auch in der chinesischen Provinz Hubei geschehen, am Drei-Schluchten-Staudamm. Das Regime behauptete zwar, der Dammbruch sei das Resultat eines Erdrutschs gewesen, doch der Chefingenieur, ein gewisser Ding-Chun, betreibt seit der Katastrophe einen eigenen Blog, wo er behauptet, Kiemenmenschen aus dem überfluteten Dorf Gaoyang hätten den Damm sabotiert. Natürlich hält man ihn für verrückt, doch wir wissen, es gab dort schon immer eine große Gemeinde, die sich ›Yüyi‹ nennt und denen der Jangtse bis heute Kinderkrippe und Lebensraum ist …«

Frodo machte in diesem Moment ein Geräusch wie ein gurgelnder Abfluss.

»He, ich hab's kapiert, Mann, Sie sind normal, Fischfinger ist normal und Guppy ist normal – und alle Normalen sind die abartigen Freaks. Entschuldigen Sie, aber hab ich das eben richtig verstanden? Der Drei-Schluchten-Damm … ist … hinüber?«

Moreno nickte. »Es ist einiges passiert in Ihrer alten Welt, und ich fürchte, dass es nun noch schneller gehen wird. Das Wasser ist jetzt überall, es kennt keine Landesgrenzen und kämpft über und unter der Erde. Auch hier in Deluvia sind wir von Wasser umgeben.«

»Deluvia?«

»So heißt diese Stadt.«

»Aha.« Frodo wünschte, er hätte Röntgenaugen, um zu sehen, was sich hinter den milchig schimmernden Wänden verbarg. »Wenn ich in einer Stadt bin, dann gibt es sicher auch Telefone?«

Moreno nickte. »Wen wollen Sie anrufen?«

»Meine Freundin, wenn's recht ist.«

»Später«, sagte Moreno.

»Was soll das heißen, später?« Frodo sank erschöpft zurück in sein Kissen. Erst jetzt spürte er das Salz der Tränen auf seinen Lippen. »Später, wenn ich mich an Sie und Guppy gewöhnt habe, wenn ich nicht mehr weiß, wie normale Menschen aussehen? Was seid ihr – unbekannte Affen?«

Apama trat von Frodos Bettstatt zurück, er glaubte einen kleinen Schmollmund zu sehen.

»Das war's, ich lass mich nicht länger von Ihnen beschimpfen!«

»Er meint es nicht so«, sagte Moreno.

»Oh, doch, er meint es so!«, protestierte Frodo. »Wer seid ihr? Oder habt ihr darauf keine Antwort?«

Während Apama kopfschüttelnd verschwand, gab Moreno seinem Patienten eine hypodermatische Spritze.

»Ich kann Ihre Verwirrung verstehen«, sagte er voller Mitgefühl. »Wo immer Menschen in früheren Zeiten auf Menschen trafen, die sich äußerlich von ihnen deutlich unterschieden, wurden unschöne Vergleiche bemüht. Schwarze wurden noch im 18. Jahrhundert von britischen und französischen Wissenschaftlern als Affen bezeichnet, eine Sichtweise, die das deutsche Kaiser-Wilhelm-Institut lammfromm übernahm. Den genau umgekehrten Fall gab es natürlich auch: Den südamerikanischen Indios erschienen die hellhäutigen Konquistadoren, als sie sie zuerst sahen, wie leibhaftige Götter.«

»Das war, verdammt noch mal, nicht meine Frage.« Frodo kämpfte gegen die beginnende Wirkung des Sedativs. »Was sind Sie? Haben Sie sich das einmal ernsthaft überlegt?«

»Was ich bin?« Moreno sah auf Frodo hinunter. »Das, was wir alle sind: eine somatische Halluzination der Gene. Ich habe in dem genetischen Code niemals eine konkrete Information sehen können, sondern nur eine Option.« Er legte Frodo eine Hand auf die Schulter. »Ruhen Sie sich aus und treffen Sie dann eine Entscheidung. Niemand zwingt Sie zu bleiben.«

»Das kann auch niemand«, murmelte Frodo. »Niemand konnte mich ... je zu etwas ... zwingen ...«

Dann hatte ihn der Schlaf übermannt, der Heilungsprozess in seinem Körper begann und entzog seinem Hirn Energie. Eine kleine Ewigkeit dämmerte er so dahin, und zwischen Traum und Halbschlaf grübelte er, wie wohl das Echo klingen würde, wenn er – in seinem jetzigen Zustand – auf die Idee käme, in sich hineinzurufen: Wer oder was würde ihm antworten?

Er befürchtete, es könne klingen wie das melancholische Quaken eines Froschs im nächtlichen Sumpf.

Das Leben ist wie ein Fluss, dachte Frodo, man kann ihn durchwaten, durchschwimmen oder sich einfach treiben lassen. Man kann aber auch eine Brücke suchen und von oben zusehen, wie die Leute ersaufen. Seit Tagen verfolgte er nun die Nachrichten und hatte infolgedessen eine Menge ertrunkener Menschen gesehen. Nackte, bleiche Rücken, für die jede Hilfe zu spät kommen würde, trieben an Rettungsbooten vorbei, die nach Überlebenden suchten. Frodo hatte nie Probleme damit gehabt, eine gesunde Distanz zur eigenen Spezies zu wahren. Die Fehler, die sie gemacht hatten, waren nicht seine Fehler gewesen, daran gab es nicht den geringsten Zweifel. Er hatte nie sein Kreuzchen hinter den Namen irgendeines Stümpers gemacht, hatte nie zum Stimmvieh von Parteien gehört. Niemand hatte ihn je danach gefragt, was er vom Falschspiel der Regierenden hielt, den verheimlichten Kriegen, den Mauscheleien mit der korrupten Hochfinanz und der Großindustrie. Am Chaos, das in der Welt herrschte, trug er keine Schuld. Dass er die ganze Chose durchschaute, das war der Grund seiner ewigen Frustration.

Er hatte sich nie eingemischt, ja, nach außen hin hatte er sich sogar perfekt angepasst. So auch hier. Die Kiemenmenschen behandelten ihn gut, die Handschellen waren bereits am Tag nach seiner OP verschwunden, seit drei Tagen bewohnte er ein Apartment, das zum Krankenhauskomplex gehörte. Offenbar hielten sie es nicht für möglich, dass er fortlaufen würde. Also beschloss er, auf Zeit zu spielen, Entscheidungen zu verzögern und die neue Umgebung auszuspionieren.

Das Krankenhaus, in dem er behandelt wurde, war kaum belegt: zwei Taucher mit Dekompressionsbeschwerden und eine werdende Mutter. Er staunte allerdings nicht schlecht, als er bei seinen ersten Ausflügen von der fürsorglichen Guppy zu hören bekam, dass sich Deluvia, die Stadt, in der er sich befand, tief im Eis des Kangerlussuaq-Gletschers verbarg. Dort war sie – trotz ihrer Ausdehnung – für Spionagesatelliten nicht zu orten gewesen, dreißig Jahre lang war sie in Ruhe gewachsen.

Wie ein verdammtes Geschwür, dachte Frodo im Stillen. Apama gegenüber hielt er mit seiner Meinung natürlich hinter dem Berg.

»Das ist doch was andres als 'ne Hütte im Slum, was, Mädel? He, vergiss die Copacabana, das hier ist tausend Mal besser!«

So erkundete er das Biotop wie ein Reptil ein großes, unbekanntes Terrarium und erfreute sich an den ausgedehnten, künstlichen Seenlandschaften. Pesceros' Geld hatte das möglich gemacht, so wie das Geld der Familie Saud den Dumat-Al-Jandal-See mitten in die Wüste gesetzt hatte. Die Seen von Deluvia waren vielleicht nicht so groß, doch dafür waren ihre Ränder subtropisch begrünt. Frodo musste an seinen letzten Urlaub denken. Tatsächlich war die Lage, in der er sich befand, nicht die schlechteste. Er stand unter Beobachtung, aber war sich sicher, er hatte den devonischen Brüdern etwas zu bieten, seine Fachkenntnisse und

Erfahrungen als Hydroingenieur waren hier draußen am Rand der Welt bestimmt einiges wert. Es war nur eine Frage der Zeit, bis sie ihm ein klares Jobangebot machen – sein Gehalt verdoppeln und ihm eine blonde Froschtrud ins Vorzimmer setzen würden.

Tatsächlich war es vor allem Apamas Fürsorge, die ihn mit seiner Situation versöhnt hatte. Aus den Fütterungen am Krankenbett waren in seinem Apartment schnell kulinarische Orgien geworden. Selbst an die entomologischen Köstlichkeiten hatte er sich dank ihrer Hilfe gewöhnt. Noch immer scheute er vor Maden und Asselsoße zurück, doch die in Honig gebackenen Grashüpfer und Stabheuschrecken waren ganz nach seinem Geschmack. Er verlor infolgedessen jede Menge Gewicht, und obwohl sie ihm einen Rollstuhl mit Elektromotor zur Verfügung stellten, drängte es ihn – zu Fuß und in Begleitung seiner neuen Geliebten – die Gegend unsicher zu machen: Regelmäßig machten sie Verdauungsspaziergänge hinauf zu den »Seealpen« genannten Schneehäusern oder überredeten sich zu romantischen Ruderbootfahrten auf den Seen des Biotops. Hier badeten sie auch gelegentlich nackt, und Frodo staunte über Guppys Talent, unter Wasser zu bleiben. Dass sie ihn dabei mit dem Mund vorzüglich bediente, war nur einer der Gründe, warum er an Ines so gut wie gar nicht mehr dachte. Nach einem langen, aber äußerst unangenehmen Telefonat war ihm klar geworden, was er an einem unkomplizierten Mädchen wie Apama hatte.

Tatsächlich hatte ihn Moreno inzwischen wieder mit den alten Insignien der technoiden Monade bestückt – Laptop, Kamera-Handy und Organizer lagen wieder griffbereit neben dem Bett. Er konnte telefonieren, doch irgendwie hatte er keine Lust. Auch Geld fehlte ihm nicht, er wurde von Guppy bekocht, und im Stadtkern von Deluvia, das in Frodos Augen eher einer gigantomanischen, unterirdischen Baustelle glich, gab es keine Läden zum

Shoppen. Die Abwesenheit von Kommerz empfand Frodo als unendliche Bereicherung seines Lebens. Er begann ein Tagebuch zu führen und beobachtete, wie die alte Welt um ihre Wiederherstellung kämpfte. Es war klar, dass es – wie nach der globalen Finanzkrise – keinen echten Systemwechsel geben würde. Die Fehler würden niemals auf der Ebene bereinigt, auf der sie entstanden, die Unfähigen blieben auch weiterhin an den Schaltstellen sitzen. Unter dem Vorwand der Demokratie lief alles so weiter wie bisher, wobei den deklassierten und beladenen Massen einfach noch ein bisschen mehr aufgebrummt wurde.

Ohne mich, dachte Frodo, macht, was ihr wollt, aber lasst mich in Ruhe!

Doch noch hatte er sich nicht endgültig für ein neues Leben entschieden. Er suchte den Haken an der Sache, das Kleingedruckte in diesem Vertrag für ein besseres und bequemeres Leben. Was für ein Spiel spielte der Devonische Zirkel? War Pesceros zu trauen? Würde er vom Regen in die Traufe geraten?

Wann immer er konnte, besuchte er Doktor Moreno und horchte ihn aus. Dabei lernte er viel über das fundamentale Glaubensbekenntnis der devonischen Brüder.

»Unsere Genesis wurde von jüngsten wissenschaftlichen Befunden bestätigt«, hatte Moreno noch gestern nach einem vorzüglichen entomologischen Mahl geäußert. »Wir wissen heute, dass der Lebensfunke nicht vom Himmel kam, sondern aus dem feuchtkalten Inneren unserer Erde, ohne Licht, Wärme, ohne irgendeine außerirdische Kraft. Wir sind eindeutig Geschöpfe des Wassers. Die Gammastrahlen der Sonne standen weder Pate, noch kitzelten sie das Leben aus dem Schlamm. Das größte Ammenmärchen der christlichen Wissenschaft ist wohl die Behauptung, dass es erst Licht werden musste.«

»Es hat aber einen tröstlichen Klang«, warf Frodo ein, »ich meine, die Vorstellung, dass es Licht wurde.«

»Was ist daran tröstlich?« Der alte Kiemensektierer schürzte die Lippen, als habe ihn Frodos Einspruch persönlich beleidigt. »Der Geist schwebte nicht über dem Wasser, er schwebte in ihm. Jahrzehntelang haben christliche Wissenschaftler versucht, die Sonne als Schöpferin des Lebens zu stilisieren. Dabei gibt es längst eine Menge Gegenbeweise: Vor einigen Jahren wurden in Rumänien Höhlen entdeckt – in einem Ort namens Molliva, glaube ich … Taucher erkundeten ein bis dato unbekanntes, überflutetes Höhlensystem … Was sie entdeckten, war sensationell – ein bakterieller Zellenverband, der ohne Licht und Wärme in völliger Finsternis existierte. Und jetzt halten Sie sich fest: In diesen Biofilmen waren bereits die Baupläne des Lebens enthalten, als reines Produkt einer noch unbekannten Chemosynthese! Fantastisch, finden Sie nicht?«

Klingt ungesund, hatte Frodo angesichts dieser Offenbarung gedacht. Immerhin, die Stadt, in der er lebte, schien auf dem Reißbrett eines grünen und menschenfreundlichen Gottes entstanden zu sein.

Ja, sie geben sich Mühe, dachte er und erschrak, dass er so gar nichts an dieser Welt, die ihn umgab, auszusetzen hatte. Was für ein Unterschied zu früher, wo er den Alltag als Hölle empfand. Auch für seine eigene Gesundheit wurde vorbildlich gesorgt. Nach einer fabelhaften Nacht mit seiner Krankenschwester und einer Nummer, die er wegen Kurzatmigkeit abbrechen musste, hatte er sich für eine operative Behandlung seiner Atemwege entschieden.

»Es kann nie schaden, sich seiner natürlichen Veranlagung zu stellen«, meinte Moreno am Tag der Operation. »Durch flankierende gentherapeutische Maßnahmen sollte es durchaus möglich sein, das Wachstum ihrer verkümmerten Kapazitäten zu reaktivieren.«

»Sie meinen diese Brühe«, murmelte Frodo. »Grundvand, oder wie das heißt ...«

»Ganz richtig«, sagte Moreno. Er gab dem Anästhesisten ein Zeichen. »Es hat bei fast allen geholfen, Herr Peschke. Sie werden sehen, schon bald fühlen Sie sich wieder so wohl wie ein Fisch im ... Wasser!«

Er traf Bieker dann völlig unerwartet eines Abends in der Drehtür zur Sauna. Eine dunkelgrüne Frotteekutte rempelte ihn an, die Kapuze des Fremden rutschte zurück. Es dauerte eine lange Sekunde, bis er seinen Ex-Kollegen erkannte. Bieker hatte sich einen ziemlich extravaganten Bart stehen lassen und dafür den Schädel rasiert. Fast sah er aus wie ein Muslim oder einer, der Rasputin nacheifern wollte.

»B... B... Bieker?« Schweren Schrittes, wie einer, der das Gehen verlernt hatte, ging er auf ihn zu. »Das gibt's doch nicht!«

»Frodo!«

Nach einer Schrecksekunde umarmten sie sich, als hätten sie persönlich die Fußballweltmeisterschaft oder sonst was gewonnen.

»Shit!«, sagte Bieker. »Du hast abgenommen, Alter. Ich hätte dich beinahe nicht wiedererkannt!«

Frodo nickte. »Und du erst! Sie sagten mir, du hättest dir selbst eine Kugel verpasst.«

»Stimmt.« Bieker öffnete seinen Bademantel. Auf seinem Oberschenkel blühte eine hellrosa, fast kreisförmige Narbe. »Glatter Durchschuss. Und hier ...« – er hob sein Kinn, als wolle er Frodo seinen stoppligen Adamsapfel präsentieren – »... noch ein Streifschuss am Hals.«

»Alle Achtung«, lobte Frodo. »Mein lieber Space Wolf Grey, du hast dich zweimal selbst verwundet ... Also das macht dir so schnell keiner nach!« Und vorsichtshalber fügte er noch hinzu: »Äh, ich meine natürlich, der olle Terminator ist nichts gegen dich!«

Bieker sah betreten zu Boden.

»Wir hatten keine Chance«, sagte er dann mit einer resigniert-fröhlichen Stimme. »Ich konnte diese Bombe einfach nicht zünden und ich weiß nicht, warum.«

»Weil es nicht richtig gewesen wäre.« Ein paar grüne Kutten schlichen an ihnen vorbei, und Frodo verstummte.

»Gehst du oft in die Sauna?«, erkundigte er sich, eine Spur leiser.

»Fast jeden Abend.«

»Das trifft sich gut«, sagte Frodo, »dann fällt es nämlich nicht auf, wenn wir uns dort in Zukunft austauschen werden.« Er packte Bieker am Ärmel. »Komm mit, ich kenne eine Ecke, da können wir ungestört reden.«

Bieker folgte Frodo eine Wendeltreppe hinauf auf die Aussichtsplattform. Auch hier gab es Kameras, aber sie fanden einen toten Winkel.

»Okay, Großer, spuck es aus: Wann willst du es durchziehen?«

»Was durchziehen?«, fragte Bieker.

»Na, komm schon!« Frodo schielte nach der Kamera. »Unseren großen Abgang, was sonst? Oder hast du vor, hier Wurzeln zu schlagen?«

»Hm …« Diesmal sah sich Bieker argwöhnisch um. »Hast du in letzter Zeit mal Nachrichten gesehen?«

Frodo nickte.

»Dann kennst du die Zahlen«, fuhr Bieker fort. »Eins Komma zwei Sievert in der Innenstadt von Berlin ist kein Pappenstiel, Mann! In anderen Teilen Deutschlands wurde das Zehntausendfache an Radioaktivität gemessen.«

Bieker kratzte sich kräftig im Schritt. »Die Missbildungsrate ist explodiert, die Stromversorgung bricht dreimal täglich zusammen, die Lebensmittelpreise sind horrend, weil das meiste aus Südamerika kommt, und eine rechtsstaatliche Ordnung gibt es nicht mehr.

Die Notstandsregierung sprach selbst von kontrollierter Anarchie. Die gehen davon aus, dass die mittleren Breiten so zweihundert Jahre brauchen, um sich halbwegs von dem Fallout zu erholen.«

»Ja, ja, ich weiß.« Frodo begann, seine Haare an der Frottee-kapuze zu trocknen. »Aber jetzt sag schon: Wann geht es los?«

»Was?« Bieker klang ärgerlich. »Was meinst du, zum Teufel?«

»Wann haust du ab?«, zischte Frodo. »Ich kann mir nicht vor-stellen, dass du hier alt werden willst.«

»Du siehst da was falsch«, sagte Bieker, »grundfalsch.« Er trat dichter an Frodo heran: »Wir haben das große Los gezogen, alter Knabe. Da draußen in unserer alten Welt hat es gekracht, ich höre jeden Morgen Nachrichten, und da faseln sie was von angeblich sinkenden Strahlenwerten, aber ich sage dir, eins Komma zwei Sie-vert sind ein Todesurteil. Ganz anders dieser reizende Ort. Sieh dich um: Hier, wo wir stehen, ist die Welt noch in Ordnung. Ein bisschen erhöhte Grundradioaktivität, das ist alles. Wir haben gu-tes, unverseuchtes Essen, eine erstklassig funktionierende Infra-struktur und wir wohnen und leben wie Millionäre! Vor allem die Frauen! Ich weiß nicht, woran es liegt, aber mein Wasserweibchen ist unersättlich …«

»Du machst Witze, oder?« Das Licht, das Frodo aufging, ex-plodierte plötzlich mit der Intensität einer Supernova.

»Grotesk!«, flüsterte er. »Ich meine, wenn ich – ein willens-schwacher Fettkloß – einknicken würde, das wäre nicht so ver-wunderlich, aber du! Space Wolf Grey hast du dich genannt, er-innerst du dich?«

»Ich habe einmal meinen Kopf gebraucht.« Bieker tippte sich an die Stirn. »Mein Verstand hat mir gesagt: Space Wolf Grey, mein liebes Alter Ego, mag sein, dass das hier alles menschliche Kaulquappen sind, aber nur wenn du es schaffst, dich mit der neu-en Situation zu arrangieren, dann hast du eine reelle Chance zu überleben. Und weißt du, was Space Wolf Grey mir geantwortet hat? Right on! Ja, er sagte einfach Right on, hat sich seine Gatling Gun in den Hintern geschoben und ist in den nächsten Tümpel gesprungen, und zwischen all diesen amphibischen Schnecken hat er es sich so richtig gut gehen lassen.«

»Dann muss ich dich wohl an unseren Auftrag erinnern«, fiel Frodo ihm verächtlich ins Wort. »Du bist Hydrotechniker, mein Junge, kein Lustmolch. Wir hatten den Auftrag, eine Wasseraufbereitungsanlage unter die Lupe zu nehmen. Deshalb sind wir hergekommen. Wenn mich nicht alles täuscht, dann …«

Frodo brach ab, denn er hatte bemerkt, dass Bieker seinen Hals musterte. »Oh, sag nur, du wusstest es nicht …« Ohne Hemmungen schlug er den Kragen seines Bademantels ein wenig zurück und befühlte die leicht geröteten Schwellungen des operativen Eingriffs, die dünnen Wundränder der frisch geöffneten Kiemen. »Sieht schlimm aus, was?« Er studierte Biekers erstarrtes Gesicht. »Du wusstest wirklich von nichts?«

»Nein.« Bieker hatte die Lippen zu einem tonlosen Pfeifen gespitzt, ein Ausdruck von Besorgnis verdunkelte seine Augen. »Ist das echt?«

Frodo nickte, selbst wenn es ihm schwerfiel.

»Tja, ich war wohl eines von tausend Babys, die mit dieser Anomalie zur Welt gekommen sind. Eine stark ausgeprägte Kiemengangsfistel, aber keine weiteren Abnormitäten. Also nähten sie damals zu, was sie zunähen konnten, und ich hatte mein Leben lang unter Kurzatmigkeit und verschleimten Bronchien zu leiden, eine suboptimale Situation. Als mir Moreno sagte, man könne den Eingriff rückgängig machen, da dachte ich mir, warum nicht? Ich meine, offensichtlich verfügen die Fischköpfe ja über ziemlich ausgeklügelte Mittel.«

»Und?«, stieß Bieker hervor. »War die OP erfolgreich?«

»Mir geht's bestens«, sagte Frodo, »aber glaub mir, ich bin keiner von denen …«

»Natürlich nicht!«, bekräftigte Bieker.

»Nein, im Ernst!« Frodo schloss die Aufschläge seines Mantels. »Ich bin keiner von denen! Erst wenn du hier oben«, er deutete auf seine Stirn, »umschaltest, dann gehörst du dazu. Dann gehörst du zu ihrem Verein. Hast du kapiert?«

»He, du brauchst dich nicht zu rechtfertigen.« Bieker legte ihm einen Arm um die Schulter. Sein Blick hellte sich auf. »Ich bin darüber hinweg.«

»Über was?«

»Na ja, ich habe mich wie ein Rassistenarschloch benommen. Wenn ich nur daran denke, wie ich diese liebenswerten Menschen beschimpft habe.«

Bieker verpasste sich selbst eine Kopfnuss. »Lass es mich mal so sagen, der weiße Mann hat sich an eine Menge gewöhnt – negroide Haut, mongolische Schlitzaugen, arabische Rachenlaute … He, Magnus Deauxma, mein Psychotherapeut, hat mir alles erklärt. Offenbar hatte ich, wie die meisten Westeuropäer, latent ausgeprägte xenophobische Züge.«

»Dein Psycho-was?« Frodo würgte das Wort wie unter Schmerzen hervor. »Grotesk! Bieker, um Gottes willen, die haben dich einer Gehirnwäsche unterzogen!«

»Nein, das siehst du falsch.« Bieker schüttelte heftig den Kopf. »Alter, diese Sitzungen sind wie ein Dampfbad für die Seele. Ich meine, du schwitzt all die Unreinheiten aus.« Er lachte. »Ich erinnere mich, als ich als Kind im Fernseher meinen ersten farbigen Mitmenschen sah. Ich schwöre dir, der hat mich mehr erschreckt als der Schrecken vom Amazonas!«

Frodo spürte, wie seine Knie zu zittern begannen. »Hör mal, du bist sicher, die haben dich nicht in die Mangel genommen oder so?«

Bieker schüttelte wieder den Kopf. »Ich bin hier besser und menschlicher behandelt worden als in unserer sogenannten Zivilisation. Pesceros mag ein Sektierer sein, aber er kümmert sich um seine Leute. Mir hat er einen Job im zentralen Wasserwerk der Stadt angeboten.«

»Gratuliere. Klingt, als ob du ausgesorgt hättest.« Frodo war platt. »Das heißt – du bleibst hier.«

»Sagen wir es mal so«, sagte Bieker. »Die Welt, wie wir sie kannten, hat aufgehört zu bestehen. Nenn mir daher einen einzigen guten Grund, warum ich dieses Paradies gegen eine radioaktiv verseuchte Müllhalde eintauschen sollte? – Nee, mein Alter, ich bleibe.« Er klopfte Frodo mitfühlend auf die Schulter.

»Wir seh'n uns beim Adamsfest, oder? Das ist mal ein Gottesdienst nach meinem Geschmack … Schon komisch, Alter, aber ich geh jetzt häufiger beten. Richtig fromm geworden, könnte man sagen. Also, dann, man sieht sich!«

IX.

Die überstürzte Flucht hatte ihnen wahrscheinlich das Leben gerettet. Sie waren einfach losgerannt, mitten im heulenden Wind,
während die Kommandos unter den Eisäxten und Speeren der
Claw People starben. Glenner schleifte Freya hinter sich her, wirbelte sie kurz entschlossen wie zappelndes Gepäck über Spalten
oder schob sie wie eine Dampflok unwegsames Gelände hinauf.
Eine verirrte Kugel traf Freyas Rucksack, zerstörte ihre Thermosflasche und schleuderte sie auf das Eis. Konservendosen, die sie
hatte mitgehen lassen, kullerten wie silberne Erbsen über das Eis.
Sie war einen Moment wie betäubt, doch Glenner riss sie mit
einem Ruck auf die Beine.

»Los, los, wir müssen weiter!« In einem wahren Schraubstock-
griff schleifte er sie mit sich, und wäre ihr Leben nicht in Gefahr
gewesen, sie hätte vielleicht einfach vor Schmerzen das Bewusstsein verloren. Glenner dagegen schien es nur darum zu gehen, Abstand zwischen sich und das Gemetzel zu bringen. Schweiß lief
ihm von der Stirn und bildete während des Laufens filigrane Eiszapfen an seinen Brauen.

»Was zum Teufel meinte Forstner mit Plan B?«, fing Freya noch
einmal an, doch statt zu antworten, zerrte Glenner sie noch ener-
gischer hinter sich her. Stolpernd und rutschend manövrierten sie
sich eine steile und beinhart gefrorene Schneewehe hinunter. Das
weiße Geschiebe um sie herum gewährte ihnen endlich den Feuer-
schutz, den sie brauchten.

»Was ist Plan B?«, schrie Freya erneut gegen die Posaunenstöße
des Blizzards. »Und wieso hat er dich Buddy genannt? Du kennst
ihn, hab ich recht?«

»Das ist doch nur eine Redensart!« Glenner zog Freya in einen
schmalen Spalt am Fuß des Hangs. »Was Plan B anbelangt … Es

gibt da eine bestimmte Pentagon-Direktive … seit 1968, als eine atomar bewaffnete B-52 hier auf Grönland abstürzte. Die Direktive besagt, dass eine Atombombe unter keinen Umständen in feindliche Hände fallen darf … unter keinen Umständen! Auf der Devon III, der Bohrplattform im Scoresbysund, befindet sich eine gestohlene A-Bombe von der USS Batan.«

»Und was haben wir damit zu tun?«

Glenner zuckte die Achseln, doch die Farbe seines Gesichts strafte ihn Lügen. »In letzter Konsequenz bedeutet Plan B, die Bombe manuell zu zünden.«

»Wenn es weiter nichts ist!« Freya lachte bitter auf. Draußen schien es inzwischen Nacht geworden zu sein. »Das klingt nach Dr. Seltsam oder Wie ich lernte, die Bombe zu lieben. Warum sollten wir so etwas Hirnrissiges tun? Diesem Forstner zuliebe – damit er seinen Auftrag abhaken kann?«

Glenner antwortete nicht gleich, stemmte stattdessen seinen Rucksack in die Spalte über ihnen und verschloss so den Zugang. »Um Schlimmeres zu verhindern«, sagte er schließlich.

Freya sah ihn sprachlos an, entschied sich aber, nicht weiter zu fragen. Noch immer hörten sie draußen vereinzelte Schüsse. Sie konnten nur hoffen, dass die Meute nicht nach ihnen suchte, denn hier saßen sie hoffnungslos in der Falle. Dann war es plötzlich vollkommen still. Der Spalt über ihnen schneite ein. Glenner schachtete ab und zu mit der Hand einen schmalen Luftgraben aus, um die herbe, säuerliche Stickluft zu verdünnen.

Am Ende hatten sie jedes Zeitgefühl verloren. Wie viele Tage sie in ihrem Versteck ausgeharrt hatten, war schwer zu sagen, doch eines Morgens wagten sie es endlich, ihr Versteck zu verlassen. Dichter Nebel lagerte noch über dem Gletscher, doch er löste sich allmählich auf.

»Dann mal los«, sagte Glenner, »je schneller wir die Küste erreichen, desto besser. Das Schlimmste haben wir hinter uns.«

Tatsächlich hatte sich die Landschaft vor ihnen drastisch verändert. Aus dem tief zerklüfteten und steil abfallenden Gletscherbuckel war eine weiße Ebene geworden, die in der Ferne, wo der Daugaard-Jensen-Gletscher in den Fjord kalbte, an eine ungepflegte, heillos verkratzte Schlittschuhbahn erinnerte. Der gefrorene Eisbrei war nicht leichter zu begehen als die spiegelglatten Flanken des Gletschers, im Gegenteil, ihr Marschtempo wurde noch langsamer. Immer wieder bemerkte Freya Wasser unter dem Eis, Rinnsale, die zusammen einen der Schmelzwasserströme bildeten, die hier im Sommer über den Gletscher brausten und sich weiter unten in tiefe Gletschermühlen ergossen.

»Fast haben wir's geschafft«, rief Glenner. Den Kompass in der Hand, stapfte er hinter ihr her. »Die Richtung stimmt. Weit kann es jetzt nicht mehr sein.«

»Das hast du vor zwei Tagen auch schon gesagt«, rief Freya zurück.

Im Gänsemarsch näherten sie sich dem Küstenstreifen, der sich farblich kaum vom Land unterschied. Freya fühlte die letzten Kräfte schwinden. Ihr Magen war leer, und ob es irgendwo an ihrem Körper noch Fettreserven gab, war zu bezweifeln. Ein Motor ohne Treibstoff bleibt irgendwann stehen, dachte sie noch. Obwohl es nicht schneite, hatte sie nach wie vor den Eindruck, in ein weißes Nichts zu marschieren. Vielleicht litt sie einfach unter Landmarkenagnosie …

Sie musste im Gehen eingenickt sein! Als sie hochschrak und sich umsah, war Glenner spurlos verschwunden. Freyas Augen irrten über das Eis, sie irrten bis zum Horizont und wieder zurück, der Mann, den sie nur ein paar Schritte hinter sich wähnte, war nirgends zu sehen. Ungläubig öffnete sie ihre Kapuze, um besser hören zu können.

Nichts, nur Totenstille.

»Glenner!« Es war wie ein Schrei um Hilfe, aber statt seiner Stimme hörte Freya nur Shackletons Quarren. »Ork! Ork! Ork!«

Sie lief zurück … Mit Schrecken erkannte sie jetzt, dass sie schon sehr lange Zeit alleine gegangen war, denn sie erkannte nur eine Spur. Fast einen halben Kilometer musste sie dieser Spur folgen, bis sie einen schwarzen Punkt erkannte. Shackleton! Er kauerte an einem etwa anderthalb Meter breiten Loch. Die Spuren bewiesen, was passiert war. Auf der einen Seite der Spalte waren noch zwei paar Fußabdrücke zu sehen. Wahrscheinlich hatte sich die überwehte Spalte unter Glenner geöffnet, und er war in die Tiefe gestürzt. Seine Balaklava hatte seinen Schrei erstickt, vielleicht hatte er auch gar keine Zeit gehabt, zu schreien.

Freya entledigte sich ihres Rucksacks und kroch auf Shackleton zu. Instinktiv schlug sie mit der Längsseite ihrer Picke auf den Schnee und staunte nicht schlecht, als eine Partie, die sie für festes Eis gehalten hatte, vor ihren Augen wie Pulver zerstäubte.

»Das wurde auch … langsam … Zeit!«

Die schwache Stimme gehörte Glenner. Als sie den Blick über die Abbruchkante wagte, erkannte sie einen Farbfleck zwischen Eis- und Felsgeröll, etwa zehn Meter unter ihr.

»Hallo, Schneekönigin!« Seine Stimme hallte, als würde jemand aus dem Totenreich rufen. »Schön, dich zu sehen.«

»Alles okay?«

Freya blickte in den dunklen, unangenehm gurgelnden Schlund einer Gletschermühle hinab.

»Nichts gebrochen«, kam es zurück.

»Was soll ich tun?«, fragte Freya. Ihr Mund war plötzlich wie ausgedörrt.

Ein farbiger Fleck, der wohl Glenners Helm war, bewegte sich.

»Na, was wohl? Oder hast du etwa noch nie was von Spalten-rettung gehört?«

»Tut mir leid.«

Shackletons melodisches Pfeifen erstarb in einem kläglich klingenden Ton.

»Schon gut, Shack.« Glenner schien zu überlegen. »Hör zu, Freya, wenn du es schaffst, ein Seil da oben zu befestigen, dann schaffe ich es allein.«

Freya war längst dabei, zwei Eisschrauben zu setzen. Dank der Fingerlöcher, die eine Drehung der Handgelenke erlaubten, ließen sie sich die Gewinde problemlos ins Eis treiben. Sie sicherte das kurze Seil und ließ es dann zu Glenner hinab. Sie hatte nicht gerade erwartet, dass er es mit Leichtigkeit auffangen würde, aber er machte nicht die kleinste Anstrengung, danach zu greifen.

»Worauf wartest du?« Sie ahnte plötzlich, warum er seine Karbidlampe nicht eingeschaltet hatte.

»Ich bin eingeklemmt«, ächzte er wie unter größter Anstrengung. »Es ist doch zum Verrücktwerden! Ich bekomme meine Arme einfach nicht frei.«

Freya sank entmutigt in sich zusammen. »Und jetzt?« Sie spürte Panik in sich aufsteigen. »Was soll ich tun?«

»Nun …« Die Grabesruhe in seiner Stimme war ebenso unnatürlich wie ihr Ausbruch von Hysterie. »Ich fürchte, du wirst mich raushacken müssen.«

Freya schluckte. Sie hatte kein weiteres Seil, um sich zu sichern, aber ihr blieb im Moment keine andere Wahl. Vorsichtig schwang sie die Beine über die Kante der Spalte, dann hielt sie mit beiden Händen das Seil fest und begann den Abstieg. Schon nach drei Metern war der Pinguin oben außer Sichtweite.

»Ork! Ork, ork!« Nur seine Schreie begleiteten sie in die Tiefe. Die gewundene Spalte wurde jetzt enger, Glenner war noch nicht zu sehen, doch sie hörte seine Stimme. Eine Blutspur an der schroffen Eiswand deutete darauf hin, dass er sich verletzt hatte. Die Frontzacken ihrer Steigeisen knirschten, während sie sich weiter hinabließ. Sie hatte den Eindruck, das Ende des Seils fast erreicht zu haben, und die Vorstellung, ins Leere zu greifen, war entsetzlich.

»Du hast es fast geschafft, Freya.« Seine Stimme erschien ihr erschreckend nahe, doch sie wagte nicht, über ihre Schulter zu blicken.

»Noch einen Meter.«

Im Halbdunkel sah sie eine Bewegung. Glenners Körper, die Skistöcke und der Rucksack waren durch die Wucht des Sturzes zusammen mit den eingebrochenen Schneemassen im Eis der Gletscherspalte verkeilt.

»Mir tut alles weh, aber ich denke, ich habe mir nichts gebrochen.«

Sie trieb einen Keil in die Eiswand und sicherte sich an ihrem Klettergurt. Der Gurt ließ ihr nur begrenzten Spielraum, aber mehr als einen Meter brauchte sie nicht.

»Bin gleich bei dir.« Der mit Eisbrocken gefüllte Spalt wurde so eng, dass sich ihre Steigeisen immer wieder verkeilten. Sie hängte sich in den Gurt und stemmte die Steigeisen ins Eis.

Dann machte sie einen Fehler: Sie zog den Eispickel aus dem Gurt, um die Schlaufe von Glenners Rucksack zu packen. Vielleicht hatte sie wirklich gedacht, ihn durch einen Ruck wie einen festsitzenden Keil aus dem Eis befreien zu können, doch die Eisblöcke, die ihn bisher gehalten hatten, lösten sich nun aus ihrer Spannung und polterten eine halben Meter hinab.

»Pass auf!«, japste Glenner. Da hatte sie schon das Gleichgewicht verloren und kippte nach hinten. Ihre Füße verloren den Halt, sie strampelte und hing plötzlich selbst mit dem Kopf nach unten, ihr Pickel durchschlug Glenners Kapuze.

»Das war verdammt knapp«, sagte Glenner.

»Denkst du immer nur an dich?« Das Blut schoss Freya in den Kopf. Sie drehte sich langsam und musste feststellen, dass sich Glenners Kinn nur wenige Zentimeter vor ihren Augen befand.

»Und jetzt?«, brüllte sie ihn an. Sie war innerlich völlig blockiert und fürchtete auch, der Keil, an dem sie hing, könnte aus der Wand reißen. Alarmiert schlug sie die Hacken ihrer Steigeisen ins Eis. Dadurch wurde der Keil entlastet, doch hochziehen konnte sie sich nicht, dazu lag ihr Schwerpunkt zu tief.

»Und jetzt?«, rief sie wieder.

»Ein Kuss«, murmelte er vor sich hin, »wie wär's mit einem kleinen Kuss?« Auf seinen unrasierten Wangen bildeten sich kleine Grübchen. »Interessante Stellung, so kopfüber …«

»Glenner, reiß dich zusammen!« Noch nie hatte sie solche Angst empfunden. Oben am Spaltenrand konnte sie den Pinguin hören, dem schrillen Pfeifen nach schien er sich über die beiden tapsigen Primaten lustig zu machen.

»Kannst du … so hacken?«, fragte Glenner. Sie zog die Picke aus seiner Kapuze. »Ich weiß, es wird schwierig«, ächzte Glenner, »aber wenn ich nur einen Arm frei bekomme, dann kann ich hochklettern und dich aus der Spalte ziehen.«

Ein dumpfes Poltern drang aus dem rauschenden Schlund in der Tiefe. Nach einer Schrecksekunde meldete sich Glenner wieder zu Wort.

»Ich glaube, meine Füße sind frei … ja, ich kann mich bewegen!«

Sie ließ sich nichts anmerken, aber seine Mitteilung war kein Grund zur Freude: Seine Körperwärme bewirkte, dass er allmählich zwischen den Eisblöcken hindurch schmelzen würde. Das Eis arbeitete. Wie lange es Glenner hielt, war nicht abzusehen. Unter seinen in der Leere baumelnden Füßen rauschte ein Eiswasserstrom, eine dicke, angeschwollene Ader des Gletschers, die sich in Tiefen schlängelte, die für jedes warmblütige Lebewesen nur eines bedeuten konnten – den sicheren Tod. Und ihr, Freya, würde es nicht besser ergehen. Wie lange würde es dauern, bis sie, kopfüber in der Leere hängend, verhungert und verdurstet wäre? Drei Tage? Vier? Mit jedem Erwachen wäre sie schwächer, ihr Gehirn würde anfangen zu halluzinieren …

Freya zwang sich, ruhig zu atmen, langsam und regelmäßig, bis ihr Herz aufgehört hatte zu rasen. Dann hob sie den Pickel und begann mit der Rettungsaktion. Nach und nach schob sie Schnee und Eisstücke zur Seite, lockerte die verklemmten und verbogenen Skistöcke. Einer der Stöcke entglitt ihr und fiel an Glenner vorbei in die Tiefe. Sie lauschten beide, wie oft er die Eiswand berührte, bevor er ins Wasser eintauchte.

Verbissen schwiegen sie, Freya arbeitete mit letzter Kraft, aber schließlich zog Glenner seinen rechten Arm aus dem Eis und griff – keine Sekunde zu früh – ungelenk nach dem sich winden-den Seil. Mit einem fürchterlichen Knirschen kündigte sich die Höllenfahrt der Eistrümmer an. Zischend und fauchend lösten sie sich und stürzten ins Nichts. Auch Glenner fiel ein paar Meter tiefer, doch beide Hände ins Seil gekrallt, schleuderte ihn der Ab-gang gegen die Wand. Freya konnte hören, wie seine Steigeisen knirschten. Da wusste sie, er war gerettet. Mit eckigen Bewegun-gen begann er zu steigen, rechts, links … Mit beiden Händen stützte er sich an den Eiswänden ab. Es gelang ihm, Freya zu dre-hen. Sie wusste erst, wie ihr geschah, als sie Glenner wieder in normaler Perspektive vor Augen hatte.

»Du hast mir das Leben gerettet«, sagte er. Unter dem Rand seines Helms zeigte sich eine blutverklebte Eissträhne. »Danke.«

»Dann sind wir quitt«, sagte sie.

»Quitt? Ich hoffe nicht«, sagte er leise. »Frollein von Velden, wenn wir dieses Abenteuer überstanden haben, dann kann es sein, dass ich dich etwas frage. Ich bin zwar schon ein paar Jahre älter als du, aber …«

Sie legte ihm einen behandschuhten Finger auf die Lippen und wies mit den Augen nach oben. »Lassen wir Shackleton nicht warten, okay?«

Obwohl sie nur etwa vier Meter zu überwinden hatten, brauchten sie noch eine gute Viertelstunde nach oben. Erschöpft fielen sie in den Schnee, lagen für Minuten keuchend nebeneinander und blickten in das heller werdende Grau über ihren Köpfen. Freya hörte ein fernes, dumpfes Röcheln, als würde jemand hinter vorgehaltener Hand oder einer Atemschutzmaske lachen.

»Hast du das eben gehört?«

Glenner richtete sich auf – und zuckte im selben Moment heftig zusammen.

»Damned«, hauchte er. In seiner Schulter steckte ein gläserner, medizinisch anmutender Pfeil.

Freya hob den Kopf: Zwei Männer in Thermoanzügen standen nur wenige Meter von ihnen entfernt. Einer von ihnen hielt ein Betäubungsgewehr in Händen, der andere eine Pistole. Während Glenner bereits kollabierte, hob Freya die Hände.

»Nicht schießen!«, rief sie. Sie sah nach Glenner, der leise stöhnte, und spürte plötzlich einen Stich in ihrer Hand. Sie musste nicht nachsehen, um zu wissen, dass dort ein kleiner Pfeil auch ihr Fleisch durchbohrt hatte. Etwas durchzuckte sie wie ein elektrischer Schlag, eine von roten Blitzen durchzuckte Finsternis regnete auf sie herab, und schon sank sie in den dunklen Schacht einer angenehmen Fühllosigkeit.

INTERLOG II
MUTTER
DER TIEFE

*Nicht neuer Kontinente bedarf's auf der Erde,
sondern neuer Menschen!*

– JULES VERNE

Das stundenlange Rauschen des Regens, das an diesem windigen Abend etwas Endgültiges hatte, wurde von einem Moment zum nächsten durch das Aufjaulen einer Wail-Sirene zerstört. Im Hangar und den Gängen vor den Mannschaftsquartieren sprangen zeitgleich rote Warnleuchten an.

»Alarm! Los, los, Mädels, raus aus den Kojen! Wir haben eine Situation!« Die schnarrende Stimme aus den Deckenlautsprechern passte so gar nicht zu Reynar Fries, dem Chef der Rettungszentrale des Heliports Kulusuk, der direkt an einer sich langsam aufbauenden Schlechtwetterfront lag. Schon als der leuchtende Punkt der immer tiefer fliegenden Cessna von den Radarschirmen verschwand, wusste Fries, der ruhige Abend bei Rentiergulasch, Moltebeeren und herbem Viking-Bier war gelaufen. Trotz vager Angaben über die Absturzstelle – sie lag dicht vor der Küste in grönländischen Hoheitsgewässern –, hatte er sich entschieden, sofort einen Heli zu schicken.

»Der Pilot hat noch ein SOS absetzen können«, meldete Brynjar, der wachhabende Offizier, »bei der Wassertemperatur ist es allerdings fraglich, ob es Überlebende gibt.«

»Das werden wir sehen«, murmelte Fries. Es war ohnehin seine Aufgabe, bis zuletzt an die Rettung der Verunglückten zu glauben, aber diesmal kam noch etwas dazu: Die Maschine gehörte einem gewissen Paulino Hernando Pesceros, seines Zeichens Ölbaron und Großaktionär. Der gebürtige Kolumbianer gehörte zu den als »unabkömmlich« eingestuften Personen des dänischen Königreichs. Fries war geradezu in der Pflicht, denn der Milliardär und seine Familie waren an Bord der Unglücksmaschine gewesen.

»Schöne Bescherung …« Das Gewitter, das sich draußen zusammengebraut hatte, drückte seine hässliche, von Blitzen vernarbte Visage gegen die Panzerglasscheibe und vergegenwärtigte dem Rettungschef, dass er diesmal seine besten Männer aufbieten musste.

»Es ist viel schlimmer, als ich dachte«, bekannte Brynjar. »Viel, viel schlimmer.«

»Das ist es doch immer«, meinte Fries. Eigentlich hatte er sich selbst Mut machen wollen, aber der Wachhabende hatte noch nie Sinn für Humor gehabt. »Reynar, das ist ein Fall für die Küstenwache! Das können die besser als Sig.«

»Ganz deiner Meinung, mein Junge. Ihr könnt mich alle mal kreuzweis!«

Wenn man vom Teufel spricht, dachte Fries. Der Mann, der in diesem Moment in die Einsatzzentrale polterte, hörte auf den Namen Sig Bendikson. Er hatte den klassischen Werdegang eines Piloten durchlaufen – erst Mechaniker, dann Helikoptermonteur bei der Luftwaffe, ein Job, der es ihm später ermöglichen sollte, die Pilotenlaufbahn einzuschlagen. Inzwischen galt er als Ass des Luftrettungsdienstes und »größter Hubschrauberpilot« Skandinaviens – ein spitzfindiger Nörgler am Boden, doch unschlagbar in der Luft, wenn es darum ging, Menschenleben zu retten. So wie damals – Fries erinnerte sich – an der Südspitze Grönlands, als Bendikson seine Maschine über einen eingenebelten Gletscher dirigiert und dann, wegen beschlagener Scheiben halb aus dem Fenster hängend, Proviant und Verbandszeug abgeworfen hatte. Auch dass er einmal eine leckende Rettungsinsel mit dreißig Schiffbrüchigen am Seil in einen Hafen eingeschleppt hatte, gehörte zu seinen Meriten.

»Nun, halt mal die Luft an«, knurrte Fries zur Begrüßung. »Glaubst du, ich würde dich da rausjagen, wenn ich eine Wahl hätte? Wo der Vogel abgestürzt ist, wimmelt es von Klippen. Das Skagerrak ist ein Scheißdreck dagegen! Du bist meine einzige Chance. Tut mir leid, alter Schwede.«

»Und mir erst!« Bendikson raufte sich seine silbergrauen Stoppelhaare, aber dann marschierte er ab, ganz so wie es Fries von ihm gewohnt war.

Ein Expresslift brachte Bendikson aus der Tiefe des Berges hinauf zur Landeplattform des Heliports. Im Hangar, der wie eine würfelförmige Festung an der Steilküste klebte, war der Copter, ein nagelneuer HH 65A, schon betankt und startklar. Der Weg über die beleuchtete fünf mal fünf Meter messende Plattform erschien Bendikson diesmal länger als sonst. Ohne zu grüßen, schwang er sich in den Sitz und schnallte sich an.

»Vergesst mir die Wärmflaschen nicht«, war das Einzige, was er sagte, und Gunnar Steinkehl, der Flughelfer, nickte. Auch die Thermodecken gehörten zum Vorbereitungsmaterial auf der Liste, die er täglich gewissenhaft checkte. Sollte es ihnen gelingen, Menschen aus Seenot zu bergen, dann war Wärme die Medizin, die sofort anschlug, um den Kreislauf zu stabilisieren. Als Pilot brauchte man einen Flughelfer wie Gunnar, der an alles dachte und im Laufe seiner Dienstzeit ein fast kybernetisches Verhältnis mit der Maschine eingegangen war. Er verbreitete das Gefühl von Sicherheit. Nicht zuletzt saßen sie alle im selben »fliegenden Boot«, das sie in Technikkursen immer wieder auseinandergenommen und zusammengesetzt hatten.

Der junge Blondschopf neben Gunnar hieß Enok Rankelson, er war Marine-Rettungstaucher, doch was Einsätze anbelangte, noch ein unbeschriebenes Blatt. Beim Winschen hatte er sich schon ein paar Mal bewährt, doch dieser Einsatz war so etwas wie seine Feuertaufe, und er machte einen etwas in sich gekehrten Eindruck. Der Vierte an Bord hieß mit vollem Namen Hanak Amaalik Innunguaq, doch wurde er von allen – wegen seiner Neigung zu Alleingängen – spöttisch Han Solo genannt. Er kauerte in seinem Kaltwasseranzug hinter Gunnar auf dem Rettungsmaterial, sein

Schwimmbrett und den Notfallsack zwischen die Beine geklemmt. Han war gebürtiger Inuit, einer, der seinen Weg aus einem kleinen Dorf namens Frodoiteqilaq in die westliche Zivilisation gemacht hatte. Seine bärenhafte Statur trat in dem hautengen Anzug mehr als deutlich hervor. Zu seinem Phlegma gehörte die typische Gutmütigkeit der Inuit, vermischt mit einer Prise schwarzen Humors. Abgesehen von seinem Beruf hatte er nur ein einziges Hobby – die Robbenjagd, die sein Clan, die Kukiit Inui oder Claw People, noch immer an der abgelegenen Küste Ostgrönlands betrieb. Ein einziges Mal war Bendikson einer Einladung von Han gefolgt und dabei Zeuge eines Tupilak-Rituals der Jäger geworden. Das Christentum hatte auf Grönland schon lange verspielt, selbst in Nuuk, der Hauptstadt, huldigte man längst wieder der alten naturheidnischen Religion. Besonders die Jüngeren hatten Igaluk wiederentdeckt, den Mondgott, der diejenigen, die ein rechtes und gutes Leben gelebt hatten, ins Qudlivun, das Paradies der Inuit, heimführen würde. Er wurde auch Gott der Lampenlöschspiele genannt.

Hanak gehörte zu einem anderen Kult, einem Kult, der die Seegöttin Sedna wie die Heilige Jungfrau Maria verehrte. Die Zeremonie, der Bendikson beiwohnen sollte, hatte sich auf dem offenen Eis abgespielt, an einem großen Luftloch, in dem die raue See vor sich hin gurgelte. Ein Schamane versuchte die froschmäulige, gefräßige Göttin vom Meeresgrund an die Oberfläche zu locken, indem er – Robbengekröse mit einer Kelle aus einem Plastikeimer schöpfend – in einen monotonen Singsang verfiel. Wie der Wirt einer Pinte Bendikson später erklärte, hatte Sedna ungezügelten Appetit auf Fleisch, ja, dem Mythos zufolge hatte sie gar versucht, die eigenen Eltern zu fressen. Die Anhänger der Göttin bevorzugten daher ebenfalls rohes Fleisch.

Bendikson hatte damals nur den toleranten Schweden gespielt. Seine Meinung über die Inuit war ohnehin gründlich gefestigt:

Männer, die sich mit einem Nasenkuss begrüßten und ihre Frauen tauschten, waren einfach nur auf der Höhe der Zeit.

»Was für ein Sturm!« Während der Pilot die Instrumente checkte, stieß Gunnar Steinkehl Hanak unsanft in die Rippen. »Was sagt unser Inuit dazu? Meinst du, es wird jemals wieder aufhören zu regnen?«

Hanak griff nach dem merkwürdigen Amulett, das er immer über seinem Schutzanzug trug und das ihn angeblich vor den bösen Geistern, den Ilisitsoqs oder Angakoqs, schützte. »Entweder ist Sedna sehr wütend, oder sie gebiert gerade ein Kind.«

»Sie gebiert ein Kind?« Rankelson hob den Kopf.

»Du meinst, wir erleben gerade so was wie 'ne schwere Geburt?«

»Ja. Unsere Leute sagen, das Meer hat die Wehen.«

»Eure Leute – wenn ich das schon höre!« Rankelson liebte es, Hanak aus der Reserve zu locken. »Auf den Wechselbalg bin ich gespannt! Ist bestimmt genauso gestört wie seine Mutter!«

»Sedna ist nicht gestört«, sagte Han. »Sie ist einfach verärgert. Es könnte natürlich auch etwas anderes sein …«

»Und das wäre?«

»Nun, im Schöpfungsmythos der Lappen, da steht geschrieben: Der zornige Gott Jubmel aber sprach: Ich werde die Welt umdrehen.

Ich werde den Flüssen gebieten, bergauf zu fließen; ich werde das Meer heißen, sich zusammenzuraffen zu einer riesenhoch aufragenden Mauer, um sie auf euch verderbte Erdenkinder zu schleudern und euch zu vernichten[33] …« Und mit einem maskenhaften Grinsen: »Vergesst nicht, die Erde ist zu mehr als zwei Dritteln von

---

33 Aus Lapplands Weltschöpfungsmythos, übersetzt von Léonne de Cambrey, 1926

Wasser bedeckt. Der Blaue Planet war immer schon ein Wasser-planet. Unter diesen Umständen hat Jubmel leichtes Spiel.«

»Richtig gruselig!«, fuhr Gunnar dazwischen. Hanaks Geister-geschichten waren bei den Männern beliebt, zumindest im trocke-nen, gut beheizten Mannschaftsquartier. »Aber was soll das hei-ßen – dass uns eine neue Sintflut droht, oder was?«

»Aap, aap[34] …« Hanak begann wie ein grönländischer Buddha zu grinsen. »Du wirst diese Prophezeiung auch in anderen Mythen finden. Wir haben die Erde nicht von unseren Kindern, sondern vom Wasser geborgt. Eines Tages wird die große Sassuma arnaa[35] kommen und ihr Eigentum zurückfordern.«

»Die große Summ-Summ Anna, verstehe.« Rankelson nickte mit gespieltem Ernst. »Nur, was ist mit uns? Ich meine, wir Men-schen leben nun mal auf dem Land, oder nicht? Wir sind keine Frösche, die sich's aussuchen können.«

Hanak zuckte die Achseln. »Dann wird sich die Menschheit wohl anpassen müssen, denn glaubt mir, wir alle werden bald nas-se Füße bekommen.«

Gunnar öffnete den Mund, als wolle er etwas Passendes abhus-ten, aber seine Stimme wurde von den startenden Turbinen über-tönt. Danach war alles Routine: Sobald die Triebwerkinstrumente im grünen Bereich pendelten, erhöhte Bendikson die Leistung, wartete, bis sich die Drehzahl der Turbinen stabilisiert hatte, und hob ab.

Die Lichter des Heliports kippten seitlich weg, sie waren plötz-lich allein. In der Kabine war von dem Wind nichts zu merken. Der Rotor eines Hubschraubers gleicht einer wirbelnden Schere, die thermische und dynamische Windstöße zerschneidet. So

---

34 Inuktitut (Sprache der Inuit): Ja, ja
35 Ein anderer Name für Sedna: Mutter der Tiefe

gleitet der größte Teil der Aufwinde zwischen den Rotorblättern hindurch, ohne direkte Einwirkung auf die Maschine.

Vor dem Dunkelviolett des Himmels türmten sich hohe Quellwolken auf. Noch immer schraubte sich der Rotor in die Höhe, und Bendikson holte tief Luft, wie er es immer tat, wenn er Fries seine Position meldete.

Inzwischen herrschte völlige Dunkelheit. Die Männer waren von Finsternis umschlossen. Nur wenn ein Blitz aufzuckte, waren der Horizont und das Meer für Sekundenbruchteile zu sehen. Ein Hexenkessel brodelte über dem Meer, die Luft flimmerte und ließ sie die starken vertikalen Luftströmungen mit bloßem Auge erkennen.

Unter anderen Umständen hätte sich Bendikson vielleicht an den entfesselten Elementen erfreut, doch das Unwetter lag leider genau auf Kurs. Selbst wenn sein Schrauber gegenüber Luftströmungen viel weniger empfindlich war als ein Flugzeug mit Tragflächen, konnte ein Auf- oder Fallwind dieser Stärke schnell schlimme Folgen haben. Zumindest so dicht über dem Meer. Um seine Angst zu bekämpfen, zählte sich Bendikson die Vorteile dieser komplizierten Maschine gegenüber einem Starrflügler auf. Man denke nur an die Probleme der Reduktion und des Getriebes: Verminderung der dreitausendzweihundert Motorumdrehungen in der Minute auf dreihundertzwanzig Umdrehungen des Hauptrotors durch das Planetengetriebe, dann die Übertragung einer nach Verminderung höchst stabilen Drehbewegung auf den Heckrotor unter einem Winkel von neunzig Grad und einer Achsenführung über ungefähr zehn Rollen. Ein wahres Wunderwerk der Technik! Dauernde Kontrolle und gute Schmierung waren notwendig. Sollte sich nur ein einziges Lager festfressen, käme es unweigerlich zur Katastrophe.

Die Beleuchtung der Instrumente und der Widerschein der

Positionslichter in den Plexiglasscheiben blendeten ihn. Er warf einen Blick über die Schulter. »Haltet die Augen auf, ja?«

Alle nickten, doch das war leichter gesagt als getan. Dicke Tropfen platschten an die Scheibe der Kanzel, rannen nach allen Seiten davon, um vom Fahrtwind fortgerissen zu werden. Da sie Licht reflektierten, zauberten sie eine leuchtende Korona auf die »Guillotine«, wie Piloten die sich drehenden Rotorblätter nennen.

»Kannst du niedriger gehen?«, fragte Rankelson.

»Noch niedriger?« Ein plötzlicher Windstoß hatte den Helikopter nach unten gedrückt, sodass für einen Augenblick die dunkle, aufgewühlte See wie eine schwankende Gebirgslandschaft in bedrohliche Nähe kam. »Festhalten!« Bendikson riss den Steuerknüppel in letzter Sekunde hoch. Bisher hatte er es mit einem starken, gleichmäßigen Sturm zu tun gehabt. Jetzt stolperte sein Heli von einem Luftloch ins nächste. Die Maschine sackte ab, fiel in einen rabenschwarzen Schacht, stieg wieder auf. Bendikson rauschte es in den Ohren. Dann hatte sich der Heli wieder gefangen, bis sie über den Kamm der nächsten Luftwelle sausten.

»Du bist ja ganz grün im Gesicht«, witzelte Hanak. »Musst du kotzen?«

»Kümmere dich um deinen eigenen Kram!«, zischte Rankelson. »Hab 'ne lange Nacht gehabt, das ist alles.«

Erst hämmerte Regen auf das Plexiglas der Kanzel, dann der Hagel. Regen mag ja gehen, aber Hagel? Das Getöse der prasselnden Körner war so gewaltig, dass es das Motorengeräusch übertönte. Rankelson hielt sich die Ohren zu, selbst Gunnar schluckte, wie er es sonst nur tat, um den Überdruck in seinen Gehörgängen auszugleichen.

»Gottverdammt, wofür riskieren wir unser Leben? Wenn sie abgestürzt sind, dann sind sie längst Tango-Oskar-Tango. Wir sollten den Einsatz abbrechen!«

»Geht leider nicht.« Bendikson sah hinaus. In der uferlosen, tobenden See erschien das weiße, harte Licht der Blitze doppelt so grell.

»Es scheint sich um das Flugzeug eines wichtigen Menschen zu handeln.«

»Und?«, fragte Hanak. »Er wird genauso ersaufen wie jeder andere Mensch.«

»Trotzdem müssen wir ihn suchen.«

»Weißt du, was wir müssen?«, jaulte Rankelson. »Hier heil wieder rauskommen, Mann, heil wieder rauskommen!«

»Mach halblang.« Bendiksons Gesicht glühte dämonisch im roten Schein der Instrumentenbeleuchtung. »Sollten wir diesen Einsatz überleben, dann werde ich Fries gehörig den Marsch blasen. Um Gottes willen, seht euch das an!«

Es war kein gewöhnlicher Sturm, es war ein schweres Unwetter, das über dem Meer tobte. Wahre Feuergarben schossen aus den Wolken heraus. Selten hatte er aus seinem Cockpit derart bedrohlich wirkende Wolkenburgen gesehen. Weit und ausgedehnt schienen sie, schwarz-violett und unheimlich, durchbohrt vom grellen Flackern der Blitze.

»Festhalten, Jungs!« Jetzt waren sie schon mittendrin in der schwarzen Masse. Der Orkan prallte an die Metallwände der Kabine, als wolle er sie eindrücken, er riss am Heckruder, dass der Steuerknüppel in Bendiksons Hand vibrierte. Er hatte in diesem Moment nicht mehr zu steuern, sondern schwere körperliche Arbeit zu leisten. Immer wieder entglitt ihm der Heli, und er musste sich bemühen, ihn aufzufangen – ein Kunststück, denn der Steuerknüppel begann sich mit irrwitziger Geschwindigkeit zu drehen.

»So was hab ich noch nie gesehen!«, brüllte Rankelson. »Das ist Wahnsinn!«

»Sei froh«, brüllte der Pilot zurück, »dass du überhaupt noch was siehst.«

In so einer pechschwarzen Suppe ist ein Hubschrauberpilot hilfloser als ein Autofahrer, der mit hundertfünfzig Stundenkilometern in eine Nebelwand rast. Es gibt weder oben noch unten, ohne Blindfluginstrumente ist man geliefert. Funkfeuer, Radar und Kontakt zum Flugverkehrsleiter waren unerlässlich, um die nächsten Minuten zu überleben – oder dieser verflixte Sea-Hawk-Infrarotsensor, mit dem der Hubschrauber bald bestückt werden würde. Doch in diesem Moment hatte Bendikson nichts davon, dafür gab es neue Probleme: Blauweiße Flammen loderten plötzlich knatternd über der Nase des Helikopters und vollführten vor der Kanzel einen unheimlichen Tanz. »Elmsfeuer!«, rief Bendikson, um Hanak zu beruhigen, doch der brüllte bereits, als säße ihm Sedna persönlich im Nacken.

»Guutiga illiwi, beschütze uns vor dem Bösen!« Rankelsons Gesicht wirkte im Widerschein der zuckenden Flammen aschfahl. »Wir werden alle sterben«, murmelte er monoton vor sich hin. »Wir werden alle …«

»Nein, werden wir nicht!« Ohne Vorwarnung drückte der Pilot die Maschine so lange nach unten, bis die blauen Flammen züngelnd verloschen. Geblendet, unfähig, die Tourenzahl abzulesen, musste Bendikson sie nach Gehör abschätzen. Noch eine Leuchtgarbe, ein Sprühen des Metallrotors, und es war geschafft: Die wilden Sturmwirbel wichen erträglichen Böen.

»Juchhe!«, rief Rankelson. »Wir sind durch!« Hanak hob beide Daumen, doch seine Freude währte nicht lang. Hatte der Pilot eben noch Mühe gehabt, die Maschine zu drücken, fiel sie jetzt plötzlich wie ein Stein nach unten, der Zeiger des Höhenmessers sackte rasant zurück.

»Leistungszufuhr!«, brüllte Gunnar. »Abfangen, Mann! Fang sie ab!« Bendikson hatte längst reagiert. Seine Pitchhand zog, vergrößerte den Anstellwinkel der beiden Hauptrotorblätter, während seine Rechte den Steuerknüppel vorwärtsdrückte.

Erneut fiel die Drehzahl zusammen. Die Männer hörten es an dem tiefen, röhrenden Ton der sechs Zylinder und bissen die Zähne zusammen. Sie konnten nur hoffen, dass die Strömung nicht plötzlich abreißen und damit den Motor abwürgen würde, auch das war schon bei Rettungseinsätzen passiert, und das Meer vergab keine Fehler.

Dass das waghalsige Manöver schließlich gelang, war allein Bendiksons großer Erfahrung zu verdanken: Er drückte den Steuerknüppel impulsiv bis zum Anschlag nach vorne und brachte so den Motor auf Touren. Drücken – ziehen – drücken …

»Shit! Was ist denn das?« Rankelson drückte sein Gesicht an die Scheibe. Im Luftraum vor ihnen manifestierten sich eisig blitzende Schleier. »Schnee«, seufzte Bendikson, und im nächsten Moment hörte er bereits die Eiskristalle im Quirl der Rotorblätter umherwirbeln. »Jungs, eins sage ich euch, das ist der tiefste Tiefflug meines Lebens.«

Unter Aufbietung all seines Könnens gelang es ihm endlich, den Unfallort anzusteuern. Die Boje, die der Pilot vor der Wasserung abgesetzt hatte, war ein blinkender roter Stecknadelkopf in den kochenden Fluten. Hier in einer Tiefe von fünf bis zehn Metern musste das Wrack liegen. Von überlebenden Passagieren war nichts zu sehen, keine Schwimmwesten, keine Wrackteile, nichts, selbst der starke, ferngesteuerte Scheinwerferkegel leuchtete vergebens in die dunklen Wellentäler hinein. Schwebend tastete sich der Rettungshubschrauber vorwärts.

»Nicht zu steil kommen!«, warnte Gunnar. »Gleitwinkel einhalten! Mehr drücken! Drücken!«

»Is' ja gut!« Bendiksons Arme übertrugen seine Gedanken auf die Steuerorgane, sie drückten und zogen den Pitch, korrigierten den Knüppel. »Licht aus!«, brüllte er und schaltete die Instrumentenbeleuchtung aus.

Was er jetzt brauchte, waren keine Barometer-, Temperatur- und Druckanzeigen, keine Drehzahl-, Fahrt- und Höhenangaben, sondern in erster Linie gute Sicht. Jede noch so kleine Lichtquelle fing sich in den gebogenen Scheiben der Kanzel und hinderte den Blick nach draußen.

Er schaltete auch das grell blinkende Anti-Collision-Light aus, es war überflüssig, denn er würde hier über der tobenden See keinem anderen Flugzeug begegnen.

Der Heli schwebte jetzt mit drehenden Rotoren über der Boje, die wie ein Irrlicht auf den Wellen tanzte.

»Da! Ich kann es sehen!« Ganz langsam formten sich Konturen aus, nichts Plastisches, nur eine geringe Farbabstufung wie auf einer stark unterbelichteten Schwarz-Weiß-Fotografie: der Schemen eines Flugzeugs, ein dunkelgraues Nachtbild auf einem schwarzen Schirm. Es war nur zu erkennen, weil noch immer die Positionslichter brannten.

»Die Maschine kann nicht besonders tief liegen«, meinte Gunnar. »Das Leitwerk ist gut zu sehen. Ich schätze mal, das sind keine zwei Meter.«

»Vielleicht hängt sie irgendwie fest«, mutmaßte Rankelson.

»Oder sie hat Luft im Bauch«, meinte Bendikson lakonisch, »und die wartet nur darauf, wie ein gigantischer Furz zu entweichen.«

Rankelson blickte entsetzt auf. Er wusste genau, was das bedeutete: Wer immer in der Kabine war, ja, nur am Rumpf des Flugzeugs, würde mit in die Tiefe gerissen.

»Alles klar, Rankelson?« Der Daumen seiner Pitchhand dirigierte den Lichtstrahl weiter nach unten.

»Verdammt, Gunnar, kannst du irgendwas sehen?«

»Ja, einen Arsch voller Klippen!«

»Genau wie Fries gesagt hat.«

Das Strahlenbündel kreiste über dem Wasser, ließ den sturzbachartigen Regen zu weißen Strähnen erstarren, streifte und tastete über die scharfkantigen Felsen zwischen den Wellenbergen und -tälern hinweg. »Wir können nicht springen«, sagte Rankelson – als ob Bendikson das nicht selbst gewusst hätte.

»Dann nehmt die Seilwinde!«

Das windgepeitschte Wasser stob in gewaltigen Gischtböen zu ihnen empor. Der starke Mitraluxstrahl schien jeden Tropfen hyperplastisch hervortreten zu lassen.

»Na, dann mal raus mit euch, ihr Höllenhunde!« Im grellen Licht niederfahrender Blitze lief die Bergungsaktion an. Jede Windenoperation mit einem Hubschrauber über dem Meer war gefährlich und erforderte höchste Konzentration und perfektes Zusammenspiel der Besatzung.

»Schiebetür auf!« Der Flughelfer hatte bereits Position am Windenhaken bezogen. Die Tür glitt zur Seite, und rasende Eiskristalle füllten schlagartig die Kabine. Rankelson klinkte sich als Erster ein. Es war ihm anzusehen, wie unwohl er sich in seiner Haut fühlte.

»Worauf wartest du?«, schnaubte Bendikson. Aus seiner Sicht schienen seine Rotorblätter schon fast die Wellenkämme zu ritzen. »Was zum Teufel ist los mit dir?«

Hanak murmelte etwas, denn Rankelson ließ ihm den Vortritt.

»Sag deiner Sedna einen schönen Gruß von mir! Sie soll es dir mal wieder richtig besorgen.«

Der Inuit nickte stumm.

»Winde ab!« Während das Stahlseil mit Hanak abwärts zischte, bemühte sich Bendikson unentwegt um Schwebeflug-Korrekturen. Es war nicht leicht, denn der Wind drohte ihn immer wieder in die aufgewirbelten Wassermassen zu schleudern.

»Er ist unten!«, brüllte Gunnar.

Obwohl Hanak an einem Stahlseil hing, hatte es sich wie freier Fall angefühlt. Ihm war, als würde er in den Rachen eines fauchenden Untiers stürzen – ein lebender Schalltrichter, der im Moment des Eintauchens plötzlich verstummte. Wenige Meter unter der Wasseroberfläche war dann alles friedlich und still. Hanak klinkte sich aus und warf einen ersten Blick auf die Unglücksmaschine. Die weiße Cessna erstrahlte in ihrer Unversehrtheit, eine unwirkliche Erscheinung, die mit Sednas Haus – einem Kokon aus Walfischknochen – durchaus mithalten konnte. Allem Anschein nach hing die Maschine auf einer unterseeischen Klippe, die an eine schlackebedeckte Variante von Neptuns Dreizack erinnerte. Wie lange sie sich so halten würde, war schwer zu sagen. Der Rumpf knirschte gelegentlich in der Gabel, wenn sich die Haut des Flugzeugs am Felsen scheuerte, als ob es von einer Strömung leicht angehoben und dann wieder abgesetzt würde. Das war alles andere als eine stabile Position. Hanak ahnte, er hatte keine Zeit zu verlieren. Er wollte gerade losstrampeln, als etwas pfeilgerade in einem Schwall Luftblasen an ihm vorbeizischte. Zwei Taucherlampen flammten auf, sie illuminierten Rankelsons Silhouette. Er hatte offenbar seine Angst überwunden und war gesprungen. Den Handzeichen nach zu urteilen, war alles okay. Na, dann mal los … Die weißen Tragflächen der Cessna leuchteten in diesem Moment auf, denn Bendiksons Lichtkanone strahlte durch die Wassermassen zu ihnen hinab. In schnellem Beinkraulschlag näherten sich die Taucher dem Flugzeug. Noch immer war nichts von einer Beschädigung zu erkennen, man sah die ausgefahrenen Räder, alle Luken waren geschlossen, die Scheiben schienen intakt.

Während sich Hanak an der Luke zu schaffen machte, leuchtete Rankelson in eine der Fensterluken: Der Pilot hing in seinem Sitz, seine Arme erhoben, als wolle er ein Orchester dirigieren. Loses Papier, Plastikbecher, ein angebissener Mars-Riegel und ein teurer Montblanc-Füllfederhalter, aus dem blaue Tinte austrat, hingen über ihm wie im schwerelosen Raum. Von den anderen Passagieren war nichts zu sehen. Vielleicht hatten sie Glück und saßen im hinteren Teil der Maschine in einer Luftblase fest. Hatten diese luxuriösen Privatjets nicht sogar Sauerstoffmasken an Bord?

Etwas erschütterte für eine Sekunde das Wrack: Hanak hatte die Bolzen der Notverriegelungen entfernt. Die Konstruktion der Cessna war den Rettungstauchern vertraut, für das Öffnen der Luke brauchten sie in der Regel nicht einmal fünfzehn Sekunden. Hanak steckte seinen Kopf zuerst in die Kabine. Ein Babyschnuller trudelte ihm entgegen, kalkweiße, halb aufgelöste Babywindeln trieben wie mysteriöse Seeschnecken in den Lichtkegel seiner Lampe. Eine traf die Sichtscheibe seiner Brille.

Ärgerlich wischte Hanak den Watteklumpen zur Seite – und erschrak, denn er blickte direkt in das Gesicht einer Frau. Sie kauerte hinter dem Sitz des Piloten, ihr langes blondes Haar wogte wie eine Fächerkoralle. Offenbar hatte sie es noch geschafft, den Gurt zu lösen, bevor das Wasser sie mit seinen eisigen Fingern erwürgte. Jetzt war sie Tango-Oskar-Tango. Hanak schluckte unwillkürlich, selbst für einen hartgesottenen Robbenschlächter und Rohfleischfresser war der Anblick dieser ertrunkenen Schönheit kaum zu ertragen. Etwas in ihren weit aufgerissenen, smaragdgrünen Augen war noch immer schrecklich lebendig, es schien ausgeharrt zu haben, hier unten, in dieser schrecklichen eisigen Schwärze, um Hanak noch etwas zu sagen, etwas Wichtiges, etwas, das sie nicht ins Schattenreich der Adlivun, der Ertrunkenen, mitnehmen wollte.

Was ist es?, dachte Hanak. Warum ist deine Seele noch hier?

Rankelson zerrte bereits an seiner Schulter. Für ihn war die Sache gelaufen, hier gab es nichts mehr zu retten, doch Hanak spürte, er musste bleiben.

Er machte Rankelson ein Handzeichen zu verschwinden und näherte sich der weiblichen Leiche. Wie bei dem Piloten waren auch ihre Hände in einer letzten Bewegung erstarrt. Sie schienen nach etwas zu greifen, etwas, das der Frau entglitten war und das sie wieder auffangen wollte.

Der Rumpf des Flugzeugs scheuerte plötzlich heftiger über die Felsen, und Hanak bemerkte für den Bruchteil einer Sekunde eine schwache Bewegung im Schatten der Frau.

Natürlich, das Kind! Hanak hätte es gleich wissen müssen. Er begann mit seiner Taucherlampe um sich zu leuchten und erschauderte, als er das Baby zwischen den Beinen der Mutter auftauchen sah. Vom Schein der Lampe erfasst, hob es den Kopf, blinzelte und versuchte sich dann mit unbeholfenen Bewegungen unter dem Stuhl zu verkriechen. Vielleicht war die Sitzheizung noch an.

Es atmet unter Wasser, ging es Hanak durch den Kopf. War das nicht üblich bei Babys? Nein, bei Sedna, der großen Mutter des Meeres, dieses kleine Wesen war anders …

Während die Cessna sich mit einem lang gezogenen Quietschen in der Felsgabel drehte, ein Zacken brach und die rechte Tragfläche bereits ins Nichts kippte, hatte Hanak für einen winzigen Moment die Kiemenspalten am Hals des Babys gesehen. Auch jetzt, als er nach dem Baby griff, hatte er nur Augen für diese organische Monstrosität – den dunklen, sich bewegenden Spalt zwischen Ohrmuschel und Hals.

Sednas Kind! Ein Kind des Wassers … Hans Puls begann zu rasen. Die alten Legenden hatten doch recht gehabt: Ein Wassermensch würde dem Volk der Inuit den Weg aus der Sklaverei weisen. Dem großen Torngarsuk sei Dank!

Überglücklich presste er das Baby an seine Brust. Dann stieß er sich von dem Flugzeug ab. Suka, suka![36]

Und während das Grab der Eltern langsam von der Klippe rutschte und sank, strampelte Hanak dem weißen Licht an der Meeresoberfläche entgegen.

---

36 Inuktitut (Sprache der Inuit): Schnell, schnell!

4. TEIL
DAS VERSTECK

Wir sind nicht Sklaven der Vergangenheit,
sondern Werkmeister der Zukunft.

– PAUL KAMMERER

I.

Cape Brewster, Kangikajiip Appalia
70°9′5.4″N 22°3′34.5″W

»Also sprach Homo aquaticus: Wollt ihr unter Wasser leben? Dann haltet nur ein paar Tausend Jahre an eurem Wunsch fest und es werden euch Kiemen wachsen!« Es war diese merkwürdig vertraut klingende Stimme, die Freya aus dem Halbschlaf in die Wirklichkeit lockte. *»Wir haben unsere Veranlagungen nur genutzt und jetzt … jetzt …!«* Der Rest wurde von Applaus übertönt. *»Die Herrschaft des Wassers, meine Brüder und Schwestern, hat heute begonnen …«*

Als Freya die Augen aufschlug, lag sie in einem hellen, wohltemperierten Raum, der keinerlei Ecken aufwies. An den türkisfarbenen Wänden waberten filigrane Lichterscheinungen, die sich sonst nur auf dem Grund eines sonnenbeschienenen Swimmingpools zeigen. Wirre Erinnerungen stiegen in ihr auf, um ebenso schnell zu verschwinden – fast wie Seevögel, die sich von ihren Brutstätten erhoben und von einem Augenblick zum anderen mit ihren wild schlagenden Schwingen die Sonne verfinsterten. Das blutige Scharmützel mit den Inuit – Schüsse, Explosionen, der Moment der Betäubung … Wo in alles in der Welt war sie gelandet? Freya zwang sich aufzustehen, sie machte ein paar Schritte und fiel der Länge nach hin. Zu ihrer Überraschung trug sie nur ein hauchdünnes Nichts, das kaum ihre Hüften und Schultern bedeckte. Die Stelle, wo sich der Pfeil des Betäubungsgewehrs in ihre Hand gebohrt hatte, war mit einem antiseptisch riechenden Pflaster verarztet.

»Glenner?« Keine Antwort, stattdessen nur diese leise, aber eindringlich klingende Stimme: *»Also sprach Homo aquaticus: Wollt ihr unter Wasser leben? Dann haltet nur ein paar Tausend Jahre an eurem Wunsch fest und es werden euch Kiemen wachsen!«*

Die akustische Bandschleife – was sonst konnte es sein? – schien aus den Deckenlautsprechern zu kommen. An der gegenüberliegenden Wand erkannte sie eine holografische Projektion. Es musste einen Zusammenhang geben, denn hin und wieder war das lippensynchrone Gesicht eines jungen Mannes zu sehen – Orlando Pesceros', des milliardenschweren Entrepreneurs, der als *Aquaman* in der Regenbogenpresse immer wieder für Schlagzeilen sorgte. Dunkel konnte sich Freya an eine Reportage über Pesceros' Experimente mit Orcas erinnern. Angeblich hatte er den Meeressäugern die komplexere Sprache der Tümmler – »Delfinisch« – beibringen können, eine Meldung, die von Wissenschafts-Gazetten freilich als Spleen eines Superreichen abgetan wurde. In dem Video-Potpourri schien er offenbar eine andere Rolle zu spielen. Zwischen beeindruckenden Landschaftsaufnahmen von Grönland sah man ihn mal als Baustellenleiter über Pläne gebeugt, dann wieder als smarten Hotelier am Fuß einer gläsernen, spiralförmigen Treppe. Was er sagte, war gut zu verstehen: »*Wer hier anreist, wird die von außen schroff anmutende Haptik dieses Hotels schnell als Garant von Sicherheit gegen die Naturgewalten empfinden. Ist er dann einmal über diese Klaviatur aus Stufen in unsere Wellness-Oase gelangt, kann man es keinem verdenken, wenn er glaubt, er sei hier im Paradies. Entspannen auch Sie sich an unseren von Fackeln beleuchteten unterirdischen Seen und genießen Sie die Panoramafenster, die Ihnen einen einzigartigen Blick in Grönlands Unterwasserwelt bieten. Wer weiß, vielleicht sehen Sie ja Seeleoparden auf der Jagd? Oder – falls Sie Geduld haben – einen unserer scheuen Eishaie. Falls Sie Fische nur in zubereiteter Form mögen, empfiehlt sich ein Abendessen in Gesellschaft unserer ebenso bezaubernden wie taktvollen Hostessen.*«

»Aufhören! Schluss!« Freya hielt sich die Ohren zu und war erstaunt, dass die Hologramme augenblicklich verschwanden. Diese

Suite hatte offenbar Ohren. Sie drehte eine Runde und versuchte zu verarbeiten, was sie sah: Klar, sie war in einem Hotel, einem Luxushotel, wahrscheinlich demselben, von dem Pesceros so schwärmte … Irgendwie sah es ganz danach aus – sauber, überaus behaglich und doch so unpersönlich wie eine Flughafen-Lounge. Hier trieben allerdings Eisberge vor den Fenstern vorbei, und am Himmel zeigten sich die grünlichen Schleier der Mittsommernacht. Zweifellos, sie war noch immer auf Grönland.

Freyas Erkundungstour war noch nicht zu Ende: Der Boden der Suite war mit flauschiger, eierschalenfarbener Auslegware bedeckt, passend zu der berühmten und nicht gerade billigen *Djinn*-Liege von Oliver Mourgue, die schon Stanley Kubrick nutzte, seine Zukunft in *2001* zu beschwören. Um die Liege herum, die in der Mitte des Raums viel Platz beanspruchte, lag ein Dutzend weißer, zottiger Felle. Auch der Konsoltisch samt Spiegel schien aus einem Kubrick-Filmset zu stammen. Ihm gegenüber stand eine Art Schaukelstuhl, ein rundum verstellbares Schweden-Teil für Senioren, aus hellem Holz mit Nackenpolster und Fußstütze.

Wirklich beeindruckend war dagegen das riesige Quallen-Aquarium im Bad. Es stieß an die Duschtasse und vermittelte vielleicht – bei laufender Brause – die optische Täuschung, unter Wasser zu sein. Auf der nach innen gewandten Seite öffnete sich ein kreisrunder, gläserner Durchgang – nur wohin? Freya setzte einen Fuß vor den anderen; durch den Boden – sie merkte es erst jetzt – leuchtete die smaragdgrün schimmernde See. Der Lichtschein rührte wohl von verborgenen Scheinwerfern oder hell erleuchteten Fenstern eines unterseeischen Bauwerks her. Die Vermutung war unter diesen surrealen Umständen ziemlich normal. Der mit wolkenförmigen Anti-Rutsch-Pads beklebte Glaskorridor, dem sie jetzt folgte, verband die einzelnen Raummodule der Suite. Freya landete zuletzt in einer mit allen Schikanen ausgestatteten Küche – geöltes Nussbaumholz, Edelstahl, Wenge. Der große Kühlschrank war randvoll mit Delikatessen gefüllt, und wäre da nicht die ungelöste Frage nach Glenners Schicksal gewesen, sie hätte wohl einfach zugelangt und sich ins Koma gefressen. Stattdessen ließ sie es bei einem Glas *Grundvand* bewenden.

Du musst hier raus … Eine Tür war allerdings nirgends zu sehen. Irgendwie ahnte sie in diesem Moment, dass sie eingesperrt war. Diese Suite war ein goldener Käfig, und wer immer dafür verantwortlich war, hatte wahrscheinlich auch Glenner in seiner Gewalt. Sie versuchte ihre alte Kleidung zu finden, doch in den Einbauschränken fand sie nur weitere hauchdünne Gewänder, die sich, als wären sie statisch geladen, dem Körper anschmiegten. Aus Neugierde trat sie vor einen der Spiegel und glaubte im selben Moment, einen vorbeihuschenden Schatten zu sehen.

»Ich bin's nur … Stimmt, ich hätte klopf-klopf machen sollen.«

Freya wirbelte auf der Stelle herum. Der Mann lief etwas staksig an ihr vorbei, doch zielstrebig Richtung Küche. Die Türen des in der Wand perfekt integrierten Aufzugs standen noch offen.

»Dieses … dieses Kleid steht Ihnen ganz ausgezeichnet. Phase-Change-Seide, sagt man das so? – Behalten Sie es. Es hat auch eine Massage-Funktion und ein eingebautes Deodorant. Sie können den Geruch verändern … Aber das zeige ich Ihnen später.« Obwohl es ein akzentfreies Deutsch war, das er sprach, klang seine Stimme doch artifiziell.

»Wer … zur Hölle … sind … Sie?« Freya wollte sich gerade aufregen, doch dann hatte sie Orlando Pesceros erkannt. Mit seinem kupferbraunen Teint und der schwarz glänzenden Matte erinnerte er an eine Schrumpfform aus Johnny Depp und Pierre Brice, freilich in dessen besten Winnetou-Jahren. Zu einem weiten, polynesischen Batikhemd trug er eine Stretchbadehose und Plastik-Strandschuhe. Ein weißer Seidenschal, eine rosa getönte

Herzchenbrille und ein dünnes Menjou-Bärtchen vervollständigten seinen Look, der einem Edelgammler alle Ehre gemacht hätte.

»Ja, genau der bin ich. Der reiche Spinner. Aber sag doch einfach Lando zu mir…« Jetzt war er es, der einen Blick in den Kühlschrank warf. »Ich darf doch *Du* sagen, oder? Immerhin habe ich dir das Leben gerettet.«

Freya war ihm in die Küche gefolgt. Seine letzten Worte ließ sie absichtlich unkommentiert. »Was haben Sie mit meinem Begleiter gemacht? Ist er … tot?«

»Wieso sollte er tot sein?« Pesceros sah sie unschuldig an. »Töten ist restlos out, Freya. Wir ermorden keine Lungenmenschen, selbst dann nicht, wenn sie uns jagen. Und wir töten auch keine gedungenen Auftragskiller der NSA. Wenn das nicht so wäre, wärst du nicht hier.« Er schleppte eine Sushi-Platte zu einer Ess-Theke und wies auf einen der Barstühle. »Bitte, nimm doch Platz. Und guten Appetit. Sind grönländische Variationen, aber ebenso schmackhaft wie die japanischen Originale.«

Freya rührte sich nicht von der Stelle.

»Okay, ich esse auch lieber Insekten. Ich lass uns was kommen, okay? Wie wär's mit gebratenen Heuschrecken?«

»Was soll das?« Freya schlug mit der Faust so fest auf die Theke, dass die Sushis-Häppchen abhoben. »Was gibt Ihnen das Recht, zwei friedliche Grönlandreisende wie Tiere zu jagen?«

»Wer hat hier wen wie Tiere gejagt?«, fragte Pesceros zurück. »Oh, falls es dich irritiert, dass ich deine Sprache spreche, dann musst du wissen, ich habe mir gestern vor dem Schlafengehen ein neurolinguistisches Zäpfchen verpasst. Man wacht am nächsten Morgen mit einem Brummschädel auf, aber hat einen komplett neuen Sprachschatz im Kopf. Deutsch ist wirklich eine faszinierende Sprache. Was kann man sich da für gemeine Dinge sagen – so präzise meine ich –, aber das wollen wir beide hoffentlich nicht.«

Er griff nach seinen Essstäbchen, und zum ersten Mal bemerkte sie *die* Schwimmhäute zwischen seinen Fingern.

»Herr Pesceros, noch mal: Was haben Sie mit meinem Begleiter gemacht?«

»Nichts.« Pesceros hob seine Stäbchen-Hand wie zum Schwur. »Er ist quicklebendig, und es geht ihm gut. – Was? Du erwartest doch hoffentlich nicht, dass ich einen ausgewiesenen Nahkampf-Experten hier frei herumlaufen lasse? Noch weitere Fragen?«

»Ja. Wo genau bin ich?«

Obwohl Pesceros nur an den Grönland-Sushis genippt hatte, wischte er sich mit dem Handrücken über den Mund. »Du bist in meinem *Aquatel* bei Kap Brewster, dem ersten und besten aquatischen Hotel der noch bewohnbaren Erde.« Diesmal schien es fast so, als ob er sich mit seinen Fingern vor Begeisterung Luft zufächeln müsse. »Nebenbei bemerkt ist die größte Insel der Erde auch einer der sichersten Häfen. Kein radioaktiver Niederschlag, kaum erhöhte Strahlenwerte, in medizinischer Hinsicht aber nicht von Bedeutung. Oh, nur falls es dich interessiert, das Hotel wurde auf dem Fundament einer Bohrinsel errichtet. Wir haben hier hundertzwanzig Meter in die Tiefe gebaut. Sämtliche Suiten bieten faszinierende Einblicke in die Unterwasserwelt Grönlands! Die Augen-reib, die Augen-reib …« Pesceros' gelegentlicher Anfall von Lautmalerei hatte vielleicht mit den neurolinguistischen Zäpfchen zu tun – oder er war einfach nur Chatroom-geschädigt. »Herr Pesceros …« Freya musste sich eingestehen, dass es ihr schwerfiel, sich von ihrem Gastgeber nicht ablenken lassen. »Warum bin ich hier? Was wollen Sie?«

Er zog eine Grimasse, die wahrscheinlich Schuld oder Bedauern ausdrücken sollte. »Tja, um ehrlich zu sein, wir haben dir doch einige Unannehmlichkeiten bereitet, und ich gehöre nicht zu der Sorte Mensch, die es bei einem Mea culpa belässt …«

»Was soll das heißen?« Die Erinnerung an das Attentat – die um sich greifende Panik und dann die Sekunde, als die Pistole in ihrer Hand landete – spulte ihre Momentaufnahmen vor ihrem inneren Auge ab.

»Nun, das BKA ist hinter dir her … und natürlich weiß ich auch, dass du unschuldig bist. Ich weiß das sogar mit Bestimmtheit.« Er verzog seinen Mund, als habe er selbst an einer Sache zu knabbern. »Der Anschlag auf den Umweltminister – das war unsere Schuld …«

»Oh, sagten Sie nicht gerade, Töten ist out?«

»Das ist es auch.«

Etwas in seinem Blick sagte ihr, dass die Wahrheit manchmal so schlicht und ergreifend war wie die Sonne, die am Himmel aufging.

»Der Attentäter handelte auf eigene Faust, er wollte Rache für das, was die Luftatmer seiner Familie angetan hatten. Ich hatte keine Ahnung von seinem Plan, das musst du mir glauben. Zum Glück hat er den Minister verfehlt. Dass ausgerechnet du die Waffe auffangen würdest und dass es für die Fahnder so aussehen würde, als wärst du seine Komplizin, war wieder mal Murphys Gesetz, aber wie ich schon sagte, ich werde das wiedergutmachen.« Und mit einem spitzbübischen Grinsen fügte er hinzu: »Wie wär's jetzt mit ein paar Häppchen? Die sind wirklich gar nicht so schlecht …«

Vielleicht war es die ganze Situation, in der sich Freya plötzlich befand – diese Wohntraumwelt, die Delikatessen und Pesceros' Empfang, die wie ein Kontrastprogramm wirkten und Impulse in ihr auslösten, die sie nicht für möglich gehalten hätte. Ihr vegetatives Nervensystem machte sich einfach selbstständig und schob ihren Hintern auf die gepolsterte Sitzfläche des Hockers. Wie in Trance griff ihre Hand nach den Stäbchen und pickte sich einen Nigiri heraus: Mund auf – kauen – schlucken … Nie hatte sie Essen so befriedigend, ja, essenziell für ihr Wohlbefinden empfunden. Während sie in Rekordzeit die Platte abräumte, ergriff Pesceros wieder das Wort.

»Bevor ich dir ein Angebot machen werde, das du hoffentlich nicht ablehnen wirst, halte ich es für richtig, dir reinen Wein einzuschenken.« Er stockte, vielleicht weil ihm diese Redensart irgendwie merkwürdig vorkommen musste. Dann begann er an seinem Seidenschälchen zu nesteln, um ihr die schön geschwungenen Kiemenspalten an seinem Hals zu präsentieren. So an einem lebendigen Körper sahen sie nicht unnatürlich aus.

»Ja, ich bin auch ein meeqqat imarmiut oder nirveli[37] – was in deiner Sprache wohl Wasserbaby bedeutet. Ein Inuit namens Hanak fischte mich aus einem Flugzeugwrack und rettete mir so höchstwahrscheinlich das Leben, denn obwohl ich bestens angepasst war, wäre der Säugling, der ich einst war, wohl auf der Speisekarte eines Hais oder Seeleoparden gelandet …«

»Hanak«, fiel Freya dazwischen, »ich habe gestern einen Hanak getroffen …«

»Wir meinen denselben«, sagte Pesceros, »und er wurde ermordet. Ein merkwürdiger Zufall, findest du nicht?« Obwohl er nun auch dem Sushi zusprach, schien er unentwegt ihr Gesicht zu studieren. »Deshalb waren die Claw people hinter euch her. Der unschöne Verdacht steht im Raum – und ich kann nicht sagen, dass ich ihn abwegig finde: Dein Freund Glenner hat mit der Sache zu tun. Zumindest hat der Schamane das von Tornasuk, dem Herrn der Unterwelt, geflüstert bekommen.«

»Das ist Unsinn!« Freya war verwirrt und wütend zugleich. »Ihre Söldner haben eine friedliche Forschungsstation überfallen und die Crew ausgelöscht! Ich habe die Leichen mit eigenen Augen gesehen.«

---

37 Inuktitut: aus dem Wasser stammend

»Bitte, Freya!« Pesceros' Stirn hatte sich für ein paar Sekunden in tiefe Falten gelegt. »Die Männer von der Dag-Jeekov-Station – Denissow, Naimuschkin, Worowski und Griwko –, sie waren Doppelatmer und arbeiteten für den Devonischen Zirkel. Nur Jablonski, der Funkoffizier, war das, was sich ein Lungenmensch nennt. Die Station wurde von amerikanischen Stormtroopers überfallen. Sie sind dir nicht zufällig dort begegnet? Oder doch?«

Freya hatte längst begriffen, was er ihr schonend beibringen wollte.

»Schön«, sagte sie. »Ihre Leute sind also die Guten. Nur wer sind die Bösen?«

»Wunder, Freya, das weißt du nicht?« Ihr Gastgeber hatte sich von seinem Hocker erhoben. »Die Bösen sind die Bösen geblieben – derselbe militärisch-industrielle Komplex, der diesen Planeten seit den frühen Tagen der industriellen Revolution aus reiner Habgier zerstört. Als Köpfe der Hydra würde ich die Erdölgesellschaften bezeichnen, dann die Pharma- und Waffenlobby, aber auch die Banken und schließlich die meisten börsennotierten Unternehmen der New-Technology-Blase. Sie träumen von einer repressiven Weltregierung und dulden keine politische Strömung, die nicht in ihren globalen Businessplan passt. Keine Regierung, die nicht nach ihrer Pfeife tanzt, kein wichtiges Forschungslabor, das nicht von ihnen abhängig ist … Bis zum Ausbruch des Kriegs waren diese Leute damit beschäftigt, die Arktis in eine Müllhalde zu verwandeln. Seit Jahrzehnten ignorieren sie, dass all das verseuchte Wasser, das von ihrer Industrie ausgeschwitzt wird, durch die Meeresströmung auch nach Grönland gelangt. Das Resultat kannst du an den letzten lebenden Eisbären sehen: In ihren Körpern wurden Chemikalien wie PCB 30 oder Organochlorpestizide entdeckt, in Dosierungen, die das Immunsystem dieser Tiere zerstören. Wir haben nun einen Weg gefunden, das Wasser innerhalb der 350-Meilen-Zone zu klären – mit genetisch veränderten Quallen. Wenn es dich interessiert …«

»Was sind Sie«, warf Freya ein, »ein Globalisierungsgegner und Patriot?«

»Immaqa … In der Sprache der Inuit heißt das *vielleicht*.« Er stand jetzt mit dem Rücken zu ihr und sah hinaus auf die von der Abendsonne beschienenen Eisberge. »Vielleicht wegen der Umstände meiner Geburt fühle ich mich Grönland und seinen Ureinwohnern auf besondere Weise verpflichtet. Und natürlich dem Meer, das hier alles bestimmt. Ich will nicht prahlen, aber ich verstehe die Sprache der Wale, und sie haben mir eine Menge über die Qualen von Mutter Erde erzählt. Es ist wirklich schlimm«, sagte er schaudernd. »Fest steht aber auch, der Klimawandel und dieser Krieg um die letzten fossilen Energien haben *uns* den Weg frei gemacht. Seit Millionen von Jahren kennt die Evolution nur ein Gesetz: Anpassung ihrer Kreaturen an die Umwelt, die sich ständig verändert. Die Lungenmenschen taten das Gegenteil und haben deshalb Schiffbruch erlitten. Wir dagegen beugen uns dem Design der Natur; was sie vorgibt, gilt uns als Gesetz. Das bedeutet, der Reset wird kein halbherziger sein, sondern eine neue Zivilisation. Hast du davon nicht auch schon immer geträumt?«

Freya legte ihre Essstäbchen auf die Theke. Die Gewissheit, dass ihre alte Welt und ihr gewohntes Leben nicht mehr existierte, lösten in ihrem Hirn eine Art Minor-Harddisk-Crash aus. »Haben Sie deshalb Ihren Verein gegründet … den Devonischen Zirkus?«

»Sehr witzig.« Der Mann mit der Herzchenbrille versuchte ernst zu bleiben und gluckste dann doch stillvergnügt in sich hinein. »Wir verstehen uns als Gegengewicht zum Weltwirtschaftsforum, Sie wissen schon, diese Bande, die das alte Verteilersystem ins nächste Jahrhundert hinüberretten will. Diese Leute gehen nicht ungeschickt vor, indem sie den Klimawandel zur Ursache allen Übels erklären. Hier auf Grönland sehen wir aber auch die positiven Auswirkungen …«

»Dass die Gletscher verschwinden, nennen Sie positiv?«

Pesceros verschränkte die Hände hinter dem Kopf. »Wenn es dann wieder Grünland wird, wie es früher mal hieß, warum nicht?« Er zog sie mit sich zum anderen Ende des Raums. Was Freya für ein Modul der Entertainment-Konsole gehalten hatte, entpuppte sich jetzt als eine Art Naturalienkabinett. »Siehst du diese versteinerten Farne? Wir haben sie hier vor ein paar Jahren bei Bauarbeiten entdeckt. Sie stammen aus einer Zeit, da herrschte auf Grönland noch tropisches Klima. Stell dir vor, es gab Magnolien so groß wie Palmen. Wir sehen im Devon das wichtigste Zeitalter dieser Erde, denn damals zog es die Fische aus unerfindlichen Gründen hier in Grönland an Land, der beispiellose evolutionäre Irrweg der Menschheit hatte begonnen.«

»Und dafür gibt es Beweise?«

»Schon lange.« Pesceros wies auf einen winzigen Fächer aus Knochen. »Diese Überreste eines der ältesten Tetrapoden[38] wurden bereits 1987 genau hier vor unserer Haustür entdeckt. Die Entdeckerin nannte den achtfingrigen Fisch *Acanthostega gunnari*. Ja, hier auf Grönland ist es passiert!«

»Sie klingen manchmal wie ein Sektierer …« Freya schaffte es endlich, ihn zu unterbrechen. »Der halbe Planet ist verwüstet, die meisten Großstädte sind radioaktiv verseucht. Das lässt Sie kalt?«

Pesceros brauchte ein paar Sekunden, bis er aus dem Mundwinkel erwiderte:

---

38 Der erste Tetrapode (Ichthyostega) wurde bereits 1929 von einer schwedischen Expedition entdeckt. Man nimmt an, einige Vertebraten entwickelten im Devon Fleischflossen, um besser durch den Schlamm robben zu können. Die immer längeren Aufenthalte an Land veränderten dann die Atmungsorgane der Tiere.

»Ich bedauere die Lungenatmer, aber ungeschehen machen lässt sich die Vergangenheit nicht. Dein Freund Glenner sieht das sicherlich anders, schließlich arbeitet er – um es mal wie in *Star Wars* zu sagen – für die dunkle Seite der Macht.«

»Können Sie das beweisen?«

»Das möchte ich schon ihm überlassen«, erwiderte Pesceros. »Tatsache ist, die multinationalen Erdölkonzerne wollten seit Langem die Arktis ausschlachten. Der arktische Krieg war seit Langem geplant, nicht von Regierungen, sondern von Personen, die über einen Reichtum verfügen, der selbst die sogenannten Oligarchen wie Kleingeld aussehen lässt. Seit dem UNO-Seerechtsabkommen, das die USA natürlich nicht unterzeichnet haben, war ein – ich zitiere – »Einsatz taktischer Atomwaffen« denkbar geworden. Ein Atomkrieg, wo keiner ihn sieht, hier im ewigen Eis. Schon nach der ersten Bombe wären eintausendzweihundert mühsam ausgehandelte Naturschutzabkommen hinfällig, schließlich ist eine radioaktiv verseuchte Landschaft kein Weltnaturerbe, sondern nur noch ein Opfer, das sich widerstandslos ausschlachten lässt. Also habe ich dafür gesorgt, dass der Schuss nach hinten losging.«

»Das Verschwinden der USS Bataan …« Erstmals glaube Freya die Zusammenhänge zu verstehen. »Das waren Sie?«

Pesceros nickte wie animiert. »Es ging nicht um das Schiff, sondern um seine tödliche Fracht. Eine Atombombe! Verstehst du jetzt? Jemand musste die Bande doch daran hindern, denn bekanntlich gibt es kein Umweltschutzprotokoll und keinen Arktisvertrag, der uns vor globalen Goldgräbern schützt. Die hätten aus Grönland eine Art Quatrozonesien gemacht, mit einer amerikanischen, einer russischen, einer kanadischen und einer dänischen Zone!« Freya war von seinem Temperamentsausbruch nicht unangenehm überrascht.

»Und um das zu verhindern, haben Sie den dritten Weltkrieg riskiert?«

»Das Risiko sind die üblichen Verdächtigen eingegangen – nicht ich.« Pesceros' Lächeln wirkte ebenso gereizt wie gequält. »Ich kann und will dich nicht anlügen, Freya, doch der Krieg ist vorbei. Gelaufen! Und so wie es 1776 die Aufgabe Amerikas war, sich von der Alten Welt abzunabeln, so erklären wir heute die Arktis zur Neuen Welt. Die alten Geofaschisten stellen für Grönland keine Bedrohung mehr dar. Noch ist das Land leer, aber schon bald wird es sich mit Auswanderern füllen, Nirveli – Kinder des Wassers aller Nationen und jeder Hautfarbe – werden dieses Land zu neuem Leben erwecken, die wahre Regenbogen-Nation. Selbstverständlich sind uns auch Lungenatmer willkommen, trotz allem, was sie uns angetan haben.« Unvermittelt drehte er sich um und sah ihr direkt in die Augen: »Wenn du willst, kannst du bleiben. Das wollte ich dir die ganze Zeit über sagen. Und mal im Ernst, wo hättest du es besser als hier?« Er schlenderte zu einer Konsole und drückte auf einen Knopf, die holografische Projektion war zurück, nur zeigte sie diesmal nicht die schönen Seiten des Aquatels, sondern Trümmerfelder, Mondlandschaften, Rot-Kreuz-Zelte vor rauchenden Bombenkratern. Tod und Zerstörung schwebten jetzt durch den Raum, Bilder, die an Hiroshima und Nagasaki erinnerten. Den eingeblendeten Daten nach waren diese Aufnahmen allerdings keine vierundzwanzig Stunden alt.

»Das sind die letzten Nachrichten aus der Alten Welt«, kommentierte Pesceros mit abgewandtem Gesicht. »Die meisten der Lungenatmer werden in wenigen Jahren an myeloischer Leukämie sterben. Die Grönländer haben dagegen Glück: Dank des Starkwindbandes, das sich mäanderförmig um die Nordhalbkugel zieht, wird uns nur ein minimaler Fallout erreichen. Wäre dieser deutsche Ausdruck nicht so unendlich komisch, würde ich sagen, wir sind hier so sicher wie in Abrahams Schoß.« Er stand noch immer mit dem Rücken zu ihr, und das war gut so, denn sie hatte mit Tränen zu kämpfen.

»Nehmen wir nur mal an, also rein hypothetisch, ich würde bleiben … hier auf Grönland.« In Gedanken versunken steuerte sie auf die weich gepolsterte Sitzlandschaft zu und setzte sich dort im Schneidersitz. »Was könnte ich für Sie tun?«

Pesceros schien ihre Direktheit nicht erwartet zu haben, denn er begann nervös, die Schwimmhaut zwischen Daumen und Zeigefinger zu zupfen. »Nun, warst du nicht hergekommen, um die Leute von der Dag-Jeekov-Forschungsstation zu verstärken? Was hältst du davon, einen Bohrtrupp zu leiten? Unter dem Inlandeis entsteht gerade eine Stadt. Deluvia …«

»Ist das ein Jobangebot?«, fragte Freya. Sie fühlte sich wie benommen, wohlwissend, dass sie in dieser finsteren Zeit das große Los gezogen hatte.

»Wenn du so willst.«

Auf Knopfdruck erschien eine andere Projektion. Sie schien Blasen im Eis zu zeigen, freilich von einem Durchmesser von mehreren Kilometern. »Wir müssen auf Nummer sicher gehen, deshalb siedeln wir unter dem Eis. Es bietet den perfekten Schutz vor Fallout und Strahlung, und die Satelliten der Geofaschisten sehen nicht das Geringste von unseren Aktivitäten. Schließlich besteht noch immer die Gefahr, dass sie uns angreifen werden.« Ein anderes filmisches Fragment zeigte eine Art gläsernes Kuppeldach, doch offensichtlich bestand es aus Eis und wirkte größer als das Pekinger Nationalstadion. »Das Ganze wird mit einer Laserbohranlage bewerkstelligt … ein sehr präzises Gerät.« Pesceros' Augen strahlten, als er ihr über seine getönte Brille hinweg zublinzelte. »Es ist ein neues Verfahren, nicht thermisch und sehr effektiv. Ich bin sicher, dass du damit zurechtkommen wirst. Doch falls du andere Pläne hast …« Er ging ans Fenster und wies hinaus auf den verlassenen Kai. »In ein paar Stunden wird hier ein U-Boot anlegen und Kurs auf Ittoqqortoormiit nehmen. Von da ist es nicht weit nach Constable Pynt. Trotz der Lage dürfte es noch immer Flüge nach Reykjavík – und von dort zum europäischen Kontinent geben. Ich vermute allerdings, dass man dich bei der Ankunft sofort in einen Strahlenschutzanzug steckt. Um ehrlich zu sein, es gibt angenehmere Wege, seine Lebenserwartung zu reduzieren.«

»Das habe ich auch nicht vor«, erwiderte sie, »denn ich gehe nicht ohne Glenner.«

Es sollte nicht feindselig klingen, aber Pesceros verzog wieder die Mundwinkel, als hätte er an einer Kröte zu kauen. »Ich glaube, du wirst enttäuscht sein, wenn du erfährst, wer er in Wirklichkeit ist … aber das heben wir uns für einen anderen Tag auf. Jetzt wollte ich dich ein paar Freunden vorstellen. Ich erwarte sie jede Minute, und ihre Ankunft erinnert mich immer daran, dass hier auf diesem Fleckchen Erde tatsächlich etwas Neues entsteht.«

Sie standen inzwischen Angesicht zu Angesicht in der engen Aufzugskabine, die sich langsam abwärtsbewegte. Pesceros' forsches Auftreten schien sich in Verlegenheit verwandelt zu haben. »Wenn es etwas gibt«, legte er plötzlich los, »wodurch wir uns von den Lungenmenschen wesentlich unterscheiden, dann ist es unser Zugang zur Fauna, den Kreaturen, in denen wir unsere Verbündeten sehen. Hast du jemals von den arktischen Riesenquallen gehört? Den Glibberriesen, die hier unter dem Eis jagen? Einer unserer Wissenschaftler fand einen Weg, die liebenswerten Tierchen genetisch zu *pimpen* …« Rasch hob er den Finger, als wolle er sich korrigieren. »War nicht so gemeint, ich bediene mich nur der neuen Idiome in meinem Cortex – wahrscheinlich wäre biologisch tunen der richtige Ausdruck. Statt Nesselgifte zu produzieren, gibt es jetzt eine neue Generation, die sich mit Phosphorsäure anreichert und diese zur Verteidigung nutzt. Für einen Schiffsrumpf, der mit der Qualle kollidiert, kann das sehr unangenehme Folgen haben.«

»So wie bei der USS Bataan«, sagte Freya. Und als er sie überrascht ansah:

»Als ich an Land ging, habe ich eine dieser Quallen gesehen. Sie hatte sich offenbar am Anker des Kriegsschiffs verschluckt.«

»Gut möglich. Wir sind übrigens da.« Pesceros drückte auf einen Knopf, und Freya empfand ein Prickeln am ganzen Körper. Erst jetzt bemerkte sie den feinen Sprühnebel, der aus einem Düsenring unter der Decke strömte. Was immer es war, es legte sich wie ein Film auf ihre Haut und verbreitete Wärme.

»Wir nennen es Heizöl«, sagte Pesceros, »ein Katalysator, der mit den Lipiden deiner Haut reagiert und für ausreichend Wärme sorgt. Eine Viertelstunde sollte es halten. Keine Angst, die Rückstände in deinem Haar sind biologisch abbaubar und werden sich mühelos auskämmen lassen.«

»Dabei ist mir gar nicht kalt«, sagte Freya.

»Jetzt schon …« Die Aufzugtür öffnete sich in diesem Moment, und eiskalte Luft umschloss sie augenblicklich wie flüssiges Eis.

»Bist du wahnsinnig?«, schrie sie ihn an. »Ich werde in diesem Fetzen erfrieren!«

»Nicht die Luft anhalten«, beruhigte Pesceros. »Vertrau mir, gleich wird es besser. Na, endlich sind wir per Du …«

Er packte ihre Hand und zog sie hinter sich her. Von den Betonplatten des Piers stiegen zwar feine Schneewehen auf, doch das Meer wirkte fast wie ein See; in langen Dünungen schickte es seine wie dunkles Silber schimmernden Fluten an die Dalben des Kais.

»Pass auf, dass du nicht ausrutschst. Es kann sehr glatt sein.«

»Sehe ich aus, als hätte ich zwei linke Füße?« Sie machte zwei energische Schritte, geriet ins Rutschen – Pesceros fing sie gerade noch auf.

»In meinem neuen Wortschatz stellen sich mir gerade zwei Begriffe zur Wahl: Trotzkopf oder Wildfang?« Seine Hände strichen ihre Schultern entlang und gaben ihr das Gleichgewicht wieder. »Was wäre der richtige Ausdruck?«

»Beides ist ziemlich unpassend«, sagte Freya. Der Kälteschock war dem Gefühl gewichen, in tropisch-schwüler Hitze zu baden. »Wo bleiben denn deine Freunde?«

»Das weiß man bei Marinetauchern eigentlich nie.« Pesceros lief in seinen Strandschuhen vor ihr her. Es war ein absurder Anblick, dieser Mann in kurzen Hosen vor der eisigen Landschaft. »Wie du siehst, haben wir die Kälte halbwegs im Griff« Er lächelte ihr ermutigend zu – und erstmals schaffte sie es, sein Lächeln zu erwidern.

»Ich wusste es«, flüsterte er. »Kaya! Bleib, geh nicht fort.«

Freya winkte nur ab, doch innerlich wusste sie längst, sie hatte sich in diese weite Meereslandschaft verliebt, ein Land, das ihr wie eine frisch grundierte Leinwand erschien, die nur darauf wartete, dass ein Künstler sie mit den leuchtendsten Farben beseelte.

»Ich glaube, ich habe etwas gesehen.« Über den Rand seiner Brille schienen Pesceros' Augen die Bucht abzusuchen. »Sie sind von ihrer Patrouille zurück. Ja, da sind sie!«

Er schleppte Freya hinter sich her zum Ende des Piers. Nicht weit von ihnen begann sich das Wasser zu kräuseln. Eine schwarze, mannshohe Finne durchschnitt die Wasseroberfläche wie Messers Schneide. Es schien eine ganze Armada zu sein, denn immer mehr schwarz glänzende Rücken tauchten jetzt aus dem Wasser.

»Sind sie nicht prächtig?« Pesceros rannte eine geländerlose Rampe hinab. Ohne eine Sekunde zu zögern, watete er ins Wasser hinein. »Keine Angst, ich habe Frostschutzmittel im Blut!«, rief er fröhlich. Eines der kolossalen Tiere schoss in diesem Moment fast senkrecht empor. Eine Glockenboje bimmelte Sturm, als der tonnenschwere Körper die ruhige Wasseroberfläche zersprengte.

»Ist ja gut, wir haben dich längst gesehen!«

Pesceros' Ausgelassenheit wirkte irgendwie ansteckend, für einen Moment hatte Freya vergessen, was sie die letzten Tage mitgemacht hatte.

»Hör mal, Freya, wenn du hierbleibst, werde ich dir ihre Sprache beibringen …«

»Das klingt nach Abendschule«, rief sie ihm zu. »Entweder werde ich Bohrleiterin oder Walforscherin, aber nicht beides.«

»He, so schwer ist das nun auch wieder nicht.« Pesceros war offensichtlich in seinem Element – die Arme weit von sich gestreckt und die Finger gespreizt, teilten seine Hände die Flut. »Glaub mir«, ulkte er vor sich hin, »alles, was du jemals über das Meer wissen wolltest und dich nie getraut hast zu fragen, wird dir dieser Wal beantworten können. Die Claw People waren wohl die Ersten, die die Sprache der Wale verstanden, ein Geheimnis, das sie glücklicherweise vor den Missionaren verbargen. Mein Ziehvater Hanak Amaalik Innunguaq, war einer von ihnen …« Eine Welle rollte auf ihn zu und ließ den Wasserspiegel in Sekunden anschwellen. Die Haut des Orcas war so schwarz wie die grönländische See, erst als sich die gewaltigen Kiefer öffneten, erkannte Freya das Auge und die weiße Zeichnung, die an das Negativ eines Rorschachflecken erinnerte.

»Das ist Mami Wata!«, rief Pesceros. Das Wasser reichte ihm jetzt fast bis zum Hals. »Ich habe sie nach der großen afrikanischen Wassergöttin genannt, und ihr hat der Name gefallen. Mami Wata wird auch Verwalterin des Wassers genannt, und da Mami nicht nur das älteste Weibchen, sondern auch Anführerin ihres Rudels ist, trifft das auf jeden Fall zu.«

Freya hatte schon während ihrer Zeit auf Spitzbergen Schwertwale vor der Küste gesehen. Sie wusste nicht allzu viel über die Gattung Orcinus orca, nur dass sich seit Menschengedenken unzählige Mythen um diese Herrscher der Meere rankten, die sich gerne am Speck anderer Wale vergingen. Selbst Blauwale waren vor ihnen nicht sicher.

Pesceros zwinkerte ihr zu. »Mami Wata gehört vielleicht nicht zur Art Homo aquaticus, aber – falls uns die Luftatmer doch noch angreifen sollten – hätte sie sicherlich wenig Mühe, eine Haftmine am Rumpf eines Schiffs anzubringen. Mami ist durchaus in der Lage, die Notwendigkeit eines Abwehrkriegs zu begreifen. Die meisten Schwertwale leben seit ihrer Geburt in einem matriarchalen, von ethischen Werten geleiteten Gruppenverband, das Prinzip von Ursache und Wirkung ist ihnen daher nicht fremd. Ich glaube jedenfalls nicht, dass irgendeine Großmacht der Erde Lust hat, sich mit meinen Marinetaucherinnen zu messen.« Er hatte es endlich geschafft, sich an der Finne des Wals in die Höhe zu ziehen, und stand jetzt wie auf einem Surfbrett. »Bis später, Freya! Geh zurück ins Haus, bevor das Wärme-Deo nachlässt und du dich ernstlich erkältest.«

Das tonnenschwere Geschöpf tauchte ab, und Pesceros, der sich an der Finne festhielt, verschwand unter Wasser. Ein paar zerzaust aussehende Möwen kreisten über der aufgewühlten Stelle, und Freya stiegen kalte Tränen in die Augen.

II.

Freya hatte den Tag, wie die Tage davor, in einem gepolsterten Klappmessersitz vor dem Plasmabildschirm verbracht, nicht weil sie noch immer unter Erschöpfungszuständen litt, sondern um sich ein Bild von der globalen Misere zu machen. Die letzten »Wasserstandsmeldungen« über den Untergang der Alten Welt waren schwer verdauliche Kost: Während die Ostküste der Vereinigten Staaten in Schutt und Asche lag, flackerten bürgerkriegsähnliche Zustände an der Westküste auf. Kanada schien weitgehend unversehrt, dasselbe galt auch für Australien und den südamerikanischen Kontinent. Aus Europa wurden dagegen immer häufiger »Aufstände gesetzloser Elemente« vermeldet. Das Plündern von Supermärkten war in Berlin ebenso an der Tagesordnung wie in Downtown Los Angeles, trotz der behördlichen Warnung, keine verstrahlten Lebensmittel zu konsumieren. Wie immer in Kriegszeiten wusste sich die hungernde Bevölkerung Rat. Es bildeten sich Bunkerkolonien, ganze Vorstädte spalteten sich ab, eine raue, kaum vorstellbare Alle-gegen-alle-Mentalität beherrschte plötzlich die Straßen. Die Zeit der Stämme war zurück, »kleine Mehrheiten« – wie die Presse es nannte – waren Trumpf, die Polizei hatte längst resigniert. Wie schlecht übertünchte Roststellen hatte sich die Barbarei in kürzester Zeit an die Oberfläche der angeblich so humanitären Gesellschaft gefressen. Aus pseudodemokratischen Verhältnissen – wie sie seit den Nullerjahren herrschten – waren inzwischen anarchische Dauerzustände geworden, für viele, die an den großen Reset von Oben geglaubt hatten, natürlich bittere Kost. Es fiel unangenehm auf, dass die Begüterten ihr Eigentum bis aufs Messer zu verteidigen wussten, die Personen mit geheimen Schlüsselzertifikaten im Ausweis, die sie und ihre Nachkommen als »systemrelevant« auszeichneten. Brutalisierte Massen richteten dennoch grundlos Blutbäder an. Plünderungen, Bandenkriege oder Versuche, sich an der Misere zu bereichern – die kriminelle Energie des modernen Individuums zeigte sich ebenso unerschöpflich wie seine Bereitschaft zu hassen. Bürgerwehren und andere paramilitärische Organisationen trugen schon gar nicht dazu bei, dass sich die Lage entspannte. Raubüberfälle auf private Atomschutzbunker zeigten immerhin, dass zumindest ein kleiner Teil der Bevölkerung vorgesorgt hatte. Bilder der verwüsteten Nachkriegsstädte jagten Bilder von Naturkatastrophen oder überlagerten sich in der Gestalt eines Kriegsberichterstatters, den ein Sturm in einen Hotel-Swimmingpool geweht hatte. Die Szene wirkte surreal – ein schlimmer Katastrophenfilm, der sich glücklicherweise per Knopfdruck abschalten konnte. Dann war Freya wieder allein in der lichtdurchfluteten Suite, dem Kokon zwischen Himmel und Meer. Erstaunlich, dass sie angesichts dieser Bilder noch in der Lage war, Zukunftspläne zu schmieden. Ihre Ausbildung zur Bohrleiterin würde in ein paar Tagen beginnen, dazu würde sie erstmals die aquatische Wohntraumwelt auf Cape Brewster verlassen. In den unteren Etagen wurde noch emsig gewerkelt, ein Heer von Innenarchitekten versuchte, dem Geschmack jener Klientel zu entsprechen, die – jung, reich und autark – nach dem Ende des Kriegs über die Weltmeere kreuzte: Palisanderimitation, silberne Lampen und unverputzter Beton – ein gediegener, amerikanischer Funktionalismus schien sich hier mit dem futuristischen Baustil der brasilianischen Moderne zu mischen. Freya verstand jetzt, wie Pesceros das meinte, der Hotel-Speisesaal werde »ein monumentum aere perennius«, ein Denkmal, dauerhafter als Erz. Cremefarbene Sitzkugeln schwebten an roten Lacktischen, die jeweils von vier vergoldeten Koi getragen wurden. In der Lobby – unter einem künstlichen Wasserfall – sollte Freya sogar Apollo-Sitze und Blow-Chairs von Quasar Khanh entdecken.

An diesem Nachmittag bekam sie überraschend Besuch. Sie hatte es sich gerade auf einer Sichtbetonbank im Atrium der Sauna-Anlage gemütlich gemacht, da hörte sie ihren Namen. Jemand rief. Pesceros vielleicht? Wie auch immer, sie sah keinen Grund, wie ein aufgescheuchtes Huhn in ihre Kleider zu springen.

Doch dann näherten sich Schritte, und Freya öffnete schläfrig die Augen. Ein stämmig gebauter Inuit in einer weißen Tunika grinste auf sie herab. Mit seinem braun gebrannten Gesicht, der breiten Nase und dem struppigen, weißblonden Haar erinnerte er sie an ein Haflingerpferd. Neben ihm stand ein Mann, nicht mehr ganz jung, mit deutlich südamerikanischem Einschlag.

»Madame, entschuldigen Sie, wir kommen nicht ungelegen, oder doch?« Freya griff schnell nach dem Handtuch. Normalerweise suchte sie diese Liege nur auf, um sich zu sammeln für die große Entscheidung, vor der sie sich schon geraume Zeit drückte: Sollte Grönland nur eine Episode oder Endstation ihres Lebens sein?

»Mein Name ist Hector Moreno«, sagte der Mann, »Doktor Hector Moreno, und das hier ist Anuun Miki Knudson, der Mann, der sich um Orlando Pesceros' persönliche Sicherheit kümmert.«

»Was wollen Sie?«

»Señor Pesceros bat mich, Sie zu einem kleinen Ausflug zu überreden. Nach Deluvia, wo Sie bald Ihre Arbeit aufnehmen werden.«

Sie senkte den Kopf und sah durch den gläsernen Boden direkt ins Meer. Im durchscheinenden Schattengrün schwebten große, prächtig schillernde Fische, mit den Mäulern fast das Glas berührend, regungslos bis auf das gelegentliche Erzittern einer Flosse oder das Pulsen der Kiemen.

»Ich habe Herrn Pesceros schon mehrfach gesagt, ich werde gar nichts tun, bis ich nicht weiß, was mit meinem Begleiter passiert ist.«

»Das trifft sich gut«, versicherte Moreno, »Herr Glennock wird uns begleiten.«

»Sie machen Witze?«

»Nein! Ich würde Ihnen allerdings raten, sich etwas Wärmeres anzuziehen. Am besten einen Thermoanzug. Die Fahrt geht über Eis, da weiß man nie. Die Pisten sind leider noch nicht ausreichend gesichert.«

Freya raffte das Handtuch erneut vor ihren Brüsten zusammen. Sie fühlte sich wie elektrisiert. »Und für wann haben Sie diesen Ausflug geplant?«

»Jetzt gleich.« Der Alte drehte sein Gesicht zum Meer, und erst jetzt sah sie den Ansatz der Kiemen über seinem Stehkragen. »Knudson holt noch Ihren Bekannten, und dann geht es los. Ich denke, etwas Sightseeing tut Ihnen gut.« Er überreichte ihr fast feierlich ein hauchdünnes Päckchen. »Es ist ein Thermoanzug, das neueste Modell – mit besten Empfehlungen von Orlando Pesceros.«

Er bemerkte, dass der weißblonde Inuit immer noch grinste. »Was stehst du noch hier rum, hol diesen Glennock oder wie der Mensch heißt! Rápido!«

Zehn Minuten später stand fest, Moreno war nicht nur ein Bote, sondern auch ein ausgemachter Charmeur. Während Freya sich ankleidete, stellte sie unermüdlich Fragen, die Moreno so beantwortete, als wisse er, die Schneckenhäuser misstrauischer junger Frauen in nichts aufzulösen. Dass er dabei beiläufig frittierte Wasserwanzen knabberte, konnte sie selbst durch den Paravent hören.

»So merkwürdig Ihnen unser Auftauchen vielleicht vorkommen mag, aber Menschen mit Kiemen sind kein absonderliches Spiel der Natur. Man könnte sie eine Quasi-Spezies des Homo sapiens nennen – mutatis mutandis[39], versteht sich, doch stets als

---

39 mit den nötigen Abänderungen

Möglichkeit im Genpool der Menschheit vorhanden. Wir haben diese bizarren Gene – von uns Aquagene genannt – inzwischen lokalisiert. Vermutlich existieren sie in den meisten Organismen, sozusagen als Hintertür der Evolution und Garant für genetische Vielfalt. Bekanntlich folgte jeder größeren klimatischen Veränderung dieses Planeten in kürzester Zeit ein biologisches Echo; Fauna und Flora passten ihre Baupläne an, warum sollte der Mensch eine Ausnahme sein? Und flink, wie die Natur nun mal ist, probiert sie vieles erst einmal insgeheim aus, bevor der Ernstfall eintritt. Während das eine Geschöpf noch nicht ganz fertig ist, denkt sie bereits an das nächste – so wie Michelangelo an den Rand von Gemälden neue Bildideen skizzierte, wenn ihn die Inspiration überkam. Ich habe mich jedenfalls nie als lusus naturae[40] begriffen, selbst wenn ich als Kind unter meinen Kiemen mehr litt als meine Altersgenossen unter ihren Akne-Problemen.« Und kichernd fügte er noch hinzu: »Im Schwimmen war ich allerdings immer der Beste.«

»Ja, ja, verstehe …« Freya hatte die Umkleide-Tortur fast hinter sich und trat vor den Spiegel. Es war nicht leicht, die Klettverschlüsse des Thermoanzugs unter der Halsmanschette zu schließen. »Was wir jetzt erleben, ist nur das große Coming-out Ihrer Art.«

Moreno sah sie an. »Und wenn es so wäre? Es war ein dornenreicher Weg, gnädige Frau, so lange im Schatten der Lungenatmer zu leben. Erst kurz nachdem das erste Ozonloch entdeckt worden war und die Regierungen das Blaue vom Himmel logen, um den Klimawandel zu leugnen, sahen wir ein Licht am Ende des Tunnels.«

---

40 Laune der Natur. Man verstand darunter ein Lebewesen, das sich herkömmlichen Klassifikationsschemata nicht zuordnen lässt.

Ein feiner Glockenton kündete von der Ankunft des Personenauszugs. Die Tür öffnete sich, und heraus traten Miki Knudson und Glenner. Glenner trug einen Thermoanzug, doch seine Hände waren gefesselt. Ihm war ein Bart gewachsen, ein grau melierter verwilderter Langstoppelbart, der armselig um sein Kinn hing und kringelig gelockt an den Schläfen hochkroch.

»Freya, Baby«, flüsterte er. »Alles okay?«

Freya eilte ihm entgegen und drückte ihm einen Kuss auf die Lippen.

»Wie du siehst, kann ich dich nicht umarmen«, sagte er und hielt ihr seine mit dünnen Nylonfäden verschnürten Finger entgegen. »Die Frösche trauen mir nicht. Nicht wahr?«

Knudson quittierte Glenners Bemerkung mit einem breiten, gehässig anmutenden Grinsen. Dass er Glenner nicht sonderlich mochte, war deutlich zu spüren, und nur Morenos Gegenwart hinderte ihn vielleicht daran, handgreiflich zu werden.

»Wo ist Shackleton?«, fragte Freya. »Er ist doch nicht etwa …«

»Unkraut vergeht nicht«, sagte Glenner. »Er hat ein Schwimmbad für sich und bekommt jeden Tag frischen Fisch. Die Frogs haben ihn besser behandelt als mich.«

»Sie haben keinen Grund, sich zu beklagen«, sagte in diesem Moment eine Stimme. Es war Pesceros, der sich als Hologramm im Raum manifestierte. »Zufrieden?« Die Frage war eindeutig an Freya gerichtet. »Was die Handfesseln anbelangt, unser Sicherheitsdienst hat leider ein paar ziemlich unschöne Erfahrungen mit Herr Glennock gemacht. Fast täglich machte er einen Ausbruchsversuch …«

»Ich gehe schon mal voraus«, sagte Moreno. »Ich hasse Beichten und muss ohnehin noch mal zur Krankenstation. Ach, Herr Pesceros, dieser deutsche Hydrologe – Fritz-Otho Peschke – ist zur Nachuntersuchung gekommen: Er hat sich wirklich bestens akklimatisiert und wird bleiben.«

»Freut mich zu hören«, sagte Pesceros. Er machte eine Kunstpause. »Ich fände es gut, wenn uns Herr Glennock – bevor wir gemeinsam nach Deluvia reisen – kurz sagt, wer er in Wirklichkeit ist.«

»Hör nicht auf ihn ...« Glenner sah sich aufsässig um. Sein Haaransatz war plötzlich von einem Kranz schimmernder Schweißperlen gesäumt. »Du weißt ja, der Frosch ist gestört.«

»Das würde ich niemals bestreiten.« Die Ironie in Pesceros' Stimme klang fast spitzbübisch. »Doch was ist mit einem Mann, dessen Beruf es ist, eine Art multiple Persönlichkeitsstörung auszuleben? Dieser Mann hat einen ungeheuren Verschleiß an Identitäten – mal ist er Vermesser einer Erdölfirma, dann wieder Geodät oder Prospektor ... Am wohlsten fühlt er sich als harmloser Globetrotter und Pinguin-Freund, der arm und naturverbunden von Gelegenheitsarbeiten lebt. Kommt dir das bekannt vor, Freya, oder muss ich nachhelfen?«

Er drückte auf einen Knopf, und ein holografisches Foto erschien: Es zeigte Glenner auf einem Schützenstand mit einer vollautomatischen Waffe. »Tatsächlich gibt es nur einen Miles Glennock, und der arbeitet für die NSA. Er hatte den Auftrag, die verschwundene USS Bataan zu finden, besser gesagt, die heiße Ladung an Bord – eine Atombombe. Sie hätte den Krieg auslösen sollen, und Herr Glennocks Auftrag war es gewesen, genau das zu vertuschen. Schließlich geht es auch jetzt noch darum, die Kriegsschuld von sich zu weisen.«

»Moment mal ...« Freya musste an die Geheimnistuerei denken, die sie zwischen Forstner und Glenner gespürt hatte.

»Soll das heißen, dass du so was wie ein Geheimagent bist?«

Glenners Gesicht war noch maskenhafter geworden.

»Was ist los, Freya? Der Frosch hält dich doch einfach zum Narren!«

»Nun«, fiel Pesceros dazwischen, »hätte das Wort Geheimagent nicht den Beigeschmack von Folklore, Herr Glennock hätte deine Frage sicher bejaht. Tatsächlich ist dein Freund hier ein mit allen Wassern gewaschener paramilitärischer Killer, der für sein Land bis zum Äußersten geht. Du warst die perfekte Tarnung für ihn. Oh, zu seiner Unterstützung wurde Herrn Glenner sogar ein Kommando gedungener Mörder von der NSA unterstellt. Ihre Leichen wurden vor ein paar Tagen auf dem Daugaard-Jensen-Gletscher gefunden.«

»Er fantasiert!«, schnaubte Glenner. »Freya, du wirst doch diesen Unsinn nicht glauben?«

Freya wollte es nicht wahrhaben, doch was Pesceros sagte, warf ein völlig neues Licht auf die vielen Ungereimtheiten ihrer Begegnung. Dennoch setzte sie zu Glenners Verteidigung an: »Für einen Killer versteht er allerdings eine Menge von Geologie.«

»Habe ich gesagt, dass Herr Glennock auf den Kopf gefallen ist? Wie die meisten Agenten der NSA ist er hochintelligent. Nebenbei bemerkt hat er tatsächlich einen Doktortitel in Geologie und Petrochemie. Dass er Cuviers religiöse Evolutionstheorie für plausibel hält, hat ihn im Umfeld seriöser Erdwissenschaftler allerdings zu einer Persona non grata gemacht. Also suchte Herr Glennock sein Heil in der Petro-Industrie und im Nahen Osten nach Öl. Reich wurde er dabei nicht, doch das Wissen, das er erwarb, prädisponierte ihn für die Machenschaften der NSA. Ein Gewissen stand ihm dabei glücklicherweise nicht im Weg. Menschen wie dein Freund sind auf den Höchststand der Technik gebrachte Wilde, die mit der Berufung auf eine wissenschaftlich verankerte Ideologie wüten. Stimmt's nicht, Herr Glennock, unter Trump machten Sie richtig Karriere und zogen nach Fort Meade in Maryland, so war es doch, oder nicht?«

»Geschwätz!« Glenners Stimme bebte vor Wut. »Allmählich gehen Sie mir auf die Nerven!«

»Wieso eigentlich?«, fragte Freya in diesem Moment. »Wo es doch stimmt.«

»Was ... sagst du da?«

»Bitte, mach die Sache nicht noch schlimmer, als sie schon ist.«

Glenner schien wie vom Donner gerührt. Die Mimik auf seinem Gesicht spielte verrückt – Wut, Enttäuschung, Resignation. »Na schön«, sagte er dann mit matt klingender Stimme, »es spielt ohnehin keine Rolle mehr, denn ich werde diese Froschhölle nur in einem Zinksarg verlassen. Ja, ich bin NSA-Agent und hatte den Auftrag, die USS Bataan zu finden. Ist das allein ein Verbrechen? Das Schiff, das mich an der Ostküste absetzen sollte, wurde dummerweise von einem Eisberg gerammt. Was blieb mir anderes übrig, als den Landweg zu nehmen?« Er sah Freya aufrichtig an. »Das ist die Wahrheit, ich schwöre.«

Die Wahrheit? Während er sprach, hatte Freya den Eindruck, ihr Gesichtsfeld würde sich in Windeseile erweitern. Es mag stimmen, dass der Tunnelblick der Liebe dem eines an Retinitis pigmentosa Erkrankten ähnelt, einer Krankheit, die den Blick so weit einengt, bis das Auge gänzlich erblindet.

»Okay. Akzeptiert.« Als Freya Glenners Blick begegnete, war es ihr, als stürzten zwei Welten für alle Zeit auseinander. »Nur, was wolltest du in der russischen Forschungsstation?«

»Tja.« Glenner sah verlegen zu Boden. »Kurz bevor ich dich traf, erhielt ich eine Nachricht von Forstner: Er hatte die Wissenschaftler von der Dag-Jeekov-Station – sagen wir mal – unsanft verhört und dabei erfahren, wo sich der größte Teil der gestohlenen Ladung befand.«

»Auf meiner Plattform im Scoresbysund«, erläuterte Pesceros. »Damit diese Information nicht herauskommen würde, nahm dein

Freund und Beschützer den Tod von einem Dutzend Menschen in Kauf.«

»Mein Gott, so ist das nun mal«, zischte Glenner.

»Ja, so ist das nun mal«, echote das Hologramm. »Man könnte auch sagen, Befehl ist Befehl.«

»Bitte, Freya …« Glenner schien ihre Enttäuschung zu spüren, aber er gab sich noch nicht geschlagen. »Du weißt doch, worum es geht, oder? Du hast die Neobionten doch mit eigenen Augen gesehen …« Er schaffte es zu grinsen, als habe er noch immer alle Trümpfe auf der Hand. »Der Froschkönig hat dir bestimmt sein Märchen vom wundersamen Coming-out seiner Rasse erzählt. Tatsache ist, er hat etwas nachgeholfen, und nicht zu knapp. Faktisch gesehen …« – Glenner schien sich direkt an Pesceros zu wenden – »… ist Ihre weltberühmte Tunu Ice-Water Company ein Chemielabor und Grundvand ein mit mutagenen Substanzen versetztes Gebräu, das allmählich aus Menschen mit einer genetischen Disposition humanoide Kaulquappen macht. Die NSA wusste schon zu Anfang des Millenniums über Ihre Experimente Bescheid, der Zusammenhang zwischen Ihren Absatzmärkten und dem sprunghaften Anstieg von bestimmten Fehlbildungen war gar nicht zu übersehen.«

»Alle Achtung, Herr Glennock …« Das Pesceros-Hologramm stand eine Weile unentschlossen da. »Das war ja eben ein richtiges Assoziationskettenmassaker!« Er versteifte sich immer mehr, offensichtlich, um auf Freya einen guten Eindruck zu machen. »Ich will Ihnen keine Vorträge halten, aber unsere kleine Gentherapie spricht nur bei Aquagen-Trägern an. Wer die Veranlagung nicht in sich trägt, wird nicht genetisch getriggert.«

»Es bleibt heimtückisch«, schimpfte Glenner, »ahnungslosen Menschen Mutagene ins Wasser zu mischen …«

»Und wer hat damit angefangen?« Fast schien es so, als ob Pesceros Glenner beipflichten wolle. »Es waren die geheimen Schluckimpfungen der US-Regierung, die uns auf diese Idee brachten. Während der Irak-Krise wurde erstmals ein Impfstoff gegen Anthrax der amerikanischen Wasserversorgung beigemischt, das war – wenn mich nicht alles täuscht – Anfang der Neunzigerjahre. Zuletzt wurde die Methode in Mexiko angewandt, um die Ausbreitung der Schweinegrippe zu verhindern. Anders wäre es auch nicht möglich gewesen, die Millionen binnen weniger Wochen zu immunisieren.« Er trat an Freya heran. »Herrje, es war sicher nicht ethisch korrekt, aber das hat man ja während der Pandemie in Deutschland gesehen, der Zweck heiligt die Mittel!« Es klang nicht selbstherrlich, wie er das sagte, eher so, wie sich Eliten von jeher über Dinge austauschen, die durchaus geeignet wären, das Weltbild normaler Menschen zu erschüttern.

»Typisch Frosch«, witzelte Glenner. »Obwohl sie unter Wasser sind, versuchen sie unter Wasser zu lästern![41] Wen wollen Sie mit dieser Masche beeindrucken? Freya? Tatsache bleibt, Sie hatten kein Recht ...«

Pesceros ignorierte den Einwurf, vielleicht hatte er seine Ohren auf Durchzug gestellt.

»Aber die Leute, die Sie repräsentieren – die dürfen alles? Was sind das überhaupt für Volksvertreter, die um jede halbe Tonne CO_2 schachern, als ob es nicht auch ihr *Klima* wäre, um das es geht? Und solange Ihre Politiker solche Entscheidungen treffen, so lange verstehe ich die westliche Welt nur als eine andere, besser getarnte Oligarchie, in der eine Gruppe hinter den Kulissen bestimmt und immer nur zu ihrem eigenen Vorteil regiert.«

---

41 Ovid, Metamorphosen, VI, 376: quamvis sint sub aqua, sub aqua maledicere temptant.

»Und was ist Ihre Alternative?«, fragte Glenner. »Animismus, wieder beseelte Natur … Natur-Dämonkratie?«

»Was soll das jetzt?« Freya war nicht nach Scherzen zumute. »Du hattest kein Recht, so zu handeln.«

»Lass es mich so sagen, Freya …« Das Pesceros-Hologramm war in einen Parka geschlüpft. »Wer oder was sollte mich hindern? Irgendein Ethikrat, der vorgetäuschte Wertekanon einer moralisch bankrotten Gesellschaft? Ich habe den Klimawandel nicht ausgelöst, Freya, ich ergreife ihn nur als Chance. Und nun fahren wir nach Deluvia, zur Wiege einer neuen, besseren Menschheit. Bis gleich!«

»Ich muss schon sagen, du hast den verschrobenen Gelehrten wirklich glänzend gespielt.«

Mit der Ankündigung, den »Schlitten« zu holen, war der holografische Pesceros verschwunden. Freya und Glenner waren endlich alleine. Pesceros schien mit Bestimmtheit zu wissen, dass Freya nicht auf die Idee kommen würde, Glenners Fesseln zu lösen, denn der schweigsame Knudson schob immer noch Wache.

»Danke für die Blumen«, sagte Glenner. »Hätte ich dich vielleicht da mit reinziehen sollen?«

»Reinziehen?« Freya wollte ihn nicht ansehen, und ihr Blick entfloh in die Weite des arktischen Meeres. »Du hast mich ausgenutzt!«

Reflektiert von der Scheibe konnte sie sehen, wie er den Kopf schüttelte.

»Das ist nicht fair, Freya. Vergiss nicht, ich habe dir das Leben gerettet. Zu diesem Zeitpunkt hab ich dich noch gar nicht gekannt. Erst als du sagtest, du wolltest zu dieser Russenstation, da dachte ich mir, hell, why not? Ich schwöre dir, ich hätte dir später alles erklärt.«

»Sicher doch …« Sie war entschlossen, den Stier bei den Hörnern zu packen. Egal, ob er ihr Vollmondanfälligkeit oder ein prämenstruelles Syndrom unterstellte, sie ließ ihrer Wut freien Lauf. »Ich verlange, dass du mir wenigstens einmal die volle, und ich meine die *volle* Wahrheit sagst.«

»Aber Pesceros hat dir doch alles erzählt.«

»Nicht alles. Was hattest du wirklich in der Antarktis verloren? War das auch nur so eine Geschichte?«

»Das ist streng geheim, aber was soll's.« Glenner wirkte jetzt noch zerknirschter. »Vielleicht kannst du dir vorstellen, dass abgelegene Gebiete wie die Antarktis bestens geeignet sind für bestimmte Experimente mit biologischen Waffen ...«

»Komm zur Sache!«, fiel Freya dazwischen. »Dass ihr das das Wohl der Menschheit im Auge hattet, ist mir schon klar ...«

Glenner wurde ganz still, dann machte er ein braves Durchbeißergesicht. »Du willst die Wahrheit hören? Hier ist sie: Ich habe Gefangene überführt.«

»Soll das heißen – es wurden Menschenversuche gemacht?«

Die Scham stand Glenner ins Gesicht geschrieben, doch dann nickte er wie jemand, der es einfach nur hinter sich bringen wollte. »Die anderen tun es auch. Denk nur an China. Hier geht es um die Sicherheit der USA, den Fortbestand der freien Welt. Da heißt es, Prioritäten zu setzen ...«

Sie drehte sich in diesem Moment um und knallte ihm eine – so hart, dass ihr Handgelenk schmerzte.

»Okay, die habe ich verdient«, murmelte er. »Trotzdem liebe ich dich.«

Er wollte sie an sich ziehen, doch sie rammte ihm das Knie zwischen die Beine. »Und was waren deine Prioritäten in der Nacht, als Hanak auf unerklärliche Weise in seinem Iglu verstarb?«

»Jesus Christ!«, jammerte Glenner. »Es war ein Unfall, verdammt! Ich wollte ihn nur verhören, aber der Alte drehte mit einem Mal durch.«

»Klar, ihr seid immer unschuldig!« Freyas Wut war längst dem Gefühl tiefer Enttäuschung gewichen. »Beantworte mir nur noch eine Frage«, sagte sie eisig. »Wo ist der Unterschied zwischen dir und Orlando Pesceros?«

Glenner zuckte schelmisch die Achseln. »Ich habe keine Kiemen«, sagte er dann. »Und Schwimmhäute zwischen den Fingern hab ich auch nicht.«

Er stockte, denn er hatte bemerkt, dass sie nur verachtungsvoll grinste.

»Dafür hast du eine Schwimmblase in der Birne«, sagte sie nur.

III.

Das rundum verglaste Schneemobil vor dem Eingang des Aquatels hatte so ziemlich alles, was man für eine Grönland-Fahrt braucht – gepolsterte Liegesitze, einen künstlichen Kamin, zwei Flatscreens, einen Samowar und eine Minibar, dazu passende Halter für Glühweingläser.

Freya, die auf dem Beifahrersitz gelandet war, musste an eine Pullman-Limousine auf Kufen denken. Glenner und Knudson saßen im Fond der gläsernen Kanzel, zwei Reihen von Pesceros entfernt, was wohl für einen Sicherheitsabstand sorgen sollte.

»Was ist?«, erkundigte sich Pesceros, während er das Navi des Vehikels programmierte. »Ich hoffe, der Anzug ist nicht zu eng? Sieh ihn mal als Lebensversicherung, falls auf dem Eis etwas Unvorhergesehenes passiert.« Er faltete die Hände und machte eine Bewegung, als ob er einen unsichtbaren Knoten durchhacken wolle. »Habt ihr Turteltauben euch aussprechen können?«

»Was geht Sie das an, Sie Hotelier des Schreckens?«, knurrte Glenner von hinten. Es klang, als ob er eifersüchtig wäre, vielleicht war er das auch. »Sie halten sich für etwas Besonderes, aber Sie sind nur ein Freak, ein reicher Nerd, der meint, er könne sich mit einer Weltmacht wie den Staaten anlegen! Sobald die Vereinten Nationen wissen, was Sie hier treiben, werden die ein Kommando schicken und Sie ausräuchern.«

»Und ich dachte, das wäre Ihr Auftrag gewesen, Herr Glennock … Und Sie sind auf spektakuläre Weise gescheitert.«

»Mag sein, aber die Partie ist noch nicht gelaufen! Ich wette mit Ihnen, Sie werden Ihr Leben in einem Fischtank beschließen. Oder man wird Sie ausstopfen und in Roswell neben den kleinen, grünen Männchen einmotten.«

»Wie menschlich von Ihnen.« Pesceros lächelte, während das Schneemobil auf Knopfdruck startete. »Aber bekanntlich wurden ja schon die nordamerikanischen Ureinwohner und afrikanischen Sklaven vom großen weißen Vater in Washington zu Tieren erklärt.«

»Mit dem Unterschied, dass Sie eines sind!«

»Das sind wir doch alle«, erwiderte Pesceros. »Die Leute haben lange Zeit so getan, als ob der Klimawandel nur physikalische Auswirkungen hätte – der Anstieg des Meeresspiegels, mehr Regen, Unwetter, Überschwemmungen, wohin man sieht. Was ist mit biologischen Auswirkungen, den Veränderungen von Fauna und Flora? Wieso wurde das nicht thematisiert? Die letzte Eiszeit brachte bekanntlich Kreaturen hervor, die optimal an die Witterung angepasst waren – das acht Tonnen schwere Wollmammut oder das Wollnashorn, dessen meterlanges Horn dem Tier auch als Schneeschaufel diente.«

»Mir kommen die Tränen«, feixte Glenner mit ölig klingender Stimme. »He, Big Shot, ob Ihre Flossen wohl auch zum Schneeschippen taugen?«

»Ach, Sie und Ihre Cowboymanieren!« Pesceros suchte Augenkontakt mit Freya, doch sie hatte ihr Gesicht abgewandt. Der Gletscher, über den sie fuhren, hatte sein makelloses Winterkleid schon vor Monaten abgelegt. Deutlich zog sich jetzt das Geröll der Mittelmoräne wie eine blaugraue Ader durch blankes Eis. Nur in den Rinnen und Wannen schimmerte noch der weiße Winterschnee wie ein letzter Rest verlorener Unschuld. Der Rest war eine Welt aus Watte und einer Vielzahl von Grautönen, in der die Grenze zwischen Eis und Himmel verschwamm.

»Ich fürchte, ich kann deine Meinung nicht teilen«, sagte Freya nach einer guten Viertelstunde des Schweigens. »Fünf bis dreißig Prozent aller Pflanzen- und Tierarten werden durch den Klimawandel bedroht.«

»Mag sein«, sagte Pesceros, »doch die wenigsten dieser Arten leben auf Grönland, schon gar nicht im Wasser. In unseren Küstengewässern wurden kürzlich mehr als tausend neue, bisher unbekannte Arten entdeckt. Das Schöne an diesem Klimawandel ist, dass er nicht – wie bei früheren globalen Umwälzungen – auf Kosten maritimer Gattungen geht. In der Kreidezeit, der Trias und im Perm vernichtete der Wandel vorwiegend die im Meer lebenden Organismen. In dem neuen Wandel könnte man eine Art Wiedergutmachung sehen ...« Er brach ab, denn er schien die Fragezeichen in Glenners Augen zu sehen. »Raus mit der Sprache, wo drückt Sie der Schuh?«

Glenners aufgesetztes Grinsen verlor etwas von seinem impertinenten Strahlen. »Ich mag zwar nur ein altmodischer Cuvier-Anhänger sein, aber eines weiß ich: Sie verdanken Ihre Kiemen nicht Mutter Natur. Die ist zwar schnell, aber so schnell auch wieder nicht.«

»Totlach!«, entfuhr es Pesceros. »Ich meine, das ist ... komisch! Herr Glenner leugnet, dass die Natur ihre Geschöpfe veränderten Umweltbedingungen anpasst. Dabei hat sich der Klimawandel bereits im Erbgut unzähliger Arten niedergeschlagen.«

»Geschwätz ...«

»Wissen Sie was?« Pesceros griff nach der Fernbedienung, die LCD-Schirme begannen zu flimmern. »Wir haben noch zwanzig Minuten, und ich werde diese Zeit nutzen, Ihnen in Naturkunde auf die Sprünge zu helfen. Die Beispiele, die Sie gleich sehen, hatte ich ursprünglich für einen Vortrag zusammengestellt. Leider ist der ins – ha! – Wasser gefallen ...« Auf Knopfdruck öffnete sich digital eine wundervolle, zartrosa Blüte. »Alle Jahre wieder – wer hat nicht schon einmal blühende Apfelbäume gesehen? Ein alltägliches Ereignis, nicht wahr, Herr Glennock? Und doch wurden schon vor zehn Jahren auffällige Veränderungen registriert. So beginnt die Apfelblüte am Bodensee heute eine Woche früher als vor vierzig Jahren. Und während die Forsythien in Hamburg in den 1950er-Jahren erst im April blühten, stehen sie heute schon Anfang März in voller Pracht.«

»Das besagt gar nichts«, maulte Glenner.

»Warten Sie's ab.« Weitere Ausschnitte aus Naturprogrammen folgten. »In der Tierwelt ist es nicht anders. Das Brutverhalten vieler Arten hat sich nachweislich in den letzten Dekaden verändert. Vögel wie die Mönchsgrasmücke überwintern nicht mehr am Mittelmeer, sondern in Großbritannien. Der Zeitpunkt des Eierlegens hat sich bei vielen Vögeln verschoben, so zum Beispiel auch beim Fliegenschnäpper. Auch die Zugvögel haben den Klimawandel bemerkt. Die in Deutschland heimischen Kiebitze fliegen im Herbst nicht mehr nach Südeuropa.«

»Was ist mit Fischen?«, rief Glenner.

»Guter Einwand, und ja: Wenn heute Mittelmeer-Sardellen vor den Halligen laichen, dann hat das zweifellos mit dem Temperaturanstieg in der Nordsee zu tun.«

»Amphibien?«

»Bingo. Es gibt sogar ein US-amerikanisches Beispiel: Bei sechs Froscharten in Ithaca im Staat New York setzt die Brutzeit um zehn bis dreizehn Tage früher ein.«

»Verstehe, jetzt sind Sie bei Ihresgleichen angelangt«, spottete Glenner. Pesceros fuhr fort, auch die nächsten Aufnahmen zu kommentieren.

»Schwammspinner, die man früher nur im mediterranen Klima antraf, zieht es nun massenhaft in die nördlichen Breiten, wo sie ganze Wälder kahl fressen. Gottesanbeterinnen aus Südeuropa sind plötzlich in den Schweizer Bergen heimisch geworden, und auch Schmetterlinge zeigen eine klare Korrelation zwischen ihren Migrationszyklen und dem Anstieg der Temperaturen. Distelfalter ziehen ihre Flüge nun um Monate vor. Dasselbe Phänomen ist auch bei anderen Arten bekannt.«

»Geben Sie sich keine Mühe«, rief Glenner, »ich weiß schon, worauf Ihr Vortrag hinauslaufen wird: Sie und Ihre Froschkumpels sind von Mutter Natur auserwählt worden, den Klimawandel zu wuppen. Sie hat Ihnen einen evolutionär bewilligten Jagdschein ausgestellt, uns Landratten von der Platte zu putzen. Aber so einfach wird das nicht werden.«

»Da sind wir schon«, sagte Pesceros. Mitten auf einem Gletscher, umgeben von zerfurchten Rundbuckeln und schroffen, ins Nichts führenden Abbrüchen, war das Eiswüstenschiff zum Stehen gekommen. Vielleicht hatte Freya einen stollenartigen Eingang erwartet, nun erkannte sie eine rundum verglaste Stahl-Beton-Kabine, die wie eine futuristische Telefonzelle wirkte.

»Sieht mir nach Pinkelpause aus«, stichelte Glenner. Die Ähnlichkeit mit einem städtischen Pissoir war wirklich frappant.

»Es ist nur ein Aufzug«, verkündete Pesceros, »der eigentliche Tunnel ist noch nicht fertig, aber keine Sorge, in ein paar Jahren ist auch das geritzt.« Er war anscheinend bester Laune und ließ seinen Gästen den Vortritt.

Es ging jetzt abwärts in der Aufzugskabine, tief hinab durch ein verschlungenes Stollensystem, von einem beleuchteten Stockwerk zum nächsten. In den waagrechten, türkis schimmernden Eisschächten waren vermummte Bauschlosser beim Verlegen von Kabeln zu sehen. Aufgestapelte Rohre, Aufschrifttafeln und geheimnisvolle Installationen legten die Vermutung nahe, dass hier schon bald eine Verkehrsader pulsieren würde.

»Das hier ist nur eine von vielen Baustellen«, erläuterte Pesceros die Aussicht. »Doch wie Sie sehen, haben die Klimaveränderungen auf Grönland bereits ihren Weg vom Abstrakten ins Konkrete gefunden. Nicht über, sondern unter dem Eis werden hier in absehbarer Zeit neue Städte entstehen. Wenn Sie so wollen, ist Deluvia der Prototyp. Der Tiefbau im Eis erfordert ein völlig neues architektonisches Denken. Dem Vorteil, dass man das Baumaterial schon vorfindet und die Wohnungen in Negativform daraus ausschneiden muss, steht die Temperaturempfindlichkeit von Eis gegenüber. Durch horizontale Belüftungsschächte nutzen wir momentan die Polarwinde zur Kühlung, doch das dürfte nur eine Übergangslösung sein. Seitdem wir mit der elektromagnetischen Energie extrem schnell gepulster Laser arbeiten, geht die Arbeit zügig voran. Die nichtthermische Schmelze schont nicht nur das Eis, sie hat noch einen anderen Vorteil: Unsere Stadt bleibt den Infrarotscannern der Altwelt-Spionage-Satelliten verborgen. Und da die grönländische Eiskalotte äußerlich völlig intakt bleibt, haben sie keine Erklärung für die riesigen Eiswasserströme, die sie sehen.«

»Soll das heißen, Sie schmelzen die Gletscher künstlich ab?« Glenner staunte nicht schlecht. »Dann sind Sie ja ein schlimmer Umweltverbrecher!«

»Wir höhlen sie aus«, antwortete Pesceros. »Die Laser werden in Bohrlöchern versenkt und beginnen dort zu pulsen. Wir reden von Pulsfrequenzen im Bereich von zweihundert Femtosekunden – zu kurz für eine Hitzeentwicklung. Die Impulse versetzen die Atome der Eiskristalle in Schwingung und bringen sie damit zum Schmelzen. Was entsteht, sind ovale oder runde Blasen im Eis, die beständig ihren Radius erweitern. Jede Größe ist theoretisch gesehen denkbar, von Wohnzimmergröße bis hin zur Grundfläche einer Kleinstadt. Nur die Statik hat uns hier Grenzen gesetzt.«

Die Kabine kam einem gewaltigen Wasserfall nahe, so nahe, dass ein Trommelfeuer versprengter Wassertropfen Pesceros' Stimme übertönte.

»… haben inzwischen zwanzig Teams … mit Bohringenieuren,

Statikern und Glaziologen zusammenarbeiten.« Er berührte Freya schüchtern am Arm. »Falls du den Job noch willst …«

»Na, was sagst du, Freya?«, unkte Glenner. »Froschhüpfer bietet dir die Arbeit eines Eiswurms in seinem Quakfrosch-Imperium an. He, Pesceros, haben Sie auch was für mich?« Knudson entblößte seine Zähne zu einem hämischen Grinsen und verpasste seinem Gefangenen eine Nackenschelle vom Feinsten.

»Tu dir keinen Zwang an«, murrte Glenner, »aber verschone mich mit deinem Mundgeruch, Freund!«

Der Aufzug hatte inzwischen gehalten. Feuchtwarme Luft schlug den Besuchern entgegen. Pesceros führte seine Gäste eine hell erleuchtete Rampe hinunter. Einen Moment hatte Freya den Eindruck, im Freien zu sein, denn vor dem Himmelsgewölbe aus Eis glaubte sie ab und zu ein Wetterleuchten zu sehen. Die wahre Größe dieses Kuppelgewölbes erahnte sie erst, als sie über sich eine Kabinengondelbahn aufsteigen sah.

»Ziemlich warm hier unten. Ist das wirklich alles aus Eis?«

»Aber ja«, bestätigte Pesceros, »das Gewölbe, das du hier siehst, wurde mit einem biologisch abbaubaren Kunststoff versiegelt und isoliert. Die Eiskalotte darüber ist noch immer zweihundert Meter dick.«

»Das ist Wahnsinn«, sagte Freya mehr zu sich selbst.

»Wieso Wahnsinn? Was könnte Wassermenschen besser behagen als Räumlichkeiten aus Wasser? Unsere Bauweise ist ökologisch und schont die Umwelt.«

»Mal abgesehen davon, dass durch das Abschmelzen anderswo die Küsten absaufen«, warf Glenner ein, »und dass die Süßwasservorräte der Welt dabei draufgehen. Und alles nur wegen einer menschlichen Kaulquappe, die zu viel Kies hat und deshalb Gott spielen will.«

»Er kann's nicht lassen …« Pesceros wandte sich schmunzelnd

an Freya. »Ich glaube, du fragst dich gerade, wie es sein kann, dass bisher niemand weiß, was sich hier unter dem Grönlandeis abspielt, schließlich wird hier seit über zehn Jahren gebaut. Noch wichtiger ist vielleicht die Frage, wie sich das Ganze in Zukunft auswirken wird. Tatsache ist, dass schon immer höchst unterschiedliche Gesellschaftsformen des Menschen lange Zeit parallel existierten. Sie waren immer – und das ist vielleicht das Auffallende – durch die Weltmeere voneinander getrennt. Nur so konnten sie sich überhaupt erst entwickeln. Das Beste, was Grönland passieren könnte, wäre ein halbes Jahrhundert der Isolation. Vergessen wir nicht, der Kontakt zwischen Grönland und Europa war schon einmal für dreihundert Jahre unterbrochen. Vielleicht brauchen wir jetzt noch einmal so lang, um den Neubeginn zu machen.«

»Fantastisch!« Glenner rieb sich den Schädel. »Eine Frage hätte ich noch: Wer außer Ihnen hat Lust, in einem lichtlosen Stollen zu leben? Mit Nachbarn, von denen man nicht genau weiß, ob sie Menschen sind oder Monster?«

»Da gibt es einige«, sagte Pesceros, »zum Beispiel die Männer der USS Bataan. Sie haben sich entschieden, bei uns zu bleiben.«

»Lüge«, erwiderte Glenner, »kein amerikanischer Patriot würde die USA gegen so ein Eisloch eintauschen. Sie haben diesen Männern nichts, aber auch nicht das Geringste zu bieten!«

»Da wäre ich nicht so sicher.« Nichts schien Pesceros aus der Ruhe bringen zu können. »Im Unterschied zu anderen Staaten versteht sich Grönland als echtes Einwanderungsland, vorausgesetzt …« – er lächelte in sich hinein – »… vorausgesetzt, man bringt bestimmte Veranlagungen mit. Aus humanitären Gründen haben wir die Statuten gelockert, um Flüchtlinge aus den Kriegsgebieten aufnehmen zu können. Als Steueroase dürfte unser neues Grönland aber auch solche Menschen anziehen, die echte Lebensqualität suchen. Und als Steuerzahler sind sie uns natürlich immer willkommen.«

»Ausgequakt?«, seufzte Glenner. »Sie haben wirklich das Gehirn einer Amphibie. Die freie Welt wird nicht zulassen, dass Sie von diesem unglücklichen Kriegsverlauf profitieren.«

»Die freie Welt?« Zum ersten Mal schien Pesceros verärgert zu sein. »Die freie Welt ist am Ende. Sämtliche Megapolen sind radioaktiv verstrahlt und dürften schneller von der Landkarte verschwinden als New Orleans. Sicher, der Bodensatz der Gesellschaft wird in den Ruinen ausharren müssen, aber wer es sich erlauben kann, wird den Neuanfang wagen. Und der liegt an einem der Pole der Erde.«

Sie hatten inzwischen eine breite, von Lichtschläuchen illuminierte Aussichtsplattform erreicht. Freya glaubte, im Stiegenschatten darunter Bauarbeiter zu sehen.

»Wir sind hier im Wohndistrikt«, bemerkte Pesceros, »ein Areal, das das Biotop, die Wasser- und Energieversorgung in einem Halbkreis umschließt. Tatsächlich leiten wir nicht alles Süßwasser nach draußen, sondern horten ein beachtliches Reservoir. Hier unten gibt es einen See, der mit den fünf großen Seen Nordamerikas mithalten kann.«

Freya hörte nur mit einem Ohr zu, ihre Augen hatten sich an das Dämmerlicht gewöhnt und erkannten inzwischen eine Vielzahl halb durchsichtiger Quader und Schemen, die wie die Nester von Seevögeln an den Eiswänden klebten. In manchen der Bungalows brannte schon Licht, und vielleicht war es das, was sich die Zarin Anna Iwanowa im Winter 1739 erträumt hatte, als sie ein kleines Neuschwanstein auf der zugefrorenen Newa errichten ließ, ein filigranes Wunderwerk, das selbst den nüchternen Erik Hansen in helles Entzücken versetzte. Nur das hier war keine feudalherrschaftliche Behausung mit zwiebelförmigen Türmen und Kuppeln, sondern eine tektonische Fusion von John Lautner und Werner Panton.

»Ach, Freya, als zukünftige Bohrleiterin kannst du dir eine Villa aussuchen.«

Er reckte den Hals und wies auf einen grünen Flecken in absehbarer Ferne. »Ich an deiner Stelle würde mir eine in der Nähe des *Biotops* nehmen.«

»Biotop?«

»So nennen wir die kommunalen Erholungsgebiete der Stadt. Und ja«, legte er nach, »das da drüben sind Palmen, allerdings eine Art aus dem Mesozoikum, die wir wieder fit machen konnten. Sie wissen ja, Glenner, Genetik macht's möglich. Aber jetzt entschuldigen Sie mich bitte, ich habe noch anderweitig zu tun. Doktor Moreno wird Ihnen das Wichtigste zeigen. Danach können Sie sich dann entscheiden.«

IV.

Die Besichtigung des Biotops fand am Nachmittag statt, da viele der Nirvili erst um diese Zeit wach wurden, besonders solche, die in der Inkubationsphase waren. Die offene Kabine der Seilbahn, in der sie jetzt saßen, hatte etwas von einem schwebenden Papamobil. Das Vehikel – so bequem es auch war – medialisierte den Park und verwandelte alles in eine dreidimensionale Tapete. Glenner und Knudson schienen inzwischen eine Art Paar, und Freya saß neben Moreno, der damit beschäftigt war, die Säume seiner Kiemen mit einer Tinktur zu betupfen.

»Wenn ich zu lange an Land bin, beginnen sie furchtbar zu jucken ...« Moreno hatte ganz offensichtlich bemerkt, dass Freya gelegentlich würgte. »Tja, was soll ich sagen?« Der Pinsel wanderte über den fiederlappigen Rand seiner Kiemen. »Ein paar andere Blutproteine, etwas mehr Metahydrogenase, und schon ist man ein anderer Mensch!« Er pinselte jetzt auch unter dem Kinn. »Es ist wirklich nichts anderes, als wenn sich ein asthmatischer Lungenatmer einen Sprühstoß mit der Puderdose verpasst.«

Die Gondel hatte sich den Palmen bereits bis auf hundert Meter genähert, Freya fühlte die Luftfeuchtigkeit wie ein warmes Tuch im Gesicht. Sie döste eine Weile vor sich hin, nur einmal, als sie eine Bohrstelle im Eis passierte, wurde sie wach: Ein Polyp praller Schläuche führte aus dem Bohrloch zu einem riesigen, walzblanken Tank, schluckende Gurgeln unter dem Atem des Pumpdrucks. Hier und da sprühten aus undichten Ventilen dünnste, vermutlich warme Wasserstrahlen empor, doch nichts ging verloren, denn das Wasser erstarrte am Boden sofort wieder zu Eis.

»Die Tanks gehören zu der Abfüllanlage«, bemerkte Moreno. »Dort werden sie mit unserem biochemischen Trigger versetzt und wandern dann hinaus in die Welt.«

»Perfekt«, maulte Glenner. »Lang lebe der Devonische Zirkus.«

Sie hatten inzwischen an Höhe gewonnen. Vor hier aus war ein anderes Viertel zu sehen. Leuchtende Iglus drängten sich wie Eierboviste auf moosbewachsenem Stein.

»Wie lange … ich meine, wie lange geht das schon so?«, fragte Freya. Sie versuchte sich Glenner zuliebe ebenfalls gefangen zu fühlen – in Wahrheit aber fühlte sie sich sonderbar frei.

»Die ersten Unterhöhlungen entstanden bereits Anfang des neuen Millenniums.« Moreno verstaute seine Tinktur in einer Herrentasche aus Python-Imitat. »Doch erst seitdem wir mit Laser bohren, geht es mit Siebenmeilenstiefeln voran. Inzwischen sind rund tausend Hektar begrünt. Die Pflanzen und Bäume wurden genetisch so behandelt, dass sie winterhart sind. Nicht schlecht, oder?«

Freya erwiderte nichts, zu sehr genoss sie in diesem Moment den Ausblick auf die neue Welt, die ihr immer besser gefiel. Das Eis war aus ihrem Sichtfeld verschwunden, regenwaldartig wucherndes Dickicht, große Teiche, pittoreske Grotten und Tempel formten eine fast kitschig anmutende Seenlandschaft.

»Die Heimat von Peter Pan«, murmelte Glenner. »He, Kröterich – kann es sein, dass Ihr Herr und Meister dem verstorbenen Wacko Jacko nacheifern will? Ihr Sumpfingen hier erinnert mich an Neverland.«

»Das ist kein Sumpfingen«, kam es verärgert zurück, »sondern die Keimzelle einer neuen Zivilisation.« Eine gelbe Signallampe in der Kabine begann plötzlich im Rhythmus eines Summtons zu blinken.

»Was? Stürzen wir ab?«, fragte Glenner, doch Morenos Kopfschütteln ließ ihn verstummen.

»Jemand will zusteigen, das ist alles.«

Die Seilbahn war neben einem Baumhaus zum Stillstand gekommen, Moreno winkte nach draußen. Große, saftig glänzende Blätter nahmen Freya die Sicht.

»Sie haben mich vorhin gefragt, wieso ich glaube, dass sich uns auch normale Menschen anschließen werden – uns, den *bösen* Neobionten, oder wie Herr Glennock uns nennt. Nun, vielleicht ist das hier die Antwort …«

Moreno öffnete die Tür, und ein Haufen Nackedeis stürmte in die Kabine. Es waren Lungen- und Kiemenatmer, Inuit und hellhäutige, blonde Europäer, alle sehr jung, schlank, die meisten extravagant tätowiert. Sie grüßten freundlich in einer skandinavisch klingenden Sprache und verbreiteten schlagartig die Sorte ungehemmter Natürlichkeit, die Freikörperkultivierten seit den Vierzigerjahren des vorigen Jahrhunderts nachgesagt wurde. Vor allem die amphibischen Frauen verströmten einen geradezu handgreiflichen Liebreiz.

»Verstehen Sie jetzt?«, fragte Moreno. »Wir haben auch jungen US-Amerikanern durchaus etwas zu bieten.«

»Good Lord!« Die Wildheit seines Bartes verdeckte Glenners nervös zuckende Mundwinkel. »Das sind ja scharfe Geschütze, die Sie hier auffahren, Mann …«

»Mucamas[42], Herr Glennock, oder Wasserjungfern, wie sie sich nennen. Sie stammen aus den Überschwemmungswäldern des Amazonas, wo schon zu Alexander von Humboldts Zeiten ganze Dörfer von Kiemenmenschen zu finden waren. Als die Holzfäller kamen und der legalisierte Raubbau begann, zog es viele in die großen Favelas von Rio. Dort hatte sich schon in den 1950er-Jahren eine dermaßen große Gemeinde gebildet, dass selbst Hollywood Wind von der Sache bekam und einen Film über einen Fischmenschen drehte.« Er schien bemerkt zu haben, dass er

---

42 Span. u. Portug.: Dienstmädchen

abschweifte, und räusperte sich. »Nur damit wir uns richtig verstehen, diese Mädchen sind freiwillig hier. Der Devonische Zirkel hat zwar viele Betätigungsfelder, Menschenhandel gehört nicht dazu. Mehr als zehntausend Mucamas leben bereits in den autonomen Gebieten des Biotops, und es werden immer mehr. Sie verstehen sich übrigens ausgesprochen gut mit den einheimischen Frauen, Mentalitätsunterschiede haben wir nicht feststellen können.«

Moreno trat näher an Glenner heran. Vielleicht wollte er, dass Freya die Frage nicht hörte.

»Welche hätten Sie denn gerne?«, flüsterte er. »Fragen kostet nichts, oder?

Die Inuit praktizierten die freie Liebe bereits, als es in Europa noch Mode war, Keuschheitsgürtel zu tragen. Jedes Wochenende steigt hier in Deluvia ein Adamsfest.«

»Ein was bitte?«

»Eine Love Parade«, erklärte Moreno, »so sagen die jungen Leute doch, aber mir klingt das zu militärisch.« Er nickte einem der Mädchen wohlwollend zu. »Ein Novize – ein deutscher Wasseringenieur, der auf ziemlich abenteuerliche Weise zu uns fand, meinte neulich, wir sollten die Veranstaltung einen Nacktball nennen. Erst fand ich den Vorschlag absurd, doch dann las ich, das Wort geht auf Philipp II. zurück, den Herzog von Orléans, der im Jahr 1720 den ersten Nacktball für den damals zehnjährigen Ludwig XV. organisierte. Anschauungsunterricht erhielt der junge Regent von den Hofdamen des Schlosses Saint-Cloud, und es heißt auch, er habe bereits seine Visitenkarte auf einem nackten Hinterteil hinterlassen.« Er brach ab, denn den Blicken nach waren seine Gäste von dieser Geschichte verstört. »Na, wie dem auch sei, man kann Ludwigs Politik einiges vorwerfen, aber in dieser Hinsicht war er seiner Zeit wohl um ein Jahrhundert voraus.«

Die Gondel hatte sich inzwischen wieder in Bewegung gesetzt, und Glenner starrte mit einem geradezu verbissenen Gesichtsausdruck aus dem Fenster. Sein Augenmerk galt einer großen Gruppe junger Männer, die an einem Pool lagerten. Die meisten von ihnen waren ebenso nackt wie die Mucamas, die ungezwungen vor sich hin planschten oder in den weißen Uniformwesten der US-Navy posierten. Glenner wusste in diesem Moment, er hatte die Mannschaft der USS Bataan gefunden.

»So habt ihr sie also rumgekriegt …« Glenners Grinsen verhärtete sich zu einer grimmigen Miene. »Was soll ich sagen, Sex funktioniert immer und überall auf der Welt.«

»Niemand weiß das besser als ein Geheimagent der Genuss-Imperialisten!« Moreno versuchte versöhnlich zu lächeln. »Der Mensch ist eben auch nur ein Tier, ein Hirntier, und der Körper seine Wunschmaschine, die den Geist kontrolliert. Andererseits, so fortschrittlich, wie Sie glauben, sind wir nun auch wieder nicht. Seit den Sechzigerjahren assimilierten Ihre Hintermänner die europäischen Eliten durch die Aussicht auf Promiskuität und Libertinage, oder nicht? Man rief Musiksender ins Leben, die die Rassenvermischung als größtes Abenteuer propagierten, die Jüngeren wurden rund um die Uhr mit diesem einen Gedanken berieselt. Seien Sie ehrlich, Herr Glennock, sind Ihre wirtschaftlichen und kulturellen Eliten nicht längst zu reinen Geschlechtswesen mutiert? Es ist der Fluch des Liberalismus, dass er vor seiner eigenen Courage kapituliert.«

»Und Sie sind einfach nur ein dirty old man«, schnaubte Glenner. »Ein Wüstling. Und wenn Sie das nicht sind, dann sind Sie halt ein Sektierer, der glaubt, der neue Mensch müsse seinen Trieben freien Lauf lassen!« Obwohl Glenners Stimme noch immer ganz Kritik und Widersinn war, hatte sich zwischen ihm und dem Alten eine bärbeißerische Vertraulichkeit eingestellt.

»Schade, dass Sie nicht auf unserer Seite stehen«, meinte Moreno, »einen Mann mit Ihrem Insiderwissen könnten wir gut gebrauchen.«

»Sicher«, erwiderte Glenner, »aber ich lasse mich nicht mit Naturalien bezahlen.«

Die Gondelkabine hatte inzwischen an einem anderen Baumhaus gehalten. Die Mucamas kletterten aus der Kabine, wobei sie ihre goldbraunen Hintern ungeniert in die Luft streckten. Laut schwatzend und kichernd verschwanden sie über eine Hängebrücke im künstlichen Dschungel.

»Schön«, sagte Glenner, »das ist also ihr neues Deluvia, die Stadt unter dem Eis, die Keimzelle einer neuen Zivilisation. Darf ich sagen, meine schlimmsten Erwartungen wurden übertroffen.«

»Warten Sie's ab«, sagte Moreno.

Wenig später hatten sie offenbar die Endstation der Gondel erreicht. Moreno ging ihnen voran, während Knudson das Schlusslicht spielte und Glenner immer mal wieder durch einen Stoß korrigierte.

»Offenbar haben die noch eine Überraschung für uns«, murmelte Glenner, »he, Freya, alles okay?«

Sie gab keine Antwort, zu tief saß die Enttäuschung, dass er ihr all die Zeit über etwas vorgemacht hatte.

Sie gingen durch doppelte Torbogen aus durchsichtigem Kunststoff, die die Eishäuser stützten, die ihrerseits die Straße überbrückten. Überall waren Monteure und Bauarbeiter damit beschäftigt, Leitungen zu verlegen.

Am Ende einer geschwungenen Brücke – unter einem doppelten Torbogen aus durchsichtigem Kunststoff – wurden sie von Orlando Pesceros erwartet. Er trug eine Flugbox für Hunde, doch zwischen den dünnen Gitterstäben zeigte sich ein mattschwarzer Schnabel.

»Sehen Sie mal, wen ich Ihnen mitgebracht habe.«

»Shack!« Die Freude in Glenners Stimme war unüberhörbar. »Das ist in der Tat eine Überraschung!« Für ein paar Sekunden hatte sich die Feindschaft zwischen den beiden Männern in Luft aufgelöst. Doch im nächsten Moment erwachte das alte Misstrauen. »Nur, was soll das?«

»Ganzdollliebhab«, kommentierte Pesceros Shackletons freudiges Quietschen. »Der kleine Vogel scheint Sie wirklich zu mögen.«

»Warum haben Sie ihn mit hierhergebracht?«

»Weil ich doch sagte, dass Sie bald abreisen werden«, sagte Pesceros. »Nun Freya, hast du einen Eindruck bekommen?«

Glenner stieß einen tonlosen Pfiff aus. »Ich werde nicht zulassen, dass Freya hier in Unter-Sumpfingen bleibt.«

»Wie bitte?«

»Nun tun Sie nicht so, Ihr Deluvia ist keine Keimzelle einer neuen Zivilisation, sondern eine Art arktische Variante von Jeffrey Epsteins berüchtigter Insel, wobei Sie hier wahrscheinlich noch ungestörter Ihren Neigungen nachhängen können … Sicher, mit Ihrer Nummer werden Sie eine Menge reicher, notgeiler Spinner anlocken, aber letztendlich bleibt es ein burleskes Amphibientheater, in dem Sie den Direktor abgeben!«

»Sie verkennen die Situation.« Pesceros' Hand fuhr durch die Luft, als würde er sich Luft zufächeln. »Aber wo wir gerade dabei sind, uns gegenseitig die Welt zu erklären … Das, was Sie hier sehen, mag Ihnen wie eine Gettowildnis erscheinen, und doch haben wir nur den Ballast der alten Welt abgeworfen. Warum können Sie nicht wenigstens zugeben, dass Ihr altes System ungerecht und unmenschlich war, im Gegensatz zu diesem hier?«

»Von mir aus war es das«, sagte Glenner, »dafür dürfte sich Ihres nicht lange halten.«

»Inwiefern?« Sie waren Pesceros inzwischen über eine Treppe ins Innere eines Gebäudes gefolgt.

»Nun, korrigieren Sie mich, Frankenfish, aber künstlich verursachte Mutationen sind so etwas wie Pekinesen. In freier Wildbahn werden die Viecher nicht alt. Wenn die Bewohner von Deluvia ihre Heilbrühe absetzen, dann bilden sich nicht nur die Symptome zurück, sondern die alte Menschenform kommt in wenigen Generationen zurück, und damit haben Sie endgültig verspielt.«

»Aber nein …« Pesceros führte seine Gäste eine abschüssige, breitstufige Rampe hinab. An ihrem Ende – hinter provisorischen Absperrungen – zeigte sich ein halbrunder Public-viewing-Place und eine gigantische bläulich schimmernde Wand. »Sie überschätzen mich wirklich, Herr Glennock. Ich manipuliere nicht die Natur, ich habe nicht die Macht, einen Planeten von Grund auf zu ändern. Meine Gene surfen nur auf einer von der Natur verursachten Welle, so wie die Quastenflosser, die Dinosaurier und die Säbelzahntiger auf den elementaren Wellen ihrer Zeit surften. Die Zeit der alten Menschenform ist vorbei, unsere dagegen gekommen, aber sehen Sie selbst …«

Vor ihnen erhob sich, so schien es, eine riesige gläserne Kugel im Eis. Wie eine gigantische, gewölbte Konvexlinse ragte sie aus der Wand des Gletschers.

»Was ist das?«

»Ein Fenster zum Meer. Hinter diesem Plexiglas befindet sich zwar Süßwasser, doch in einigen Kilometern geht es in Salzwasser über. Und jetzt passen Sie mal auf …«

Pesceros trat an eine Konsole und betätigte einen Knopf, worauf sich ein dumpfer, alles durchdringender Ton wie von einem Nebelhorn hören ließ. Ein paar Mal wiederholte er das Procedere, bis sich in dem verschwommenen Blau – noch ganz in der Ferne – zwei menschliche Gestalten manifestierten. Schnell kamen sie näher, fast sah es so aus, als würden sie sich wie Delfine bewegen.

»Was zur Hölle …«

Es waren ein Mädchen und ein Junge, und sie trugen keine Masken oder Tauchgeräte. Mit flüssigen, schlangenhaften Bewegungen näherten sie sich dem Glas. Wenn es etwas gab, das von ihren Kiemen ablenkte, dann waren es die großen wie Altgold schimmernden Augen und die langen fast durchsichtigen Haare.

»Da sind sie«, sagte Pesceros, »echte meeqquat imarmiut[43] …« Er spreizte die Finger seiner Hand und presste sie gegen das Glas. »Phite und Donny, kurz gesagt Amphitrite und Poseidon. Sie wurden vor sechzehn Jahren auf einer Hallig geboren. Die Mutter Gjertrud Peschke war wohl eine der ersten Reinrassigen, eine echte Meerfrau der Spezies Homo aquaticus, kein Hybride wie ich. Als die Atombomben fielen, schwammen sie offenbar in beachtlicher Tiefe in Richtung Dänemark, von dort aus über Island nach Grönland in den Scoresbysund. Anfangs dachte ich, es war Glück, dass sie uns fanden, inzwischen glaube ich, ihr untrüglicher Instinkt führte sie her. Ihre Mutter fiel leider der ersten Angriffswelle zum Opfer, ich hätte sie wirklich gerne kennengelernt.«

Die jungen Meermenschen waren in die Wölbung der Kugel getaucht und pressten ihre gespreizten Finger gegen das Glas. Sie waren von einer Schönheit, die selbst Glenner erstaunte: Die katzenhaften Augen des Mädchens schienen große, reine Reflektoren zu sein, goldene Spiegel, die alles intuitiv erfassten und in denen sich Freya wie ein verängstigtes Affentier widerspiegelte. Einmal abgesehen von den Kiemenspalten zeigten sich an ihrem Hals symmetrische gefiederte Kiemenäste, wie pulsierende weiße Korallen mit einem rosa Schimmer bereift.

---

43 Inuktit: Wasserkinder

»Ja, ich weiß, gegen diese beiden bin ich ein Auslaufmodell …«
Pesceros war an Freya herangetreten. »Obwohl sie angeblich eine
Schule besucht haben, sind sie nicht sehr gesprächig. Nur mit
Mami Wata haben sie einen regen Meinungsaustausch. Sie scheinen sich mit den Walen besser zu verstehen als mit uns Menschen.
Selbst ich fand das anfangs verstörend, doch aus Sicht der Evolution ergibt ihr Erscheinen durchaus Sinn: Das Steigen des Meeresspiegels macht ihnen nichts aus, und sollte es erneut zu einem nuklearen Schlagabtausch kommen – sollte auch Grönland vernichtet
werden –, dann dürften diese beiden das genetische Erbe der
Menschheit in die Tiefen der Ozeane tragen, und dort würde dann
eine völlig neue Evolution des Menschen beginnen.«

»Setzen Sie die Drogen ab, Mann!«, zischte Glenner. »Bei allem
Mitleid, das ich für diese Kinder habe, es wäre besser, die Mutter
hätte sie abtreiben lassen.«

Der Kopf des Jungen zuckte herum, eine winzige Furche erschien auf seiner silbrig glänzenden Stirn, um sich eine Sekunde
später zu glätten. Wie die filigranen Greifarme einer Seeanemone
bewegte er seine Finger, fast so, als wolle er Glenners Wut besänf-
tigen.

»Hat der mich etwa gehört?«

»Das nicht, aber seien Sie vorsichtig mit Ihren Gedanken«,
kommentierte Pesceros die Geste. »Ich bin mir nicht sicher, aber
die beiden könnten so etwas wie einen siebten Sinn haben.«

Er zog seine Hand von der Scheibe zurück und wartete noch,
bis sich die Gestalten im Blau des Meeres auflösten.

»Schön, was jetzt, Aquaman?«, unkte Glenner, sich vorsorglich
zu Knudson umsehend. »Wir haben alles gesehen – werden Sie uns
eine Gehirnwäsche verpassen?«

»Gähn! Sie hören mir einfach nicht zu …« Das akustische Signal seines Organizers lenkte Pesceros einen Augenblick ab. »Ent-

weder werde ich Sie beide heute noch nach Kulusuk zum Flughafen bringen lassen, oder Sie fahren alleine. Morgen früh geht eine Propellermaschine nach Reykjavík. Von dort aus können Sie Ihren Anschlussflug buchen. Auf meine Kosten, versteht sich.«

Glenner schnaubte ein paar Mal, wie um aufgestauten Dampf abzulassen. »Sie lassen uns tatsächlich laufen – obwohl wir wissen, was Sie planen? Warum?«

»Die Ethik der Orcas«, erwiderte Pesceros.

»Was soll das nun wieder heißen?«

»Nun, die letzte Robbe lassen sie laufen. Besser noch, die Orcas bringen das Tier behutsam an Land.«

»Sie sind ja verrückt …«

»Sicher, aber so verrückt nun auch wieder nicht«, erwiderte Pesceros. »Sie scheinen nicht zu begreifen: Hier, auf Grönland, waren Sie für uns eine Gefahr, in Ihrer Welt dagegen sind Sie nichts weiter als ein anderer Verschwörungstheoretiker, den man aus dem Verkehr ziehen wird. Um ehrlich zu sein, falls Sie Ihren Vorgesetzten erzählen, was Sie hier gesehen haben, wird man Sie in irgendeinen Knast stecken, und so dumm sind Sie nun auch wieder nicht.« Er schenkte Freya einen bedauernden Blick. »Du bist so still, Freya, kann es sein, dass du dich anders entschieden hast?«

Vielleicht hatte sie es bis zu diesem Moment selbst nicht gewusst, doch nach all dem, was sie gesehen hatte, kamen ihr plötzlich Zweifel, ob sie die zivilisatorische Metamorphose aushalten würde. Es sagt sich so leicht, einen neuen Anfang zu wagen, doch das hier, diese halbfertige Stadt unter dem Eis und ihre aquatilen Bewohner? Selbst wenn sie die kommende Menschheit sein sollten, irgendwie graute es ihr vor einem Leben im und unter dem ewigen Eis. Und letztendlich war die organische Wahrheit: Sie war Lungenatmerin, ein »auslaufendes Modell«, das die Evolution nicht mehr brauchte.

»Ich verstehe schon«, sagte Pesceros, »du folgst nur deinem Herzen. Lass uns wenigstens als Freunde auseinandergehen. Wir sind doch …?«

»Wir sind mehr als das«, brach es aus Freya heraus. Und ohne auf Glenners finstere Blicke zu achten, gab sie Pesceros einen langen, innigen Kuss. »Wir sind Seelenverwandte. Ich hoffe wirklich, dass Deluvia der Neuanfang wird, von dem alle Welt träumt.«

»Und du bleib gesund«, sagte er, »falls du es dir doch noch eines Tages anders überlegen solltest, melde dich im Aquatel auf Kap Brewster. Du hörst dann von mir.«

Freya nickte stumm, als ob das doch nie passieren würde. Noch während sie sich umdrehte, hatte sie das Gefühl, einen großen Fehler zu machen, denn die Wohntraumwelt mit ihrem Panoramaausblick auf die treibenden Eisberge hatte sie restlos verzaubert. Geld blendet, ging es ihr durch den Kopf. Doch genau das hatte er nie versucht. Er hatte ihr nur einen Job angeboten und eine Großbaustelle gezeigt – die Blaupause einer neuen Welt, deren Zeit gekommen war. Glenner war dagegen noch immer dem alten Materialismus verhaftet. Während sie mit Glenner, Knudson und Moreno den Aufzug betrat, der sie an die Oberfläche bringen würde, hatte sie Horrorvisionen vor Augen, was sie in Deutschland erwarten würde: Städte, die in brackigem Wasser versanken, Menschenmassen, in halb durchsichtige Regenhäute gehüllt, die Eimerketten bildeten und vor leeren Geschäften anstanden, Laufstege und behelfsmäßige Brücken über Einkaufspassagen, die nun eher schwimmenden Märkten glichen – warum wollte sie in diese Hölle zurück?

V.

Ob es der Abschied von Freya war oder ob er wirklichen anderen Verpflichtungen nachkommen musste, Pesceros überließ es jedenfalls seinem Adlatus Doktor Moreno und dem sinister dreinblickenden Knudson, die Gäste zurück zum Aquatel auf Cape Brewster zu bringen. Es gab dort einen Heliport, der Hubschrauber war offenbar das ideale Verkehrsmittel, die 800 Kilometer nach Kulusuk zu überwinden.

»Der Heliport ist ein paar Schritte von den Apartments entfernt«, sagte Moreno, während er Freya aus dem Schneemobil half. »Schade, dass Sie gehen. Sie hätten hier zweifellos eine große Zukunft gehabt. Denn wenn es in diesem Land an etwas mangelt, dann an gut ausgebildeten Fachkräften. Die Situation in Deluvia ist vergleichbar mit der in Dubai Anfang der Neunzigerjahre. Nur gibt es bei uns keine goldenen Sklaven, sondern nur freie Menschen, die von einer gerechteren Welt träumen und die sich nicht länger vor den Lungenatmern verstecken müssen.« Beiläufig bot er ihr ein paar frittierte Heuschrecken an. »Möchten Sie? Sind ganz frisch und mit Honig gewürzt.«

Freya zwang sich zu einem höflichen Lächeln und hoffte, damit war alles gesagt.

Sie liefen inzwischen eine künstliche Strandpromenade entlang. Der Sand bestand aus einem schimmernden Granulat, das lauter knirschte als echter Sand. Glenner hatte Shackleton aus seinem Käfig befreit, der zahme Pinguin wirkte wie reanimiert. Ob Moreno diesen Weg mit Bedacht gewählt hatte oder ob er sich selbst nicht richtig auskannte, war schwer zu sagen. Schließlich ging es eine Marmorit-Rampe hinauf, die zu einer Baustelle führte. Offenbar wurde hier eine Hafenanlage gebaut, denn die zackengeränderte Öffnung war von Spundwänden gerahmt. Das flackernde Licht von unterseeischen Schweißarbeiten erhellte das Wasser und zauberte grün funkelnde Sterne auf die Glimmersprenkel im Sand. Glenner begann giftig zu kichern.

»Wer soll denn hier anlegen, Moreno? Die Black Pearl – oder Käpt'n Nemo?« Er blieb stehen und beugte sich über ein improvisiertes Geländer. »He, sieh mal, Freya, die tragen keine Atemgeräte. Spart wahrscheinlich 'ne Menge Pressluft, ein Froschmensch zu sein.«

Knudson wollte ihn an den Schultern zurückziehen, doch Glenner schüttelte ihn ärgerlich ab.

»Was soll das, Herr Glennock?«, meinte Moreno. »Für diese Albernheiten haben wir keine Zeit. Was tun Sie denn da?«

Glenner hängte sich noch weiter über die Absperrung. Freya sah die sprunggeduckte Angespanntheit in seinem Körper, er hatte zweifellos etwas vor.

»Ich würde Ihnen nicht raten zu springen«, sagte Moreno. »Das würden Sie nicht überleben.«

»Ich hatte nicht vor zu springen«, sagte Glenner, »schließlich bin ich kein Fisch. Ich bin nur beeindruckt, aber das müssen Sie Ihrem Herrn und Meister nicht sagen, denn es wäre mir peinlich.« Es schien ihm schwerzufallen weiterzusprechen. »Doktor Moreno, nehmen wir einmal an, ich würde Ihnen anbieten … für Sie zu arbeiten, wäre das eine Option?«

Knudson wollte wieder hinlangen, doch Moreno machte eine versöhnliche Geste.

»Das nenne ich mal einen Sinneswandel auf dem Fallreep des Lebens.« Moreno trat neben Glenner und warf selbst einen abschätzenden Blick in die Tiefe. »Doch ist es dafür nicht reichlich zu spät?«

»Und wenn Sie für mich ein gutes Wort einlegen würden?«

Trotz des forschenden Blicks, mit dem er Glenner bedachte,

wirkte Moreno perplex. »Nun, nach allem, was Sie Herrn Pesceros heute an den Kopf geworfen haben, würde ich wohl einen ganzen Haufen guter Wörter für Sie einlegen müssen. Aber warum nicht?«

»Meinen Sie das im Ernst?«

»Ja, schließlich dient es doch einer guten Sache.«

»Hast du gehört, Freya?« Auch Glenner schien erleichtert zu sein. »Geben Sie mir Ihre Hand, Doktor Moreno, damit ich nicht denke, ich träume …« Er streckte Moreno seine gefesselten Hände entgegen, und dann – als der zögerlich einschlug – packte er zu und beförderte den Alten mit einer blitzschnellen Drehung der Hüfte übers Geländer.

Erbärmlich quakend breitete Moreno im freien Fall beide Arme, um dann mit den Füßen zuerst in die Flut einzutauchen. Absurd, aber Glenners Adéliepinguin stürzte sofort hinterher, es sah nach Rettungsaktion aus, und selbst Glenner war überrascht.

»Bist du jetzt völlig durchgedreht, Shack? Den willst du retten?«

Trotz seiner Leibesfülle hastete Knudson wieselflink an Freya vorbei. Aus einem Rettungsmittelkasten, der sich glücklicherweise in unmittelbarer Nähe befand, riss er einen orangefarbenen Ring und warf ihn seinem Chef hinterher. »Aber den braucht er doch gar nicht«, sagte Glenner. Er bückte sich nach einem Stahlrohr am Boden. Es war unhandlich und schwer, aber besser als nichts. »Keine verdammte Amphibie braucht einen Rettungsring, oder täusche ich mich?«

Der Bodyguard verlor keine Zeit. Lautlos preschte er vor, das niedersausende, auf seine Schläfe zielende Rohr parierte er mit dem Unterarm, dann hatte er Glenner am Schlafittchen gepackt.

»Das sieht nicht gut aus, Freya …« Der Bärenstärke des Inuit hatte Glenner wenig entgegenzusetzen. »Normalerweise würde ich diesem Monster jetzt zwei Finger in die Augen stechen, aber meine Hände sind leider gefesselt!«

»Hättest du dir das nicht früher überlegen können?«, rief Freya panisch.

Sie bückte sich nach dem Stahlrohr, wollte es aufheben, doch es entglitt ihren Händen. Der Inuit warf einen argwöhnischen Blick über die Schulter. Die Sekunde der Unachtsamkeit hatte Glenner gereicht, sich aus dem Griff zu befreien. Statt zurückzuweichen, fuhr er dem Bodyguard beidhändig an die Gurgel. Der zog den Hals ein und knickte die Finger des Würgers zurück. Auch Glenner reagierte blitzschnell, er riss seinen Oberkörper herum und verpasste Knudson einen Ellenbogenstoß ins Gesicht. Die Art, wie der Inuit profunden Schmerz wegsteckte, war bemerkenswert. Blut mochte aus seiner Nase tropfen, doch sein Kampfgeist war ungebrochen.

»Sieht nach einem Patt aus«, ächzte Glenner. »Nun tu doch was, Freya!«

Von Angesicht zu Angesicht – regungslos ineinander verkrallt und in ihre heißen Atemwolken getaucht – schienen die Kontrahenten wie versteinert. In ihrer Verzweiflung sprang Freya auf Knudsons Rücken.

»Versuch ihm mit den Fingern in die Augen zu stechen!«, würgte Glenner hervor. »Oder drück ihm die Nase zusammen!«

»Ich kann das nicht …«

»Tu es! Verdammt, ich krieg … keine Luft mehr …« Während Freya nach Knudsons Nase tastete, schnappte der Inuit wie ein wütender Terrier zu. Ausgerechnet ihr kleiner Finger geriet zwischen seine Zähne, und sie schrie gellend auf. Der Inuit machte allerdings keine Anstalten, seine Kiefer zu lockern, wobei ein aberwitziges Hin und Her um diesen Finger entbrannte. In seinen Augen stand die blanke Mordlust. Doch je mehr er sich zu wilden Bewegungen hinreißen ließ, umso unsicherer wurde der Griff um Glenners Kehle. Vielleicht hatte Glenner nur darauf gewartet – ein heftiger Kniestoß und die rechte Pranke des Bodyguards hing plötzlich grifflos im Leeren. Die Pockennarben auf seinem Gesicht traten jetzt dunkel hervor, wieder und wieder rammte Glenner seine Knie in den Unterleib seines Gegners, Stöße, die selbst Freya auf Knudsons Rücken noch spürte. Was zunächst wie eine wüste Breakdance-Einlage in der Vertikalen aussah, zeigte nun Wirkung. Knudson stieß Glenner von sich, seine Pranke langte nach Freya, bekam sie an der Schulter zu fassen. Es war nur ein Augenblick, doch er reichte einem Profi wie Glenner, sein Werk zu vollenden: Ein Hechtsprung, das Stahlrohr packen, ausholen und schlagen schienen eine Bewegung zu sein. Freya sah, wie der beidhändig geführte Totschläger auf Knudsons Schädel auftraf und eine klaffende Wunde hinterließ.

Der Riese fiel auf die Knie, seine Flackeraugen gingen plötzlich im Kreis, den Rundkick, mit dem Glenner ihm den Gnadenstoß gab, bekam er gar nicht mehr mit.

»Los, jetzt!« Glenner schleifte Freya wie eine zappelnde Gliederpuppe hinter sich her.

»Was soll das?«, japste Freya. »Wo zur Hölle willst du eigentlich hin?«

Die Tatsache, dass sie die Kontrolle verloren hatte, dämmerte Freya, als sie bemerkte, dass sie hinter Glenner herrannte. Endlich funkte ihr Verstand dazwischen, sie wollte stehen bleiben und sich über seine hirnlose Aktion auskotzen, und aus diesen widersprüchlichen Impulsen wurde ein Stolpergang. »Verdammt, ich hab dich was gefragt!«

Glenner zog sie in eine Lücke zwischen zwei Baumaschinen, er sah sie kurz an und gab ihr dann völlig unvermittelt einen recht innigen Kuss.

»Was ich vorhabe?« Er beobachtete einen Menschenauflauf an dem künstlichen Strand. Die Taucher und einige Bauschlosser halfen Moreno aus dem Wasser. »Ich rette uns gerade das Leben.«

»Bist du irre? Wir hatten freies Geleit.«

»Quatsch.« Er sah sie scharfäugig an, als könne er auf den Grund ihrer Seele blicken und wüsste, was in ihr vorging. »Ich denke gar nicht daran, Grönland zu verlassen … Du hast doch den Froschkönig gehört: Hier bin ich gefährlich, und damit hat er ausnahmsweise mal recht …«

Aus der Ferne hörte man Stimmen.

»Nun komm schon … Dass du dich jetzt so anstellst, ist völlig überflüssig, wir beide wissen doch, du wirst mitkommen, weil dir nichts anders übrig bleibt, Schatz …« Seine hellblauen Augen hatten einen herausfordernden, fast anmaßenden Ausdruck. »Lass dir eines von einem erfahrenen Mörder sagen«, seine Stimme war jetzt ganz ruhig. »Es bedarf mitunter ein paar Umwege, um ans Ziel zu kommen. Und man will auch seinen Spaß haben.«

»Hi, you awright, Buddy?« Eine Stimme ließ ihn zusammenzucken.

Die jungen Männer waren wie aus dem Nichts aufgetaucht. In ihren weißen Shorts und Hawaiihemden wirkten sie in dieser surrealen Umgebung wie Besucher aus einer anderen Welt.

»Ich fragte, alles in Ordnung? Im neuen Hafen hat es wohl gerade einen Unfall gegeben. Konntet ihr irgendwas sehen?« Noch immer verdutzt, richteten Glenner und Freya sich auf.

»Seid ihr von der Bataan?«, fragte Glenner.

Die beiden wechselten einen misstrauischen Blick.

»Woher wissen Sie das?«

»Ich arbeite für die NSA«, sagte Glenner. »Bin Amerikaner. Ihr habt doch nicht geglaubt, Uncle Sam lässt seine Soldaten im Stich?«

Einer der beiden lachte abfällig auf.

»Sie meinen, er passt auf, dass seine Kriegsgeheimnisse nicht in die falschen Hände geraten.«

»Was ist daran verkehrt?«, fragte Glenner. »Hört zu«, sagte er dann, »wir brauchen eure Hilfe. Die Frösche sind hinter uns her.«

»Die Frösche? Was du nicht sagst …« Der Ältere stieß seinem Kumpel leicht in die Rippen. »Na klar, wir helfen gern, wir sind doch gute Amerikaner.«

Ohne Vorwarnung versuchte er Glenner zu packen, während sein Freund wie eine Sirene aufjaulte: »Hier sind sie, hierher! Wir haben sie gefunden! Hilfe!«

»Shut up, idiot!« Glenners Körper schnellte wie eine Stahlfeder zurück. Sein Hinterkopf knallte dem Mann genau vor die Stirn. Wie ein Rind nach dem Bolzenschuss taumelte er auf wackligen Beinen zu Boden. Der andere zückte augenblicklich ein Messer.

»Don't move, dickhead«, raunzte er, da segelte ihm schon der schlaffe Körper seines Freundes entgegen. Selbst mit gefesselten Händen war Glenner den beiden haushoch überlegen. Die Hände zu einer Keule aus Knöcheln geballt, ließ er es Doppelfaustschläge regnen. Dann – gerade als Nummer eins wieder hochkommen wollte – sprang Glenner mit den Knien voran in den Messerartisten hinein. Dessen Kopf verfing sich in Glenners Armen wie in einer Astgabel. Glenner brauchte sich nur gemächlich zur Seite zu rollen. Freya hörte das Genick des Mannes wie ein Streichholz brechen, ein grausames Geräusch, so unerbittlich, dass der jüngere Matrose, der sich inzwischen wieder aufgerappelt hatte, auf und davon rannte.

»Ihr Navy Seals seid auch nicht mehr das, was ihr mal wart«, murmelte Glenner. Mit dem Gesicht eines großen Jungen, der gerade seine Spielkameraden um die Ecke gebracht hatte, bedachte er Freya mit einem Grinsen.

»Jetzt sind wir ein Team«, sagte er, während er seine Fesseln mit dem Messer durchschnitt. Sie fragte sich, was wohl passierte, hätte sie ebenfalls angefangen zu schreien, doch bevor sie die Antwort gefunden hatte, zog er sie hinter sich her. »Ist dir klar, dass wir hier nie rauskommen werden?«, japste sie einmal.

»Die werden uns finden und dann?«

»Abwarten. Wir einfachen Handlanger des US-amerikanischen Imperialismus sind vielleicht nicht mit allen Wassern gewaschen, aber wasserscheu sind wir nicht.«

Wie er das meinen könnte, dämmerte ihr, als er die Tür eines Baucontainers eintrat. Der Raum diente offensichtlich als Umkleide für die submarinen Arbeiter. Alles war vollgestopft mit Gasflaschen und Trockenanzügen. Ohne zu zögern, untersuchte Glenner die Flaschen.

»Nur Trimix, Mist. Was wir brauchen, sind noch zwei Argon-Pullen, ich bin sicher, dass es hier so was gibt.« Er begann manisch in den Regalen zu wühlen.

»Das ist der einzige Ausweg aus dieser Froschkolonie. Ah ja …« Freudig präsentierte er ihr zwei Zwei-Liter-Pressluftflaschen mit dem Edelgas, das er suchte. »So werden wir jedenfalls nicht frieren.«

Freya sah ihn entsetzt an. »Du … du bist wirklich verrückt!«

»Ich bin nichts, aber auch gar nichts gegen James Bond!« Glenner zwang sich bereits in einen der Trockis. »He, worauf wartest du, Mädchen? Wenn die uns jetzt finden, machen sie mit uns kurzen Prozess.«

Ein fernes Warnsignal, das sich gleich wiederholte, lähmte Freya für einen unendlich langen Moment. Dann riss sie einen der klamm riechenden Trockenanzüge von der Stange und quälte sich in die schlackernde Gummihaut.

Glenner, der bereits tauchfertig war, half ihr mit dem Anlegen der Tarierungsweste und begann den Lungenautomaten zu überprüfen. Die Argonflasche befestigte er am Spanngurt der Weste. Es ging jetzt ratzfatz, jeder Handgriff korrespondierte mit einer seiner

Anweisungen, dem Öffnen des Ventils ihrer Pressluftflasche folgte die Bitte zu checken, ob der Atemschlauch funktionierte. Mittlerweile half er ihr schon mit den Flossen.

Freya versuchte die Instrumente auf ihrer Konsole zu lesen. War ihre Pressluftflasche noch voll? Einerseits wollte sie ihm so wie früher vertrauen, andererseits als er sie erneut durch Augenzwinkern zur Eile antrieb, wurde ihr wieder schmerzhaft bewusst, dass er sie schon einmal hintergangen hatte. War es möglich, dass Glenner trotz bester Absichten tatsächlich dem diente, was Pesceros die dunkle Seite der Macht genannt hatte? Und rannte sie jetzt vielleicht in ihr Unglück, weil sie ihn liebte?

Glenner war mit den Vorbereitungen fertig. Er nahm sie in die Arme.

»Schon mal getaucht?«

»Ja, einmal in einem Schwimmbecken in der Karibik.«

»Dann hast du noch etwas vor dir … ein unvergessliches Erlebnis mit deinem liebsten Tauchlehrer. Da wir dicht unter der Eisdecke bleiben, können wir auf das Einhalten von Deko-Zeiten verzichten. Wir tauchen aus der Eisgrotte hinaus ein Stückchen ins offene Meer, gerade so weit, dass denen die Lust vergeht, uns zu folgen. Dann schwimmen wir einfach zur Küste zurück und von da sehen wir weiter.«

Zögerlich erwiderte sie seinen Kuss. »Mir gefällt die Sache nicht, du tust, als wäre das Ganze ein Spaziergang.«

Glenner wusste, dass ihre Bedenken begründet waren. Das Eistauchen stellte von allen Arten des Tauchens die höchste Anforderung an die Psyche, aber ihnen blieb schließlich keine andere Wahl.

»Reiß dich zusammen, Freya! Wenn diese verflixte Eisgrotte nach draußen führt, dann sind wir in zehn, zwanzig Minuten in Freiheit.«

Als Glenner und Freya vor den Baucontainer traten, schien sich nichts verändert zu haben. Etwa fünfzig Meter lagen zwischen ihnen und der hellgrün funkelnden See. Selbst die Schweißarbeiten im Hafenbecken wurden offenbar nicht unterbrochen.

»Folg mir einfach«, sagte Glenner. »Tu einfach so, als wärst du ein mies gelaunter Taucher, der gerade zu seiner Schicht antraben muss.«

Die Ermahnung wäre nicht nötig gewesen, denn Freya hatte ohnehin an dem Lungenautomaten zu schleppen. Durch ihre beschlagene Taucherbrille erkannte sie in der Ferne Knudson, der mit Arbeitern palaverte. Er sah auch zu ihnen herüber, doch ihre Tarnung war offensichtlich perfekt.

»He, sieh mal, da ist Shack!« Freya wies auf einen schwarzen, spindelförmigen Punkt, der unter Wasser hin und her jagte.

»Um Shack muss man sich keine Sorgen machen. Der schlägt sich immer irgendwie durch.« Und mit ernster Stimme: »Hör zu. Wenn wir im Wasser sind, schwimmst du immer hinter mir her, hast du verstanden? Es wird alles sehr schnell gehen müssen, oder es geht überhaupt nicht.«

Als Froschmann machte Glenner eine verdammt gute Figur, schoss es Freya durch den Kopf. Seine breiten Schultern drohten den hautengen Anzug zu sprengen, während er vor ihr ins Wasser stieg.

»Kommst du?« Als Profi watete er die letzten Meter rückwärts ins Wasser. Freya rutschte in diesem Moment aus und legte einen unfreiwilligen Bauchplatscher hin. Granulatsand wirbelte vor ihrer Sichtbrille auf, doch sie war fest entschlossen, nicht mehr aufzutauchen und sich somit verdächtig zu machen, sondern begann verbissen, die Luft aus ihrem Mundstück zu saugen. Ihr Blick klärte sich, sie erkannte abschüssiges, wie glatt poliertes Eis und in einiger Entfernung auch den Adélie, der sofort auf sie zusteuerte. Wahrscheinlich gingen er und Glenner nicht zum ersten Mal »baden«, denn er schwamm immer wieder an Glenner heran, um mit dessen Maske zu schnäbeln. Mach's gut, Deluvia, dachte sie. Und mach's besser, Heimatland der Inuit … Inuit Nunaat inuulluarit …

Das Wasser des Beckens war kristallklar. Sie konnte die Taucher am Schweißgerät sehen und Glenner, der – als sie tieferes Wasser erreicht hatten – ein Okay-Zeichen machte. Dann schwamm er los und legte gleich einen rekordverdächtigen Kraulbeinschlag vor, wahrscheinlich wollte er schnell das Hafenbecken durchqueren und in die Fahrrinne kommen. Während Freya spürte, wie der Anzug ihren Körper zusammenpresste, fragte sie sich, ob es nur Übermut oder unerschütterliche Zuversicht war, dass er zu wissen glaubte, wohin er schwamm. Sie spürte eine Drift, eine unterseeische Strömung, die sich, als sie ein vorgelagertes Eisriff erreichten, schlagartig verlor. Steil stürzten die Wände vor ihnen herab, danach war es fast so, als schwebten sie zwischen den eisstarrenden Flanken des Himalaja hindurch. Freya blinzelte ein paar Mal mit den Augen, um sich zu vergewissern, dass sie nicht träumte.

Inzwischen spürte sie auch die Eiseskälte des Wassers, entweder war ihr dieser Anzug zu klein oder nicht mit Argon, sondern mit irgendeinem anderen Gas auf Heliumbasis gefüllt. Dann gäbe es keine Isolation, und sie würde wohl früher oder später an Unterkühlung sang- und klanglos krepieren. Das Einzige, was sie auf Kurs hielt, waren Glenners Flossen und die Perlenschnur von Luftblasen, die er gleichmäßig aufsteigen ließ. Ein paar Tangbänke und Seefedern drifteten zu ihrer Rechten vorbei, weiter draußen glaubte sie auch Fische zu sehen. Doch Shackletons Manöver verscheuchten die Tiere.

Allmählich wurde es heller, Freya spürte eine neue, stärkere Strömung und betete insgeheim, sie würden nicht in einem

Gletscherfluss landen, der ins Nirgendwo der arktischen Unterwelt führte. Ihre Sicht verschwamm mehr und mehr, als würde sie anfangen zu halluzinieren. Sich auf alles, was sie in den letzten Tagen und Wochen gesehen hatte, einen Reim zu machen und nicht durchzudrehen, erforderte in diesem Moment eine wahrlich ausgeklügelte Gehirnakrobatik ohne Netz und doppelten Boden.

Lange Zeit hatte sie das Gefühl, orientierungslos in einem Glas mit Aquarellfarben zu tauchen. Viel hätte sie darum gegeben, wie ein Wal die submarine Eiswüste mit Sonarwellen abzutasten oder zumindest das liebenswerte Ping eines altmodischen Echolots zu hören. Stattdessen gestand sie sich ein, dass sie nicht mehr wusste, wo oben und unten war. Über Glenners Rücken glaubte sie riesige, silberne Pfützen zu erkennen, die sich wie Amöben bewegten. Da dämmerte ihr, dass sie sich dicht unter einer Eisdecke befanden. Die Luft, die Glenner ausatmete, formte sich über ihm zu silbrigen Lachen.

Natürlich, dachte sie. Noch ist der Fjord zugefroren. Jetzt sucht Superman also ein Eisloch? Hat er sich überlegt, dass das verdammt lange dauern kann?

Die schreckliche Vorstellung, hier unter dem Eis zu ersticken, lähmte für einen Moment ihre auf und ab schlagenden Beine. Sie hob den Kopf, hoffte innigst, so etwas wie einen Riss des eisigen Panzers zu sehen, doch wegen der vielen Spiegelungen war das unmöglich.

Glenner hielt plötzlich an und lenkte ihre Aufmerksamkeit auf den Meeresgrund vor ihr. Erst dachte sie, es seien nur Felsen, doch dann erkannte sie verschwommen die Silhouette eines Schiffs.

Die USS Bataan ... Luftblasen stiegen aus Glenners Mund auf, als er vor Aufregung die Lippen bewegte und dabei sein Mundstück verlor. Er blies es aus und machte wieder sein idiotisches Handzeichen, er sei okay.

Das Wrack war nicht auseinandergebrochen, sondern lag seitwärts auf dem Meeresgrund. Was wie Antennen aufragte, mochten die Überreste von Hubschraubern oder Düsenjets sein. Obwohl sie sicherlich noch einen halben Kilometer entfernt war, konnte sie die riesigen Löcher im Rumpf des Angriffsschiffs sehen, manche fast so groß wie das geborstene Welldeck, aus dem ein kleineres Landeboot ragte. Pesceros' Quallen hatten offenbar ganze Arbeit geleistet.

Merkwürdig, aber Freyas Blick auf das Wrack schien plötzlich diffuser zu werden, als hätte sich etwas Halbdurchsichtiges vor ihre Augen geschoben. Auch Glenner schien etwas bemerkt zu haben, denn er sah sich um. Irgendetwas stimmte hier nicht … Freya hörte ihren eigenen Atem wie den Niagarafall rauschen. Der Adélie sauste plötzlich an ihr vorbei. Was hatte ihn so in Panik versetzt? Sanfte Strudel wirbelten um sie herum, berührten sie wie unsichtbare Körper, die sie mitziehen wollten. Und dann berührte sie wirklich *etwas*. Es erinnerte an ein langes Band aus Folie, fast eine Girlande, doch kein Kunststoff der Welt zuckt bei Berührung zurück. Glenner begann in diesem Moment hektisch zu gestikulieren, wobei er sich fast um die eigene Achse drehte. Sie brauchte Handzeichen gar nicht zu deuten, auch ohne Taucherlampe war die riesige Cyanea-Qualle zu sehen. Ihr Umfang übertraf noch den des Kadavers auf dem Packeis des Scoresbysunds. Es war eine denkbar ungemütliche Situation, denn das Riesengeschöpf, das sich dank seiner Tentakeln über einen Radius von fünfzig Metern ausbreitete, schien zu fischen. Wie lange dünne Angelschnüre suchten sie im Wasser nach Nahrung.

Glenner bedeutete Freya, die erbärmlich fror, keine zappelnde Bewegung zu machen. Arktischer Seetang schwankte wie ein betrunkener Wald unter ihnen, warum sich die langen, dunkelgrünen Fahnen bewegten, hing zweifellos auch mit der Riesenqualle zusammen. Einige Zeit hingen sie einfach bewegungslos zwischen den halb durchsichtigen Tentakeln, denn Glenner zeigte nach unten – Abtauchen? – keine schlechte Idee. Behutsam ließ er Luft aus seiner Tarierungsweste entweichen und sank langsam ein paar Meter nach unten.

Freya schaffte es, ihm zu folgen, doch wenn sie der Vorhang der Fangarme schon extrem irritierte, ein zufälliger Blick auf den Tauchcomputer, bestätigte ihre Vermutung, dass sie mit halb leeren Flaschen losgetaucht waren. Fünf Minuten, mehr hatten sie nicht mehr, um ihren Weg an die Meeresoberfläche zu finden, und diese Erkenntnis versetzte sie augenblicklich in Panik. Die pulsierende Cyanea war jetzt über ihnen – sie drehte sich um ihre eigene Achse, trudelte und schien ebenfalls gemächlich zu sinken.

Bleib, wo du bist, Quallerina …

Glenner bahnte sich seinen Weg durch den Seetang, der stellenweise fast bis zur Eisdecke reichte. Irgendwie wurde es eng. Freya rechnete sich zum ersten Mal aus, dass die Sache schiefgehen würde. Eistauchen ohne Sicherheitsleine, was für ein Irrsinn … Auch Glenner schien nicht mehr recht weiterzuwissen. In seiner Not packte er ein paar der wellenförmig vorbeistreifenden Tentakel der Qualle und zog daran wie an einem lebenden Tau. Da er Handschuhe trug, konnte ihn das aus den Ampullen platzende Nesselgift nicht jucken. Der Qualle schien das Ganze nicht zu gefallen. Nachdem Glenner mehrere Fangarme ausgerupft hatte, zog sie ihren schirmartigen Körper plötzlich zusammen und entfernte sich mit einem gewaltigen, rückwärts gerichteten Ausstoß von Wasser.

Wenn Glenner gehofft hatte, der massige Körper der Qualle würde die Eisdecke über ihnen durchstoßen, dann hatte er sich getäuscht – das Eis war viel zu dick. Der Gallertkörper des Nesseltiers verwandelte sich in der Sekunde des Aufpralls in einen riesigen schwabbeligen Teller aus Schleim – und begann im nächsten Moment wieder zu sinken. Sie mussten hier weg!

Glenner sah sich nach Freya um, nur um festzustellen, dass sie längst an ihm vorbeigekrault war. Jetzt drehte sie sich auf den Rücken, um die Eisdecke besser sehen zu können. Die Qualle war nicht mehr das Problem, sondern der kleine Zeiger auf ihrer Konsole, der Minutenzeiger des Flachdruckmanometers, der in diesem Moment anzeigte, dass nur noch wenige Luftmoleküle in ihrer Pressluftflasche herumschwirrten.

Das war's, dachte Freya. Er hat dich gerettet, und jetzt bringt er dich um … In wilder Panik sah sie sich um: Auch Glenner schien keinen Ausweg mehr zu sehen. Mit beiden Fäusten hämmerte er gegen diesen Himmel aus Eis. Jeder Schlag dröhnte dumpf hinab in die See. Zuletzt löste er die kleine Argonflasche von seinem Gürtel. Ohne auf den Inflatorschlauch und den Adapter zu achten, benutzte er sie als Hammer. Es schien absurd, und doch zeigten sich bald die ersten Risse im Eis. Ermutigt hämmerte er weiter drauflos. Freya hatte schon leichte Atembeschwerden, trotz des mit Argon gefüllten Anzugs wollte sie schier zu Eis erstarren. Zu allem Übel lockte das Gehämmer auch noch zwei Grönlandhaie herauf. Diese Grundhaie, die mit ihrer grauen, runzligen Haut von Weitem an kleine U-Boote erinnerten, waren zwar ungefährlich, doch sie verschmähten bekanntlich kein Aas. Vielleicht witterten sie bereits eine deftige Mahlzeit, denn sie zogen immer dichtere Kreise, ihre blinden, von Parasiten befallenen Augen zuckten verräterisch hin und her.

Sie spüren, wir sind geliefert, dachte Freya. Was sie jetzt hörte, war ihre eigene Hyperventilation, wobei die Luftblasen, die aus ihrem Mundstück kamen, immer weniger wurden.

Und dann sah sie plötzlich, wie Shackleton pfeilschnell an ihr vorbeischoss, einen der Haie fast rammte und über ihr einfach verschwand. Freya starrte hinauf zu der vor silbrigen Blasen wabernde Decke, und endlich erkannte sie einen trapezförmigen Lichtfleck, der heller und gleichmäßiger als das Umfeld war. Sie schwamm zu Glenner und packte ihn an der Schulter. Seine Augen waren schreckgeweitet, und erst sah es so aus, als weigere er sich, ihr zu folgen, doch dann hatte er begriffen, packte sie und strampelte los. Erschöpft und um den letzten Rest Atemluft ringend, tauchten sie auf.

»Shack, you old son of a gun!« Glenner spuckte sein Mundstück aus und hängte sich erschöpft in seine Schwimmweste hinein. »Hab ich es dir nicht gesagt, Freya? Shack ist sein Gewicht in Gold wert. Wir haben es geschafft, Mädchen!« Shackleton bewegte seine Flügelstummel, als würde er sich selbst applaudieren. »Ja, ja du bist der Größte!«, rief Glenner. Und zärtlich an Freyas Adresse gerichtet: »Mit dir kann man wirklich Pferde stehlen, Freya …«

Sie war viel zu erschöpft, um sich ein Lächeln abringen zu können, und sie entledigte sich des Lungenautomaten noch im Wasser, damit er sie leichter hochziehen konnte. Tatsächlich waren sie in einem Fjord aufgetaucht, das Land war als graubrauner Schatten in der Ferne zu sehen. Ein paar Sterne standen am Himmel, helle Nadelstiche in einem Stück Pappe, unter dem sie Hand in Hand gingen. Dem Tod unter Wasser waren sie entkommen, doch Freya ahnte, das böse Erwachen stand ihr noch bevor.

VI.

Der Tempel des Devonischen Zirkels ähnelte einer grell beleuchteten Tropfsteinhöhle in einem Mario-Bava-Film der allerbilligsten Sorte. So sah es jedenfalls Frodo, als er das Bauwerk zum ersten Mal aufsuchte. Die Decke des Gewölbes strotzte von feucht glänzenden Eis-Stalaktiten, die sich wie gigantische Zuckerrüben ausnahmen und mit ihren Spitzen die Oberfläche der künstlich angelegten Tümpel berührten. Sie hätten einen weitgereisten Kosmopoliten vielleicht an die Grotten von St. Cézaire im Hintergebirge von Cannes erinnert, aber Frodo staunte intellektuell eher halsbrecherische Bauklötze in die Gegend. Als er Doktor Moreno in der Menge der Besucher entdeckte, konnte er nicht länger an sich halten.

»Rustikal futuristisch!«, rief er aus. »Ist das eine alte Edgar-Wallace-Kulisse? He, jetzt weiß ich's, hier wurde *Planet der Vampire* gedreht, kennen Sie den?« Moreno hatte ihn endlich erkannt, winkte und kam ihm glucksend entgegen.

Es war schwer zu sagen, ob er Atemprobleme hatte oder lachte. Den Sturz ins neue städtische Hafenbecken vor ein paar Tagen hatte er dem Anschein nach unbeschadet überstanden, Apama gegenüber hatte er allerdings von einer schweren Erkältung gesprochen. Ob er sich deshalb in diese weiße Tunika gehüllt hatte? Die Farbe seiner Hände und seines Gesichts glich jedenfalls so sehr den farbigen Schatten zwischen den Felsen, dass es Frodo vorkam, als schwebe ein weißer Umhang körperlos auf ihn zu. Moreno hatte sogar weiße Wildlederschuhe an den Füßen.

»Sie machen mir Spaß, mein lieber Frodo.« Eine dunkle, sehnige Hand spreizte sich vor Frodos Augen zu einem gesprenkelten Fächer aus runzliger Haut. »Sie haben sich von der Operation bestens erholt und gut eingelebt – offenbar haben Sie die Chance des Schicksals genutzt.«

Zumindest bei Guppy …, dachte Frodo. Noch immer war sein ganzer Körper dabei, sich zu verändern, sich umzustellen, doch es verlief alles nach Plan. Vor allem die Atemwege hatten sich inzwischen verändert. Täglich trank er mehrere Liter köstliches Grundvand; obwohl es bei Zimmertemperatur wie die unreine Landbrise eines levantinischen Hafenbeckens roch, hatte es offenbar seine Genesung bewirkt. Frodo fühlte sich so weit hergestellt, dass er arbeiten konnte. Doch noch immer hielt er sich vornehm zurück, der innere Lungenatmer hatte Angst davor, die Brücken für alle Zeit abzubrechen. Die verlöschende Zivilisation, von der er einen Teil ausgemacht hatte, schien ihn immer noch über den Ozean zu rufen.

»Sie werden Ihre Entscheidung nicht bereuen«, sagte Moreno. »Sie werden bei uns nicht nur gesund, Sie werden ein anderer Mensch. Das Wohnkonzept von Deluvia ist organisch und basiert auf den Vorgaben der Natur. So entsteht ein Optimum an Harmonie und Grundstein einer neuen, besseren Welt als Symbiose aus Businessplan, Überlebenszyklus und Zukunftsplanung. Vom devonischem Öl zur devonischen Menschheit!« Ein lauter Tempelgong, begleitet von Vibrafontönen, ließ ihn aufhorchen. »Ach du liebes bisschen, ist es schon so spät? Die Inauguration im Biotop beginnt in ein paar Minuten. Kommen Sie mit?«

»Warum nicht?«, sagte Frodo.

Er folgte Moreno eine mit Schlingpflanzen bewachsene Rampe hinauf. Sie führte nach draußen auf eine begrünte Terrasse, die wie eine natürliche Fortsetzung der unterirdischen Schwimmanlagen erschien. Die überhängenden Ränder der künstlichen Höhle dienten als Überdachung.

»Und? Was sagen Sie?«

»Was ich sage? Na ja …« Frodos Augen brauchten eine Zeit, um sich an das Halbdunkel zu gewöhnen, aber die Orgie im

Grünen, die in drei, vier Schichten ineinander verschlungenen Leiber waren nicht wirklich zu übersehen.

»Böse Zungen haben diesen Ort Halleluja-Wiese getauft oder auch Garten Allahs! Der gute Knudson würde wohl vom Qudlivun, dem Paradies der Inuit, sprechen. Uns ist es gleich, wie die Menschen diesen Ort nennen, vorausgesetzt, dass alle dasselbe darunter verstehen.«

Ein paar nackte Meermädchen huschten an ihnen vorbei. Auch sie hatten den Tempelgong gehört und wollten nichts von den Festlichkeiten verpassen.

»Wie wär's mit Gauditorium?«, unkte Frodo. Inmitten des Menschenauflaufs entdeckte er Bieker. Seinen Verrenkungen nach war er eifrig am Beten.

»Sie übersehen offensichtlich die sakrale Dimension.« Moreno sah den Nymphen verzückt hinterher. »Ach, ja, die Jugend!« Mit einem Polypenblick zog er die jungen Geschöpfe an sich – zumindest in Gedanken, bis sie alle ineinander verschlungen wie ein Sextett verkochter Spargel zu einem perlmuttfarbenen Flecken verschmolzen. »Die Lampenlöschspiele der Inuit haben uns inspiriert, das würde ich gar nicht leugnen wollen. Warum auch? Ähnliche Riten waren übrigens allen heidnischen Völkern vertraut, denn in der Geliebten findet der Heide nun einmal die Gottheit, die er verehrt: Natur.« Moreno deutete auf die Wiese, wo sich gerade eine neue Pyramide aus Leibern auftürmte.

»Aus diesem Gottesdienst erwächst neues Leben. Wer so dem Schöpfungsgeist huldigt, kommt gewiss ins Paradies …«

»… sagte der Schwanzlurch und glaubte, damit aus dem Schneider zu sein!«, frotzelte Frodo.

»Ich muss doch bitten!« Trotz des farbigen Lichts erschien Moreno plötzlich wie eine rotstichige Version seiner selbst. »Ich finde Ihre Wortwahl beleidigend, junger Mann.«

»Wieso? Ein Schwanzlurch wird nun mal nie erwachsen. Das weiß ich von meinem Vater. Der sagte immer, der Schwanzlurch kommt sein ganzes Leben nicht über das Larvenstadium hinaus. Das Phänomen nennt sich Neotenie. Ein Schilddrüsendefekt, wird behauptet, jedenfalls fehlt es den Tierchen an Thyroxin, was normalerweise bewirkt, dass aus einem Jugendlichen ein Erwachsener wird. Viele Molcharten bleiben deshalb ein Leben lang – wie soll ich sagen – Dauerlarven. Wie ihr Lieblingstier, Doktor, der Axolotl.«

»Na dann …« Moreno strich mit der Hand über seine Kiemen. »Hauptsache, dass Sie mich nicht Grottenolm nennen.«

»Sicher nicht«, sagte Frodo. Er schnappte sich ebenfalls eine Wasserwanze und ließ den Chitinpanzer knacken. »Wie geht's jetzt weiter?«

»Warum die Dinge unnötig verkomplizieren?«, sagte Moreno. »Folgen Sie einfach Ihren natürlichen Instinkten, mein Freund, und es wird alles gut.«

Sie standen inzwischen an einem kalten Büfett, und Frodo begutachtete die Platten, auf denen er schmackhafte Hors d'œuvres entdeckte. Gewohnheitsmäßig schnappte er sich die Käfertortilla. Der Fladen ließ sich gut von der Hand essen und galt in Deluvia als das Finger-Food-Gericht der Saison. Moreno bediente sich von den frittierten Wasserwanzen. Sie waren kaum größer als Erdnüsse und knackten zwischen den Zähnen.

»Man muss zu seiner Andersartigkeit stehen. Sie, Frodo, sind in dieser Hinsicht ein Vorbild.«

»Vorbild? Wer? Ich?« Frodo winkte nur ab. »Hören Sie, Doktor, Sie wissen es vielleicht nicht, aber ich hatte da draußen ein richtig beschissenes Leben – einen Scheißjob und eine Hypothek an der Backe. Ich muss Geld verdienen, verstehen Sie? Je länger ich wegbleibe, umso tiefer gerate ich in die Kreide.«

»Dann bleiben Sie doch einfach hier.« Moreno hatte in einer Schale mehrere strohfarbene Zigarillos entdeckt. Er nahm eines, roch daran und entzündete es an einem der Windlichter, die die Speisen anheimelnd illuminierten. »Sie sind Wassertechniker, oder nicht?« Aus den Kiemenspalten an seinem Hals traten feine Dunstschwaden aus. »Hier sind Sie genau richtig, denn diese Stadt wird mit Wasser gebaut. Leute wie Sie werden in Deluvia händeringend gesucht.«

»Und wie soll das gehen?«, fragte Frodo. »In welcher Währung wollen Sie mich bezahlen? Oder glauben Sie, ich gebe mich mit Naturalien zufrieden?«

Moreno begann zu hüsteln, als hätte er sich verschluckt. »Jetzt klingen Sie wie ein kleiner Betriebswirt. Geld, immer nur Geld …« Er wies auf die Halleluja-Wiese. »Was ist mit Apama? Sex ist für eine Mucama wie atmen.«

»Okay, schon kapiert.« Der Gedanke an Apamas mit Goldschminke verzierten Körper hatte sämtliche Schaltzentren in Frodos Brägen blockiert. »Sie können trotzdem nicht erwarten, dass ich unentgeltlich für Sie arbeiten werde.«

»Sie arbeiten nicht umsonst«, sagte Moreno. »Geld ist nicht nötig, damit ein Versorgungssystem funktioniert. Selbst hartgesottene Kapitalisten wie Klaus Schwab sind inzwischen so weit, ihr selbst konstruiertes Erfahrungsgefängnis – die Vorstellung, dass nur Geld glücklich macht – in die Wüste zu schicken. Eine Gesellschaft ohne permanente Zinswirtschaft, ohne Existenzangst und künstlich gesteuerte Furcht vor der Zukunft – wie klingt das für Sie?« Er bedachte Frodo mit einem durchdringenden Blick. »Es steht Ihnen natürlich frei, in die Ruinen der gescheiterten Zivilisation zurückzukehren, dort Geld zu verdienen und bis an Ihr Lebensende ein unglückliches Dasein zu führen.«

»So, so.« Frodo hatte ungebetene Ratschläge schon immer als

nervend empfunden. »Was fehlt mir denn – Ihrer Ansicht nach – zu meinem Glück?«

»Eine Frau wie Apama natürlich.«

»Vielleicht nehme ich sie ja mit«, sagte Frodo.

»Um sie unglücklich zu machen?« Moreno reckte den Hals, um besser sehen zu können, was sich auf der sumpfig-dämmrigen Wiese abspielte. »Apama würde keine drei Wochen in Ihrer alten, mechanischen Welt überleben.«

»Das war aber richtig tief eben«, befand Frodo. »Reden wir lieber mal von meinen anhaltenden Existenzsorgen.«

»Und die wären?« Moreno knabberte genüsslich vor sich hin. »Sehen Sie, alle Existenzsorgen der Männer sind im Grunde genommen – Sexistenzsorgen. Geld, Macht und Prestige sind, wenn Sie ehrlich sind, doch nur Mittel zum Zweck. Hier in Deluvia wird kein Umweg gemacht, nichts sublimiert.«

»Is 'ne irre Show, die die hier abziehen.« Durch Frodos glasige Augen schien sich das Gewimmel der Gliedmaßen noch zu multiplizieren. »Der alte de Sade hätte Ihnen jetzt sicherlich auf die Schulter geklopft.«

»Sogar mit Sicherheit«, sagte Moreno, »denn fest steht, dass de Sade auch ein Kiemenmensch war. Als elitärer Moralist erfuhr er seine Andersartigkeit natürlich als Anomalie, und aus der Ablehnung des eigenen Körpers entstand Perversion. Einige Brüder des Zirkels denken schon länger darüber nach, de Sade in den Stand eines Schutzheiligen zu erheben.« Er hatte zu Ende gegessen und wischte seine Hände in einer Serviette ab. »Ich geh dann mal«, sagte er und setzte sich in Bewegung. »Kommen Sie mit?«

»Ich warte noch. Auf Apama«, rief Frodo. Meine Guppy wird sich schon um mich kümmern.

Sie waren inzwischen tatsächlich ein Paar. Während sie sich selbst ein Gleichgewicht zwischen Einschränkung und auserwählten Genüssen auferlegte, hatte Apama ihn gelehrt, dass in der Enthaltsamkeit um der Enthaltsamkeit willen kein besonderes Verdienst lag. Auch ein Credo der devonischen Gemeinde gab über diesen Punkt eindeutig Aufschluss, es war die einzige Stelle, die selbst Bieker auswendig kannte: *Der von der Reproduktion befreite Sexus vertieft die emotionale Bindung der Partner und überwindet das Erstarren der Beziehung in einer muffigen, unerfreulichen Aufzuchtsymbiose.*

Seltsam nachdenklich gestimmt schlenderte Frodo durch in die künstliche Tropfsteinhöhle aus Eis. Der Klang der Vibrafone machte ihn schwindelig, aber es war besser, als den Stoßgebeten zu lauschen, die die Halleluja-Wiese erfüllte.

Man kann nur den Sumpf oder die Sterne haben, dachte er, beides geht einfach nicht. Wenn er ehrlich war, hatte er sich bereits entschieden, doch als Zivilisierter hatte er eben noch eine Zeit lang mit sich selbst Versteck spielen müssen.

Wo Guppy nur blieb? Kaum dass sie weg war, fehlte sie ihm. Frodo fragte sich gelegentlich, ob das schon eine Art Hörigkeit war. Oder womöglich wahre Liebe.

Die besten Tümpel waren um diese Uhrzeit von jungen, agilen Männern belagert. Wahrscheinlich arbeiteten sie für Moreno oder Pesceros, es waren wohl wasserdichte Laptops, an denen sie saßen, denn sie tippten mit nassen Händen.

Ein normaler Tag in einer etwas anderen Zivilisation geht zu Ende.

»Darf ich dir behilflich sein?« Frodo nahm einem hübschen, voll entwickelten Amphibienweibchen ein voll beladenes Tablett aus der Hand. Sie nickte freundlich, und Frodo folgte ihr zu einem Pool. Angesichts des in Honigtunke schwimmenden Heuschrecken-Tofus lief ihm doch noch das Wasser im Mund zusammen. »Willst du das alles alleine essen? Oder erwartest du Gäste?«

Sie schüttelte den Kopf. »Du bist Apamas Freund, ja?«

»Woher weißt du das?«

»Ich bin Apamas Schwester.«

»Grotesk!«, sagte Frodo. »Guppy hat mir nie von einer Schwester erzählt.«

»Wir sind doch alle Schwestern«, sagte das Mädchen. »Willst du nicht ablegen?«

Erst jetzt fiel Frodo auf, dass er noch immer seinen Overall trug. Sein Organizer und das Headset lugten arbeitswillig aus der Brusttasche hervor.

»Nun sei kein Frosch, kleiner Mann«, legte sie nach, und Frodo entschied sich, dieser unmissverständlichen Aufforderung Folge zu leisten. Es war eh viel zu schwül. Sie watete bereits ins Wasser und beobachtete ihn über die Schulter.

»Wie heißt du denn, kleines Schwesterchen?«

»Mein Name ist Sedna.«

»Wie die Meeresgöttin, oder?«

»Ich bin die Meeresgöttin!«, kicherte sie. »Wir alle sind Sedna. Das Wasser ist weiblich.«

»Du bist crazy, Baby, das bist du! Einfach freaky, aber das ist schon okay.«

Er hatte gerade einen Fuß ins Wasser gesetzt, als sein Telefon summte.

»Hörst du nicht?«, fragte Sedna. Ihre Finger kraulten bereits seine regenerierten Kiemen.

»Lass es klingeln«, sagte Frodo.

»Warum?« Vielleicht war es nur kokett gemeint, aber sie angelte sich seinen Overall und wühlte das Telefon zum Vorschein. Mit seriös klingender Stimme meldete sie sich zu Wort.

»Und? Wer ist es?«

»Irgendein Blödmann.« Sie hielt ihm einfach den Hörer ans

Ohr. »Mal spricht er englisch, mal wieder deutsch. Ich kann ihn nicht richtig verstehen.«

»Hallo?

»Frodo? Sind Sie das? Können Sie sprechen?« Das ferne Stimmchen im großen Rauschen klang ohne Zweifel nach Minski, er klang auch so, als versuche er, seine Stimme zu verstellen. »Können Sie sprechen?«

»Minski, Sie Hirni, warum müssen Sie immer nach Feierabend anrufen?«

Sedna drückte Frodo in eine warme ausgewaschene Kalksteinkuhle und setzte sich auf ihn.

»Wo zum Teufel stecken Sie, Frodo? Sind Sie noch immer auf Grönland?«

»Das bin ich«, sagte Frodo, während er mit einer Hand Sednas Schultern massierte.

»Wie muss ich mir das vorstellen?«, fragte Minski.

»Nun, ich befinde mich momentan … in einer Art Tempel-Sauna unter dem Eis.«

»Dann ist es also wahr!«, flüsterte Minski. »Entsetzlich, Sie Ärmster!«

»Ich weiß nicht, was Sie meinen, aber ich habe das Gefühl, den Leuten, die hier leben, geht es besser als den Leuten in der alten Welt, Minski. Es gibt hier keine Zwangs- und Profilneurotiker, die andauernd Stress machen, um ihren beschissenen Lebensstandard zu verbessern. Es gibt auch keine Narzissten, die Eigenliebe als politische Arbeit verstehen und gut davon leben, unter den Leuten Zwietracht zu säen. Hier dagegen werden die Grundbedürfnisse des Menschen äußerst unkompliziert und zärtlich erfüllt.«

Die Mucama, die sich Sedna nannte, blinzelte mit ihren großen Augen einmal über die Schulter.

»Gott, Sie klingen verändert«, flüsterte Minski. »Ich hoffe, es geht Ihnen gut …«

»Bestens«, sagte Frodo, »Sie können sich nicht vorstellen, wie gut es mir geht.«

»Und Bieker?«

»Bieker ist beten. Auf der Halleluja-Wiese. Ich glaube, ihm geht es noch besser als mir.«

»Wann kommen Sie wieder zurück?«

»Das steht noch nicht fest. Ich lass es Sie wissen, wenn es so weit ist.«

»Verstehe …« Minski atmete hörbar durch. »Was ist mit diesen Kreaturen? Sie wissen schon … Sie erinnern sich, was Sie Heller damals am Telefon sagten?«

Frodo ahnte, dass Sedna jedes Wort mithören konnte.

»He, Kleine, tu mir den Gefallen und schwimm ein bisschen im Kreis …«

»Hab ich was falsch gemacht?«, flüsterte sie, aber er machte nur eine Alles-ist-gut-Handbewegung.

Sie tauchte langsam unter, so weit, dass ihre Nase unter Wasser war. Ihre Augen waren noch immer auf ihn gerichtet. Mit ihrem hellen, regungslos schwebenden Körper erinnerte sie ihn tatsächlich an eine Amphibie, die nur darauf wartete, sich auf ihn zu stürzen.

»Frodo? Jetzt machen Sie's doch nicht so spannend!« Frodo atmete ein paar Mal durch; er wusste, was er jetzt sagte, würde sein Schicksal besiegeln, es gäbe dann kein Zurück mehr, sein kleines Plätzchen auf der Galeere namens Hydrocheck Worldwide wäre von nun an von einem anderen Sklaven besetzt.

»Es gibt keine … Kreaturen«, sagte er dann. »Hier arbeiten Genetiker und Biologen, das ist alles. Die Wasserwiederaufbereitungsanlage habe ich inzwischen gereinigt, eine neue Wasserprobe werde ich Ihnen bei Gelegenheit schicken, aber wenn mich meine bescheidenen Bordmittel nicht täuschen, dann dürfte es sich um erstklassiges Trinkwasser handeln.«

»Das … das freut mich«, stotterte Minski. »Was ist mit der Sekte – diesem Devonischen Zirkel?«

»Alles Unfug. Das Hobby eines neureichen Jungen, um sich wichtigzumachen.«

»Aber die Gentherapie …«

»War nicht festzustellen gewesen. Algen im Wasserfilter, ein paar Mikroorganismen … Wir haben die Anlage durchgespült, und das war's.«

»Tja, Frodo, wie soll ich sagen, ich glaube Ihnen kein Wort …« Das Gespräch lief offenbar nicht so, wie Minski es wünschte. »Sie haben das Traktat doch gelesen, oder? Haben Sie vergessen, dass diese … widernatürlichen Freaks … ganz Grönland abschmelzen wollen, um ihre Wahnidee von einer Wasserwelt durchzusetzen?«

»Ach Minski, Sie langweilen mich«, gähnte Frodo. »Sie sind einer Ente aufgesessen und jetzt spielen Sie die beleidigte Leberwurst, Mann. Ich sagte Ihnen doch, dieser Pesceros ist nur ein Nerd, ein Freak, der seine Millionen damit verplempert, Seetang anzubauen und mit Walen zu spielen. Er ist kein zweiter Bin Laden, verstehen Sie?«

Am anderen Ende der Leitung herrschte Schweigen. Dann kapierte Frodo, dass der Hörer weitergereicht worden war.

»Frodo, hier ist Heller …«

»Na, mir bleibt aber auch gar nichts erspart«, seufzte Frodo und patschte ein paarmal ins Wasser, um das Meermädchen auf Abstand zu halten.

»Wie geht's, wie steht's, Chef?«

Irgendwie schaffte Heller es, seine Stimme unter Kontrolle zu halten.

»Nun, ich sitze in einem Bunker, mein Gutester. Unser altes Büro gibt es nicht mehr. Jeden Tag meldet sich einer krank, und jeden dritten Tag schalten wir eine Todesanzeige. Wir sind erledigt, mein Junge.«

»Ach was?«, mümmelte Frodo. Er wusste, Heller hatte nichts gegen ihn in der Hand. »Das ist ja entsetzlich …«

»In der Tat«, bestätigte Heller. »Ich möchte nur eines von Ihnen wissen: Haben Sie diese … diese amphibischen Menschen mit eigenen Augen gesehen?«

»Amphibische Menschen?« Frodos Hand massierte seine Kehle, die seitliche Stelle, an der sich die Haut seit Tagen merkwürdig spannte. »Wovon reden Sie, um Himmels willen?«

»Aber Frodo, Sie sagten am Telefon, die Besatzung der Devon III sei nicht menschlich … erinnern Sie sich?«

»Na und?«, schnarrte Frodo. »Mal ehrlich, Heller, wen würden Sie aus Ihrem Bekanntenkreis noch als menschlich bezeichnen? Oder von den Leuten, die Sie abends in den Nachrichten sehen? Die Bande, die für all das Elend verantwortlich ist? Wie würden Sie diese Kreaturen bezeichnen?«

»Also, bitte!« Heller räusperte sich, als ob er plötzlich auch ein Bronchienproblem hätte. »Ich spreche jetzt nicht als Kollege zu Ihnen, sondern als … Homo sapiens …«

»Sie sprechen als Homo mit mir?«, funkte Frodo boshaft dazwischen. »Da sind Sie bei mir an der falschen Adresse!«

»Ich sagte Homo sapiens, Sie Dämel! Damit will ich sagen, wir sind beide vernunftbegabte Menschen, nicht wahr?«

»Weiß nicht«, meinte Frodo, »bei Ihnen bin ich mir da nicht so sicher …«

»Hören Sie, noch können wir diese … diese Kreaturen aufhalten. Doch Voraussetzung ist, dass wir – wir Menschen– an einem Strang ziehen.«

»Hellerchen, Hellerchen, für einen Verschwörungstheoretiker hätte ich Sie gar nicht gehalten. Wenn sich die Verhältnisse normalisiert haben, sollten Sie sich einweisen lassen!«

Heller jaulte auf, es klang, als würde er das Telefon würgen. Minski schaltete sich wieder ein. »Frodo, bitte, ich mache Ihnen keinen Vorwurf, denn Sie sitzen am Arsch der Welt und haben keine Ahnung, was hier passiert. Diese Kreaturen haben uns unterwandert. Plötzlich scheint es da draußen nur so von diesen Mutanten zu wimmeln. Jetzt, wo der Westen am Boden liegt, kommen sie aus ihren Löchern. Auch in anderen Ländern. Die chinesische Regierung glaubt, sie hätten den Drei-Schluchten-Staudamm sabotiert. Wahrscheinlich haben Sie noch gar nicht vom größten Dammbruch in der Geschichte der Menschheit gehört. Und jetzt heißt es, der Assuan-Staudamm in Ägypten sei nicht mehr sicher …«

»Das sind doch gute Nachrichten«, gluckste Frodo, »dann lernen die Fellachen mal schwimmen.«

»Hören Sie auf!«, flehte Minski. »Das Ganze scheint eine von langer Hand vorbereitete Verschwörung zu sein. Ich weiß das aus erster Hand, denn ich arbeite für den Mossad. Ja, jetzt sind Sie platt, aber so ist es.« Er glaubte vielleicht, endlich den archimedischen Hebel gefunden zu haben. »Wenn Sie etwas wissen, Frodo, dann sollten Sie jetzt mit der Wahrheit rausrücken.«

»Hat Ihnen schon mal jemand gesagt«, begann Frodo, »dass Sie mit dieser Nummer im Vorabendprogramm der ARD auftreten können?«

Minski und Heller wechselten hektisch den Hörer. Sie schienen sich zu beratschlagen, vielleicht waren da auch noch andere Leute im Raum. Dann meldete sich Hellers Stimme wieder.

»Haben Sie sie gesehen, ja oder nein? Antworten Sie, oder ich schmeiße Sie raus!«

Sedna tauchte in diesem Augenblick zwischen Frodos Beine. Vielleicht hatte sie die ganz Zeit da unten gelegen und auf ihren Einsatz gelauert.

»Frodo? – Haben Sie mich gehört?«

Frodo hing auf dem Beckenrand, das Handy schien plötzlich Tonnen zu wiegen.

»Tut mir leid, Sie Homo sapiens, ich bin es, der Ihnen kündigt.« Sednas grüne Augen zogen ihn in Gewässer, die tiefer waren als der Pool. »Und lassen Sie mich mit Ihren grotesken Verschwörungstheorien zufrieden, Sie Sack, sonst werde ich Sie wegen Stalking verklagen!«

Ärgerlich drückte er auf OFF und schaltete das Gerät noch zusätzlich aus.

»So, so, am Abend wird der Faule fleißig …« Es war Apama, die sich plötzlich neben Frodo in den Pool fallen ließ und die amphibische Schwester verscheuchte. »Habe ich Grund, eifersüchtig zu sein?«

»Hat sich erledigt.« Frodo gab ihr einen endlos langen Kuss und entledigte sich seines Headsets. »Wo hast du so lange gesteckt?«

»In der Klinik, wo sonst?«, sagte sie. »Du, hast du schon von dem tropischen Gewitter gehört?«

»Tropisches Gewitter?« Frodo schüttelte den Kopf.

»Stell dir vor, heute Nacht wird erstmals warmer Regen auf Grönland erwartet. Sie haben das Kuppeldach über der Wiese bereits geöffnet.« Sie gab ihm einen neckischen Kuss auf die Nase und untersuchte dann seine Hand. »Die Haut zwischen deinen Fingern ist ja richtig gewachsen!«

»Ach was …«

»Aber wenn ich es dir sage!« Sie examinierte seine Hand aus der Nähe, ihre kühlen Fingerspitzen kitzelten ihn. »Die Therapie hat gewirkt. Noch ein paar Monate und du bist …« Sie hielt inne und studierte den verschlossenen Ausdruck auf Frodos Gesicht. »Wirst du bleiben?«

Frodo sah sie eine Weile an. »Klar doch.«

»Ganz sicher?«

»Was für einen Unterschied macht es? Als sich Hans Hass vor einem halben Jahrhundert fragte, warum jemand auf Dauer unter Wasser gehen sollte, solange man auch noch in Berlin leben kann, da hatte die Stadt noch keine Überschwemmung gesehen. Inzwischen gleicht die Innenstadt angeblich Venedig, und es gibt zwischen Spandau und Köpenick keinen einzigen trockenen Flecken.« Ein Grinsen erschien auf seinem Gesicht. »Wenn ich von nun an in einem Feuchtgebiet leben muss, dann doch wenigstens in einem mit allem Komfort.«

Die Nacht kam, und mit der Dunkelheit näherte sich das Gewitter. Grelle Blitze leuchteten in die Grotte hinein. Apama und Sedna, die sich tatsächlich blendend verstanden, hatten Frodo noch mal zum kalten Büfett an der Wiese geschickt, um Nachschub zu holen. Während er Qualleneis und Wasabi-Kokons auf sein Tablett stapelte, hatte er einen ungetrübten Blick in das offene Halbrund. Immer wieder zuckten Blitze aus den dunklen Wolken herab, und wo sie trafen, schien sich das Firmament wie ein Bluterguss zu verfärben. Der Wolkenbruch kam überraschend, und die letzten Meermädchen flüchteten von der Halleluja-Wiese in den warmen Unterschlupf eines Tümpels. Das Rauschen der Sturzbäche erstickte schließlich den Klang der Vibrafone, die Schreie der Vögel und das Quaken der brünftigen Menschenfrösche im See.

Danach war es ein friedliches Bild: Die Mucamas entzündeten entlang der flachen Tümpel parfümierte Windlichter und servierten Ento-Spezialitäten. Vorsichtig tippelten ihre nackten nagellosen Füße um die abgestellten Klapprechner und mobilen Telefongeräte am Rande des Beckens. Niemand arbeitete mehr – außer Bieker. Er hatte noch immer die unschöne Angewohnheit, nach jedem halbwegs geglückten Beischlaf seine E-Mails zu checken.

»Was für eine Show«, meinte er, als Frodo auftauchte.

»Das kannst du laut sagen«, erwiderte Frodo.

Er glitt in den Pool, wo er Apama und Sedna vermutete, und stellte das Tablett auf den Rand. »Apama?«

Das Licht der Kerzen war gerade ausreichend, um das träge Spiel der wachsartigen Körper und Gliedmaßen zu beleuchten. Alle Tierlaute, die er hörte, hallten nach wie in einer gotischen Kathedrale.

»Bieker, hast du meine Guppy gesehen?«, erkundigte sich Frodo.

»Versuch's mal da.« Biker deutete auf eine der separaten Grotten.

Frodo tauchte durch einen Vorhang von Wasserlinsen – und landete auf einem festen Hintern. War es Apama, seine mucama de estimacão – die »bevorzugte Magd« – oder Sedna? Frodo war es irgendwie gleich. Ungehindert schlüpfte er in die Spalte und klammerte sich an den weißen, festen Pobacken fest. Dann hörte er eine Art Quaken – und musste feststellen, dass wohl er selbst diesen Laut ausgestoßen hatte. Seine Stimmbänder hatten sich verändert. Stumm blickte er aus dem Tümpel hinaus auf die Wiese, die in diesem Moment hinter einem Vorhang aus Wasser verborgen schien.

Der Sumpf oder die Sterne, dachte er wieder. Man kann nicht beides haben.

Er überlegte, ob er nicht lieber doch zurückfliegen sollte, zurück in die sogenannte westliche Zivilisation. Sein überladener Schreibtisch hatte sich sicher nicht in Luft aufgelöst, und trotz oder gerade wegen des Kriegs gab es noch immer genügend Aufbereitungsanlagen zu warten. Sein Blick fiel auf Biekers Laptop, der am Rand des Schwimmbeckens stand – und auf dessen Bildschirm sich gerade die Pixel-Quader seines Bildschirmschoners aufbauten. Es war das Schlussbild von Kubricks *2001:* der kosmische Embryo im Orbit der Erde. Hatte er nicht immer schon amphibische Züge gehabt?

Natürlich fehlte der Soundtrack von *Also sprach Zarathustra,* denn Bieker hatte, bevor er abgetaucht war, den Ton abgestellt. Das Bild wirkte merkwürdig leer, der froschartige Embryo neben der Erde glich eher einer Luftblase, und Frodo wusste, dass sich diese Blase inzwischen mit Wasser aufgefüllt hatte.

Sieh endlich ein, dass sie die neuen Menschen sind, dachte er, und du Frodo, mein armes Fröschel, gehörst auch dazu.

Das genetisch verursachte Fieber der Verwandlung trieb ihm das Wasser in die Augen … Alarm!, dachte er noch. Absaufende innere Welt an Gehirn: Die Geilheit überflutet die Decks, rote Lampen explodieren, die Rettungswesten der Vernunft sind über Bord, der Mastbaum des kategorischen Imperativs ist gebrochen, die Tinte der Vernunft wird von den nassen Elementen gesoffen. Nichts steht mehr geschrieben. Nichts …

Ein Windstoß fegte plötzlich in die Grotte und löschte schlagartig Dutzende Kerzen. Das Gequake um ihn herum wurde lauter, und Dunkelheit pilzte wie eine Rußwolke über dem Tümpel auf.

Es mag nicht perfekt sein, dachte Frodo. Aber es ist besser als das, was wir hatten, es ist menschlicher, gerechter und lebenswerter als mein altes Leben.

Die Dunkelheit stieg in seine Augen, und endlich glaubte er zu verstehen – das Bild in seinem Inneren trat zutage. Er wälzte sich zum Rand und suchte seine Reflexion auf dem Wasser, das sich langsam beruhigte. Er brauchte lange, um zu begreifen, wem die verschwommene Fratze gehörte. Dann, als ob er ein Leben lang nur auf diesen Augenblick gewartet hätte, tauchte er unter.

VII.

Scoresbysund
70°10′N, 23°22′W

Ein Bild, das sie nie vergessen würde: Mit entblößtem Kopf, schwer auf die Holzwand der alten Walfängerhütte gestützt, stand Glenner unbeweglich vor dem grünsten Polarlicht, das Freya bis dahin gesehen hatte. Unbeweglich und starr wie die Strahlen von Scheinwerfern, so durchschnitten sie das Dunkel in geraden Linien. Andere bildeten Wellen oder Vorhänge aus zartester Seide, die sich über den Eisschollen ein- und ausrollten, um urplötzlich in allen Farben des Regenbogens aufzulodern. Der Tanz ging so schon eine Weile, und langsam spürte auch Freya, wie ihr schwindelig wurde. Es war aber nicht nur ein Schwindel, den sie in ihrem Inneren spürte.

Mein Herz treibt in einem schwarzen Eisstrom, dachte sie. Der Gedanke erschreckte sie so sehr, dass sie am liebsten losgeheult hätte.

»Es ist wunderschön«, sagte Glenner plötzlich. »Mein Gott, Freya, ich bin froh, dass ich das noch einmal sehen darf – hier mit dir.«

»Ich habe mit dem Leben noch nicht abgeschlossen«, gab Freya zu bedenken.

Sie waren dabei, das neue Kajak zu beladen. Ein Jäger aus einer Eskimosiedlung hatte es ihnen vor ein paar Tagen verkauft. Die Inuit waren sehr freundlich gewesen, und sie hatten ganz offensichtlich keine Ahnung davon, was sich auf Pesceros' Hotel- und Bohrinseln abspielte. Sie berichteten aber, entlang der Westküste, vor allem in der Hauptstadt Nuuk, habe es Unruhen und Proteste gegen die Kriegstreiber der Rohstoffmafia gegeben. Die eigentliche Neuigkeit war aber eine andere: Vor wenigen Tagen erst habe der internationale Gerichtshof sein Urteil gefällt. Grönland sei endlich ein unabhängiges Land – der immerhin vierzehntgrößte Staat dieser Erde! Der große arktische Krieg, den die Ölleute angezettelt hätten, sei – Sedna sei Dank! – nach hinten losgegangen. »Ölleute«, meinte der Jäger noch, »so schmierig.« Es schien eine Redensart zu sein, denn selbst sein Kajak hatte er angyalluraq, zu Deutsch Schmieriges Boot, tituliert. Der Ostfriese hätte vielleicht von einem »Schlickrutscher ohne Tiefgang« gesprochen. Ob der Mann es nur veräußerte, da das Boot ein Zweisitzer war und damit zu langsam für die Robbenjagd, konnte schon sein. Doch den Inuit ist im Grunde jedes Boot ein Arbeitspferd, es muss schwere Lasten befördern und geschickt manövriert werden können, auch dieses Kajak hatte daher keine Rollsitze, sondern nur Duchten.

»He …« Glenner nahm sie zärtlich in die Arme. »Ich bin stolz auf dich, Freya. Wirklich wahr, an dir ist eine gute Agentin verloren gegangen. You are the right stuff, Baby. And I mean it.«

Freya war sich da nicht so sicher. Während sie das mit Seehundleder bespannte Boot einfettete, fragte sie sich, wie es ihm gelungen war, sie in *seinen* beschissenen Krieg zu verwickeln. Sie sah hinaus über den windumrauschten Fjord, dessen weiße Panzerbrust bereits unzählige Risse aufwies. Besonders entlang der Küste war ein großer dunkler Streifen zu sehen. Wie breit mochte er sein? Eine halbe Seemeile vielleicht, dann wurde es wieder weiß. Um die Devon III zu erreichen, mussten sie zwischen den auseinanderbrechenden Eismassen hindurch und dann noch zehn Meilen hinaus auf die offene See.

Freya hatte in diesem Zusammenhang ganz offen von einem Himmelfahrtskommando gesprochen, Glenner hielt es dagegen für einen narrensicheren Plan. Über seine »Eskimo-Karte« gebeugt (er hatte sie in der Siedlung gekauft), erläuterte er die anstehenden Etappen.

»Wir nutzen einfach die Eiskanäle des Fjords«, sagte er, seinen letzten Tee-Tabak schmauchend, »dort sind wir auch vor Sturmwinden sicher. Siehst du, hier und hier …« Einschnitte im Eis waren durch schraffierte Flächen erkennbar, Verläufe blaue Pünktchen und kurze gestrichelte Linien, und davon wimmelte es. »Sobald wir das offene Meer erreichen, ist die Insel zu sehen. Vorausgesetzt das Wetter spielt mit.«

Als ob das noch einen Unterschied macht, dachte Freya. Vor ihrem geistigen Auge sah sie bereits den Atompilz über dem Eis. Würde er sie in den Armen halten, wenn es geschah? Sie würden auf der Stelle verglühen. Nicht einmal Asche würde von ihnen übrig bleiben, nur reine, sich verflüchtigende Energie.

»Zehn nautische Meilen in einem Kajak sind keine Kleinigkeit«, warf sie ein.

»Stimmt. Nur leider haben wir keine Wahl.«

»Und Schwimmwesten haben wir auch nicht.«

»So what? Wenn das Boot kentert, sind wir tot.« Er klopfte seine Pfeife an einem vorstehenden Balken der Hütte aus. »So einfach sehe ich das.«

»Nur so einfach ist es nicht«, sagte Freya. »Jeder Vollidiot weiß, dass man an einer Bohrinsel mit dem Schiff nicht so ohne Weiteres anlegen kann.«

»Kommt auf den Wellengang an«, erwiderte Glenner. »Außerdem sind wir kein Schiff, sondern nur ein niedliches Kajak.«

»Du klingst, als hättest du das schon zigmal gemacht«, gab Freya zurück.

»Einmal, ja«, sagte Glenner, »das war im Persischen Golf.« Er zog ein Tau aus seinem Rucksack und verknotete es mit dem Krampenhaken, der wahrscheinlich von einem alten Walfänger stammte und den sie ebenfalls dem Eskimojäger verdankten. »Die Pfeiler einer Bohrinsel werden regelmäßig gewartet, was bedeutet, dass es dort Halterungen gibt, sogar Drahtkörbe. Ideal für so einen Haken.«

Freya glaubte wieder, das Eis in ihrem Herzen zu spüren.

»Was versprichst du dir eigentlich von dieser Aktion?«, fragte sie nach einer Weile. »Wen juckt es, ob Orlando Pesceros Atomwaffen besitzt? Ich wette, es gibt Milliardäre, die haben noch ganz anderes Spielzeug.«

»Stimmt«, sagte Glenner. »Aber die überfallen keine Schiffe der USA.«

»Immerhin hat er dadurch einen Krieg verhindert.«

»Moment mal.« Glenners patriotischer Kamm begann leicht zu schwellen. »Er hat Grönland aus dem Krieg rausgehalten, ja, das hat er. Aber nicht aus philanthropischen Gründen. Ihm geht es nur um Macht, Freya, um die Weltherrschaft für sich und seine Froschkumpels.«

»So wie deinen Auftraggebern«, konterte Freya. Sein unerschütterlicher Patriotismus ging ihr allmählich auf den Geist. »Oder handeln die etwa aus philanthropischen Gründen?«

»Das ist kein Spiel, Freya!« Glenner riss sich seine Mütze vom Kopf. Das verschwitzte Haar erstarrte fast augenblicklich zu Eis. »Glaubst du, ich tue das hier zum Spaß?« Etwas Unberechenbares flackerte in seinen Augen. »Weißt du überhaupt, worum es geht? Um den Fortbestand der menschlichen Rasse!«

Freya konnte nicht anders, sie musste lachen. »Oh, jetzt ist mir alles klar. Das ist wie in einem schlechten Hollywood-Film: Zwei krasse Außenseiter retten die Welt. Nein, danke!«

Glenner war sichtlich verwirrt.

»Schade«, sagte er, »ich hätte nicht gedacht, dass du zu den Leuten gehörst, die so schnell aufgeben.«

»Und ich hätte nicht gedacht, dass du genauso fanatisch bist wie eine lebende Bombe Allahs! Tut mir leid, aber ich kann da keinen Unterschied sehen.«

»Es gibt keinen«, antwortete Glenner, nicht ohne Stolz. »Die

Turbs[44] sind bereit, für ihre Wahrheit zu sterben, und wir sollten in der Lage sein, das gleiche Opfer zu bringen.« Er starrte sie eiskalt an. »Tut mir leid, Freya, ich habe die Spielregeln nicht gemacht.«

»Orlando Pesceros will die Spielregeln ändern.«

»Kann schon sein«, zischte Glenner, »das Problem ist nur, er hat nichts zu wollen. Dieser Freak ist weder demokratisch gewählt, noch hat er eine Befugnis, Gott auf Erden zu spielen. Er ist nur eine verwöhnte Missgeburt, die glaubt, aus der gegenwärtigen Schwäche der freien Welt Kapital schlagen zu können. Doch durch diese Rechnung werden wir ihm einen Strich machen, und zwar schon morgen.«

Er unterbrach seinen Redestrom und lauschte dem Rauschen des Fjords.

»Glaub mir, Freya, wenn es eine andere Möglichkeit gäbe, hätte ich Plan B längst verworfen. Seit Tagen zermartere ich mir das Gehirn. Je länger wir warten, umso größer ist die Wahrscheinlichkeit, dass Pesceros die gestohlene Atombombe an einen anderen Ort bringen wird.« Er senkte seine Stimme zu einem Grabesflüstern herab. »Tut mir leid, das ist unsere letzte Chance.«

Mit diesen Worten nahm er das Boot auf und trug es zum nächsten Eiskanal. Wie er so mit dem umgedrehten Kajak über dem Kopf dahinschlurfte, sah er aus wie eine sonderbare Mischung aus Riesenwanze und Mensch. Eine Albtraumgestalt. Und doch liebte sie diesen Mann.

Die Abendsonne verstreute schon ihre rosa Schatten, tauchte die Eisberge des Fjords in rot flammende Pracht, als wäre sie eine Brandstifterin. In dieser Nacht, die sie für ihre letzte hielten, liebten sie sich wilder denn je. Selbst der Adéliepinguin suchte ver-

---

44 von »Turban«, amerikanischer Militärslang: Araber

ängstigt das Weite. Erst nach Mitternacht richteten sie Glut und Asche für die Nacht und legten sich schlafen.

Am Morgen meines Todes, dachte Freya. Es ist merkwürdig, aufzustehen und zu wissen, heute Abend werde ich mich nicht schlafen legen, ich werde mich nie mehr schlafen legen, denn ich werde nicht mehr sein.

Für die Zukunft der Menschheit, dachte sie noch. Wie hohl diese Phrase doch klang.

Glenner half ihr ins Boot. »Gut geschlafen?«

»Nicht wirklich.«

»Das tut mir leid.«

»Ach, die eine Nacht«, sagte Freya, »morgen werde ich eine Ewigkeit schlafen.« Sie lachten – selbst Shackleton keckerte, und Glenner schwang sich zuletzt ins Kajak. So weit sie sehen konnten, dehnte sich längs der Küste bis Kap Hope ein schmaler, mit der zunehmenden Flut sich langsam erweiternder Streifen.

»Schon mal ein Paddel geschwungen, Ma'am?«

»Aye, aye, Käpten, zuletzt in Kanada vor drei Jahren.«

»Dann, würde ich sagen, kann uns nichts mehr passieren.« Trotz dieser Vorschusslorbeeren waren Freyas Leistungen zunächst keineswegs glanzvoll. Sie war immer noch eine ausgesprochene Anfängerin, und das Kajak hatte nichts von den Gondelallüren, die sie von ihren Hiking-Tours her kannte. Die Duchten waren so niedrig und schmal, dass man bequem sitzen konnte, und das war schon alles, was man über dieses Boot wissen musste. Zugegeben, es war keine schlechte Idee, auf Knien zu paddeln. Lange Überfahrten durch Wasserläufe im Eis erfordern lebenswichtige Genauigkeit, die man am zuverlässigsten kniend erreicht. Dadurch wird der Paddler zum Schwerpunkt des Kajaks, es ermöglicht auch, die gesamte Wucht der Oberschenkel und des Rumpfes in den schnellen Zug des sogenannten Ojibwa-Rundschlags hineinzuschmettern.

Die Knie wurden dabei natürlich gehörig geschunden, doch die Hose des Thermoanzugs verhinderte, dass sich die Haut wund scheuerte. Das Wichtigste war schnell gelernt: Beide Insassen müssen gleichmäßig paddeln. Da der Bugmann das Heck nicht sehen kann, muss er das Tempo vorgeben, und Glenner hatte es verdammt eilig. Wahrscheinlich wollte er das günstige Wetter ausnutzen.

Trotzdem wurde es ein unvergesslicher Ausflug. Hier auf dem schmelzenden Eis des Fjords gab es ein unvorstellbares Netzwerk von Flussläufen und Rinnen. Weiße Flecken auf der Eskimo-Karte besagten nichts anderes, als dass sich auch hier nur Eis und Wasser befanden, die noch nicht eingezeichnet waren.

»Geht's noch?«, fragte Glenner, als sie, wie es Freya schien, bereits eine halbe Ewigkeit unterwegs waren.

»Ja, ja.« Freya gab sich wirklich alle erdenkliche Mühe. Nach jedem Atemzug hieb sie das Ruder hoffnungsvoll mit einem kräftigen Schlag in die glasklare Flut, und manchmal berührte sie dabei den Grund, denn die Eiskanäle waren nicht sonderlich tief. Kilometer um Kilometer legten sie so zurück. Erst als die Erstarrung in ihren Knien sich vollends in einen Krampf verwandelt hatte, als Rücken und Schultern zu schmerzen begannen und die erste Blase in ihren Handflächen blühte, ließ ihr Paddelschlag nach wie eine schlecht aufgezogene Uhr. Ihr Anteil am Vorwärtskommen wurde immer geringer, so gering, dass Glenner zu murren anfing.

»He, so geht das nicht. Erst schnell, dann langsam, dann wieder schnell! So kann ich nicht mal die Richtung halten. Tu mir einen Gefallen und ruh dich einen Moment aus!«

Da paddele ich tapfer meinem Ende entgegen und muss mir auch noch Vorwürfe anhören, dachte Freya.

Nur der Adélie munterte sie auf. Er watschelte zwischen Glenner und Freya hin und her und quarrte gelegentlich in einer traurigen Tonart. Vielleicht ahnte er, dass es selbst für einen geschickten Schwimmer wie ihn kein Entkommen geben würde.

Um die Mittagszeit waren die Abgasflammen der Bohrinsel nicht länger zu übersehen. Der Himmel hatte sich zugezogen, was vielleicht der Grund dafür war, dass auch die Positionslichter brannten.

»Wie ein Christbaum«, rief Glenner aus. »Wir können das verdammte Ding gar nicht verfehlen. Let's go!«

Freya gab sich große Mühe, nicht aus dem gemeinsamen Rhythmus zu kommen. Nur selten legte ihnen das Eis noch Hindernisse in den Weg. Eine Briese trieb sie vorwärts, und als sie aus dem Schutz des Packeises kamen und der Wind tüchtig aufholte, da wünschte sich Freya etwas weniger Antrieb. Sie paddelten und paddelten – nur um sich auf den Wellen zu halten. Bald ritten sie auf einem Kamm, dann wieder spürten sie das Saugen des Meeres in einem Wellental. Glenner musterte sie gelegentlich über die Schulter. Seine Augen waren vom Wind und den Salzwasserspritzern entzündet, doch es graute ihr vor seinem wild entschlossenen Blick. Wie lange würde es noch dauern? Würden sie in der Dunkelheit an einer Bohrinsel anlegen können? Freya wurde plötzlich bewusst, dass der Gedanke an den Tod ihr kaum noch etwas ausmachte. Sie war müde, durchnässt und bereit zu kentern, die endlose dunkelgraue See schreckte sie weniger als die Vorstellung, in einer atomaren Explosion draufzugehen.

Der Wind frischte plötzlich auf. Heftige Böen rissen brodelnden, grauen Schaum von den Wellen und warfen ihn wie einen weißen Schleier über das Boot und seine Besatzung, wo er zu einer Eiskruste erstarrte.

»Ich glaube, wir sollten umdrehen!«, rief Freya.

»Nicht aufgeben, Freya! Schlimmer kann es nicht werden!« Ihr Ruder stieß auf eine harte, weiß gekrönte Woge, ein andermal prallte ihr Boot auf eine kaum sichtbare Scholle, der Bug des Kajaks ragte plötzlich so hoch in die Luft, dass ihr Ruderschlag ins Leere stieß. Diesmal schien es ihr, als landeten sie in einem Kessel voll kochender, schäumender Milch.

»Es hat keinen Zweck!«, schrie Freya. »Wir müssen zurück!«

»Noch zehn Minuten, und wir haben es geschafft!« Glenner paddelte wie ein Wahnsinniger. »Halt durch, Mädchen!«

Freya blickte starr geradeaus. Die Wogen waren graugrün und sahen scheußlich aus. Wie baumdicke Wasserschlangen rollten sie wild übereinander.

»Rühr dich nicht von der Stelle!«, brüllte Glenner gegen den Wind.

Was jetzt folgte, kam Freya im Nachhinein wie eine Zirkusnummer vor. Glenner ritt förmlich auf dem Kajak.

»Wir sind gleich da«, schnaubte er in die fliegende Nässe. Noch immer hielt er sich wacker im Sattel.

»Du täuschst dich!«, schrie sie. »Merkst du nicht, der Wind hat sich gedreht!«

Freya duckte sich, versuchte ihr Gewicht so gleichmäßig wie möglich zu verteilen, damit Glenner das seine zum Ausgleich des Wogenaufpralls einsetzen konnte. Doch das Kajak gerierte sich wie ein bockiger Mustang, der seinen Reiter jeden Moment abzuwerfen drohte.

»Sieh es endlich ein«, schrie Freya erneut, »wir müssen zurück!«

Glenner gab keine Antwort mehr. Auch er war am Ende seiner Kräfte, doch seine Dickköpfigkeit hielt ihn noch immer auf Kurs. Von rückwärts kam in diesem Moment ein mächtiger Stoß, so heftig, dass Freya fast aus dem Kajak geschleudert wurde. Es war ein furchterregender Augenblick: So jäh, wie das Kajak hinaufgeschleudert wurde, so ging es wieder abwärts ins zischende Gestrudel der weißen Schaumkronen, zwischen hohen Wassermauern hindurch. »Ein Eisberg!«, brüllte Glenner, da schob sich schon etwas Bleiches wie Gebein an ihnen vorbei. »Siehst du ein Leck? Sind wir beschädigt?«

»Keine Ahnung.«

Das eisige Wasser schwappte schon einige Zeit zwischen den Duchten; nur Shackleton schien an der Brühe seine Freude zu haben.

»Du hast recht!«, schrie Glenner. »Wir schaffen es nicht! Nicht heute jedenfalls … Lass uns den Fjord ansteuern und irgendwo auf dem Eis übernachten.«

Freya hielt das für eine gute Idee, nicht nur, weil es ihr eine Gnadenfrist gewährte.

»Halt dich gut fest«, sagte Glenner. »Weißt du, was die Bug-Schleuder ist?«

»Keine Ahnung«, bibberte sie.

Glenner hielt das Paddel aufrecht, den Ellenbogen an die Hüfte gepresst. Dann, mit einer blitzschnellen, energischen Drehung des Paddelblatts warf er das Kajak herum.

Das ganze Meer schien sich um Freya zu drehen, sie krallte ihre Hände in die Ränder des Kajaks.

»Hast du das gesehen?«

»Ja … Nur warum heißt es Schleuder?«

»Weil du – wenn du den Trick nicht kennst – dein Kajak umkippen kannst.«

»Großartig …« Freya hätte ihm am liebsten eine runtergehauen.

Sie mussten jetzt mit dem Wind fahren, um das Eis anzusteuern. Das Kajak stürzte, holperte vorwärts, als wolle es den gischtigen Klauen der zupackenden Wogen entkommen. Wie eine Nussschale tanzte es auf den Wellen, manchmal nur wenige Meter an dem unterseeischen Ausläufer eines Eisbergs vorbei. »Gleich sind wir in Sicherheit!«, jubelte Glenner. »Und morgen früh sieht die Welt schon ganz anders aus.«

Sie waren gerade leeseits einer riesigen flachen Scholle, als ein in der Nähe schwimmender Eisberg aus unerfindlichen Gründen in Abertausende Stücke zerbrach.

»Good Lord«, ächzte Glenner, da wurde das Kajak auch schon untergetaucht. Ohne die Thermoanzüge und dicken Lagen wasserfester Kleidung wären sie geliefert gewesen. Als das Boot aus den Wogen wieder auftauchte, konnte Freya sich kaum noch bewegen. Der brüllende Eisklotz vor ihr hatte nur noch entfernte Ähnlichkeit mit dem Mann, den sie kannte. Sein Gesicht war unter einer Eisschicht erstarrt, die blauen Lippen stießen nur noch unzusammenhängende Laute aus.

»Versuch es … aus… zuschöpfen … schnell …« Mit einer Brotdose, die sie schon für den schlimmsten Fall bereitgelegt hatte, begann Freya zu schöpfen. Der Wind flaute etwas ab, dafür stiegen jetzt gewaltige Dünungen aus der Tiefe auf und schoben das Kajak mit Schwung in die Einfahrt des Fjords hinein. Kaum waren sie im Schutze des Eises, lag das Boot still und rührte sich fast nicht von der Stelle.

Glenner brachte es mit der Spitze seitlich ans Ufer, und Freya kroch mit steif gefrorenen Gliedern heraus. Sie troffen vor Nässe.

»Tut mir leid«, flüsterte er, »ich bin ein Idiot.«

Im Windschatten eines hoch aufgetürmten Eiswalls richteten sie ein Notlager ein. Glenner schaffte es, den Petroleumkocher aufzubauen, und nun heizte er, was das Zeug hielt. Zitternd hielten sie ihre Kleider zum Trocknen in den Dunstkreis der Flammen. Es war angenehm, das nasse, schwere Zeug vom Leib zu haben, doch auch die Schlafsäcke, mit denen sie sich schützten, waren klamm und wärmten nur unzureichend.

»Hör zu«, sagte Glenner, von einer plötzlich aufwallenden überhitzten Lebendigkeit erfasst. »Ich will dich da nicht mit reinziehen! Es ist mein Krieg, nicht deiner! Ich will nicht, dass du dein

Leben für eine Sache opferst, an die du nicht glaubst.« Tröstend strich er ihr mit der Hand über die glühende Stirn. »Bleib hier, Freya. Cape Brewster ist nicht weit von hier, ich bin sicher, du wirst das schaffen.«

Sie konnte nicht glauben, dass er das sagte. »Und was dann? Ein Rettungssignal abfeuern – oder abwarten, bis du hier für einen Sonnenaufgang sorgst, wie ihn Grönland noch nie gesehen hat?«

»Regel Nummer eins«, sagte Glenner, während er die Flamme noch höher stellte, »jetzt keine Problemgespräche führen. Denk an was Schönes. Denk einfach daran, dass es jetzt auf uns ankommt … dass wir nicht einfach schlappmachen, so hart es auch sein mag.«

Während er das Kajak genau inspizierte, dämmerte Freya ein paar Stunden vor sich hin.

Später stellte Glenner die Gasflamme niedriger, und sie beide krochen ganz in ihre Schlafsäcke hinein. In dieser Nacht sagten sie einander kein tröstliches Wort! Sie vermieden selbst jede Berührung. Sie waren Endzeitmenschen in einem Endspiel, und das Spielfeld – das wussten sie beide – würden sie nicht mehr lebend verlassen. Wesentliche Dinge haben sich die Menschen ohnehin in den seltensten Fällen zu sagen. Vielleicht wollen sie nicht wissen, wie es um sie steht, vielleicht ziehen sie das schützende Dickicht der Emotionen einer glasklaren Perspektive vor. Sie wollen nicht wissen, nicht erkennen, nicht weiter denken, als es eben notwendig ist … Mit diesen Gedanken im Kopf schlief Freya ein.

Als die ersten Sonnenstrahlen den gekräuselten Spiegel des Meeres vergoldeten, tauchten sie ihre Paddel ins Wasser. Ein blanker Himmel lachte ihnen entgegen und verwandelte das raue, zerklüftete Fjordeis in ein Panorama überirdischer Schönheit, als lägen überall funkelnde Edelsteine verstreut. Zu Freyas Überraschung fühlte sie sich durch die Strapazen des gestrigen Tages nicht im Geringsten geschwächt. Erstaunlich, aber der kniende Ruderschlag war ihr über Nacht in Fleisch und Blut übergegangen. Und diesmal saß sie im Bug, und das Tempo, das sie vorlegte, machte selbst Glenner zu schaffen.

»Immer mit der Ruhe«, brummte er, »ein alter Mann ist kein Schnellzug.«

Freya erwiderte nichts, die Morgensonne schien ihr Mut einzuflößen. Sie spürte die immense Energie des Planeten und genoss dieses Hochgefühl der harmonischen Bewegung, den befeuernden Rhythmus, der aus dem Vorwärtsschwung des Körpers und einem knappen Zurückschwingen resultierte.

Wie friedlich, dachte sie. Das Meer, flimmernd im Sonnenlicht, ein Farbenspiel aus Wasser und Eis.

Dann hörten die Eisberge plötzlich auf, eine Lichtfülle schien aus der Meeresoberfläche zu steigen, und mittendrin erkannte Freya einen dunklen Punkt, der genau auf sie zusteuerte. Es sah aus wie ein Vogel, eine Möwe, die in der Weite vor sich hin schaukelte.

Seevögel schwimmen anders, dachte Freya. Die Sonne, die ihre Stirn durchglühte, lähmte die Fortsetzung dieses Gedankens.

»Siehst du das?«, wandte sie sich an Glenner. »Da vorne?«

Glenner beschattete mit einer Hand seine Augen.

»Oh, verdammt, Freya …« Er begann hektisch zu rudern. »Ein Eisbär!«

Jetzt erst erkannte Freya die paddelnden Klauen des weißen Riesen. Was sie zuerst für einen Vogel gehalten hatte, war die Schnauze der Bestie gewesen. Lautlos glitt das Tier auf sie zu.

»Paddeln!«, keuchte Glenner, »Hau rein!«

Es war unglaublich, aber der Bär holte mühelos auf. Während sie sich zwischen den Blöcken aus Treibeis hindurcharbeiteten, sprang er gelegentlich aus dem Wasser, spurtete über eine größere Scholle, um sich erneut in die Fluten zu stürzen.

»Er ist mir gefolgt«, ächzte Freya. Vor Anstrengung hatte sie mit einem Krampf in der Schulter zu kämpfen. »Was haben wir auch für ein höllisches Pech!«

»Es ist nicht derselbe!«, keuchte Glenner. »Das ist Grönland, Freya, hier sind sie nun mal zu Hause.«

Der Bär wetzte wieder mit großen Sätzen über eine Scholle und katapultierte sich von der Abbruchkante ins Wasser, dem letzten Stück Eis bis zur Plattform weit draußen auf dem offenen Meer.

»Das hält er nicht durch!«, rief Glenner. »Du wirst sehen, gleich gibt er auf.«

Freya versuchte sich auf den Rhythmus der Paddelschläge zu konzentrieren und nicht an die Fressmaschine zu denken, die dem Kajak beharrlich folgte.

Der Bär war vielleicht noch fünf, sechs Bootslängen von ihnen entfernt, als sich das Meer plötzlich infolge einer gewaltigen unterseeischen Wasserverdrängung hob. Das Kajak glitt eine lange Düning hinab, und Freya gelang es in letzter Sekunde, den Bug so zu drehen, dass sie nicht wieder eintauchen würden.

»Mein Gott, was war das?«

Freya sah sich um. Auch der Eisbär schien verwirrt. Er reckte seinen Kopf aus dem Wasser, um Witterung aufzunehmen, er schnüffelte, seine Knopfaugen starrten Freya unverwandt an. Es war der Moment, in dem ein riesiger, schwarzer Kegel die Wasseroberfläche durchstieß und den Bären meterhoch in die Luft schleuderte.

»Good Lord«, stöhnte Glenner, als die schwarz glänzende meterhohe Rückenfinne neben dem Kajak auftauchte. Trotz seiner Paddelkünste schwappte wieder Wasser ins Boot. Der Eisbär war verschwunden. Entweder hatte er den Stoß nicht überlebt, oder er suchte tauchend das Weite. Dafür erhob sich nun der Kopf des Orcas halb aus dem Wasser. Glenner hob drohend das Paddel.

Eine lächerliche Reaktion, als wenn ein Mensch auf ein U-Boot einprügeln wollte.

»Mach keinen Quatsch!«, sagte Freya. Sie hatte das silberne Headset längst gesehen. »Wenn sie wollte, hätte sie aus unserem Boot längst Kleinholz gemacht. Mami Wata«, rief sie dann, so laut sie nur konnte, »schön dich zu sehen!«

»Wie, du kennst diesen Fisch?«, schnappte Glenner. Der Schrecken wich langsam aus seinem Gesicht.

»Flüchtig«, sagte Freya. »Sie gehört zu den Wächtern des Devonischen Zirkels. Entweder hat Pesceros sie geschickt, oder sie war auf Patrouille. Ihre primäre Aufgabe ist es, Menschenleben zu schützen.«

Das große Auge des Wals blinzelte. Die Luft beim Auftauchen explosionsartig ausstoßend, tauchte der Meeressäuger Glenner und Freya in einen feinen Sprühnebel.

»Dann sollten wir keine Zeit mehr verlieren.« Glenner sah sich nach Shackleton um, doch der hatte sich flach wie eine Flunder gemacht. Mit dem untrüglichen Gespür kleiner Leute hatte er erraten, dass er auf der Speisekarte des großen Tieres stand, und wollte keinen Zwischenfall provozieren.

Freya konnte es sich nicht verkneifen, mit der Hand über den wie Schaumstoff gepolsterten Oberkiefer zu streifen. Die Zähne des Wals glänzten wie ein Spalier von elfenbeinernen Lanzen. Angesichts der Schönheit dieses Tieres kam ihr wieder der ganze Irrsinn ihres Vorhabens zu Bewusstsein. Sie sah Glenner an.

»Können wir noch mal drüber reden?«

»Mein Gott, was willst du hören?«, fuhr Glenner sie an. »Dass ich jetzt, in Sichtweite der Plattform, das Handtuch werfe? Dass ich in einem Anfall von Sentimentalität Orlando Pesceros zum Retter der Menschheit erkläre?«

Der Orca tauchte ab, die fast zwei Meter hohe Finne verschwand wie ein Periskop. Sie waren plötzlich wieder allein auf der golden schimmernden See.

»Sieh dich doch um«, sagte Freya. »Das hier – das ist die Welt, oder das letzte bisschen, was von ihr übrig ist. Und das willst du zerstören. Warum? Weil du es nicht ertragen kannst, dass deine Nation keine Rolle mehr spielt?«

»Hör auf, Freya«, Glenner schüttelte verbittert den Kopf. »Wir haben das oft genug besprochen. Es gibt keinen anderen Weg.«

Das Meer schien auf Glenners Seite zu sein. War ihnen die Distanz zur Bohrinsel am Vortag noch unüberwindlich erschienen, so brauchten sie bei diesem Wetter und leichtem Rückenwind nicht mal mehr eine Stunde. Selbst zwischen den mächtigen Pontons hielten sich die Wellen im Zaum. Fast hatte man den Eindruck, die Vorsehung habe jedes mögliche Hindernis für sie beiseitegeräumt. Freyas Herz begann entsetzlich zu pochen. Da oben, irgendwo in dem Konglomerat aus zusammengeschweißten Containermodulen, wartete der Tod in Form eines nuklearen Sprengkopfs. Während Glenner das Tau mit dem Krampenhaken abwickelte, überlegte sie ein letztes Mal, was sie vorbringen konnte, um ihn von seinem Plan abzuhalten. Die grimmige Entschlossenheit in seinem Gesicht lähmte ihre Gedanken. Vielleicht war es derselbe Geist, der Männer rund um den Erdball veranlasste, Partisanen zu spielen. Dass sie neuerdings Terroristen genannt werden, änderte nichts daran, dass es schon immer solche Fanatiker gab.

»Da oben müsste er halten …« Glenner visierte eines der Laufgitter an, das offensichtlich zu einem Notausgang führte. Wie er die Tür knacken wollte, hatte er ihr noch nicht verraten, doch sie war sicher, er würde einen Weg finden.

Drei-, viermal schleuderte er den Haken nach oben, bis er sich in einem Geländer des Laufgangs verfing.

»Jetzt, Freya! Schnell! Du zuerst.«

Er hielt das Seil straff gespannt, das Kajak ruckte hin und her wie ein bockendes Pferd. Freya erhob sich vorsichtig und griff nach dem Seil. Es waren gut und gern fünf Meter, aber sie war schon an Seilen geklettert, nur eben nicht über dem offenen Meer.

»Du kannst mir vertrauen«, sagte er.

»Ich weiß«, sagte sie und gab ihm einen Kuss. »Sollte ich es nicht schaffen, wirst du mich immer noch lieben?«

Glenner blinzelte leicht irritiert. »Wieso solltest du es nicht schaffen?«

»Keine Ahnung.« Sie versuchte ihrer Stimme einen gelassenen Klang zu geben. »Vielleicht werde ich fallen, wer weiß.«

»Das wirst du nicht.« Er küsste zärtlich ihr Gesicht, ihre Lippen. Und sie klammerte sich an ihn, voller Leidenschaft und in der Hoffnung, dass das Schicksal und die Natur oft seltsame Wege gingen.

»Na schön, bringen wir's hinter uns!« Glenner sah schräg an ihr vorbei, offenbar stellte die Liebe, die er für sie empfand, sein Pflichtbewusstsein infrage. Mit beiden Händen zog er das Tau straffer. »Bis gleich, Süße.«

»Sei dir da nicht so sicher …«

Freya hangelte sich geschickt in die Höhe. Es zog furchtbar in ihren Armen, aber schneller als erwartet hatte sie das Geländer erreicht.

»Du bist großartig!«, rief Glenner. »Sieh nach, ob der Haken festsitzt!«

»Warte!« Sie hatte kaum Stand auf der vergitterten Stufe gefunden, als sie ihr Taschenmesser zog und das Tau mit einem einzigen Schnitt durchtrennte. »Was tust du, um Himmels willen!« Seine Stimme schallte erbärmlich zu ihr herauf.

»Tut mir leid«, murmelte sie, »aber es muss einen anderen Weg geben.«

»Freya? Was ist bei dir los?«

»Ich habe es mir überlegt«, rief sie jetzt, »du bist ein US-amerikanischer Patriot, ich dagegen …« Sie hielt kurz inne. »Verzeih, ich kann das nicht. Die Natur ist meine Nation!«

Eine schön geschwungene Schlaufe klatschte neben Glenner ins Wasser. Der Haken rutschte vom Geländer und landete mit einem Klonk auf dem Gitter neben Freyas Fuß. Unter ihr griff Glenner in Panik nach dem Paddel, denn das von Zugkräften befreite Kajak wurde sofort von einer Strömung erfasst und trieb ab.

»Was hast du getan?«, schrie er zu ihr hinauf. Als hätte eine unsichtbare Kraft ihn jäh vor die Brust gestoßen, so taumelte er im Kanu stehend zurück. Er hatte längst eins und eins zusammengezählt und wusste, er würde nie einen Fuß an Bord der Devon III setzen. Einen anderen Schleichweg gab es nicht, und dass Freya nicht vorhatte, die Bombe zu zünden, war ihm inzwischen klar.

»Du Verrückte! Du hast alles verspielt!«

Sie drehte sich um und stieg die metallenen Stiegen hinauf.

»Jetzt kann sie nichts mehr aufhalten!« Seine Schreie hallten ihr nach. »Du hast die Menschheit verraten! Verflucht seist du, Freya von Velden, verflucht!«

Der Hass in seiner Stimme klang echt, und ihr kamen die Tränen, doch sie sah nicht mehr zurück.

Du wirst leben, dachte sie, und ich werde leben. Es war alles, was in diesem Moment für sie zählte. Sie lehnte sich gegen den Pfeiler, schloss für einen Moment die Augen – und erschrak zutiefst, als sich hinter ihr plötzlich eine Tür öffnete.

»Ach, du liebes bisschen! Wo kommen Sie denn her?«

Obwohl er einen hochgeschlossenen Overall trug, konnte sie sehen, er war einer von *ihnen*. Etwas täppisch zog er sie ins Treppenhaus und musterte sie von Kopf bis Fuß.

»Hat man Sie zum Rauchen rausgeschickt, oder was?« Der Mann wischte über das verrußte Bullauge.

»Grotesk«, murmelte er. »Oder gehören Sie etwa zu diesen Architekten?«

Freya schüttelte den Kopf. »Nein. Mein Name ist Freya von Velden, ich bin Glaziologin. Und Sie sind?«

»Der Brunnenmeister«, gluckste der Mann.

»Der was?«

»Na ja, ich bin der Chefhydrologe und kümmere mich um das Wasser in diesem schwimmenden Dorf.« Er zwinkerte ihr vergnügt zu. »Spaß beiseite. Ich heiße Fritz-Otho Peschke. Ich war gerade auf dem Weg zu meiner schnuckeligen Aufbereitungsanlage, und da habe ich Ihre Schritte draußen auf der Treppe gehört.« Er sah sie nachdenklich an. »So ein Wasserpräservativ, wie Sie es tragen, habe ich noch nicht gesehen. Was hatten Sie da draußen verloren?«

»Meinen Mann …« Sie lehnte sich erschöpft gegen die halbrunde Wand. »Ich muss mit Orlando Pesceros sprechen«, sagte sie dann. »Es geht um das Nuklearmaterial.«

Frodos Augen wurden groß.

»Ach, daher weht der Wind.« Er betrachtete sie von Kopf bis Fuß, als fürchtete er, sie hätte irgendwo eine Waffe versteckt. Aber wie eine Attentäterin sah diese bis auf die Knochen durchnässte Frau wahrlich nicht aus. »Und um mit Pesceros zu sprechen, tauchen Sie hier auf wie Undine persönlich? Wie sind Sie hier überhaupt hergekommen, ich meine, ich habe keinen Hubschrauber gehört?«

»Mit einem Kanu«, sagte Freya, »aber das ist eine lange Geschichte.« Sie warf einen letzten Blick nach draußen, und ein Riesenstein fiel ihr vom Herzen. Da – in der Weite – war Glenner in seinem Kajak, und er nahm Kurs auf die Küste. Wenn sich das

Wetter hielt, hätte er es in ein paar Stunden geschafft. Dort am Strand würde er vielleicht einen neuen hirnrissigen, patriotischen Plan schmieden, auf Rache sinnen und sie dreimal verfluchen. Nur die Devon III würde er nicht mehr in die Luft sprengen können, dafür hatte sie vorerst gesorgt.

»Verzeih mir«, flüsterte sie.

»Keine Ursache«, antwortete Frodo, der sie stützte und annahm, er wäre gemeint. »Kommen Sie, ich bringe Sie zu unserem Technischen Leiter.«

In der Krankenstation von Devon III brauchte Freya eine gute Stunde, bis sie wieder aufgetaut war. Medizinisch gesehen ähnle sie wohl eher einem Eiszapfen als einem Menschen, meinte Moreno. Tapfer lächelnd ließ sie die Behandlung über sich ergehen. Ihr großes Abenteuer war zu Ende, sie konnte jetzt ausruhen, schlafen, vielleicht sogar diese Welt, die sie gerettet hatte, hinter sich lassen. Ihre unterkühlten inneren Organe begannen jetzt höllisch zu schmerzen, die Erfrierungen an den Zehen wirkten schlimm, aber Moreno versicherte ihr, nicht amputieren zu müssen.

Frodo hatte inzwischen mit Paviassen, dem Technischen Leiter, gesprochen, und der begrüßte Freya wie ein lebendes Weltwunder.

»Herr Pesceros entbietet Ihnen seine untertänigsten Grüße. Er wird Sie in seinem Hubschrauber abholen, voraussichtliche Ankunftszeit in etwa anderthalb Stunden.« Während er seinen Bart strählte, beobachtete er sie mit alles durchdringenden Augen. Was Pesceros ihm von der jungen Frau berichtet hatte, war überaus erstaunlich, ja bewundernswert. »Danke«, flüsterte er. »Wir stehen offenbar tief in Ihrer Schuld. Danke.«

Freya nickte schläfrig, dann sank sie in einen langen, tiefen Schlaf.

»Freya?« Pesceros weckte sie mit einem kleinen Wildblumenstrauß in der Hand, der aussah, als hätte er ihn am Rande der

Startbahn zusammengeklaubt. Behutsam drückte er ihr einen Kuss auf die Stirn.

»Du hast mich nicht enttäuscht.« Er hielt ihre Hände und sah ihr dabei in die Augen. »Ich danke dir von ganzem Herzen. Doch eine Sache habe ich dabei gelernt: Unsere Feinde werden nicht ruhen, uns zu vernichten. Wo steckt eigentlich unser Superagent?«

»Keine Ahnung. Ich schätze, er hat inzwischen wieder die Küste erreicht.« Sie wandte ihr Gesicht ab. Wangen und Kinn zuckten von der Anstrengung, die Tränen zu unterdrücken. »Wir haben uns getrennt. In jeder Hinsicht.«

»Das tut mir leid«, sagte Pesceros.

Er wartete, bis sie sich angezogen hatte, dann überreichte er ihr einen Schlüssel. »Hier, diese Suite im Aquatel gehört ab sofort dir. Auf Lebenszeit. Das ist das Wenigste, was ich für dich tun kann. Falls du sie umgestalten willst, sag einfach Bescheid. Diesmal wirst du bleiben, nicht wahr?«

Sie nickte. »Was bleibt mir denn anderes übrig?« Schweren Herzens folgte sie ihm zum Landeplatz des Helikopters. »Orlando, werde ich jemals wissen, ob ich das Richtige getan habe?«

»Das wirst du«, sagte Pesceros. »Jedes Mal, wenn du in deiner neuen Bleibe aus dem Fenster siehst, weißt du es wieder. Du hast Grönland gerettet, und wir werden dir das niemals vergessen.«

Er half ihr in den Helikopter und schwang sich dann selbst in den Pilotensitz.

»Sieh es mal so: Alles Menschliche, obwohl es in unterschiedliche Richtung fließt, entspringt der gleichen Quelle. Unser Geist ist das Entscheidende. Die Welt, von der du immer geträumt hast – hier auf Grönland ist sie möglich geworden. Die Evolution wird einen neuen Anlauf nehmen, und das Wasser spielt dabei eine entscheidende Rolle. In ihm liegt die Möglichkeit, den alten landbewohnenden Affenmenschen und seine Verhaftung an die Materie zu überwinden. Im Wasser ist alles im Fluss … Es bedeutet die Freiheit von den Fesseln des Individuums, das im Grunde nur ein Kerker aus vorprogrammierten Instinkthandlungen ist. Die höhere Form der Liebe heißt übrigens Freundschaft. Sie mauert nicht ein und kommt ohne biologische Verkettungen aus.«

»Ich weiß«, sagte sie, »aber ich sehne mich gerade ein wenig nach meinem alten Kerker zurück.«

Ihr Blut pochte in den Schläfen, als der Helikopter über dem Sund aufstieg. Sie blickte nicht mehr zurück, sondern lauschte auf den fernen Ruf der Wellen, die an die Küste brandeten – Wellen, entflammt von Meeresleuchten und angefüllt mit den künftigen Geheimnissen einer besseren Welt.

EPILOG
MORGEN IST
EIN NEUER TAG

Der Mensch ist allerdings ein Säugetier …
Der Mensch ist aber auch ein Fisch, denn er tut
Unglaubliches mit kaltem Blut, und
hat auch Schuppen, die ihm zwar plötzlich,
aber doch – g'wöhnlich zu spät – von den Augen fallen.

– JOHANN NESTROY

Als Glenner in aller Herrgottsfrühe die Toilette des Thule International Hotels betrat, wusste er, dass sich sein Auftrag dem Ende näherte. Er war am Ziel. Fast. Nachdem er die Kabinen kontrolliert hatte, griff er in seine Jackentasche und zückte eine der Spritzen, die er für alle Fälle vorbereitet hatte. Tag für Tag injizierte er sich zehn Milliliter Kochsalzlösung in die Tränensäcke. Sie schwollen leicht an und täuschten Glupschaugen vor, die sich in Grönland seit geraumer Zeit als nützlich erwiesen hatten, um nicht aufzufallen oder an lukrative Jobs bei Behörden zu kommen. Die Hautfalten seitlich an seinem Hals verdankte er einem Schönheitschirurgen aus Kangerlussuaq, der sich darauf spezialisiert hatte, »Landratten« optisch der neuen Zeit anzupassen. Behandlungen dieser Art waren zwar inzwischen verpönt, doch Glenner hatte wie so oft in seinem Leben gerade rechtzeitig die Kurve gekriegt.

Noch immer – man schrieb das Jahr 2047 – arbeitete er für die NSA, freilich für eine geschrumpfte, kaum mehr nennenswerte Organisation aus fanatischen Patrioten. Doch einmal die Woche betrat er eine stationäre Telefonzelle am Hafen von Nuuk, wählte eine neunzehnstellige Nummer und nannte einer automatischen Stimme seinen Namen: Dormitor – der Schläfer. Genau das war er seit nunmehr rund achtzehn langen Jahren, einer doch relativ kurzen Zeitspanne, in der sich auf Grönland mehr verändert hatte als in den letzten tausend Jahren zuvor. Dass die neue Regierung es in *Grünland* umbenannt hatte, war im Grunde genommen nur konsequent.

Vielleicht sind es gerade die großen Veränderungen, die sich immer erst schleichend ankündigen, dachte er, während er ungerührt zusah, wie sein rechtes Auge anschwoll. Der Klimawandel hatte die Evolution offenbar nur beflügelt, neue Wege zu gehen. Der Rohrkrepierer von einem dritten, thermonuklearen Weltkrieg – der kürzeste aller Zeiten – hatte die Menschheit insgesamt bestärkt, von nun an ihr Heil unter Wasser zu suchen. Überall wurde jetzt in den Meeren gebaut.

Es sind keine singulären, alles bestimmenden Ereignisse, dachte Glenner. Eher eine Vielheit, die sich auf stochastische Art und Weise auf ein Ziel zubewegt, ein Ziel, das niemand kennt. Lange Anlaufzeit, länger, als man sich vorstellen kann. Dass sich solche Nebenphänomene durchsetzen, liegt vor allem daran, dass sie zu spät entdeckt werden. Aus kleinen, abgesonderten Gruppen entstehen geheime Gesellschaften, deren Mitglieder jahrzehntelang in einem Paralleluniversum existieren. Was den Muslimen am Anfang des neuen Millenniums unterstellt worden war, hatten die »Veränderten« – wie die Regenbogenpresse den neuen Menschenschlag zunächst nannte – tatsächlich praktiziert: Sie unterwanderten die westliche Zivilisation und schafften es in nur knapp zwei Dekaden, sich von den dauerhaft in die Krise geratenen Wirtschaftssystemen abzunabeln. Nachdem ein arktischer Krieg verhindert und die Kriegstreiber entlarvt worden waren, hatte die grönländische Regierung die Landesgrenzen für US-Amerikaner und Russen geschlossen. Die Völker der Nordpolregion vereinigten sich zu einer starken Konföderation. In diplomatischer Kooperation mit China, Kanada und den skandinavischen Anrainerstaaten wurden Dekrete verhängt, die den Supermächten eigenmächtige militärische Operationen im Nordpolarmeer untersagten. Nicht nur in den grönländischen Hoheitsgewässern, im ganzen Polarkreis wurde die Ölförderung und die Suche nach neuen Quellen verboten. »Leave it under the ice«, hieß jetzt die Losung. Die Empörung bei den alten Supermächten war groß. Eine Zeit lang sah es so aus, als ob es noch einmal Krieg geben würde. Doch die »Festung Grönland«

erwies sich als uneinnehmbar. Schlimmer noch, immer wieder verschwanden Schiffe der US-Navy, oder russische U-Boote wurden vom Eis eingeschlossen und zerquetscht. Selbst die K-1, das letzte Atom-U-Boot der Taifun-Klasse, hatte es vor ein paar Jahren erwischt.

Obwohl Politiker den »neuen« Grönländern indirekt Sabotage unterstellten, waren sie machtlos. Das Abwehrsystem der Orcas funktionierte perfekt. Die gegen Sonarwellen geschützten Tiere waren in der Lage, U-Boote der Rotbannerflotte in jeder Tiefe zu orten und durch Haftminen zu zerstören.

Das medial gefeierte Geschrei der alten Raubstaaten war anfangs groß, doch ihre noch in den 1940er-Jahren entwickelten Diffamierungstechniken erwiesen sich nun als nutzlos und kontraproduktiv. Der Griff nach den Rohstoffen Grönlands lockerte sich und fiel letztlich ab, als ob sich die Angreifer Gefrierbrand an den Fingern geholt hätten. Zähneknirschend zog sich die internationale Erdöl-Mafia endlich vom Nordpol zurück, und aus Grönland wurde ein Kuba der Baffin Bay.

Tatsächlich waren die Gletscher in den letzten Jahren noch schneller geschmolzen, als es Wissenschaftler nach der Jahrtausendwende vorausgesagt hatten. Die Jahresdurchschnittstemperatur war um fünf Grad Celsius gestiegen. Fast sechzig Prozent der Masse des Inlandeises waren inzwischen verschwunden, und das Land hatte sich infolgedessen um über dreihundert Meter gehoben. Der Bau neuer Häfen entlang der Ostküste war das erste Zeichen eines Baubooms, der ganz Grönland erfasste. Während Europa und das ohnehin zerstörte Nordamerika von immer schlimmeren Hochwasserkatastrophen heimgesucht wurden, färbten sich die Berge der hocharktischen Tundra allmählich grün. Der Präsident der neuen Arktischen Konföderation, Orlando Pesceros, erließ zu diesem Zeitpunkt einen ersten offiziellen Aufruf an alle Kiemenatmer, »nach Hause« zu kommen. In einer ergreifenden, über Internet-TV ausgestrahlten Rede versprach er den »neuen Menschen« eine »ihnen ebenbürtige Heimat«. Schätzungsweise anderthalb Millionen aller Nationen, Religionen und Hautfarben sollten diesem historischen Aufruf folgen, der übrigens mit einem Zitat aus Theodor Herzls Roman »Altneuland« endete: *Wenn ihr wollt, ist es kein Märchen.* Und das wollten sie, fast schien es, als hatten sie nur darauf gewartet. In nur wenigen Jahren wurde Grünland auf diese Weise von amphibischen oder »amphibisch veranlagten« Menschen bevölkert. Entstehen sollte ein echter, organisch gewachsener Vielvölkerstaat, der auf bizarre Weise der einst propagierten One World entsprach, nur war sie eben nicht von »Regenbogenleuten« bevölkert, sondern von Menschen, die ihre Fähigkeit, unter Wasser zu atmen, verband. Der Mensch als Mensch war wieder wichtiger als der Mensch als Individuum, was nicht jedem gefiel.

An die Stelle der Kirchen traten moderne »Meditationsplätze«, die man verschiedenen Meeresgottheiten – darunter auch Sedna – zugedacht hatte. Ein ökologisch begründeter Polytheismus wurde zur offiziellen Staatsreligion. Obwohl der Vatikan bis zuletzt gegen das »neue Heidentum« wetterte, ja, eine neue Inquisition forderte, setzte sich die Verehrung einer vielfältigen pluralen Schöpfungskraft durch. Dem Volk der Inuit, die ihre alten Götter nie verraten hatten, war endlich Genüge getan.

Auch Glenner besuchte ein-, zweimal im Monat einen der Gebetsplätze an der Küste. Er lernte noch immer von *ihnen*, sammelte Eindrücke und Informationen bei allem, was er tat. Daher wusste er auch, nicht alle Kiemenmenschen waren Pesceros Aufruf gefolgt. Vor der japanischen Küste entstanden mehrere unterseeische Städte, die schon bald Einwohnerzahlen von einigen Hunderttausend Seelen verzeichneten. Dabei handelte es sich nicht nur um Mutanten, sondern auch um Menschen mit einem Blut-Kunststoff-Gemisch in den Adern, das es ihnen erlaubte, mehrere Stunden ohne Sauerstoffflaschen unter Wasser zu bleiben. Auch aus dem Amazonasbecken, dem Ganges-Delta, dem Südirak und dem Chinesischen Meer wurden autarke amphibische Gemeinden gemeldet. Es war wie ein großes Coming-out der amphibischen Rasse. Die wenigen noch intakten Regierungen der alten kapitalistischen Welt wurden von dieser Entwicklung völlig überrascht. Hastig initiierte Volkszählungen bestätigten, dass sich Menschen mit einer Disposition zur Kiemenatmung in jeder Bevölkerungsgruppe fanden.

Auch in der Wissenschaft hatte sich das Bild vom Wassermenschen gewandelt, dafür hatte nicht zuletzt der Devonische Zirkel gesorgt. Pesceros selbst bekam zwischenzeitlich für seine bahnbrechende Arbeit mit den Orcas den Nobelpreis verliehen. Das *TIME Magazine* kürte ihn zum Mann des Jahrhunderts. Auch bei den Olympischen Spielen schwammen amphibische Athleten neue Rckorde. Im Apnoetauchen der Weltmeister auf Hawaii erreichte ein amphibischer US-Amerikaner, der sich eingedenk seiner indianischen Herkunft »U Thant Halbblut« nannte, eine Tiefe von fast sechshundert Metern.

Damit war auch die amerikanische Öffentlichkeit überzeugt: Die Zeit der »Scham und des Versteckspielens« – wie eine Kiemenfrau aus New Orleans es auf *CNN* nannte – war endgültig vorbei. So wie es viele nicht für möglich gehalten hatten, dass ein Farbiger Präsident der Vereinigten Staaten werden könne, so überraschend war es, als erstmals ein Senator mit amphibischem Hintergrund kandidierte. Evolutionsbiologen nannten die Kiemenmenschen »die kluge Antwort der Natur, den Fortbestand der Menschheit in Zeiten des Klimawandels zu sichern«. Das *Nature*-Magazin vom 3. Februar 2047 sprach gar von einer »zweiten Chance« und konkludierte: »Es ist so, als wäre unserer Spezies eine neue Erde geschenkt worden.« Die Entstehung unterseeischer Millionenstädte und eine weitgehende Besiedlung des Meeres bis zum Anfang des vierten Millenniums wurden selbst von Skeptikern nicht mehr in Abrede gestellt.

Glenner setzte die Spritze ab und betrachtete sein Gesicht aus der Nähe. Der Schönheitschirurg hatte ganze Arbeit bei der Bart- und Augenbrauenentfernung geleistet. Sein ausgedünntes, weißblond gefärbtes Haar bedeckte eine rötliche Kopfhaut. Er sah beschissen aus, zumindest nach den Maßstäben der »alten Rasse«, zu der er sich noch immer zählte und die er noch immer nicht aufgeben wollte. Das psychosoziale Unwohlsein, das er seit Jahren empfand, machte alles noch schlimmer: Er gab sich an dem Aufstieg des Fischgesindels die Schuld. Hätte er damals seinen Auftrag, Pesceros zu töten, nicht vermasselt, der Lauf der Geschichte hätte wohl eine andere Richtung genommen. »Kein Frosch, kein Problem«, murmelte er. Und dafür war es noch nicht zu spät. In Gedanken verglich er den charismatischen Führer der amphibischen Menschheit mit Hitler, einem anderen Möchtegern-Messias, der versucht hatte, eine freie Welt zu verhindern. Was wäre der Menschheit erspart geblieben, hätte man diesen Irren schon Mitte der Dreißigerjahre eliminiert?

Mit Pesceros und seinen Freaks würde es früher oder später doch zur Abrechnung kommen, denn die USA würden sich nicht einfach ausbooten und in die zweite oder dritte Reihe von Paria-Staaten einordnen lassen. Es widersprach Glenners Stolz und patriotischem Selbstbewusstsein, dass eine andere Nation jetzt und in Zukunft den Ton angeben würde, und das hatte nichts damit zu tun, dass er eine Landratte war. Es ging einfach ums Prinzip, nicht nur um Rohstoffquellen und die damit verbundene Macht. Pesceros musste beseitigt werden, mit allen erdenklichen Mitteln.

Er hatte niemals den charismatischen Führer gespielt, obwohl er es zweifellos war, denn unter seiner Präsidentschaft wurde aus Grönland eine ernst zu nehmende Nation. Pesceros blieb die Schlüsselfigur, und ein Reicher, der glaubte, gegen die Regeln des eigenen Klubs handeln zu können, musste sowieso sterben. Und Glenner alias »der Schläfer« wusste auch, wie: All die Jahre hatte er auf diesen Tag hingearbeitet, sich abgequält, das Leben eines Fremden gelebt, eines unauffälligen Einwanderers, dem niemand etwas Böses zugetraut hätte: Er war Hoteldiener in diesem Luxushotel und wusste daher nur zu gut über die Gewohnheiten der Gäste Bescheid. Auch Pesceros' Mätresse hatte in den Sommermonaten eine Suite angemietet, sehr leichtsinnig von ihr, denn abgesehen von einem müden Bodyguard und ihrem siebzehnjährigen Sohn logierte sie hier mutterseelenallein. Glenners Plan war, sie als Lockvogel zu gebrauchen. Er hatte sie zwar noch nie gesehen, aber er wusste schon, wie er sie dazu bringen würde zu kooperieren. Es hieß, »Wasserweiber« waren an den Händen empfindlich. Er würde ihr ein paar Löcher in die Schwimmhäute brennen oder ihr Pfeffer in die Kiemen pusten, was entsetzliche, aber harmlose Schmerzen verursachte. Er würde sie so oder so brechen, und am Ende würde sie Pesceros anrufen und ihn bitten, zu ihr zu kommen. Was dann geschehen würde, wäre nicht schön, aber gerecht.

Es war kurz vor Sonnenaufgang, als Glenner das Zimmer aufsperrte. Der Plasmaschirm sprang an, um Frau Pesceros und ihren Sohn zu begrüßen, doch das störte ihn nicht. Die Scheiben der im fünften Stock gelegenen Suite waren getönt und ließen die Häuser gegenüber noch dunkler erscheinen. Nachdem er sich an der Minibar bedient hatte, entschied er sich, in einem der Schränke zu warten. Ein uralter Trick aus der Mossad-Ära, aber noch immer bei Agenten beliebt. Er ließ die Schiebetür einen Spalt offen, um ei-

nigermaßen atmen zu können. Einatmen, ausatmen, einatmen …
und an nichts denken. Irgendwann würde sie kommen.

Er war dann doch überrascht, als er hörte, wie der Türöffner
summte und Knudson als Erster das Zimmer betrat. Pesceros'
Leibwächter stellte zwei Koffer ab und verabschiedete sich von der
Frau und ihrem Sohn.

Frühaufsteher, dachte Glenner bei sich. Er konnte nicht glauben, dass er so viel Glück hatte. Dann – noch während er innerlich
jubilierte – erkannte er Freya. Nie in seinem Leben hätte er geglaubt, dass sich noch so viel Adrenalin in seinem Körper befand.
Der Tag der Rache war endlich gekommen, und obwohl sie nicht
zu dem Froschgesindel gehörte, war er entschlossen, sie erbarmungslos fühlen zu lassen, was sie ihm damals angetan hatte.

Nachdem er noch eine Minute gewartet hatte, schob er die
Schranktür auf und schubste den überraschten Jungen aufs Bett.
Freya war nirgends zu sehen.

»Wer sind Sie denn?« Der Junge war sofort alarmiert. »Mama,
hier ist so ein Typ …!«

Im selben Moment kam Freya schon aus dem Bad ins Zimmer
gerannt. Das Glas Wasser in ihrer Hand fiel zu Boden, der dunkelbraune Nepalteppich verschluckte jedes Geräusch.

»Wenn das nicht meine kleine Krötenküsserin ist.«

»Glenner!«

Freya spürte, wie ihr schwindelig wurde. Der Mann vor ihr
ähnelte einem Gespenst. Aus seinen von angeschwollenen Lidern
umschlossenen Augen glänzte unverhohlener Stolz.

»Tja, man sieht sich immer zweimal im Leben.« Er gestikulierte mit den überdeutlichen Gebärden einer vor Häme strotzenden
Freude, als riefe er sie an seine Seite.

»Glenner …« Freya suchte nach Worten. »Ich hätte dich fast
nicht erkannt … Ich dachte …«

»Was dachtest du? Dass ich abgesoffen bin, da draußen auf dem offenen Meer? Tut mir leid, dich enttäuschen zu müssen.«

»Mich enttäuschen …?« Sie hatte die Waffe in seiner Hand gesehen und brach ab. »Wo ist Shackleton?«, fragte sie unvermittelt.

Glenner schüttelte den Kopf, als würde er seinen Ohren nicht trauen.

»Er ist im Altersheim«, antwortete er widerstrebend. »Im Zoo von Thule.« Ich besuche ihn einmal die Woche. Tja, ein alter Mann und ein alter Pinguin … Und sie erzählen sich immer die gleiche Geschichte, eine Geschichte von Liebe und Verrat und …«

»Es tut mir leid«, sagte sie leise.

»Oh, dann ist ja alles wieder in Butter.« Ihm gelang ein sarkastisches Grinsen. »Nun, auch wenn es dich vielleicht enttäuschen wird, ich bin nicht deinetwegen gekommen.«

»Verstehe«, sagte sie nur. Es ärgerte ihn, dass sie nicht mal ein kleines bisschen in Panik geriet. »Du willst Orlando. Und ich soll den Lockvogel spielen.«

»Nein, du verstehst da was falsch: Du *bist* der Lockvogel, und ich würde dir raten, diesmal einfach zu tun, was ich sage.«

Er hatte sich vielleicht zu sicher gefühlt, in diesem Moment des Triumphs; jedenfalls traf ihn der Schlag völlig unerwartet im Nacken, und das Zimmer begann sich um ihn zu drehen. Glücklicherweise hatte er nichts von seiner Nahkampftechnik verlernt, und noch im Fallen verpasste er dem Angreifer einen kraftvollen Tritt in die Rippen. Etwas hinderte ihn, richtig loszulegen, denn das Fliegengewicht war der Halbwüchsige, Freyas Sohn. Wie ein Federball prallte er ab und hing ihm erneut an der Kehle. Diesmal wollte Glenner kein Risiko eingehen und schleuderte den Jungen zu seiner Mutter.

»Bennett!« Freya schaffte es nur mit Mühe, ihren Sohn zu bändigen. »Bennett, nicht!«

Glenner hob drohend die Waffe. »Sag der Kaulquappe, sie soll das nie wieder versuchen. Hast du kapiert?«

Er ging ans Telefon und warf ihr den Hörer zu.

»Wie hast du eben diesen Bastard genannt? Bennett?«

»Ich bin kein Bastard«, sagte der Junge. Seine bernsteinfarbenen Augen schienen förmlich zu glühen. »Nenn mich noch mal so, und ich werde dir die Schnauze polieren!« Er versuchte die Hand seiner Mutter abzuschütteln, doch vergebens.

»Okay, Kampffisch, ich nehme alles zurück.« Der Mut des Jungen imponierte Glenner, aber er hatte nicht vor, sich von einem Halbstarken ins Handwerk pfuschen zu lassen.

»Freya, wenn ich jetzt bitten darf …«

»Warum sollte ich so etwas tun?«

»Oh, die Antwort ist einfach: weil du leben willst.«

Sie sah ihn traurig an.

»Ich habe dich … vermisst, Glenner.«

»Das hättest du dir damals überlegen sollen!« Seine Wut und sein Schmerz machten sich endlich Luft. »Du hast mich reingelegt, das passiert mir nie wieder!«

Er hatte gute Lust, ihr eine Abreibung zu verpassen, ihr ein paar Finger zu brechen, nur um sie ansatzweise spüren zu lassen, wie sehr er unter ihrem Verrat gelitten hatte. Andererseits war er kein Frauenschläger, er war einfach ein Patriot – bereit, das Feld des Lebens auch auf der Totenbahre zu räumen, doch das hatte sie nie zu schätzen gewusst.

»Nein, an einer wie dir mache ich mir die Finger nicht schmutzig«, sagte er dann so lethargisch und unbeteiligt wie möglich. »Das Telefon, Freya! Ruf ihn an!«

Freya schüttelte den Kopf.

»Ich kann nicht verraten, woran ich glaube.« Und mit diesem leuchtenden Blick, den er so geliebt hatte und so fürchtete, fuhr sie fort: »Leben wir nicht heute in einer besseren Welt? Stell dir vor, du hättest dein Himmelfahrtskommando damals in die Tat umgesetzt. Dann wäre dieses Land – unser Grönland – heute nichts weiter als ein radioaktiver Sumpf.«

In diesem Moment schlug er zu. Die Ohrfeige wirbelte Freya von den Beinen. Glücklicherweise landete sie auf dem Bett und schützte sich instinktiv mit einem Kissen. Das unterdrückte Brüllen, das sie hörte, war das Wutgeschrei eines in die Enge getriebenen Menschen – eines Menschen, der an die Grenzen seines beschränkten Weltbilds geraten war und seine Zuflucht in dem suchte, was er Patriotismus oder Vaterlandsliebe nannte. Und so – ganz nebenbei – war er das blinde Werkzeug geblieben, Erfüllungsgehilfe des Deep State, der noch immer in den Ruinen Amerikas hauste. Dieser tobende Mann war immer noch bereit, Elend und Zerstörung zu säen, im Namen von fragwürdigen Idealen, die sich eine Handvoll Multimilliardäre ausgedacht hatten, eine gewissenlose Vereinigung, die die Neue Welt seit dem 4. Juli 1748 regierte und deren Weltherrschaftsträume mit der Truman-Doktrin sogar öffentlich proklamiert worden waren. Trotz des vermasselten dritten Weltkriegs glaubten die Verantwortlichen dort immer noch, das Blatt wenden zu können.

Glenners Gebrüll war verstummt. Erschöpft nahm er das Kissen von ihrem Gesicht.

»Tut mir leid.« Seine Stimme klang unendlich müde. »Freya, ich habe keine andere Wahl.«

»Doch, die hast du.« Blut perlte aus Freyas aufgesprungener Braue. »Wenn es noch einen Funken Menschlichkeit in dir gibt, dann hast du eine Wahl.«

Sie drehte den Kopf kurz zum Spiegel und betrachtete ihr Gesicht. »Danke für die Blumen. Du weißt ja, ich liebe Veilchen.«

»Freya …«

»Gleich«, sagte sie. Sie zog ihren Sohn an ihre Seite. »Dieser Mann ist nicht so böse, wie er denkt«, sagte sie leise. »Vor langer Zeit, in der dunklen Zeit, vor dem Untergang unserer alten Welt, da war er ein Freund … Mehr noch, er war mein Geliebter.«

»Würg!« Bennett machte keinen Hehl aus der Abscheu, die er für Glenner empfand. »Er ist eine Landratte. Kann's kaum erwarten, bis die ausgestorben sind!«

»Du tust ihm unrecht«, sagte Freya. »Wenn du ihn damals mit seinem Pinguin gesehen hättest, könntest du mich verstehen.«

»Die ollen Kamellen kannst du dir schenken!« Glenner versuchte die Erinnerung zu verdrängen. Dennoch musste er sich eingestehen, dass er noch immer tiefe Gefühle für Freya empfand – Liebe, die sich als Hass getarnt hatte –, aber er liebte auch seinen Job und noch mehr seine Nation. Und da gab es die unvermeidbare Logik: Falls Pesceros in die Falle ging, würde er auch dessen Nachkommen auslöschen müssen. Freya würde alles versuchen, ihn daran zu hindern. Schon deshalb war sie so gut wie tot – alles, was er für sie tun konnte, war, ihr eine Menge Schmerzen zu ersparen.

»Du wirst Pesceros jetzt anrufen«, sagte Glenner, »und ihn bitten, zu dir zu kommen. Sag ihm, dieser Bengel sei krank. Sag ihm … Verdammt, lass dir was einfallen!«

»Glenner …«

»Gib dir keine Mühe, Baby: Es ist vorbei. Scheiß auf die alten Zeiten!« Er entsicherte seine Pistole. »Ich schwör dir, ich knall diese Missgeburt ab, wenn du nicht tust, was ich sage!«

»Mein armer Glenner, du bist ja von Sinnen!«

»Von Sinnen, ich?« Glenner schüttelte verächtlich den Kopf. »Im Unterschied zu dir habe ich meine Art niemals verraten!«

»Ich auch nicht. Ich habe nur eingesehen, dass der Weg des Wassers der bessere ist. Zumindest besser als der Weg des Öls, für den du immer noch kämpfst. Wenn du das Verrat nennen willst ...«

»Bitte nicht, Freya, verschone mich mit dem Sektengefasel!« Draußen graute der Morgen, und Glenner wies genervt auf den Hörer. »Ich weiß alles über euren Devonischen Zirkus und all die schmutzigen Tricks, mit denen sich diese Biester an die Macht geputscht haben. Du wirst deinen Herrn und Meister jetzt anrufen und ihn hierher bestellen. Und leg es nicht darauf an, sonst wirst du zusehen müssen, wie ich den Jungen kaltmache.«

»Das wirst du nicht«, sagte Freya.

»Das nenne ich eine drastische Fehleinschätzung der Situation!«, brüllte Glenner. »Nenn mir nur einen Grund, warum ich diese Kaulquappe nicht wegpusten sollte!«

»Es gibt tatsächlich nur einen Grund.« Freya sah Glenner direkt in die Augen. »Er ist dein Sohn.«

Der Profi in Glenner wollte auflachen, entsichern, zielen und die Sache zu Ende bringen. Hier und jetzt. Aber dann sah er diesem Jungen zum ersten Mal ins Gesicht, und seine Intuition flüsterte ihm, dass diese Frau, die er einst geliebt hatte und die er jetzt mit aller Kraft hasste, gerade die Wahrheit gesagt hatte.

Die Pistole in seiner Hand wurde schwer und schwerer, der Zeigefinger am Abzug verwandelte sich in ein schlappes Gummiband.

»Das ist ... unmöglich ...«

»Du weißt es besser«, sagte sie und versuchte ihren Sohn an sich zu ziehen. Der wehrte ärgerlich ab.

»Ein Hitzkopf wie sein Vater ...« Ihrer belegten Stimme nach hatte sie auch mit den Tränen zu kämpfen. »Hätte ich damals gewusst, dass es ... so endet, hätte ich ihn besser nicht bekommen. Irgendwie hoffte ich immer, dass unser Sohn ...«

»Geschwätz! Glaubst du im Ernst, darauf fall ich rein?« Dass er noch immer nicht abgedrückt hatte, erschien ihm wie Selbstbestrafung. Denn mit einem Teil seines verletzten Selbst konnte er es kaum erwarten, dieser Frau, die ihn damals vor der Bohrinsel wie einen Grünschnabel abserviert hatte, endlich den Todesstoß zu versetzen. Aber etwas in seinem Kopf durchkreuzte seinen Plan: Wäre es ihm möglich zu leben, ohne Freya zu hassen?

»Ich mach dir keinen Vorwurf, dass du versuchst, deine Haut und die des Jungen zu retten«, sagte er endlich, »aber ich habe schon bessere Geschichten gehört.«

»Es ist keine Geschichte«, erwiderte Freya. »Ich war damals ebenso überrascht wie Dr. Moreno – du erinnerst dich? Er hat Bennett nach der Geburt untersucht. Der Doktor hat einen Gentest gemacht. Es besteht kein Zweifel, dass du der Vater dieses Wunderknaben bist.« Freya versuchte noch einmal, Bennett in ihre Arme zu schließen, und diesmal ließ er es mit einem mürrischen Achselzucken geschehen. »Der da soll mein Vater sein? Im Ernst? Diese Landratte? Wenn das stimmt, dann wäre ich lieber tot.«

Glenner schluckte, er schluckte wirklich, denn die Vorstellung, diesen Jungen kaltblütig zu töten, hatte seinen Abzugsfinger gelähmt. »Verdammt, das ist einfach nicht möglich. Für das, was du sagst, hast du nicht den geringsten Beweis.«

»Tja, manche Veranlagungen schlagen später durch, als man denkt«, sagte Freya. »Gut möglich, dass wir alle das eine oder andere Aquagen in uns tragen und dass es nur bestimmte Umwelteinflüsse braucht, um es zu aktivieren.«

Glenner taumelte zurück, er fühlte sich am Boden zerstört. Rückwärts fiel er in einen Sessel. Im Fernseher lief noch immer das Hotel-Willkommensvideo. Aus dem Handgelenk verpasste er dem Kasten eine Kugel. Das Bild flackerte noch einmal kurz auf und erlosch. Ein Geruch wie von Ozon verbreitete sich in der Luft, aus dem Einschussloch stieg feiner weißer Rauch.

Beeindruckt meinte Bennett: »Ist der schräge Typ da wirklich mein Vater?« Und an Glenner gewandt: »He, darf ich die Knarre mal sehen?«

Ja, Blut ist dicker als Wasser, dachte Glenner. Selbst wenn es einen fischigen Beigeschmack hat … Aber dann, Gott hat seine Werke immer schon ins Wasser geschrieben. In diesem Stoff der Schöpfung sind unsere Gene die einzige heilige Schrift, und da kommt nichts gegen an.

Verwundert horchte er in sich hinein. Der Hass, den er jahrelang in sich genährt hatte, war ihm mit einem Schlag abhandengekommen. Stattdessen waren da völlig neue Optionen. Versöhnung. Heilung. Von einem Moment zum nächsten war nichts wie zuvor. Jahrelang hatte er auf den Tag der Rache hingelebt, mit dem verengten Blick seines ganzen Wesens die Werte der alten Welt verteidigt. Und nun spürte er, wie all das von ihm abfiel. Eine neue Welt tat sich auf, eine Welt, die er nicht für möglich gehalten hatte und in der er, der Schläfer, ein anderer wäre, vielleicht der Vater dieses seltsamen Jungen, der tatsächlich seine Augen hatte und seinen Mund … Etwas in Glenners Inneren wischte die letzten Zweifel beiseite. Fühlte es sich nicht an, als hätte er endlich seinen Platz in der Welt gefunden? An alles andere würde er sich gewöhnen – die Kiemenspalten, diese wunderschön geschwungenen Linien, deren graziöser Schwung Michelangelos David gut zu Gesicht gestanden hätte. An die feinen, mit grüner Tinte tätowierten Schwimmhäute zwischen Bennets feingliedrigen Fingern hatte er sich fast schon gewöhnt.

»Und?« Freya ließ Bennett endlich los. »Willst du immer noch deine eigene Zukunft auslöschen für den lausigen Traum von ein paar US-amerikanischen Gangstern? Banditen, die das Rad zurückdrehen wollen, damit alles wieder so ist wie am Ende des letzten Jahrhunderts? Die Natur hat das Rad neu erfunden. Und wie du siehst, läuft es auch ohne fossile Treibstoffe rund. Begreif doch endlich, hier bei uns wirst du gebraucht.«

Glenner schluckte. Tränen liefen ihm über die Wangen. Er wollte aufstehen, sackte aber nur auf die Knie. Schwerfällig hob er die Arme.

»Ich war blind«, flüsterte er, »verblendet. Und um ein Haar hätte ich einen furchtbaren Fehler begangen. Ich hatte eines vergessen: Morgen ist ein neuer Tag, vor allem, wenn man jemanden liebt …« Er ließ die Waffe fallen, schwankte wie ein angeschlagener Boxer – doch da lag Freya schon in seinen Armen. In ihrem atemlosen Kuss lag alles, was sie noch vor sich hatten, und alles, was sie nachholen würden, und erst jetzt, in diesem Moment, als das Licht der Morgensonne auf die Dächer von Qaanaaq fiel, war es wirklich der Beginn einer neuen Welt.

E N D E